HEYNE BÜCHER

Das Buch

In der Walpurgisnacht des Jahres 1365 bringt die junge Witwe Margerite einen Sohn zur Welt. Aber bereits bei der Geburt befindet sich das Kind in Gefahr, denn der satanische Orden der Lichtträger sieht in ihm seinen zukünftigen Herrscher und will es in seine Gewalt bringen. Die Gefolgsmänner des Ordens setzen Margerite unter Druck, zum Schein läßt diese sich auf ein gefährliches Bündnis und ein Studium der schwarzen Magie ein. Verzweifelt ergreift sie schließlich die Flucht und macht sich auf die Suche nach dem Mann, der sie und Wolfram schützen kann. Eine Reise, die Margerite in den erbitterten Kampf gegen die Hohepriesterin der Lichtträger führen wird ...

Der Autor

Stephan Grundy studierte Englische und Deutsche Philologie, sein erster Roman »Rheingold« wurde auf Anhieb zum Bestseller. Co-Autorin und Ehefrau Melodi Lammond-Grundy hat Geschichte und Anthropologie studiert. Die Grundys leben seit einigen Jahren in Irland, wo sie neben dem Schreiben Schafe züchten.

STEPHAN GRUNDY
MELODI GRUNDY

DIE FLUCHT DES FALKEN

Roman

Aus dem Amerikanischen
von Friedrich Mader

WILHELM HEYNE VERLAG
MÜNCHEN

HEYNE ALLGEMEINE REIHE
Nr. 01/13360

Titel der Originalausgabe
FLIGHT OF THE FALCON

Umwelthinweis:
Das Buch wurde auf
chlor- und säurefreiem Papier gedruckt.

Taschenbucherstausgabe 7/2001

Printed in Germany 2001
Umschlaggestaltung: Nele Schütz Design, München, unter Verwendung
des Gemäldes MIRANDA – THE TEMPEST von J. W. Waterhouse, 1916
Satz: Leingärtner, Nabburg
Druck und Bindung: Ebner Ulm

ISBN 3-453-18661-3

http://www.heyne.de

Dieses Buch ist unserer lieben Freundin
Heather Cullen
gewidmet, die seine Vollendung
zu unserem großen Kummer nicht mehr erlebt hat.

»… nieman lebt in solher macht,
Der nur sich und sein geslaecht
Mocht gefrieden ainen tag
Vor dez gemainen todez slag.
Hiet er all chunst allain,
Die alle phaffen habent gemain,
Ez chund in nicht verfahen ein har.
Und hiet er alle die ertznei zwar,
Dw man fund in allen chramen
Zu den siechen und zu den lamen,
Er war da mit unbehut.
Und het er dar zu allez gut,
Daz dw werlt ie gewan
Oder ymmer mer gewinnen chan,
Ez macht in als nicht todez frey.«

»Von des todez sla« (»Von der Gewalttat des Todes«),
Gedicht aus dem 14. Jahrhundert von Heinrich dem Teichner

Was in »Adler und Falke«, dem ersten Teil der Trilogie, geschah …

An Ostern des Jahres 1364 taucht der angesehene Ruprecht von Falkenstein auf Burg Hirschenberg auf und hält um die Hand der weit unter seinem Stand stehenden Margerite an, der Tochter des Burgritters. Die junge Frau willigt überglücklich in die Ehe mit dem gutaussehenden und liebenswürdigen Grafen ein und folgt ihm kurz darauf zusammen mit ihrer Kammerjungfer Gertrude auf seinen Hauptsitz Burg Falkenstein im Südschwarzwald.

In der ersten Zeit in ihrer neuen Heimat schwelgt Margerite im Glück, Ruprecht behandelt sie liebevoll und aufmerksam, zu ihrer Unterhaltung schenkt er ihr einen schwarzen Kater, Kobold, der Margerite auf Schritt und Tritt folgt. Aber schon bald stößt die junge Frau auf allerhand Ungereimtheiten im Burgleben: Ausgerechnet die finsteren Diener Kundrie und Klingsor genießen Ruprechts volles Vertrauen. Fest-, Feiertage und Fastengebote werden nicht eingehalten. Am meisten Angst jedoch macht Margerite der rohe Hauptmann von Ruprechts Burgwache, der sie häufig fast verächtlich behandelt. Schließlich kommen der jungen Frau auch noch Gerüchte zu Ohren, daß Ruprecht einem geheimen Orden angehört. Doch all dies paßt für sie so gar nicht mit dem liebenswerten, bezaubernden Mann an ihrer Seite zusammen.

Als Ruprecht schon wenige Wochen nach der Hochzeit Krieg mit einem Nachbarn anfängt, konzentriert auch Margerite zunächst alle ihre Kräfte auf dieses Unternehmen, sie führt den Haushalt selbständig und beschafft die nötigen Wintervorräte. Bald ist Margerite tagelang allein, während Ruprecht auf Kriegszug ist. Ihre Unruhe um sein Schicksal wird noch verstärkt durch merkwürdige Träume: Nacht für Nacht verwandelt sie sich im Traum in eine Falkin und erkundet auf ausgedehnten Flügen das Land und die Lager des feindlichen Heeres, immer geleitet von der sanften Stimme eines Falkners, dessen Gesicht sie niemals zu sehen bekommt.

Eines Tages entschließt sie sich zum Zeitvertreib zu einer echten Falkenjagd. Zu ihrem Ärger besteht Wachhauptmann Bertram darauf, sie zu begleiten. Auf ihrem Streifzug durch die Wälder stoßen die beiden auf einen völlig vernachlässigten Marienschrein. Bei dem Versuch, den Schrein zu säubern, kommt ihr zu ihrer großen Überraschung der Hauptmann zu Hilfe, und sie entdeckt in seiner Hingabe an diese Arbeit soviel aufrichtige Gottesfürchtigkeit, daß ihr Mißtrauen gegen ihn zu schwinden beginnt. In der folgenden Nacht träumt sie von Bertram und erhält eine Ahnung von dem schrecklichen Schicksal, das er erlitten hat. Auch Bertram überwindet durch das Erlebnis am Marienschrein seine Abneigung gegen Margerite und warnt sie in unklaren Worten vor den Machenschaften auf der Burg.

Als Ruprecht kurz darauf zurückkehrt, kommt es zu einer ungeahnten Wende. In einer fürchterlichen Nacht vollführt er ein blutiges magisches Ritual, bei dem er Gertrude, Margerites Kammerjungfer, bei lebendigem Leibe opfert; anschließend nötigt er Margerite mit einem lustvoll grausamen Ritual zum Beischlaf. Seine Aufgabe ist es, ein magisches Kind, den zukünftigen Herrscher des Ordens, zu zeugen. Margerite erlebt diese Vorgänge wie im Traum. Als jedoch am Morgen danach keine Spur mehr von Gertrude zu finden ist außer dem Kruzifix, das sie stets um den Hals trug, weiß Margerite, daß ihr nächtlicher Traum wie auch alle früheren Träume der letzten Monate von seherischer Kraft gewesen sind. Mit einem Schlag wird ihr klar, daß die Hochzeit zwischen Ruprecht und ihr Teil einer groß angelegten Verschwörung sein muß, einer Verschwörung jenes geheimen Ordens, dem Ruprecht angehört und der sich – dem grausamen Ritual nach zu urteilen – dem Satanismus und der schwarzen Magie verschrieben hat. Und Margerite erkennt nun auch, was sie selbst so wertvoll für den Orden macht, nämlich ihre besonderen spiritistischen Kräfte, derer sie sich erst in den letzten Wochen durch ihre vielen Visionen und Träume bewußt geworden war.

In ihrem Schrecken begreift Margerite nur langsam die ganze Wahrheit, nämlich daß ihr geliebter Ruprecht sie von Anfang an hintergangen hat und daß Ruprechts Liebe für sie, die er – da ist sich Margerite sicher – gegen seinen Willen empfindet, doch stets hinter seinen Verpflichtungen gegen den Orden zurückstehen wird.

Aufgewühlt verläßt sie die Burg und macht sich auf der Suche nach Trost instinktiv zu dem vergessenen Marienschrein auf. Dort stößt sie auf den ebenso aufgewühlten Bertram, der kurz zuvor an der Hinrichtung mehrerer Dorfbewohner durch Ruprecht beteiligt war. In ihrer Verzweiflung legen die beiden nun die letzten Vorbehalte gegeneinander ab und erzählen einander von ihren grausamen Erlebnissen. Bertram erkennt, daß Margerite nicht länger von ihrer Liebe zu Ruprecht verblendet ist, und erzählt ihr nun endlich alles, was er über den mächtigen Orden der Lichtträger weiß. In den Augenblicken der rückhaltlosen und vertrauensvollen Offenheit zwischen den beiden springt noch ein anderer Funken über, sie entdecken die unterdrückte Anziehungskraft, die sie aufeinander ausüben, und lieben sich schließlich im Gras am Marienschrein.

Nach der schrecklichen Nacht der Erkenntnis und ihrem Ehebruch mit Bertram wird das Leben auf der Burg für Margerite fast unerträglich. Ihr Vertrauen in Ruprecht ist völlig zerstört und ihre Liebe gehört einem anderen. Dennoch weiß sie, daß sie keinen offenen Kampf gegen den Orden wagen kann, schon deshalb nicht, um das Kind unter ihrem Herzen um jeden Preis zu schützen. Margerite bleibt also nichts übrig, als sich zu verstellen und auf eine günstige Gelegenheit zur Flucht zu warten. Ruprecht seinerseits ahnt nicht, was in Margerites Inneren vorgeht, er geht davon aus, daß Margerite seine Rituale allenfalls als Träume mitbekommen hat. Er ist überglücklich, als sich die Hoffnung auf eine Schwangerschaft bestätigt und verspricht Margerite außerdem möglichst schnell Ersatz für die – wie er sagt – »entlaufene« Gertrude zu finden.

Der Winter bricht herein, und Ruprechts Kriegsglück wendet sich. Seitdem sie ein Kind unter dem Herzen trägt, wird

Margerite nachts nicht mehr von Falkenträumen heimgesucht, und auf einmal wird Burg Falkenstein von Ruprechts Widersachern belagert. Nach mehreren Wochen der Belagerung taucht eines Tages ein Priester auf Falkenstein auf. Die Belagerer haben Pater Etienne durchgelassen in der Hoffnung, daß er sich als Verhandlungsführer zwischen den Kriegführenden betätigen wird. Tatsächlich ist Etienne auf der Suche nach Spuren des geheimen Ordens.

Ruprecht sieht die Anwesenheit des Geistlichen mit Verärgerung, aber es gelingt ihm nicht, Etienne zu vertreiben. Margerite setzt alle ihre Hoffnungen in den Kirchenmann, doch ehe sie einen Weg findet, ihn um Hilfe zu bitten, überstürzen sich die Ereignisse: Ruprecht bereitet im Auftrag des Ordens ein weiteres satanisches Ritual vor, sein menschliches Opfer ist diesmal Margerites neue Jungfer Eva. Aber Margerite, die von bösen Ahnungen heimgesucht wird, stellt in der fraglichen Nacht fest, daß Eva verschwunden ist. In höchster Angst bittet sie Etienne und Bertram um Hilfe, und gemeinsam machen sie sich auf die Suche nach Ruprechts verborgener Zauberstätte, um ihn schließlich bei seinem grausamen Ritual anzutreffen. Margerite gelingt es, Ruprecht in seiner Konzentration zu stören und den Bannkreis, den er um sich und Eva gezogen hat, zu durchbrechen. Es kommt zu einem schweren Kampf zwischen Bertram und Ruprecht, bei dem Ruprecht schließlich getötet wird. Eva aber kann gerettet werden. Um alle Spuren des Kampfes für spätere Untersuchungen durch Ordensmitglieder unkenntlich zu machen, sprengt Jochanan, ein gedungener Söldner in Ruprechts Truppe und ein enger Vertrauter Bertrams, mit Schießpulver die geheimen Gemächer des Grafen – die verkohlten Überreste der magischen Geräte und der Leichen von Ruprecht und seinen zwei Dienern lassen nur noch auf ein völlig mißglücktes Ritual schließen.

Am nächsten Tag übergibt Margerite die Burg an Ruprechts Kriegsgegner Heinrich von Fürstensee. Um sich und das Kind vor den Übergriffen des Ordens zu schützen, willigt sie am Verhandlungstisch in eine Verlobung mit Heinrich ein. Bertram verspricht Margerite, ihr zu folgen, wo auch immer sie hingeht.

1. KAPITEL

Es war der Abend des 20. Dezember, die längste und dunkelste Nacht des Jahres. Eva zündete die Kerzen in Margerites Gemach an, und der warme Schein der Flammen verbreitete sich in dem Zimmer wie ein heißer Schluck Wein im Körper eines durchgefrorenen Mannes. Margerite holte ihre Stickerei hervor, um sich bis zum Abendmahl im großen Saal die Zeit zu vertreiben, als sich ihr Kater Kobold plötzlich miauend auf die Hinterpfoten stellte und sie am Oberschenkel mit Krallen kratzte, die gerade so weit ausgefahren waren, daß sie es durch die schweren Woll- und Samtgewänder spüren konnte. Nach alter Gewohnheit wollte sie ihn von sich schieben, doch da fiel ihr ein, daß er wirklich ein Kobold war. Sie nahm den schweren Kater auf die Arme und sah ihm in die goldenen Augen.

»Was hast du, Kobold?« flüsterte Margerite. »Wovor möchtest du mich warnen?«

Wie bei jeder gewöhnlichen Katze im Kerzenlicht waren Kobolds Pupillen riesig, und ein schwaches rötliches Strahlen lag in ihren Tiefen. Margerite bemühte sich, alle unnützen Gedanken zu verscheuchen. Würde er sie mit Worten ansprechen, wie es Tiere in Kindergeschichten taten, oder…? Sie fühlte einen leichten Schwindel, als hätte sie einen Nachttrunk von Kundrie in einem Zug hinuntergestürzt. Dann schien es ihr, als leuchteten die Augen der Katze auf. Sie hörte keine Worte, nicht einmal ein Flüstern in ihrem Kopf, aber er legte die Ohren an, und sie spürte, wie seine Krallen hervortraten und sein kräftiger Körper sich anspannte. Ein Schauder lief Margerite über den Rücken. *Er warnt mich vor einer Gefahr;* dachte sie und dann, ohne zu wissen, warum: *Graf Günther kommt!*

Kaum war ihr der Gedanke durch den Kopf geschossen, als es leise an der Tür klopfte. Eva unterbrach ihre Arbeit, um zu öffnen. Margerite hörte ihr ersticktes Ächzen und das scharfe

Miauen von Evas Katze. Durch den dunklen Türspalt sah sie das Licht einer Kerze.

»Ist die Gräfin zugegen?« fragte Günther mit heller, höflicher Stimme. »Ich möchte mit ihr sprechen.«

Margerite setzte Kobold ab, stand auf und strich sich die Kleider glatt. »Wie Ihr wünscht, Graf Günther.« Ihre Stimme klang ruhig, auch wenn sie innerlich zitterte. Kobold hätte sie gewiß nicht gewarnt, wenn der Graf aus einem gewöhnlichen Grund zu ihr gekommen wäre. Bestimmt stand sein Anliegen im Zusammenhang mit dem Orden der Lichtträger. Ihr Blick fiel auf den Silberring an ihrem Finger, die Inschrift *Ex tenebrae lux* hob sich schwarz gegen den warmen Kerzenschein auf seiner blanken Oberfläche ab, und Margerite wappnete sich für eine Unterredung voller Verstellung und Wachsamkeit. »Eva, du kannst uns jetzt allein lassen.«

In Evas weit aufgerissenen blauen Augen stand dunkel die Furcht, und die Flamme ihrer Kerze bebte, aber Günther winkte nur achtlos. »Sie soll ruhig bleiben, und wir gehen an einen anderen Ort. Es wäre unziemlich für uns, uns in Eurem Schlafgemach einzuschließen. Kommt, Priesterin.«

Margerite schrak zusammen, als er sie in Evas Gegenwart mit ihrem Ordenstitel anredete. Aber der Orden hatte das Mädchen ja zu Ruprecht gesandt, und Günther vermutete wohl, sie diene jetzt Margerite als rituelle Helferin, denn viele Riten – und vor allem die zur Weissagung – erforderten die Hilfe einer Jungfrau. Sie folgte ihm hinaus über den Gang zu Ruprechts Gemach und schloß auf sein Geheiß die Tür auf. Nur die Flamme von Graf Günthers Kerze erleuchtete das Zimmer und spielte über seinem langen Gesicht, so daß er fast unmenschlich wirkte, eine schwebende Maske des Lichtes in der Dunkelheit, die vom brennend blauen Glühen seiner Augen durchdrungen wurde. *Ich sehe ihn so, wie er wirklich ist,* dachte Margerite. Sie war immer noch ein wenig benommen von dem Versuch, Kobolds Warnung zu verstehen, und einen schaurigen Augenblick lang fürchtete sie, die Beine würden unter ihr nachgeben. Aber der schwarze Kater machte einen Buckel und gab ihr mit seiner Berührung die Kraft, dem Blick des Lichtträgers standzuhalten.

»Zeigt mir den Weg zu Ruprechts Zauberstätte, Priesterin«, befahl Günther.

Die Nerven bis zum Zerreißen gespannt, führte Margerite ihn die Treppe hinab bis zum Gang hinter der Schmiede. An dieser Stelle hatte ihnen Kundrie aufgelauert, aber Kundrie und Klingsor waren tot, mahnte sie sich, und Ruprechts Zauber zerbrochen.

Die beiden Diener Ruprechts waren nicht mehr an der Stelle hingestreckt, wo sie den Tod gefunden hatten, aber über allem lag ein schwacher Hauch von Schwefel und alchimistischen Stoffen. Argwöhnisch schnuppernd rümpfte Graf Günther die Nase, sagte jedoch nichts.

Der Gestank wurde stärker, als sie zum untersten Turmgemach hinunterschritten. Hier waren die ersten Zeichen der Verwüstung zu sehen. Überall waren Bücher mit befleckten und angesengten Seiten verstreut, und nicht eine der ehemals so ordentlich aufgereihten Flaschen war mehr ganz. Kobold strich an Margerite vorbei und stakste vornehm zwischen den Glasscherben herum. Hier und da schnüffelte er an den dunklen Flecken und öligen Lachen auf dem Steinboden. In der Mitte des Zimmers war ein großes, verbranntes Zeichen, auf dem sich Kobold einen Augenblick lang niederduckte, um zischend die zerborstenen Steine zu markieren.

»Ist dies der Vertraute, den Ruprecht für Euch gefunden hat?« erkundigte sich Günther.

»Ja, Prinz.«

Günther strich sich über den ergrauenden Spitzbart und betrachtete Kobold mit gedankenvollem Blick, ehe er weiter ging. Ruprechts alchimistische Werkstatt sah noch schlimmer aus als seine Bibliothek, als sei alles auf einmal explodiert. Tiefe Löcher in einer Wand weckten den Eindruck, als hätte sich eine scharfe Säure in den Stein gefressen. Graf Günther schüttelte den Kopf und verzog die Lippen zu einer wütenden Grimasse. »Was hat er nur gemacht?« flüsterte er. »Wie konnte er das Ritual nur so fürchterlich verpfuschen?«

Selbst Margerite erkannte das Gemach, in dem sich Ruprecht vor einer Woche in mörderischer Absicht über Eva gebeugt hatte, nur mit Mühe wieder. Die Wände waren bedeckt mit klebrigem, schwarzem Ruß, der Kreis und das Dreieck auf dem Boden waren fast vollständig zerstört, und inmitten der Trümmer hatte sich ein tiefer Krater aus schartigen Steinen und Schutt aufgetan. Günther streifte durch das Zimmer und trat gegen die schwarzen Steinbrocken. Einer zerfiel unter seinem Fuß, und er bückte sich. Margerite schnürte es die Kehle zusammen, als sie sah, was er in der Hand hielt: den Teil eines verkohlten Schädels, dessen Augen- und Nasenhöhlen mit Ruß verstopft waren.

»Ruprecht?« fragte er.

»Ich weiß es nicht, Prinz. Kundrie und Klingsor waren auch hier unten …«

Günther drehte das versengte Schädelstück nachdenklich zwischen langen, knotigen Fingern hin und her und starrte es mit eigentümlicher Spannung an. »Klingsor«, sagte er schließlich. »Priesterin, durchsucht den Schutt hier nach größeren Überresten. Vielleicht kann ich noch eine Antwort erhalten, wenn von einem meiner Diener oder auch von Ruprecht genug übriggeblieben ist.«

Margerite schluckte. Wenn ihm das gelang … blieb ihr kaum eine Wahl. Ihr Speisemesser steckte in ihrem Gürtel, und Günther würde einen Angriff von ihr gewiß nicht erwarten. Sie würde warten, bis er von seiner Zauberei abgelenkt war und ihm dann das Messer von hinten zwischen die Rippen stoßen.

Sie ging in die Hocke und raffte mit einer Hand ihre Gewänder, um nicht mit dem Ruß in Berührung zu kommen, während sie mit der anderen zaghaft durch das Geröll auf dem Boden scharrte. Die meisten herumliegenden Bruchstücke waren, Maria und Jesus sei Dank, nur Felsbrocken, die durch die Wucht der Explosion aus dem Boden oder den Mauern gesprengt worden waren. Aber dann zerfiel ihr in der Hand ein schmieriger, schwarzer Klumpen, und darunter kam ein schmutziges Knochenstück zum Vorschein. Voller Ekel erkannte sie, daß die schmierige Masse einmal Fleisch gewesen war. Kobold beschnupperte neben ihr die Überreste, zog sich aber nach einem Niesanfall zur Tür zurück, um sich geschäftig zu putzen.

Margerite hatte das ganze Gemach dreimal abgesucht, ehe Günther ihre Funde eines Blickes würdigte.

»Nicht genug«, knurrte er schließlich. »Nun denn, Priesterin, so erzählt mir wenigstens, was Ihr wißt. Da Ihr noch am Leben seid, dürftet Ihr wohl kaum an diesem Ritual teilgenommen haben. Was hat Euch Ruprecht darüber kundgetan?«

»Nur, daß es ausnehmend wichtig war. Er hat mich an den meisten seiner Handlungen nicht teilhaben lassen wegen des Kindes, das ich unter dem Herzen trage«, fügte sie schnell hinzu. »Ich hörte den Aufruhr von oben, und dann kehrte Stille ein. Als ich herunterkam, um nachzusehen, fand ich das hier, und Ruprecht war verschwunden.«

Das Grinsen, das sich langsam auf Graf Günthers magerem, spitzem Gesicht ausbreitete, während der Blick seiner blauen Augen unverwandt auf ihr ruhte, brachte Margerite aus der Fassung. *Was hat er vor?* fragte sie sich. *Und wieviel weiß er?*

»Ruprecht hat mir von Eurem Kind berichtet«, sagte Günther. »Seid versichert, daß alle Mitglieder des Ordens voller Spannung auf seine Geburt warten. Ich frage mich«, fügte er nachdenklich hinzu, »ob Ihr Euch überhaupt bewußt seid, welche Ehre Euch zuteil geworden ist, Priesterin.«

Margerite richtete sich gerade auf und hielt die schmutzigen Hände abgespreizt vom Körper, um weitere Flecken auf ihrem Kleid zu vermeiden. *Mein Kind,* dachte sie, *welches Schicksal wartet nach deiner Geburt auf dich?* Zum Wohle ihres ungeborenen Kindes erwiderte sie, so stolz sie es vermochte: »Prinz, ich kenne den Wert des Sohnes, den ich unter dem Herzen trage, und ich hoffe, daß der Orden mit all seinen Kräften für seine Sicherheit einstehen wird.« *Rufst du die Mächte der Hölle herbei, um dein Kind zu retten?* dachte sie. *Und das, obwohl du nicht einmal seinen Vater kennst?* Aber sie konnte ihre Worte nicht mehr zurücknehmen, und Günther neigte das Haupt wie vor einer Ebenbürtigen.

»Ihr habt mein Wort darauf. Mehr noch: Wenn er geboren wird, werde ich sein Taufpate vor Luzifer sein und ihn als Pagen und Knappen an meinen Hof nehmen, sobald er alt genug ist, um ihn im Gebrauch seiner Fähigkeiten und Kräfte zu unterweisen. Ruprechts Versagen wird sich für uns vielleicht als großer Rückschlag erweisen, aber Euer Kind wird weit mehr für unsere Sache bewirken, als es Ruprecht in seinem ganzen Leben gelungen wäre: Es wird Luzifer die endgültige Herrschaft über diese Welt eröffnen.«

Ein tiefer Schauer fuhr Margerite ins Gebein, während Günther sprach. Sie konnte ihn nicht nach der Bedeutung seiner Worte fragen, ohne sich zu verraten. Sie spürte, wie ihr Herz in der heranbrandenden Verzweiflung zu wanken begann wie ein Damm, der unter dem heftigen Ansturm von schwarzem Flutwasser erste Risse zeigt. *Ich könnte mich vom Burgturm in die Schlucht hinabstürzen und so die Pläne des Ordens zunichte machen.* Aber Selbstmord war eine Todsünde, und ihr ungeborenes Kind zu ermorden hieße – was immer die Lichtträger auch mit ihm vorhaben mochten – mit größerer Gewißheit in den Höllenschlund zu springen als durch alle Mittel, die Graf Günther ersinnen konnte.

»Doch jetzt«, sagte er schließlich, »werdet Ihr mich hier allein lassen, denn ich muß trachten, Ruprechts Irrtum zu entdecken. Laßt Euch dies eine Lehre sein, Priesterin: Oft erwächst der Erfolg des einen aus dem Scheitern eines anderen, denn es entspricht dem Wesen der Dinge, daß der Starke sich vom Schwachen nähre. Gebt mir die Schlüssel, morgen sollt Ihr sie wieder zurückerhalten.«

Am nächsten Tag nahm Graf Günther Abschied, nachdem er Margerite die Schlüssel zu Ruprechts Gemächern wiedergegeben und ihr aufgetragen hatte, die Zauberstätte bis zu seiner Rückkehr zu säubern und vorzubereiten. Er beendete seine Anweisungen mit einer Ermahnung: »Ihr selbst dürft bis nach der Geburt Eures Kindes keine magischen Handlungen vollführen, aber dann werde ich Euch so schnell in die Magie einführen, wie Ihr sie aufzufassen vermögt. Zu diesem Zwecke hinterlasse ich Euch ein Buch unserer Philosophien, Korrespondenzen und Rituale, damit Ihr Euch auf die Aufgaben vorbereiten könnt, vor die Euch der Orden und Eure besondere Berufung stellen werden.«

Günther legte Margerite ein kleines, aber sehr dickes Buch in die Hände, das in feines schwarzes Leder gebunden und mit kleinen schwarzen Saphiren besetzt war. »Bei den Gelübden, die Ihr bereits abgelegt habt«, warnte er sie, »Ihr wißt, welche Strafe Euch ereilen wird, solltet Ihr es wagen, dieses Buch einem Unbefugten zu zeigen.«

Margerite nickte feierlich und war sich auf beunruhigende Weise des kalten Ordensringes an ihrem linken Zeigefinger bewußt. Aber sie hatte kein Gelübde abgelegt, und als nach Graf Günthers Abreise von Burg Falkenstein ein voller Tag verstrichen war, ging sie mit dem Buch zu Pater Etienne und berichtete ihm von Günthers Absichten.

Etienne stützte längere Zeit das Kinn in die Hand und starrte auf den schwarzen Band, den Margerite vor ihn auf den Tisch gelegt hatte. »Ja, ich erkenne es wieder«, sagte er. »Wie Euch Günther gesagt hat, enthält das Buch die Philosophien des Ordens und die Korrespondenzen und Theorien, auf denen seine Magie beruht. Auch die grundlegenden Gebete für die Weihen der Lichtträger und einige unbedeutendere Riten stehen darin. Aber an sich ist es nicht unheilig wie die größeren Zauberbücher der Lichtträger. Es wäre mir lieber, Ihr müßtet es nicht lesen, denn daß der Orden durch und durch böse ist, heißt keineswegs, daß es seinen Mitgliedern an Klugheit und Gaben fehlt – viele von ihnen besitzen sogar großes Geschick darin, das Schlimme in gutem Licht erscheinen zu lassen. Aber wenn wir die begonnene Täuschung weiterführen wollen, müßt Ihr wissen, womit Ihr es zu tun habt. Wenn Ihr Fragen zu dem Gelesenen habt, kommt zu mir, und ich werde sie Euch beantworten, so gut ich es vermag.«

»Wollt Ihr es für mich aufbewahren?« fragte Margerite. Sie wollte das Buch nicht in ihren Gemächern haben – sie wollte es überhaupt nicht in ihrer Nähe haben. Pater Etienne schüttelte den Kopf.

»Am besten, Ihr verbergt es unter den Resten von Ruprechts Büchern.«

So trug Margerite das Schwarze Buch hinunter in Ruprechts zerstörte Bibliothek. Dort sammelte sie die Überreste einiger Bücher auf und häufte die Pergamentfetzen auf einem zerborstenen Brett über Günthers Buch.

Am gleichen Abend saß Pater Etienne in seinem Gemach über einem kleinen Becher *aqua vitae* und überdachte die Lage. Drei Tage noch bis Weihnachten, und in viereinhalb Monaten würde Margerites Kind zur Welt kommen. Der Bischof von Augsburg und mehrere andere Beobachter würden sich über die Versöhnung zwischen Burg Fürstensee und Burg Falkenstein freuen, und obwohl das Verdienst daran weitgehend Margerite gebührte, würde sie auch Etiennes Ansehen zugute kommen. Von seinen förmlichen Pflichten hier hatte er somit nur mehr eine zu erledigen, und auch dem stand nach Ruprechts Tod und der vorläufigen Abreise Heinrichs und Günthers nichts mehr im Weg.

Eva räumte gerade Margerites Gemach auf, und ihr Kätzchen Kriemhild krallte nach ihrem Rocksaum, während sie durchs Zimmer ging. Seit Ruprechts Tod war sie geradezu aufgeblüht und wich nicht mehr vor den Blicken Höherstehender zurück. Aufrecht schritt sie dahin, ohne ihre Weiblichkeit zu verbergen, so daß ihre vollen Formen selbst unter den übergroßen, von der Köchin Berthe geborgten Kleidern hervortraten. Pater Etienne wußte nicht, was ihr Margerite über jene Nacht erzählt hatte, aber anscheinend hatten ihre Erklärungen genügt.

»Eva, ich muß mit dir reden«, sagte Etienne ohne Umschweife.

»Ja, Pater?«

»Kennst du deine rechtliche Stellung?«

»Als mich mein Vetter Waldebert ins Kloster geschickt hat, sagte er mir, daß ich jetzt aus der Welt schied und damit jeden Anspruch auf das Land meiner Eltern und den Titel einer Gräfin von Bärenfels verlor.«

»So wäre es tatsächlich gewesen, wenn du dein letztes Gelübde als Nonne abgelegt hättest. Ursprünglich hatte ich den Auftrag, dich zu finden und dafür zu sorgen, daß du dieses Gelübde ablegst. Aber wenn du keine wahre Berufung fühlst, kann ich dir das Klosterleben nicht guten Gewissens empfehlen. Fühlst du diese Berufung, Eva? Willst du die Welt aufgeben und eine Braut Christi werden?«

Eva schüttelte den Kopf. »Auch wenn es im Heiligkreuzkloster nicht so schrecklich gewesen wäre – ich fühle mich nicht berufen, Pater. Ich freue mich an der Welt, und nicht einmal die Arbeit als Dienstmagd der Gräfin macht mir sehr viel aus, auch wenn es beschwerlich ist, Holz zu schleppen und Bettlinnen zu wechseln, statt zu reiten oder an einer feinen Stickerei zu sitzen. Denn zu diesen niedrigen Arbeiten« – mit einer unbewußten Geste des Stolzes warf sie ihr langes, gewelltes Goldhaar zurück – »bin ich eigentlich nicht geboren.«

»Fürwahr. Wenn du keine Berufung fühlst, kannst du auch von deinem rechtmäßigen Vormund nicht dazu gezwungen werden, das Ordensgelübde abzulegen. Nun«, verbesserte sich Etienne, »zumindest nach den Gesetzen der Kirche ist das nicht möglich. Aber da diese Welt ein Sündenpfuhl ist, hätte man dich leicht dazu zwingen können und es gewiß auch getan. Doch mit meinem Beistand hast du derlei nicht mehr zu befürchten. Was also wünschst du nun zu tun?«

»Welche Möglichkeiten habe ich denn, Pater? Ich möchte nicht zurückkehren und unter Waldeberts Vormundschaft leben. Er würde mich nur an einen seiner widerwärtigen Freunde verheiraten oder um Dispens nachsuchen, um mich selbst zur Frau zu nehmen.«

»Wohl wahr«, räumte Pater Etienne ein. »Und solange er dein Vormund ist, hat er auch das Recht darauf und kann allenfalls durch Überredung davon abgehalten werden. Aber für ein Mädchen deines Alters und selbst deines Standes ist es nicht unschicklich, die Stellung einer Kammerfrau bei einer Gräfin anzunehmen, um die nötigen Fähigkeiten zur Leitung einer eigenen Burg und eigener Ländereien zu erwerben. Und was deine Heirat angeht – ich habe bemerkt, daß du viel Zeit damit verbringst, den jungen Ritter Christoph gesund zu pflegen.«

Eva kicherte, und eine anmutige Röte überzog ihre zarte Haut. »Ich pflege ihn doch nur, Pater. Und ein wenig unterhalten haben wir uns natürlich auch. Er ist ein überaus höflicher Edelmann mit einer sehr vornehmen Ausdrucksweise.«

»Das ist er in der Tat. Und er wäre auch kein schlechter Gemahl für dich, wenn es sich so ergeben würde. Aber du bist noch sehr jung und hast noch Zeit. Nun denn, wenn du einverstanden bist, werde ich deinem Vetter schreiben und ihm die Lage erklären; er wird meinen Brief gewiß mit dem gebotenen Ernst zur Kenntnis nehmen. Auch mit der Gräfin will ich reden und ihr erklären, daß sie dich nicht mehr wie eine gewöhnliche Dienstmagd behandeln soll, sondern als junge Gräfin und Schülerin in der Kunst einer Burgherrin.«

»Ich danke Euch, Pater!« rief Eva. Als hätte sie seine Stellung als Priester vergessen, warf sie sich Etienne entgegen, umarmte ihn heftig und küßte ihn auf die Wange. Verlegen löste er sich aus ihren warmen Armen. *Sie sollte möglichst bald verheiratet werden,* dachte er. Aber laut sagte er nur: »Nun werde ich also diesen Brief schreiben.«

Margerite war entzückt, als sie von Evas hoher Geburt erfuhr, und gab sogleich bei den Dienerinnen der Burg, die besonders geschickt im Umgang mit Nadel und Faden waren, angemessene Kleider für sie in Auftrag, wenngleich die Herstellung dieser Gewänder mit Evas Wachstum gewiß kaum würde Schritt halten können. Als Kammerfrau half Eva Margerite nun zwar noch beim Ankleiden und beim Haarputz, aber für die anstrengenderen Arbeiten einer Dienerin wurde ein Mädchen aus dem Dorf geholt – Rosa, eine von Gerhilds Nichten, zu deren Mutter die Hebamme ihr Kind in Pflege gegeben hatte. Margerite ging mit sich zu Rate, wie sie die Gemächer im obersten Stockwerk verteilen sollte, denn Eva brauchte jetzt ein eigenes Zimmer, und auch Ruprechts verborgene Treppe galt es zu berücksichtigen. Die vernünftigste Lösung wäre für Margerite gewesen, in Ruprechts Gemach umzuziehen und das Zimmer am südlichen Ende des Ganges Eva zu überlassen. Aber Margerite ertrug den Gedanken nicht, in diesem Gemach zu schlafen, da sie dort gewiß wachliegen und auf Geräusche von der Treppe lauschen würde. Schließlich fand sie eine andere Lösung: Ruprechts Zimmer blieb leer, während das Gemach daneben, das nach Angaben des Seneschalls seit dem Tod der Gräfin Radegund nur als Lagerraum gedient hatte, für Eva bereitgemacht wurde und Margerite weiter in ihrem alten Gemach wohnen konnte. Jochanan hatte bei seinem Zerstörungswerk in den unteren Räumen Ruprechts Schlüssel gefunden, so daß Margerite die Türen zu seinen Gemächern und zur geheimen Treppe vor den Blicken neugieriger oder übereifriger Diener verschließen konnte.

Wie Margerite befürchtet hatte, war Bertram vom Wundfieber ergriffen worden, denn er hatte nicht nur den Verhandlungen beigewohnt, sondern auch – solange Günther und Heinrich auf der Burg weilten – seinen Pflichten als Hauptmann der Wache nachkommen müssen, ohne sich seine Verletzungen im geringsten anmerken zu lassen. Bertram war auch ein schwieriger Patient. Er wollte nicht ruhig im Bett liegen und Würfel spielen mit Paul, der sich nur langsam von seiner vergifteten Wunde erholte. Immer wieder erklärte sich der Hauptmann gewillt, seinen Dienst wiederaufzunehmen, obwohl die Röte seines Gesichts und der Glanz seiner Augen sein Fieber verrieten und er kaum aufrecht von einer Ecke des Zimmers zur anderen gehen konnte.

»Das wirst du nicht tun«, sagte Margerite bestimmt. Als hätte er das Heulen des schneebeladenen Windes und das Klappern der Läden vor seinen Schießscharten nicht gehört, hatte Bertram soeben die Absicht geäußert, hinauszugehen und die jüngeren Wachleute zu einer Waffenübung zu rufen. »Selbst wenn du gesund wärst, ist das Wetter viel zu … hörst du es denn nicht?«

»Wilde Gewitter habt Ihr hier in dieser Gegend«, sagte Paul von seinem Bett aus und rettete mit schnellem Griff sein Bier vor Kobolds durstigem Maul. Er zuckte zusammen, als die Bewegung an der langen Schnittwunde über seiner Brust zog, und nahm stoisch einen tiefen Schluck aus seinem geteerten Lederbecher. »So einen Winter habe ich noch nie erlebt, das schwöre ich, so schlimm war es nicht mal damals, als wir den ganzen Januar vor Köln gestanden haben. Und dann hat auch noch irgendein Narr die ganze letzte Nacht im schlimmsten Sturm auf seinem Jagdhorn geblasen. Ich konnte kaum schlafen, es hat sogar Bertrams Schnarchen übertönt. Habt Ihr es nicht gehört? Ich frage mich, wer es gewesen sein könnte.«

»Ich habe nichts gehört«, sagte Margerite. Das entsprach nicht ganz der Wahrheit, denn ein- oder zweimal hatte auch sie der Klang eines Jagdhorns im Schlaf gestört. Aber sie hatte sich eingeredet, daß nur der Wind durch die Schlucht fegte und daß ihr das Klappern der Läden nur im Traum als jagendes Hufgetrappel und wütendes Hundegebell erschienen war. Beklommen sah sie Bertram an. Er hatte den Kopf aufs Kissen zurücksinken lassen und starrte hinauf zur Decke. Bart und Haare hatten sich über sein Gesicht verbreitet wie ein Dornengestrüpp über einen verwilderten Garten.

»Bertram«, sagte sie. »Ich glaube, es ist an der Zeit, dir ein wenig die Haare zu scheren. Ich werde nicht alles abschneiden«, fügte sie hastig hinzu, »aber der Hauptmann der Wache auf Burg Falkenstein sollte nicht soviel Ähnlichkeit mit einem – nichts für ungut, Paul – Freischärler auf einem Feldzug haben.«

»Macht nichts, Frau Gräfin, solange ich noch einen Krug Bier haben kann«, antwortete Paul munter. »Und Bertram bekommt auch einen. Er braucht Kraft für die Prüfung, die ihm bevorsteht.«

Bei den letzten Worten des Bären fuhr Margerite zusammen, denn in Günthers Buch war ebenfalls von einer bedeutenden Prüfung die Rede, deren Einzelheiten jedoch nicht näher erläutert wurden. *Heilige Jungfrau Maria, wie weit werde ich gehen müssen, bis ich ihren Fängen entkomme? Wenn ich ihnen überhaupt entkomme,* dachte sie bei der Erinnerung an die einleitenden Worte des Buches: *Wer einmal den Fuß auf den Pfad des Lichtes gesetzt hat, kann ihn nie mehr verlassen. Mag sein Weg zur Weisheit Luzifers auch verschlungen und dunkel erscheinen, und mag er sich auch auf der Flucht vor Ihm wähnen, am Ende wird er vor Seinen Adamantthron treten müssen. Wer einmal in den Orden der Lichtträger eingeführt wurde, bleibt auch als Abtrünniger auf ewig ein Ordensmitglied, das nur unserem Urteil und unserer Strafe unterliegt.*

Entschlossen wandte sie sich von ihren düsteren Betrachtungen ab und sagte zu Bertram: »Bleib im Bett und denk nur nicht daran, aufzustehen. Ich bin gleich wieder zurück.«

Margerite suchte ihre neue Dienstmagd oder Eva und fand diese schließlich in Christophs Gemach. Hier erholte sich der Sohn von Margerites Verlobtem Heinrich, seitdem er sich bei einem schweren Reitunfall auf Ruprechts heißblütigem Hengst so schwer verletzt hatte, daß er nicht mit seinem Vater nach Burg Fürstensee hatte zurückkehren können. Gerade schenkte Eva dem jungen Mann Wein ein, während sie sich lachend mit ihm unterhielt. Auf dem Tisch neben dem Bett war ein Schachspiel aufgestellt. Offenkundig hatte Christoph Eva das Spiel beigebracht, denn ihr weißer König war vollkommen umringt und stand nur zwei oder drei Züge vor dem Matt.

»Wenn du hier weiterhin soviel Zeit verbringst, werde ich dir eine Anstandsdame an die Seite geben müssen«, sagte Margerite nur halb im Scherz zu ihrer jungen Kammerfrau. Voller Anmut errötend warf Eva ihr goldenes Haar zurück und streichelte Kriemhild, die zusammengerollt auf ihrem Schoß schnurrte. Ihr neues hellblaues Kleid, das ganz ähnlich geschnitten war wie die Gewänder, die Margerite in Freiburg hatte ändern lassen, brachte ihre prächtige Erscheinung voll zur Geltung, und es war nicht zu übersehen, daß Christoph kaum den Blick von ihrem Busen wenden konnte.

»Ach, Margerite, Christoph kann sich doch mit seinem gebrochenen Arm nicht einmal Wein einschenken. Und er braucht Gesellschaft, denn er langweilt sich, wenn er nicht auf die Jagd reiten oder sein Schwert schwingen kann.«

Margerite sah sich rasch im Zimmer um, in der Hoffnung, ein Jagdhorn zu erblicken. Ein zur Untätigkeit verurteilter junger Ritter bot vielleicht eine Erklärung für die nächtlichen Hornstöße, die Paul im Schlaf gestört hatten. Mit großer Erleichterung bemerkte sie ein Horn, das an seinem Riemen an einem Bettpfosten hing.

»Es gibt andere Dinge, die ein Mann mit gebrochenem Arm tun kann«, sagte Margerite, ohne den Sinn ihrer Worte zu erklären. »Zumindest solltest du Rosa mitbringen, wenn du ihm Gesellschaft leistest. Verzeiht, Ritter Christoph. Ich glaube nicht, daß Ihr in irgendeiner Weise Evas Ehre beflecken würdet, aber Gerüchte entstehen schnell und sind schwer aufzuhalten.«

»Natürlich«, sagte Christoph mit einer höfischen Bewegung der nicht verbundenen Hand. »Ich verstehe vollkommen.«

Zum Glück hat es Pater Etienne für richtig gehalten, Christoph Evas Stand zu enthüllen, bevor sie seine Pflege übernommen hat, sonst hätten wir es in neun Monaten vielleicht mit etwas Handfesterem als mit einem Gerücht zu tun, dachte Margerite mit einer für sie ungewöhnlichen Bissigkeit. Aber Christoph war so gutmütig und höflich, daß es schwer war, ihm auch nur zum Schein mit Strenge zu begegnen.

»Nun gut, ich werde auf Eure Vernunft und auf Eure Ehre vertrauen. Eva, wo ist das Mädchen? Sie ist nie da, wenn ich sie brauche.«

»Sie wollte Streukräuter für unser Gemach holen, weil es wieder anfängt, nach Kater zu riechen. Ich glaube, es wird noch einige Zeit dauern, bis sie ihre Pflichten angemessen erfüllen kann.«

»Wir müssen nach einer weiteren Magd schicken, denn wir dürfen nicht von ihr erwarten, daß sie zwei Herrinnen zugleich dient. Christoph, gibt es auf Burg Fürstensee junge Frauen, die als Dienstmagd für Eva oder mich arbeiten könnten?«

Christophs grünlich graue Augen leuchteten auf, und er wollte gerade zu sprechen anheben, als ihn Eva mit einem leichten Stirnrunzeln ansah. Margerite konnte kaum ein Lachen unterdrücken, *Du willst also nicht, daß Christoph junge Frauen aussucht, die hierherkommen?* dachte sie.

»Ich werde an meinen Vater schreiben und ihn fragen, Gräfin«, erwiderte Christoph höflich. »Gewiß wird er ein geeignetes Mädchen für Euch finden.«

Als Margerite und Rosa endlich mit Scheren, Tüchern, einer Schüssel heißem Wasser und dem versprochenen Bier Bertrams Kammer betraten, stand dieser vor einer unverschlossenen Schießscharte, und der eisige Wind blies ihm Schneeflocken ins Gesicht.

»Zurück ins Bett«, befahl Margerite. »Ich kann dir die Haare auch dort schneiden, und du solltest nicht ungeschützt im Zug stehen.«

»Mir ist heiß, und ich brauche frische Luft«, wehrte sich Bertram. »Ich sollte am besten einen kurzen Rundgang nach draußen machen und nachsehen, wie es um meine Wachleute steht.«

Margerite legte ihm die Hand auf die Stirn und freute sich im stillen über diese schlichte Berührung. Unter der feuchten Kälte des Fensters spürte sie die Hitze, die von seiner Haut aufstieg wie ein neu entfachtes Feuer unter den kalten Kacheln eines Ofens. »Rosa, lauf zu Gerhild und sage ihr, daß Bertram wieder stärker Fieber hat und daß sie ihm einen Trunk bereiten soll. Bertram, du mußt sogleich ins Bett.«

Bertram wehrte sich nicht länger, als ihn Margerite zudeckte und ihm ein Kissen in den Rücken schob, um ihm die Haare zu schneiden. Die schwarzen Locken fielen dicht auf das Tuch und erinnerten Margerite unangenehm an eine Stelle aus dem Ordensbuch. *Es bedarf nur einer Haarlocke oder eines abgeschnittenen Nagels, um einen Zauber über den Betreffenden zu sprechen oder einen Dämon auf ihn zu hetzen… Solche Dinge sollten sorgfältig aufbewahrt werden, wo immer du sie auch finden magst und von wem sie auch seien, denn jeder Mensch kann zu einer bestimmten Zeit für eine Verzauberung nützlich sein. Vergiß nie, um allen Dingen deinen Willen aufzuerlegen, mußt du die Mittel der Beherrschung stets zur Hand haben.* Wäre Margerite wirklich ein Mitglied des Ordens gewesen, hätte sie die Haare in ein schwarzes Seidensäckchen mit Bertrams Namen gelegt.

»Geht es Euch gut?« fragte Bertram und blickte zu ihr auf. »Ihr seid erschauert.«

»Ich werde Rosa einschüren lassen, wenn sie wiederkommt. Es ist zu kalt in diesem Gemach, selbst wenn die Läden geschlossen sind.« *Und ein gutes Feuer wird diese Haarlocken verbrennen, damit nicht…*

Margerite beendete ihren Gedanken nicht, denn sie war nicht sicher, wo er hinführen würde, und als Kobold auf das Bett sprang und die Pfoten nach den abgeschnittenen Strähnen ausstreckte, warf sie ihn unsanft hinunter.

Um Bertrams Tarnung nicht zu gefährden, schnitt sie ihm den Bart nicht zu kurz. Er verdeckte immer noch die kräftige Linie seines trotzigen Kinns, aber unter den Wangenknochen hatte sie ihn abrasiert. Aus dem finsteren Gestrüpp war ein sauberer und gepflegter Bart geworden. Bertram wirkte nicht mehr wie ein wilder Räuber, sondern wie ein Soldat. Der Haarschnitt betonte sein strenges Aussehen und verlieh ihm eine Würde, die ihm vorher gefehlt hatte. Margerite freute sich über ihr Werk. Sie reichte Bertram einen kleinen Spiegel.

Bertram drehte ihn in der Hand, um sein Bild aus verschiedenen Winkeln zu betrachten. »Ich sehe meinem Vater ähnlicher, als ich dachte«, sagte er. »Ich bin alt geworden mit den Jahren.«

»Unsinn«, entgegnete Margerite lebhaft. Sie sah kurz zu Paul hinüber, der fröhlich seinen Becher mit Kobold teilte.

Kurzentschlossen beugte sie sich vor und küßte Bertram auf die Lippen.

Seine braunen Augen weiteten sich, und ihr Blick flatterte erschrocken zum Bären. Aber entweder hatte Paul nichts bemerkt, oder er tat zumindest so. Auf jeden Fall war er vollauf damit beschäftigt, den schwarzen Kopf der Katze aus seinem Becher zu ziehen, um sich selbst einen Schluck genehmigen zu können. Bertram wagte es nicht, Margerites Kuß zu erwidern, doch er lächelte sie an und drückte ihr kurz mit warmen Fingern die Hand.

Für den Weihnachtsabend hatte Eva den großen Saal mit Tannen- und Stechpalmenzweigen behängen lassen. Christoph konnte zwar mit dem gebrochenen Arm nicht hinausreiten, um Grün zu sammeln, aber er beteiligte sich voller Begeisterung an den Vorbereitungen. Am Tisch neben Eva sitzend schlürfte er Glühwein und rief den Dienern, die Äste aufhängten, Anweisungen zu oder spielte Schach mit Pater Etienne, während Eva zuschaute. Bertram hatte sein Fieber endlich überwunden, hielt sich aber ein wenig steif, weil ihn seine Wunden noch schmerzten. Selbst Paul konnte sein Zimmer für kurze Zeit verlassen, um Bier zu trinken und mit Jochanan und anderen überlebenden Freischärlern Würfel zu spielen. Offenbar hatte er seinen Kameraden weisgemacht, eine Frau aus Tiefensee habe ihn mit dem Messer angegriffen, weil sie sich nicht über den Preis einigen konnten. Margerites Bauch wurde nun rasch größer, und sie war dankbar, daß nur einige der Gewänder von Ruprechts Mutter geändert worden waren, denn sonst hätte sie neue Kleider nähen lassen müssen oder sich bis zur Geburt Berthes beste Stücke ausleihen müssen. Gerhild versicherte ihr, daß es nicht ungewöhnlich sei für eine schlanke Frau, gegen Ende des fünften Monats so schwer an ihrer Schwangerschaft zu tragen.

Im Saal brannten die Kerzen in einem feierlichen Lichtkreis, und die süße Musik der Spielleute ertönte von der Galerie, aber trotz all der Fröhlichkeit um sie herum fühlte sich Margerite seltsam kalt und einsam. Der große Saal schien nicht mehr derselbe ohne Ruprechts Doggen, die nach Bissen haschten oder neben dem Stuhl des Grafen saßen und bewundernd zu ihm aufsahen. Nachdem sie sich an sie gewöhnt hatte, hatte Margerite die Gegenwart der Hunde kaum noch wahrgenommen, aber jetzt fehlten sie ihr. Immer noch schien es ihr unvorstellbar, daß Ruprecht verschwunden war. In den letzten Tagen hatte sie sich dabei ertappt, daß sie öfter zur Saaltür blickte, als erwartete sie, daß er plötzlich hereintreten würde, das goldene Haar voller Schnee und ein Reh oder eine blutige Hirschkeule auf dem Rücken, um sein Jagdglück zu beweisen.

»Mein Kind, mein Kind«, flüsterte sie, die Hände über die Wölbung ihres Bauches gefaltet, »in was für eine Welt wirst du geboren?«

Kobold sprang auf den Tisch, eine große Ratte im Maul. Er ließ das Tier unmittelbar neben Margerites Teller fallen, und es zuckte noch schwach in einer größer werdenden Blutlache. Schnurrend blickte der Kater zu Margerite auf und senkte den Kopf, um sich an ihren Bauch zu schmiegen. Hin- und hergerissen zwischen Lachen und Ekel, forderte sie Rosa mit einem Händeklatschen auf, die ungewünschte Gabe zu entfernen. »Auf solche Weihnachtsgeschenke kann ich verzichten, mein Herr«, sagte sie und kraulte den Kater hinter den Ohren. Eigentlich war sie ihm dankbar, denn er hatte ihre trübsinnige Stimmung verscheucht, und so durfte er auf dem Tisch bleiben und sogar von ihrem Wein kosten.

Es war am dritten Februartag, als Graf Günthers Abgesandter, auf den Etienne Margerite schon vorbereitet hatte, die tobenden Wintergewitter hinter sich ließ und in den großen Saal von Burg Falkenstein trat. Zu Margerites großer Erleichterung schien er von anderer Art als Kundrie und Klingsor. Es war ein junger Mann mit rotblonden, bis zu den Schultern reichenden Locken und sommersprossiger Haut. Seine gediegen geschnittenen Kleider aus einfacher dunkler Wolle hatten sichtlich unter der langen Reise gelitten. Trotz seiner offenkundigen Erschöpfung schien er fröhlich und freundlich. Er trug den Onyxring, der ihn als Kanonikus des Ordens auswies. Er blinzelte erstaunt, als er Margerites Ring erblickte, als hätte er erwartet, daß sie einen höheren Rang bekleidete.

»Ich grüße Euch, Frau Gräfin«, sagte er. Mehrere Brocken halb geschmolzenen Schnees lösten sich aus den Falten seines grauen Umhangs, als er sich mit ausholender Geste vor Margerite verneigte. »Ich bin Richard und wurde auf Wunsch Eures Vaters von Graf Günther entsandt, um Euch in diesem Jahr Eurer Verlobung mit Rat und Tat zur Seite zu stehen.« Seine Stimme klang hell und angenehm; er sprach gut Deutsch, aber mit stark englischer Färbung.

»Es ist freundlich von Graf Günther, an mich zu denken«, erwiderte Margerite steif. »Seid willkommen auf Burg Falkenstein. Ihr seid gewiß müde von Eurer Reise. Nehmt Platz und trinkt ein Glas heißen Wein, ich werde inzwischen Euer Zimmer vorbereiten lassen.« Sie überlegte bereits fieberhaft, wo sie ihn unterbringen sollte. In Ruprechts Gemach vielleicht? Aber sie wollte dem Engländer nicht den Zugang zu den unteren Räumen eröffnen, denn selbst wenn die Tür zur Treppe verschlossen war, wußte sie doch, daß das Schloß kein unüberwindliches Hindernis darstellte. Sie würde ihn in der ehemaligen Waffenkammer im ersten Stockwerk einquartieren. Wenn er von dort aus ins oberste Geschoß gelangen wollte, mußte er entweder an Pater Etiennes Tür vorbei oder durch die ganze Burg gehen.

»Das ist sehr gütig von Euch, Frau Gräfin. Gewiß werden wir später noch Gelegenheit haben, miteinander zu sprechen.«

»Das werden wir.«

Ihre fortgeschrittene Schwangerschaft bot Margerite den Vorwand, Richard fürs erste aus dem Weg zu gehen, aber schon nach zwei Tagen konnte sie nicht mehr umhin, ihm Ruprechts verborgene Gemächer zu zeigen. Kaum waren sie in dem oberen Zimmer allein, ergriff Richard Margerites Hand und fiel vor ihr auf die Knie.

»Priesterin, ich schätze mich über die Maßen glücklich, Euch und Eurem Kinde dienen zu dürfen. Ihr habt meinen Eid als Kanonikus des Ordens, daß ich mich dieser Aufgabe, die mir Prinz Günther gestellt hat, würdig erweisen werde.«

»Ich nehme Euren Eid an«, beschied ihn Margerite knapp und zog ihn hoch. Ihr war bang ums Herz geworden, als sie Richards Worte hörte und erkannte, wie sehr er in seiner wortreichen Begeisterung trotz der äußeren Ungleichheit dem Knappen Ruprechts ähnelte. »Sicherlich hat Euch Prinz Günther gesagt, was von Euch erwartet wird?«

»Das hat er. Leider werde ich Euch bis zur Geburt Eures Kindes nicht in der Magie unterweisen können. Glaubt mir, ich weiß, welch großes Opfer Ihr damit bringt! Aber ich werde Euch, so gut ich es vermag, in der Philosophie des Ordens unterrichten und in den Grundsätzen, nach denen unser Zauber wirkt. Soviel ich weiß, hat Euch der Graf eine Ausgabe des Schwarzen Buches gegeben.«

»Ja.«

»Und Ihr habt fleißig darin gelesen?«

»In der Tat.«

Richard stieg vor Margerite die Wendeltreppe hinab und blieb immer wieder mit besorgtem Blick und ausgestrecktem Arm stehen, um sie aufzufangen, falls sie ins Straucheln kommen sollte. Obwohl sie langsam gingen, war Margerite außer Atem, und der Rücken schmerzte sie, als sie Ruprechts zerstörte Bibliothek erreichten.

Richard sah sich die zerfetzten Überreste der Bücher an und stieß einen langen Seufzer aus. »Soviel ist verloren«, flüsterte er. »Wenn Ruprecht nur nicht versagt hätte! Aber was ihn auch überwältigt hat, zum Glück ist es nicht über diesen Raum hinausgelangt, denn nichts wäre verhängnisvoller gewesen, als wenn das Kind in Eurem Leibe Schaden genommen hätte. Zeigt mir bitte auch die anderen Räume.«

Lange stand Richard in Ruprechts Ritualgemach und scharrte mit einer Schuhspitze im rußigen Schutt. »Wer war das?« fragte er neugierig und zeigte auf das Schädelstück, das Günther entdeckt hatte.

»Ruprechts Diener Klingsor«, antwortete Margerite kurzangebunden. Nachdem sie im Ordensbuch gelesen hatte, verstand Margerite, weshalb ihr Günther befohlen hatte, nach Überresten der Toten zu suchen. Er hatte damit nicht nur ihren Gehorsam, sondern auch ihren Willen und ihre Selbstbeherrschung auf die Probe gestellt, so wie es die Ordensphilosophie verlangte. *Der Magier soll sich an die entsetzlichsten wie auch die schönsten Bilder gewöhnen, an die gemeinsten und grausamsten wie an die ehrenhaftesten und gütigsten Taten, auf daß keine Täuschung seinen Willen beirren möge. Keine Empfindlichkeit soll ihn davon abhalten, etwas Verderbtes zu berühren, und auch der Versuchung, beim Gefälligen zu verharren, darf er nicht nachgeben. Weder Mitleid noch die Liebe zur Grausamkeit sollen ihn davon abhalten, seine Pflicht zu tun, so wie sie getan werden muß. Ein Wille, der sich von solchen Erwägungen berühren läßt, wird unweigerlich der Vernichtung anheimfallen, denn diese Welt bietet weder Verlockungen noch Greuel, die jenen gleichkämen, über die die Mächte der Hölle gebieten.* Margerite hatte Günthers erste Probe bestanden, aber sie wußte nicht, ob sie darauf stolz sein oder sich dafür schämen sollte.

»Prinz Günther hat mir aufgetragen, diesen Ort zu säubern und vorzubereiten, doch wie Ihr sehen könnt, bin ich nicht imstande, auf den Knien den Boden zu scheuern.«

»Natürlich, Priesterin. Ich werde das alles übernehmen. Wenn es an der Zeit ist, werdet Ihr den Kreis und das Dreieck für Euch selbst erneuern müssen, aber das wird nicht notwendig sein, bevor das Kind zur Welt kommt.«

Widerwillig zeigte Margerite Richard den Ausgang zur Schlucht, durch den er den Schutt der Sprengung hinauswerfen konnte. Der Schnee würde alles rasch bedecken und die Brocken nach der Schmelze im Frühjahr so weit verstreuen, daß niemand je von ihnen erfahren würde.

Als Margerite dem Engländer endlich entkommen war und zurück zu ihrem Gemach eilte, rief sie nach Gerhild. Sie hatte starke Schmerzen im Rücken, die Brüste taten ihr weh, und sie fühlte sich vollkommen erschöpft, als hätte sie den ganzen Tag schwer gearbeitet.

»Euch fehlt nichts«, sagte Gerhild nach einer gründlichen Untersuchung. »Es ist nur der gewöhnliche Verlauf der Schwangerschaft.«

»Das mag sein, aber ich fühle mich sehr unwohl. Und ich habe die ganze Nacht nicht geschlafen, denn Christoph hat anscheinend die seltsame Gewohnheit, mitten in der Nacht mit dem Jagdhorn zum Fenster hinauszublasen, vor allem wenn der Sturm besonders wild tobt, und manchmal höre ich es bis zu mir herauf. Ich werde ihn wohl morgen darauf ansprechen müssen.«

Gerhild schüttelte den Kopf. »Das würde ich nicht tun. Ich glaube nicht, daß es Christoph ist, den Ihr spielen hört.«

»Wer dann? Vergnügt sich einer unserer Wachleute draußen damit, daß er Lärm macht? Wenn dem so ist, werde ich den Mann auspeitschen lassen, denn es könnte sehr leicht als Ruf zu den Waffen mißverstanden werden.«

»Nein«, sagte Gerhild. »Am besten, Ihr laßt die Angelegenheit auf sich beruhen und kümmert Euch nicht mehr darum, Frau Gräfin. Frauen empfinden Kleinigkeiten oft als Belästigung, wenn sie gesegneten Leibes sind, und Eure Schwangerschaft ist nicht so leicht wie die manch anderer Frauen. Ich bereite Euch einen Tee, der Eure Schmerzen lindert und Euch beruhigt, damit Ihr gut schlafen könnt.«

»Warum willst du mir nicht sagen, was du weißt?« fragte Margerite. Sie merkte, daß sie trotzig wie ein Kind klang, aber sie war müde – müde von dem Gespräch mit Richard, müde von den Schmerzen im Rücken, in den Beinen und in den Brüsten, müde vom Gewicht ihres Bauches und dem ständigen Drang, Wasser zu lassen, und dem leichten Watschelgang, in den sie allmählich verfiel. *Heilige Maria, Mutter Gottes,* dachte sie, *war es auch für dich so schwer?*

»Weil ich nichts als Ammenmärchen und Bauerngeschichten kenne, Frau Gräfin«, antwortete Gerhild spitz, »und Ihr seid klug und gebildet und müßt Euch nicht um solchen Unsinn kümmern. Ich weiß auch, daß Evas Katze Kriemhild schon früh rollig geworden ist und wahrscheinlich zur gleichen Zeit wie Ihr gebären wird, denn niemand hat ihrem Vater gesagt, daß Inzucht eine Sünde ist. Ihr beide könnt also in der letzten Woche der Schwangerschaft eure Beschwerden miteinander teilen und gemeinsam über euren dicken Bauch und geschwollene Brustwarzen klagen.«

Margerite mußte lachen. Sie wußte ja selbst, daß die Schwangerschaft sie launisch und unvernünftig machte. Aber sobald sich Gerhild zurückgezogen hatte, wandte sie sich an Rosa.

»Weißt du etwas über jemanden, der sein Jagdhorn bläst, wenn die Winde am stärksten heulen?« fragte sie die Dienstmagd.

Rosa, die gerade für die Nacht einschürte, richtete sich auf und schob sich mit dem Rücken ihrer rußigen Hand ein paar dunkelbraune Strähnen aus der Stirn. Abgesehen von der Haarfarbe hatte sie die gleiche sehnige Gestalt und das spitze Gesicht wie Gerhild. Offenbar besaß das Familienblut der Hebamme große Kraft.

»Frau Gräfin, ich weiß nur, was die Leute sagen«, antwortete sie angespannt. »Und meine Tante hat recht: Es sind nur Ammenmärchen und Bauerngeschichten, die Ihr nicht zu hören wünscht.«

»Aber jetzt würde ich sie gern hören.« Margerite setzte sich auf, und Kobold sprang ihr sofort auf den Schoß. Abwesend streichelte sie der Katze über das Fell. »Was sagen die Leute – wenn sie nicht gerade mit mir reden?«

»Sie sagen ... bitte seid nicht böse auf mich, Frau Gräfin, ich erzähle diese Geschichten nur, weil Ihr mich darum gebeten habt. Sie sagen, daß Graf Ruprecht seit seinem Tod auf seinem großen, dunklen Hengst durch den Sturm reitet und daß seine grauen Hunde vor ihm rennen und seine Adler über ihm fliegen. Sie sagen, daß er jetzt lebende Menschen durch die Nacht jagt, so wie er einst Hirsche durch den Wald gejagt hat. Sein Horn erklingt zur Warnung, daß er umherstreift, und jeder, der draußen ist und es hört, muß sich mit dem Gesicht nach unten zu Boden werfen und hoffen, daß er vorüberreitet. Manche Leute sagen, es ist die Strafe Gottes dafür, daß der Graf am Sonntag gejagt hat, statt zur Messe zu gehen, wie es sich geziemt hätte, und jetzt wird er durch die Wälder jagen bis zum Jüngsten Gericht. Verzeiht, Frau Gräfin«, fügte Rosa hinzu, »ich wollte Euch keinen Kummer bereiten, aber Ihr habt mich gebeten, es Euch zu erzählen. Und Tante Gerhild hat mich ermahnt, Euch niemals die Unwahrheit zu sagen, weil Ihr mich sonst gewiß dabei ertappen würdet.«

Margerite blickte kurz zu den Fenstern und konnte außer Dunkelheit nichts dahinter erkennen. Sie hörte, wie der Wind draußen noch stärker wehte, aber – Christus sei Dank – es war nur der Wind ohne den Widerhall des Hörnerrufs, der sie in ihren Träumen heimgesucht hatte. In ihrem Bauch spürte sie, wie sich das Kind bewegte und gegen die Wände ihres Leibes stieß, als wollte es unbedingt hinaus.

»Still, mein Kleines«, wisperte sie und strich sich über den Bauch, um ihn zu beruhigen. »Du wirst noch früh genug herauskommen, und dann wirst du weinen über die kalte, helle Welt und dich fragen, warum du mich so dringend verlassen wolltest. Still, still.« Sie begann sich zu wiegen und leise für das Kind unter ihrem Herzen zu singen. Nach einigen Augenblicken fiel Rosa mit der tieferen zweiten Stimme ein.

Die Fastenzeit auf Burg Falkenstein war mager, denn bei der Belagerung waren viele Vorräte aufgebraucht worden. Aber Margerite hatte schon Schlimmeres durchgemacht, und Pater Etienne hatte ihr wegen ihrer Schwangerschaft die Erlaubnis gegeben, die Enthaltsamkeit zu unterbrechen, wann immer dies möglich war. Nach den ersten Märzwochen legten sich die wilden Stürme allmählich, und der Wind brachte mehr Regen als Schnee. Eiszapfen hingen tropfend von den Burgtraufen und zackig von den Resten der Bauernhütten im äußeren Burghof. Die Schneewehen schmolzen langsam zu unansehnlichen grauen Haufen, unter deren überhängenden Rändern bereits die schwarze Erde zum Vorschein kam. Margerite hatte immer schwerer an ihrer Schwangerschaft zu tragen, und an vielen Tagen machte sie sich nicht mehr die Mühe, die gewundene Burgtreppe zum großen Saal hinunterzugehen, und ließ sich die Mahlzeiten von Rosa in ihr Gemach bringen. Wäre ihr Richard nicht auf Schritt und Tritt gefolgt, sobald sie ihr Zimmer verließ, hätte sie vielleicht mehr unternommen. Gleichzeitig war sie froh, daß sie ihre anstrengende Schwangerschaft vorschützen konnte, um nicht die langen Treppenfluchten zu den geheimen Gemächern hinabsteigen zu müssen, wo sie der junge Engländer in Ruprechts schwarzen Künsten unterweisen wollte. Allein Richards Anblick bei den Mahlzeiten, die sie im großen Saal einnahm, beunruhigte sie. Er war zwar liebenswürdig und ein bezaubernder Gesellschafter, doch die tiefe Ehrerbietung, die er ihr entgegenbrachte und seine gelegentlichen Bemerkungen über »das Kind« verstörten Margerite zutiefst.

Trotz Richards Gegenwart konnte Margerite alle Fastenmessen Pater Etiennes besuchen. Der Orden schrieb seinen Mitgliedern vor, sich nach Kräften vor der Entdeckung zu schützen, und empfahl ihnen, Gleichgültigkeit gegenüber allen christlichen Heiligtümern zu entwickeln, um sich nicht von Kreuzen oder Gebeten oder dem Geruch des Weihrauchs an der Kirchentür schrecken zu lassen. Zwar war es ihr nahezu unmöglich, den Priester unter vier Augen zu sprechen, wie sie es sich sehnlichst wünschte, aber wenigstens der gewohnte Ablauf der Messe tröstete ihre Seele. Und Richard konnte sie nicht davon abhalten, vor Ostern – zum Schein, wie er dachte – die Beichte abzulegen, wie es die Pflicht aller Christen war.

Endlich allein mit Pater Etienne in seinem Gemach, kniete Margerite vor ihm nieder und schüttete ihm ihr Herz aus. Als besonders schlimm empfand sie, wie leicht sie die Lehren des Schwarzen Buches auffaßte, wie die Worte in ihr widerhallten oder vorhandene Gedankengänge freisetzten, von deren Existenz sie bis dahin nicht gewußt hatte, und wie sehr Richard sie immerzu mit Lob für ihre Fortschritte überschüttete. Sie konnte dem Priester nicht ins Gesicht sehen, als sie ihm dies berichtete, aber der warme Griff seiner schlanken Finger um ihre kalten Hände verlieh ihr wieder Kraft, während er mit seinen vernünftigen Fragen und seiner spröden Baritonstimme ihre wilden Ängste beschwichtigte.

»Ihr habt in vielem, was Ihr gelernt habt, nur die Grundsätze der Zauberkunst erfahren, die allein im Zusammenhang ihres Gebrauchs durch den Orden Schaden anrichten können. Das gleiche gilt für die Übungen, die Euch der Engländer bisher gelehrt hat. Den Atem zu beherrschen, unerwünschte Empfindungen und abschweifende Gedanken zu verscheuchen – dies sind Dinge, die Ihr vielleicht auch in einem Kloster gelernt hättet, wenn Ihr die Berufung zu einem Leben der Einkehr gefühlt hättet. Doch hütet Euch davor, diese Grundsätze zu weit zu führen, so daß Macht und Wille zum Selbstzweck jenseits der Menschlichkeit, des Mitleids und der Liebe zu Christus werden. Als Euch Günther unten in Ruprechts geheimem Gemach auf die Probe gestellt hat, als Ihr die Knochenstücke von Kundrie und Klingsor gefunden habt, was habt Ihr da gefühlt?«

»Ekel«, gab Margerite offen zu. »Ich hätte mich fast übergeben müssen.«

»Und sonst?«

Sie dachte nach und schüttelte dann den Kopf.

»Habt Ihr Erbarmen gefühlt?«

»Für sie? Aber sie … sie waren böse. Ich glaube, sie waren nicht einmal Menschen.«

»Waren sie das nicht?« fragte Pater Etienne. Margerite blickte auf und sah sein verändertes Gesicht. An die Stelle der asketischen Unnahbarkeit eines Richters war ein sanfter Ausdruck getreten. Margerite glaubte eine Ahnung von Schwermut in den blauen Augen und einen Hauch von Trauer um die feingeschnittenen Lippen unter dem ordentlich gestutzten Schnurrbart zu erkennen. »Waren sie keine denkenden Wesen, belebt von vernunftbegabten Seelen?«

»Vermutlich waren sie das«, räumte Margerite ein. »Ich habe nie darüber nachgedacht.«

»Es ist das Leid der gefallenen Schöpfung, daß sich viele, die vielleicht gut geworden wären, dem Bösen zugewandt haben, daß sie Qualen leiden oder vielleicht sogar völlig vernichtet werden müssen. Auch«, so fügte er streng hinzu, und Margerite wußte, daß er daran dachte, wie sie für Ruprecht gebetet hatte, »diejenigen, die wir einst geliebt haben. Es ist die schwerste unserer Aufgaben, die Bösen mit all unseren Kräften zu bekämpfen, ohne sie zu hassen, eingedenk des Erbarmens Christi, der auch für die schlechtesten Menschen gestorben ist. Zum Wohle Eurer Seele trage ich Euch auf, über diese Schuldigkeit nachzusinnen und darüber, was Eure christliche Pflicht gegen Kundrie und Klingsor ist, nun da sie tot sind.«

Aus irgendeinem Grund dachte Margerite an etwas, was Günther gesagt hatte: *Vielleicht kann ich noch eine Antwort erhalten, wenn von einem meiner Diener … genug übriggeblieben ist.* Wenn sie sie davor bewahren konnte, daß Günther sie noch einmal benutzte … Aber die Überreste ihrer Knochen befanden sich wahrscheinlich irgendwo in der Schlucht, wo sie mit dem Schutt aus dem Gemach hingespült worden waren. Und selbst wenn sie sie gehabt hätte, hätte sie sie nicht in geweihtem Boden begraben können.

»Habt Ihr sonst noch ein Anliegen?« fragte Pater Etienne.

»Ja ... Bertram.«

»Was habt Ihr mir über ihn zu beichten? Ist es mehr als das, wofür Ihr nach Ruprechts Tod Buße getan habt?«

»Ich liebe ihn immer noch, und ich hätte mir von ganzem Herzen gewünscht, ihn zu heiraten, statt mich mit Heinrich zu verloben.«

»Das ist traurig, aber seid Ihr dadurch zur Sünde verführt worden?«

»Ich denke nur oft an ihn bei Nacht und daran, wie es gewesen wäre, wenn wir uns hätten vermählen können.«

»Wie steht Bertram dazu?«

»Wir haben nur einmal darüber geredet ... Ich glaube nicht, daß er meinen Antrag angenommen hätte, aus Angst davor, daß wir zwischen Heinrich und Günther zugrunde gehen.«

»Da habt Ihr wohl recht«, sagte Pater Etienne. »Doch wie steht es mit Eurem Verlobungsschwur gegen Heinrich und Eurer Absicht, ihn zu heiraten? Habt Ihr vor, ihn mit Bertram zu hintergehen?«

»Nein. Nein, Bertram würde nie ...« Margerite dachte daran, wie sich Bertram von ihr abgewandt und sich für das, was sie getan hatten, verflucht hatte. Er glaubte vielleicht immer noch daran, damals eine Sünde gegen sie begangen zu haben, und sie wußte ganz sicher, daß er sie niemals willentlich zum Bruch ihres Ehegelöbnisses anstiften würde.

»Dann habt Ihr nicht gesündigt, seid aber in großer Gefahr, in Sünde zu verfallen. Und im Angesicht dieser Gefahr – dies sage ich Euch in aller Dringlichkeit – müßt Ihr Euch auch der Versuchung bewußt sein, Euer neues, dunkles Wissen zur Befriedigung Eures Herzenswunsches einzusetzen. Diese Versuchung hat viele, die stärker sind als Ihr, ins Verderben geführt, aber wenn Ihr um diese Anfechtung wißt, könnt Ihr ihr vielleicht widerstehen. Zumindest soviel Wissen liegt in Ihrem Schwarzen Buch: *Auch das Schrecklichste sollst du nicht vor dir verhehlen, denn das Element deines Wesens, gegen das du blind bist, ist die Bresche in deiner Abwehr, durch die dich unweigerlich deine Niederlage ereilen wird.* Und damit wird im Grund nur die Weisheit eines besseren Buches und eines wahrlich größeren Zauberers wiedergegeben, denn schon König Salomon hat in seinen Sprüchen geschrieben: ›Wer zugrunde gehen soll, der wird zuvor stolz, und Hochmut kommt vor dem Fall.‹ Habt Ihr nie auch nur einen Augenblick daran gedacht, daß Ihr manche Eurer Kenntnisse dazu benutzen könntet, Euch aus einer mißlichen Lage zu befreien?«

»Doch, das habe ich«, gestand Margerite beschämt.

»So vergeßt es nicht und laßt Euch nicht durch die Sünde des Stolzes zu schlimmerem Frevel verleiten. Denkt stets daran, daß der Besitz von Macht auch die Versuchung in sich trägt, sie zu benutzen, für Euch nicht weniger als für andere. Hütet Euch vor dieser Fußangel, doch solltet Ihr versagen – so nehmt Euch noch mehr in acht vor der Falle der Verzweiflung, denn sie macht Euch siebenfach anfälliger gegen die Tücken des Teufels. Habt Ihr verstanden?«

Margerite nickte.

»Alle Menschen sind gefallen, und die Gnade Christi ist unendlich. Habt Ihr noch etwas anderes zu beichten?«

Margerite dachte kurz daran, Pater Etienne von ihren Zweifeln über den wahren Vater des Kindes zu berichten, von den Zweifeln, die durch Richards Verehrung immer mehr zu Ängsten wurden. Aber soeben hatte er davon gesprochen, daß das Böse zerstört werden mußte: Was, wenn er ihr befahl, Wolfram aus dem Mutterleib zu verstoßen? Sie streichelte sich über den Bauch und liebkoste ihr Kind, wie um ihm zu versichern, daß sie es schützen werde. »Nein, Pater, aber ich fürchte mich vor dem, was der Orden mit meinem Kind vorhat. Günther hat bereits seine Rückkehr zur Geburt angekündigt.«

»Ich werde an der Tür der Geburtskammer wachen und es taufen, sobald es zur Welt gekommen ist, bevor es Günther für seinen Meister einfordern kann«, beruhigte sie Pater Etienne. »Dann sollte Euer Kind sicher sein, zumindest bis es so alt ist, daß es vernünftig denken kann. Danach muß es selbst mit allen Versuchungen zurechtkommen, die das Los der Menschheit sind.«

Damit mußte sich Margerite zufriedengeben, denn sie wagte es nicht, dem Priester mehr zu sagen. Aber was Klingsor und Kundrie anging oder vielmehr ihre Überreste… An diesem Abend fragte sie Richard nach den Gebeinen der Diener.

»Ich habe sie sorgfältig in ein schwarzes Seidensäckchen gehüllt und sie in Eurer Zauberstätte in einer Truhe verschlossen, Priesterin«, erwiderte Richard voller Stolz. »Ich dachte, daß Ihr oder Prinz Günther sie eines Tages brauchen könntet.«

»Bringt sie mir.«

»Was wollt Ihr damit tun? Ihr wißt, daß Euch bis zur Geburt des Kindes rituelle Werke verwehrt sind.«

»Ich möchte sie bei mir aufbewahren.« Der Geschmack der Lüge lag Margerite bitter auf der Zunge. »Denn sie waren treue Diener, die mir einst vielleicht wieder dienen können.«

Ein Lächeln erleuchtete Richards Gesicht, und seine grünlichen Augen glitzerten begeistert. »Hat Prinz Günther mit Euch darüber gesprochen, Priesterin?«

»Nicht ausdrücklich«, wich Margerite aus. »Aber er hat gewisse Andeutungen gemacht. Werdet Ihr meinen Wunsch befolgen?«

»Natürlich, Priesterin.«

Da Margerite nicht selbst zum Marienschrein reiten konnte, sandte sie Eva mit der Bitte zu Bertram, ihr etwas Wasser von der Heilquelle zu bringen. Während der Karfreitagsmesse tröpfelte sie heimlich unter ihrem Umhang aus einem Fläschchen gesegnetes Marienwasser auf die verkohlten Reste und betete zur Heiligen Jungfrau für zwei unbekannte Seelen, die wie alle Menschen und das mit Luzifer gefallene Heer der Engel einmal die Fähigkeit zum Guten in sich getragen haben mußten. Und sie betete für sich um das Mitleid, die Weisheit und die Kraft, die sie brauchte, um nicht dereinst selbst zu den verdammten Seelen zu gehören.

Mitte April war aller Schnee geschmolzen. Die Bauern aus Tiefensee bestellten fleißig die Felder, und in den Burggärten wuchsen bereits frische grüne Triebe. Widerstrebend hatte Margerite Richard die Pflege des Kräutergartens überlassen, da er bei ihren seltenen ungestörten Gesprächen angedeutet hatte, daß hier mehr zu tun war, als nur zu jäten, zu düngen und die zartesten Pflanzen vor spätem Frost zu schützen.

Wie es Gerhild vorausgesagt hatte, wurde die kleine Kriemhild immer dicker, und unter ihrem dunklen Pelz sah man schon die Bewegungen der Jungen. Für ihr zartes Alter war Kriemhild sehr groß, und Gerhild verhieß feierlich, daß sie mit ihrem Wurf keine Beschwerden haben würde. Kobold zeigte sich sehr fürsorglich gegenüber seiner Tochter und Gemahlin und putzte ihr stundenlang das Gesicht, während sie sich schnurrend an ihn schmiegte. Eva fütterte ihre Katze mit verschiedenen kleinen Leckerbissen und verwöhnte sie wie ihre eigene Tochter.

Eine Woche vor der Geburt hörte Margerite, die sich in ihrem Gemach ausruhte, Hörnerschall vom Tor. Mühsam erhob sie sich vom Bett und ging schwankend zu einem Fenster. Die Torwachen hatten bereits das Fallgatter herabsausen lassen. Dahinter stand ein Reiter auf der Brücke, hinter dem sich eine Wache von dreißig Männern in voller Rüstung befand. Als Margerite auf das gelbblaue Banner starrte, nistete sich ein dumpfes Gefühl der Niedergeschlagenheit in ihrem Herzen ein. Graf Günther hatte seine Rückkehr zur Geburt des Kindes versprochen, und jetzt war er gekommen.

Die Wache von Burg Falkenstein handelte rasch, und Margerite hörte das Klopfen an ihrer Tür, noch bevor sie bereit war hinauszutreten.

»Ich habe Graf Günthers Banner vom Fenster aus gesehen«, sagte sie. Der junge Mann mit dem schmalen, geröteten Gesicht unter dem braunen Flaum nahm Habachtstellung vor ihr an. »Ist er es wirklich?«

»Der Hauptmann sagt es, Frau Gräfin. Sollen wir ihn einlassen? Er hat einen starken Trupp bei sich.«

»Sind es mehr als die dreißig, die ich vor dem Tor erblickt habe?«

»Es sind nur diese Männer, aber sie sind gut gerüstet, und der Hauptmann hält sie alle für erfahrene Kämpfer. Sie könnten großes Unheil in der Burg anrichten, Frau Gräfin.«

»Bist du denn so erpicht auf eine weitere Belagerung?« fragte Margerite. Der Jüngling schüttelte den Kopf und senkte den Blick. »Graf Grünther ist unser Verbündeter und Freund. Laßt ihn ein.«

»Wie Ihr befehlt, Frau Gräfin.« Der Wachmann machte kehrt, und die Tritte seiner Stiefel verhallten rasch über den Gang und die Treppe.

Vorsichtig mit einer Hand an die Mauer gestützt, stieg Margerite hinunter zum großen Saal. Auf halbem Weg tauchte Richard auf und wachte darüber, daß kein strauchelnder Fuß dem Kind unter ihrem Herzen gefährlich wurde. Am liebsten hätte sie ihn fortgeschickt, aber ihr fiel kein geeigneter Vorwand ein.

Sie mußten nicht lange warten, bis Günther mit einigen seiner Männer in den großen Saal trat. Der Graf wirkte gesund und gutgelaunt, das lange Gesicht hatte auf dem eineinhalbwöchigen Ritt bei schönem Wetter Farbe bekommen, und seine Augen leuchteten erwartungsfroh.

»Ich grüße Euch, Gräfin Margerite!« rief er. »Wie ich sehe, komme ich nicht zu spät, um Taufpate Eures Kindes zu sein.«

Margerite legte die Hände auf die Wölbung ihres Bauches, um das Kind zu beschwichtigen, das mit heftigen Tritten auf das erschrockene Schlagen ihres Herzens zu antworten schien. Der lästerlichen Handlung, auf die Günther mit seinen Worten angespielt hatte, würde natürlich eine herkömmliche Zeremonie folgen, in der er vor der Welt die rechtliche und gesellschaftliche Stellung eines Paten annehmen würde. »Nein, Ihr kommt nicht zu spät, Graf Günther«. Sie versuchte ein Lächeln, zuckte aber nur zusammen.

Mit wenigen großen Schritten durchquerte Günther den Saal und blieb neben ihr stehen. »Befindet Ihr Euch wohl?« fragte er leise. »Ihr wirkt blaß. Hat sich Richard geziemend um Euch gekümmert?«

»Er war sehr aufmerksam«, erwiderte Margerite. Sie setzte ein überzeugenderes Lächeln auf, und der Engländer grinste freudig zurück. »Ich danke Euch, daß Ihr ihn mir gesandt habt.«

Günther machte eine wegwerfende Geste, und der Rubin des Ordensringes funkelte dunkel an seiner Hand. »Ich hätte wohl einen Besseren finden können, aber es war nicht genügend Zeit, um ...« Er unterbrach sich jäh. »Ihr seid bei bester Gesundheit, wie Ihr sagt. Das ist eine gute Nachricht, denn Ihr wißt, wie sehr ich darauf warte, daß der Sohn meines Freundes Ruprecht geboren wird und den ihm gebührenden Platz einnimmt.«

»Euer Beistand ist auf Burg Falkenstein stets willkommen, Graf«, antwortete Margerite höflich.

»In der Tat. Und …« Günther senkte wieder die Stimme. »Wie ist es um Euer Vermögen bestellt? Es ist gewiß nicht leicht, sich von einem Krieg und einer langen Belagerung zu erholen.« Er legte die Stirn in Falten. »Vor allem, da Ihr anscheinend noch immer die Bärenschar auf Burg Falkenstein unterhaltet. Habt Ihr Grund, Euch vor weiteren Gefahren zu fürchten?«

Margerite mühte sich, die vielen Abstufungen seiner Fragen zu begreifen, aber es fiel ihr nicht leicht, da das Kind begeistert auf ihrer Blase herumtrommelte. Bot Graf Günther weitere Hilfe an, um sich Burg Falkenstein noch mehr zu verpflichten, oder war seine Erwähnung der Unterstützung, die Ruprecht erhalten hatte, eine untergründige Drohung? Und meinte er, daß sie Paul und seine Männer zum Schutz gegen Heinrich oder gegen ihn auf der Burg behalten hatte?

»Paul der Bär ist nach der Schlacht vor der Burg von einem bösen Wundfieber befallen worden und ist erst seit kurzem wieder völlig hergestellt. Ich hätte der Bärenschar ihre Dienste übel vergolten, wenn ich sie mit einem dem Tod nahen Führer vor die Tür gesetzt hätte, zumal sie in unserem Krieg über ein Drittel ihrer Männer eingebüßt hat.«

»Die Überlebenden sollten froh sein, denn um so mehr Lohn bleibt ihnen, und neue Räuber lassen sich immer dingen«, sagte Günther achselzuckend. »Freischärler sind nicht für ihre Rührseligkeit bekannt. Gewiß hattet Ihr reichlich Gelegenheit, dies festzustellen.« Er blickte zu Bertram hinüber, der neben der Tür des großen Saales stand und ihn und seine Männer beobachtete. »Euer Hauptmann sieht ordentlicher aus, aber geändert hat er sich wohl kaum.«

Margerite sehnte sich danach, Bertram zu verteidigen, aber sie schwieg, denn Günthers Worte zeigten nur, wie wirkungsvoll Bertrams Verstellung war. »Er erfüllt seine Aufgabe sehr gut«, entgegnete sie kühl. »Doch ich sehe, daß Ihr eine erkleckliche Zahl von Soldaten mitgebracht habt. Wißt Ihr etwas, was mir noch nicht zu Ohren gekommen ist?«

»Nur, daß die Straßen hier immer gefährlicher werden. Trotz unserer Bewaffnung hatten wir unterwegs ein Scharmützel zu bestehen. In einem kleineren Troß zu reisen wäre nicht sicher gewesen. Auch Ihr solltet dies bedenken, wenn Ihr mich, wie ich hoffe, später in diesem Jahr besuchen werdet.«

»Natürlich. Was unsere Vermögenslage angeht, so war der Verlust der Traubenernte wohl der herbste Schlag für uns. Ich glaube nicht, daß wir in diesem Jahr viele ehrgeizige Unternehmen beginnen werden, aber wenn das Wetter schön bleibt, sollten wir den größten Teil der Einbußen bis zum Sommer des kommenden Jahres wieder wettgemacht haben.«

»Ihr scheint besser zu wirtschaften als Ruprecht«, bemerkte Günther. »Wir können über diese Angelegenheiten noch reden, wenn Ihr Euch wieder erholt habt. Doch jetzt...«

»Doch jetzt«, unterbrach ihn Margerite eilig, da sie den Druck auf ihrer Blase nicht mehr übergehen konnte, »muß ich mich einen Augenblick entschuldigen. Ihr versteht.« Sie wußte, daß es in dem Lagerraum unter dem großen Saal, in dem einige Bedienstete schliefen, Nachttöpfe gab. Sie hoffte, noch rechtzeitig hinzukommen, ohne auf der Treppe zu stürzen.

Ein verdutzter Ausdruck flog über die beweglichen Züge des Grafen. Dann klärte sich sein Gesicht, und er lachte. »Oh, natürlich. Meine edle Gemahlin hatte in den letzten Monaten ihrer Schwangerschaft die gleichen Nöte. Ich werde geduldig auf Eure Rückkehr warten.«

Margerite schloß Ruprechts Gemach auf und wies die Bediensteten an, es für Graf Günther herzurichten, ehe sie wieder in den großen Saal hinabstieg. Es widerstrebte ihr zwar, aber sie wußte nicht, wo sie ihn sonst hätte unterbringen sollen. Außerdem wußte er von den geheimen Räumen und erwartete natürlich, in ihrer Nähe zu wohnen. Wenigstens hatte Richard Ruprechts Gemächer nicht nur saubergeschrubbt, sondern auch gründlich mit Weihrauch gereinigt – um sie auf Margerites eigene Beschwörungen vorzubereiten. Und ausgerechnet dies schützte die Räume vor allem, was Günther ohne Margerites Wissen vielleicht in ihnen zu tun gedachte, da der Orden strenge Achtung zwischen seinen Mitgliedern gebot, vor allem im Hinblick auf ihre magischen Räume und Werkzeuge.

Dennoch schlug Margerite heftig das Herz, und sie bekam feuchte Hände, als Richard spät am Abend an ihre Tür trat und ihr mitteilte, daß sie der Prinz vertraulich zu sprechen wünsche. Beunruhigt schritt sie hinter dem Engländer durch den Gang, und Kobold folgte ihr dicht auf den Fersen. Sie kehrte nach Kräften die Behinderung hervor, die die Schwangerschaft für sie darstellte. Doch in Wahrheit übertrieb sie kaum, und die Erkenntnis ihrer eigenen Hilflosigkeit jagte ihr noch mehr Angst ein. Unbeholfen, wie sie war, konnte sie Günther nicht entkommen, denn mit ihren geschwollenen Knöcheln und Füßen bewältigte sie die Treppen nur langsam und mit großer Mühe. Schon der kurze Weg erschöpfte sie, als würden ihr Wolframs lebhafte Bewegungen alle Stärke rauben.

Günther saß hinter Ruprechts Tisch, auf dem drei schwarze Kerzen zu einem Dreieck angeordnet waren. Ihr flackerndes Licht betonte sein spitzes, bärtiges Kinn, den scharf in die Stirn ragenden Haaransatz und die graublonden Locken über den Ohren und verlieh ihm ein furchterregendes und diabolisches Aussehen. Er trug die dunkelrote Robe des Ordensprinzen, und seine Hände lagen auf dem Tisch, so daß Margerite das rote Glühen der Flammen in den Tiefen des großen Rubins an seinem Finger sah. In diesem Gewand war Günther eine ehrfurchtgebietende und schreckliche Gestalt. Margerite hätte fast glauben können, sich in der Gesellschaft eines Prinzen der Hölle zu befinden. *Die Magie schwebt zwischen Schein und Sein, und der Schein kann das Sein gestalten, denn er wirkt durch den Verstand. Die Gefühle eines anderen zu bestimmen, ob zu Liebe und Treue oder zu Schrecken und Ekel, heißt, ihn zu beherrschen …* Diese Worte standen zwar im Schwarzen Buch des Ordens, aber jetzt verliehen sie Margerite Kraft, so daß sie Günthers durchdringendem Blick standhalten konnte, ohne mit der Wimper zu zucken und ohne die Angst zu empfinden, die sie befallen hatte, als sie ihn zum ersten Mal – vor wenigen Monaten? – in seiner Ordenskleidung gesehen hatte.

Zwischen den Kerzen lag ein Pergament, das mit glänzend schwarzer Tinte beschrieben war. Es sah aus wie eines der Verzeichnisse des Burgseneschalls Kurt. Günthers Zähne glitzerten weiß und scharf, als er mit dem Fingernagel auf das Schriftstück klopfte.

»Seid gegrüßt, Priesterin, Mutter des Erben unseres Meisters«, sagte er zu Margerite. »Ex tenebrae lux.«

»Ex tenebrae lux«, erwiderte Margerite.

»Bis zur Geburt des Kindes sind es noch sechs Tage, und es sind noch viele Vorbereitungen zu treffen.« Günther nahm das Pergament zur Hand. »Hier ist das Verzeichnis der Zutaten, die wir für Seine Taufe brauchen. Und Ihr werdet sie mir beschaffen.«

Margerite nahm das Verzeichnis entgegen. Es fühlte sich seltsam glatt und kalt an zwischen den Fingern, dünner und feiner als die Haut eines Kalbes oder Lammes. Obwohl sich alles in ihr dagegen sträubte, das Pergament zu berühren oder es genauer anzusehen, hielt und las sie es mit kühler Gefaßtheit. Günther hatte eine edle und genaue Handschrift, um deren Klarheit ihn viele Priester beneidet hätten. Kein Wunder freilich, denn ein einziges falsch gelesenes Wort bei einem Ritual konnte zu größten Verheerungen führen.

Der Schädel einer vollkommen schwarzen Katze.
Die Hoden eines frischgeschlachteten Ziegenbocks.
Das Herz und die Hoden eines neuntägigen Lammes ohne Fehl.
Das Blut eines vollkommen schwarzen Hahnes, der noch nie gezeugt hat.
Der Fingerknochen eines zu Unrecht Gehenkten.
Eine Alraunwurzel von makelloser Gestalt.
Eine geweihte Hostie.

»Und wo«, fragte Margerite, »soll ich diese Dinge in meinem Zustand finden? Glaubt Ihr, daß ich im neunten Monat meiner Schwangerschaft Lämmer schlachten und Leichen ausgraben werde?« Es war nicht ungefährlich, ihm auf diese Weise entgegenzutreten, aber andererseits ließ das Schwarze Buch keinen Zweifel daran, daß die luziferische Philosophie und der Aufbau des Ordens der Lichtträger nicht auf gedankenlosem Gehorsam beruhten, sondern unabhängiges Denken und die Bereitschaft, törichte Befehle in Frage zu stellen, zumindest bis zu einem gewissen Grad durchaus schätzten.

Margerite hatte richtig geurteilt, denn Günther lehnte sich lächelnd zurück, so daß sein Gesicht mit Ausnahme der glitzernden Augen und Zähne im Schatten lag. »Ihr könnt Richard auftragen, sie herbeizuschaffen. Aber der Befehl zu jeder einzelnen Zutat muß aus Eurem Mund kommen, und Ihr müßt ihm sagen, wo er sie suchen soll.«

Margerite spürte, wie die Knie unter ihr nachgaben. Ohne Günther um Erlaubnis zu bitten, setzte sie sich auf sein Bett, um sich zu sammeln. Der Ordensprinz klopfte müßig mit dem linken Zeigefinger auf die Tischplatte, während er sie mit der kühlen Aufmerksamkeit eines Kochs betrachtete, der abwartet, ob eine neue Tunke die richtige Dicke gewinnt. Sie atmete tief ein, und die frische Luft besänftigte das Pochen ihres Herzens.

»Richard«, sagte Margerite schließlich, »ich möchte, daß Ihr mir den Schädel einer vollkommen schwarzen Katze bringt ...« Sie zählte die Zutaten nacheinander auf und achtete genau darauf, daß kein Stocken oder Schauder ihren Widerwillen verriet.

»Und wo kann ich diese Dinge finden, Priesterin?« fragte Richard munter.

»Wegen des Katzenschädels würde ich Berthe fragen, ob sie die letzten Jungen ihrer Küchenkatze ertränkt hat, die gewiß alle schwarz sind.« Zu ihren Füßen stieß Kobold einen scharfen Schrei aus, und Margerite griff nach unten, um ihn zu streicheln. In Gedanken bat sie ihn um Verzeihung, und er machte einen weichen Buckel, wie um ihr zu zeigen, daß er ihr bereits vergeben hatte. »Den Ziegenbock, das Lamm und den Hahn könnt Ihr allesamt für meine Mahlzeiten fordern, da alle Welt weiß, daß es schwangere Frauen nach ungewöhnlicher Kost gelüstet. Es ist gerade Lammzeit, ein Neuntägiges sollte also nicht schwer zu finden sein. Und ein Hahn, der zu jung ist, um eine Henne zu bespringen, kann auch noch nicht gezeugt haben. Freilich sind Hähne und Hennen in diesem Alter nicht leicht zu unterscheiden, und Ihr müßt vielleicht zwei oder drei Vögel aufschneiden, bevor Ihr das Gesuchte findet. Den Kräutergarten pflegt Ihr ja selbst, und so könnt Ihr gewiß auch eine

Alraunwurzel erkennen. Ich beneide Euch nicht um die Aufgabe, Pater Etienne eine geweihte Hostie abzuluchsen, aber ich vertraue auf Euer Geschick. Doch vielleicht solltet Ihr lieber in eines der Nachbardörfer reiten, dessen Priester nicht so wachsam sind. Was den Fingerknochen angeht...« Margerites Mund war auf einmal ganz ausgetrocknet. Sie schluckte. Konnte sie es über sich bringen, die Entweihung der Gräber von Eckhardts Blutsverwandten zu veranlassen? Hatten sie nicht schon genug gelitten, mußte jetzt auch noch eine von ihnen einen Knochen für dieses lästerliche Ritual hergeben? *Verzeiht mir, ihr armen Frauen*, dachte sie. *Aber ich muß es tun, um meinem Kind ein wenig Zeit zu verschaffen.* »Letztes Jahr wurden in Tiefensee zwei Frauen aufgehängt, weil ihr Verwandter gewildert hatte. Sie waren so unschuldig, wie man es nur sein kann, und gewiß werdet Ihr ihre Gräber ohne Mühe finden, wenn Ihr Euch gewissenhaft erkundigt.«

»So sei es, Priesterin!« rief Richard. Das Kerzenlicht funkelte auf seinem zarten, goldenen Bartflaum, als er ihr zulächelte. *Heilige Jungfrau Maria, er ist noch so jung*, dachte Margerite. *Zwanzig vielleicht?* Da fiel ihr ein, daß ihr achtzehnter Geburtstag Ende Februar vorübergezogen war, fast ohne daß sie es bemerkt hatte. Sie fühlte sich alles andere als jung mit dem Gewicht des Kindes in sich und der Bürde auf ihrer Seele. Bestimmt war sie auch einmal unbekümmert gewesen wie Richard, aber sie konnte sich nicht mehr daran erinnern.

Am nächsten Abend zog sie sich aus der Gesellschaft Günthers im großen Saal mit der Entschuldigung zurück, daß sie Christoph ein Schachspiel versprochen habe – »oder vielmehr«, gestand sie, »habe ich Eva versprochen, dabeizusitzen und Schachfiguren zu bewegen, damit sie sich mit Christoph unterhalten kann, ohne ihren Ruf zu gefährden. Sie sind ein verheißungsvolles Paar.«

»Fürwahr.« Günther betrachtete sie gedankenvoll über den Rand seines Kelches. »Dennoch sähe ich es lieber, wenn Eva seinem Bruder Nikolaus größere Aufmerksamkeit schenken würde. Erinnert Ihr Euch an Nikolaus?«

»Klar und deutlich.« Und tatsächlich erinnerte sie sich nur zu genau an ihre erste Begegnung mit dem hochfahrenden jungen Mann vor mehreren Monaten in Freiburg. Bei dem Gedanken, Nikolaus bald regelmäßig gegenübertreten zu müssen, durchfuhr sie ein schwacher Schauer, als wäre sie beim Blütenschneiden im Kräutergarten über den Rücken einer schleimigen, kalten Schnecke geglitten. Nur mit Mühe unterdrückte sie ihre Regungen.

»Vielleicht denkt Ihr daran, wenn Ihr das nächste Mal in Evas Gemach seid«, fügte Günther hinzu. Margerite wußte sogleich, was er von ihr erwartete. Lächelnd nickte sie und hoffte, er würde ihre scheinbare Zustimmung als stillschweigendes Versprechen nehmen.

Christophs Gemach lag unmittelbar neben dem Richards, aber die Steinmauern waren dick, und Margerite hatte Teppiche aufhängen lassen, um die Kälte fernzuhalten. Sie konnten also kaum belauscht werden. Trotzdem senkte sie die Stimme und lehnte sich über das Schachbrett, als sie Christoph ansprach. »Christoph, wißt Ihr, warum Graf Günther hier ist?«

Christophs finsterer Ausdruck wollte nicht so recht zu seinem runden Gesicht passen. Er wirkte wie ein Knabe, der aussehen will wie ein Mann. »Vermutlich will er seine Bande zu Euch und Eurem Kinde stärken, indem er die Rolle des Taufpaten übernimmt. Und das … nun, er ist Euer Freund und Verbündeter, und dagegen darf ich wohl kaum meine Stimme erheben.«

»Die Dinge liegen nicht so einfach«, begann Margerite, wurde aber plötzlich von Eva unterbrochen: »Graf Günther ist ein böser Mann, und ich wünschte, er wäre nicht hier.«

Margerite und Christoph starrten sie an – der junge Mann erstaunt, Margerite entsetzt. Was wußte Eva, und was würde sie sagen?

Eva hatte die Schultern nach vorn gezogen und sich in ihren Stuhl verkrochen. Trotz ihres wunderschönen Kleides aus dunkelblauem Samt, dessen enges Mieder ihren vollen Busen unterstrich, glich sie einen Augenblick wieder dem verschreckten Kind, das in einer zerlumpten und stinkenden Nonnentracht nach Burg Falkenstein gekommen war. Selbst ihre Stimme klang höher und kindlicher. »Er ist einmal ins Heiligkreuzkloster gekommen, und … hat mir Angst eingejagt.«

»Was hat er Euch getan?« Christoph erhob sich halb von seinem Stuhl, und seine Hand zuckte zum Schwertknauf.

Eva schüttelte den Kopf. »Er hat mir nur Angst eingejagt.« Sie biß sich auf die Unterlippe, wie um nicht mehr zu sagen.

»Christoph, beruhigt Euch«, schaltete sich Margerite ein. »Laßt mich erzählen, was vorgeht, und dann könnt Ihr entscheiden, was zu tun ist. Graf Günther will die Verlobungsvereinbarung zwischen Eurem Vater und mir brechen. Er möchte mich zu sich bringen, um gegen meinen Willen die Vormundschaft über mein Kind zu übernehmen und seine Truppen nach Burg Falkenstein zu verlegen. Ich habe es ihm nicht offen abgeschlagen, weil er mir gedroht hat. Er hatte von Ruprecht unterzeichnete Schuldbriefe und …« Sie schauderte.

Nachdenklich senkte Christoph die Brauen über die graugrünen Augen und preßte die Lippen zusammen. »So hat Ruprecht also die vielen Söldner dingen können. Das erklärt so manches. Nun, ich werde sogleich an meinen Vater schreiben.«

»Tut dies. Sagt Heinrich …« Margerite schluckte. »Bittet ihn, sogleich zu kommen, denn ich wünsche mich jetzt mit ihm zu verheiraten, damit es für Günther keine Versuchung mehr gibt. Und er soll seine besten Männer mitbringen, falls es zu Auseinandersetzungen kommt. Die Botschaft sollte möglichst im geheimen gesandt werden, denn Heinrich wird einige Zeit für die Reise brauchen, und Günther darf nichts erfahren, um nicht vorher zuschlagen zu können.«

»So sei es. Ihr versteht Euch auf solche Dinge, Frau Gräfin«, sagte Christoph bewundernd, bevor er sich wieder zu Eva wandte. Er wollte ihr die Hand auf die Schulter legen, ließ sie aber wieder sinken, als er Margerites bedeutungsvollen Blick sah. »Eva, habt keine Angst. Wir werden Günther so bald wie möglich aus Burg Falkenstein vertreiben, und dann werdet Ihr zusammen mit meiner neuen Stiefmutter nach Burg Fürstensee kommen.« Er grinste Margerite zu. »Und wenn uns Christus gnädig ist und mein Schwertarm seine Kraft nicht verloren hat, werdet Ihr Graf Günther nie wieder in sein häßliches Antlitz blicken müssen, das verspreche ich.«

Eva schenkte Christoph ein gerührtes Lächeln und atmete mit wogendem Busen ein. *Die Fähigkeiten dieses Mädchens wären als*

Burgherrin vollkommen vergeudet, dachte Margerite mit widerstrebender Anerkennung, als die junge Frau dem völlig verzauberten Christoph tief in die Augen schaute. Aber als sie Graf Günther erwähnte, war Evas Schrecken gewiß nicht gespielt gewesen. Eines Tages würde Margerite mit Eva über den Orden reden oder Pater Etienne darum bitten müssen. Doch jetzt war dafür keine Zeit. Jetzt ging es nur um die Sicherheit ihres Kindes.

Am Mittwoch morgen erwachte Margerite und fühlte ächzend, wie die Anspannung der Nacht allmählich von ihr wich. Es war der Tag vor der Walpurgisnacht, und das graue Licht der Morgendämmerung drang bereits durch die Fenster. Rosa stand über den Ofen gebeugt und fachte die glühlenden Kohlen der vergangenen Nacht zu einem starken Feuer an.

»Hole Gerhild herbei«, befahl sie der Magd. »Ich glaube, die Geburt hat angefangen.«

Das schlaksige Mädchen lief aus dem Zimmer, und kurz darauf kam Gerhild herein, den Schlaf noch in den Augen.

»Ist Euer Kindswasser schon abgegangen?«

Margerite tastete zwischen ihren Beinen, aber das Linnen war trocken. »Nein.«

Gerhild zog die Bettdecke zur Seite und legte Margerite ein wenig die Hand auf den Bauch, bevor sie zwischen ihre Schenkel blickte. »Wahrscheinlich habt Ihr nur Scheinwehen, doch die echten können jederzeit einsetzen. Rosa, hole das Bett und die Wiege her und heize tüchtig ein. Und wenn du den Kater findest, nimm ihn gleich mit.«

»Und danach bringst du mir Pergament, Federkiel und Tinte«, fügte Margerite hinzu.

Bald darauf hatten Rosa und Gerhild in einer Ecke des Gemachs unter den Fensterschlitzen eine Strohmatratze ausgerollt und alte Wolldecken darüber gebreitet, und am Fuße des Lagers stand eine Wiege, die dick mit Decken ausgelegt war. »Ihr müßt Euch noch nicht hinlegen«, sagte Gerhild. »Es ist sogar besser für Euch, wenn Ihr ein wenig herumgeht. Und Ihr solltet etwas zu Euch nehmen, denn vielleicht könnt Ihr einige Zeit nichts mehr essen, und Ihr braucht all Eure Kräfte. Rosa, hole Milch, Käse und Brot für die Gräfin.«

Als die Dienstmagd mit den Lebensmitteln zurückkam, aß und trank Margerite dankbar, während sich Kriemhild und Kobold mit bettelnd erhobenen Pfoten gegen ihre Beine stützten. Kriemhild ließ sich bald wieder zurücksinken. Mit dem geschwollenen Bauch und dem niedlichen Köpfchen sah sie aus wie ein Tanzbär. Margerite mußte den Katzen einfach etwas vom Käse abgeben, aber die warme Milch trank sie ganz allein. Wieder zog sich ihr Leib zusammen, nicht schmerzhaft eigentlich, aber es war ein seltsames Gefühl, daß sich ihr Inneres ohne ihren Willen so anspannte.

»Nur Scheinwehen.« Gerhilds volle Stimme klang erfreut. »Doch wie gesagt, die echten können jederzeit einsetzen. Es kann aber auch noch über einen Tag dauern, bis die Geburt anfängt.«

Margerite trank die Milch aus und leckte die sahnigen Tropfen vom Rand ihres Kelches. Nachdem sie ihren Hunger gestillt hatte, griff sie nach den Schreibgeräten, die ihr Rosa gebracht hatte. Sie störte sich nicht an der Gegenwart der beiden Frauen aus Tiefensee, denn sie konnten gewiß nicht lesen.

Pater Etienne, schrieb sie, *meine Wehen haben eingesetzt, aber die Hebamme meint, daß es noch einige Zeit dauern kann. Bitte bleibt in meiner Nähe, um mir in dieser schweren Stunde beizustehen. Christoph weiß, daß wir etwas vorhaben, wenn auch nicht, was, und er ist zum Kämpfen bereit. Ich würde mich leichter fühlen, wenn sich Bertram und Paul und Jochanan zur Verfügung halten könnten, damit man sie im Notfall rufen kann.*

Margerite hielt den Federkiel einen Augenblick lang unbewegt und starrte auf den glänzenden Tintenfleck an seiner Spitze. Sie wußte nicht, was sie noch schreiben sollte. Irgend etwas lag ihr auf der Seele, aber es schien zu groß, um es in Worte zu fassen, drückend wie das Gewicht der feuchten Luft um sie her.

Gerhild sah mit leicht zerstreutem Blick zum Fenster hinaus. Sie schob ihr schweres Haar mit beiden Händen zurück, und Margerite sah, daß ihr bereits der Schweiß auf der breiten Stirn stand. »Ich glaube, daß es heute ein Gewitter geben wird«, sagte sie. »Wenn ich daheim wäre, würde ich schnell feuchte Tücher über die Milch breiten, damit sie nicht sauer wird.«

»Vielleicht hast du recht.« Margerite überflog noch einmal ihren Brief und blies darauf, um die Tinte zu trocknen. Sobald es ging, faltete sie ihn und reichte ihn Gerhild. »Bring dies zu Pater Etienne. Aber wenn du unterwegs Richard oder einem von Günthers Männern begegnest, laß sie, bei der Liebe zu Christus, nicht wissen, daß ich dich zu ihm gesandt habe.«

Gerhild sah sie merkwürdig an. »Warum soll eine Frau vor dem Kindbett nicht einen Priester zu sehen wünschen? Und warum muß sie ihm statt dessen eine geheime Botschaft schicken?«

»Bitte tu, was ich dir sage«, bat Margerite. Sie wußte, daß sie in bestimmterem Ton mit der Hebamme hätte reden müssen, doch sie hatte keine Kraft mehr, um Befehle zu erteilen. Und bald mußte sie sich und ihr Kind ohnehin auf Gedeih und Verderb Gerhilds heilkundigen Händen anvertrauen. Da war es nicht der rechte Zeitpunkt, um sie daran zu erinnern, wer die Gräfin und wer die Bäuerin war. Gerhild schüttelte zweifelnd den Kopf, aber sie verließ mit der wichtigen Nachricht das Gemach. Bald darauf kam sie zurück und versicherte Margerite, daß sie sie ohne Schwierigkeiten überbracht hatte.

Margerites Scheinwehen dauerten den ganzen Tag. Sie versuchte zu sticken, aber ihre Hände wollten nicht still halten. Immer wieder lief ein Zucken durch ihren Bauch, und sie stach sich in die Finger. Nach einiger Zeit gab sie es auf und entschloß sich zu dem Wagnis, sich aus der Bibliothek unten ein Buch zu holen, da weder Gerhild noch Rosa das Gewünschte für sie finden konnten.

In der Tür zur Bibliothek trat ihr Richard entgegen und bot ihr in höfischer Weise den Arm an. »Geht es gut, am heutigen Tage, Frau Gräfin?« fragte er besorgt. »Graf Günther sagt, daß das Kind heute geboren wird.«

Margerite hätte ihn am liebsten belogen und behauptet, sie sei noch weit entfernt von der Geburt, aber ihr Körper verriet sie mit einer neuerlichen Wehe, die unter dem eng gespannten grünen Brokat sichtbar über ihren Bauch lief. Ein Blick heiliger Freude verklärte das sommersprossige Gesicht des Engländers, und kaum hatte sich die Tür hinter ihnen geschlossen, fiel er vor ihr auf die Knie. »Dies ist die Nacht«, hauchte er. »Welch eine Ehre für mich, Euch in diesem Augenblick zu dienen.«

Entsetzt und beschämt wartete Margerite, bis Richard sich wieder erhoben hatte. »Holt mir bitte den ›Parzival‹ herunter, ich komme nicht so weit hinauf.«

Mit zitternden Händen reichte ihr Richard das Buch, als scheue er sich tatsächlich, ihre Haut zu berühren. Einen Augenblick lang spürte Margerite den grausamen Drang, ihm die Lehren des Ordens aufzusagen und ihn dadurch zu mehr Zurückhaltung zu veranlassen. Doch etwas in der schweren Luft ließ sie schweigen, eine nagende Furcht, als wäre sie bei Nacht im Wald und könnte die hinter den Bäumen lauernden Wölfe spüren.

Der Engländer begleitete Margerite zurück zu ihrem Gemach und traf Anstalten einzutreten, da begegnete ihm Gerhild mit einem wissenden Blick, der schon alle Narreteien von Männern bei der Geburt einer Frau gesehen hat, und ließ es nicht zu.

»Ich bringe Graf Günther die freudige Nachricht, und dann werde ich vor Eurer Tür warten, falls Ihr mich braucht, Frau Gräfin«, sagte Richard und zog sich zurück.

Gerhild machte ihm die Tür vor der Nase zu. »Keine Angst, Frau Gräfin. Ich werde keine Besucher einlassen, ehe Ihr sie nicht selbst sehen wollt – und zwar weder Priester noch Grafen noch aufdringliche Engländer.«

Margerite setzte sich wieder und bewegte sich unruhig auf ihrem Stuhl. Es war drückend warm im Zimmer, und sie fühlte, daß ihr kleine, aus ihrem Zopf gelöste Haarsträhnen an der schweißnassen Stirn klebten. Rosa hatte die Fensterschlitze geöffnet, um etwas Wind hereinzulassen, aber draußen stand die Luft genauso unbewegt. Noch waren keine Wolken zu sehen, nur ein schwacher Dunst trübte den klaren Himmel. Kriemhild maunzte und lief rastlos zwischen dem Bett und dem Geburtslager hin und her, als könne sie keine Ruhe finden.

»Auch bei ihr ist es bald soweit«, verhieß Gerhild. »Sie sucht schon nach einem sicheren dunklen Ort für ihre Jungen. Vielleicht sollten wir Kobold jetzt lieber vor die Tür setzen.«

»Nein!« rief Margerite. Kobold paßte jetzt nicht mehr in ihren Schoß, und so drängte er sich aufgerichtet mit dem Kopf an sie, wie um ihr zu versprechen, daß er sie nicht allein lassen werde. Zurückgelehnt öffnete sie das Buch, um ein wenig darin zu lesen. Es hatte sich bei Herzeloides Wehklage um den gefallenen Vater des Kindes Parzival unter ihrem Herzen aufgeschlagen.

Weh mir, wo ist mein Geliebter? …
Nichts war mir größre Freude, größres Glück
Als Gahmuret in jedem Augenblick,
Doch Schlachtenlust riß ihn von meiner Seit'.
Obschon viel jünger als der Mann die Maid,
Bin ich nun Mutter auch und nicht nur Weib,
Denn in mir trage ich von seinem Leib
Das Köstlichste, den Samen unsrer Lieb,
Die wir geteilt und von der dies nur blieb.
Oh möge Gott in seiner Güte mich ergreifen,
Dann wird zur Frucht noch dieser Same reifen.

Margerite schloß das Buch. »Bitte hilf mir aus dem Kleid«, sagte sie. »Ich werde heute das Gemach nicht mehr verlassen.«

Bei Sonnenuntergang waren schwere Wolken am dunkler werdenden östlichen Himmel aufgezogen, und erste Windstöße ließen die Fichten auf dem Berggipfel wogen wie schwarzes Wasser. Gerhild stand auf und schloß die Läden vor den Fensterschlitzen. »Bald wird es regnen«, sagte sie. »Seht!« Ein niedriger Blitz flackerte unheimlich durch die tiefvioletten Wolken, aber das Gewitter war noch zu weit entfernt, um den Donner hören zu können.

Margerite hatte sich immer wieder auf den Nachttopf gesetzt, um sich nicht bei einer der wiederkehrenden Wehen zu beschmutzen. Doch als ein stärkerer Krampf ihren Körper durchzuckte, spürte sie sogleich, daß ihr warme Flüssigkeit die Beine hinunterlief und ihr Hemd durchnäßte. Sie erhob sich und blickte auf den feuchten Fleck, der sich auf dem weißen Linnen abzeichnete.

»Jetzt hat es angefangen«, sagte Gerhild mit freudiger Stimme. »Zieht das Hemd aus und legt Euch auf das Bett. Es läßt sich nicht sagen, wie lange es noch dauert. Ich habe schon alles erlebt: Bei der einen kam das Kind nach dem Fruchtwasser schneller, als seine Mutter zum Aufsagen eines *Ave* brauchte, und bei der anderen lagen drei Tage dazwischen.«

Die nächsten Wehen verschlugen Margerite den Atem, so stark krallte sich der Schmerz in ihren Leib. Gerhild tastete ihr sanft über den Bauch und sah ihr zwischen die Beine. »Holt tief Luft und versucht Euch zu entspannen. Der Muttermund ist noch kaum geöffnet.«

Es klopfte an der Tür. »Wer ist es, und was wollt Ihr?« rief Gerhild.

»Graf Günther von Hohenfels. Ich wünsche mit Gräfin Margerite zu sprechen.«

»Herr Graf, die Gräfin liegt in den Wehen. Ihr werdet es früh genug erfahren, wenn das Kind geboren ist. Rosa«, fügte sie mit leiser Stimme hinzu, »wenn er hereinkommen will, schließt du die Tür ab. Ich weiß nicht, was auf dieser Burg vorgeht, aber ich weiß, daß kein Mann eine entbindende Frau stört, die sich in meiner Obhut befindet, und wäre es der Kaiser selbst.«

Kobold schritt schnuppernd hinüber zum Strohlager und leckte sich mit rosiger Zunge die Schnurrbarthaare. Er versuchte, den Kopf zwischen Margerites Schenkel zu schieben, aber Gerhild packte ihn am Nackenfell und warf ihn kurzerhand auf den Boden. »Benimm dich, Katze, oder du wirst auch vor die Tür gesetzt«, drohte sie. »Wie geht es der anderen?«

Kriemhild lag laut schnurrend auf Margerites Bett und rieb sanft die Pfoten über die Decke. Von Zeit zu Zeit bewegte sich das schwarze Fell wellenförmig über ihrem großen Bauch. Gerhild nahm sie sanft hoch und legte sie auf das Geburtslager neben Margerite. »Hört Ihr das Schnurren der Katze? Sie wird ohne Schmerzen und Schwierigkeiten gebären, und das werdet Ihr auch. Setzt Euch etwas auf, damit ich Euch das Haar lösen kann.« Margerite tat wie geheißen und genoß das beruhigende Gefühl von Gerhilds Händen, die ihr sanft über den nassen Kopf streichelten. Danach band Gerhild den eigenen Zopf auf und warf das Haar zurück. Während sie ihren Gürtel öffnete, forderte sie Rosa auf, mit ihrem Haar genauso zu verfahren. »Es dürfen keine Knoten im Zimmer sein, denn sie könnten den Mutterleib verschließen.«

Margerite atmete tief durch und versenkte sich in die Übungen, die sie von Richard kannte. Die Kräfte flossen durch ihren Körper, lockerten und stärkten die Muskeln, drängten den Schmerz zurück. Als die nächste Wehe kam, spürte sie nur drängende Spannung, die das Kind in ihrem Leibe nach unten drückte.

Gerhild zündete die Kerzen an und schickte Rosa hinaus, um weitere zu holen. Ein plötzlicher Windstoß rüttelte an den Läden, und ein Blitz zuckte durch das zunehmende Dunkel, aber noch immer war kein Donner zu hören.

Ich fühle keine Schmerzen, sagte Margerite zu sich, als eine neue Welle von Krämpfen über sie hinwegbrandete. *Es ist nur mein Kind*. Fast schien es ihr, als sähe sie das Leben des Kindes, das hell wie ein Stern im Dunkel ihres Schoßes strahlte. »Es ist Zeit für deine Geburt, mein Kleines«, schmeichelte sie. »Komm jetzt, leicht, ganz leicht.« Da fiel Margerite die Hebamme wieder ein, und sie blickte verlegen auf.

Aber Gerhild nickte ihr lächelnd zu. »Es ist gut, wenn Ihr mit Eurem Kind sprecht. So seid Ihr von den Schmerzen abgelenkt und verhelft ihm damit, so Gott will, zu einer leichteren Geburt.«

Kobold drängte sich an Margerite und wollte sich wieder zwischen ihre Beine schmiegen. Gerhild entfernte ihn und erhob warnend die Stimme. »Noch einmal, Kater, und ...«

Wieder klopfte es an der Tür. »Wer ist da?« rief die Hebamme.

»Eva. Darf ich hereinkommen? Ich habe gehört, daß Margerites Wehen eingesetzt haben.«

»Kommt nur herein. Ihr könnt Euch hier nützlich machen.«

Eva schlüpfte durch die Tür und schloß sie sogleich wieder. Hinter ihr hatte Margerite etwas Schwarzes gesehen. Pater Etienne? Oder eines der Ordensmitglieder?

Eva hatte ihr gutes Brokatkleid abgelegt und statt dessen eines der Gewänder angezogen, die sie als Margerites Dienstmagd getragen hatte. Sie lief hinüber zum Geburtslager und ließ sich neben Margerite nieder. »Geht es Euch gut? Ist es schon schlimm?«

»Noch nicht«, antwortete Margerite. »Wer wartet dort draußen?«

»Pater Etienne, Graf Günther und Richard stehen vor Eurem Gemach. Christoph wartet auf der südlichen Treppe, und auch Bertram, Paul und Jochanan sind wohl in der Nähe. Ihr habt also nichts zu befürchten.«

»Ich kümmere mich um sie«, sagte Gerhild, die plötzlich hinter dem Mädchen aufgetaucht war, »und sie hat nichts zu befürchten, was die Männer dort draußen auch tun. Denkt daran, wenn einst für Euch die Zeit kommt, Eva.«

Als sie von immer stärkeren Wehen erschüttert wurde, starrte Margerite auf die brennende Kerze neben ihrem Kopf – auf den reinen blauen Kern in der gelben Flamme, den rötlichen Lichtschimmer, der durch die Dunkelheit strahlte. Sie war zu mehr als einem Viertel heruntergebrannt, und dicke goldene Tropfen hatten sich auf dem silbernen Kerzenhalter verteilt. Durch das Dunkel darüber zuckten weiße Blitze, deren gezacktes Abbild verzerrt durch die kleinen, bleiverstärkten Fensterscheiben fiel. Das Grollen des Donners lag nun als fast beständiges tiefes Ächzen über Margerites angestrengten Atemzügen. Wilde Windstöße ließen die schweren Regentropfen wie Hagel auf die Fensterbank prasseln. Die Holzläden schlugen auf und zu wie gefesselte Flügel im Sturm und quälten sie mit ihrem ungleichmäßigen Klappern. Jeder Krampf löste einen Nachhall in Margerites Ohren aus, und ihr Puls pochte laut wie galoppierende Hufe. Beinahe unmerklich meinte sie den Klang eines Jagdhorns und das rauhe Bellen von Hunden zu hören, und der Schweiß lief ihr über das Gesicht, als wäre der Regen über sie hereingebrochen. *Fühlt sich so ein Reh, wenn es von den Hunden fast gestellt ist?* dachte sie verwirrt.

Der Schmerz in Margerites Schoß wurde nun schlimmer, wie reißende Krallen und stechende Lanzen. Sie schrie noch nicht, aber sie hörte ihr heiseres Ächzen zwischen dem lauten Keuchen. Wie Balsam spürte sie Kobolds warmen Kopf, der sich gegen ihren Schenkel schmiegte, und die sanfte Erschütterung seines Schnurrens. Wie aus weiter Ferne hörte sie Gerhilds Stimme: »Wirf den Kater hinaus!« Margerite wollte widersprechen und Kobold an sich drücken, aber er war schon verschwunden. Sie warf den Kopf zurück, als sie vom nächsten Krampf erfaßt wurde.

»Heilige Maria, Mutter Gottes«, stöhnte sie. »Du Gebenedeite unter den Frauen…« Margerite konnte kaum Evas Hand spüren, die die ihre bei jeder neuen Wehe umklammerte. Dann fühlte sie etwas Warmes zwischen den Beinen, und ein süßer Kräutergeruch durchzog den Uringestank des Strohlagers. Gerhild rieb sie sanft mit einem Tuch ein, das in eine ihrer Arzneien getränkt war.

»Ganz ruhig, mein Mädchen, ganz ruhig«, murmelte die Hebamme wie zu einem scheuen Pferd. »Ganz ruhig, der Muttermund öffnet sich jetzt schon sehr gut.«

Ein weiterer Krampf durchzuckte sie, und Margerite konnte den Schmerz nicht mehr aushalten. Der Klang ihres Schreies verlor sich im Grollen des Donners, das ihr in den Ohren dröhnte.

Pater Etienne stand vor Margerites Tür und beobachtete Graf Günther und Richard. Selbst mit dem Rücken zum Fenster konnte er das Leuchten der Blitze wahrnehmen, die nacheinander helle Schatten über die gesamte Länge des Ganges warfen und die bleichen Gesichter der Ordensmitglieder über ihren Kerzen zeigten. Günther wartete geduldig und ausdruckslos, nur der Anflug eines Lächelns stand auf seinen Lippen. Richard hingegen trat von einem Fuß auf den anderen, und seine Kerzenflamme erzitterte mit jeder seiner Bewegungen. Alle drei harrten seit Sonnenuntergang hier und hörten die gedämpften Geräusche aus dem Gemach. Jetzt ging es wohl schon auf Mitternacht zu, und Margerites Schmerzensschreie waren immer lauter und in immer kürzeren Abständen zu hören. Da – waren das Schritte, die sich auf die Tür zu bewegten?

Etienne machte sich bereit, sogleich hineinzustürmen. Die Tür öffnete sich… einen kleinen Spalt, und…

Etwas Großes, Schwarzes flog mit einem lauten Miauen heraus. Richard schrie überrascht auf. Etienne sprang zurück und hatte sein schmales Schwert schon halb aus der Scheide gezogen, bevor er sich wieder faßte. Auch Günthers gezückte Klinge glitzerte im Kerzenlicht.

Kobold setzte sich auf, wo er gelandet war, und putzte sich beflissen, als wäre er freiwillig aus der Geburtskammer geflogen. Dann stand er auf, reckte sich und ließ sich neben der Tür nieder. Mit einem unterdrückten Fluch steckte Günther sein Schwert zurück. Etienne lag eine Bemerkung auf der Zunge, aber er begnügte sich mit einem Lächeln über die Bestürzung des Ordensprinzen. *Auch dich kann man also erschrecken*, dachte er. *Gut zu wissen.*

Sie alle hörten den Schrei, der das Heulen des Windes und das Prasseln des Regens gegen die Fensterscheiben übertönte. Wieder verzogen sich Günthers Lippen zu einem Ausdruck der Befriedigung.

»Nicht mehr lange«, flüsterte er.

Etienne blieb die Antwort schuldig. Er fragte sich zum wiederholten Male in dieser Nacht, was der Lichtträger vorhatte. Günther mußte wissen, daß Etienne alles daran setzen würde, das Kind zu erreichen und zu taufen, bevor irgendwelche lästerlichen Riten vollzogen werden konnten. Würde er es wagen, den Priester mitten auf Burg Falkenstein und vor den Augen der Hebamme und der anderen Frauen mit dem Schwert niederzustrecken? Vielleicht, aber Etienne hielt es für unwahrscheinlich. Eher würde wohl der Engländer versuchen, ihn zurückzuhalten, während Günther das Kind entweder an Ort und Stelle Luzifer weihte oder sich mit ihm aus dem Staub machte.

Und in diesem Fall würde Günther feststellen müssen, daß er einen schweren Fehler begangen hatte. Auch ohne einen Blick hinüber zum nördlichen Gang wußte Pater Etienne, daß dort im Dunkel hinter der Halbmauer, die den Durchgang vor Blicken verbarg, Bertram mit Paul und Jochanan wartete, für den Fall, daß Günther mit dem Kind in Ruprechts geheime Gemächer fliehen wollte. Er sah auch nicht in Richtung der westlichen Treppe, unter deren Absatz Christoph bereitstand, um im Fall von Handgreiflichkeiten sogleich hervorzustürmen.

Die einzige Schwäche von Etiennes Plan, die ihn beunruhigte, war die Möglichkeit, daß die Lichtträger einen Ritus kannten, der sich so rasch wie die christliche Taufe vollziehen ließ und die Seele eines Neugeborenen genauso gewiß der Hölle anheimgab, wie die Taufe sie dem Himmel weihte. Wenn dies so war, wollte

Günther den Ritus zweifellos sofort ausführen, da er wissen mußte, daß ihm Etienne für eine längere Zeremonie keine Zeit lassen würde. Oder Günther würde einfach versuchen, ihn zu töten, um ihn aus dem Weg zu räumen. Etienne hielt sich für fähig, Günther und Richard so lang aufzuhalten, bis sich seine Gefährten in den Kampf einschalteten, aber er wußte auch, wie gefährlich es war, daß alles davon abhing.

Margerite schrie erneut, lauter und heftiger. Ein Blitz zuckte gleißend hell durch die Fenster, und keinen Herzschlag darauf folgte krachend der Donner. Etienne wartete, und nur schiere Willenskraft verhinderte den Griff nach dem Schwert.

Kobold miaute laut und rüttelte im Stehen am Türknauf, als wollte er ihn mit den Pfoten drehen. Etienne hörte das zweite Jaulen als Echo auf das erste – doch der Schrei hallte weiter, obwohl das Maul des Katers längst geschlossen war.

Im Nu hatte Etienne die Hand auf dem Türknauf und drehte daran. Den Schlag, der ihn traf, sah er nicht, nur das helle Aufblitzen im Kopf, gefolgt vom heftigen Aufprall auf dem Steinboden, der ihm den Atem raubte.

»Hinaus!« kreischte eine schrille Frauenstimme. Schritte polterten über den Gang, und Günther rief mit tiefer Stimme: »Aus dem Weg, Weib!« Alle Kerzen waren erloschen. Etienne hörte das grimmige Ächzen von Richard und jemand anderem, die im Dunkeln miteinander kämpften.

Verzweifelt griff er nach dem Türrahmen, um sich hochzustemmen. Die Hebamme lag zusammengekrümmt auf dem Boden. Eva stand blaß und verängstigt zwischen Günther und der Wiege. Günther hob die Hand, um sie zu schlagen, aber durch ihren Mut hatte Etienne genügend Zeit gewonnen. Er zog sein Schwert und sprang vor. Die Klinge fuhr Günther unter dem linken Schulterblatt glatt durch den Körper.

Der Ordensprinz wirbelte herum und riß Pater Etienne den Griff aus der Hand. In seinem Gesicht stand bereits die Blässe des Todes, doch obwohl er schon wankte, hatte er noch die Kraft, sein Schwert zu ziehen und einen Streich gegen Etiennes Kopf zu führen. Etienne wich aus, und der Luftzug des Hiebes strich ihm über die Wange. Dem nachfolgenden Stoß Günthers entging er durch einen Schritt zurück.

Graf Günther strauchelte und fiel auf die Knie. Schwarzes Blut rann ihm aus dem Mund und tropfte von der Bartspitze auf den Boden. Er holte ein letztes Mal aus. Sein Schlag war ungezielt, als könnte er nicht mehr sehen. Dann brach er langsam zusammen. Etienne hörte ihn noch atmen, aber er wußte, daß sich Günther nicht mehr erheben würde.

Blitz und Donner vereinten sich zu einem einzigen blendenden und ohrenbetäubenden Krach. Kalter Wind fegte über Etienne hinweg, und als er blinzelnd die Augen öffnete, sah er, daß alle Kerzen im Gemach erloschen waren. Ungehalten tastete er, bis er eine fand, und öffnete den Ofen, um sie an einem Stück Kohle anzuzünden.

Die Läden des Fensters über der Wiege waren aufgeschlagen, und eine Pfütze Regenwasser lag auf dem Steinboden. Als Etienne auf das Kind hinuntersah, einen Jungen, der runzelig und rot, blutverschmiert und glitschig wie alle Neugeborenen dalag, sah er glänzende Wassertropfen, die ihm durch die hellen Haarsträhnen liefen. Das Unwetter hatte seinen Kopf benetzt.

Einen Augenblick stand Pater Etienne reglos und starrte zum schmalen Fensterschlitz hinaus. Wieder schnitt ein gezackter Blitz durch die Wolken, und er wandte sich ab. *Jedem Menschen die Götter seines Zeitalters*, hatte Meister Stefan einmal zu ihm gesagt. *Du bist im Zeitalter Christi und des Satans geboren, und mit ihnen hast du dich zu befassen. Überlasse Wotan jenen, die geboren waren, ihn zu kennen.*

Etienne zog den Korken aus dem Weihwasserfläschchen, das an seinem Gürtel hing. Margerite sah von ihrem Lager zu ihm auf. Riesig und dunkel lagen die Augen in ihrem bleichen Gesicht. Sie zog sich die feuchte Decke bis hinauf zum Kinn.

»Ist er wohlauf?« fragte sie mit heiserer, zittriger Stimme. Wie zur Antwort sprang Kobold auf den Rand der Wiege und begann das Kind zu putzen, das unter seiner rauhen Zunge wieder zu weinen begann. Mit einem Blick vergewisserte sich Pater Etienne, daß es tatsächlich ein Junge war.

»Er ist wohlauf«, sagte der Priester. »Wie soll ich ihn taufen?«

»Wolfram von Falkenstein.«

Pater Etienne goß das Weihwasser auf den Kopf des Kindes und murmelte die rituellen Worte. Die volle Zeremonie würde später folgen, vor Heinrich und allen anderen Menschen, die in die Kapelle von Burg Falkenstein passen mochten, aber dies hier genügte, zumindest um Margerites Herz zu beruhigen. Ob dem Kind damit geholfen war, wenn etwas Wahres an den Zweifeln in seinem Inneren war, blieb abzuwarten.

Bertram, Christoph, Paul und Jochanan drängten nun herein. Die Dienstmagd setzte Gerhild auf, doch die Hebamme wirkte wie betäubt und konnte nur schwache Gesten in ihre Richtung machen. »Wir haben ihn erwischt!« rief Christoph überschwenglich. Dann sah er die Leiche auf dem Boden und rief: »Gut gemacht, Pater!«

»Holt Richard herein, bevor ihn jemand sieht«, sagte Etienne. Bertram schleppte den Toten herein und ließ ihn neben Günthers verkrümmter Leiche zu Boden sinken.

»Was ist mit dem Kind?« fragte Paul. »Geht es ihm gut? Und ist auch die Gräfin gesund?«

»Wir sind beide wohlauf«, antwortete Margerite. Selbst im Schmutz ihres Geburtslagers und nur mit den verschmierten Tüchern bedeckt, zeigte die junge Frau eine gebrechliche Würde.

»Hier, ich habe etwas für Euch.« Jochanan drängte sich näher heran. »*Aqua vitae*, das ich selbst gebrannt habe.« Margerite nahm den Metallbecher aus Jochanans Hand, trank und mußte prusten.

»Es ist stark«, sagte Paul. »Ich hätte Euch vielleicht einen Wink geben sollen.«

Pater Etienne sah, daß Margerite bemüht war, liebenswürdig auf die Glückwünsche der Söldner einzugehen, aber vor allem suchte sie Bertrams Blick. Und obwohl das Gesicht des Hauptmanns im Schatten lag, konnte Etienne darin lesen wie in einem Buch: Seine Lippen zitterten im Anflug eines Lächelns, und seine Stirn war durchfurcht von Sorgenfalten. *Hält er das Kind für seines?* fragte sich Etienne. Sollte er Bertram zu Margerite gehen lassen, um sie zu trösten, während die Erschütterung des Geburtserlebnisses allmählich abklang? Oder war es besser, wie es war? Wenn Bertram jetzt nicht ihr Gemahl sein konnte, würde sie sich vielleicht weniger nach ihm sehnen, wenn sie mit Heinrich verheiratet war.

Plötzlich zuckte Margerite wieder zusammen, und in ihrem feingeschnittenen Gesicht bewegten sich die Kiefermuskeln, als hielte sie einen Schrei zurück. Gerhild raffte sich auf. »Hinaus«, befahl sie zitternd. »Alle Männer, hinaus. Die Nachgeburt kommt. Eva, laßt die Kätzchen und bringt mir heißes Wasser.«

Die Männer eilten hinaus, als hätte ihnen die Hebamme mit allen Höllenhunden gedroht. Nur Pater Etienne hatte noch eine letzte Pflicht zu erledigen. Er kniete sich mit geweihtem Öl und Weihwasser neben die beiden Toten und zog ihnen die Ordensringe von den Fingern. Keiner von ihnen hatte die Möglichkeit gehabt, die letzte Ölung zu verweigern, und so konnte Etienne sie reinen Gewissens salben und für ihre Seelen beten. Richards junges Gesicht lag schlaff im Tod, und Etienne schloß die leer zur Decke starrenden Augen. Das Kerzenlicht warf einen goldenen Schimmer über den Ölfleck auf seiner sommersprossigen Stirn. Nichts unterschied ihn von einem jungen, im Kampf gefallenen Krieger. Seine eifrige Ergebenheit hätte eine andere Sache verdient, und er war einem schlechten Herrn ein guter Diener gewesen, wenngleich er sich diesen Herrn selbst ausgewählt hatte.

Günthers Gesicht war zu einer Fratze verzogen, und seine Hand umklammerte das Schwert mit eisernem Griff. Seine Gliedmaßen waren in jener seltsamen Leichenstarre verrenkt, die bisweilen Gefallene auf dem Schlachtfeld heimsuchte. Etienne erteilte ihm die letzte Ölung genauso sorgfältig wie Richard, auch wenn er über Günther mehr Schlechtes als Gutes wußte. Aber der Graf hatte unter großen Mühen sein Wort gegenüber Ruprecht gehalten. Was seine Beweggründe auch gewesen sein mochten, er hatte die Belagerung durchbrochen und Margerite die Möglichkeit gegeben, zwischen einer neuen Ehe und der Rückkehr auf die Burg ihres Vaters zu wählen. Und zuletzt hatte Günther – ob aus politischer Rücksicht, einem letzten Gefühl des Erbarmens oder einer tiefverwurzelten Auffassung von Ritterlichkeit – nicht sein Schwert gezogen, als er Etienne hätte töten können, und aus diesem Grund sein Leben gelassen. All diese Dinge durfte man nicht außer acht lassen, und gewiß würden sie auch Beachtung finden, wenn Günther dereinst vor das Jüngste Gericht treten mußte.

»Der Herr sei euch und uns allen gnädig«, flüsterte Etienne und erhob sich unter Schmerzen. Er sah sich nicht nach dem Geburtslager um, hörte aber Margerites leises Ächzen hinter sich. Auf dem Bett miaute und wand sich ein Knäuel schwarzer Kätzchen an Kriemhilds Seite. Einer plötzlichen Regung folgend, blieb Etienne stehen, um sie zu zählen. Es waren fünf lebhafte und gesunde Junge, und alle krabbelten wild durcheinander und rieben das Gesicht verzweifelt über den Bauch ihrer Mutter, um eine Zitze zu finden. Mit dem Finger berührte er sanft den kleinen goldenen Fleck auf Kriemhilds schwarzer Stirn, und sie blickte mit einem leisen Zirpen zu ihm auf, wie um sein Lob entgegenzunehmen.

Draußen standen Paul, Jochanan und Christoph grinsend wie Wasserspeier im Kerzenlicht, und selbst auf Bertrams Lippen lag ein erschöpftes Lächeln. »Das wäre vollbracht«, sagte Christoph.

»Wir müssen uns noch um Günthers Männer kümmern«, erinnerte ihn Pater Etienne grimmig. »Ganz zu schweigen davon, daß wir für die Welt eine Erklärung finden müssen, warum er hier gestorben ist, und genau das wollte ich eigentlich vermeiden.« Er rieb sich das Kinn, wo ihn Günthers Schlag getroffen hatte. Der Kopf dröhnte ihm, und auch die Prellung am Rücken war deutlich zu spüren. Aber wenigstens hatten sein dichtes Haar und das Futter seiner Chormütze den Aufprall seines Schädels auf dem Steinboden abgemildert.

»Wenn mein Vater beizeiten eintrifft, wird uns daraus kein Ungemach erwachsen«, erklärte Christoph immer noch grinsend. »Ich habe ihm genau mitgeteilt, wie viele Soldaten Graf Günther mitgebracht und wie wir nach meinen Plänen mit ihnen zu verfahren haben. Gewiß wird manch einer trauern, aber niemand wird sich über Gebühr wundern, wenn bekannt wird, daß der gute Graf und seine Männer auf dem Heimritt von einer großen Räuberbande ermordet und ausgeplündert worden sind. Mein Vater verfügt über viele Soldaten, die tun, was man sie heißt, und schweigen können. Und das gilt gewiß auch für die Männer der Bärenschar.«

»Selbstverständlich«, rief Paul eifrig.

»So bleibt uns nur noch«, fuhr Christoph fort, »Günthers Männer wissen zu lassen, daß sich ihr Herr nach einer langen

Nacht, in der die glückliche Entbindung der Gräfin gefeiert wurde, erst spät erheben wird und daß sie eingeladen sind, bis zu seinem Erwachen nach Herzenslust zu trinken. So Christus will, wird mein Vater vor morgen nachmittag ankommen, und dann ...« Er fuhr sich mit der Hand über die Kehle.

»Nicht übel ausgedacht«, räumte Pater Etienne ein. »Dennoch überläßt dieser Plan viel dem Zufall, und ich würde noch gern weiter darüber sprechen. Kommt alle in mein Gemach, und ich werde Euch mein *aqua vitae* anbieten – und es unterscheidet sich, das versichere ich Euch, sehr von dem, das Jochanan brennt. Gewiß wird uns ein Tropfen einer wärmenden Arznei allen gut tun, und wir sollten Margerite und ihr Kind in Ruhe schlafen lassen.«

Nach der Nachgeburt hatten die Frauen Margerite gewaschen und sie in ihr Bett gebracht, während Kriemhild und ihr Wurf auf den Decken am Boden Platz fanden. Gerhild holte Wolfram, damit ihn Margerite an die Brust nehmen konnte. Gereinigt von Blut und Schleim war er ein schönes Kind mit strahlend blauen Augen und weißblondem Flaum auf dem rosigen Schädel. Seine Gesichtszüge waren noch rot und faltig, aber Margerite spürte die Kraft in dem kleinen Körper, und ein schier überwältigendes Gefühl der Liebe durchströmte sie, als er heftig an ihrer Brust zu saugen begann. Nun, da die Geburt vorüber war und ihr Kind sicher in ihren Armen lag, wurde Margerite von einer Welle der Wärme erfaßt, die auch die letzten Schmerzen ihres Körpers fortspülte. Ab und zu erleuchtete ein Blitz die Fenster, und dahinter grollte leise der Donner, doch das Gewitter hatte sich fast verzogen.

»Was machen wir mit denen?« fragte Gerhild. Widerstrebend wandte Margerite den Bick von Wolfram und sah hinüber zu der Hebamme, die angewidert über den beiden Leichen stand.

»Fürs erste nichts«, sagte Margerite. Später würde sie vielleicht Gerhilds Ekel teilen, später mochten Angst und Entsetzen über sie hinwegfegen, aber jetzt konnte nichts den träumerischen Glückstaumel durchdringen, der sie bis ins Innerste erfüllte. »Ich glaube, wir können diese Angelegenheit den Männern überlassen, denn wir haben unseren Teil geleistet. Eva, es war sehr tapfer, dich so gegen Graf Günther zu stellen.«

Eva blickte vom Boden auf, wo sie mit Kriemhilds Jungen beschäftigt war. »Ich konnte nicht zulassen, daß er Euer Kind berührt«, sagte sie mit bebender Stimme.

»Ich danke dir – mehr, als du ermessen kannst. Möchtest du Wolframs Patin sein, wenn wir in der Kapelle seine Taufe begehen?«

»O ja, sehr gern. Und wer wird nun sein Pate sein, da Günther tot ist?«

»Darüber habe ich noch nicht nachgedacht«, erwiderte Margerite überrascht. Vielleicht hatte sie gehofft, Bertram damit zu betrauen, um ihm zu einer nach Gesetz und Brauch anerkannten Verbindung mit dem Kind zu verhelfen. Aber sie würde Heinrich nie erklären können, wie ein Wachhauptmann unbekannter Herkunft die wichtigen Pflichten eines Paten für den Erben von Burg Falkenstein erfüllen sollte. »Christoph wahrscheinlich.«

Sie gähnte und stellte fest, daß ihr schon die Augen zufielen. Gerhild eilte sogleich herbei und nahm ihr Wolfram aus den Armen. Der Kleine schrie zornig, als ihn die Hebamme zur Wiege trug. »Still, mein Junge. Du hast noch oft Gelegenheit, an der Brust deiner Mutter zu trinken, wenn Maria euch beiden wohlgesinnt ist. Kobold, das ist eine Wiege, kein Katzenbett: Hinaus mit dir.« Gerhild packte den Kater mit der freien Hand und legte das Kind hinein. Dann trug sie Kobold hinüber zu Margerite, und er rollte sich schnurrend neben ihr zusammen. »Schlaft jetzt, denn Euer Körper braucht Ruhe. Ich habe schon schlimmere Geburten erlebt. Trotzdem werdet Ihr wohl einige Zeit brauchen, um Euch zu erholen. Und Ihr braucht Eure Kraft, um Wolfram zu stillen. Hier, trinkt dies.« Sie reichte Margerite einen warmen Trank mit einer blutstillenden Arznei, der mit Honig gesüßt war. Folgsam leerte Margerite den Becher bis zum letzten Tropfen und ließ sich mit einem neuerlichen Gähnen zurückgleiten. Kaum hatte sie die Augen geschlossen, sank sie in tiefen Schlaf.

Margerite erwachte vom tiefen Klang einer gereizten Männerstimme. »Wer bist du, daß du es wagst, mir zu sagen, ich könne meine Verlobte nicht sehen? Sie hat den ganzen Tag geschlafen, da kann sie doch jetzt aufwachen!«

Schläfrig hob sie den Kopf vom Kissen und blickte zur Tür. Dort stand Gerhild und verlegte jemandem den Weg. Durch den Spalt erkannte sie Heinrich, der die Hebamme um Haupteslänge überragte. Die Leichen von Günther und Richard lagen nicht mehr auf dem Boden, und das Geburtslager war weggeräumt worden.

»Laß ihn ein«, rief Margerite. Als er ihre Stimme hörte, begann Wolfram zu weinen. Gerhild verließ ihren Posten und beugte sich schnell über die Wiege, um das Kind zu Margerite zu bringen. Sie zog eine Ecke der Decke zur Seite und gab ihm die Brust.

Heinrich holte sich einen Stuhl und setzte sich neben das Bett. Seine mächtige Gestalt schien das ganze Gemach zu füllen. Er trug einen langen, pelzbesetzten Rock aus dunkelroter, mit Gold bestickter Seide, und sein volles braunes Haar und der Bart glänzten feucht, als hätte er sie frisch gewaschen. »Nun, Margerite, viel ist geschehen, während Ihr geschlafen habt. Ihr habt nichts mehr zu fürchten. Wir haben uns um Günthers Leibwache gekümmert. Jetzt sind die Männer in einem Wagen auf dem Weg in die Berge, wo ihre Gebeine ruhen mögen, bis sie gefunden werden. Sie haben sich tapfer gewehrt, aber ich war durch meinen Sohn vor ihrer Kampfkraft gewarnt, und ich hatte den Beistand der Burgwache und der Bärenschar. Gut, daß Ihr die Söldner so lange habt bleiben lassen.«

»Es ist also alles vorbei?« fragte Margerite. Sie wußte nicht recht, ob sie aus einem Traum erwacht oder in einen versunken war. Das Licht in den Fenstern rötete sich bereits. Es stimmte offenbar, daß sie den ganzen Tag geschlafen hatte.

»Nur unsere Trauung noch nicht«, erklärte er. »Darf ich Euer Kind sehen?«

Es widerstrebte Margerite, Heinrich das Kind zu reichen, auch wenn sie darauf vertraute – vertrauen mußte, denn von nun an waren sie von seiner Gnade abhängig –, daß er Wolfram nichts antun würde. Der Kleine begann wieder zu weinen, als sie ihn von der Brust nahm, doch Heinrich hielt offenkundig nicht zum ersten Mal ein Kind im Arm und wiegte Wolfram sanft, bis er sich beruhigt hatte. »Ein prächtiger Knabe«, polterte der Graf. »Seinem Vater wie aus dem Gesicht geschnitten, aber das war wohl zu erwarten.« Wolfram machte ein Bäuerchen, und auf seinen Lippen erschien eine kleine Blase. Heinrich reichte ihn schnell wieder der Mutter wie ein Mann, der nur allzu gut wußte, was kleine Kinder anrichten können.

Margerite betrachtete das Gesicht ihres Sohnes. Auch wenn sie es am liebsten geleugnet hätte, wußte sie, daß Heinrich recht hatte. Selbst durch die noch unscharfen Züge eines Säuglings konnte sie Ruprechts Kinn und Nase, die gewölbte Stirn und ... das durchdringende Strahlen der blauen Augen erkennen, die sich auch später, wenn Wolfram älter wurde, nicht mehr braun färben würden – dessen war sie sich sicher. Es war Ruprechts Sohn oder ... Margerite schob den Gedanken eilig von sich. Günther und seine Männer waren tot, und Wolfram war getauft. Seine Seele war nicht mehr in Gefahr.

Heinrich stand auf und klatschte kräftig in die schwertbewährten Hände. »Eure Hebamme sagt, daß Ihr Euch in zwei oder drei Tagen genügend für die Taufe Eures Kindes erholt haben werdet und daß unsere Hochzeit einen Monat nach Eurer Einsegnung stattfinden kann. Wir haben also viel Zeit, um die Angelegenheiten hier zu ordnen, bevor wir zur Trauung nach Burg Fürstensee reisen.«

Margerite fühlte sich überrumpelt, und die Gedanken in ihrem Kopf schossen wild durcheinander. Eine unergründliche Furcht beschlich sie bei dem Gedanken, unverheiratet nach Burg Fürstensee zu ziehen, wo Nikolaus wartete. Sie hätte es nicht erklären können, aber sie war sich sicher, daß großes Ungemach ihrer harrte, wenn die Sache nicht bereits auf Burg Falkenstein besiegelt wurde.

Sie stützte sich auf und sah ihren Verlobten voller Stolz an. »Heinrich, Ihr seid hierhergekommen, um mich zu heiraten, und ich werde nicht als ledige Frau von hier gehen. Pater Etienne hat über unseren Waffenstillstand gewacht, und ich möchte, daß er auch über unsere Trauung wacht, um sein Werk zu vollenden. Wir werden die vierzig Tage bis zu meiner

Einsegnung hier bleiben, um alle Dinge hier gebührend zu ordnen, und dann kann ich reinen Herzens mit Euch ziehen.«

Heinrich lächelte und schüttelte das ergraute Haupt. »Ist dies wahrhaftig Euer Wille? Wenn wir in Burg Fürstensee vermählt werden, gibt es eine schönere Kapelle und ein prächtigeres Fest, und es werden viele Edelleute kommen, die den Weg hierher kaum finden dürften, selbst wenn diese Burg sie ihrem Rang entsprechend beherbergen könnte.«

»Dann wollen wir für unsere Ankunft auch dort eine Feier veranstalten, damit Eure Freunde und Verbündeten mich kennenlernen können. Aber Ruprechts Untertanen sollen mit eigenen Augen sehen, daß der Streit zwischen uns endgültig beigelegt ist. Und wenn wir hier auf der Burg meines Sohnes Hochzeit halten, werden sie sich vielleicht nicht so verlassen fühlen, wenn Wolfram und ich mit Euch in Eure Festung ziehen.«

»Da dies Euer fester Entschluß ist, so will ich nicht weiter in Euch dringen. Ruht Euch aus und erholt Euch, denn Ihr sollt bei guter Gesundheit sein, bevor wir die Heimreise antreten.« Heinrich beugte sich vor, um sie zu küssen, und sein feuchter Bart lag stachelig auf ihrem Gesicht. Dann verließ er mit schweren Schritten das Gemach.

Wie ihre erste Hochzeit fand Margerites Trauung mit Heinrich vor dem Tor der Kapelle von Falkenstein in einem mit frischen grünen Zweigen und Blumen ausgestreuten Burghof statt. Mit geröteten Wangen und stolz auf ihre Rolle als Taufpatin trug Eva den fest in Decken gehüllten Wolfram, während Margerite und Heinrich ihr Ehegelöbnis sprachen. Dahinter standen Christoph und drei von Heinrichs Rittern als Trauzeugen. Pater Etienne erteilte dem Paar seinen Segen, und das Fest begann. Es war nicht ganz so prachtvoll wie die erste Feier – auch Heinrich hatte noch unter den Nachwirkungen des Krieges zu leiden –, aber das schien keinem der Anwesenden etwas auszumachen. Es wurde reichlich Wein und Bier aufgetragen, und alle waren in bester Stimmung. Margerite erkannte, als sie ihrem Gemahl in das zerfurchte, bärtige Gesicht blickte und sein dröhnendes Gelächter hörte, daß der Gedanke an eine Ehe mit Heinrich sie zwar nicht mit großer Freude, aber auch nicht mit Trübsinn erfüllte. Nach allem, was Bertram über ihn gesagt hatte, wußte sie, daß Heinrich ein anständiger Mann war. Er würde Margerite, Wolfram und Eva mit seinen nicht geringen Kräften schützen, und wenn er kein bezaubernder Höfling war wie Ruprecht, so war er doch zumindest freundlich und gutmütig. Es würde eine Weile dauern, bis die Ehe vollzogen werden konnte, denn Gerhild hatte Margerite gemahnt, daß sie innerlich noch nicht genügend genesen war, um eine weitere Schwangerschaft auf sich zu nehmen. Aber auch die Erfüllung dieser Pflicht würde nicht über ihre Kräfte gehen, und wenn ihr neuer Gemahl auch niemals das Begehren in ihr wecken konnte, das Ruprecht in ihr entfacht hatte – nun, das war für Margerite bei all ihren Aufgaben die geringste Sorge.

Paul und Jochanan gehörten zu den ersten, die dem neuvermählten Paar ihre Glückwünsche aussprachen. Die Bärenschar hatte ihren Sold empfangen und wollte am nächsten Morgen nach Freiburg aufbrechen, um dort frische Männer zu werben und neue Dienste zu suchen.

»So wie hier wird es bestimmt nicht sein«, sagte Paul und hob seinen Trinkbecher auf die Burg. Kobold erhob sich auf die Hinterbeine und schlug mit den Pfoten danach. Paul schüttete dem Kater ein wenig braunes Bier auf den Boden, und Kobold leckte gierig an der schaumigen Pfütze. »Ich muß mich bei Euch bedanken, Gräfin, für den spannendsten Auftrag, den ich je angenommen habe.«

»Ich hoffe, wir haben Euch gut gedient, Frau Gräfin«, fügte Jochanan höflich hinzu.

Margerite lächelte. »Als ob ihr treu wärt.« Alle drei brachen in Lachen aus.

»Wenn Ihr uns wieder einmal brauchen solltet, kann uns Bertram bestimmt finden«, erklärte der Bär. »Wir werden Euch immer freudig zu Hilfe eilen, wenn Ihr uns ruft.«

»Wann immer Ihr einen Krieg wünscht, wir stehen bereit«, schaltete sich Jochanan ein.

Margerite stutzte über seine Worte und lachte erneut. »So Christus will, werden wir einige Zeit Frieden haben«, erwiderte sie. »Aber auch ich hoffe, euch einmal wiederzusehen.«

»Seid dessen versichert, Gräfin.« Es lag eine seltsame Gewißheit in Jochanans Worten. Margerite sah ihm einen Augenblick in die tiefen, dunklen Augen und fragte sich, ob er der Hellseherei fähig war. Aber sie hatte wohl nur zuviel in seine Höflichkeit und seine unbeholfene Ausdrucksweise hineingelesen.

»Gott sei mit euch auf all euren Wegen«, sagte sie schließlich.

Margerite tanzte nur den ersten Tanz und nahm Rosa wieder den kleinen Wolfram ab, damit sich die Dienstmagd in das fröhliche Treiben mischen konnte. Bertram sah dem Tanz wie immer nur zu. Im Schatten der Feuer wirkte sein gerader Haar- und Bartschnitt wie Helm und Kappe aus Eisen. Er hätte genausogut als Wachmann auf einem entlegenen Vorposten weit entfernt vom Trubel und Gesang des Hochzeitsfestes stehen können. Margerite sehnte sich danach, ihn zu berühren und seiner betrübten Seele Trost zu spenden, um ihm näherzukommen, aber sie durfte es nicht wagen, vor so vielen Menschen ohne guten Grund offen mit ihm sprechen.

Würde es für sie und Bertram auf Burg Fürstensee mehr Gelegenheiten für ein Zusammensein geben? War es töricht von ihr gewesen, ihn an einen Ort mitzunehmen, an dem sie einander keinen Zuspruch geben, sondern nur mit flüchtigen Blicken und kurzen Wortwechseln Salz in die offenen Wunden ihrer Sehnsucht streuen konnten?

Wolfram begann zu weinen, und Margerite schaukelte ihn sanft auf und nieder, während sie ihm sinnlose Lallworte ins Ohr raunte. Der Schmerz, den sie und Bertram fühlten, war nichts im Vergleich mit der Notwendigkeit, ihren Sohn vor Nikolaus und seinen Ordensgefährten zu schützen. Wenn Herzenskummer die Strafe für das war, was sie getan hatten, konnte sie es vielleicht auch dadurch wiedergutmachen, daß sie Wolframs Seele vor allen ihr drohenden Gefahren bewahrte.

»Armes Kind, armer Liebling«, flüsterte Margerite zärtlich. »Maria behüte uns alle davor, daß einem Kind solches Unheil widerfährt.« Dann mußte sie an die heilige Familie denken, die vor den Häschern des Herodes floh. War es lästerlich, Ruprechts Sohn mit dem Christuskind zu vergleichen? Aber waren nicht alle Säuglinge in ihrer unschuldigen Hilflosigkeit gleich?

2. KAPITEL

Die Sonne schien hell durch das grüne Gesprenkel der Blätter, als Heinrich und seine Männer von Burg Falkenstein abzogen. Margerite ritt neben ihrem neuen Gemahl, während Eva und Rosa mit Wolfram im Wagen blieben. Wenn Margerite müde wurde, würde sie für einige Zeit den Platz mit Eva tauschen, aber jetzt war es eine Wonne, sich in der frischen Luft zu bewegen und wieder ein Pferd unter sich zu spüren. Wäre es anders gekommen, dachte sie bekümmert, wäre es ein trefflicher Tag für die Beizjagd gewesen, und sei es nur mit einem kleinen Sperber auf der Faust. Doch so reisten ihre Falken bedeckt in einem zweiten Wagen unter Johanns wachsamen Augen und außerhalb der Reichweite von Kobolds Krallen. Ihre Trauer galt auch dem Abschied von Pater Etienne. Der Kanonikus war an diesem Morgen wegen seiner eigenen Verpflichtungen allein in Richtung Norden aufgebrochen. Sie hatte von vornherein gewußt, daß er sie nicht begleiten konnte, denn seine Geschäfte erstreckten sich weit über die kleinen Grafschaften von Falkenstein und Fürstensee hinaus. Dennoch schien es Margerite, daß sie mit Pater Etiennes Abschied die starke Mauer im Rücken verloren hatte, die sie vor zahllosen unbekannten Gefahren beschirmte. Bertram ritt zwar im Troß, aber weit hinten zwischen Heinrichs Wachmännern ... Margerite wurde bald aus ihrem Trübsinn gerissen, denn Heinrich war bester Laune und lachte immer wieder schallend zu seinen Erzählungen über Burg Fürstensee. Christoph ritt auf Margerites rechter Seite und schien so frohgemut wie sein Vater. Immer wieder hob er den verheilten Arm, als hielte er einen Schild, und Margerite glaubte zu verstehen, daß ihn schon wieder Gedanken an große Taten bei Schlachten und Turnieren bewegten.

Margerite hatte bestellen lassen, daß sie diese Nacht auf Burg Eichenwald zu verbringen wünschten. Sie hatte es nicht ohne eine gewisse Beklommenheit getan, weil sie nicht wußte, welche Verheerungen Heinrichs Streitkräfte in Sigmunds Land angerichtet hatten. Aber der Ritter hatte ihr höflich kundgetan, daß sie willkommen seien und daß es ihn mit höchster Freude erfülle, den jungen Grafen von Falkenstein zu sehen. Als sie im Schatten der Eichenwälder dahinzogen, die der Festung ihren Namen gegeben hatten, und dabei immer wieder die gespaltenen Hufspuren der Wildschweine überquerten, die sich von den herabgefallenen Eicheln ernährten, mußte Margerite unwillkürlich an Ruprecht denken. Sie erinnerte sich daran, daß er Sigmund für die Zeit nach dem Ende des Krieges eine prächtige Jagd versprochen hatte als Ausgleich dafür, daß er bei der letzten Mittsommerjagd an der Grenze hatte bleiben müssen. *Vielleicht werde ich oder Wolfram eines Tages wenigstens diese Schuld einlösen können*, dachte Margerite.

Der Mann, der ihnen vor den Festungsmauern zur Begrüßung entgegenritt, war in den mittleren Jahren, hellblond und rotwangig und hatte einen dichten, blonden Bart. Bis auf das große Schwert an seiner Seite war er unbewaffnet, und der feine Schnitt seines grünen Rocks mit den geschlitzten blauen Ärmeln und die funkelnden Silberringe an den Fingern sagten Margerite, daß es wohl Ritter Sigmund selbst war.

»Seid gegrüßt und willkommen auf Burg Eichenwald, Gräfin«, rief er mit heiserer Stimme. »Graf Heinrich, Herr Christoph, wir treffen uns heute unter glücklicheren Vorzeichen als letztes Jahr.«

»Fürwahr«, erwiderte Heinrich mit einer leichten Verneigung. »Auch mir steht der Sinn mehr danach, innerhalb Eurer starken Mauern Wein zu trinken, als vor ihnen hartes Brot zu essen.«

»Als Gast seid Ihr willkommener denn als Feind, so tretet denn ein! Die Tafel ist gedeckt, um Euch nach Eurer Reise zu erfrischen, und am Abend gibt es ein Fest zu Ehren des jungen Grafen und seiner Mutter.«

Burg Eichenwald erinnerte Margerite sehr an ihre Kindheit auf Burg Hirschenberg. Wie die Festung ihres Vaters war sie klein und dunkel. Beleuchtet wurde sie nur durch Fensterschlitze und rauchige Fackeln, und im großen Saal und in den kleinen Gästekammern gab es Talgkerzen. Ritter Sigmunds Gesinde beeilte sich, die Pferde der Gäste zu versorgen und das Gepäck hineinzutragen. Margerite überließ Rosa die Anweisungen für das Gemach, in dem sie und Heinrich schlafen würden. Wolfram war wach, aber still, als sie ihn in Sigmunds Saal trug, und blickte mit hellen Augen um sich, als ob er bereits wüßte, daß Eichenwald zu seinen Ländereien gehörte. Auf den Tischen lagen Brot und frische weiße Käselaibe. Die Kelche auf der hohen Tafel waren aus stumpf glänzendem Zinn, doch edel gearbeitet und voll mit köstlichem Weißwein.

»Auf den jungen Grafen Wolfram und die edle Gräfin Margerite!« rief Sigmund. Er hielt einen Kelch in die Höhe und leerte ihn in einem Zug. Heinrich und Christoph taten es ihm nach, während Eva vorsichtig nippte. Eine Dienstmagd schenkte aus einem Krug nach, und alle nahmen Platz. Nur Sigmund kniete vor Margerite und Wolfram nieder.

»Frau Gräfin«, erklärte er mit lauter Stimme, die von den Steinmauern widerhallte, »ich habe Graf Ruprechts Vater und nach ihm Graf Ruprecht mit all meinem Mut und all meiner Kraft gedient. Nun bitte ich Euch, meinen Lehnseid für Graf Ruprechts Sohn entgegenzunehmen, dem ich mein Schwert und meine Gefolgschaft darbiete, da ich von ihm und seinem Vater und dem Vater seines Vaters mein Land empfangen habe. Das schwöre ich im Namen Christi.«

»Ich nehme Euren Eid für Wolfram entgegen und schwöre meinerseits, daß er Euch als wahrer Lehnsherr schützen und allezeit auf Eure Ehre und Euer Wohlergehen achten wird«, erwiderte Margerite. »Hütet Burg Eichenwald und ihre Ländereien gut, so wie Ihr es als treuer Ritter immer getan habt!«

Sigmund hob die Hände, und bevor Margerite sie drücken konnte, streckte Wolfram den rundlichen, kleinen Arm aus seiner Decke und umklammerte einen beringten Finger des Ritters.

»Er ist von Geburt an ein hoher Herr.« Ritter Sigmund hatte die blaßblauen Augen vor Staunen aufgerissen. Margerite zwang sich zu einem Lächeln. Sie hätte entzückt über ihren

Sohn sein können, denn es war ja nicht unnatürlich, daß Blicke und Hände eines kleinen Kindes von funkelnden Ringen angezogen wurden, und doch hatte sein Verhalten etwas Beunruhigendes, als wüßte er viel mehr, als es einem einmonatigen Säugling zukam.

Ritter Sigmunds Fest dauerte bis spät in die Nacht. Der gebratene Hammel aus seiner Küche war nicht außergewöhnlich, und die Fleischpasteten lagen ein wenig schwer im Magen, aber diese Mängel glich der Ritter mit um so reichlicher ausgeschenkten Getränken aus. Margerite machte ihre Müdigkeit von der Reise geltend, als sie sich lange vor Heinrich zurückzog. Bis dahin hatte sie mindestens dreimal mitanhören müssen, wie Ritter Sigmund seine Erzählung über den jungen Graf Wolfram, der zur Besiegelung des Lehnseides seine Hand ergriffen hatte, mit jedem Krug Wein immer mehr ausschmückte. Wenigstens schien Sigmund keinen Groll gegen Heinrich zu hegen, weil dieser seine Burg belagert und sein Dorf ausgeraubt hatte. Da Heinrich weder die Häuser verbrannt noch die Felder zerstört noch die Obstbäume entrindet hatte – wie es Ruprecht wohl bei einigen seiner Raubzüge in Heinrichs Gebiet getan hatte –, schien Sigmund den Grafen als ritterlichen Gegner zu betrachten, mit dem zu fechten oder zu feiern gleichermaßen ehrenvoll war. Als sie sich über Wolframs Wiege beugte, um seinen leisen Atem zu hören, fühlte Margerite fast ein wenig Neid auf den Ritter. Sie wünschte, auch ihr Weg auf dieser Welt könnte mit Treue, Ehre und Recht so leicht und klar vor ihr liegen. Doch schon in zwei Tagen würde sie wieder den Blicken des Ordens ausgesetzt sein. Der Ring, den Nikolaus letztes Jahr getragen hatte, zeigte zwar, daß sein Rang dem ihren entsprach, aber sie hütete sich davor, den jungen Mann zu unterschätzen, und hatte keinen Zweifel daran, daß er sie genau beobachten würde.

»Geht es Euch gut?« fragte Rosa, während sie ihr beim Auskleiden half. »Ihr seid so still heute abend.«

»Es ist spät, und ich bin müde«, antwortete Margerite. »Wenn ich nur Gerhild um eine Salbe gebeten hätte, denn morgen werde ich bestimmt wund sein.«

Ein Lächeln huschte über Rosas dünne Lippen. »Meine Tante hat mir einen Topf Salbe mitgegeben und gesagt: ›Die Frau Gräfin ist seit Anfang der Belagerung nur einmal geritten, und eine lange Reise liegt vor ihr. Trage Sorge, daß sie sich jeden Morgen und Abend mit dieser Salbe die Beine einreibt, sonst wird es ein beschwerlicher Weg für sie.‹«

»Deine Tante ist eine kluge Frau«, sagte Margerite dankbar. Der Schmerz in ihren Schenkeln hatte bereits eingesetzt, und sie wußte, daß sie sich im Schlaf noch weiter verspannen würde. Der besänftigende Duft von Kamille und Minze stieg ihr in die Nase, als sie sich den wächsernen Balsam in die Muskeln rieb. Kurz flog sie der Gedanke an, daß sie vielleicht auch mehr von dem guten Wein Ritter Sigmunds hätte trinken sollen, aber der Morgen würde ihr auch ohne Kopfweh genügend Schmerzen bringen.

Trotz der lindernden Salbe und Kobolds warmer Gegenwart auf dem Kissen fiel Margerite das Einschlafen schwer. Der Gedanke an Nikolaus, der in Burg Fürstensee auf sie wartete, ließ sie nicht los. Gewiß würde er ihr nicht mit der Ergebenheit Richards begegnen, und sie konnte auch nicht mehr ihre Schwangerschaft vorschützen, um nicht zur Ausführung von Ordensriten gezwungen zu werden. Und am meisten quälte sie die Frage ... ob Nikolaus wußte, was der Orden mit Wolfram vorgehabt hatte. Wenn es so war, konnte sie vielleicht behaupten, daß Günther die lästerliche Taufe bereits vollzogen habe. Aber konnte Nikolaus durch seine Künste erkennen, daß Wolframs Seele nicht der Hölle, sondern dem Himmel geweiht worden war? Und welche anderen Riten wollten die Lichtträger mit Wolfram vollziehen, wenn er älter wurde?

Wenn ich es nur wüßte ... dachte Margerite. Und dann trat die Versuchung an sie heran: Konnte sie sich nicht aufschwingen, wie sie es auf Ruprechts Geheiß getan hatte, um Nikolaus zu suchen und auszuspähen? Der Flug an sich, so hatte ihr Pater Etienne versichert, war keine verbotene Magie, sondern eine angeborene Gabe Gottes. Es mochte falsch sein, die Gedanken eines Freundes oder eines Fremden auszuforschen, aber die eines Feindes? Und hatte sie nicht schon Schlimmeres getan, um Wolfram vor Unheil zu schützen? Ihr Entschluß stand fest.

Margerite legte sich zurück und atmete tief nach einem sorgsam gezählten Takt ... *wie ich es aus dem Schwarzen Buch gelernt habe ... nein, besser nicht daran denken ...* bis sie nichts mehr spürte als das Rauschen des Atems und den Kreislauf des Blutes, die ihren Körper mit strömendem Leben erfüllten. Sie fühlte, wie sich das Leuchten der Seele, getragen vom gleichmäßigen Schnurren Kobolds, allmählich vom dunklen Fleisch löste. Sie erinnerte sich daran, wie es war, die Flügel auszubreiten ... sich in die Lüfte zu schwingen ...

Und dann flog sie und erhob sich kreisend über Burg Eichenwald. Auch ohne Mondlicht konnte sie die scharfen Kanten der Mauern und die Holzbauten erkennen, die sich wie Pilze zu Füßen eines Baumstumpfs um die Burg scharten. Das Falkenherz in ihr schlug höher, als ihr die Luft durch die Federn rauschte. Zu lange schon war sie eingesperrt gewesen, und nun war sie trunken vom freien Wind, der sie emportrug, von der Kraft ihrer Schwingen und der betörend klaren Sicht, die ihr jedes Kräuseln in dem schimmernden Fluß zwischen den Grafschaften Falkenstein und Fürstensee, jedes Rascheln einer Maus im Gras und jede zarte Feder der still unter ihr dahingleitenden Eule zeigte.

Einen unendlichen Augenblick lang vergaß Margerite vollkommen, wer sie war und was sie vorhatte. Sie schwelgte einfach im Flug, den nicht einmal mehr die Riemen behinderten, die sie trug, als sie für Ruprecht aufstieg. Aber weit unten hörte sie schwach den durchdringenden Schrei einer Katze, der so seltsam in ihren Falkenohren klang, daß sie wieder zu sich kam.

Margerite flog schnell und gerade. Über ihr zogen die Sterne in einer Spur aus kaltem, weißem Feuer vorüber, und unter ihr verschwamm der Boden. Sie jagte über Felsen und Wälder, über den breiten See, dessen schwarze Wellen schwach im Licht der Sterne glänzten, bis zu dem mächtigen viereckigen Turm am Berghang über dem Seeufer. Sie kreiste hoch über der großen Festung und spähte nach einem Licht in einem Fenster oder einer Schießscharte. Wo mochte Nikolaus sein? Gewiß lag sein Gemach oben im Turm, und zu dieser Stunde lag er entweder im Bett, oder er hatte sich in ein Ordensritual vertieft. Und wenn er schlief – konnte sie in seine Träume eindringen?

Sie sah nichts von dem Gleißen, das Ruprechts Zauberstätte auf Burg Falkenstein vor ihren Blicken verborgen hatte – nur eine einzige Ader, deren Schwärze wie Schattenfeuer glitzerte und weit unter dem Burgfelsen bis zum See führte. Sie konnte den Stein nicht durchdringen, um zu erkennen, was unter dem Berg lag. Sie nahm nichts anderes wahr als eine einzelne Kerze, die durch ein kleines Fenster auf halber Höhe des Turmes schien. Mit angelegten Flügeln stürzte sie herab wie auf ein Rebhuhn und schwang sich wieder hinauf bis zum Fenster.

Drinnen saß Nikolaus, und die Kerzenflamme warf ein rötliches Licht auf seine Pausbacken und seine vorgeschobene Unterlippe. Der Ordensring an seinem Finger war nicht mehr aus Silber, sondern aus Gold, trug jedoch keinen Stein. Ihm gegenüber saß eine dünne, düstere Gestalt, an deren Hand ein dunkler Onyx funkelte: Damiano, in vornehm geschnittenem schwarzroten Samt. Margerite hatte den Italiener seit über einem Jahr nicht mehr gesehen, aber sie erkannte das angenehme Gesicht und die fragend nach unten gezogenen Augenbrauen sofort. Ein halbleerer Glaskrug mit tiefrotem Wein stand auf dem Tisch zwischen den beiden Männern, und sie tranken während ihres Gesprächs aus silbernen Pokalen.

»So beantwortet mir dies«, sagte Damiano. »Was soll sich der Orden um Prinz Günther scheren, wenn er zu schwach war, um am Leben zu bleiben? Mögen die Christen nach verlorenen Schafen suchen, wir verschlingen sie, wenn wir sie finden.«

»Trotzdem kommt mir die Sache verdächtig vor«, beharrte Nikolaus. »Daß mein Vater mit seinen Männern so schnell nach Burg Falkenstein marschiert ist ... ich möchte meinen, der Orden würde sich darum kümmern, daß der Prinz vielleicht in eine Falle geraten ist und ermordet wurde.«

»Und woher wollt Ihr das wissen?« Damianos helle Stimme klang mit einem Mal hochmütig und fast streitlustig. »Ihr seid nur ein Monsignor und sollt Euch nicht in höhere Angelegenheiten einmischen. Was Ihr sagt, zeigt uns, daß Prinz Günther lang genug gelebt hat, um seine Absichten für die Walpurgisnacht auszuführen. Wenn er danach versagt hat, so ist das kaum von Bedeutung, denn der Orden hat keine Verwendung für Führer, die sich überlisten lassen, und wird auch seine langfristigen Pläne nicht wegen einer sinnlosen Rache aufs Spiel setzen. Ihr solltet Euch auf Eure eigenen Pflichten besinnen, so wie ich sie Euch aufgebe, wenn Ihr die Kraft erlangen wollt, Dämonen zu beschwören und den Onyxring zu tragen. Ich versichere Euch, es ist ein großer Schritt vom einfachen Blutvergießen und von der Beherrschung von Elementargeistern bis zum Umgang mit den Grafen und Fürsten der Hölle.«

Nikolaus' graugrüne Augen wirkten blaß im Kerzenlicht, als er mit finsterem Blick zu seinem Ordensvorgesetzten aufblickte. »So nennt mir meine Pflichten.«

»Ihr sollt die Grundlagen der Unterweisung von Priesterin Margerite übernehmen und dafür Sorge tragen, daß weder sie noch ihr Kind dadurch Schaden nimmt. Helft Ihr, eine geeignete Zauberstätte zu finden und die nötigen Gerätschaften zu beschaffen. Wacht sorgsam über ihre Fortschritte und behandelt sie mit größter Hochachtung. Zweifellos wird sie Euch bald übertreffen, und auch dies soll Euch zur Lehre dienen. Denn wenn Ihr in Eurem Hochmut den Begabteren nicht anerkennen wollt, wird Euch gewiß der erste Dämon, den ihr ruft, die Seele aus dem Leib reißen. Berichtet mir regelmäßig über Margerites Fortschritte.«

»Ich weiß, daß sie begabt ist, doch weshalb soll ich mich so sehr um ihren Sohn kümmern? Falls er stirbt, wird meine Familie durch Margerite Burg Falkenstein erben, und meine Macht wird sich verdoppeln.«

Damiano kniff die blauen Augen zusammen. »Ihr habt diese Befehle nicht in Frage zu stellen. Sie kommen vom Imperator höchstselbst! Ihr steht mir mit Eurem Leben dafür ein, daß Ruprechts Sohn kein Unheil widerfährt, habt Ihr das begriffen? Dem Imperator ist das Leben des Knaben viel wichtiger als Eures, und Ihr habt nicht nur über ihn zu wachen, sondern auch für ihn zu sterben, wenn es sein muß. Verstanden?«

»Ich habe verstanden«, murmelte Nikolaus. »Aber ich könnte meine Pflichten besser erfüllen, wenn ich die Gründe kennen würde.«

»Ihr wißt alles, um Eure Aufgabe erfüllen zu können. Ich werde Euch in bezug auf Margerite und ihr Kind bald andere Befehle erteilen, doch bis dahin sollt Ihr sie nur unterweisen und schützen.«

»Da es der Orden so will«, sagte Nikolaus ergeben, »werde ich es tun.«

»Still!« sagte Damiano plötzlich. Der Ordenskanonikus warf den Kopf herum und sah zum Fenster. Die Pupillen seiner suchenden Augen schienen im schwachen Licht anzuschwellen. Ein Schauer durchzuckte Margerites Falkengestalt bis in die Spitzen ihrer Federn. Ohne abzuwarten, was Damiano tun würde, warf sie sich flügelschlagend in die Luft und jagte mit höchster Geschwindigkeit davon. Sie hielt erst inne, als sie den unstofflichen Schleier der Mauer von Burg Eichenwald durchdrungen hatte und wieder in ihren Körper zurückgekehrt war.

Margerite fuhr auf und sog durch zusammengebissene Zähne mit scharfen, verzweifelten Atemzügen Luft in die Lungen. Ihr Herz hämmerte gegen die Rippen. Kobold saß auf ihrer Brust, und sein Gewicht ruhte als dumpfer Schmerz auf ihren milchgefüllten Brüsten. Neben ihr schnarchte Heinrich so laut, daß sie ihr eigenes wildes Keuchen nicht hören konnte. Der klamme Schweiß auf ihrer Haut durchnäßte das Bettzeug, und sie zitterte am ganzen Leib.

»Maria, Maria«, flüsterte sie. »Vergib mir, Heilige Mutter Maria, und schütze mich vor der Finsternis.«

Allmählich klang Margerites Zittern ab, bis nur noch kleine Schauer durch ihre Muskeln bebten. Sie fühlte sich, als wäre sie am Rande eines Abgrunds ins Straucheln geraten und um ein Haar in den Tod gestürzt. In diesem Augenblick hätte sie alles dafür gegeben, wenn statt Heinrich Bertram an ihrer Seite gelegen hätte – wenn sie ihren Liebsten wecken und sich in seine Arme hätte schmiegen können, auch wenn sie ihm ihre Sünde aus Scham nicht gestanden hätte. Margerite lag einige Zeit nur da und wagte es nicht, sich zu bewegen, bis Kobold aufstand und sich schwer nach oben stemmte, um ihr die Schweißbäche vom Gesicht zu lecken. Seine rauhe Zunge auf ihrer Haut war unangenehm, und sie hob schwach die Hand, um ihn beiseite zu schieben.

Hat sich das gelohnt? fragte sich Margerite. Aber tief in ihrem Innersten – unter dem schwachen Widerhall des Bebens in ihren Gliedern und dem langsamer werdenden Pochen ihres Herzens – wußte sie, daß sie wieder so handeln würde, wenn es notwendig war. Wenigstens hatte sie jetzt erfahren, daß Nikolaus für eine Weile keine Bedrohung für Wolfram darstellen würde. Selbst wenn sie ihren Verdacht bestätigt fand, daß er sie zu magischen Ordensritualen drängen würde, glaubte sie, ihn hinhalten zu können. Es erforderte Zeit, eine Zauberstätte einzurichten, Samt zu bestellen und Roben zu nähen, einen Zauberstab abzuschneiden und die Ringe der sieben planetarischen Metalle in ihn zu schlagen. Nikolaus war zwar angewiesen, die Werkstoffe für sie zu beschaffen, aber es gab genügend Dinge, die Margerite selbst erledigen mußte, so daß er sie fürs erste zu keinen Riten zwingen konnte, die ihre Seele gefährden konnten. *Zumindest nicht mehr, als ich es selbst schon getan habe.* Sie wußte nicht, ob sie Damiano wirklich nur knapp entronnen war – ob er sie deutlich gesehen und ob er ihr ernsthaft hätte schaden können – aber solange sie Pater Etienne nicht danach fragen konnte, mußte sie ihr Erlebnis wohl als wertvolle Warnung verstehen, ihre Gabe des Fluges nicht zur Ausforschung von Ordensmitgliedern zu verwenden.

Pater Etienne hätte mir einen Wink geben können, sagte sie sich gekränkt, fand jedoch gleich die passende Antwort darauf: *Vermutlich hat Pater Etienne nicht damit gerechnet, daß ich so töricht handeln würde.* Margerite mußte zugeben, daß die Mahnungen des Priesters vor den Versuchungen, die aus dem Wissen über Magie entsprangen, berechtigter waren, als sie geglaubt hatte. Vielleicht hatte er etwas in dieser Art befürchtet und entschieden, daß sie ihre eigenen Erfahrungen mit diesen Gefahren sammeln mußte.

Aber wenn er es zugelassen hat, daß ich ohne Beistand dieses Wagnis auf mich nehme, worin unterscheidet er sich dann von den Herrn der Lichtträger? Auch darauf kannte Margerite die Antwort bereits. Pater Etienne schützte die Unschuldigen. Aber sie selbst zählte nicht mehr zu den Unschuldigen, seit sie es aus freien Stücken auf sich genommen hatte, den Orden zu täuschen. Jetzt verstand sie auf einmal Bertrams Schmerz. Es war das Gefühl, daß eine Sünde zu nächsten führte und daß sie um so tiefer im Sumpf versank, je mehr sie dagegen ankämpfte. Er hatte das Schwert und die Freischaren gewählt, während sie immer stärker in eine Schattenwelt unheilvollen Wissens gezogen wurde. Letzten Endes waren ihre Wege vielleicht sehr ähnlich.

Aber Bertram hat sich behauptet – oder wenigstens sicheren Boden erreicht –, und er war allein. Ich dagegen habe ihn und den Beistand, den mir Pater Etienne geleistet hat.

Bei diesem Gedanken erinnerte sich Margerite daran, daß ihr der Priester aufgetragen hatte, Kundrie und Klingsor in ihre Gebete einzuschließen. Sie griff im Dunkeln nach dem Rosenkranz und begann ihre Fürbitte für die Seelen der toten Lichtträger, die ihrer gewiß mehr als andere bedurften. Ruprecht, Wolfram, Richard, Günther, Kundrie und Klingsor: Sie betete für sie alle, denn der Täuschungen des Satans waren viele, doch Gottes Gnade war unerschöpflich. Auch für Nikolaus, Damiano und Berthold, die ihre Sünden noch zu Lebzeiten bereuen konnten, erflehte sie Gottes Erbarmen, ebenso wie für Elsbeth, die trotz ihres Gatten an ihrem Glauben festhielt, für Bertram und sich selbst und auch für Pater Etienne. Denn jetzt verstand sie ein wenig von den Prüfungen und Versuchungen, denen der Priester ausgesetzt war und über die er gewiß aus eigener Erfahrung gesprochen hatte.

Als sie ans Ende ihrer Gebete gelangt war, fühlte Margerite Frieden im Herzen. Der Schweiß auf ihrer Haut war getrocknet, und die Luft erschien ihr kühler. Wahrscheinlich war es nicht mehr lang bis zur Morgendämmerung. Sie schloß die Augen und glitt leicht hinüber in den Schlaf.

Das Land wurde hügeliger, als sie sich Burg Fürstensee näherten. Eichen und Buchen hoben sich hell vom dunklen Grün der Fichten ab, und zerklüftete graue Felsen ragten aus den Wäldern hervor. Nach drei Tagen hatte Gerhilds Salbe wahre Wunder gewirkt, und Margerite spürte beim Reiten nur noch eine leichte Verspannung. Sie war ein wenig müde von ihrem Abenteuer auf Burg Eichenwald, aber sonst bemerkte sie keine üblen Nachwirkungen. Heinrich hatte zwei Männer vorausgesandt, um dem Seneschall die baldige Ankunft des Grafen und seiner neuen Gemahlin kundzutun, damit er die nötigen Vorbereitungen treffen konnte.

Burg Fürstensee war genauso, wie sie sie in ihren Träumen gesehen hatte: ein hoher, viereckiger Turm am Berg über einem breiten See und ein langer, L-förmiger Flügel, der vom Hauptbau ausging. Heinrich hatte ihr erzählt, daß der Vater seines Urgroßvaters den ursprünglichen Turm errichtet hatte und daß die Familie, je reicher sie wurde, weitere Gebäude hinzugefügt hatte. »Der viereckige Turm«, hatte er wegwerfend erklärt, »ist zu kalt und unbehaglich, und wir verwenden ihn heute fast nur noch als Lager. Lediglich die kleineren Gemächer in den oberen Stockwerken lassen sich so gut heizen, daß sie als Gästekammern dienen können – vor allem im Sommer, und Nikolaus wollte unbedingt ins mittlere Stockwerk, weil er dadurch neben der Bibliothek ist und mehr Platz hat. Aber wir anderen wohnen im Ostflügel. Es tut mir leid, daß ich dir nicht die Gemächer meiner ersten Frau anbieten kann, denn Christoph ist dort vor einigen Jahren eingezogen, da er mehr Platz brauchte. Doch ich habe dir sehr schöne Gemächer direkt neben meinen vorbereiten lassen, und wenn du eine andere Zimmerflucht auf der Burg vorziehst, mußt du es nur sagen.«

Der Weg nach Burg Fürstensee führte über einen steilen Anstieg zwischen zwei Wällen und machte nach dem zweiten Tor eine scharfe Kehre, um sich auf einen weitläufigen äußeren Burghof mit mehreren Holzgebäuden zu öffnen. Zu ihrer Erleichterung bemerkte Margerite an der nördlichen Seite des Gevierts eine große, ansehnliche Kirche. »Mein Großvater hat diese Kirche erbaut, um ein Gelübde an den Heiligen Martin zu erfüllen«, erklärte Heinrich, als er ihren Blick wahrnahm. »Die Leute aus dem Dorf Fürstensee kommen hierher zur Messe. Bis Freiburg gibt es kein schöneres Buntglas als das über unserem Altar. Selbst Kaiser Karl hat gesagt, als er vor zwölf Jahren bei uns zu Gast war, daß er selten schöneres Glas gesehen hat. Unser Pfarrer, Pater Michael, ist ein sehr gebildeter Mann, der in seiner Jugend in Avignon studiert hat und sowohl im Gottesdienst als auch an der festlichen Tafel die rechten Worte zu finden weiß. Er ist der Jagd und auch der Falknerei nicht abgeneigt, wenn es seine geistlichen Aufgaben zulassen, und er wird gewiß beeindruckt sein von den prächtigen Vögeln, die du mitgebracht hast. Zwar bricht er hin und wieder in pfäffisches Jammern aus, wenn Christoph mit dem Hühnerhabicht auf der Faust zur Messe kommt, aber er meint es nicht so. Im allgemeinen ist er ein angenehmer Gesellschafter. Hinter dieser Tür neben der Kirche haben der Pater und sein Gesinde Wohnung und Garten.«

»Und dort drüben?« Margerite wies auf das größte Gebäude auf der anderen Seite des Burghofs.

»Dort empfange ich Pacht und Steuern und sitze zu Gericht.«

Der innere Burghof war durch doppelte Tore und zwei Türme gesichert. Wenn Belagerer in den äußeren Burghof einbrachen, fanden sie sich dort eingeschlossen und den Pfeilen und dem kochenden Pech oder Blei der Verteidiger ausgesetzt. Der Bau von Burg Fürstensee hatte sichtlich mehr Wissen und Reichtum erfordert als der von Burg Falkenstein, und Margerite wurde gewahr, welch große Bedeutung die Bärenschar und ihre Geschütze für den Krieg gegen Heinrich gehabt hatten. Offenkundig hatte sich Ruprecht bei seinen Berichten über die Schlachten alle Mühe gegeben, die Überlegenheit seines Gegners zu verharmlosen. Margerite wagte es nicht, zu Bertram zurückzublicken, aber sie konnte geradezu spüren, wie er mit kühlem Verstand die strategischen Vorteile von Burg Fürstensee erwog. Heinrich hatte ihm zu Recht noch keinen wichtigen Posten gegeben, solange er nicht seine Treue unter Beweis gestellt hatte, doch sie zweifelte nicht daran, daß der Graf schon bald Bertrams Fähigkeiten erkennen würde.

Innen befand sich auf der linken Seite ein großer Kräutergarten, von dem hinter der hölzernen Einfriedung wenig zu sehen war. Die blühenden Linden, die sich über das Gatter erhoben, waren sorgfältig zurechtgestutzt, und ihr süßer Geruch strömte über den Burghof. Zur Rechten standen ein kleinerer Stall und ein Falkenhaus sowie ein langes Gebäude, in dem Bewaffnete ein- und ausgingen: offensichtlich Heinrichs innere Wache. Der neuere Flügel der Burg nahm fast den ganzen nördlichen und östlichen Wall ein und endete am großen Turm an der südöstlichen Ecke.

Wolfram wurde von der langen Reise allmählich unruhig, und Margerite übergab ihn Rosa, die die Bediensteten mit dem Gepäck zu ihren Gemächern begleitete. Die Dienstmagd trug auch den Korb mit Kriemhild und ihren Jungen, und Kobold sprang ihr hinterdrein.

Heinrichs großer Saal befand sich in der Mitte des neuen Flügels im ersten Stock. Durch große Glasfenster fiel das helle Sonnenlicht des Sommers auf die gedrechselten Tische und Stühle und spiegelte sich in den silbernen Tellern und Pokalen, die auf der hohen Tafel aufgestellt waren. Dort saß Nikolaus zusammen mit einem untersetzten Mann in mittleren Jahren, der in die schwere Seidenrobe eines Geistlichen gekleidet war, und einem rüstiger Alten, der einen großen Schlüsselbund am Gürtel trug. Alle drei erhoben sich, als Heinrich, Margerite, Eva und Christoph den Saal betraten.

»Willkommen zu Hause, Vater«, sagte Nikolaus liebenswürdig. »Ich grüße Euch, Frau Margerite. Ich bin erfreut, Euch zu sehen. Eure Anwesenheit bringt für uns Licht nach Burg Fürstensee.«

Heinrich lächelte über die gezierten Worte seines Sohnes, aber Christoph schenkte seinem Bruder nicht die geringste Beachtung, während dieser fortfuhr. »Erlaubt mir, Euch unseren Pfarrer vorzustellen, Pater Michael, und unseren Seneschall, Herrn Jakob. Wenn Ihr etwas benötigt, müßt Ihr es nur Herrn Jakob kundtun. Er wird sich nach Kräften bemühen, Euch jeden Wunsch zu erfüllen.«

Unwillkürlich blickte Margerite auf die Hände der beiden Männer. Keiner von beiden trug einen Ordensring – aber das konnte auch Täuschung sein. Mit Grauen dachte sie daran, daß sie Nikolaus nach dem Stand der Ordensangelegenheiten auf der Burg fragen mußte. Dennoch setzte sie ein warmes Lächeln auf und neigte das Haupt vor den beiden Männern. »Ich bin sehr erfreut, Eure Bekanntschaft zu machen.«

»Die Freude ist ganz unsererseits«, erwiderte Pater Michael. »Seid versichert, daß wir alle entzückt sind, auf Burg Fürstensee wieder eine Gräfin begrüßen zu dürfen. Ich bedauere nur, daß der Graf mit der Hochzeit nicht bis zu seiner Heimkehr gewartet hat. Aber von Apostel Paul wissen wir, daß es besser ist zu freien, als Brunst zu leiden, und für morgen ist eine geziemende Feier vorbereitet, auf daß sich Heinrichs Untertanen am Glück ihres Grafen erfreuen können.« Der angenehm weichen Stimme von Pater Michael war deutlich anzumerken, daß sie schon viele Predigten vor Edelleuten gehalten hatte, die nicht nur belehrt, sondern auch unterhalten werden wollten. Der schwarze Bart des Geistlichen war sauber geschnitten, und das Haar fiel ihm sorgsam gekämmt auf die Schultern. Sein Gesicht zeigte die behagliche Rundheit eines Mannes, der gutes Essen zu schätzen wußte, und Margerite sah das kluge Funkeln in seinen braunen Augen. *Freund oder Feind?* fragte sie sich. *Was weiß Nikolaus über ihn?*

Nachdem Heinrich auch Eva vorgestellt hatte, setzten sich alle zu Tisch. Eine Dienstmagd in einem gefälligen blauen Wollkleid schenkte Wein aus einem Silberkrug ein und brachte schmackhafte, kleine Freitagspasteten aus feingehacktem Fisch mit Thymian und Salbei, deren blättrige Kruste fast auf der Zunge zerging. Nach dem Austausch von Höflichkeiten fragte Heinrich Nikolaus rundheraus, wie sich die Angelegenheiten der Burg in seiner Abwesenheit entwickelt hatten. Margerite bemerkte, daß ein ausweichender Ausdruck in die blassen Augen des jungen Mannes trat. Seine dicken Finger spielten mit den goldenen Quasten an seinen Ärmeln und seine Schuhspitzen raschelten, als er die Füße unter dem Tisch bewegte. Das Verhör, bei dem sich Nikolaus nur dank der Hilfe Herrn Jakobs aus der ärgsten Verlegenheit retten konnte, war peinlich mitanzusehen, aber es erleichterte Margerite auch, weil es ihren ersten Eindruck bestätigte, daß Heinrich seinen zweiten Sohn nicht sehr ins Herz geschlossen hatte und ihm nicht traute.

Schließlich lehnte sich Heinrich seufzend in seinen großen Eichenstuhl zurück und wischte sich die letzten Pastetenkrümel von den Fingern. »Du scheinst die Dinge recht ordentlich geregelt zu haben«, sagte er. »Doch ich möchte dich noch einmal davor warnen, die rechtlichen Fälle unserer Untertanen zu eilfertig abzutun. Das Recht, das wir durch Gottes und des Kaisers Ermächtigung sprechen, duldet keinen leichtsinnigen Umgang. Auch wenn es nur um ein Schaf oder um die Aussteuer eines armen Bauernmädchens geht, erwarte ich von dir, daß du deine Entscheidungen genauso gewissenhaft fällst wie ich, wenn du meinen Platz einnimmst.«

Er ist ein guter Mensch, dachte Margerite. *Wenn ich schon nicht mit Bertram vermählt werden konnte …*

Danach wandte sich die Unterhaltung anderen Themen zu. Heinrich hatte nicht gelogen, als er Pater Michael als angenehmen Gesellschafter bezeichnete. Der Pfarrer war auf vielen Gebieten bewandert und konnte trefflich reden. Eva beteiligte sich kaum am Gespräch und saß nur mit unschuldigem Blick still dabei. Christoph wandte kaum die Augen von ihr, und Margerite war sich sicher, daß das Mädchen sich sehr wohl bewußt war, welchen Eindruck sie als bescheidenes und schönes Fräulein sowohl auf den jungen Ritter als auch auf seinen Vater machte. Als sich Nikolaus nach ihrer Herkunft erkundigte, senkte sie nur den Blick und flüsterte, sie sei in einem Kloster aufgewachsen. Der Geistliche lächelte, und Margerite glaubte etwas Berechnendes in seinem Blick zu sehen – dachte er daran, sie für Ordensrituale zu mißbrauchen? Oder nur an eine mögliche Hochzeit mit Christoph, die ihn dafür entschädigen sollte, daß er Heinrich nicht hatte trauen dürfen?

Schließlich fiel Margerite ein, wie sie den Priester besser einschätzen und vielleicht ergründen konnte, ob er ein möglicher Verbündeter für sie war. Als sich das Gespräch um die vielen bedeutenden Menschen drehte, mit denen Pater Michael studiert, disputiert oder bei einem Festmahl getafelt hatte, fragte Margerite wie zufällig: »Pater, kennt Ihr Kanonikus Etienne de Dion?«

Die gebogenen schwarzen Brauen des Geistlichen zogen sich kurz über seiner vorspringenden Nase zusammen. Dann glättete sich sein Gesicht, und er lächelte. »Ach ja, der Mann, der Euren Frieden ausgehandelt hat. Er wurde einige Jahre vor mir zum Priester geweiht, aber dann in ein kleines Dorf an der Nordsee gesandt. Soviel ich weiß, gab es einen Skandal. Ab und zu höre ich seinen Namen. Ihn selbst habe ich schon länger nicht mehr gesehen.«

»Ein Skandal?« polterte Heinrich.

Mit geübter Anmut breitete der Priester die fleischigen Hände aus. »Ich kenne keine Einzelheiten, doch wenn ein junger Priester aus einer guten Familie plötzlich in eine Pfarrei am hinteren Ende der Welt beordert wird, ist für gewöhnlich ein Skandal im Spiel. Aber anscheinend genießt er inzwischen wieder hohes Ansehen… und darf sogar«, fügte er spitz hinzu, »Eure Trauung vollziehen, Graf.«

Margerite beobachte Pater Michael genau, während er sprach, und versuchte einen Riß in seiner glatten Oberfläche zu entdecken, durch den sie sein wahres Wesen erahnen konnte. Wenn er ein Lichtträger war, wußte er sich außerordentlich geschickt zu verstellen. Und wenn er ein Verbündeter Etiennes war, so ließ er sich auch davon nichts anmerken. Aber in letzterem Fall kannte er Nikolaus als einen Lichtträger – und mußte auch sie für ein Mitglied des Ordens halten, wenn Pater Etienne ihm keine Nachricht geschickt hatte. Mehr denn je wünschte sie, mit Bertram zu sprechen, um seinen Trost und seinen Rat zu erhalten. Es war ein bitteres Los, daß sie, um ihre Feinde zu täuschen, ihren Freunden als Gegnerin erscheinen mußte.

Heinrich lachte nur über den Seitenhieb des Pfarrers. »Meine Gemahlin wollte unbedingt vor unserem Aufbruch von Burg Falkenstein getraut werden. Und obwohl ich schon seit vielen Jahren Witwer bin, habe ich nicht vergessen, wie töricht es ist, sich in solchen Fragen dem Willen einer Frau zu widersetzen. Es lag mir fern, Euch zu kränken, Pater.«

»Natürlich, Herr Graf«, sagte der Pfarrer, aber sein Ton ließ wenig Zweifel daran, daß Heinrich einige Mühe haben würde, den verstimmten Kirchenmann wieder zu versöhnen.

Margerites Gemächer lagen im obersten Stockwerk des neuen Flügels in einiger Entfernung von Evas Zimmer. Wenn man durch die Tür gegenüber trat, kamen gleich zur Rechten Heinrichs Gemächer. Christoph wohnte unmittelbar neben seinem Vater, dann folgte der Burgeingang zur Bibliothek, und dahinter lagen Nikolaus' Gemächer. Margerites Zimmer waren prächtig ausgestattet. Die Wände waren mit Behängen in leuchtenden Farben bedeckt, um die Kälte der Steinmauern zu dämpfen, und auf dem Boden lagen dicke Teppiche und braune Bärenfelle. Die Beine des schweren Eichentischs im zweiten Zimmer ruhten auf geschnitzten Adlerklauen und der kunstvoll bemalte Schrank zeigte den Frühjahrstanz, die Sommerjagd, die Herbsternte und die Winterbeizjagd. In der geheizten Schlafkammer stand ein Badezuber mit dampfendem Wasser für sie bereit, das nach süßem Lavendel und Labkraut roch. Rosa saß auf dem Bett und ließ das kleine Messingkreuz um ihren Hals für Wolfram herabbaumeln. Kobold schöpfte mit der Pfote Wasser aus der Wanne, als würde er in einem Bach fischen, und leckte es sich dann zierlich aus dem Pelz.

»Ich habe Eure Gewänder und Eure Habe schon eingeräumt, Frau Gräfin«, sagte die Dienstmagd, wie um ihre Untätigkeit zu entschuldigen. »Was soll ich Euch für den Abend bereitlegen?«

»Das blaue Seidenkleid, denke ich«, antwortete Margerite. »Wahrscheinlich werden die ersten adeligen Gäste meines Gemahls schon vor Einbruch der Dunkelheit eintreffen, und ich muß ein gutes Bild vor ihnen abgeben.«

Zum Abendmahl wurde eine erlesene Zusammenstellung aus Fischsuppe, Räucheraal und gebackener Forelle in angenehm scharfer Essigtunke gereicht. Mehrere Ritter Heinrichs waren anwesend, von denen drei – Ludwig, Gottfried und Dieter – auf der Burg wohnten und den Befehl über die Waffenträger führten. Die anderen stammten aus verschiedenen Festungen auf Heinrichs Land, so auch aus der umstrittenen Burg Düsterstein. Ritter Friedrich von Düsterstein war ein großer, blasser Mann mit ergrauendem Haar. Er beobachtete Margerite längere Zeit angespannt, bevor er das Wort an sie richtete. Anscheinend fühlte er sich noch immer unbehaglich wegen des Ausgangs des Krieges. Margerite suchte ihn nach Kräften zu beschwichtigen, ohne Ruprecht und die Kämpfe des letzten Sommers ausdrücklich zu erwähnen, doch mußte sie sich mit der Einsicht abfinden, daß es noch ein wenig dauern würde, bis sich Ritter Friedrich auf Burg Düsterstein wieder sicher fühlte, zumal diese ja den vorgeschützten Kriegsanlaß geboten hatte.

Doch der Abend hielt noch einen echten Schreck für sie bereit. Die Speisen waren abgetragen, und die Gesellschaft hatte sich anderer Kurzweil zugewandt. Heinrich spielte Schach mit einem der Ritter, während Pater Michael zusah und sich wortreich zum Fortgang der Partie äußerte. Eva stickte emsig mit goldenem Faden auf einem dunkelroten Stück Samt und plauderte mit Christoph und Ritter Ludwig. Einige der Männer spielten oder unterhielten sich über Jagd und Hunde, während andere Heinrichs Spielleuten lauschten, deren Musik von der Galerie durch den Saal drang. Nach der Anstrengung des Gesprächs mit Fremden und dem Versuch, die Gesichter und Heinrichs einführende Worte mit den bruchstückhaften Nachrichten zu vergleichen, an die sie sich vom Feldzug des letzten Jahres noch erinnerte, ließ sich Margerite von den fließenden Klängen der Flöte und Laute, der Pfeife und Trommel und der hohen Stimme des Sängers davontragen. Sie war ganz in ihre stille Freude versunken, als sich Ritter Gottfried vorbeugte und sie ansprach. »Frau Gräfin, was wißt Ihr über Bertram, und weshalb habt Ihr ihn mitgebracht?«

Überrascht stammelte Margerite: »Er, er war der Hauptmann von Ruprechts Burgwache. Er war der beste Kämpfer von Burg Falkenstein, mit Ausnahme von Ruprecht selbst, und ich wollte ...«

»Ihn nicht dort lassen, damit die Burg nicht während Eurer Abwesenheit genommen wird und von Euch abfällt?« knurrte der Ritter mit den scharfen Gesichtszügen. Er schob das Haar mit beiden Händen zurück, als wolle er einen Helm aufsetzen. Seine grauen Augen wurden zu Schlitzen und starrten Margerite herausfordernd an.

»Mitnichten.« Margerite mühte sich, das wahre Ausmaß ihrer Empörung nicht zu zeigen, um sich nicht zu verraten. Bertram hatte in seinem Leben schon viel zu oft ungerechten Argwohn ertragen müssen. »Ich dachte ihn mir als ein Geschenk für meinen neuen Gemahl. Ich habe auf der Festung meines Vaters genug über den Krieg erfahren, um den Wert eines Waffenträgers zu ermessen, der nicht nur in der Schlacht zu kämpfen weiß wie ein Ritter, sondern auch Dorfjungen zu Soldaten ausbilden und befehligen kann. Darüber hinaus soll sich Betram auch daran erinnern, daß er vor allem Wolframs Gefolgsmann ist, und daher schien es mir das beste, daß er meinem Sohn dient und ihn unterweist, wenn er älter wird, und ihn nicht erst kennenlernt, wenn er bereits ein Mann ist.«

Ritter Gottfried rieb sich grübelnd über das glattrasierte Kinn und hielt die Augen fast geschlossen. »Das mag sein. Ihr tut fürwahr recht daran, Bertrams Tüchtigkeit im Kampf hervorzukehren. Doch gerade sie stimmt mich nachdenklich. Frau Gräfin, gemeine Männer lernen nicht schon als Knaben, ein Schwert zu führen und mit einer Lanze zu kämpfen. Habt Ihr einen Bruder?«

Margerite schüttelte den Kopf.

»Dann wißt Ihr vielleicht nichts von der Erziehung eines jungen Edelmanns. Ich versichere Euch, es gibt keinen Ritter, der seinesgleichen nicht erkennen würde, sei es zu Pferde oder zu Fuß. Einen Bauern zu einem Ritter mit Schwert und Schild zu machen ist so unmöglich, wie zum Kirchensegen am Ostermorgen Ziegen statt Lämmer zu weihen. Und ich sage Euch, so wie ich es bereits dem Grafen gesagt habe, daß Bertram dazu geboren ist, Schwert und Lanze zu führen, und zum Ritter ausgebildet wurde, auch wenn er sich noch so sehr bemüht, sich ein unbeholfeneres Ansehen zu geben. Ich wäre sehr erleichtert, wenn ich wüßte, woher er kommt und warum er sich als gemeiner Bewaffneter verstellt, denn es ist meine erste Pflicht, über Graf Heinrichs Sicherheit zu wachen. Versteht Ihr mich? Ich möchte Euch nicht betrüben, Frau Gräfin, aber ich muß Euch warnen, damit Euer Vertrauen zu diesem Mann kein Unheil für Euch – oder Graf Heinrich – heraufbeschwört.«

Ich könnte eine Beschwörung ersinnen oder einen Trank brauen, um ihn von diesen Gedanken abzulenken … dachte Margerite und schüttelte dann den Kopf. Ritter Gottfried beugte sich näher, und sie sah das kalte Feuer des jagenden Luchses in seinem hageren Gesicht. Er klammerte die Finger um den Griff seines Speisemessers, als wolle er einen Schlag damit führen, und die sehnigen Schultermuskeln spannten sich unter seinem karmesinroten Seidenrock.

»Was versteht Ihr nicht?«

»Ich verstehe nicht, weshalb Ihr dem Urteil Eurer Gräfin nicht vertrauen wollt. Ich bin zwar jung und eine Frau, aber ich habe bereits einen Krieg und seine Nachwirkungen erlebt.

Ihr wart gewiß selbst bei der Belagerung von Burg Falkenstein dabei und könnt daher ermessen, wie sehr mir Bertram nach Ruprechts Tod seine Treue bewiesen hat. Und auch vorher, denn Ruprecht fürchtete nicht, Bertram als Befehlshaber allein auf Burg Falkenstein zurückzulassen, wenn er selbst in die Ferne zog, und mich dem Schutz des Hauptmanns anzuvertrauen. Edler Ritter, die Treue gegen meinen Gemahl gereicht Euch gewiß zur Ehre, aber man muß nicht wissen, aus welcher Mine reines Gold stammt, wenn sich sein Wert so zweifelsfrei erwiesen hat.« Margerite zitterten die Hände, und sie spürte, wie heiße Tränen in ihr aufstiegen und die Ruhe ihrer Stimme durchbrechen wollten. Warum nur hatte sie in ihrer Selbstsucht Bertram gezwungen, mit ihr an diesen Ort zu ziehen, an dem er das Mißtrauen von Heinrichs Männern ertragen mußte und an dem sie ihn, wie sie nun einsah, kaum mehr trösten konnte, als sie es vermocht hätte, wenn er auf Burg Falkenstein zurückgeblieben wäre? *O mein Liebster, was habe ich dir angetan?*

Ritter Gottfried sah sie unverwandt an. Seine Augen waren wie fahle, mit einer durchsichtigen Eisschicht überzogene Steine, von denen eine dunkle Kälte ausströmte. Sie blickte unruhig auf seine Hände, aber diese waren nur mit einem goldenen Siegelring geschmückt, der ein wenig zu weit für seinen dünnen Finger schien.

Der Ritter zog ein kleines, goldenes Kreuz aus seinem Kragen, das hell auf dem dunkelroten Seidenrock erglänzte. »Frau Gräfin, dieses Gold hat ein Gewicht und einen Gehalt, einen Schmelzpunkt und eine Festigkeit, die jeder Schmied leicht prüfen kann; und der Wert dessen, den es abbildet, der den aller irdischen Metalle weit übersteigt, kann von jedem gesehen und auch von einem Blinden erfühlt werden. Aber für Menschen gibt es kein so einfaches Maß. Wir mögen noch so sicher urteilen und raten, ein gewandter Verstand weiß sich allen Proben zu entziehen wie ein unehrlicher Schmied, der unter einer Goldschicht Blei verbirgt. Nur Gott vermag uns wirklich zu wiegen und in unsere Seele zu blicken. Da es mir an seiner Weisheit gebricht, wäre ich pflichtvergessen, wenn ich einem Mann wie Bertram nicht mit Argwohn begegnen und Euch nicht vor ihm warnen würde.« Seine frostigen Augen hingen an Margerite, während er sprach, und sie glaubte einen zweiten Sinn seiner Worte zu begreifen: Sein mißtrauischer Blick würde auch sie überwachen, und bei dem leisesten Anzeichen einer Verschwörung – oder gar einer tieferen Vertrautheit – zwischen ihr und Bertram würde er ohne Zögern handeln.

»Ich verstehe Eure Vorsicht und danke Euch für Eure Achtsamkeit«, erwiderte Margerite so beherrscht wie möglich. »Es ist gut, daß Heinrichs Ritter so streng über unsere Sicherheit wachen. Aber ich hoffe, Euer Pflichtgefühl hindert Euch nicht daran, Bertram nach seinen Fähigkeiten einzusetzen.«

»Das wird sich finden«, sagte Ritter Gottfried.

Plötzlich zuckte er zusammen und fuhr mit weit aufgerissenen Augen nach dem Griff seines Schwertes. Er hatte sich halb aufgerichtet, bevor er sich gefaßt hatte und wieder Platz nahm. Margerite folgte seinem Blick nach unten und sah das Funkeln von Kobolds Augen aus dem Schatten unter der Tafel.

»Was ist Euch, Ritter Gottfried?« erkundigte sich Margerite freundlich. Unwillkürlich empfand sie ein wenig verstohlene Freude über die Bestürzung des gestrengen Ritters.

»Eine Katze scheint sich eingeschlichen zu haben. Sie hat mir die Pfote aufs Bein gelegt und mich erschreckt. Verzeiht, Frau Gräfin, aber solche Geschöpfe haben im großen Saal nichts verloren. Ich werde einen Pagen rufen, um sie zu entfernen.« Gottfrieds tiefe Stimme klang zittrig, und jetzt, da sie nicht mehr von seinem kalten Starren verwirrt war, sah Margerite auch, daß er jünger war, als sie geglaubt hatte. Anfang Dreißig höchstens und sehr jung für den Posten eines zweiten Hauptmanns. *Kein Wunder, daß er sich so streng gibt*, dachte sie.

»Das wird nicht nötig sein. Er ist mein Kater und gewohnt, nach Belieben herumzustreifen. Er hat Euch doch hoffentlich nicht gekratzt?«

»Nein.« Gottfried starrte auf Kobold, und der schwarze Kater blickte ebenso unverwandt zurück. Langsam streckte der Ritter eine Hand nach unten. Kobold schnupperte an den schmalen Fingerspitzen und stieß dann mit einem leisen Schnurrlaut den Kopf gegen sie.

»Er scheint Euch zu mögen«, sagte Margerite. *Was will mir Kobold damit sagen? Wird dieser Mann mein Verbündeter sein? Ich kann es mir kaum vorstellen.*

Ritter Gottfried hielt unverwandt den Blick auf Kobold gerichtet und blieb lange die Antwort schuldig. Obwohl sie nicht mehr ihr galt, fühlte sich Margerite von seiner gespannten Aufmerksamkeit beunruhigt. Ein Prickeln lief ihr über die Haut, und jedes Haar an ihrem Körper schien sich zu regen.

Sanft miauend sprang Kobold dem jungen Ritter auf den Schoß und ließ sich bequem nieder. Gottfrieds Blick milderte sich zu vorsichtigem Staunen, während er Kobold hinter den Ohren kraulte. »Ein äußerst ungewöhnlicher Kater, Frau Gräfin. Ich haben noch nie einen gesehen, der so groß und wild erscheint. Fließt vielleicht Luchsblut in seinen Adern? Er sieht nicht aus wie eine Hauskatze.«

»Er hat mir seinen Stammbaum nie kundgetan«, erwiderte Margerite leichthin, um ihre Unruhe zu überspielen. Wenn Gottfried etwas über Zauberei wußte – wer hatte ihn dann ausgebildet, und auf welcher Seite stand er? Ein Lichtträger hätte gewiß nicht so achtungsvoll gesprochen, aber einer ihrer Feinde hätte ihren Ring bemerkt und würde wohl kaum ihrem Vertrauten über den pelzigen Kopf streicheln. Und wenn er nichts wußte, war sein Scharfblick um so bedenklicher. Sie hatte selbst erfahren, wie es war, wenn man spürte, daß etwas nicht stimmte, daß unmittelbar außerhalb des Gesichtsfelds etwas vorging, und wie dieses Gefühl die Sinne schärfte, bis jedes Rascheln einer Maus verdächtig wirkte. *Und wenn er wirklich magisch begabt ist*, dachte sie, *benutzt Nikolaus ihn vielleicht ohne sein Wissen, so wie Ruprecht mich benutzt hat.* »Aber erzählt mir mehr von Euch«, fuhr Margerite fort. »Wie lange dient Ihr schon auf Burg Fürstensee?«

»Ich war zwei Jahre lang Knappe bei Ritter Ludwig und wohne seitdem in der Burg. Mein Vater ist der Herr von Burg Schlangenbad, die mein älterer Bruder Joachim nach ihm als Lehnsgut von Graf Heinrich erhalten wird. Es war der Wille meines Vaters, daß ich in Burg Fürstensee Dienst nehme.« Ein leichter Kummer lag in Gottfrieds Stimme. Beneidete er seinen Bruder? Oder steckte mehr hinter dieser kurzen Erzählung? Margerites Gedanken sprangen unwillkürlich zurück zu Pater Michaels Worten über Etienne und weckten ihren Argwohn. Doch sie konnte bei ihrem ersten Gespräch nicht weiter in den Ritter dringen.

So beklommen er sich in ihrem Beisein auch zu fühlen schien, Ritter Gottfried zog sich erst zurück, als Kobold von seinem Schoß sprang. Margerite schmerzte bereits der Busen, und sie fürchtete, ihr schönes Seidenkleid zu beflecken, wenn sie ihrem Sohn nicht bald die Brust geben konnte. Zum Glück war es schon so spät, daß sie sich höflich von der Gesellschaft verabschieden konnte. Sie kehrte in ihr Gemach zurück, wo Rosa den unruhig wimmernden Wolfram in seinem Bettchen wiegte und ihn leise in den Schlaf zu singen suchte.

Kobold sprang vor seiner Herrin in das Gemach und an die Wiege. Sogleich ließ Wolfram ein glückliches Glucksen hören und griff nach dem buschigen Schwanz der Katze. Rosa wollte Kobold wegschieben, aber Margerite schüttelte den Kopf. »Laß ihn nur. Komm, hilf mir beim Entkleiden.«

Mit Wolfram im Arm, der gierig von ihrer Brust trank, saß Margerite im offenen Hemd neben dem geheizten Ofen und spürte, wie sie allmählich zur Ruhe kam. Aber sie konnte den Gedanken nicht abschütteln, daß sie Bertram Ungemach bereitet hatte, und wußte nicht, wie sie es wiedergutmachen sollte. Sie war sicher, daß Ritter Gottfried ihre Liebe zu Bertram zumindest ahnte, und mußte sich auch eingestehen, daß sie tief in ihrem Innersten gehofft hatte, mit ihrem Liebsten zusammensein zu können – ihr Ehegelübde zu brechen und noch einmal die Sünde zu begehen, von der sie Pater Etienne losgesprochen hatte. *Die Hochzeit ist noch nicht vollzogen*, flüsterte eine Stimme in ihrem Herzen. *Bis dahin wäre es kein echter Ehebruch, sondern nur Unzucht …*

Und dennoch eine Todsünde, mahnte sich Margerite. Gleichwohl mußte sie daran denken, wie sie Bertrams Lippen gefühlt hatte, die besänftigende Wärme seiner Haut auf ihrem zitternden Leib und die Festigkeit seiner Berührung, die ihr Halt verlieh gegen alle schwindelerregenden Schrecken und Zweifel der seltsamen Welt, in die Ruprecht sie geworfen hatte. Wenn sie nur mit ihm sprechen, seine Stimme hören und ihm kurz in die Augen sehen konnte, würde sie daraus die Stärke gewinnen, sich gegen alle Fährnisse in Burg Fürstensee zu behaupten. Wenn sie nur erfahren würde, was er dachte …

Wenn ich mich ihm mit magischen Mitteln nähern würde, würde er sich entsetzt von mir abwenden, und ich würde es auch nicht anders verdienen. Aber es gab keine andere Möglichkeit für eine Gräfin, mit einem einfachen Waffenträger zu reden, wenn er ständig unter Beobachtung stand.

»Rosa« sagte Mathilde, einer plötzlichen Eingebung folgend. Die Dienstmagd, die gerade Wolframs Bettzeug wechselte, blickte auf.

»Was wünscht Ihr, gnädige Frau?«

»Was hältst du von Bertram?«

»Frau Gräfin, niemand gibt ihm die Schuld an der Enthauptung von Eckhardt«, antwortete Rosa schnell. »Wir alle wissen, wie Graf Ruprecht … war, verzeiht, gnädige Frau, und daß Bertram nicht anders konnte. Genausowenig wie Hans und Peter sich weigern konnten, die Arbeit des Henkers zu verrichten. Bertram ist ein guter Mensch. Mein Bruder sagt, ohne die Ausbildung des Hauptmanns wäre er bei den Kämpfen vor den Burgmauern gewiß getötet worden. Und die wenigsten Befehlshaber würde es so wie ihn bekümmern, ob sich Bauernjungen ihrer Haut erwehren können.«

»Würde es dich sehr in Verlegenheit setzen … wenn dich die Leute für seine Liebste hielten?« fragte Margerite rasch. Wolframs Griff wurde fester wie in Erwiderung auf das plötzliche Flattern ihres Herzschlags. Rosa bekam große Augen.

»Aber alle Leute wissen doch, daß Bertram Frauen nicht beachtet und kaum guten Tag sagt, wenn ein Mädchen seinen Weg kreuzt und ihn anlächelt. Viele glauben, daß er bei einer Schlacht eine Wunde erlitten hat, die ihm die Manneskraft genommen hat. Aber verzeiht, gnädige Frau, mein Bruder sagt, er hat Bertram viele Male beim Wasserlassen gesehen, und seine Männlichkeit ist völlig unversehrt.«

»Auf Burg Falkenstein wußten das alle«, verbesserte sie Margerite. Sie verscheuchte die Gedanken, die Rosas Worte in ihr wachriefen. »Soweit es die Leute hier betrifft – hätte Bertram jeder Frau von Tiefensee die Ehre erweisen können.«

Rosas helles Lachen trieb Margerite die Tränen in die Augen. Ganz ähnlich hatte Gertrude über den beschnittenen Jochanan gekichert. So Gott wollte, war ihre Seele gewiß in den Himmel eingegangen, aber ihr Geist ließ sich nicht so leicht aus Margerites Gedanken vertreiben. »Die meisten Frauen würden sich wohl lieber mit schöneren Männern einlassen, auch wenn ich zugeben muß, daß Bertram viel besser aussieht, seit er das Gestrüpp auf seinem Gesicht gestutzt hat. Aber weshalb wünscht Ihr, daß mich die Leute für seine Liebste halten, gnädige Frau? Wollt Ihr mich denn mit ihm verheiraten?«

»Natürlich nicht!« fauchte Margerite, erschrocken über ihre Zornesaufwallung. Wolfram begann zu schreien. Mit beschwichtigenden Lauten wiegte ihn Margerite sanft in den Armen und holte tief Atem, um sich selbst zu beruhigen. Als Wolfram wieder an der Brust lag, konnte sie mit gefaßter Stimme sprechen. »Ich möchte, daß du Bertram hin und wieder Botschaften überbringst, denn die Männer hier auf der Burg erinnern sich noch gut daran, daß er ihr Feind war, und werden ihm noch einige Zeit mißtrauen. Es schickt sich nicht für meinen Stand, mit Bertram zu reden, weil er hier nicht Hauptmann ist. Aber es wäre beruhigend für mich zu wissen, daß zumindest ein Mann der Burgwache mir und Wolfram treu ergeben ist. Verstehst du?«

»Ja natürlich, gnädige Frau. Meine Tante hat mir ans Herz gelegt, genau darauf zu achten, daß dem jungen Grafen kein Unglück widerfährt, denn wenn ihm etwas zustoßen würde, würde Burg Falkenstein samt allen Ländereien an Heinrich und seine Familie fallen.«

So bestürzt Margerite über Rosas unverblümte Aussage war, sie konnte es nicht leugnen. So nickte sie nur ernst. »Du tust gut daran, dies nicht zu vergessen. Ich werde heute abend einen Brief an Bertram schreiben, den du ihm morgen überbringen wirst. Wenn du zu ihm gehst, meide Ritter Gottfried, denn er ist ein äußerst mißtrauischer Mann, der von allen immer das Schlimmste annimmt.«

»Das werde ich, gnädige Frau. Wie erkenne ich ihn?«

»Er ist von mittlerer Größe, sehr hager, mit scharfgeschnittenem, glattrasiertem Gesicht, dunklem Haar bis zu den Schultern und grauen Augen – und wenig geneigt, die Höflichkeit vor seine Pflicht zu stellen.«

»Ich werde mich vor ihm in acht nehmen«, versprach Rosa.

Als Wolfram sein Bäuerchen gemacht hatte und wieder in der Wiege lag, setzte sich Margerite an ihren Brief. Lange starrte sie nur auf das leere Pergament und die glänzende Tinte an der Spitze ihres Gänsekiels. All die Gedanken, die ihr vorher so klar vor Augen gestanden hatten, hatten sich ihr verwirrt, und sie vermochte nicht, sie in Worte zu fassen. Konnte sie es wagen, zu schreiben: *Ich liebe dich*? Oder seinen und ihren Namen auf das Pergament zu setzen? Es schien viel zu zart, um das Gewicht dessen zu tragen, was sie Bertram sagen wollte. Und wie leicht konnte ein Brief verlorengehen oder entwendet werden!

Wenn ich wirklich Mitglied des Ordens wäre, dachte Margerite, *würde ich überhaupt nicht schreiben. Die Hoffnung, sein Herz ein wenig zu trösten, lohnt kaum das Wagnis. Bertram muß längst wissen, daß Gottfried ihm mißtraut, denn der Ritter macht kein Geheimnis daraus und hat ihn gewiß schon hart auf die Probe gestellt.*

Aber Margerite wußte auch, daß nur ein einziger Blick oder ein leichtes Lächeln von Bertram ihre Seele besänftigt hätte. Das kleinste Zeichen, die geringste Beruhigung hätte genügt, damit die Hoffnung nicht in bittere Verzweiflung umschlägt. *Und ich bin es ihm schuldig. Nie hätte ich so tapfer mitansehen können, wenn er eine andere geheiratet hätte.*

Die Tinte an der Federspitze war eingetrocknet. Margerite tauchte sie wieder ein und begann zu schreiben.

Ich bin wohlauf. Sei auf der Hut.

Sie besann sich. Was konnte sie noch schreiben? Sie konnte ihm einfach nicht sagen, wie sehr sie sein hartes Los bedrückte. Schließlich fügte sie nur einen Satz hinzu.

Der Marienbrunnen fließt mit ungebrochener Kraft.

Bertram würde verstehen, was das bedeutete: ihre Liebe und Marias Gnade, die sich wie zwei Bäche in einem Fluß vereinigten, und der Beweis, für ihn und für sie selbst, daß sich ihre

Seele noch nicht in den Fallstricken des verhassten Ordens verfangen hatte.

Nachdem sie zu Bett gegangen waren, schlief die Dienstmagd auf ihrer Strohmatte in der Ecke schnell ein. Auch Margerite war müde, aber Kobold ließ ihr keine Ruhe. Immer wenn sie die Augen schloß, stapfte der Kater über sie hinweg, und seine Pfoten drückten schwer wie Steine auf sie.

»Willst du mich warnen?« wisperte Margerite. »Wovor?«

Auf ihrem Bauch hielt der Kater plötzlich inne, und Margerite meinte zu hören, wie er die Ohren bewegte. Dann vernahm sie das leise Knacken eines Schlosses, und ein dünner Lichtschimmer lief um die Türkante. Gleichzeitig begann der Ordensring an ihrem Finger zu prickeln, als hätte sie mit dem Metall eine schwingende Lautensaite berührt.

»Priesterin«, zischte eine männliche Stimme, »erhebt Euch und folgt mir.«

Nikolaus! durchfuhr es Margerite, und sie erstarrte vor Schreck. Aber sie erinnerte sich an die Worte des Ordensbuchs: *Bei jeder Begegnung, ob mit Menschen oder Geistern, behält der Stärkere die Oberhand und unterwirft den Schwächeren. Wenn du nicht unterworfen werden willst, lerne zu befehlen und fordere Achtung, auch wenn du einem Vorgesetzten zu gehorchen hast.*

»Schließt die Tür«, flüsterte sie herrisch. »Ich muß mich erst anziehen.«

Nikolaus zögerte einen Augenblick, und Margerite fürchtete, er würde sich weigern. Dann verschwand das Kerzenlicht wieder in der Dunkelheit. Vorsichtig tastete sie nach ihrem Hemd, streifte es sich über den Kopf und schlüpfte in einen Umhang, bevor sie, gefolgt von Kobold, in den Gang hinaustrat.

Nikolaus schritt schweigend voran. Selbst durch die starken Eichentüren hörte Margerite Heinrich, der schnarchte wie eine eisenschneidende Säge, und sie war dankbar, daß sie außer Hörweite von seinem Schlafgemach untergebracht war.

Nikolaus' Zimmer war genauso, wie es Margerite von ihrem Falkenflug kannte. Selbst der Glaskrug mit dunkelrotem Wein und die zwei Silberpokale standen auf dem Tisch. Nikolaus machte es sich auf einem Stuhl bequem und verwies Margerite auf den anderen. Er hob den Krug und schenkte beiden ein. Obwohl sein Ofen warm brannte, war er wie für den Winter in dicke, dunkle Wolle und Samt und hohe, pelzbesetzte Stiefel gekleidet. Der Schweiß stand ihm auf der blassen Stirn.

»Ex tenebrae lux.« Nikolaus hob seinen Pokal und nahm einen tiefen Schluck. Margerite wiederholte seinen Gruß, benetzte sich aber mit dem Wein nur die Lippen. Kobold sprang auf den Tisch, steckte das Maul in den Pokal und versprühte niesend dunkle Tröpfchen. Dann säuberte er sich die Schnurrbarthaare und begann zu trinken. Nikolaus starrte beide an, und Margerite sah den Zorn in seinem rundlichen Gesicht. Aber er sagte nichts.

»Weshalb habt Ihr mich hierher gebracht?« fragte Margerite und streichelte den trinkenden Kater. Kobold machte einen Buckel, und sie konnte sein tiefes Schnurren spüren.

»Ich habe Befehle erhalten, die Euch betreffen«, erklärte Nikolaus. »Ich bin gehalten, Euch in den Gepflogenheiten des Ordens und in der Ausübung der Magie zu unterweisen.« Er nahm ein Buch, einen Federkiel und Tinte aus einer Truhe und legte sie vor Margerite. »Dies wird Euer erstes Beschwörungsbuch sein. Ihr werdet alles darin aufzeichnen, was ich Euch lehre, und es niemand anderem zeigen, außer auf Befehl eines Vorgesetzten im Orden. Zunächst aber müßt Ihr Eure magischen Werkzeuge anfertigen und eine Zauberstätte weihen, in der Ihr ohne Furcht vor Entdeckung Eure Beschwörungen vollziehen könnt.«

»Und wie soll das geschehen?« fragte Margerite. »Ich kann weder meine Dienstmagd aussperren noch wie Ihr nach Belieben ausreiten.«

Nikolaus verzog den kleinen Mund zu einem Lächeln, und in seinen graugrünen Augen glitzerte es beunruhigend. »Burg Fürstensee ist eine alte Festung mit vielen Geheimnissen, die nur wenigen Lebenden bekannt sind. Und Ihr, Priesterin, werdet das Vorrecht genießen, Euren Fuß an Orte zu setzen, die nur ich und andere Ordensmitglieder kennen. Nehmt Euer Beschwörungsbuch und folgt mir.«

Er erhob sich von seinem Stuhl und trat durch die Tür auf der anderen Seite des Gemachs. Margerite folgte ihm über die

Wendeltreppe aus Eichenholz und durch ein Gelaß im ersten Stock, in dem Wertgegenstände aufbewahrt waren, hinab in ein Zimmer zu ebener Erde. Dort türmten sich Rüstungen und Waffen übereinander, und es roch nach ranzigem Gänsefett, mit dem das Eisen vor Rost geschützt wurde.

»Diese Kammer ist von außen verschlossen und wird bewacht«, sagte Nikolaus leise. »Nur mein Vater, mein Bruder, unser Seneschall und die drei Burgritter, die Ihr heute abend kennengelernt habt, haben Schlüssel. Und keiner von ihnen wird so spät noch hier eintreten. Aber eines weiß nur ich.« Er ging hinüber zur Südmauer. »Wenn man den vierten Quader von unten auf den dritten von links drückt…« Nikolaus stemmte sich gegen den Stein. Langsam schob sich ein Teil des Mauerwerks auf und gab den Blick auf eine schmale Treppe frei, die hinab in die Dunkelheit führte. »Als der Ururgroßvater meines Vaters diesen Turm bauen ließ«, sagte er leise, »hatte er zahlreiche Feinde und wußte, daß er notfalls schnell fliehen mußte. Es gibt viele unterirdische Quellen, die in den Fürstensee fließen und im Laufe der Jahre Durchgänge und Höhlen in den Stein gefressen haben. Der alte Graf Walther ließ diese geheime Treppe von einem Maurer bauen, dem sein Wissen mit dem Tod vergolten wurde. Aber die Toten können gezwungen werden, zu erzählen, was die Lebenden niemals preisgeben würden.«

Margerite war dankbar, daß der dicke Umhang ihren Schauder über Nikolaus' Worte verbarg. Nicht nur das Schreckliche, dessen sich Graf Heinrichs zweiter Sohn rühmte, ängstigte sie, sondern auch der Gedanke, daß Nikolaus offenkundig schon Tote beschworen hatte, bevor er den goldenen Ordensring trug – wie sonst hätte er seine Zauberstätte durch das Wissen eines Toten finden können? – und daß er es vielleicht wieder wagen würde, die ihm gesetzten Grenzen zu überschreiten, und dadurch Wolfram gefährden konnte. Dennoch folgte sie Nikolaus in den engen Geheimgang und beobachtete genau, wie er die Tür schloß.

»Von innen läßt sie sich leicht öffnen«, erklärte Nikolaus. »Aber um sie von außen zu erreichen, muß man den Weg sehr genau kennen, sonst wird man sich ohne Hoffnung auf Rettung in den Höhlen verirren. Denkt daran, Priesterin, und kommt nicht allein hier herab, solange Ihr den Weg nicht genau kennt. Schon eine falsche Wendung könnte dazu führen, daß Ihr jämmerlich ertrinkt, erfriert oder verhungert. Und ich wäre vielleicht nicht imstande, Euch rechtzeitig zu finden, denn aus einigen der Quellen hier fließt Salz, das die Höhlen überzieht und mit seherischen Kräften nicht leicht zu durchdringen ist. Ein guter Schutz, doch jede Waffe hat auch ihre Nachteile.«

Das Treppenhaus endete in einer kleinen, länglichen Höhle. Das Kerzenlicht glänzte rötlich auf den schleimigen Wasserspuren, die von den Wänden sickerten, und Margerite spürte das Knirschen kleiner Kristalle unter den Fußsohlen. Während sie gingen, zählte Nikolaus mit lauter Stimme die Biegungen und Marksteine. Selbst durch den dicken Umhang sog ihr die naßkalte Luft der Höhle die Wärme aus dem Körper, und sie hoffte, nicht zu lange hier bleiben zu müssen. Jetzt wußte sie, weshalb er so winterlich angezogen war, und Zorn stieg in ihr hoch bei dem Gedanken, daß sie in einem dünnen Linnenhemd hier herabgeeilt wäre, wenn sie seinem Ruf geflissentlich gefolgt wäre.

»Eure rituellen Roben sind gewiß sehr warm.« Margerite gab sich keine Mühe, ihren Groll zu verbergen. Nikolaus wandte ihr lächelnd das Gesicht zu.

»Eine Schicht Seide auf der Haut, darüber Wolle und eine zweite Schicht Seide über der Wolle reichen aus, um mich zu schützen und zu wärmen. Ihr werdet gewiß Ähnliches benötigen.«

»Und würde es jetzt am Leib tragen, wenn Ihr mir gesagt hättet, daß wir in die eisigen Eingeweide der Erde hinabsteigen.«

Nikolaus' Lächeln wurde breiter. »Erachtet es als Lehre, Priesterin. Ein Lichtträger sollte stets auf alles vorbereitet sein, wie Ihr aus Euren Studien bereits gelernt haben solltet. Wiederholt bitte die Abbiegungen bis hierher. Ich muß sicher sein, daß Ihr sie genau kennt.«

Um Nikolaus' Zauberstätte zu erreichen, mußten sie zweimal gebeugt durch niedrige Durchgänge treten und durch einen knöcheltiefen Bach waten. Margerite zog die Schuhe aus, und ihre nackten Füße waren sogleich taub, als sie in das eisige Wasser stieg. Als sie nach dem Überqueren des Baches die Schuhe wieder anzog, sah sie, daß sie sich an einem Fels geschnitten hatte, ohne es zu spüren. Neidisch blickte sie auf Nikolaus' kräftige Stiefel, die er ihr eigentlich aus Höflichkeit hätte anbieten müssen. Aber sie wußte nicht, ob ihr sauberes Wasser und scharfe Steine nicht lieber waren, als etwas anzuziehen, das Nikolaus an den Füßen getragen hatte. Margerite hatte nicht gesehen, daß Kobold den Bach durchquert hatte, doch er tupfte bereits auf der anderen Seite die Pfote ins Wasser und leckte behaglich daran, bevor er zu ihr kam und an den Blutstropfen schnupperte, die ihr langsam über die Fußsohle liefen.

»Ist Eure Verletzung so schlimm, daß Ihr nicht weitergehen könnt?« fragte Nikolaus mit einem Hauch von Hohn.

Margerite stieß den Fuß in den Schuh und richtete sich auf. »Es ist nichts. Wir können unseren Weg fortsetzen.« Ihre Stimme hätte entschlossener geklungen, wenn sie nicht mit den Zähnen geklappert hätte. Nikolaus nickte zufrieden – obwohl Margerite hätte schwören können, daß er auf ein Versagen ihrer Willenskraft gehofft hatte.

Drei Abbiegungen später blieb Nikolaus stehen. »Hinter diesem Durchgang liegt die Höhle, die mir für Eure Zauberstätte geeignet scheint. Hier ist meine. Ihr dürft niemals versuchen, sie ohne meine Erlaubnis zu betreten, denn sonst wird Euch Übles widerfahren.«

Von einem schmalen Felsrand hing ein schwarzer Vorhang über dem Eingang zu Nikolaus' Allerheiligstem. Der junge Magier zog ihn beiseite und ging in die Hocke, um durch den niedrigen Steinüberhang zu gelangen. Diese Haltung hatte etwas Würdeloses und sogar Anstößiges, aber Margerite sah ein, daß der Eintritt nur so oder mit gebeugtem Rumpf möglich war, und folgte seinem Beispiel.

Als sie sich drinnen wieder aufgerichtet hatte, hielt Margerite den Atem an. Die zackigen Wände und der niedrige Bogen waren übersät mit Kristallen, die in der reglosen Kerzenflamme glänzten wie ein Silberhort. Nur in der Mitte des Bodens war eine Stelle ausgespart, auf der Nikolaus seinen Kreis gemalt und seinen Altar errichtet hatte. Überall sonst herrschte funkelndes Licht, aus dem von der Decke und vom Boden die weißen Spitzen der kristallbedeckten Eiszapfen herausragten wie Fangzähne eines riesigen Mauls. Margerite konnte die Verderbtheit der Ordensmagie spüren und fast riechen, wenngleich der Ort nicht die widerwärtige Ausstrahlung von Ruprechts Zauberstätte trug. Am einfachen Gold seines Lichtträgerrings war zu erkennen, daß Nikolaus noch nicht den Rang eines Dämonenbeschwörers erreicht und – Margerite wagte es kaum, den Gedanken zu Ende zu denken – dem dunklen Herrn des Ordens noch kein Menschenleben geopfert hatte.

Kobold streifte Margerite mit einem leisen Miauen durch die Beine. Dann legte er sich auf den salzüberzogenen Stein und wälzte sich laut schnurrend vor Begeisterung hin und her wie ein Kätzchen im Sonnenlicht.

Nikolaus starrte den Kater ungläubig an und packte Margerite an der Schulter. Seine andere Hand zitterte so stark, daß ein dünner Faden Wachs über den Rand des Kerzenhalters rieselte. Selbst im schwachen Schein der Kerze konnte sie sehen, daß er bleich war, als wäre er zu Tode erschreckt worden. »Wie ist er da hineingekommen?« fragte Nikolaus. Sein Gesicht war dem ihren so nahe, daß sie seinen fauligen Atem roch. »Meine Zauberstätte ist gegen Geister der Finsternis und gegen Geister des Lichtes geschützt. Er hätte nicht hereingelangen dürfen.«

Nikolaus' offenkundige Pein verlieh der halb erfrorenen Margerite neuen Mut. »Er ist mein Vertrauter, und als Ihr mich hereingebeten habt, habt Ihr auch ihn eingeladen. Vielleicht solltet Ihr Euch nächstes Mal sorgfältiger ausdrücken.«

Zu ihrer Erleichterung ließ Nikolaus sie los und trat beiseite. Kobold sprang auf und schüttelte sich glitzernde Salzkristalle aus dem gesträubten schwarzen Pelz. Dann ging er zu einem der stehenden Eiszapfen und duckte sich. Kurz darauf drang Margerite ein vertrauter Gestank in die Nase, und sie mußte sich auf die Zunge beißen, um nicht in Lachen auszubrechen. Welcher Ort wäre geeigneter für Kobold gewesen, um sein Gebiet zu markieren?

Nikolaus blähte ein wenig die Nase, als ihn der Geruch traf, aber er sagte nur mit ruhiger Stimme: »Entfernt Euren Vertrauten jetzt. Er darf nicht wieder hierherkommen.«

Als Margerite sich ihm näherte, huschte Kobold zwischen die Eiszapfen und verschwand im Schatten. Margerite konnte nicht erkennen, wohin er gelaufen war, suchte aber einige Zeit gewissenhaft, bis sie sicher war, daß der Kater unter dem Vorhang hinausgeschlüpft war, während sie ihm den Rücken kehrte.

»Er ist verschwunden«, sagte sie.

»Sehr gut.« Nikolaus ließ sich auf der großen Holztruhe am Rande des Kreises nieder. »Setzt Euch bitte vor mich und schreibt auf, was ich Euch zu sagen habe.«

Nachdem Nikolaus erläutert hatte, wie Margerite Messer, Zauberstab, Kelch und Pentagramm herzustellen und zu weihen hatte, waren ihre Finger so taub, daß sie kaum noch den Federkiel halten konnte und ihre Schrift zu einem unbeholfenen Gekritzel wurde. Ihr Hintern war so kalt wie der Stein, auf dem sie saß. Sie wußte, daß sich Nikolaus an ihrem Ungemach weidete und sie für Kobolds Ungezogenheit bestrafte, doch sie ließ sich nicht beirren und bat ihn um weitere Auskünfte darüber, wo sie die benötigten Werkstoffe finden konnte. Wenigstens war, wie sie es schon vermutet hatte, die Herstellung der magischen Werkzeuge so aufwendig, daß ihr die tatsächliche Ausführung von Ordensritualen noch geraume Zeit erspart blieb.

»Verlangt es Euch nicht danach, den Ort zu sehen, der Eure Zauberstätte sein wird, Priesterin?« Nikolaus erhob sich von seinem Platz und stampfte mit den Stiefeln auf, als wären auch seine Füße taub geworden.

»Ich freue mich schon darauf«, erwiderte Margerite, obwohl es sie in Wirklichkeit nur nach ihrem warmen Ofen verlangte.

»Dann kommt.«

Die Höhle, die Nikolaus für sie ausgesucht hatte, ähnelte der seinen, hatte allerdings keinen Vorhang vor dem Eingang. Die Kristalle funkelten rein und unberührt wie schwerer Schnee im Sonnenschein. Kobold wartete bereits in der schimmernden Grotte, den Schwanz um die Beine gerollt. Margerite schnupperte unwillkürlich: Ja, der Kater hatte seine Duftmarke hinterlassen, der Geruch schien jedoch weniger widerlich als sonst und glich eher dem scharfen Aroma frisch umgegrabener Erde.

Nikolaus war unmittelbar vor der Höhle stehengeblieben. Vielleicht wollte er aus Ordenshöflichkeit nicht eintreten, aber Margerite sah auch einige gelbe Tröpfchen unter dem Bogen des Eingangs. Drinnen fühlte sich Margerite plötzlich wärmer, als wäre sie in ein geheiztes Gemach gekommen. Kobold streckte sich und machte einen Buckel, bevor er in ihre Arme sprang. Freudig schnurrend schmiegte er den Kopf an die Brust seiner Herrin.

»Guter Kobold, feiner Kater«, flüsterte Margerite. Einen Augenblick lang überkam sie ein seltsames Gefühl. Es war ihr, als höre sie den Hall ihrer eigenen Stimme von den kristallbedeckten Wänden, als fühle sie wie edlen Wein das Fließen der Macht in ihren Adern, das sie emporhob gleich dem Wind, wenn sie flog. *Heilige Maria steh mir bei*, dachte sie, *kann ich das wirklich wollen?* Pater Etienne hatte sie gelehrt, daß nicht alle Magie von Übel war …

»Gefällt Euch die Grotte, Priesterin?« fragte Nikolaus. Er schien ihr auf einmal sehr klein, eine jämmerliche, dickliche Gestalt, die durch die vielen Schichten der Winterkleidung nur noch lächerlicher wurde. *Meine Macht ist bereits größer als seine. Hat ihm Damiano nicht angekündigt, daß ich ihn bald überflügeln werde?* Aber das war Hochmut der frevelhaftesten Art angesichts der Umstände. War sie bereits dabei, im Herzen zur Lichtträgerin zu werden? Die Vorstellung dämpfte Margerites Übermut, und sie trat schnell aus der Höhle.

»Sie gefällt mir gut.« Margerite drückte Kobold enger an sich, um ihr Zittern vor Nikolaus zu verbergen.

»Schön. Nächstes Mal bringt Ihr Werkzeuge mit, um den Boden freizuscharren. Wenn er sauber ist, zeige ich Euch, wie Ihr den Kreis zu malen habt, denn das muß in dieser Feuchtigkeit oft geschehen. Und nun werdet Ihr mich zurückführen, damit ich gewiß sein kann, daß Ihr den Weg kennt.«

Als sie wieder in Nikolaus' Gemach gelangten, war Margerite völlig durchgefroren. Wie es seinem Wesen entsprach, ließ sich der Sohn des Grafen auf dem Stuhl neben dem Ofen nieder. Margerite war auch für die geringere Wärme dankbar, die allmählich in sie eindrang, und nahm ohne Zögern einen tiefen Schluck aus ihrem Kelch, als ihr Nikolaus einschenkte.

»Wenn Ihr keinen sicheren Platz dafür habt, könnt Ihr Euer Beschwörungsbuch fürs erste bei mir lassen«, bot ihr Nikolaus an.

Margerite schüttelte den Kopf. »Ich habe einen Kasten mit Schloß, in dem ich solche Dinge aufbewahren kann, wenn sie nicht zu groß sind. Wie sollte ich sonst wohl das Schwarze Buch studieren? Aber Ihr könnt mir helfen, indem Ihr mir etwas über die Bewohner dieser Burg erzählt. Wem kann ich vertrauen und vor wem sollte ich mich hüten?«

»Es gibt keine weiteren Ordensmitglieder hier – soviel ich weiß.« In Nikolaus' graugrüne Augen trat ein wachsamer Ausdruck. »Herr Jakob jedoch ist mir treu ergeben. Ich habe ihm seit Jahren seinen Sold aufgebessert und beharrlich auf seinen Geist eingewirkt. Er wird Euch beschaffen, was Ihr wünscht, ohne Fragen zu stellen oder es anderen zu erzählen. Auch einige Diener konnte ich auf sehr günstige Weise beeinflussen – ich werde Euch auf sie hinweisen, falls es Not tut.«

»Wie steht es mit Pater Michael? Was wißt Ihr über ihn?«

Nikolaus schwenkte achselzuckend seinen Pokal, so daß einige Tropfen über den Rand spritzten. »Er ist schon seit vielen Jahren auf der Burg. Auch ein schwacher Priester muß beobachtet werden, aber meines Erachtens liegt ihm mehr an guten Speisen und feinen Gewändern als an Angelegenheiten des Geistes. Der Messe am Sonntag kann man sich nicht entziehen, denn nichts erbost ihn so sehr wie der Gedanke, daß seine schöne Kapelle und seine prächtige Stimme nicht genügend gewürdigt werden. Ein einfacher Schutzzauber wird Euch vor jedem Makel behüten, wenn Ihr Brot und Wein aus seinen Händen empfangt.«

»Und die anderen? Was könnt Ihr mir über die Burgritter berichten?«

»Von Ludwig und Dieter habt Ihr nichts zu fürchten. Sie sind meinem Vater und meinem Bruder ähnlich: kernige Einfaltspinsel, die gern raufen, huren und saufen und ihre Dickschädel kaum zum Denken benutzen. Ludwig kann nicht einmal lesen und schreiben, und Dieter ist kaum besser. Mit Gottfried hingegen solltet Ihr möglichst wenig sprechen. Er hat die Seele eines Mönches, zumindest dem Anschein nach. Ich habe gehört, daß er dem Deutschen Ritterorden beitreten wollte, doch sein Vater hat es nicht gestattet, und wenn Gottfried eine lobenswerte Eigenschaft besitzt, dann ist es sein Gehorsam. Ich habe versucht, auf ihn einzuwirken; leider ohne Erfolg. Sein Geist ist verschlossen und still wie ein Grab, und er hat die eigentümliche Gabe, kleine Tarnzauber zu durchschauen. Ich habe oft geargwöhnt, daß er ein Spion ist und daß seine Frömmigkeit nur Verstellung ist – eine verhängnisvolle Verbindung bei seinem Scharfblick. Aber wem er Bericht erstattet und sich zur Treue verpflichtet fühlt, habe ich nicht entdecken können, und es wäre sehr töricht von Euch, es zu versuchen. Wenn er Aufmerksamkeit für Euer Kind zeigt, laßt es mich sogleich wissen.«

»Natürlich«, flüsterte Margerite mit gesenktem Blick. Auch wenn ihre Handlungen in dieser Nacht allesamt Teil einer vielschichtigen Lüge gegen Nikolaus und seine Ordensvorgesetzten waren, fiel es ihr schwer, eine glatte Falschheit zu äußern.

»Und warnt auch Bertram vor ihm«, fügte Nikolaus hinzu. »Euer Gefolgsmann weiß zwar wenig über das Wesen und den Sinn des Ordens, aber er ist immer noch unser Diener und könnte uns unabsichtlich verraten, wenn er versuchen sollte, jemanden außerhalb von Burg Fürstensee zu treffen – vor allem seine alten Kameraden in den Freischaren, die Gottfried anscheinend ein besonderer Dorn im Auge sind. Er war es, der meinem Vater zur äußersten Härte bei der Durchsetzung von Kaiser Karls Verfügungen gegen die Freischaren geraten hat. Wenn er etwas über Bertrams frühere Verbindungen erfährt, wird er sich zweifellos für seinen Tod am Strang aussprechen.«

»Guter Rat zur rechten Zeit«, stimmte ihm Margerite zu. Doch für sich dachte sie: *Mein armer Bertram! Wie konnte ich dir mit meiner Liebe eine solche Bürde auferlegen?*

Dieser Gedanke hallte noch in ihr nach, als sie der Gesellschaft Nikolaus' endlich ledig war und zitternd unter ihrer Bettdecke lag. Sobald ihr wärmer wurde, spürte sie den scharfen Schmerz ihrer Schnittwunde. Bestimmt würde sie in den nächsten Tagen nur mühsam gehen können, aber sie verdiente es auch nicht anders. *O Bertram, verzeih mir.* Vielleicht sollte sie ihn wieder nach Burg Falkenstein senden und ihm seine Freiheit zurückgeben. Doch das sähe nach ihrem Gespräch mit Ritter Gottfried verdächtig aus und würde auch seinem Streben nach Rache am Orden der Lichtträger entgegenstehen, da dessen Makel nun nicht mehr auf Falkenstein lag. Wenn sie ihn fortschickte, würde er wahrscheinlich zu den Freischaren zurückkehren, und das wäre noch gefährlicher und folgenschwerer für ihn.

Heilige Maria, Mutter Gottes, segne mich mit Klugheit, betete Margerite. Aber obwohl sie wachlag, bis sich das erste Licht der Morgendämmerung grau unter den Fensterläden zeigte, blieb sie ohne Eingebung und dachte nur immer wieder: *Mein Liebster, ich habe dir ohne Absicht Leid zugefügt – was kann ich nur tun, um es wiedergutzumachen?*

Margerite erwachte von Wolframs Schreien und Rosas Stimme, die leise ihren Namen rief. Der Schlaf lag ihr schwer auf den Augen, als sie sich aufsetzte und ihren Sohn auf den Arm nahm. Es war sonderbar, dachte sie benommen, daß Wolfram nicht mitten in der Nacht nach ihr geschrien hatte. Wie hätte sie Rosa ihre Abwesenheit erklären sollen? Sie lächelte, weil ihr dieser Gedanke einen weiteren vernünftigen Vorwand gab, mit dem sie sich Nikolaus vom Leib halten und die Notwendigkeit hinausschieben konnte, die lästerlichen Worte der Ordensriten zu sprechen oder ihr doppeltes Spiel zu enthüllen.

»Seid Ihr wohlauf, gnädige Frau?« fragte Rosa besorgt. »Ihr schlaft selten so lang und tief.«

»Ich bin noch müde von der Reise«, antwortete Margerite. »Wie spät ist es?«

»Kurz nach Terz, Frau Gräfin. Eva ist schon seit einigen Stunden auf. Sie hat mit Herrn Christoph das Frühmahl eingenommen, und ich glaube, er führt sie über das Burggelände. Ich werde Euch ein wenig Brot und verdünnten Wein bringen, wenn es Euch beliebt. Es sind weitere Gäste eingetroffen, und im großen Saal herrscht starker Trubel.«

»Hast du Bertram meinen Brief überbracht?« Margerite verfluchte sich innerlich, kaum daß sie gesprochen hatte. Sie klang wie ein Dorfmädchen, das mit errötenden Wangen nach Neuigkeiten über ihren Liebsten fragt. Aber Rosa schien ungerührt.

»Es tut mir leid, gnädige Frau. Die Wachmänner waren bei den Waffenübungen, als ich in den Burghof hinaustrat, und ich hatte keine Gelegenheit, ihn beiseite zu nehmen. Es wird schwer sein, Bertrams Liebste zu spielen«, fügte Rosa nachdenklich hinzu, »wenn ich ihn anschreien muß, damit er überhaupt in meine Richtung sieht.«

»Du mußt ihm die Angelegenheit erklären.«

Als Wolfram gestillt war und glucksend seine Zufriedenheit kundgetan hatte, ließ sich Margerite von Rosa beim Ankleiden helfen. Zur Feier des Tages hatte sie das dunkelrote Samtkleid mit weißem Pelzbesatz ausgewählt. Es war ein wenig schwer für die Jahreszeit, aber die dunkle Farbe verlieh ihr mehr Würde. Natürlich würde es den Anwesenden nicht entgehen, daß Heinrich eine Frau geheiratet hatte, die jünger war als seine Söhne. Um so mehr wollte sie sich bemühen, nicht wie eine unerfahrene Gans zu erscheinen. Zudem mußte sie zugeben – auch wenn sie nicht so stark zugenommen hatte, wie es ihr die Kleidermacherin in Freiburg vorhergesagt hatte –, daß ihr manche der geänderten Gewänder an den Hüften und am Busen ein wenig eng geworden waren, vor allem wenn sie Wolfram länger nicht gestillt hatte.

Morgen, nahm sich Margerite vor, *werde ich mit Herrn Jakob die Bücher der Burg durchsehen. Dann werde ich wissen, ob ich mir neue Kleider kaufen kann.*

»Werdet Ihr heute Geschmeide tragen?« fragte Rosa. »Der Graf möchte Euch gewiß in Eurem reichsten Staat sehen.«

Margerite öffnete wortlos ihre Schmuckkassette. Das schönste Geschmeide darin war die Falkenhalskette, die ihr Ruprecht geschenkt hatte: das tiefe Rot und Purpur der Rubin- und Amethystperlen, die vom Leuchten der Kristalle zwischen ihnen betont wurden, das glühende Saphirauge der Falkin und der Adamanttropfen in ihren Krallen, der schimmerte wie Tau bei Sonnenaufgang. Margerite berührte das Schmuckstück zum ersten Mal seit Ruprechts Tod, und sie meinte das Strömen der Macht darin zu spüren wie das Echo seines Jagdhorns. Fast hätte sie es in den Kasten zurückgleiten lassen, da erinnerte sie sich an Pater Etiennes Mahnung, daß die Halskette sie davor schützen konnte, ausgespäht zu werden. Außerdem wußte sie – auch wenn sie der Gedanke bitter ankam –, daß Ruprecht bestimmt keinen für sie schädlichen Zauber darüber gesprochen hatte.

Kann er mich durch die Halskette noch berühren? fragte sich Margerite, wies die Vorstellung jedoch sogleich von sich. Ruprechts Seele war durch Etiennes Segen oder Fluch in die Wälder von Burg Falkenstein gebannt. Er konnte sie hier nicht erreichen. Sie legte sich die Kette um den Hals, so daß die goldene Falkin zwischen ihren Brüsten ruhte.

»Das sieht schon viel besser aus«, sagte Rosa sichtlich zufrieden. »Ich habe dafür zu sorgen, daß Euch niemand in Eurer Burg überstrahlt, Frau Gräfin. Setzt Euch bitte, damit ich Euren Haarputz machen kann, wie Eva es mich gelehrt hat.«

Wie Rosa angekündigt hatte, waren im großen Saal bereits zahlreiche Gäste versammelt. Heinrich und seine Söhne waren nicht zu sehen, aber Pater Michael stand auf einer Seite und wies eine Gruppe von Arbeitern an, die die Wände mit Girlanden aus frischem Grün und Blumen schmückten. Gefolgt von Rosa mit dem Kind, biß Margerite in ein Stück Brot und trank verdünnten Wein aus ihrem Pokal, während sie herumging. Sie grüßte die Ritter, die sie am vorherigen Abend kennengelernt hatte, und ließ sich von Ritter Ludwig den bedeutenderen Gästen vorstellen. Köstliche Gerüche nach erlesenem, mit Zimt und Nelken und Pfefferkörnern gewürzten Braten strömten bereits aus der Küche. Zweifellos würde Margerite bei der Prüfung der Bücher feststellen, daß ein erklecklicher Teil der Burgeinnahmen für Speisen und Köche aufgewandt wurde.

Nachdem sie gespeist hatte, begleitete sie Ritter Ludwig hinaus in den Burghof. Zwei fette Rehe und ein Schaf drehten sich über prasselnden Feuern, überall waren Tische aufgestellt worden, und die Dorfbewohner in ihren besten Kleidern drängten sich eifrig um die Bierfässer. Die Wachsoldaten hatten ihre Übungen beendet, und nur noch zwei von ihnen standen am Tor; Bertram war nicht zu sehen. Eva, Christoph und

Heinrich waren drüben bei den Stallungen. Die Männer schienen in ein tiefes Gespräch versunken, während Eva schweigend dabeistand. Und bestimmt, so dachte Margerite, war sie sich vollkommen bewußt, wie schön der Sonnenschein ihr langes goldenes Haar und ihr zartblaues Brokatkleid zur Geltung brachte. Zu ihren Füßen saß Kriemhild, die grüngoldenen Augen gegen die Helligkeit des Tages zu Schlitzen zusammengezogen.

»Du darfst mich jetzt allein lassen, Rosa«, sagte Margerite in der Hoffnung, die Dienstmagd möge ihre Absicht verstehen. »Gib mir meinen Sohn und unterhalte dich hier ein wenig. Sei aber bis Sext wieder zurück, um uns aufzuwarten.«

»Wie Ihr wünscht, gnädige Frau«, antwortete Rosa und überreichte ihr Wolfram. Bevor sie in der Menge verschwand, blinzelte sie ihr zu.

»Ich grüße dich, meine Gemahlin!« rief Heinrich mit einem breiten Lächeln, als er Margerite erblickte. »Du warst lang im Bett für einen solch herrlichen Tag. Hast du gut geruht?«

»Sehr gut, danke«, erwiderte Margerite. »Ich war nur müde vom Reiten, wie ein Falke, der nach der Mauser zum ersten Mal wieder fliegt.«

Heinrich trat heran und küßte sie leicht auf den Mund. Als er Wolfram unterm Kinn stupste, brach der Kleine in empörtes Gebrüll aus, und Heinrich lachte. »Wenn sein Wachstum mit seiner Stimme Schritt hält, wird er fürwahr einmal ein starker Mann sein.«

Nach einer ausführlichen Besichtigung der Stallungen, bei der Christoph und Heinrich abwechselnd auf die prächtigsten Tiere aufmerksam machten, kehrten sie alle zusammen in den großen Saal zurück.

Die Mittagstafel war wunderschön gerichtet, doch Margerite hatte kaum Appetit. Nikolaus war endlich heruntergekommen und warf ihr während des Mahls immer wieder unter schweren Lidern verschlagene Blicke zu, als wollte er sie an ihr gemeinsames Geheimnis erinnern. Wolfram war noch zu klein, um die Speisen auf ihrem Teller zu beachten, aber er griff jedesmal nach ihr, wenn sie einen Bissen an die Lippen führte. Sie hätte Rosa anweisen sollen, ihn ihr vor dem Essen abzunehmen, aber je mehr Zeit die Dienstmagd hatte, desto eher hatte sie wohl Gelegenheit zu einem Gespräch mit Bertram.

Als sich Margerite endlich in ihre Gemächer zurückziehen konnte, wartete Rosa bereits auf sie. »Hast du ihm den Brief gegeben?« fragte Margerite sogleich.

»Ja«, sagte Rosa.

»Hat er ihn gelesen? Hatte er eine Antwort?«

»Er hat gesagt: ›Sag der Frau Gräfin, daß ich verstehe.‹«

Wenn Rosa nicht dabeigewesen wäre, wäre Margerite in Tränen ausgebrochen. Bertrams Worte waren schlicht und natürlich, und sie beantworteten alle Fragen in ihrem Herzen und besänftigten die Stürme des Zweifels und der Reue, die seit ihrer Ankunft in Burg Fürstensee in ihr getobt hatten.

Die Hochzeitsfeier auf Heinrichs Burg erwies sich als weit eindrucksvoller als jene, die sie einige Tage zuvor gehalten hatten. Das Wetter war schön geblieben, und so war im Hof eine hohe Tafel aufgestellt worden, an der Heinrich, seine Ritter und ihre Damen zusammen mit den anderen vornehmen Gästen speisten. Graf Wolfgang von Schwarzenfels, der über das Land im Nordosten von Heinrichs Gebiet herrschte, war mit einem kleinen Gefolge eingetroffen, zu dem seine Frau Anna und sein jüngster Sohn Georg gehörten. Georg sollte von Christoph als Knappe aufgenommen werden als Gegenleistung dafür, daß Christoph im gleichen Alter unter Wolfgang gedient hatte. Georg schien ein bezaubernder Knabe, wenngleich er für sein Alter ein wenig klein war und ein merkwürdiges Aussehen hatte. Von der Mutter hatte er die flammend roten Haare und die Sommersprossen geerbt. Die vorspringende Nase und das spitze Kinn, die im wettergegerbten, bärtigen Gesicht seines Vaters von Stärke zeugten, wirkten angesichts der glatten Haut des Halbwüchsigen übertrieben. Doch seinen Diensteid für Christoph sprach er mit einem gewandten, honigsüßen Tenor, der den Stimmbruch bereits überwunden hatte, und Christoph schien stolz, ihn als Knappen aufzunehmen.

Während sie sich im Burghof versammelten, auf die Musik der Spielleute lauschten und auf das Zeichen zur Eröffnung der Feier warteten, bemerkte Margerite, daß Gottfried sie wieder mit scharfem Blick anstarrte. Wie zufällig sah sie ihm in die Augen und starrte zurück, bis der junge Ritter errötend wegschaute. Im Gefühl ihres Sieges ging sie zu ihm hinüber.

»Ist etwas nicht in Ordnung, Ritter Gottfried?« fragte sie mit ruhiger Stimme.

»Alles ist, wie es sein soll«, antwortete er. »Zumindest soweit ich es zu erkennen vermag. Beunruhigt Euch etwas, Frau Gräfin?«

»Ihr schient mich anzuschauen, als wärt Ihr besorgt.«

»Ich habe nur Eure Halskette bewundert«, sagte Gottfried. »Es ist ein sehr ungewöhnliches und schönes Geschmeide, aber ich konnte es nicht deutlich sehen – ich bin ein wenig kurzsichtig«, gab er verlegen zu.

Margerite hätte gelacht, wenn es nicht so unhöflich gewesen wäre. So erklärte sich also das zermürbende Starren des Ritters und vielleicht auch seine Fähigkeit, Nikolaus' Tarnzauber zu durchschauen, denn er war gewiß geübt darin, kleinere Bewegungen im Schatten wahrzunehmen, auf die Menschen mit besserem Sehvermögen gar nicht achteten. Sie hielt ihm die Falkin auf der Handfläche hin, damit es nicht den Anschein erweckte, als würde Gottfried ihr auf den Busen starren. »Es war ein Geschenk meines Gatten Ruprecht«, erklärte sie.

»Weil Ihr die Beizjagd liebt? Euer Falkner hat mir erzählt, daß Ihr ein treffliches Paar Wanderfalken von der Burg Eures Vaters mitgebracht habt. Ich glaube, Ihr werdet mit ihrer Unterbringung hier zufrieden sein, denn auch Christoph ist sehr stolz auf seine Vögel. Ich hoffe allerdings, daß Ihr Euch nicht wie er zu der schlechten Gewohnheit verleiten laßt, einen Falken mit zur Messe zu bringen.«

Margerite setzte zu einer scharfen Erwiderung an, hielt aber dann an sich. Gottfried kannte sie kaum, und das Gerücht von Ruprechts Sonntagsjagden hatte sich bestimmt in der ganzen Gegend verbreitet. Und schließlich gab es viel Schlimmeres als strenge Frömmigkeit. »Was Ihr von Burg Falkenstein auch gehört haben mögt«, antwortete sie, »ich halte den Sonntag heilig und habe es immer getan.«

Gottfried zeigte ein leichtes Lächeln. »Das ist gut«, sagte er, wenngleich ein besorgter Blick in seinen grauen Augen lag, als er ihre Halskette betrachtete.

Das hohe Läuten einer silbernen Glocke drang klar durch die Gespräche im Burghof und ersparte Margerite alle weiteren Anstrengungen, eine Unterhaltung mit dem Ritter zu führen. Sie eilte an ihren Platz, wo Kobold bereits zwischen Heinrich und Christoph saß, als gehörte der Stuhl ihm, und sie mit unschuldigen, goldenen Augen ansah.

»Fort mit dir, Kater«, sagte sie. Georg, der hinter Christoph stand, konnte kaum ein Lachen unterdrücken, als Margerite Kobold packte und ihn sanft, aber bestimmt hinunterbeförderte.

Christoph warf seinem Knappen einen strengen Blick zu und sagte mit unnatürlich barscher Stimme: »Über die Katze der Gräfin lacht man nicht.« Georg erbleichte unter seinen Sommersprossen und fürchtete offenkundig, einen schweren Fehltritt begangen zu haben. Da kicherte Eva, und Christoph brach in lautes Lachen aus. Georg lief rot an und grinste verlegen, als er erkannte, daß sich sein Ritter einen Schabernack mit ihm erlaubt hatte. Zum Glück für Christoph war sein Vater in ein tiefes Gespräch mit Graf Wolfgang versunken und schien nichts von dem Scherz seines Sohnes bemerkt zu haben.

Bevor die Speisen aufgetragen wurden, traten die Diener mit Silberkannen, Schalen und Mundtüchern aus weißem Linnen an die Tafel. Sie ließen den Festgästen warmes Wasser über die Hände fließen, das leicht mit Myrte versetzt war. Der angenehme Duft vermischte sich köstlich mit dem der Blumenkränze auf dem Tisch und dem Geruch des Fleisches an den Bratspießen. Als die Schüsseln mit dem ersten Gang enthüllt wurden, kamen Forellen zum Vorschein, die geradewegs aus dem Bach zu kommen schienen und deren Schuppen noch silbern glänzten. Als Heinrich den Fisch aufschnitt, den er sich mit Margerite teilte, erkannte Margerite, daß es sich um eine geschickt gefärbte und glasierte Spezerei aus einem festen, weißen Teig aus Milch, Ei, Mandeln und Zucker handelte. Das Backwerk war mit warmem Anis und Kümmel gewürzt, die den Magen öffneten und wärmten, damit er die weiteren Speisen gut verdauen konnte. Heinrichs Köche mußten wahrlich einen stattlichen Lohn erhalten. Offenbar hatte sich Burg Fürstensee bereits gut von den Schäden des Krieges erholt. Oder aber, und auch das schien ihr denkbar, der Graf wußte sein Gesinde so stark an sich zu binden, daß ihm die besten Diener wie auch die Ritter selbst in schweren Zeiten die Treue hielten.

»Eure Köche werden von Jahr zu Jahr besser, Heinrich«, sagte Wolfgang. »Solche Köstlichkeiten habe ich nicht mehr gesehen, seit ich als Knappe mit meinem Ritter den Hof von Landgraf Bertfried besucht habe – Gott sei seiner Seele gnädig.« Er schob die dunklen Flügel seines Schnurrbarts mit der Fingerspitze beiseite und nahm einen großen Schluck Wein.

»Ist Landgraf Bertfried tot? Was ist ihm denn zugestoßen?«

Wolfgang seufzte. »Er starb vor einem halben Jahr, dem Vernehmen nach an Ermattung und Schwäche. Er hat sich nie von dem erholt, was vor acht Jahren mit seinem jüngeren Sohn geschah. Was den älteren betrifft – nun, ich fand Gerhardt damals ziemlich abstoßend, aber ich sollte ihm wohl einen Beileidsbesuch abstatten, falls ich in nächster Zeit so weit nach Norden reise. Wahrscheinlich ist er mit den Jahren freundlicher geworden, so wie wir alle. Der jüngere Sohn, Bernhardt, war ein viel angenehmerer Knabe, und selbst heute frage ich mich noch oft, ob die volle Wahrheit der damaligen Ereignisse jemals ans Licht kommen wird.«

Heinrich zog die zerklüftete Stirn in Falten und drehte zwischen Daumen und Zeigefinger zerstreut einen süßen Bissen zu einer Kugel, bevor er ihn in den Mund nahm. »Er soll den Sohn eines adeligen Gastes ermordet haben, nicht wahr? Wenn ich mich recht entsinne, war es ein großer Skandal damals, aber ich weiß nicht mehr genau, wie es ausging. Wurde er hingerichtet oder …?«

»Bernhardt ist offensichtlich geflohen, ehe er vor Gericht gestellt werden konnte, und hat einige tote Wachen hinterlassen. Soviel ich gehört habe, gab es kaum einen Zweifel über den Ausgang des Verfahrens, da man ihn mit blutigen Händen neben dem Toten gefunden hat, und das Messer in der

Leiche war seines. Das einzig Seltsame war, daß er trotzdem seine Unschuld beteuerte und sagte, er habe einen Kampf gehört und sei zu Hilfe geeilt. Mir ist diese Geschichte immer viel zu dumm erschienen für einen Jüngling von Bernhardts Klugheit. Andererseits erzählt wahrscheinlich jeder dummes Zeug, wenn er in die Enge getrieben wird. Ich hatte zwar nur einige Tage die Gelegenheit, ihn kennenzulernen, aber ich hätte nie gedacht, daß er einer solchen Tat fähig wäre. Ein Handschuh ins Gesicht und die Herausforderung zu einem offenen Zweikampf mit Schwertern – das hätte ich eher erwartet. Aber offenkundig waren die Beweise so unumstößlich, daß selbst Landgraf Bertfried völlig von Bernhardts Schuld überzeugt war. Er und der Mann, den er getötet haben soll, hatten am Abend vor der Tat einen Streit um eine Frau, und sie muß es auch wert gewesen sein, denn Gerhardt hat sie kaum ein Jahr danach geheiratet. Sie ist die jetzige Landgräfin Ortlieb von Niederwald.«

»Ein wenig eilig«, lachte Heinrich. »Aber wer bin ich, um den ersten Stein zu werfen – hmm, Margerite?«

Margerite lächelte und legte die Hand liebevoll auf die ihres Gatten. Unter ihrem gelassenen Äußeren brodelte es. Sie erinnerte sich an ihren Traum vor einem Jahr, in dem der junge Bertram neben einer Frau ging… dann war er in ein Verließ gesperrt und beteuerte verzweifelt seine Unschuld. Acht Jahre – Zeit genug für einen flüchtigen Ritter, in den Rängen einer Freischar aufzusteigen, bis ihm der Orden als Boten vertraute, mehr als genügend Zeit, um tiefe Falten der Pein und der Sorge in das Gesicht eines jungen Mannes zu graben und gehetzte Qual in seine braunen Augen zu gießen. Wie lange hatte Bertram schon unter Ruprecht gedient, bevor sie auf die Burg kam? Ein oder zwei Jahre vielleicht. Sie konnte sich nicht erinnern, ob er es ihr genau gesagt hatte. Niederwald, das zwischen Thüringen und Sachsen lag, war eine größere Grafschaft. Alles, was sie über Bertram wußte, würde dazu passen, daß er der vermißte Sohn des verstorbenen Landgrafen Bertfried war. Die Angst stieg in Margerite empor wie ein Bach, der zu einem reißenden Strom anschwillt, als sie erkannte, daß sie Bertram danach fragen mußte – und wenn sich ihr Verdacht bestätigte, war es ihre Pflicht, ihm vom Tod seines Vaters zu berichten.

Die Reste der Vorspeise in Fischgestalt wurden abgeräumt. Margerite tauchte die Finger in die kleine Wasserschale neben ihrem Platz und wischte sie vornehm an dem Mundtuch ab, das sie mit Heinrich teilte, um sich mit den einfachen Bewegungen eines höfischen Festmahls zu beruhigen. Der zweite Gang bestand dem Anschein nach aus zwei Tauben für jedes Gästepaar. Ein Vogel lag gehäutet und gebraten, das dunkle, saftige Fleisch mit Eigelb golden überzogen, der andere trug noch sein Federkleid. Erst als dieses aufgeschnitten wurde, kam darunter eine köstliche Mischung aus Käse, Eiern, Gewürzen und Rosinen zum Vorschein. Margerite hatte schon von der Kunst gehört, zwei Tauben aus einer zu machen, hatte es aber noch nie mit eigenen Augen gesehen. Das beifällige Gemurmel um den Tisch zeigte, daß sie nicht als einzige von der Fertigkeit der Köche auf Burg Fürstensee in höchstem Maß beeindruckt war.

Erleichtert, aber auch enttäuscht stellte Margerite fest, daß Heinrich und Wolfgang das Thema gewechselt hatten. Sie redeten jetzt über Politik und insbesondere über den überraschenden Beschluß Kaiser Karls anläßlich seines Besuchs im Mai beim Papst in Avignon, die Freischaren dazu zu bewegen, sich dem bewaffneten Kreuzzug gegen die Türken anzuschließen.

»Es war leichter, mit diesen Männern zu verfahren, als sie noch Geächtete waren und im Kirchenbann standen«, knurrte Heinrich. »Was sollen wir jetzt tun, wenn dieses Gesindel durch unser Land zieht und behauptet, sie seien Kreuzfahrer, während sie gleichzeitig unsere Dörfer in Angst und Schrecken versetzen? Die Lage muß wahrlich verzweifelt sein, wenn der Papst und der Kaiser versuchen, diese Mordbuben zu dingen, statt sie auszumerzen, wie sie es verdienen.«

Margerite wußte zwar, daß sie besser geschwiegen hätte, doch Heinrich sprach ja auch über Paul den Bären und Jochanan und nicht nur über die Horden, die plündernd durch Italien gezogen waren – und auch über Bertram. »Ich hielt die Führer der Bärenkompanie, die in Ruprechts Krieg gekämpft haben und gestorben sind, sehr wohl für würdig, mit mir an der Tafel zu sitzen«, sagte sie heftig. »Sie würden gewiß freudig das Schwert für eine gute Sache erheben, und wo einige solche Männer sind, können auch mehr sein. Auch Gott war bereit, Sodom und Gomorrha zu verschonen, wenn er nur zehn Gerechte dort finden konnte.«

Margerite glaubte ein zorniges Funkeln in Heinrichs Auge zu erkennen – *weil ich ihm widersprochen habe?* Doch dann nickte er. »Fürwahr, die Freischar hat Eurem Gemahl treu gedient. Doch Ihr wart den Söldnern auch nie auf Gedeih und Verderb ausgeliefert. Zuerst stand Graf Günthers Heer hinter Euch, und dann waren meine Männer in der Nähe. Hätten sie diese Stärke nicht vor Augen gehabt, wäre vielleicht alles ganz anders gekommen, und du hättest von Glück sagen können, wenn du nicht geschändet und erschlagen oder gewaltsam mit dem Führer der Schar verheiratet worden wärst, auf daß sie Anspruch auf Burg Falkenstein hätten erheben können.«

Margerite öffnete den Mund zu einer scharfen Erwiderung, schloß ihn aber wieder. Sie konnte Heinrich schlecht erklären, in welchem Maße Paul seine Vertrauenswürdigkeit bewiesen hatte – und auch er konnte nicht bekennen, welchen Beistand ihm die Bärenschar geleistet hatte.

»Wurde Graf Günther nach der Abreise von Burg Falkenstein nicht von Räubern getötet?« fragte Wolfgang. »Ich habe gehört, daß er verschwunden war und daß seine Gebeine und die seiner Männer erst vor einigen Wochen in den Bergen gefunden wurden.«

»Es war eine traurige Fügung«, bemerkte Heinrich. »Günther hatte die Fahrt unternommen, um bei der Taufe des jungen Wolfram dabeizusein, da Ruprecht sein enger Freund war – und vielleicht auch, weil er bei der Belagerung zu spät gekommen war, um Ruprecht zu retten, und einen Teil seiner Schuld bei Ruprechts Sohn wiedergutmachen wollte. Ihre Freundschaft hat ihnen kein Glück gebracht.«

»Traurige Kunde, fürwahr«, antwortete Wolfgang. »Möge Christus ihren Seelen gnädig sein. Wenigstens werden fortan die Straßen sicherer sein, wenn das Vorhaben des Kaisers und des Papstes von Erfolg gekrönt ist. Gewiß werden die Freischärler immer Mordbrenner und Spitzbuben bleiben, wohin sie auch ziehen, aber zumindest brandschatzen und plündern sie dann in fernen Ländern.«

»Dazu sage ich Amen«, rief Heinrich mit polternder Stimme.

Als dritter Gang wurden drei Pfauen zur hohen Tafel getragen. Die Vögel trugen ihr volles Federkleid mit schimmerndem blauen Hals und ausgebreitetem Schwanz. Margerite war beeindruckt von dem Anblick, hatte allerdings Bedenken, ob sie zum Verzehr geeignet waren. Sie hatte das Fleisch von Pfauen noch nie gekostet, aber gehört, daß es zäh und geschmacklos war. Erst als sie einen Bissen Fleisch zum Mund führte, erkannte sie, daß sie einer Täuschung aufgesessen war. Das gebratene Fleisch im prächtigen Gewand stammte nicht von Pfauen, sondern von leicht mit Salbei und Pfefferkörnern gewürzten Gänsen. Neben ihr brach Christoph in lautes Lachen aus.

»Ich habe noch nie einen solch schmackhaften Pfau gekostet«, erklärte er. »Für gewöhnlich sind Pfauen am besten, wenn man sie nicht essen muß.«

Margerite lächelte ihn nur an, um ihre mangelnde Weltläufigkeit nicht zu verraten.

»Wie gefällt es Euch jetzt auf Burg Fürstensee?« fragte Christoph. »Bei all unseren Fehlern – wir führen eine feine Tafel. Ich habe sie in vielen Jahren erprobt und genossen.« Er tätschelte sich den Bauch, um seine Worte zu veranschaulichen.

»Ich habe noch keine bessere kennengelernt.«

»Wie ich sehe, habt Ihr auch schon unsere Ritter ein wenig näher kennengelernt. Worüber habt Ihr Euch denn so angelegentlich mit Gottfried unterhalten? Ich habe bisher nur selten mehr als ein paar Worte aus ihm herausbekommen.«

»Er hat meine Halskette und meinen Kater bewundert«, sagte Margerite der Wahrheit gemäß.

»Tatsächlich? Ich hätte gedacht, er sei über solche Sachen erhaben. Vielleicht ist unser Kriegermönch doch nicht so ein hochnäsiger Laffe, wie ich dachte.« Christophs Lächeln nahm seinen Worten den Stachel.

»Ihr solltet nicht so über einen anderen Ritter sprechen«, schalt Margerite ihn milde. »Gewiß verdient sein Pflichteifer für Burg Fürstensee mehr Achtung.«

»Da habt Ihr freilich recht«, seufzte Christoph. »Ritter Gottfried ist gewissenhaft, treu, fromm, gehorsam und geübt mit Schwert und Lanze. Er hat mich beim Stechen öfter in den Staub geworfen, als ich zählen kann, denn er ist zwar schmächtig, aber er bewegt sich schneller als Eure Katze und weiß seine Lanze mit einer Genauigkeit zu führen, um die ihn sogar der Erzengel Michael beneiden könnte. Er ist ein Vorbild auf dem Feld, wenngleich weniger gewandt in höfischer Rede. Aber vielleicht könnt Ihr ihn lehren, was er von Ritter Ludwig nicht gelernt hat, denn er scheint Euch zu mögen.«

»Vielleicht«, stimmte ihm Margerite zu.

Das Festmahl fand seine Fortsetzung mit einer Fülle von Gaumenfreuden. Zuletzt wurde ein drei Fuß breiter und ein Fuß hoher Kuchen aufgetragen, der mit Figuren kleiner Vögel zwischen grünglasiertem Laub verziert war. Schmunzelnd stand Heinrich auf, um das Messer sorgfältig um den Rand herumzuführen. Als er die obere Schicht abhob, erblickte Margerite zu ihrer Überraschung das Rauschen weißer Flügel – weiße Tauben, die aufflogen und gurrend durch den Burghof kreisten.

»Die Vögel der Venus«, rief Heinrich fröhlich zum leisen Beifall der Ritter und Damen um die Tafel. »Wie könnte man eine Hochzeitsfeier würdiger beenden? Willst du mir die Ehre des ersten Tanzes erweisen, meine geliebte Gemahlin?«

Margerite nahm Heinrichs Hand und ließ sich von ihm zur Mitte des Burghofs führen. Andere Paare bildeten einen Ring um sie, während die Spielleute ein schwungvolles Lied anstimmten. Trotz seiner Leibesfülle bewegte sich Heinrich mit erstaunlicher Geschmeidigkeit, auch wenn seine würdevollen Schritte weit entfernt waren von Ruprechts wilder, schöner Gewandtheit. *Ich habe noch nie mit Bertram getanzt*, dachte Margerite, als sie ihre Bewegungen denen Heinrichs anglich. Wenn ihre Vermutung zutraf, war es acht Jahre her, seit sich Bertram zuletzt im Gleichtakt mit einer Frau bewegt oder andere höfische Freuden genossen hatte. *Heilige Maria, Mutter Gottes, du hast uns zusammengeführt. Wenn die Kunde, die ich erfahren, wirklich für ihn bestimmt ist, dann laß mich bitte von Angesicht zu Angesicht mit ihm sprechen.*

Als der Tanz zu Ende war, entschuldigte sich Margerite. Nicht nur am Sonnenuntergang, sondern auch an ihren schmerzenden Brüsten erkannte sie, daß es höchste Zeit war, Wolfram zu stillen. In ihrem Gemach wiegte Rosa das Kind auf dem Schoß und blickte sehnsüchtig zum Fenster hinaus.

Margerite mußte sich nur kurz besinnen, während ihr die Dienstmagd aus dem Kleid half. Dann riß sie schnell ein kleines Stück Pergament ab und schrieb: *Bernhardt von Niederwald?*

»Diese Nachricht trägst du sogleich zu Bertram«, befahl sie dem Mädchen. »Sag ihm, wenn er den Namen erkennt, soll er zwischen Mitternacht und Morgendämmerung in den Kräutergarten kommen, wenn der Mond untergegangen ist. Laß mich wissen, was er geantwortet hat. Danach darfst du dich beim Tanz vergnügen, aber habe acht, daß du nicht zuviel trinkst und deine Keuschheit bewahrst.«

»Wie Ihr wünscht, gnädige Frau«, erwiderte Rosa.

Als Rosa das Zimmer verlassen hatte, saß Margerite eine Weile bebend da, bevor sie Wolfram aus der Wiege nahm. Wenn sie ertappt wurde ... stand alles auf dem Spiel. Aber wie hätte sie anders handeln können?

Margerite wußte nicht, wieviel Zeit seit Rosas Aufbruch vergangen war. Sie hatte das Gefühl, daß sie bereits seit Stunden wartete, aber Wolfram machte gerade erst sein Bäuerchen, als sich die Tür wieder öffnete.

»Was hat er gesagt?« fragte Margerite.

»Gnädige Frau, als Bertram Eure Nachricht las, wurde er leichenblaß und biß sich auf die Lippen, bis es blutete, und er hat gesagt, daß er kommen wird, wie verabredet. Aber, gnädige Frau – wißt Ihr nicht, was die Leute denken werden, falls Euch jemand so spät bei Nacht zusammen sieht?«

»Ich weiß es«, sagte Margerite grimmig. »Dennoch bleibt mir keine Wahl, und es ist nichts, was dich zu bekümmern hat.« Sie starrte Rosa zornig an in der Erwartung, das Mädchen werde sich fügen. Aber Rosa hatte das spitze Kinn vorgeschoben und die schmalen Hände fest in die Falten ihres Rockes gekrallt.

»Gnädige Frau, meine Tante hat gesagt, daß ich als Dienstmagd für Euren Ruf verantwortlich bin und alles über meine

Herrin wissen muß. Wenn – Ihr könnt mich dafür schlagen, aber ich muß es aussprechen – wenn Bertram Euer Liebhaber ist, dann sagt es mir, und ich werde Euch helfen, damit Ihr ihn ohne Gefahr treffen könnt. Diese Burg ist nicht wie Falkenstein. Überall gibt es Leute, die auf alles achtgeben – bei Heinrich angefangen bis hinunter zur niedrigsten Scheuermagd. Bitte, Frau Gräfin, geht dieses Wagnis nicht ein!«

Margerite hob die Hand, um Rosa zu schlagen. Dann senkte sie sie wieder, als sie daran dachte, wie oft sie Gertrude aus nichtigem Anlaß eine Ohrfeige versetzt hatte. Die Erinnerung brannte ihr wie Galle in der Kehle. »Das hat nichts mit einer Liebesverabredung zu tun«, sagte sie schließlich. »Es geht nur um eine wichtige Angelegenheit für Bertram, über die ich nicht sprechen darf.«

»Aber das wird Euch niemand glauben. Frau Gräfin, könnt Ihr ihm nicht einen Brief schreiben?«

»Nein. Geh jetzt, Rosa. Tanze und vergnüge dich, und denke nicht mehr daran – und gnade dir Gott, wenn du jemandem etwas davon erzählst.«

»Gnädige Frau ...«

»Geh!« rief Margerite. Rosa starrte sie mit zitterndem Kinn und aufgerissenen Augen an, als wäre sie geschlagen worden. Als sie aus dem Gemach rannte, stieß Wolfram einen heftigen Schrei aus. Hustend spuckte er einen Tropfen Milch aus und begann zu weinen.

»Verzeih mir, mein Sohn«, wisperte Margerite und hielt ihn sanft wiegend im Arm, ohne die unangenehme Nässe zu beachten, die bereits durch ihr Linnenhemd gedrungen war. »Ich wollte dir keinen Schmerz bereiten.«

Kurz nach Mitternacht kehrte Rosa von der Festlichkeit zurück. »Die Feuer sind verloschen, und die Tänzer gehen alle zu Bett«, sagte sie mit einem traurigen und vorwurfsvollen Ton in der Stimme. Margerite verstand die unausgesprochene Botschaft deutlich genug, auch wenn Rosa kaum ein weiteres Wort an ihre Herrin richtete.

Margerite wartete und sah zu, wie die Kerze herunterbrannte. Die Flamme mit ihrem reglosen Lichtring besänftigte ihren Geist und verlangsamte ihren Herzschlag und Atem. Während die Unruhe allmählich von ihr abfiel, fühlte sie, daß sich ihr Bewußtsein ausbreitete wie Wellen in einem Teich. Fast hörte sie das Gebalge und Gemaunze von Kriemhilds Jungen, die sich am Fuß von Evas Bett um ihre Mutter drängten. Sie sah, wie Eva das Kissen an die Wange drückte und im Schlaf Christophs Namen flüsterte. Sie hörte das knarzende Schnarchen Heinrichs, der satt von köstlichen Speisen und gutem Wein und froh über den Erfolg seiner Feier ausgestreckt auf dem Rücken lag. In ihrer Entrückung meinte sie zu spüren, wie sich Burg Fürstensee zur Ruhe begab wie ein riesiges Tier, dessen Gliedmaßen sich nacheinander entspannten und nur an einigen Stellen zuckten, wo die Soldaten Wache hielten. Auch wenn kein Feind drohte, mußte immer jemand Posten stehen gegen die gestaltlosen Gefahren, die sich von innen oder außen erheben konnten.

Gebannt von der Kerzenflamme nahm Margerite nicht wahr, wie schnell das Wachs dahinschmolz. Nicht die vergehende Zeit gemahnte sie an ihre Zusammenkunft, sondern ein Prickeln am Rand ihres Bewußtseins, das Gefühl, daß jemand wachsam und zielstrebig durch die Schatten am Rand des Burghofs auf den Kräutergarten zu ging. Sie fuhr auf, und der große Ring ihrer Wahrnehmung zerplatzte wie eine Blase im Bach. Hastig zog sie den Umhang über.

Nikolaus hatte von kleinen Tarnzaubern gesprochen, mit denen man ungesehen an anderen vorbeigehen konnte, und als Margerite nun über die unbekannten Gänge und Treppen von Burg Fürstensee schlich, nahm sie sich vor, sie gleichfalls zu erlernen. Der Mond war verschwunden, aber das Licht der Sterne fiel hell auf den Burghof, und obwohl sie sich wie Bertram im Schatten hielt, fühlte sie sich entsetzlich preisgegeben. Jedes Rascheln des Windes und jedes Knacken der Feuersglut im Burghof ließ sie zusammenzucken in der Gewißheit, sie werde augenblicklich Ritter Gottfrieds Stimme hören oder den starken Griff seiner hageren Hand auf der Schulter spüren.

Sie glitt ohne Zwischenfälle durch das Tor des Kräutergartens und blieb im Schatten einer Linde stehen, um sich umzusehen. Die Nacht war erfüllt vom süßen Duft der Blüten, die in breiten Büscheln bleich wie Silber im Sternenlicht glänzten. Margerite wünschte sich aus tiefstem Herzen, daß sie zu einem Stelldichein Liebender gekommen wäre, daß Bertram und sie sich unter den hängenden Ästen umarmen oder auf dem kühlen, weichen Gras liegen könnten. Das Gewicht ihrer Botschaft lastete schwer auf ihr, zusammen mit der Furcht vor Bertrams Erwiderung. Grollte er ihr, weil sie entdeckt hatte, wer er war? Würde er sie nun verlassen?

Fast hoffte sie, daß das, was sie in ihrem Gemach gefühlt hatte, nur ein Hirngespinst gewesen sei, daß Bertram das Wagnis nicht auf sich genommen hatte, seine schlafenden Gefährten zu verlassen, und ihr damit noch einen Aufschub von ein oder zwei Tagen gab, bevor sie ihm berichten mußte, was sie am Abend gehört hatte. Da erhob sich eine schwarze Gestalt von einer niedrigen Bank an der Mauer, und selbst in der Dunkelheit und unter seinem Umhang konnte sie Bertram erkennen.

Er nahm sie sanft am Arm und zog sie tiefer in den Schatten. Margerite konnte nicht in seinem Gesicht lesen, weil sie kaum das Weiße sah, das Haar und Bart wie ein Helm aus schwarzem Eisen umrahmten.

»Woher weißt du es?« flüsterte Bertram. Seine Stimme klang erstickt, fast den Tränen nah. »Wie hast du es entdeckt?«

»Graf Wolfgang von Schwarzenfels war einmal zu Gast bei deinem Vater und erzählte eine Geschichte, die mit dem übereinstimmt, was du mir berichtet hast.«

»Wolfgang von Schwarzenfels ...«

»Er war Knappe, als er am Hof von Schloß Niederwald zu Besuch war. Das muß schon einige Zeit her sein, denn sein Sohn ist jetzt Christophs Knappe.«

Margerite spürte das leichte Zittern in Bertrams Griff. Sie wollte ihm die Hand auf die Brust legen, um das wilde Pochen seines Herzens zu besänftigen, wagte es jedoch nicht, denn wenn sie ihn berührt hätte, hätte sie sich unweigerlich in seine starken Arme geworfen und sich an ihn geklammert, um sich all ihre Sorgen und Zweifel und Schuldgefühle von der Seele zu weinen.

»Hat er mich gesehen? Könnte er mich erkannt haben? Warum hat er über Schloß Niederwald gesprochen?«

»Ich glaube nicht, daß er dich gesehen hat oder daß er auf den Gedanken gekommen sein könnte, daß du hier bist. Nein, er hat diese Sache erwähnt, weil er – verzeih mir, mein Liebster, daß ich es dir sagen muß – Heinrich vom Tod deines Vaters erzählt hat.«

Bertram ließ Margerites Arm fallen und wich einen Schritt zurück. Seine Augen standen wie große schwarze Kreise auf tödlich blasser Haut. »Woran ist er gestorben? Und wann?«

»Vor einem halben Jahr«, sagte Margerite zögernd. »Graf Wolfgang sagte, daß er einfach dahingewelkt und an Ermattung gestorben ist.«

»Vor einem halben Jahr«, wiederholte Bertram dumpf. »Also ungefähr am …« … *Tag der Heiligen Lucia*, vollendete Margerite widerstrebend den Gedanken. Ruprecht war im Begriff gestanden, seinem dunklen Herrn eine Jungfrau zu opfern. Wer vermochte zu sagen, welches Blut andere Ordensmitglider in dieser Nacht vergossen hatten? »Wer herrscht jetzt auf Schloß Niederwald?«

»Gerhardt … und Ortlieb.« Als sie den zweiten Namen aussprach, fuhr Bertram zurück wie von einem mächtigen Schwerthieb getroffen. Obwohl er stehenblieb und sie ihn nicht mehr berührte, meinte Margerite zu fühlen, daß er sich vor ihr zurückzog wie ein Hauptmann in eine belagerte Festung. Tränen schossen ihr in die Augen, und sie schluckte, um sie zurückzudrängen. Bertram hatte schon genug Kummer, da mußte er sie nicht auch noch weinen sehen.

»Sie war es, die mich verraten hat«, sagte er. Seine Stimme klang kalt und hart wie damals, als er in Margerite ein Ordensmitglied und seine Feindin gesehen hatte. »Und jetzt, möge mir Christus verzeihen, ist ihr Sieg vollkommen.« Er hielt inne, reglos wie ein eisüberzogenes Marmorstandbild in der Dunkelheit. »Margerite, ich muß fort von hier. Nach allem, was ich erfahren habe, was ich auf Burg Falkenstein gesehen habe … kann ich ihr nicht das Land und die Untertanen meines Vaters überlassen. Ich muß Niederwald befreien, selbst wenn ich dabei zugrunde gehe.«

Margerite stand wie vom Donner gerührt und wünschte sich, sie könnte die Hände an die Ohren legen, um sich vor der Kunde zu schützen, die sie soeben vernommen hatte. Als sie wieder sprach, tat sie es mit einem matten Flüstern, aber selbst der schwache Lufthauch durch den Hals schmerzte, als hätte sie Glasscherben verschluckt. »Wie willst du fortgehen? Was willst du tun?«

»Ich gehe allein«, antwortete Bertram. »Allein und zu Fuß, so wie ich vor acht Jahren geflohen bin, und ich werde zur Heiligen Jungfrau Maria beten, daß sie gnädig auf meine Buße blickt. Bessere Menschen mögen von Gott dazu berufen sein, das Heilige Land zu befreien. Ich bin nicht rein genug für einen solchen Kreuzzug, aber wenigstens kann ich mein Bestes tun, um mein Land zu befreien. Und ... vielleicht bist auch du sicherer, wenn ich fort bin, und sei es nur, daß Heinrichs Männer dir nicht mehr mit Argwohn begegnen. Davor wolltest du mich doch in deinem Brief warnen, nicht wahr?«

Margerite nickte stumm.

»Dann sei dies unser Lebewohl – meine Liebste.«

Bertram beugte sich vor, und seine Lippen berührten weich und warm Margerites Mund. Sie schmeckte das heiße Salz und spürte die Nässe auf seinen Wangen. Stille Tränen flossen aus seinen Augen wie aus ihren. Margerite schwieg, denn schon mit dem ersten Wort, das wußte sie, würde sie ihn anflehen, zu bleiben – wenigstens noch einen Tag oder eine Woche. Wenn Nikolaus die Wahrheit über Herrn Jakob gesprochen hatte, konnte sie Bertram Nahrung und Kleider für seine Fahrt beschaffen; sie konnte ihm Münzen und notfalls auch Geschmeide zum Verkaufen mitgeben; vielleicht konnte sie ihn sogar überreden, ein Roß zu nehmen, damit er schneller und leichter vorankam. Aber sie sah ein, daß es ihr nicht frommen würde, sich so an ihn zu klammern, weil sie sich im Wissen um seinen nahenden Abschied nicht scheuen würde, ihrer beider Leben und Ehre aufs Spiel zu setzen, nur um bei ihm sein zu können.

Bertram hielt Margerite umfaßt, und sein mächtiger Leib erzitterte, als kämpfte er mit einem überlegenen Feind. Dann ließ er sie los und schritt rasch und lautlos davon.

Erschüttert sank Margerite auf die niedrige Bank an der Mauer. Kamillenduft lag über dem Platz, auf dem Bertram gesessen hatte. Zu spät fiel ihr ein, daß er auch an ihrem Umhang haften würde, denn Kräuterbänke boten nicht nur Rast, sondern auch wohltuende Gerüche. Leise weinte sie und wiegte sich hin und her, die Arme um sich selbst geklammert und bemüht, kein Geräusch von sich zu geben. *Ich habe ihn verloren, ich habe ihn verloren,* dachte sie. *Er geht in den sicheren Tod, und ich werde ihn nie wiedersehen. Ich werde allein hier sein, als Heinrichs Gemahlin und – Maria sei mir gnädig! – Nikolaus schutzlos preisgegeben.* Verzweifelt wünschte sie, sie hätte Burg Falkenstein selbst gehalten, ihre Heirat mit Bertram verkündet und geschehen lassen, was ihnen Verhandlungsgeschick und Schlachtenglück beschert hätten. Selbst wenn sie bis zum zum Äußersten belagert worden wären, hätten sie zumindest frei von den dunklen Ränken des Ordens gemeinsam den Tod gefunden.

Und wenn wir gesiegt hätten? fragte sich Margerite. *Früher oder später wäre diese Kunde zu uns gelangt, und Bertram wäre allein ausgezogen, weil Burg Falkenstein nie ein Heer aufbieten könnte, um gegen Niederwald zu marschieren. Dann wäre ich verloren gewesen wie jede Gemahlin eines Kreuzfahrers, denn Heinrich und Günther hätten auf Rache gesonnen, und Günther hätte gewiß nie von mir abgelassen. Hier genießen Wolfram und ich wenigstens Heinrichs Schutz, und wenn ich mich von den Gedanken und der Macht der Lichtträger nicht verführen lasse, kann uns auch Nikolaus kein Leid zufügen.*

Als das lautlose Schluchzen nicht mehr in ihrer Kehle brannte, stand Margerite auf und wischte sich mit der Kappe die Tränen aus dem Gesicht.

Margerite hatte die Hälfte des Rückwegs entlang der Burghofmauer zurückgelegt, da hörte sie Schritte. Sie wandte den Kopf und sah einen Mann, der über den Hof auf den Kräutergarten zu strebte. Sie erstarrte wie ein Reh vor dem stechenden Blick einer Natter und klammerte sich an den Falkenanhänger, als wäre er ein schützendes Kreuz. Das Sternenlicht fiel auf den langen Schatten eines Schwertes, das um eine schlanke Hüfte gegürtet war, und blinkte fahl auf einem silbern durchwirkten dunklen Rock. Als Margerite Ritter Gottfried erkannte, schlug ihr das Herz bis zum Halse. Er hatte keinen Grund, so spät noch draußen zu sein – es sei denn, er hatte Bertram ertappt. Aber der Ritter schlief doch nicht bei seinen Männern. Hatte er in dieser Nacht vielleicht auch eine geheime Verabredung? Die Vorstellung, daß der strenge junge Ritter herumschlich, um unter den Linden ein Dienstmädchen zu umarmen, ließ ein entsetztes Kichern in Margerite hochsteigen, das sie nur mit Mühe unterdrücken konnte. Dennoch war ihr wohl ein leises Geräusch entfahren, denn Gottfried wandte sich auf der Stelle um und blickte mit der Hand auf dem Schwertgriff in ihre Richtung.

Ein kalter Schauder überlief Margerite. Selbst in der Dunkelheit mußte er sie sehen können. Die goldenen Flügel des Falkenanhängers bohrten sich schmerzhaft in ihre Handfläche. Gewiß würde er sie gleich anrufen – wie könnte es anders sein?

Aber der Ritter wandte sich zum Gehen und verschwand schließlich unter dem weinbehangenen Bogen des Tores zum Kräutergarten. Ohne sich lange zu besinnen, eilte Margerite zur Burgtür und in den Schutz der Mauern, bevor er zurückkehren konnte.

Als sie in ihr Gemach gelangte, war Wolfram aufgewacht und schrie in verzweifeltem Hunger, wie er es oft um diese Stunde tat. Rosa übergab das Kind schweigend seiner Mutter, aber so sehr er auch weinte, er spuckte Margerites Brust gleich wieder aus. Sie mußte ihn eine Weile wiegen und trösten, bevor er sich stillen ließ. *Und wer wird mich fortan trösten?* fragte sich Margerite, als Wolfram allmählich zur Ruhe kam. Sie gähnte und fühlte mit einem Schlag ihre Müdigkeit, als könnte das Fleisch die Qualen der Seele nicht mehr ertragen. Sie konnte sich kaum wachhalten, bis Wolfram wieder in der Wiege lag, und dann versank sie erschöpft in traumlosen Schlaf.

3. KAPITEL

Rosa weckte Margerite so rechtzeitig, daß sie Wolfram stillen und sich für die Messe ankleiden konnte. Margerite zauderte, ob sie die Falkenhalskette tragen sollte, die sie in der vergangenen Nacht gewiß behütet hatte. Es schien ihr nicht richtig, sich mit diesem Geschmeide in der Kirche zu schmücken. Aber würde Nikolaus, wenn sie es nicht tat, erahnen, daß sie aus aufrichtigem Herzen betete? Schließlich ließ sie die Kette liegen und legte sich ihr silbernes Kreuz um den Hals. Das heilige Zeichen spendete ihr jedoch nicht den erhofften Trost. Sie fühlte sich wie ein von einer großen Flut verwüstetes Flußufer und fragte sich, ob Bertram schon aufgebrochen war. Konnte er in der Nacht an den Wachen vorbeigelangt sein, ohne Verdacht zu erregen? Würde er zur Messe kommen, um einen letzten Tropfen Gnade zu erhalten, bevor er sich auf seinen entbehrungsreichen Weg begab? Margerite war hin- und hergerissen zwischen Hoffen und Bangen.

Heinrich, Christoph, Eva und Nikolaus warteten beim Tor zur Kapelle auf sie. Heinrich war in einen festlichen Rock aus dunkelblauem Brokat mit Fehfellbesatz gekleidet – eine Tracht, wie sie Margerites Vater getragen haben mochte, wenngleich aus feineren, für Ritter Martin unerschwinglichen Stoffen. Die beiden jüngeren Männer waren nach neuerer Art in enge Röcke und Hosen gewandet – Christoph in Hellblau und Gelb, Nikolaus in Dunkelgrün und Gelbrot. Alle drei Männer waren mit schweren Ketten und goldenen Ringen angetan. Eva trug dasselbe blaue Seidenbrokatkleid wie am Tag vorher, und Margerite bemerkte mit schlechtem Gewissen, daß es um die Schultern und den Busen bereits eng wurde und auch der Saum kürzer war, als es sich geziemte. *Wenigstens wird es hier nicht schwer sein, sie angemessen zu kleiden,* dachte Margerite, rechnete aber unwillkürlich die Kosten aus.

Eva brauchte mehrere neue Kleider, die ihrem Stand entsprachen, zumal Heinrich recht oft Lustbarkeiten zu veranstalten schien. Dazu kam der erschreckend hohe Preis für Margerites Zauberausstattung: zwei Roben aus reiner Seide sowie die kostbaren Metalle und Steine für die Herstellung ihrer Werkzeuge. *Kein Wunder, daß Ruprecht sein Vermögen nicht zusammenhalten konnte und soviel von Günther borgen mußte!* dachte sie erschaudernd.

Zusammen gingen sie in die Kapelle. Die Buntglasfenster über dem Altar, die in hellen Farben im Sonnenschein leuchteten, fielen Margerite sofort ins Auge: die kobaltblauen Gewänder der Jungfrau, der strahlend goldene Heiligenschein des Christuskindes, das Karmesin und Purpur, das sie umgab wie die reichen Behänge im Saal eines Kaisers. Heinrich hatte nicht übertrieben, als er die Erhabenheit der Fenster pries. Das Meßgeschirr war aus Silber gearbeitet und mit glänzenden Amethysten und Granaten besetzt, und wenn der Stiel des Kelches nicht hohl war, brauchte es einen starken Mann, ihn längere Zeit in die Höhe zu heben. Pater Michaels Gewänder standen der Pracht seiner Kirche in nichts nach. Die schwarze Kasel war mit silbernem und goldenem Stickwerk reich verziert, und an Brust, Rücken, Ärmelaufschlägen und Saum der weißen Linnenalbe schimmerten Seidenwebereien, die mit den Fenstern zu wetteifern schienen. Margerite trug ein goldgemustertes grünes Seidenkleid – eines der besten, das die Schneiderin in Freiburg geändert hatte. Dennoch fühlte sie sich ein wenig schäbig in der Kirche, vor allem, wenn sie Graf Wolfgang, seine Familie und die anderen Edelleute in der ersten Reihe betrachtete. Nur an Ritter Gottfried, der in schmerzhaft gerader Haltung den Blick auf das vergoldete Kreuz hinter dem Altar richtete, glitzerte kein goldenes Geschmeide. Aber sein schlichtes Wams war aus schönem, blauem Samt geschnitten und in den Ärmeln mit Seide gefüttert.

Als sie zwischen den stehenden Dorfbewohnern und Wachleuten hindurch zu ihren Sitzen in der ersten Reihe strebten, sah sich Margerite verstohlen nach Bertram um, doch er war nirgends zu sehen. *Er ist fort, und ich muß mich damit abfinden,* mahnte sie sich, aber die Stimme der Vernunft war wenig angetan, die kalte Leere in ihrem Inneren zu wärmen. *Ach,* dachte sie, als könnte er sie auf seiner Reise hören, *ich hielt es für eine große Qual, zu wissen, daß du in meiner Nähe bist, und nicht mit dir sprechen zu können. Wie hätte ich ahnen sollen, um wieviel schlimmer es sein würde, wenn du gar nicht mehr da bist?*

Als Heinrichs Familie Platz genommen hatte, stimmte Pater Michael mit volltönender Stimme die vertrauten Worte des Gottesdienstes an. Die Meßdiener in ihren weißen Alben und seidenen Roben schwenkten Weihrauchgefäße, und Margerite atmete tief ein. Aber so sehr sie sich auch mühte, das heilige Gefühl, das in dieser schönen Kapelle über sie hätte kommen müssen, wollte sich nicht einstellen. Pater Michaels Worte klangen ihr seltsam hohl in den Ohren, und sie konnte Nikolaus' Anwesenheit nicht völlig aus ihrem Bewußtsein verbannen. Sie meinte zu spüren, daß er jede Zeile der Gebete verhöhnte und verzerrte, bis sie klangen wie die jämmerlich verstimmte Saite eines Psalters. Sie mußte an die kleine Kapelle von Burg Hirschenberg mit den rauchenden Fackeln und den beiden Bienenwachskerzen denken, die auf dem einfachen Holzaltar leuchteten. Voller Freude hatte sie dort ihre Gebete aufgesagt, glücklich wie ein Kind und getragen vom erhebenden Gefühl Gottes in der Seele. Aber jetzt, welche Missetaten lagen in ihrem Herzen, was keimte darin herauf und ängstigte sie mit Vorahnungen? Es schien Margerite, als würden die hellgestrichenen Wände der Kapelle immer näher rücken und ihr den Atem nehmen.

Heilige Maria, steh mir bei! betete sie. Hatten die Ordenslehren ihre Seele bereits so angegriffen, daß sie eine anständige Messe nicht mehr ertragen konnte? Heimlich griff Margerite nach ihrem Rosenkranz. Mochten die kleinen Granatperlen auch wie Tand wirken im Vergleich zu den wunderschön geschnittenen Amethysten, die von Gräfin Annas silbernem Gürtel hingen, sie hatten ihr in dunklen Zeiten Trost gespendet. Als sie die glatten Steine umklammerte, wich das erstickende Gefühl von ihr wie eine dicke Wolke. Margerite konnte Nikolaus nicht sehen, ohne sich auf ungebührliche Weise umzuwenden, meinte jedoch das hämische Lächeln auf seinen geschürzten Lippen zu sehen. Sie fragte sich, ob er einen Zauber gewirkt hatte oder ob es nur seine Anwesenheit war, die das Haus Gottes befleckte. Und als Pater Michael ungerührt mit seiner Messe fortfuhr, dachte Margerite unwillkürlich: *Pater Etienne hätte es bemerkt – und etwas unternommen.*

Nach der Messe nahmen Heinrich und seine Gäste das Mittagsmahl im großen Saal ein und wandten sich dann angenehmen und ruhigen Beschäftigungen zu, die sich für den Sonntag geziemten: Unterhaltung, mäßiger Weingenuß, Stickereiarbeit sowie Schach und andere Brettspiele. Margerite entschuldigte sich, da es an der Zeit war, Wolfram zu stillen. Sie hatte den zweiten Stock noch nicht erreicht, als sie ein paar Stufen unter sich leichte Schritte hörte.

»Verzeiht, Frau Gräfin«, sagte Herr Jakob atemlos. »Ich habe vernommen, daß ihr einige Gegenstände von mir benötigt.«

Stirnrunzelnd blickte Margerite auf den halbkahlen Schädel des Alten. Offensichtlich hatte Nikolaus dafür Sorge getragen, daß sie bei ihren Vorbereitungen keine Zeit verlor, aber natürlich würde ihre Trägheit auch ein schlechtes Licht auf ihn als ihren Lehrer werfen. Herr Jakob stand mit gebeugtem Haupt und ineinander verschlungenen, knotigen Fingern – das Ebenbild eines vollkommenen Dieners. Und das ängstigte Margerite mehr als alles, was er sagen konnte, denn sie hatte bereits erlebt, wie sehr ihm Heinrich vertraute. Nikolaus hatte erwähnt, daß er auf Herrn Jakobs Geist eingewirkt hatte, und sie war sich völlig sicher, daß er Nikolaus jedes ihrer Worte melden würde.

»So ist es.« Schnell zählte Margerite aus einem Gedächtnis, das seit der Kindheit im Wiederholen von Haushaltslisten geübt war, alle erforderlichen Dinge auf und ließ nur jene Gegenstände – wie etwa die Haselrute für ihren Zauberstab – aus, die sie selbst finden mußte. Herr Jakob nickte bei jeder Nennung, als sei er bereits darüber unterrichtet, was er zu erwarten hatte. *Wie ermüdend muß es für echte Ordensmitglieder sein, fortgesetzt geprüft und bedrängt zu werden*, dachte Margerite. *Ich habe es schon jetzt satt.*

Widerstrebend befahl Margerite Herrn Jakob zuletzt, ihr eine Schaufel mit einer scharfen Kante zu besorgen. Das Salz vom Boden ihrer Zauberstätte zu entfernen war sicherlich keine leichte Aufgabe, aber sie war unvermeidlich, und je eher es geschah, desto besser. Und obgleich sie es sich nur ungern eingestand, in einem Winkel ihres Herzens sehnte sie sich nach der Kristallgrotte, in der sie einen Augenblick lang ein rauschhaftes Gefühl der Macht erlebt hatte.

»Es ist vielleicht am besten, wenn du diese Dinge bei Nikolaus hinterläßt, denn mein Gemach ist bereits übervoll«, fügte sie hinzu. Der Gedanke, Nikolaus zu vertrauen, erfüllte sie mit Unbehagen, aber andernfalls hätte sie Rosa irgendwie erklären müssen, wozu sie eine Schaufel brauchte.

»Wie Ihr wünscht, Frau Gräfin«, erwiderte Herr Jakob mit geneigtem Kopf. Es beunruhigte sie, daß er ihr nicht ein einziges Mal in die Augen geschaut hatte, während sie sprach. Sie fragte sich, was ihm Nikolaus angetan hatte und ob sie es vielleicht rückgängig machen konnte. Aber selbst wenn es in ihren Kräften gestanden hätte, erkannte sie mit einem Schauder des Schreckens, hätte sie sich damit verraten, denn Nikolaus würde gewiß nicht tatenlos zusehen, wie sich der Seneschall aus seiner Macht befreite. Obgleich sie keine Eide geleistet hatte, durch die die Lichtträger sie gebunden wähnten, verstrickte sie sich immer tiefer in ihr Netz. Von einer Sünde zur nächsten, schwereren Sünde …

»Die Burg verfügt gewiß über eine gute Näherin«, sagte Margerite lebhaft, um sich von ihren dunklen Gedanken abzulenken. »Richte es bitte so ein, daß Eva morgen für mehrere Kleider das Maß genommen wird, denn sie wächst aus ihren alten Gewändern allmählich heraus, und wir sind dafür verantwortlich, sie ihrem Stand gemäß auszustatten.«

»Es soll geschehen, wie Ihr sagt, Frau Gräfin«, sagte der Seneschall mit einer tiefen Verneigung. Als er sich zum Gehen wandte, ergriff Margerite noch einmal das Wort.

»Außerdem möchte ich demnächst mit dir die Bücher durchsehen. Du magst gewohnt sein, die Bücher selbst zu führen, da schon seit einigen Jahren keine Gräfin mehr auf der Burg weilt, aber ich will wissen, welches Vermögen wir haben und welche Einkünfte wir für das kommende Jahr erwarten – und sei es nur, um meine eigenen Bedürfnisse entsprechend zu mäßigen.«

»Seid versichert, daß Ihr keine Not zu leiden haben werdet, Frau Gräfin«, erwiderte Herr Jakob. »Graf Heinrich hat Befehl erteilt, daß Ihr für Euren Bedarf uneingeschränkten Zugang zu seiner Privatschatulle habt. Doch wenn Ihr es wünscht, so stehe ich Euch morgen Nachmittag in meinen Gemächern zur Verfügung.«

»Das ist alles. Du bist entlassen.«

Mit einer weiteren Verbeugung zog sich der Seneschall zurück, und der staubige Saum seiner grünen Robe fegte über die Stufen. Plötzlich jagte Kobold an Margerite vorbei und stürzte sich ausgelassen auf Herrn Jakobs kurze Schleppe. Der Alte sprang mit einem erstickten Winseln in die Luft und blieb als zitterndes Häufchen Elend auf der Treppe liegen. Eitel schnurrend lief Kobold einige Stufen nach oben und putzte sich, ohne sein Opfer aus den Augen zu lassen.

»Bist du verletzt?« fragte Margerite bestürzt.

Mühsam zog sich der Seneschall an der Steinmauer empor und starrte den schwarzen Kater an. Seine knorrigen Hände zitterten, und Margerite sah den Schrecken in seinem Gesicht, aber nicht nur diesen, sondern, so schien es ihr, auch einen Schatten, der seine blaßblauen Augen trübte wie die Anfänge eines grauen Stars.

»Ich bin unversehrt«, sagte Herr Jakob mit tonloser Stimme. Etwas unnatürlich Hölzernes lag in seinen Bewegungen, als er sich wieder zum Gehen wandte, und Margerite krallte die Fäuste in ihr Kleid. Nikolaus hatte ihn sich auf grauenvolle Weise unterworfen, und sie wußte, daß sie durch ihre Untätigkeit ihr stillschweigendes Einverständnis zu diesem Übel gab.

Pater Etienne würde trachten, diesen Bann zu durchbrechen, dachte sie. *Aber ich – selbst wenn ich es wagen würde, ich wüßte nicht wie. Es sei denn, ich widme mich ernsthaft dem Studium der Zauberei.* Diese Künste kennenzulernen, die schwarzen wie die weißen, war wie die Berührung einer Nessel: Wer leicht darüber streifte, fühlte ihr Brennen; wer aber keinen Schaden erleiden wollte, mußte sie rasch und kühn, mit voller Kraft und ohne Zögern ergreifen. Wenn sie weiter zauderte, würden die Sünden der Unterlassung – das Erkennen des Falschen, ohne einzuschreiten – immer schwerer auf ihr lasten wie

Schnee in einem Wintersturm und sie schließlich unter sich begraben, bis keine Befreiung mehr möglich wäre.

»Ich werde es tun«, flüsterte Margerite. »Ich muß es tun. Christus stehe mir bei, Heilige Maria stehe mir bei, daß ich in dem Streben, ein Übel zu überwinden, nicht einem anderen anheimfalle.« Während sie betete, strich ihr Kobold schnurrend um die Beine, als wolle er ihr ein Stück Fisch entlocken. Als sie auf den Kater hinabblickte, sah sie das Glitzern winziger Salzkristalle in seinem schwarzen Fell. Vielleicht hatte er sich wieder in den verborgenen Höhlen auf dem Boden herumgewälzt. Diese Vorstellung gab ihr die Hoffnung, daß wenigstens ihre Zauberstätte kein Ort der Verdammnis sein würde.

Der Rest des Nachmittags verging mit kurzweiligen Darbietungen von Heinrichs Spielleuten und Gauklern, während die vornehme Gesellschaft Wein trank, Backwerk knabberte und freundlich plauderte. Aber so gern sich Margerite von der Gesellschaft und den Künsten der Spielleute hätte ablenken lassen wollen, ihre Gedanken wandten sich immer wieder nach innen. Weder Gespräche noch Lieder noch die fremdartigen Gaukler mit ihren wirbelnden Gegenständen und schlagfertigen Späßen konnten verhindern, daß ihre Gedanken beharrlich um Bertrams Abschied und um ihren ungeheuerlichen Entschluß kreisten. Und als der größere der beiden Gaukler Kriemhild mit flinkem Griff von Evas Schoß zog und die schnurrende Katze hin und her schwenkte zwischen den Bällen, die er mit der anderen Hand in der Luft hielt, lachte Margerite zwar mit den anderen, aber unter der Maske der Fröhlichkeit fühlte sie das drückende Gewicht der Leere und der Furcht.

Als das Abendmahl seinem Ende zuging, litt Margerite an heftigen Kopfschmerzen, und ihr Hemd war klamm von kaltem Schweiß. Sie schickte Rosa in die Küche, um ihr einen Trank aus Kamille und Helmkraut zu bereiten. Gern hätte sie auch Baldrian hinzugefügt. Der jedoch würde sie schläfrig machen, und sie wollte nicht von ihrem Entschluß abrücken, die Arbeit an ihrer Zauberstätte in dieser Nacht zu beginnen. Während der Abwesenheit ihrer Dienstmagd holte Margerite aus den Tiefen einer Truhe ein dickes, schlichtes Kleid aus Winterwolle, das sie seit zwei Jahren nicht mehr gesehen hatte. Sie hatte es auf Burg Hirschenberg getragen, wenn in der Kälte Arbeiten zu verrichten waren, aber nach ihrer Hochzeit mit Ruprecht nie mehr. Eigentlich hatte sie es für Gertrude ändern lassen wollen … Sie schob den Gedanken von sich und verbarg das Kleid zusammen mit ihrem schwersten Umhang und mit Handschuhen unter der Bettdecke. Dann stellte sie kräftige Stiefel unters Bett, wo sie sie später finden konnte, ohne Rosa zu wecken.

Als die Dienstmagd eingeschlafen war, zog sich Margerite heimlich an. Sie schlich über den Gang zu Nikolaus' Gemach, und Kobold folgte ihr auf leisen Pfoten. Sie wußte, daß Nikolaus wach war, denn ein Lichtschimmer fiel durch sein Türschloß, und so klopfte sie sachte an die Tür.

Sie dachte schon, daß er sie nicht gehört hatte, und wollte gerade etwas lauter klopfen, als sich die Tür auftat.

»Ihr hättet auf meinen Ruf warten können«, klagte Nikolaus, sobald sich die Tür hinter Margerite wieder geschlossen hatte. »Diese Hast ist unziemlich.«

»Ich bin begierig darauf, meine Zauberstätte zu säubern – und Herr Jakob konnte meine Werkstoffe wohl kaum an einen Ort bringen, an dem meine Dienstmagd als erste darauf stoßen muß.«

»In der Tat«, räumte Nikolaus ein. »So nehmt Eure Schaufel, damit wir gehen können.«

Vor sich hin murmelnd ließ sich Nikolaus von Margerite durch die Höhlen führen. Sie erinnerte sich mühelos an die Abbiegungen, denn obwohl sie erst einmal hier unten gewesen war, schien ihr der Weg seltsam vertraut, und sie zweifelte nicht daran, daß sie ihn auch allein finden würde. Kobold preschte voraus, und seine schwarze Gestalt schien mit den Schatten zu verschmelzen. Mit peitschendem Schwanz blieb er immer wieder stehen und wälzte sich schnurrend auf dem Boden, als hätte er Katzenminze gefressen.

Zu Margerites Überraschung ließ sich die dicke Kruste aus glitzernden Salzkristallen leicht vom Boden ihrer Zauberstätte entfernen. Sie hatte damit gerechnet, jede Handbreit mühsam abschlagen zu müssen, aber die Arbeit schien kaum schwerer als das Auskehren mit einem Besen und wäre noch leichter gewesen, wenn sich Kobold nicht in jeden von ihr zusammengescharrten Haufen gestürzt und die weißen Splitter wieder über den Boden verstreut hätte. Trotz der Kälte in der Höhle war ihr in den Kleidern angenehm warm, und die ungewohnte Anstrengung verscheuchte rasch alle düsteren Gedanken. Voller Befriedigung beobachtete sie, wie unter ihrer Schaufel in langen, dunklen Bahnen der Fels zum Vorschein kam. Nikolaus war nicht geblieben, um ihr bei der Arbeit zuzusehen, sondern war zu seiner eigenen Zauberstätte gegangen. Immer wieder hörte Margerite seine Stimme durch die Höhlenwände hallen, aber die Worte blieben unverständlich.

Als Nikolaus zurückkehrte, hatte Margerite ihren ganzen Bereich vom Salz gesäubert. Er stand starrend im Eingang, ehe er die Sprache wiederfand.

»Das hätte nicht so schnell geschehen dürfen«, erklärte er schließlich. »Faßt den Fels an. Wenn er zu feucht ist, müssen wir eine andere Grotte für Euch suchen.«

Margerite bückte sich und legte die Hand auf den Stein zu ihren Füßen. Er war kaum feuchter als die Steinmauern einer Burg. Die Farbe für den Kreis würde sich leicht auftragen lassen. »Es ist trocken genug«, entgegnete sie.

Nikolaus schüttelte den Kopf und gab ihr mit einem Wink zu verstehen, sie möge ihm folgen. Als sie sich wieder in seinem Gemach befanden, stieß er ihr den Sack mit den Werkstoffen grob in die Arme. »Was Ihr benötigt, findet Ihr hier, und Ihr wißt, was Ihr zu tun habt. Bis nach der Johannisnacht will ich von Euch nicht mehr gestört werden. Ihr werdet ohnehin länger brauchen, um Eure Werkzeuge anzufertigen und den Kreis in Eure Zauberstätte zu malen. Ihr besitzt bereits ein Schwarzes Buch, so macht Euch daran, Euch Eure Korrespondenzen einzuprägen, denn Ihr müßt den Namen und das Wesen aller planetarischen Kräfte kennen, ehe Ihr sie Eurem Zauberstab einfügen könnt, und auch die Korrespondenzen der Elemente und der Baum der Qlippoth müssen Euch vertraut sein.«

Bei dem fremden Namen lief Margerite ein Schauer über den Rücken. »Ich habe noch nicht so weit gelesen …« begann sie zögernd.

»Dann tut es! Wenn Ihr bei Euren ersten Beschwörungen nicht die unerläßlichen Kenntnisse besitzt, werdet Ihr es mit dem Leben bezahlen.« Seine Stimme war fast zu einem Schrei angeschwollen, und die Pausbacken waren dunkel angelaufen. *Das ist kein Zorn, sondern Furcht. Er weiß, wie wenig er zum Lehrer taugt und welche Strafen seiner harren, wenn er versagt.*

»Ich werde mich daran halten. Habt Ihr mir noch mehr zu sagen?«

»Nichts, was Euch von Nutzen sein könnte, solange Ihr nicht mehr wißt.«

»Dann gute Nacht, Nikolaus«, sagte Margerite und zog sich zurück, ehe er sie fortschicken konnte. Es war ein kleiner, läppischer Sieg, aber sie wußte bereits aus Erfahrung, wie schwer solche Dinge für Nikolaus wogen. Wenn sie ihn auf diese Weise aus der Fassung bringen konnte, war er auch weniger imstande, ihre wahren Gedanken zu durchschauen.

Und was hatte Nikolaus in der Johannisnacht vor? Gewiß nichts Gutes, aber Margerite wußte nicht, wie sie seine Pläne ergründen oder gar durchkreuzen sollte. Sie fühlte sich wie ein junger Page, der in die vorderste Schlachtreihe befohlen worden ist, noch bevor seine Arme stark genug sind, um Schwert und Lanze richtig zu führen. Sie konnte nur beten und auf Gottes Gnade hoffen.

Graf Wolfgang und seine Familie brachen am nächsten Morgen kurz nach Anbruch der Dämmerung auf und verabschiedeten sich mit inniger Umarmung von Heinrich und Margerite. Danach sandte Margerite einen Pagen nach der Näherin der Burg, um sie mit ihren feinsten Stoffen in Evas Gemächer zu bestellen.

Als die Anprobe vorüber war und die Frauen in den äußeren Burghof hinuntergegangen waren, trugen die Männer – auch Heinrich, wie Margerite überrascht sah – schon volle Rüstung. Nur Christoph unterwies Georg noch geduldig im Anlegen seiner Kniekacheln.

»Fester – ja noch ein Loch enger, sehr gut. Die Platte darf nicht jedesmal wegrutschen, wenn ein Schlag darauf trifft.« Georg sah mit besorgtem Ausdruck zu seinem Ritter auf, und Christoph klopfte ihm lachend auf die Schulter. »Nur Mut, Knappe. Bald wirst du jeden Handgriff beherrschen, so wie ich ihn brauche. Glaube mir, ich war in den ersten Tagen am Hof deines Vaters viel unbeholfener, und ich wundere mich heute, wie selten ich dafür mit einer Backpfeife belohnt wurde. Jetzt das andere Knie, geschwind, denn alle stehen schon zum Wettkampf bereit, und wir halten sie auf. Wo ist eigentlich Bertram?« Er sah sich um, während Georg seinen Brustharnisch über das Lederhemd schnallte und die zwei Ketten einhakte, die vom unteren Rand zum Schwert und Dolch liefen, damit er die Waffen nicht verlor, wenn sie ihm aus der Hand geschlagen wurden. »Ich habe ihn auf Burg Falkenstein kämpfen sehen, und ich brenne darauf, mich mit ihm zu messen.«

Ritter Gottfried legte die Stirn in Falten. Umrahmt von der stählernen Kesselhaube und der Halsberge wirkten sein Gesicht noch hagerer und seine grauen Augen dunkler. »Er hatte am Sonntag Wachdienst. Seitdem ist er nicht mehr gesehen worden, und niemand weiß, wo er ist. Vor zwei Stunden habe ich die Suche nach ihm aufgenommen. Seine Kleider und Rüstung fehlen, aber sonst nichts.« Mit starrem Blick wandte er sich an Margerite. »Habt Ihr ihn mit einem Auftrag ausgesandt?«

»Nein«, erwiderte Margerite gefaßt. Sie hatte feuchte Hände, aber ihr Atem und Herzschlag blieben ruhig. »Ich weiß nicht, wo er ist.« Und das entsprach der Wahrheit.

»Glaubt Ihr, daß er vielleicht nach Burg Falkenstein zurückgekehrt ist?« drängte der Ritter mit dem Raubvogelgesicht. »Die Soldaten dort sind ihm treu ergeben. Vielleicht hat er die Absicht, die Burg zu erobern.«

»Wäre er lieber dort geblieben, hätte er es rechtzeitig gesagt«, erwiderte Margerite mit ruhiger Stimme. »Und er wird mich auch nicht verraten. Aber nach allem, was ich von ihm weiß, ist er ein stolzer Mann und hat es gewiß übel aufgenommen, daß er behandelt wurde wie ein Verdächtiger. Meines Erachtens kann es wohl sein, Ritter Gottfried, daß Ihr ihn vertrieben habt und daß er sein Glück anderswo versuchen will – und daß Ihr Graf Heinrich mit Eurem Argwohn gegen Bertram keinen guten Dienst erwiesen habt.«

»Langsam, Margerite«, warf Heinrich ein und trat zwischen seine Gemahlin und den Ritter. »Du mußt zugeben, daß es seltsam und wohl auch verdächtig aussieht, daß dein Gefolgsmann so schnell und ohne ein Wort verschwunden ist – wenn ich nicht irre, hat er nicht einmal seinen letzten Monatssold erhoben.«

»So ist es«, bestätigte Gottfried. »Und ein aufrichtiger Mann würde sich nicht so verhalten. Unsere Wachen sind keine Sklaven, und Bertram hätte durchaus seinen Abschied nehmen, den ihm zustehenden Sold einfordern und seiner Wege gehen können. Nur ein Mann mit unlauteren Absichten würde bei Nacht davonschleichen. Für mich beweist seine Flucht, daß all meine Zweifel wohlbegründet waren.«

»Warum sollte er ausgerechnet Euch in seine Angelegenheiten einweihen, wenn ihn doch anscheinend Euer Mißtrauen zum Gehen veranlaßt hat?« sagte Margerite herausfordernd.

Röte breitete sich über Gottfrieds kantige Wangenknochen, aber Heinrich schaltete sich ein, bevor der junge Ritter antworten konnte. »Es ist Ritter Gottfrieds Pflicht, sich der Ehrlichkeit meiner Männer zu versichern. Bertram als ehemaliger Hauptmann von Ruprechts Wache hätte das verstehen und mit einem gewissen Mißtrauen rechnen müssen, solange er mir seine Treue nicht bewiesen hatte. Als verantwortungsvoller Hauptmann hätte er gewiß nicht anders gehandelt.«

Margerite wußte nicht, was sie sagen sollte. Sie durfte nicht zu heftig für Bertram eintreten, um keinen Verdacht zu wecken. Auch seine Flucht konnte sie nicht erklären, ohne ihr Wissen über seine Absichten zu verraten. Und Heinrichs Worte klangen nur vernünftig. Dennoch …

»Hätte man nicht«, setzte sie nach, »seine frühere Stellung und die mir erwiesene Treue mehr in Anschlag bringen können? So wahr mir Gott helfe, Bertram hat mich stets gut behütet, auf Burg Falkenstein und auf Reisen, im Krieg wie im Frieden, und hat nie versucht, mir etwas Böses anzutun. Ich habe ihn aus Vertrauen hierhergebracht, und Ihr habt ihn wie einen gebrandmarkten Verbrecher behandelt, Ritter Gottfried!«

»Auch ich habe Bertram für einen aufrichtigen Mann gehalten«, fügte Christoph unerwartet hinzu. »Und« – er bedachte seinen Vater mit einem scharfen Blick – »ich hätte gemeint, daß er unser Vertrauen verdient.«

Heinrichs Miene verfinsterte sich. »Er wurde behandelt, wie es seine Stellung rechtfertigte. Voreiliges Vertrauen kann leicht mit Verrat gedankt werden.«

Christoph zog zischend die Luft ein und blickte grimmig drein. Erschrocken erkannte Margerite, was Heinrich und sein Sohn dachten: Bertram war Ruprechts Gefolgsmann gewesen und wußte um die Umstände von Graf Günthers Tod. Was, wenn er dieses Geheimnis an Verbündete Günthers verkaufen oder es ihnen in der Hoffnung auf Beförderung verraten würde? Jetzt verstand sie, warum sich Heinrich so schnell damit einverstanden erklärt hatte, Bertram mitzunehmen: Auf Burg Fürstensee konnte er den früheren Hauptmann im Auge behalten. Wenn Bertram gefaßt würde, diese Gewißheit spürte sie bis in die Knochen, würde Heinrich ihn nicht mehr lebend aus seiner Burg fortziehen lassen.

»Was habt Ihr unternommen, um ihn zu finden, Gottfried?« fragte Heinrich.

»Sobald ich sicher war, daß sich Bertram nicht mehr innerhalb der Burg befand, habe ich einen kleinen Trupp bewaffneter Reiter mit Hunden ausgesandt, die an seinem Bettzeug seine Fährte aufgenommen haben«, erwiderte Gottfried. »Sie haben Befehl, ihn zurückzubringen und ihn zu töten, falls er sich zur Wehr setzt.«

»Gut gemacht. Und schicke jemanden ins Dorf hinunter, um festzustellen, ob er nicht dort ist. Es wäre nicht das erste Mal, daß ein Wachmann bei einer Frau aus dem Dorf verschlafen und sich damit ein paar Peitschenhiebe verdient hat. Auch Ihr und Ritter Dietrich werdet sogleich aufbrechen, um Bertram aufzuspüren. Jeder von Euch soll drei oder vier Reiter mitnehmen. Bertram darf unter keinen Umständen die Grenzen meines Landes überqueren, gleich, ob Ihr ihn fassen könnt oder ihn erschlagen müßt. Wenn andere in seiner Begleitung sind, kämpft, wenn Ihr glaubt, die Oberhand behalten zu können. Andernfalls kehrt Ihr sogleich um, um Verstärkung zu holen.«

»Dennoch glaube ich, daß du falsch über Bertram urteilst«, beharrte Margerite. Heinrich tätschelte ihr lachend mit einem Panzerhandschuh die Wange.

»Wenn es so ist, dann wird er gewiß in aller Stille zurückkommen und eine Erklärung geben können. Und in diesem Fall werde ich ihn auch nicht allzu hart bestrafen, obwohl ich es nicht gern sehe, wenn meine Wachen ohne Ankündigung ihren Posten verlassen.«

Du lügst mich an, dachte Margerite. Heinrich hatte sie bei seinen Worten mit dem aufrichtigen Gesicht eines Ochsen angesehen, aber sie wußte, daß er längst nicht mehr Herr seiner Länder gewesen wäre, wenn er nicht beizeiten die Kunst der Verstellung erlernt hätte. *Vor einem Jahr war ich nicht so mißtrauisch*, erkannte sie traurig, *aber ich habe zuviel erlebt, um noch ohne Arg sein zu können.* Wenn Bertram zurückkommen würde, würde man ihr gewiß nicht gestatten, seinem Verhör beizuwohnen, und sie würde die Kunde von seinem Tod aus zweiter Hand erfahren. Diese Einsicht löste eine Verzweiflung in ihr aus, der sie sich sonst nie und nimmer anheimgegeben hätte.

»So freut Euch an Eurer Kurzweil«, sagte Margerite leichthin. »Ich kann nicht bleiben, denn ich habe eine Verabredung mit Herrn Jakob, der versprochen hat, mir heute Einblick in die Bücher der Burg zu gewähren.«

»Wollt Ihr das wirklich?« fragte Christoph. »Das ist eine ermüdende Arbeit, und Ihr kennt Euch noch kaum aus auf der Burg. Wollt Ihr es Euch nicht einige Tage lang wohl sein lassen, bis Ihr Euch besser eingewöhnt habt?«

»Eva mag hier bleiben, um Euch zuzusehen«, erwiderte Margerite, und aus der Röte auf seinen runden Wangen erkannte sie, daß sie Christophs eigentliches Anliegen erraten hatte.

Nur mit Mühe bezwang Margerite den Drang, die Stufen bis zum dritten Stock hinaufzulaufen. Wäre sie bereits mit Zauberstab und Dolch, Pokal und Pentagramm versehen gewesen, hätte sie ihre Absicht vielleicht selbst in die Tat umsetzen können. Aber sie wußte noch zu wenig. So widerlich ihr der Gedanke erschien, ihre einzige Hoffnung war Nikolaus. Er war nicht bei den anderen Männern unten gewesen, und er war ja ein Langschläfer; gebe Gott, daß er sich noch in seinen Gemächern aufhielt! Die Ungehörigkeit dieses Gedankens ließ sie kurz innehalten, dann drängte sie weiter, denn Bertrams Leben stand auf dem Spiel. Es waren gewiß nur lächerliche Riten, die sie von Nikolaus lernen oder die er selbst ausführen konnte, um Bertram zu schützen, aber sie würden ihm vielleicht das Leben retten.

Vor Nikolaus' Tür blieb Margerite stehen. Sie hörte seine Stimme, und obgleich sie die Worte nicht verstand, kroch ihr das leise Gemurmel über die Haut wie die trockenen Schuppen einer Natter. Sie hob die Faust, doch statt anzuklopfen, ließ sie sie wieder sinken.

Was ist schon ein weiterer kleiner Fleck auf meiner Seele gegen das Leben meines Liebsten? beschwor sie sich. *Wenn es für Wolfram wäre, würde ich keinen Augenblick zögern.*

Nikolaus' Stimme hob und senkte sich leiernd, und einzelne Bruchstücke drangen wie Spinnweben an ihr Ohr. *»Dominus Lucis … Imperator Infernis … Seductor et Magister Hominum … Daemonum Magister …«*

Margerite wollte sich fliehend abwenden, doch sie hielt sich zurück. *Geschwind, geschwind!* drängte es in Margerites Seele. *Die Häscher sind Bertram auf der Spur; wenn du nicht handelst, werden sie ihn zur Strecke bringen wie ein Wild.* Der Gedanke ließ ein schreckliches Bild in ihr wiedererstehen: Eckhardts Großvater, der mit einem Pfeil in den Eingeweiden strauchelnd floh, während Ruprecht hinter ihm das Halali blies. Auch Heinrichs Männer würden Bertram auf diese Weise jagen oder ihm noch Schlimmeres antun, wenn sie ihn lebend fingen …

Schluchzend hob Margerite erneut die Hand.

»Inimicus fidei … Humani generis mortis repertor …« Sie konnte die Worte deutlich verstehen – *Feind des Glaubens … Todesschöpfer der Menschheit …* –, und Margerite meinte Bertram zu hören, als ob er vor ihr stünde: *Ich werde zur Heiligen Jungfrau Maria beten, daß sie gnädig auf meine Buße blickt.*

Wieder ließ Margerite die Hand sinken und griff nach dem Rosenkranz an ihrem Gürtel. Auch wenn er allein und nur mit dem Segen ihrer Gebete ging, spürte sie in ihrem Innersten, daß Bertram einen Kreuzzug zu bestehen hatte, der so gefährlich war wie jede Reise ins Gelobte Land. Sie konnte ihm mit bösen Kräften nicht beistehen, und es überstieg ihre Fähigkeiten, bessere Mächte zu beschwören. So konnte sie nur aus tiefstem Herzen ausrufen: *Heilige Maria, hilf deinem Ritter!*

Bevor sie weinend von jemandem angetroffen werden konnte, trocknete sich Margerite mit dem Ärmel das Gesicht und ging in ihr Gemach. Nachdem sie Rosa weggeschickt hatte, schob die Gräfin einen dicken Teppich beiseite und kniete sich auf den kalten Stein. Dort betete sie, bis die Knie taub wurden und ihr der Rücken vor Krämpfen schmerzte. Erst als Wolfram bitterlich nach ihrer Brust schrie, stand sie auf, denn diese Not würde die Jungfrau gewiß verstehen.

Ritter Gottfried kehrte an diesem Abend und auch an den beiden folgenden nicht zurück. Er sandte nur hin und wieder einen Mann aus, um Heinrich mitzuteilen, daß sein Trupp immer noch nach Bertram suchte. Sofern es ihre Pflicht zur Höflichkeit nicht anders verlangte, teilte Margerite ihre Zeit zwischen inbrünstigen Gebeten und – wenn sie Rosa zur Erledigung eines Auftrags aussandte – der Arbeit an ihren magischen Werkzeugen und dem Studium des Schwarzen Buches.

Bleich unter dem Schmutz von fünf Tagen und Nächten in den Wäldern und noch hagerer als vorher, ritt der junge Ritter mit seinem Knappen Arnmut am Samstag morgen durch die Tore von Burg Fürstensee.

»Was ist Eure Kunde?« fragte Heinrich, als Gottfried im großen Saal vor ihn trat. Der Ritter nahm seinen Helm ab und kniete sich barhäuptig vor seinen Herrn. Margerite bemühte sich, weder Furcht noch Hoffnung durch ihre starren Züge dringen zu lassen.

»Herr Graf, wir haben Bertrams Spur gefunden, aber er ist ein gewandter Waldgänger und ist uns entkommen. Er scheint nach Norden zu streben und ist in Graf Wolfgangs Land eingedrungen.«

Heinrich runzelte die Stirn und dachte angestrengt nach. Margerite brauchte keinen Zauber, um seine Gedanken zu erraten. Es geziemte sich nicht, durch die Länder eines anderen Grafen zu reiten, ohne seine Erlaubnis einzuholen, zumal Graf Wolfgangs Hilfe gewiß auch von großem Nutzen wäre. Andererseits bestand die Gefahr, daß Bertram sein Geheimnis verraten würde, um sein Leben zu retten oder sich zu rächen.

»Bittet Graf Wolfgang um Erlaubnis, einen Entflohenen zu suchen«, sagte Heinrich schließlich. »Wenn mein Freund seine Hilfe anbietet, nehmt Ihr sie an, aber bittet nicht darum. Sollte er sich Euch bis über die Grenze von Graf Wolfgangs Gebiet hinaus entziehen können, dann ...« Heinrich drehte eine graue Bartsträhne zwischen den Fingern. »Wolfgang ist mein Freund und Verbündeter, aber jenseits seiner Grenzen wird es gefährlicher. Glaubt Ihr, daß Ihr Bertram allein überwältigen könnt?«

»Ob ich in einem gerechten Kampf gegen ihn die Oberhand behalten kann«, antwortete Gottfried mit stolz erhobenem Haupt, »kann sich nur zeigen, wenn wir unsere Klingen kreuzen. Aber ich darf behaupten, daß er mich – wenn ihm nicht göttlicher Beistand zuteil wird – nicht erschlagen kann, ohne selbst schwere Wunden davonzutragen.«

»Und wenn sich Bertram nicht irgendwie ein Streitroß verschafft, sitzt Ihr und Euer Knappe beide zu Pferde, während er zu Fuß ist«, ergänzte Heinrich vielsagend.

»Danach hattet Ihr mich nicht gefragt, Herr Graf« sagte Gottfried mit gekränkter Stimme. »Wenn zwei gegen einen kämpfen, läßt sich der Ausgang viel leichter voraussehen.«

Dir steht nicht der Sinn danach, bei einem ungerechten Kampf zu den Siegern zu zählen, aber du wirst tun, was dir dein Graf befiehlt, dachte Margerite traurig, als sie ihn betrachtete. Obwohl sie Ritter Gottfried nicht unbedingt ins Herz geschlossen hatte, erfüllte sie seine Zerrissenheit zwischen Pflichtbewußtsein und Ritterlichheit mit tiefem Mitleid. *Mit diesem Auftrag wird es das beste für dich sein, Gottfried, wenn du Bertram nie findest, denn wenn du nach deinem Befehl kämpfst und nicht dein Leben verlierst, wird deine Ehre für immer befleckt sein. Möge Christus dich vor dieser schlimmen Wahl bewahren; möge die Heilige Maria euch beide schützen und euch gnädig sein.*

Ritter Gottfrieds graue Augen flackerten, als hätte sie laut gesprochen. Aber schon fuhr Heinrich fort: »Ich sehe, daß Ihr müde seid von Eurem harten Ritt. Ruht Euch ein wenig aus, wascht Euch und nehmt eine Wegzehrung mit. Herr Jakob wird Euch mit allem versorgen, dessen Arnmut und Ihr bedürft.«

»Ich danke Euch, Herr Graf«, sagte Gottfried und verneigte sich. Den Rücken gerade wie die Lanze eines Herausforderers, zog er sich zurück.

Heinrich wandte sich zu Margerite. »Hältst du Bertram noch immer für unschuldig, jetzt, da er so schnell aus meinem Land geflohen ist?«

»Ich weiß nicht, was ich denken soll«, erwiderte Margerite. »Ich hoffe, daß Ritter Gottfried ihn nicht angreift, bevor Bertram sprechen kann.« *Ich wünsche es auch für Gottfried, denn er mag zwar erfahren im Krieg sein, aber Bertram hat sich mehrere Jahre lang auf viel grausameren Schlachtfeldern bewähren müssen, und es wäre traurig, wenn ein junger Mann um einer Lüge willen sein Leben lassen müßte.*

»Gottfried ist ein Mann des Gewissens«, versicherte ihr Heinrich. »Wie er die Dinge auch beurteilen mag, wenn es an der Zeit ist, ich vertraue darauf, daß er mich nicht im Stich läßt.«

An diesem Tag erschien Nikolaus nicht zum Mittagsmahl und ließ durch einen Diener bestellen, er leide an einer Erkältung und wünsche ungestört zu bleiben. Heinrich nahm die Nachricht mit einem Stirnrunzeln auf.

»Der Junge scheint immer zu kränkeln«, sagte er. »Margerite, bist du nicht kräuterkundig? Nikolaus weigert sich beharrlich, sich von unserem Arzt Ernst pflegen zu lassen. Vielleicht wird er einen Heiltrank aus deinen zarten Händen bereitwilliger entgegennehmen.«

»Ich habe schon mit ihm gesprochen«, antwortete Margerite zögernd. »Ich denke, daß er in wenigen Tagen wieder wohlauf sein wird.«

»Es wäre schade, wenn er die Sonnwendfeier am Montag versäumen würde«, grübelte Heinrich. »Das Volk von Fürstensee glaubt fest daran, daß es den Männern meines Geschlechts Glück bringt, die Feuer in ihren Dörfern, auf dem Berg und hier auf der Burg zu entfachen. Und weshalb sollten wir uns gegen einen Brauch stellen, an den sich meine Familie seit Generationen hält?«

»Vater«, sagte Christoph, dessen graugrüne Augen unternehmungslustig blitzten, »was Nikolaus fehlt, ist nur ein wenig Bewegung, um das überschüssige Fett am Bauch zu verlieren. Würde er wie wir am Morgen früh aufstehen und sich zu den Waffenübungen in den Burghof begeben, wäre er bei besserer Gesundheit. Ich glaube, es würde ihm nicht schaden, wenn ich ihn aus seinem Zimmer jagen würde, damit er einer mannhaften Beschäftigung nachgeht. Ich wette eine Silbermark darauf, daß ich ihm die Erkältung aus den Knochen schütteln kann. Und falls er danach ein wenig verdrießlich ist, kann er den Trübsinn leicht mit einem Becher Wein vertreiben.«

Eva klatschte lachend in die Hände, und Heinrich grinste in seinen Bart. »Vielleicht sollte ich diese Wette annehmen«, erwiderte der Graf. »Es tut Nikolaus nicht gut, bei Tag und Nacht drinnen zu sitzen und zu lesen, und wenn er wirklich krank ist und sich nicht nur verstellt, wie es mich manchmal dünkt, wird sich das bald erweisen. Was denkst du, Margerite?«

»Ein trefflicher Plan«, antwortete sie, ohne zu zögern. Wenn Nikolaus aus seinen Meditationen gerissen und dazu gebracht werden konnte, zu essen und zu trinken und damit sein unheiliges Reinigungsfasten zu durchbrechen… dann ließ sich mit Gottes Hilfe vielleicht der schreckliche Ritus vereiteln, auf den er sich vorbereitete. Der Gedanke, Christoph zu seinem Bruder hinaufzuschicken, erfüllte Margerite mit leichtem Unbehagen, aber sie konnte sich nicht vorstellen, daß sich Heinrichs älterer Sohn damit einer wirklichen Gefahr aussetzte.

»Nun denn!« Christoph sprang leichtfüßig auf und rannte hinaus.

Heinrich wartete kurz und legte dann die Hand ans Ohr, wie um in Richtung des alten Turmes zu horchen. »Jetzt werden wir gleich Schreie und scheppernde Möbel hören«, flüsterte er mit gespielter Sorge. Eva und Margerite lachten.

Es dauerte jedoch einige Zeit, bis Christoph wieder erschien, und als er durch die Tür trat, schien er blasser, und kalter Schweiß stand auf seiner breiten Stirn.

»Nikolaus ist wahrlich krank«, erklärte er. »Es liegt ein ungesunder Dunst in seinem Gemach. Er behauptet, daß er keine Arznei braucht, aber ich glaube, wir sollten Ernst zu ihm senden.«

»Ich werde ihn begleiten«, sagte Margerite und erhob sich. »Wenn sich Nikolaus' Zustand verschlimmert hat, seit ich ihn zuletzt gesehen habe, muß er vielleicht zur Ader gelassen werden. Er scheint einen beständigen Überschuß der phlegmatischen Körpersäfte zu haben.«

»Genau das sagt auch Ernst«, bemerkte Heinrich. »Zumindest kannst du meinen Sohn vielleicht überreden, seine Gemächer ausräuchern zu lassen und eine Arznei zu nehmen.«

Der Medikus von Burg Fürstensee war ein kleiner, pedantischer Mann, dessen graue Robe mit Goldbrokat eingefaßt und an den Ärmeln etwas zu lang war. Das Gewicht seiner schwarzen Tasche mit heilkundlichen Geräten verlieh seiner Haltung eine leicht seitliche Neigung. Aber er schien kenntnisreich und disputierte leidenschaftlich über eine mögliche Behandlung für Nikolaus' Beschwerden, während er zusammen mit Margerite die Treppe hinaufschritt.

»Sein Blut ist zu dick und träge, das habe ich schon immer gesagt«, versicherte Ernst. »Er sollte zweimal im Monat zur Ader gelassen werden, um die phlegmatischen Säfte abzuleiten, die an diesen Erkältungen und dem feuchten Husten schuld sind, und sich mit warmen Speisen nähren, bis ein besseres Gleichgewicht erreicht ist. In Wein eingelegtes Hahnenfleisch ist gut zur Erhitzung des Blutes, so wie auch Pfeffer, der zwar teuer ist, aber dennoch billiger als viele andere Arzneien, die manche meiner Confratres dem Sohn eines Grafen verschreiben würden. Wildschwein sollte öfter auf seinem Teller erscheinen als gewöhnliches Schweinefleisch, denn Wildtiere sind ihrem Wesen nach heißer und trockener als Haustiere, und Neunaugen und Aale sollte er überhaupt nicht anrühren. Ich habe es Hildegard schon oft erklärt, aber sie beharrt darauf, am Freitag Aal aufzutragen, und kocht ihn dann nicht einmal in Wein, um sein kaltes, feuchtes Wesen auszugleichen. Wie solch eine unwissende Frau Köchin in dieser Burg sein kann, ist mir ein Rätsel.« Beim Blick auf den runden

Bauch des Arztes dachte Margerite, daß er wohl sehr genau wußte, warum Hildegard ihre Stellung innehatte, doch sie war nicht so unhöflich, es auszusprechen.

»Für Nikolaus' jetzige Behandlung werde ich, wenn wir ihn zur Ader gelassen haben, eine besondere Brustsalbe aus Olivenöl und Kräutern der Sonne und des Mars zubereiten, um ihm ein feurigeres und männlicheres Temperament einzuflößen – stimmt Ihr mir zu? Es ist die richtige Jahreszeit für eine solche Behandlung, auch wenn wir besser ein Horoskop stellen sollten, um zu wissen, was die Sterne für uns bereithalten.«

Als Nikolaus an die Tür trat, wirkte er tatsächlich bleich und abgehärmt, und eine ungesunde graue Farbe lag auf seiner Gesichtshaut. Margerite vermutete, daß er die ganze Nacht durchwacht und mindestens seit Mitternacht gefastet hatte – und diese Kasteiung hatte ihre Spuren hinterlassen. Er war in eine schwere Robe aus schwarzem Samt gekleidet, die unter dem Bauch lose mit einem silbernen Gürtel zusammengebunden war. Margerite erkannte sogleich, was Christoph mit dem ungesunden Dunst gemeint hatte, denn durch die offene Tür drang ihr ein schwacher Hauch von etwas Modrigem und Feuchtem in die Nase.

»Was willst du?« Der Sohn des Grafen starrte Ernst böse an. »Ich brauche keine Behandlung und auch keine Arznei von dir.«

»Wenn Ihr krank seid, müßt Ihr behandelt werden. Es ist der Wunsch Eures Herrn Vaters.«

»Und es ist mein Wunsch, von dir nicht gestört zu werden, und ich werde ihn durchsetzen, solange ich noch die Kraft habe, um ein Schwert zu führen. Fort mit dir – dein Anblick quält mich mehr als alle faulen Gerüche.«

Der Burgmedikus wich einige Schritte zurück und sah aus, als hätte er sich am liebsten hinter Margerite versteckt. Wahrscheinlich war es nicht das erste Mal, daß Nikolaus seinen Mißmut an ihm ausließ. Trotzdem blieb er standhaft und sprach mit zitternder Stimme weiter. »Wollt Ihr nicht wenigstens die Frau Gräfin einlassen, damit sie nachsehen kann, wie Euch zu helfen ist? Und behandelt sie höflich, sie ist die Gemahlin Eures Vaters.«

»Das ist mir bekannt«, fauchte Nikolaus. »Margerite darf eintreten, aber du verschwindest und kommst nicht zurück!«

Ernst huschte davon und hielt dabei mit der freien Hand seine Robe hoch. Nikolaus winkte Margerite herein und ließ die Tür krachend ins Schloß fallen.

»Was hat das zu bedeuten?« fragte er drohend. »Warum werde ich plötzlich bei meinen Meditationen unterbrochen?«

»Vielleicht hättet Ihr Euch eine andere Ausrede ausdenken sollen, um ungestört zu bleiben«, entgegnete Margerite ruhig. »Ihr habt vor Christoph so gut den Kranken gespielt, daß er besorgt war, und jetzt habt Ihr wohl oder übel die Folgen zu tragen.«

»Der Teufel soll meinen Bruder holen!« rief Nikolaus erzürnt. »Ihr solltet inzwischen erkannt haben, daß ich Ruhe brauche, um bis zum Johannistag zu fasten und zu meditieren, und ich trage Euch auf, Priesterin, darüber zu wachen, daß ich unbelästigt bleibe.«

Widerstrebend ergab sich Margerite in die Notwendigkeit, Nikolaus bei seiner Täuschung zu helfen. »Ich kann Tränke bereiten und gesunde Gerichte bestellen und vorgeben, sie Euch zu bringen, da Ihr eine Behandlung von Ernst nicht dulden wollt. Wenn Kobold die Speisen ißt, wird niemand davon erfahren. Doch ich kann nicht ununterbrochen Eure Tür bewachen, und wenn sich Euer Vater oder Christoph in den Kopf setzt, Euch zu besuchen, so kann ich nichts dagegen unternehmen.«

»Das ist mir nicht verborgen«, bemerkte Nikolaus gereizt. »Aber gewiß könntet Ihr irgendwelche Geschichten erfinden, damit sie von meiner Genesung überzeugt sind und mich in Frieden lassen. Und als besonderen Gefallen«, fügte er etwas milder gestimmt hinzu, »gestatte ich Euch, jeden Tag kurz nach dem Mittagsmahl in aller Stille durch mein Gemach zu gehen, damit Ihr leichter unbemerkt zu Eurer Zauberstätte gelangt. Wie geht es mit Euren Werkzeugen voran?«

»Recht gut, aber langsam, weil ich jeden Abend warten muß, bis meine Dienstmagd schläft«, antwortete Margerite. In Wahrheit hatte sie schon fast den Goldreif ihres Pentagramms eingraviert, während ihr Pokal und Dolch bereits der letzten Weihe harrten, die sie nach Fertigstellung aller Geräte erhalten würden. Ihre Roben hatte sie untertags nähen können, da Rosa wenig von Mode verstand und einfach glaubte, ihre Herrin traue der Schneiderin der Burg nicht zu, die Gewänder nach ihren Vorstellungen auszuführen. Nur die Haselrute für den Zauberstab mußte sie noch abschneiden – und dafür wollte Margerite die Dämmerung des Johannistags abwarten, wenn die Kraft der Sonne am stärksten und die Mächte der Finsternis am schwächsten waren. Denn selbst wenn der Orden Luzifer den Herrn des Lichtes nannte, war das Licht des Tages ein Hindernis für ihn.

»Vielleicht werdet Ihr in der kommenden Zeit freiere Hand haben. Geht nun, ich habe noch viel zu tun.«

»Darf ich fragen, was Ihr vorhabt?« fragte Margerite schüchtern – und, so hoffte sie, wie eine gelehrige Schülerin.

»Nein.« Nikolaus wandte ihr den Rücken zu, und sie wagte es nicht, weiter in ihn zu dringen.

Es fiel Margerite nicht schwer, die Täuschung aufrechtzuerhalten. Freilich schmerzte sie Heinrichs Lob für ihre Heilerfolge bei seinem jüngeren Sohn, da sie nur zu gut wußte, wie wenig sie es verdiente. Aber die Zubereitung von Arzneien für Nikolaus lieferte ihr einen hervorragenden Vorwand dafür, sich mit dem Kräutervorrat der Burg vertraut zu machen und Pater Michael um Weihrauch, Myrrhe und Olivenöl zu bitten, so daß sie ihr eigenes Weihöl für die Einsegnung ihrer Werkzeuge mischen konnte. Erst jetzt, im Rückblick, vermochte sie die Freiheit zu würdigen, die sie auf Burg Falkenstein genossen hatte. In Heinrichs so viel reicherer und besser geordneter Festung konnte sie sich kaum bewegen, ohne über eine Dienstmagd oder einen Pagen zu stolpern, die sich beflissen erkundigten, ob sie ihr nicht helfen konnten. Immerhin wurde es ihr wegen Wolfram nachgesehen, daß sie häufig in ihren Gemächern weilte, und sie zog heimlich schützende Pentagramme um sie herum. Kobold nieste beim Geruch des süßen Öls beleidigt und markierte die Ecken, ehe ihn Margerite abhalten konnte, so daß der stechende Katergeruch an den Steinen hing.

Heinrichs Johannisnachtfeier zog mit wunderschönen Farben herauf. Die Kinder pflückten in Wäldern und Wiesen rote Anemonen und Mohnblumen, um die Laternen für den Abend zu schmücken, schaumblättrige Beifußstengel und goldenen Eisenhut für Kränze und blauen Rittersporn, der ins Feuer geworfen wurde, um alles Unglück des Jahres zu verbrennen. Heinrich nahm es Nikolaus noch immer übel, daß er an diesem Tage krank war, doch einige Becher Wein hoben seine Laune, noch bevor Hildegards erstes Meisterstück aufgetragen wurde, eine große, mit Obst gemischte Fleischpastete, die in Form einer flammenden Sonne gebacken und mit Safran und Eigelb golden überzogen war. Lächelnd und mit fröhlich neckenden Worten mühte sich Margerite, die unbeschwerte Gastgeberin zu spielen, aber es fiel ihr schwer, auf die Unterhaltung zu achten. Immer wieder schweiften ihre Gedanken ab zu den unterirdischen Höhlen und zu der Frage, was Nikolaus nach Sonnenuntergang vorhatte.

Als sich die Sonne gen Westen neigte, führte Christoph eine Gruppe junger Männer den Berg hinauf, während Heinrich mit dem Segen Pater Michaels das Freudenfeuer im Burghof entfachte. Tröstend hell schlugen die Flammen empor und fraßen sich gierig durch die trockenen Äste. Die Feier hatte begonnen.

Nichts von dem heiteren Lärm der Tanzenden und Singenden drang in Nikolaus' Gemächer, deren Fensterschlitze auf den Berg und den See wiesen. Nach dreitägigem Fasten war der quälende Schmerz des Hungers von ihm abgefallen, und die träge Wolke fleischlicher Begierden hatte sich von seinem Bewußtsein gehoben, so daß ihm im Kerzenlicht jede Kante und Ecke unnatürlich hell und scharf in die Augen sprang, als betrachte er sie mit der reinen Sehkraft des Geistes. Seine ersten Versuche, vor einem Ritual zu fasten, waren beinahe gescheitert. Die Entbehrungen und Prüfungen eines Lichtträgers waren schwerer als die Anstrengungen einer Ausbildung zum Ritter und grausamer als der demütigende Dienst als Knappe. Aber auch der Lohn war größer: Nicht das Aufeinanderschlagen von Schwertern und das Geschrei von Männern mit mehr Muskeln als Hirn, sondern der lodernde

Rausch der Macht, die äußerste Genugtuung darüber, sich zum Meister über sich und die sichtbare und unsichtbare Welt aufgeschwungen zu haben. Was zählten im Vergleich dazu Einsamkeit und verständnislose Rufe seines Vaters und Bruders? Jetzt mußte er nur noch ruhen und die Vorbereitungen für den Ritus um Mitternacht beenden: die Beschwörung und Bezwingung des mächtigen Geistes, der ihm bei den nächsten Schritten seines wagemutigen Vorhabens beistehen würde – des Vorhabens, das ihn zum Herrn von Burg Fürstensee machen sollte. Mit Herrn Jakobs Hilfe hatte er an diesem Abend ein Bad genommen, so daß er nun rein und unbefleckt in das Reich seines Meisters treten konnte.

Nikolaus versenkte sich wieder in die dunkle Stille seiner Meditationen, und nur ein letzter Winkel seines Bewußtseins nahm noch das Voranrücken der Zeit wahr. Unten lag bereits alles für den Ritus bereit. Wenn die Stunde gekommen war, mußte er nur seine dreifältige Robe anziehen, mit den angemessenen Worten den Löwengürtel schließen und sich das gewobene Band aus Seide und Gold aufsetzen.

In seiner Zauberstätte angekommen, entzündete Nikolaus rasch die Kerzen in den vier Pentagrammen um seinen Kreis und gürtete sich mit Schwert und Dolch. Neben seinem Dreieck standen eine Silberschale, eine Schachtel Grabstaub und eine Eule, die mit den Flügeln gegen ihre Fesseln scheuerte und ihn in zorniger Ohnmacht mit großen, goldenen Augen anstarrte. Wachsam den stoßenden Schnabel vermeidend, hob Nikolaus den Vogel in einer Hand hoch und schüttete den Grabstaub sorgfältig in die Mitte des Dreiecks. Dann zog er das Schwert.

»Im Namen von LUCIFER, SATHANAS, STERN DES MORGENS, vergieße ich dieses Blut!« rief Nikolaus mit lauter Stimme. »Heil dem Schrecken, der bei Nacht fliegt und hilft, wenn sich die Tore der Hölle auftun!« Behende setzte er der Eule die scharfe Klinge an die Kehle und durchtrennte mit einem einzigen Schnitt Federn und Knochen. Der Schnabel und die Krallen des Vogels zuckten vergeblich, während sich sein Blut heiß in die Silberschale ergoß. Als nur noch wenige Tropfen aus der durchschnittenen Luftröhre der Eule drangen, setzte Nikolaus die dampfende Schale auf den Staub im Dreieck und legte den noch warmen Vogel sorgfältig daneben. Erst dann trat er in seinen Kreis, nahm den Zauberstab von seinem Altar und hielt ihn hoch in die Luft.

»LUCIFER, SATHANAS!« rief er. »Herr des Lichtes, Stachel im Schwanz des Todes, Sieg der Hölle! Licht, geboren aus Finsternis, ich rufe zu dir auf deinem Adamantthrone, Meister der verdammten Seelen, leibhaftiger Imperator. Ich, der ich mächtig bin im Turm meines Willens, ich, der ich stark bin in der Festung meines Stolzes, ich, der ich würdig und groß bin in meiner Seele – ich, Nikolaus Magus, rufe zu dir! Mögen sich die Pforten der Hölle auftun, auf daß ich den Geist beschwören kann, mit dem ich zu sprechen wünsche, denn ich weiß, daß er im Ring deiner Flammen sitzt, so mächtig in Gehenna, wie er es in der Welt hienieden war!«

Nikolaus hielt inne, den Blick starr auf das Dreieck gerichtet. Der letzte Dampf des erkaltenden Eulenbluts stieg aus der Schale auf. Darüber sah er die Anfänge eines dunklen Schimmerns wie die Hitze eines großen Feuers. Der Anblick erfüllte ihn mit schauriger Verzückung. Der Ordensring an seinem Finger erbebte im Widerhall auf den tiefen Ton, der unter der Schwelle seines Gehörs zu pochen schien. Er wollte auf die Knie sinken im Gebet an die Finsternis hinter dem Tor, das er aufgestoßen hatte, und nur dank seiner Ausbildung konnte er sich aufrecht halten und sich der Worte seines Ritus entsinnen, ehe er sie im Rausch vergessen hatte.

Langsam hob Nikolaus das Pergament, auf dem der Name dessen geschrieben stand, den er zu rufen wünschte, zusammen mit denen der Zwinggeister, die ihn seinem Willen unterwerfen würden. Die Worte kamen ihm zäh und breiig über die Lippen, als spräche er unter Wasser, aber er ließ sich nicht beirren.

»Asiel, Castiel, Lamsiel, Rabam, Erlain, Elam, Belam, ich beschwöre euch, beim Herrn des Todes, der über euch gebietet, beim Herrn der Finsternis, der Adam und Eva zur Sünde verführt, dessen Macht durch Meer und Erde reicht, der die Teufel und Geister und Diener des Feuers anführt, der die Krone des Todes und der Hölle trägt, der Anfang und Ende,

Alpha und Omega ist, der das Leben in Lust erschafft und den Tod in Trostlosigkeit befiehlt, der genannt wird LUCIFER, SATHANAS, STERN DES MORGENS. Bei seinen allmächtigen und unaussprechlichen Namen beschwöre ich euch, und bei den Namen seiner Diener LEVIATHAN und BELIAL, bei ASTARTE und MAGOT und ASMODEI und BEELZEBUB, bei den vier großen Prinzen ORIENS und PAIMON, ARITON und AMAIMON. Ich beschwöre euch, jenen Geist aus den Tiefen des Höllenschlunds vor mich zu bringen und meinem Willen zu unterwerfen, auf daß er mir getreulich und ohne Falsch antworten möge, der in seinem irdischen Leben als Mensch Graf Günther von Hohenfels war, Prinz des Ordens der Lichtträger!«

Einen Augenblick lang war es, als ob nichts geschähe, nur der tiefe, unhörbare Ton schwoll stärker und stärker an, bis der Stein unter Nikolaus' Füßen lautlos zu dröhnen schien. Dann verdickte sich die Luft in der Mitte des Dreiecks mit fast schmerzlicher Langsamkeit zu einem dunkelgrauen Nebel. Nikolaus starrte angestrengt und sah ein dämmeriges Glühen goldener Augen unter dem argwilligen Bogen langer Hörner. Fast unmerklich schälte sich das behufte Geschöpf aus dem Schatten: ein Ziegenbock, der sich mit tiefem Meckern dreimal im Kreise drehte.

Nikolaus wollte dem Geist befehlen, menschliche Gestalt anzunehmen, aber schon hatte er den bärtigen Kopf nach unten geneigt, um das gerinnende Blut aus der Silberschale zu trinken. Seine Gestalt erhellte sich; er erhob sich auf die Hinterbeine, wuchs höher und höher, und das zottige Fell schrumpfte in den Körper, bis Nikolaus zu den glühend goldenen Augen aufsah. Er brauchte alle Kraft seines Willens, um den Blick nicht abzuwenden, denn der Geist dehnte sich aus, bis er als acht Fuß hohe menschliche Gestalt vor ihm stand. Das lange, graue Gesicht unter dem strohigen Haar mündete in ein spitzbärtiges Kinn, das auf der Brust ruhte, als wären die Schädelknochen geschmolzen und langsam nach unten geronnen. Die ausgetrocknete Zunge ragte aus dem endlos weiten Mund, und schwarze Flüssigkeit, vermischt mit dem helleren Rot des Eulenbluts, tropfte über die grauen

Lippen und aus einer Wunde in der Brust. Die Gestalt trug den Rubinring eines Ordensprinzen, der hell wie das Höllenfeuer funkelte, und obgleich Nikolaus Graf Günther als Lebenden nie gesehen hatte, wußte er, daß dies der Geist war, den er beschworen hatte.

»Warum habt Ihr mich gerufen, Nikolaus?« fragte der Tote. Seine Lippen blieben reglos, und seine Stimme schien aus seinen tiefsten Eingeweiden aufzusteigen und hallte hohl wie aus einem großen Faß.

Nikolaus bot allen Mut auf. Er war nicht so weit gegangen, um jetzt aufzugeben. »Ich habe Euch gerufen, Prinz, um Aufklärung und Beistand zu fordern. Ich möchte die Wahrheit über Euren Tod erfahren, denn ich glaube nicht, daß Ihr von Wegelagerern erschlagen wurdet. Und ich habe zwei Zauber zu verhängen, bei denen ich Eurer Hilfe bedarf.«

Günthers mißgestaltes Antlitz zeigte keine Regung, doch Nikolaus hörte den Zorn in seiner Stimme, der die kalte Luft der Salzhöhle erzittern ließ. »Ich wurde von Etienne, dem Priester, von hinten erstochen, als ich auf die Geburt des Kindes wartete, das unser weltlicher Herr sein wird, der Sohn Luzifers, gezeugt durch Magie, um uns zum Sieg über die Erde zu führen. Was Ihr auch gehört habt, es sind Lügen, und wenn Ihr meinen Beistand wünscht, um Vergeltung zu üben, so könnt Ihr darauf bauen.«

Nikolaus grinste grimmig bei diesen Worten. Jetzt wußte er, weshalb Margerites Sohn so wichtig war und weshalb sein Lehrer Damiano ihm nichts verraten wollte. Wenn alles nach Plan lief, würde der Knabe bald ganz unter seiner Obhut und Macht stehen, und damit würde Nikolaus gewiß unter die Großen in den Rängen der Lichtträger aufsteigen. Er wußte nun auch, daß sein Vater und Christoph gelogen hatten. Er konnte sich unschwer vorstellen, wie sie sich mit dem Priester verschworen hatten, um Günther aus dem Weg zu räumen und so die Macht über Margerite und Ruprechts Land zu gewinnen. Auch dies war eine Schwäche, die er zu gegebener Zeit ausnutzen konnte. »Erkennt Ihr am Ort Eurer jetzigen Wohnstatt, was im Reich der Lebenden geschieht?«

Der Tote schien zu zögern, und ein Schatten dämpfte das gelbe Glühen seiner Augen. »Manche Dinge vermag ich zu sehen, so, wie es mir der Meister gestattet. Bisweilen darf ich dort auf Erden wandeln, wo der Orden meiner bedarf. Und zuzeiten ist es mir zu meiner Qual gewährt, das Kind zu schauen, weil es mir nicht gelungen ist, es bei der Geburt der Hölle zu weihen, und so weiß ich, daß mein Werk noch nicht vollendet ist.«

»So werdet Ihr mir freudig zur Seite stehen, denn mein Plan wird das Kind unfehlbar in unsere Macht zwingen. Lauscht meinen Worten.« Rasch schilderte Nikolaus, was er in den vielen Tagen stiller Eingezogenheit nach dem Abmarsch seines Vaters und Bruders nach Burg Falkenstein ersonnen hatte. Günther hörte teilnahmslos zu, bis Nikolaus zu Ende war.

»Das dürfte Eure Kräfte übersteigen. Aber wenn ich Euch leite, mögt Ihr es vielleicht vollbringen – und ich werde Euch leiten. Ich sehe Euer Zauberbuch auf dem Altar. Schreibt getreulich auf, was ich Euch sage, denn nur, wenn Ihr meine Anweisungen gewissenhaft befolgt, wird Eurem Wirken Erfolg beschieden sein und kein Schaden für Euch daraus erwachsen – und auch keine Gefahr für das Kind, das für uns einen weitaus höheren Wert besitzt als Euer Leben und Eure Seele.«

Mit pochendem Herzen griff Nikolaus nach seinem Zauberbuch und dem Federkiel. Die Ereignisse überstiegen fast seine kühnsten Hoffnungen. Er hatte Verstand und Mut bewiesen und durfte sich nun auf die Früchte seiner Mühen freuen.

Als das Licht der Dämmerung über dem Burghof heraufzog, war das Freudenfeuer zu einem Kohlenring unter grauer Asche heruntergebrannt, und nur noch hier und da züngelten helle Flammen. Die Lustbarkeit war noch in vollem Gange. Junge Männer und Frauen sprangen über den äußeren Rand des Feuers und warfen kleine Kräuterkränze hinein, die kurz aufloderten. Margerite stahl sich ohne Mühe aus dem lachenden Kreis und schlüpfte in den Kräutergarten, wo in der entfernten Ecke der Haselstrauch stand.

Nur gut, dachte sie, daß der Orden in seinen Aufstellungen so gründlich war. Zu jedem höllischen Namen führte das

Schwarze Buch den entsprechenden himmlischen Begriff an, damit die Lichtträger die Magie ihrer Feinde erkennen und ihr begegnen oder Riten, die ihnen in die Hände fielen, für ihre eigenen Zwecke entstellen konnten. Als wäre ihr lästerlicher Hohn auf die kirchliche Ordnung des Gottesdienstes nicht genug, ließ das Schwarze Buch keinen Zweifel am Vorgehen des Ordens. *Wenn sich die Schafe unseres Feindes in Demut üben, üben wir uns in Hochmut; wenn sie zu ihrem machtlosen und blinden Schöpfer rufen, rufen wir zu unserem Gebieter, der über die Welt und alles in ihr herrscht; wenn sie die Namen der Engel und Geister stammeln, die nicht die Kraft hatten, sich aufzulehnen, und die nichts ohne Erlaubnis tun können, rufen wir zu den Namen jener, die sich empören und unbesiegt sind und der Welt ihren Willen auferlegen; und alles, was sie verkehren, bringen wir ins Lot.*

Mit diesen Worten als Richtmaß hatte Margerite ihre eigenen Gebete ersonnen, und nun neigte sie demütig das Haupt vor Gott. »O gütiger Gott, der Du tausenden Geschlechtern tausendfach Deine Gnade spendest, ich bin nichtswürdig und nicht wert, vor Deine göttliche Majestät zu treten. Erbarme Dich meiner, o mein Herr und Gott, und nimm alle Missetat und Bosheit von mir, wasche meine Seele von aller Unreinheit der Sünde, gib einen neuen Geist in mich und tröste ihn, auf daß er erstarke und das Geheimnis Deiner Gnade und die Schätze Deiner göttlichen Weisheit begreife. Reinige in mir alles, was mir zugehört, damit ich würdig bin zu wandeln mit Deinen heiligen Engeln, und schenke mir die Kraft, die Du Deinen Propheten gegeben hast, damit ich alle Geister des Guten rufen kann, und die Heerscharen des Bösen sollen mich nicht nötigen, sondern vor mir fliehen, bei Deiner Gnade und bei der heiligen Macht, deren Segen ich erflehe für den Zauberstab von diesem Haselstrauch.« Als Margerite sprach, war es im Garten ruhig geworden, und vom Lachen und Singen war nur noch ein schwaches Murmeln zu hören. In der Luft glänzte das Licht der Dämmerung, jeder Atemzug fuhr ihr durch den Leib wie der Wind durch die Saiten einer Harfe, und die Worte hallten leise durch Himmel und Erde.

In stiller Ehrfurcht faßte Margerite nach einem dünnen Haseltrieb und schnitt mit dem Messer rasch über die graubraune Rinde. Die scharfe Klinge zerteilte die Rute mühelos – leichter, als sie es für möglich gehalten hätte, als wolle der Strauch seinen Sproß ihrem Segen anheimgeben. Fast meinte sie das Leben zu spüren, das in stillem Einklang mit ihrem Gebet durch das Holz floß. Nach wenigen Augenblicken beugte Margerite in Dankbarkeit das Haupt und verbarg den schlanken Stock in den Falten ihres Kleides. Dann eilte sie hinauf in ihr Gemach, um den Stab in ihrer Truhe vor den Blicken Neugieriger zu verwahren. Rosa schlief ruhig, aber Wolfram erwachte beim Einschnappen des Schlosses und begann leise nach seiner Mutter zu weinen. Margerite schüttelte die Dienerin leicht an der Schulter.

»Wache auf, Rosa, und schnüre geschwind mein Mieder auf. Mein Sohn hat Hunger.«

Rosa rieb sich den Schlaf aus den Augen und erhob sich vom Lager, um ihrer Herrin aufzuwarten. »Diesen Traum werde ich bestimmt nicht vermissen«, sagte sie.

»Was hast du geträumt?« Margerite erstarrte unter der Berührung der Dienstmagd.

»Ich kann mich nicht mehr erinnern. Ich weiß nur noch, daß mich fröstelte und daß etwas Böses nah an mir vorüberzog.«

»Denk daran, heute deine Gebete zu sprechen, und vertraue auf Christus und die Heilige Jungfrau, die uns vor allen Nachstellungen des Teufels bewahren«, mahnte Margerite. Sie sah sich nach Kobold um. Zu ihrer Erleichterung hatte sich der Kater behaglich unter Wolframs Wiege eingerollt. Der buschige schwarze Schwanz lag über seiner Nase, und ein winziger goldener Funke leuchtete aus einem Augenschlitz. Wenn etwas nicht in Ordnung wäre, hätte er gewiß nicht so ruhig dagelegen.

Nikolaus kam zum Mittagsmahl herunter. Obwohl er noch blaß war und weniger als gewöhnlich aß, wirkte er im Gegensatz zu sonst fast leutselig. Margerite mißtraute dem Leuchten in seinen Augen, denn sein Überschwang ließ darauf schließen, daß sein Zauber wie erhofft gelungen war. Christoph dagegen schien am Abend vorher zu viel Wein getrunken zu haben. Durch seine Augen liefen rote Fäden, und immer wieder hob er die Hand an die Stirn, als hätte er einen heftigen Schlag gegen den Schädel erhalten. Er antwortete kurz angebunden auf Evas Scherze und zischte Georg an, als ihm der Knappe das Wasser zu langsam in den Wein schenkte. Heinrich wirkte erstaunlich frisch und lebendig, und in seinen blauen Augen blitzte es, als er eine Mischung aus verbranntem Hundehaar und Krötenblut als die beste Arznei gegen die Nachwirkungen eines Saufgelages anpries.

»Darauf kann ich verzichten, danke, Vater«, erwiderte Christoph unwirsch. Er blickte grimmig auf das Stück Kapaun auf seinem Teller, als wäre der Braten für all seine Leiden verantwortlich, und hob standhaft einen Bissen an die Lippen.

»Oder vielleicht kann dir Margerite einen Trank bereiten. Deinem Bruder scheint es gut bekommen zu sein.«

»Sie versteht sich viel besser auf die Heilkunde als dieser geschwätzige Arzt, der auf der Burg sein Unwesen treiben darf«, warf Nikolaus ein. »Ist es nicht so, Frau Margerite?«

Margerite nahm das Lob mit einem verlegenen Murmeln auf, denn Nikolaus' Freude über die gelungene Täuschung war unverkennbar.

»Dir ist es gut bekommen, aber ich weiß mir selber Rat«, erklärte Christoph. »Frische Luft und gesunde Bewegung werden mich schnell heilen – nun, wer begleitet mich bei einem Ausritt heute nachmittag? Wenn es Euch beliebt, Frau Margerite, wir haben zwei prächtige Sperber in unserem Falkenhaus und natürlich den, den Ihr mitgebracht habt. Vielleicht möchten die Damen die Vögel tragen und mit ihnen Lerchen und Drosseln jagen. Hildegard weiß dieses kleine Geflügel trefflich zuzubereiten.«

»Ich würde gern mit Euch reiten«, sagte Eva, »aber ... ich habe ein wenig Angst vor Falken, weil sie mich so grimmig ansehen und solche grausamen Schnäbel und Krallen haben.« Ihre himmelblauen Augen blickten voller Unschuld, doch Margerite war sich sicher, daß das Mädchen keine derartige Furcht kannte. *Natürlich*, fiel ihr ein, *weiß Eva nichts über die Beizjagd und möchte nicht zugeben, daß es ihr an dieser Fertigkeit einer Edelfrau gebricht. Ich hätte sie längst darin unterrichten sollen. Es ist klug von ihr, so auf Christophs Ritterlichkeit zu bauen.*

»Ihr habt nichts zu fürchten«, beruhigte sie Christoph. »All unsere Falken sind abgerichtet, und ein Sperber ist ein zierliches Geschöpf, wie es sich für das Handgelenk einer Dame geziemt. Nach dem Mittagsmahl werde ich sie Euch zeigen, und Ihr werdet mit eigenen Augen sehen, wie anmutig sie sind.«

Heinrichs Falkenhaus war gut ausgestattet und verfügte über einen schönen Brunnen, in dem die Vögel baden konnten. In den Wänden hing schwach der modrige Geruch von Greifvögeln, aber alles war sauber geputzt. Unter den Blöcken der Falken und an den Wänden hinter den Sperbern waren keine Spuren von Kot zu sehen. Johann schien sich gut eingelebt zu haben. Er saß bequem und unterhielt sich lebhaft mit einem hageren, dunklen Mann – Heinrichs Falkner, wie man aus seinem einfachen Ledergewand und den schweren Handschuhen schließen konnte. Beide sprangen auf, als ihr Herr und seine Familie eintraten.

»Womit kann ich Euch dienen, Herr Graf?« fragte Heinrichs Falkner.

»Sind die Sperber bereit zur Jagd, Martin?«

»Sie sind auf der Höhe ihrer Kraft und brennen darauf, an einem strahlenden Tag wie heute zu fliegen, Herr Graf.«

Während Heinrich mit seinem Falkner sprach, schlenderte Margerite durch das Haus und ließ sich von Johann die Vögel vorstellen. Neben Gawain, Enite und Brünhild, die in der Mauser waren, besaß Heinrich zwei Wanderfalken, drei Hühnerhabichte, die von Christoph angekündigten Sperber und einen herrlichen Geierfalken.

Nach einiger Überlegung beschloß Margerite, an diesem Tag mit Condwir auf die Jagd zu reiten. Der Blick in die grimmigen Augen des Sperbers und sein hoher Schrei erinnerten sie schmerzlich an den Ritt mit Bertram zum Marienbrunnen. Margerite wußte nicht, ob sie hoffte, der kleine Vogel möge wieder versuchen, die Freiheit zu erlangen, oder ob sie ihn als eines der letzten Bande zu ihrem fernen Geliebten bei sich haben wollte. Auch als sie mit den anderen über die sonnenbeschienenen Wiesen am Rand des Sees ritt und ihrer lebhaften Unterhaltung zuhörte, gemahnte sie das leichte Federgewicht auf ihrem Handgelenk immer wieder an die Wälder um Burg Falkenstein, an den grauen Nieselregen zwischen den tropfenden Fichtennadeln und an den schweigenden Bertram. Condwir benahm sich auf dieser Jagd erstaunlich folgsam. Nur einmal wollte der Sperber mit seiner Beute davonfliegen, doch als sich Margerite zum zweiten Mal näherte, ließ er davon ab und nahm dafür das saftige Stück Rind aus der Hand seiner Herrin entgegen. Durch den Ritt hatte sich Christophs Stimmung schnell gebessert, und er galoppierte hinter Hecken und Büsche, um kleines Geflügel für die Damen aufzuscheuchen. Wenn Margerite ihre Erinnerungen und Sorgen hätte vergessen können, wäre es ein angenehmer Nachmittag gewesen.

Als sich die Sonne allmählich gen Westen neigte, waren die Jagdtaschen prall mit Drosseln gefüllt, und die Sperber zu satt, um noch zu fliegen. Zu Hause angelangt dachte Margerite sogleich an Wolfram und machte sich auf den Weg in ihr Zimmer, um ihn zu stillen.

Die Tür zu Margerites Gemach stand einen Spalt offen. Ein Schauder der Angst lief ihr über den Rücken, als sie hineineilte. Aber Nikolaus war den ganzen Nachmittag bei ihnen gewesen, erinnerte sie sich, und konnte daher auch kein Unheil angerichtet haben. Rosa war nicht da, und Kobold war über Wolframs Wiege gebeugt. Er hatte eine Drossel im Maul und ließ sie wie ein Spielzeug über Wolfram baumeln, der glucksend danach griff.

Margerite packte den Kater und beförderte ihn samt seiner Beute kurzerhand auf den Boden. Wolfram begann sogleich zu plärren, und Margerite vergewisserte sich, daß die kleinen Blutstropfen auf seinem Linnen nur von der Drossel stammten und daß Wolfram unversehrt war.

»Ist alles in Ordnung, gnädige Frau?« fragte Rosa ängstlich von der Tür. Sie trug zwei saubere Nachttöpfe, die sie rasch unter das Bett stellte. Ihr Gang konnte nicht lang gedauert haben, und Margerite schalt sich eine alberne Gans, weil sie so erschrocken war.

»Alles ist in Ordnung«, sagte Margerite, als ihr die Magd das Mieder löste. »Ruhig, Wolfram. Wenn du älter bist, wirst du viele Drosseln bekommen, mit Honig am Spieß gebraten oder in eine köstliche Pastete gebacken. Aber jetzt bist du für solche Speisen noch zu jung, denn was kleinen Katzen schmeckt, würde dir überhaupt nicht bekommen.«

Als die Tage nach der Johannisnacht vergingen, blickte Margerite immer öfter zum Burgtor und fragte sich, wann wohl Ritter Gottfried zurückkommen würde. Am Tag nähte sie voller Sorge ihre Roben, und nachts, wenn alles ruhig war auf der Burg, schlich sie hinab zu ihrer Zauberstätte, um den Kreis auf den Boden zu malen. Es war ein mühsames Werk, denn jedes Zeichen mußte genau ausgeführt werden. Sie mußte die hebräischen Buchstaben gewissenhaft studieren und sie sich einzeln nach der Aufstellung im Schwarzen Buch einprägen, um die lästerlichen Namen Luzifers und seiner gefallenen Engel durch die Namen Gottes und seiner heiligen Engel ersetzen zu können. Heilige Namen waren es auch, die sie in ihr Pentragramm, ihren Dolch und ihren Pokal gravierte und in das geschälte Holz ihres Zauberstabs zwischen die Namen und Siegel der planetarischen Herrscher ritzte.

Margerite war sich bewußt, daß sie damit ein großes Wagnis einging. Für die Lichtträger galt das feste Gebot, daß man die Zauberstätte eines anderen Mitglieds nicht unaufgefordert betreten durfte. Margerite war sich nicht sicher, wie sehr sie in diesem Punkt Nikolaus' Ehre vertrauen konnte. Aber nachdem sie begonnen hatte, den Kreis zu malen, überkam sie die Gewißheit, daß sie die glitzernde Salzgrotte ebensowenig entweihen konnte wie eine Kirche. Sie spürte die wachsende Macht in ihren Werkzeugen und erkannte, daß sie ihre Magie in einem Kreis Satans nicht ausüben konnte. Es war, als hätte sie sich mit der Bitte um Gottes Beistand und der Verwendung Seiner heiligen Namen so gewiß Seinem Dienst verschrieben wie eine Nonne im Kloster. Und wenn ihr Nikolaus trotzdem auf die Spur kam und sie an den Orden verriet – blieb ihr immer noch die Möglichkeit, alles zu beichten. In diesem Fall war es besser, als Ketzerin auf dem Scheiterhaufen zu enden, als Wolfram in die Hände der Lichtträger fallen zu lassen. Oder … Margerite hatte noch nie einen Menschen mit eigenen Händen getötet, aber sie wußte, daß sie am Tod derer, die bei Burg Falkenstein gefallen waren, zumindest eine Mitschuld trug. Und wenn sie zu wählen hätte zwischen Nikolaus' Leben und Wolframs Unversehrtheit, würde sie keinen Augenblick zögern.

Eine Woche verging, ohne daß Gottfried gekommen wäre, und auch als die anderen Männer, die zur Suche nach Bertram ausgezogen waren, aus Graf Wolfgangs Land zurückkehrten, waren der junge Ritter und sein Knappe nicht unter ihnen. Nachdem Heinrich die Kunde vom Eintreffen seiner Männer vernommen hatte, befahl er Ritter Dieter, sogleich zu ihm und Christoph in den großen Saal zu eilen. Margerite erwartete, von ihrem Gemahl fortgeschickt zu werden, aber er tat es nicht. Und so sehr sie die Nachrichten fürchtete, sie war auch bewegt von Heinrichs Vertrauen.

»Was habt Ihr mir zu berichten, Ritter Dieter?« fragte Heinrich.

»Herr Graf, wir haben versagt.« Dieter nahm den Helm vom Kopf und hielt ihn mit beiden Händen vor sich. »Wir fanden Bertrams Spur, die nach Nordosten durch Graf Wolfgangs Land führte – doch dann haben wir sie wieder verloren und wußten nicht, wohin er verschwunden ist. Ritter Gottfried hat die Verfolgung fortgesetzt, wie Ihr es befohlen habt.«

Heinrich erhob sich. »Wie konnte er Euch entkommen? Ich weiß, daß Ihr von der kleinsten Spur einem Eber oder Hirsch zu seinem Lager folgen könnt. Weshalb hattet Ihr solche Not mit diesem einen Mann?«

Die rötlichen Wangen des Ritters wurden vor Verlegenheit noch dunkler, und er senkte das Haupt. »Herr Graf, ich weiß es nicht zu sagen«, murmelte er. »Es war wie die Jagd auf einen Waldgeist. Mehrere Male wähnte ich ihn in Sehweite hinter einem Hang oder einem Dickicht, nur um zu erkennen, daß er nicht an der Stelle war, an der wir ihn vermutet hatten. Bei Christus, ich schwöre, daß es nicht mit rechten Dingen zugeht, wenn sich ein Mann so verbergen kann.«

»Vielleicht hätte ich ihm statt Ritter Gottfried einen anderen nachschicken sollen«, grübelte Heinrich. Seine Stimme war so leise, daß selbst Margerite neben ihm sie kaum hören konnte. »Einen, der schärfer sieht und geübter ist im Fährtenlesen …

Aber nein, es hätte Gottfried das Herz gebrochen, wenn ich diesen Auftrag einem anderen erteilt hätte.«

Die Worte ihres Gemahls hatten Margerite tief berührt. Sie fragte sich, ob sie ihm nicht doch anvertrauen sollte, daß Bertram kein Verräter war und eine ernste Pflicht zu erfüllen hatte, die weit schwerer wog als sein Dienst auf Burg Fürstensee. Aber wie sollte sie es erklären, ohne daß der eine Faden zur Aufdeckung des ganzen Netzes führte, in dem sie gefangen war? Zudem war es ihr nicht gestattet, Bertrams Geheimnis preiszugeben, und er würde es ihr nie verzeihen, welche Wendung die Dinge danach auch immer nehmen mochten. Sie legte ihre kleine Hand auf Heinrichs rauhe Pranke, um ihm zu zeigen, wieviel ihr seine Anteilnahme bedeutete. Der Graf lächelte ihr zu, ehe er den Blick wieder auf Ritter Dieter richtete.

»Ihr habt getan, was in Euren Kräften stand. So bleibt uns nur, weitere Kunde abzuwarten. Versorgt Eure Männer und Pferde und nehmt Euren gewohnten Dienst wieder auf.«

»Ich danke Euch, Herr Graf.«

Als Ritter Dieter den Saal verlassen hatte, lehnte sich Heinrich seufzend zurück. Alle Stärke schien aus seinen schweren Gliedern gewichen, und die Furchen um die grauen Augen hatten sich tiefer eingegraben. »Nun, Christoph, was denkst du? Können wir etwas anderes tun als warten, bis Ritter Gottfried zurückkehrt – wenn er denn zurückkehrt?«

Christoph ballte die Hand um den Griff seines Schwertes. Aus der Tiefe seiner grüngrauen Augen stieg ein gefährliches Glitzern auf, das mit seinen angenehmen Gesichtszügen und der knabenhaften Nase in scharfem Widerstreit lag. »Vater, ich glaube Gottfried taugt nicht für diese Aufgabe. Er sieht keine zwanzig Fuß weit und kann keine Spuren im Wald verfolgen. Er wird immer noch Gebete und ritterliche Redensarten plappern, wenn ihm Bertram die Kehle durchschneidet. Laß mich statt seiner ziehen. Ich kann ihn schneller finden und ihn sicherer zur Strecke bringen.«

Margerite blickte Christoph erschrocken an. Es war nicht die Kühnheit seiner Worte, die sie befremdete, denn sie kannte ja bereits Christophs Drang, sich in jede Schlacht zu stürzen. Aber es sah ihm nicht ähnlich, so schlecht über einen anderen Ritter zu sprechen. Auch er selbst schien erstaunt über die Worte, die ihm über die Lippen gekommen waren, sein Ausdruck wurde wieder weicher, und er hob die Hand an die Stirn, wie es Margerite an diesem Tag schon mehrmals beobachtet hatte.

»Ich werde dich nicht auf Bertrams Spur setzen«, sagte Heinrich milde. »Du bist mein Erbe, und für einen solchen Auftrag bist du mir zu schade. Ritter Gottfried mag ein wenig kurzsichtig sein, aber dafür hat er die scharfen Augen seines Knappen. Und Gottfried ist sehr gründlich und gewissenhaft und läßt sich gewiß nicht übertölpeln, denn er weiß um Bertrams Gefährlichkeit. Mich dünkt, daß die Fährte nach Nordosten nur eine List ist und daß der Verfolgte schon bald westwärts zu Günthers Erben und Verbündeten ziehen wird.«

»Und wenn er es nicht tut?« entfuhr es Margerite.

»Wie ich bereits zu Dieter gesagt habe: Wir können nur abwarten, bis wir weiteres erfahren. Du kannst jetzt gehen, Christoph. Vielleicht solltest du einige Runden mit dem Schwert fechten, um deinen Zorn abzukühlen.« Heinrich sah seinem Sohn nach und schwieg, bis sich die schwere Eichentür hinter ihm geschlossen hatte.

»Einem jungen Mann fällt es schwer abzuwarten«, sagte der Graf. »Wenn Christoph einmal älter ist, wird er solche Dinge leichter ertragen. Auch ich hätte mich vor zwanzig Jahren schon längst aufs Pferd geschwungen.«

»Ich bin froh, daß es nicht so ist.« Margerite sah ihrem Gemahl offen in die Augen. Was sie gesagt hatte, war die Wahrheit. Nikolaus fürchtete seinen Vater, und seine Anwesenheit zwang ihn zumindest zur Vorsicht. Und auch wenn der Graf soeben noch davon gesprochen hatte, auf Bertram Jagd zu machen, spürte Margerite eine warme Zuneigung zu Heinrich, obwohl sie ihn gewiß nicht liebte. Je länger sie beobachtete, mit welcher Umsicht er die Burg leitete, wie er sich um seine Untertanen kümmerte und geduldig ihren Klagen und Anliegen zuhörte, desto mehr war sie davon überzeugt, daß Heinrich fürwahr ein anständiger Mensch und ein guter Landesherr war. Trotz der Umstände ihrer Heirat hatte er Margerite nie wie eine in der Schlacht gewonnene Braut behandelt, sondern wie eine in Liebe und Achtung erwählte Gemahlin und Gefährtin.

»Nun, meine Knochen taugen nicht mehr für endlose Ritte und zahllose Nächte auf kaltem Boden«, erwiderte Heinrich lächelnd. »Und wer Geduld übt, so habe ich festgestellt, wird oft besser belohnt als der, der stürmisch nimmt, was er begehrt – nicht wahr, meine Gattin?«

»So ist es«, antwortete Margerite. Ihre Wangen liefen glutrot an, als sie verstand, was Heinrich gemeint hatte. Gerhild hatte ihm gesagt, daß Margerite bis Anfang Juli wieder imstande sein würde, mit ihm zu schlafen, und morgen war der der erste Juli. Sie konnte weder ihre Worte noch das Gelübde widerrufen, das sie bei ihrer Trauung gesprochen hatte, auch wenn die Heirat mit Heinrich nur die am wenigsten schreckliche von mehreren schlechten Möglichkeiten gewesen war. Margerite war keine ängstliche Jungfrau mehr, und Heinrich hatte wahrhaft Besseres verdient als Ziererei, denn er hatte sie ohne Einschränkung und Hintergedanken zu seiner geehrten Ehefrau gemacht. Nun würde sie ihn als ihren Ehemann behandeln, so schwer es ihr auch fallen mochte.

Vielleicht war es das, was Margerite zu ihrem Entschluß drängte, als sie abends im Bett lag. Es war so leicht, das zuckende Feuer ihrer Seele in ihrem Leib zu spüren wie ein feines Netz leuchtender blauer Flammen auf dunklem Lehm, so verlockend, den Geist in Flügel und Krallen und Schnabel zu versenken, um die Freiheit des Himmels zu suchen wie ein widerspenstiger Sperber, der seinem Falkner mit der Beute zu entfliehen trachtet. Ruprecht hatte sie ohne ihr Wissen ausgesandt, als hätte er einen Nestfalken gefangen und gezähmt, der noch nie allein gejagt hatte – aber das würde sie nie mehr dulden. Und sie konnte die Qual des Wartens in Ungewißheit einfach nicht mehr ertragen.

Noch im Augenblick dieser Erkenntnis schnellte Margerite in die Höhe, und der Wind unter ihren Flügeln trug sie empor. Das Licht des Mondes glitzerte weiß auf dem See unter ihr, und die Bergfelsen ragten blaßgrau zwischen den dunklen

Fichten auf. Das Rauschen der Luft war so stark, daß sie nichts anderes mehr hörte als das eigene Fliegen. Es war ihr, als hätte sie mit ihrem Körper alle Sorgen und Ängste abgestreift und flöge befreit von allem Kummer dahin. Die Erleichterung war so groß, daß sie versucht war, sich höher und höher hinaufzuschwingen, alles Bedrückende hinter sich zu lassen und für immer im Reich der Lüfte zu bleiben. So war es ihr schon früher ergangen, erinnerte sie sich im letzten Winkel ihres menschlichen Bewußtseins. Wie von ferne wehten sie Worte an, deren Vertrautheit an ihr nagte. *Hab acht, auf daß die Freude am Zaubern dich nicht bezwinge; denn der Freude oder dem Schmerz zu erliegen heißt gleichermaßen, daß du nicht mehr Meister bist.* Während der Wind durch die Federn ihrer mächtig gestreckten Flügel brauste, traten die Worte klar vor Margerites Gedächtnis. Sie stammten aus dem Schwarzen Buch und waren somit Teil eines Ringens, dem sie nicht entrinnen konnte, solange ihre Seele lebte, auch wenn sie aus ihrem Körper fliehen und nie mehr zu ihm zurückkehren würde.

Mit starken Flügelschlägen jagte sie nach Nordosten, so daß sich Wälder und Berge und Bäche unter ihr verwischten. Auf die Sehkraft vertrauend, die sie früher geleitet hatte, suchte sie, ohne recht zu wissen, wonach. Sie wollte zu Bertram und zu dem Mann, der ihn verfolgte, denn wenn sie ihrem Geliebten schon nicht mit magischen Künsten beistehen durfte, wollte sie doch zumindest erfahren, wie es um ihn stand.

Tief unten erspähte Margerite den schwachen rötlichen Schein eines kleinen Feuers auf einer Lichtung. Mit angelegten Flügeln stieß sie hinab und landete auf dem Wipfel einer Fichte mit schartigen Ästen. Enttäuscht nahm sie zwei Männer wahr: Einer lag zusammengerollt in Decken auf dem Boden, der andere stand still im Schatten der Bäume, den Schild ans Knie gelehnt und die Hand leicht auf dem Schwertgriff ruhend. Er wandte den behelmten Kopf nach oben und blickte auf. Margerite sah die weit aufgerissenen, dunklen Augen, die aus dem stählernen Schatten um sein bleiches Gesicht zu ihr hinauf starrten.

»Was war das?« flüsterte Ritter Gottfried – oder konnte Margerite seine Gedanken hören? Wenn er allein Wache stand, würde er doch gewiß nicht einmal leise mit sich selbst reden. Und die Lippen des jungen Ritters blieben reglos, obwohl der Klang seiner tiefen Stimme deutlich in Margerite widerhallte. »Es muß eine Eule gewesen sein. Einen Augenblick dachte ich, es sei ein Falke, aber Falken fliegen nicht bei Nacht. Wenn ich nur wüßte, ob Bertram nach Einbruch der Dunkelheit Rast macht. Oft habe ich schon gemeint, daß wir bei Sonnenuntergang seine Spur gefunden hatten, nur um sie im Morgengrauen wieder zu verlieren. Vielleicht will es unser Geschick, daß wir an einem Heiligenschrein vorüberkommen, an dem ich um Erleuchtung beten kann, denn Christus wird mich nicht verlassen, wenn ich in meinem Glauben an Ihn nicht wanke.« Der Ritter senkte den Blick und schaute sich rasch nach allen Seiten um, ehe er wieder an Margerites Baum hinaufspähte. »Wenn ich nur besser sehen könnte! Das scheint nicht die Gestalt einer Eule – sind das die geschwungenen Flügel und der schmale Kopf eines Sperbers? Oder täuschen nur die Äste meine Augen?« Gottfried bekreuzigte sich schnell, bevor er die Hand wieder auf den Schwertgriff legte. Mit ihren Falkenaugen meinte Margerite ein hell glänzendes Kreuzzeichen auf seinem Brustharnisch zu sehen, als hätte er mit der Bewegung des metallenen Handschuhs die Spur des Feuerscheins darauf hinterlassen. »Es ist bald an der Zeit, Arnmut für die Wache zu wecken – und Gott weiß, wie müde ich bin. Es wäre besser, einen bewährten Mann bei mir zu haben, doch Arnmut ist ein braver Knappe, und wird mir gewiß getreulich zur Seite stehen. Was hat Bertram nur zu seiner plötzlichen Flucht veranlaßt? Bestimmt verfolgt er böse Absichten. Wäre es nicht sündig, so würde ich sagen, daß ich beinahe meine Seele darauf wette. Was hat er nur vor? Vielleicht hat er diesen Weg eingeschlagen, um Verbündete für seine üblen Zwecke zu finden. Aber es sei, wie Gott es fügt. Ich kann nur nach Kräften meine Pflicht erfüllen und muß jetzt Arnmut wecken.«

Margerite breitete die Flügel aus und glitt leise davon. In ihrem Bewußtseinszustand erschien es ihr nicht seltsam, daß sie die Gedanken des jungen Ritters gehört hatte; es war so natürlich wie der Luftzug unter ihren Schwingen. *Aber er hat mich gesehen oder beinahe gesehen – ich muß vorsichtiger sein.*

Wieder erhob sie sich und kreiste langsam empor. Es schien, als hörte sie das Schlagen eines Herzens. Ihr eigenes? War sie schon zu lange von ihrem Körper getrennt? Nein, das Pochen in ihrer gefiederten Brust lockte sie, lockte sie weiter nach Norden. *Es ist Bertrams Herz, das fühle ich so sicher, als ob ich in seinen Armen läge,* dachte sie und flog darauf zu.

Unter sich erkannte Margerite klar wie im hellsten Sonnenschein ein kleines Steinhaus, dessen Tür mit drei Kreuzen bezeichnet war. Schwaches Licht drang durch das Fenster, dessen behagliche Wärme sie selbst aus ihrer luftigen Höhe zu spüren meinte. Sie flog hinab und landete auf dem engen Fenstersims, um hineinzuspähen.

Bertram saß einem alten Mann in einer braunen Kutte mit Mönchskappe gegenüber. Ihr Liebster sah wild und abgerissen von seiner Reise aus. Er war dünner geworden, und sein Haar und Bart bildeten ein wirres Gestrüpp wie ehedem. Doch Margerite sah die klaren Gesichtszüge darunter, und der Blick seiner braunen Augen – grimmig entschlossen, aber auch zufriedener als früher, als hätte die Heimkehr seinen Seelenqualen ein Ende gesetzt – ließ Hoffnung in ihrem Herzen aufsteigen.

»Ich schwöre bei Christus und Maria und allen Heiligen, daß ich nicht auf der Flucht bin, um etwas Böses zu tun oder der gerechten Strafe für ein Verbrechen zu entrinnen«, sagte Bertram mit eindringlicher Stimme. »Ich suche keinen Unterschlupf, sondern bin gekommen, um an diesem Schrein zu beten und ein Opfer darzubringen. Ich bitte nur um zweierlei: Euren Segen und die Gnade, daß Ihr meinen Verfolgern, sollten sie an Eurer Tür erscheinen, nicht sagt, daß ich hier war und wohin ich gezogen bin.«

»Mein Sohn«, sagte der Alte milde, »wenn du kein Verbrechen begangen hast, weshalb suchen sie dann mit solcher Schonungslosigkeit nach dir?«

»Aus Mißtrauen und Furcht, glaube ich«, antwortete Bertram.

»Vergib mir meine Worte, doch du benimmst dich zwar gesittet, aber du siehst aus wie ein gewalttätiger Mensch, dem es in letzter Zeit schlecht ergangen ist. Kannst du mir hier in diesem Schrein, wo ich den Fingerknochen der Heiligen Adelhilde hüte, aufrichtig versichern, daß du weder einen Unschuldigen gemordet noch jemanden beraubt noch einer Frau Schande angetan hast?«

»Ich werde Euch nichts als die Wahrheit sagen, ehrwürdiger Vater. Ich bin einst mit der Freischar des Schwarzen Schwertes geritten und habe dort schlimme Taten verübt, für die ich schon lange Sühne zu leisten suche. Ich war auch einmal Hauptmann einer Burgwache und habe nach dem Befehl meines Herrn in Schlachten und Raubzügen gekämpft. Und ...« Bertram biß sich auf die Lippe, den Blick zu Boden gesenkt. »Einmal habe ich in meiner Schwäche mit einer verheirateten Frau gelegen. Aber auch diese Sünde habe ich zutiefst bereut.« Seine Stimme brach, und er hustete. Mühsam sprach er weiter. »Obwohl mich die Versuchung seither oft hart angekommen ist, denn ich liebe sie so sehr, wie ein Mann eine Frau zu lieben vermag, bin ich ihr kein zweites Mal erlegen.«

Der Hüter des Schreins strich sich über den Bart und betrachtete Bertram gedankenvoll. »Es heißt, daß sich Christus mehr über das eine verirrte Schaf freut, das in den Schoß der Kirche zurückfindet, als über all jene, die nie vom rechten Weg abgekommen sind. Wenn du die Wahrheit gesprochen hast, dann bist du weit in die Irre gegangen und hast eine lange Heimkehr hinter dir. Ich bete darum, daß du einen alten Mann nicht täuschen willst. Doch wenn ich dir vertrauen soll, mußt auch du mir vertrauen. Woher kommst du, und wohin gehst du?«

Bertram blieb lange still, und Margerite sah selbst unter dem zerlumpten grauen Überrock, den er über dem Lederwams trug, wie sich seine Schultern bewegten. Schließlich atmete er seufzend aus. »Wenn ich Gottes Segen erflehe, muß ich Seinem Diener vertrauen. Ich komme aus der Burg von Graf Heinrich von Fürstensee, und ich bin auf dem Weg zum Schloß von Graf Gerhardt« – er preßte den Namen rauh hervor – »von Niederwald.«

»Und welche Geschichte soll ich von deinen Verfolgern erwarten, wenn sie vor meiner Tür Halt machen?«

»Das weiß ich nicht. Ich kann nur die Wahrheit sagen: Ich gehörte zu Graf Heinrichs Burgwache und habe meinen Platz ohne Erlaubnis verlassen. Nur die Gräfin war eingeweiht, aber sie darf keinem sagen, daß sie mich verabschiedet hat.«

Der Alte nickte bedächtig. »Allmählich glaube ich zu verstehen«, flüsterte er. »Es ist klüger, die Versuchung zu fliehen, als ihr wieder zu erliegen … aber das geht mich nichts an, es sei denn, du möchtest vor mir deine Beichte ablegen.«

Bertram stand auf und kniete vor ihm nieder. »Vater, ich möchte tatsächlich die Beichte ablegen.«

Ehe ihr Liebster ein weiteres Wort sprechen konnte, schwang sich Margerite wieder in die Lüfte. Sie hatte schon mehr über Bertrams innerste Gedanken erfahren, als sie durfte, und sie wollte um keinen Preis seine Beichte belauschen. Sie hatte gehört, daß er sie so sehr liebte, wie ein Mann eine Frau zu lieben vermochte. Diese Worte würden ihr für lange Zeit Kraft verleihen.

4. KAPITEL

Die breiten Mauern von Fürstensee hielten die Gemächer der Burg kühl, aber als Margerite in den sonnenbeschienenen Hof hinaustrat, lief ihr der Schweiß in kleinen Tropfen aus dem dichten Haarkranz. Die Hitze lag schwer und drückend in der Luft, und nicht der leiseste Windhauch brachte Erfrischung. Ein zarter Dunst hing über dem grellen Licht der Morgensonne.

»Bestimmt wird es ein Gewitter geben«, sagte Christoph und wischte sich mit dem Handrücken den Schweiß von der Stirn. Offenbar kam er gerade vom Übungsfeld, denn er war in voller Rüstung und trug den Turnierhelm unterm Arm. Sein braunes Haar war in dunklen Strähnen zusammengezogen, und sein rundes Gesicht war tiefrot. »So ist es oft im Sommer, bevor das Gewitter losbricht.«

»Ich wäre dankbar dafür«, entgegnete Margerite. »Vielleicht solltet Ihr lieber hineingehen, dort ist es kühler. Und zieht Eure Rüstung aus, sonst bekommt Ihr noch einen Hitzschlag.«

»Es ist nicht so schlimm.« Christoph machte eine träge Handbewegung. »Georg! Wo bleibst du denn so lange?«

Mit einem großen Tonkrug in der Hand stürzte der junge Knappe aus der Tür. »Hier, Herr Christoph.« Auch Georg trug volle Rüstung, und sein Gesicht unter den Sommersprossen war rot. Das helle Haar klebte ihm am Schädel, als hätte er den Kopf in einen Eimer kaltes Wasser getaucht.

Christoph nahm den Krug in Empfang und leerte ihn in einem einzigen langen Zug. »Ah, das tut gut. Fechten bei dieser Hitze macht wahrhaft durstig. Hol mir noch einen Krug Dünnbier, Georg.«

Der Knappe rannte wieder los, und Christoph lächelte kopfschüttelnd. »Ich weiß noch, wie froh ich war, als ich mir meine Sporen verdient hatte und erkannte, daß ich fortan nicht mehr derjenige war, der laufen und tragen und immerzu die Rüstung putzen mußte. Graf Wolfgang hat eine leichtere Hand als mein Vater, aber als Knappe habe ich seine Schläge oft genug zu spüren bekommen, wenn ich saumselig war, wiewohl vielleicht nicht so häufig, wie ich es verdient hätte. Aber all diese Mühen sind nur ein geringer Preis dafür, daß man zum Ritter erzogen wird.«

»Und wie stellt sich Georg in seinen ersten Tagen an?«

»Er lernt schnell und sitzt bereits sehr fest zu Pferde. Freilich ist er noch so klein, daß ihn ein Schlag leicht aus dem Sattel hebt. Aber auf diese Weise denkt er wenigstens daran, den Schild schräg zu halten, um die Lanze seines Gegners abgleiten zu lassen, und die eigene Waffe genauer anzulegen, und das wird ihm von großem Nutzen sein, wenn er einmal erwachsen ist.«

Margerite und Christoph plauderten noch ein wenig, bis er schließlich sagte: »Auf, Georg, wir haben lange genug gerastet. Wenn wir noch länger warten, verhärten sich deine Muskeln und deine Prellungen fangen an zu schmerzen. Möchtet Ihr uns zuschauen, Frau Margerite?«

»Ich überlasse Euch Eurem Vergnügen«, antwortete Margerite.

»Wie Ihr wünscht. Und falls Ihr meinen Bruder seht, so könnt Ihr ihm von mir bestellen, daß wir ihn auch einmal wieder auf dem Feld sehen wollen.«

Margerite hatte für diesen Morgen eigentlich einen Ausritt mit Eva vorgesehen, doch die drückende Schwüle hatte ihr jede Lust an solcher Kurzweil genommen. Vielleicht war es klüger, in der Burg zu bleiben und zu sticken oder zu lesen. Sie hatte bislang keine Zeit gefunden, um sich in Heinrichs Bibliothek umzusehen, und sie wußte nicht einmal, ob ihre Bücher aus Burg Falkenstein dort ihren gebührenden Platz erhalten hatten. Sie hatte die Bibliothek auch gemieden, weil sie in dem Turm neben Nikolaus' Gemächern lag und weil sie wußte, daß er sich oft dort aufhielt. Aber an diesem Tag war ein schöner Gesang über ritterliche Tapferkeit und Minne gerade die richtige Zerstreuung, um nicht immer daran denken zu müssen, daß sie am Abend vielleicht ihren ehelichen Pflichten gegen Heinrich nachzukommen hatte.

Bestürzt stellte Margerite bei ihrem Eintritt in die Bibliothek fest, daß Nikolaus schon zugegen und tief in ein Buch versunken war. Er trug ein seegrünes, mit blauem Brokat durchwirktes Wams, dessen weite Ärmel sich wie sonnenbeschienenes Wasser auf die blanke, dunkle Tafel ergossen. Die Farbe spiegelte sich in seinen Augen, so daß sie grün wie die einer Katze leuchteten, als er zu ihr aufblickte.

»Guten Morgen, Nikolaus«, sagte Margerite, ohne sich ihre Anspannung anmerken zu lassen. »Darf ich fragen, was Ihr lest?«

Stumm hielt Nikolaus das Buch hoch, und Margerite erkannte den geprägten Deckel des »Parzival« von Burg Falkenstein.

»Eine unterhaltsame Wahl«, bemerkte sie möglichst unbefangen.

»Vielleicht für jemanden, der nicht gelernt hat, die verborgenen Geheimnisse des Buches zu lesen.« Nikolaus lächelte mit unangenehm aufgeblasenen Backen. »Entsinnt Ihr Euch des Vorworts?«

Margerite hatte diesem Teil des Werkes kaum Beachtung geschenkt, da sie die Abenteuer des jungen Parzival und seiner ritterlichen Gefährten viel spannender fand. Erst nach einigem Nachdenken fielen ihr einige Einzelheiten wieder ein.

»Wolfram von Eschenbach erzählt über einen Dichter namens Kyot, der eine sarazenische Handschrift in Toledo gefunden hat ...«

Nikolaus nickte, und seine graugrünen Augen verengten sich. »Und diese Handschrift stammt nach Wolframs Aussage von einem Heiden namens Flegetanis, einem Nachkommen Salomons, der den Namen des Grals in den Sternen entdeckt hat. Eine wunderliche Sage, wie es scheinen will ... aber Ihr könnt daraus lernen, daß sich der Orden der Lichtträger über die Länder des Christentums hinaus erstreckt. Wir haben unsere Mitglieder auch unter den Sarazenen, denn diese sind ein sehr gelehrtes Volk, und viele der alchimistischen und astrologischen Künste des Ordens haben ihren Ursprung im Osten.

Mag Wolfram nicht zu den Unseren gezählt haben, obschon ich dessen nicht sicher bin, so war sein Meister Kyot doch gewiß ein Lichtträger. So verborgen die Geheimnisse des ›Parzival‹ auch sein mögen, wer den Schlüssel dazu hat, kann sie lesen und begreifen, was der Gral wirklich ist.«

»Und was ist er?« fragte Margerite. Sie wußte nicht, ob sie Nikolaus Glauben schenken sollte oder nicht, denn ihr schien Wolframs Werk vielmehr eines des Erbarmens und heiliger Hingabe. So klar, als hätte sie sie selbst gesprochen, hallten Kundries Worte in ihr wider: *Und käme nicht mehr Segen über dich als die Heilung des Amfortas, so wäre doch kein Mann gesegneter als du. Dein Mund, der keine Lüge kennt, soll nun den edlen, liebenswürdigen Amfortas grüßen; deine Frage bringt ihm Heilung und erlöst ihn von dem jammervollen Elend seines Siechtums.* Diese Worte waren gewiß nicht von einem Ordensmitglied geschrieben worden und auch nicht von einem Schüler der Lichtträger. Und dennoch hatten Ruprechts Diener Namen aus dem gleichen Werk getragen.

Nikolaus lachte nur und schüttelte sich eine braune Locke aus der Stirn. »Vielleicht, wenn Ihr beharrlich seid, werdet Ihr es einst herausfinden. Doch was führt Euch hierher?«

»Ich wollte nur nach etwas zum Lesen suchen«, antwortete Margerite. »Und ... Euer Bruder läßt Euch ausrichten, daß er Euch heute auf dem Übungsfeld zu sehen wünscht.«

Nikolaus verzog mißmutig den Mund. Dann erhob er sich lächelnd und schüttelte die langen Brokatärmel nach unten. »Vielleicht wird er mich sehen. Ja, es ist wohl schon ein wenig zu lange her, daß ich eine Lanze in der Hand gehalten habe, und gewiß überlegt mein Vater wieder einmal, ob er mich der Kirche überlassen soll, damit ich ihm auf dem Schlachtfeld keine Schande machen kann.« Nikolaus' leichter Tonfall konnte Margerite nicht über dessen bittere Schärfe hinwegtäuschen, die wie eine Glasscherbe in eine weiche Birne eingebettet war. Vielleicht spiegelte sich nur das meergrüne Wams in seinen Augen, Margerite schien es jedoch, als flackere ein alter Schmerz in ihnen auf.

Als er gegangen war, sah sie sich die Bestände der Bibliothek an. Über die Hälfte der Bände waren jene, die sie aus Falkenstein mitgebracht hatte, während es sich bei den anderen meist um praktische Aufsätze zu Gegenständen wie Kriegskunst und Haushaltsführung handelte. Einen Augenblick lang fühlte sie eine Aufwallung des Mitleids für Nikolaus. Auch sie wußte, was es hieß, der einzige Mensch in einer Burg zu sein, dem an Büchern und gedankenvollen Gesprächen gelegen war. Und wenn die Pflichten als Burgherrin ihres Vaters ihr auch keine schweißtreibenden Waffenübungen abverlangt hatten, so war doch die andauernde Beanspruchung durch den Haushalt sicherlich nicht weniger belastend gewesen. Nikolaus hatte sich zu sehr mit den Lichtträgern eingelassen, als daß Margerite seiner Seele hätte beistehen können. Andererseits war er noch jung, und an Gottes Gnade gegen einen anderen zu zweifeln war nicht besser, als für sich selbst daran zu zweifeln.

Margerite verweilte nicht länger bei diesen Gedanken, denn wenn Nikolaus je lernen sollte, ihr seine innersten Sorgen und Ängste anzuvertrauen, so würde dies gewiß nicht in einem Tag oder Monat geschehen. Und sie selbst konnte nur wenig dazu tun … *außer vielleicht, ihm zuhören, wenn er spricht. Denn er ist allein, und der Ratschlag der Lichtträger treibt die Seelen der Ordensmitglieder in immer tiefere Einsamkeit. Für Ruprecht konnte ich nichts tun, bis es zu spät war, aber vielleicht …*

Heinrich verhielt sich beim Mittags- und Abendmahl sehr aufmerksam gegen Margerite. Immer wieder lächelte er sie an und legte seine große Hand auf ihre kleine. Als sie sich von der Tafel erhoben, war sie nicht überrascht über seine leisen Worte: »Darf ich dich heute in deinem Gemach besuchen, meine Gemahlin?«

»Zuerst muß ich Wolfram die Brust geben«, erwiderte Margerite und blickte zu ihm auf. Im Kerzenschein des Saales traten die Altersfurchen in Heinrichs Gesicht nicht so schonungslos hervor, und seine grauen Augen blitzten wie die eines Jünglings unter den ergrauten Brauen. Als er ihre Hand hob und sie mit den Lippen weich berührte, spürte Margerite sein Zögern, seltsam wie die Schüchternheit eines großen Bären. Schnell fügte sie hinzu: »Aber sobald er gestillt ist, komme ich zu dir.« *Ich darf nicht an Bertram denken, Maria steh mir bei, denn wenn ich es tue, werde ich es nicht ertragen!*

Ein breites Lächeln erschien auf Heinrichs ernstem Gesicht, und Margerite meinte durch den Schleier von Heinrichs Jahren Christoph zu sehen, als könnten die Falten seiner Haut und das Grau seiner Haare und seines Bartes wie ein dünnes Tuch von ihm gleiten und darunter den jungen Ritter hervortreten lassen. »Komm, meine Gemahlin, ich begleite dich.«

Heinrich nahm Margerite bei der Hand, und zusammen verließen sie den großen Saal. Er lächelte noch immer, aber seine Augen schienen abwesend und verhüllt. Dachte er an die Braut, die er zu seinem Lager geführt hatte, als Margerite noch nicht einmal geboren war? Sie wußte es nicht zu sagen. Bevor sie in ihr Gemach eilte, lehnte sie kurz den Kopf an seine breite Schulter, und er strich ihr zart über den vollen Haarkranz.

»So werde ich auf dich warten, meine Gemahlin.« Heinrichs tiefe Stimme war fast zu einem Flüstern verklungen. Er beugte sich vor und küßte sie auf den Mund, ehe er sich zum Gehen wandte.

Heinrichs Gemach erstrahlte im Schein von Bienenwachskerzen und war erfüllt vom lieblichen Duft von Mädesüß und Labkraut, die unter den dicken Teppichen ausgestreut worden waren. Schwere Wandbehänge an den Mauern zeigten Schlachten- und Jagdbilder. Auf dem Tisch standen ein Krug Wein und zwei Pokale, deren dunkelblaues Glas auf der blanken Eichenplatte hell glänzte. Die bestickte scharlachrote Bettdecke war sorgfältig zurückgeschlagen. Hinter der glasierten Ofentür prasselte leise ein Feuer, und im Gemach war es sehr warm. Der Graf hatte die Stiefel ausgezogen und saß behaglich am Fuße seines Bettes. Er sah Margerite an, und sie wußte nicht, was sie sagen sollte. Er klopfte auf die Bettdecke, und sie ließ sich neben ihm nieder.

»Du bist wunderschön, meine Gemahlin«, sagte Heinrich mit heiserer Stimme. Margerite ließ es zu, daß er sie mit kräftigen Armen an sich zog und küßte. Sie schmeckte die Minze, die er gekaut hatte, um einen angenehmen Atem zu bekommen.

Sanft nahm Heinrich die Nadeln aus Margerites Zöpfen und strich ihr durch das reich über den Rücken fallende Haar. Er berührte sie mit großer Vorsicht, als fürchte er, sie könne unter seinen Händen zerbrechen. Mit den Fingerspitzen streichelte er ihr über Kopf und Rücken, wie um ein scheues Pferd zu beruhigen. Langsam wich die Anspannung, mit der sie seine Berührung erwartet hatte, von Margerite.

»Ich danke dir für deine Geduld, mein Gemahl«, sagte sie und blickte Heinrich tief in die Augen.

Traurig und belustigt zugleich zog er den Mundwinkel nach oben. »Ich habe die Wahrheit gesprochen, als ich sagte, daß mein Feuer nicht mehr so heiß brennt wie einst. Seit dem Tod meiner ersten Frau sind sechzehn Jahre vergangen, und in dieser Zeit ... nun, ich will dich nicht belügen. Wie die meisten Männer habe ich mich gelegentlich damit beholfen, für mein Vergnügen zu bezahlen oder es auf andere Weise zu finden. Aber jetzt reite ich nicht mehr oft in die Stadt, und auch als junger Mann war ich nicht so närrisch, jede Dorfdirne oder Dienstmagd mit einem gräflichen Bankert zu beehren. Und du? Für eine Frau, die schon so viele Prüfungen bestanden hat, bis du noch sehr jung – achtzehn, nicht wahr?«

»Seit Februar, ja.«

Heinrich schüttelte den Kopf. »Ich werde am zwölften Dezember sechzig und zähle unter den Toten mehr Verwandte und Freunde als unter den Lebenden. Und nichts ist so lächerlich wie ein alter Hengst, der nach einer jungen Stute lechzt, ob sie nun seine angetraute Gemahlin ist oder nicht. Du bist jung und schön, und ich weiß, daß du mich nicht aus freien Stücken geheiratet hast. Wie hätte ich da den Rat deiner Hebamme für einige Augenblicke des Vergnügens mißachten oder gar erzwingen können, was deine Einwilligung in Haß hätte umschlagen lassen? Auch jetzt hoffe ich ... daß es nicht nur dein Pflichtgefühl ist, das dich an mein Bett führt, auch wenn ich in jedem Fall froh bin, daß du freiwillig gekommen bist.« Seine Worte klangen leise und traurig, und Margerite glaubte sogar, helle Tränen in seinen grauen Augen zu erkennen. Sie setzte zu einer Erwiderung an, aber Heinrich legte ihr den Finger auf die Lippen. »Nein, sag nichts, was du nicht ernst meinst, Margerite. Laß mich wenigstens heute nacht in dem Glauben, daß du bei mir bist, weil du es so willst – daß du Freude in meiner Gesellschaft und Wonne in meiner Umarmung empfindest.«

Margerite strich Heinrich über den Rücken und liebkoste das stachlige Haar in seinem Nacken. Dann zog sie ihn an sich, um ihn zu küssen. Sein Bart kräuselte sich um ihre Wangen und ihr Kinn – *fast wie Bertrams Bart.* Sie schob den Gedanken von sich. Sie hatte Heinrich das Ehegelübde gegeben, und er brauchte und verdiente ihren Trost.

So saßen sie einige Zeit zusammen und besänftigten einander ohne Worte. Schließlich öffnete ihr Heinrich den Gürtel und schnürte mit unbeholfenen Fingern langsam ihr Überkleid auf. »Ich habe keine Übung mit dieser neuen Mode«, sagte er mit einem leichten Lachen.

»Du wirst schnell lernen, mich zu entkleiden.« Margerite half ihm, so gut sie konnte. Unter ihrer Anleitung waren die grünen Seidenbänder schnell entwirrt, und dann mußte Heinrich nur noch ihr enganliegendes Unterkleid aufhaken. Bevor sie aus dem Gewand schlüpfte, löste Margerite Heinrichs Gürtelschnalle und hängte die breite Kette aus Silberplatten zusammen mit dem Dolch über einen Bettpfosten. Margerite öffnete schnell die silbernen Knöpfe an der Vorderseite seines dunkelblauen Wamses und das weiße Linnenhemd darunter, und Heinrich warf die beiden Kleidungsstücke ab. Einen Augenblick lang bebte sie davor zurück, ihm die scharlachrote Hose aufzubinden, aber dann mußte sie daran denken, daß sie einander bald noch viel vertrauter begegnen würden. Weich spürte sie die feine Wolle seines Beinkleids unter den Händen, als sie es herunterzog.

Für einen Mann seines Alters sah Heinrich gut aus, als er nackt vor ihr saß. Die Jahre hatten nichts gegen seine mächtigen Muskeln an Schultern, Armen und der Brust vermocht, und auch sein Bauch war zwar durch die Freuden der Tafel gewachsen, zeigte jedoch keine dicken Falten der Trägheit. Die dichten, graubraunen Locken, die seinen Körper bedeckten, ließen ihn noch mehr als sonst wie einen Bären aussehen, aber er wirkte keineswegs ungeschickt, als er Margerite bedächtig entkleidete und die Gewänder über eine Stuhllehne legte. Als beide vollkommen nackt waren, schloß Heinrich Margerite wieder in die Arme. Sie spürte, wie sich der Herzschlag unter seinem Pelz beschleunigte und wie sich seine Männlichkeit allmählich regte. Er schlug die Decke auf, hob Margerite in die Höhe, als wäre sie ein Kind, und legte sie aufs Bett. Das Linnen war weich, wie es nur nach langem Gebrauch und durch sorgfältige Pflege wurde, und roch nach Lavendel.

Margerite zog die Beine an und wartete auf Heinrich, aber er drückte sie wieder sanft nach unten. »Nicht so schnell, meine Liebste«, flüsterte er. Er stützte sich auf seine kräftigen Unterarme und küßte sie wieder. Dann drehte er sich zur Seite und streichelte ihr mit sanften Händen über die Brüste, den Schoß und die Schenkel. Immer wieder unterbrach er seine Liebkosungen mit weichen Küssen. Margerite spürte nichts von der prickelnden Erregung, die sie bei Ruprechts Berührung empfunden hatte, aber Heinrichs warme Aufmerksamkeit beruhigte sie, und sie fühlte, wie sich die Spannung in ihren Bauchmuskeln allmählich löste.

Schließlich bewegte sich Heinrichs Hand zwischen ihre Beine. Seine Finger strichen rauh über Margerites Geschlecht, und sie zog unwillkürlich die Schenkel zusammen.

»Es ist oft schwer für eine Frau, sich nach der Geburt wieder hinzugeben«, sagte Heinrich beschwichtigend. »Aber wenn du dich mir öffnen möchtest…« Er wandte sich kurz ab und nahm etwas vom Nachttisch neben dem Bett. »Das wird es dir leichter machen.«

Heinrich hielt einen kleinen Tontopf mit einer Salbe, wie Margerite vermutete. Sie öffnete die Beine wieder und ließ sich den öligen Balsam auf die Schamlippen reiben. Es war ein angenehmes Gefühl, das jedoch wie bei seinen anderen Liebkosungen kein Verlangen in ihr wachrief. Aber sie hatte keinen Grund mehr, ihn noch länger warten zu lassen, zumal sie sehen konnte, daß er für sie bereit war.

»Komm zu mir, mein Gemahl.« Wieder nahm Margerite die Beine nach oben und streckte Heinrich die Arme entgegen. Sorgsam darauf bedacht, daß sie nur einen kleinen Teil seines

Gewichts zu tragen hatte, legte er sich auf sie und drang langsam in sie ein. Trotz der Salbe zuckte sie zuerst leicht zurück. Heinrich hielt sogleich inne und wartete, bis sie ihn wieder aufforderte. Soviel Zartgefühl hätte Margerite von dem rauhen und lauten Mann nie erwartet. Es schien ihr, als wolle er ihr aus welchem Grund auch immer seine innersten Gefühle offenbaren, wie es Ruprecht nie getan hatte. Und als Heinrich ganz zu ihr gekommen war, ging sie zu ihrer eigenen Überraschung sogar ein wenig auf das langsame, sanfte und unwiderstehliche Wogen seiner Stöße ein. Eine Hure mochte einen Mann so in sich aufnehmen können, ohne etwas zu empfinden, aber Margerite konnte es nicht.

Als sie sich im Gleichklang mit ihm bewegte, begann Heinrich schneller zu stoßen. Seine Augen waren halb geschlossen, die Lippen geöffnet, und sein Atem ging schnell. Sein Herzschlag hämmerte ihr durch den ganzen Körper, und er stieß leise Schreie der Lust aus. Margerite umklammerte ihn und spürte das Branden seiner mächtigen Rückenmuskeln, während er sie nahm. Ein schwacher Widerhall seines Taumels durchrieselte sie, und sie mußte an Bertram denken. Gott sei Dank würde Heinrich nie erfahren, daß das leise Seufzen aus ihrem Munde, das er mit einem Stöhnen der Wollust beantwortete, nicht ihm galt.

Plötzlich erstarrte Heinrich über ihr und stieß einen heftigen Schrei aus. Sie spürte, wie sich seine Hitze in sie ergoß, und umarmte ihn fester, als er langsam auf sie niedersank und das Gesicht in ihrem Hals und Haar begrub. Aber Margerite konnte Heinrichs Gewicht nicht lange ertragen. Sanft versuchte sie sich aus der Umarmung zu lösen. Da rollte Heinrichs Kopf mit klaffendem Mund und herunterhängenden Augenlidern zur Seite, und er gab ein Geräusch von sich wie das Gurgeln eines Schafes mit aufgeschlitzter Luftröhre.

Margerite unterdrückte den Schrei, den sie in sich aufsteigen spürte, und schob mit aller Kraft, um sich von dem Gewicht ihres Gemahls zu befreien.

»Herr Jesus Christus, Heilige Maria, lieber Gott«, stöhnte Margerite. Sie wußte, daß sie kurz davor stand, in einen Schreikrampf auszubrechen.

Heinrich gab wieder ein Röcheln von sich, das sie versteinern ließ, als hätte sie eine Ohrfeige erhalten. Ihr Gemahl war nicht tot, doch vielleicht lag er im Sterben, und sie durfte keine Zeit verlieren. Sie zog die Decke über den nackten Heinrich und schlüpfte in ihr linnenes Unterkleid, das sie mit einer Hand an sich drückte. Wo waren Heinrichs Diener? Wahrscheinlich hatte er sie weggeschickt, nachdem sie das Gemach vorbereitet hatten. Vielleicht warteten sie unten beim Schach- oder Würfelspiel auf den Ruf ihres Herrn. Da Margerite nicht halbnackt wie eine Mänade aus dem griechischen Altertum durch die Burg laufen konnte, sauste sie über den Gang zu ihrem Zimmer.

»Frau Gräfin!« schrie Rosa und sprang auf, als sie die spärliche Bekleidung ihrer Herrin sah.

»Lauf und schicke Pater Michael und den Arzt in Heinrichs Gemächer – sofort! Renne, so schnell du kannst – um der Liebe Christi willen!« rief Margerite der Dienstmagd zu. Rosa huschte wie ein Reh, dem die Hunde auf den Fersen sind, durch die Tür und hinaus in den Gang.

Margerite blieb nur einen Augenblick, um nach Wolfram zu sehen, dann eilte sie zurück zu Heinrich. Kaum hatte sie die Tür zum Hauptdurchgang geöffnet, als ihr Christoph, gefolgt von Georg, entgegenkam. Der junge Ritter hatte sein Schwert halb gezückt, und der Knappe hielt seine noch in der Scheide steckende Klinge umklammert. »Was ist geschehen?« fragte Christoph atemlos. »Ich hörte Euch rufen ...«

»Kommt schnell, Eurem Vater ist etwas zugestoßen«, erwiderte sie. Zusammen liefen sie zu Heinrichs Schlafgemach.

Der Graf lag immer noch auf dem Rücken, wie Margerite ihn verlassen hatte. Er atmete schwach durch schlaffe Lippen, und die Lider hingen ihm tief über die Augen. Christoph kniete sich neben das Bett und packte seinen Vater an den Schultern. »Vater!« rief er. »Kannst du mich hören? Was ist dir?«

Heinrich würgte schwach, als würde er ersticken. War ihm die Zunge in den Schlund gerutscht? Margerite konnte die leichte Bewegung seiner Brust unter der scharlachfarbenen Decke nicht mehr wahrnehmen. Ohne lang zu überlegen, griff sie ihm in den Mund und zog das glitschige Organ heraus.

Heinrichs Körper krampfte sich zusammen, und Margerite beobachtete ihn erstarrt, bis er wieder zu atmen begann. Erst dann wischte sie sich die nassen Finger an ihrem Kleid ab. Georg preßte sich die Hände auf den Mund, wie um einen Brechreiz zu unterdrücken, und starrte hilflos.

»Was fehlt ihm?« fragte Christoph mit flehender Stimme. Sein Gesicht war totenblaß, und alle männliche Reife war von ihm abgefallen. Er wirkte jünger als Margerite, als er in der Hoffnung auf ein Wort des Trostes zu ihr aufblickte. »Könnt Ihr ihm nicht helfen?«

»Ich weiß es nicht. Wir …« Margerite verstummte. Heinrichs Gürtel um den Bettpfosten, ihr eigenes Überkleid über der Stuhllehne und seine Gewänder auf dem Sitz zeigten deutlich genug, was sie und Heinrich getan hatten. Und es ziemte sich nicht für sie, so in ihrem hellen Untergewand mit offenem Rückenteil dazustehen, wenn der Priester und der Arzt jeden Augenblick eintreffen konnten. »Wacht über ihn und achtet darauf, daß seine Zunge nicht wieder zurückgleitet. Ich muß mich anständig anziehen.« Sie packte ihre Kleider und huschte durch den Durchgang vorbei an ihrem Gemach zu Evas Zimmer und klopfte heftig an die Tür.

Von drinnen erklang ein Lachen, und Evas Stimme flötete: »Wer ist da?«

»Margerite. Laß mich sofort ein.«

Das Lachen bröckelte aus Evas Gesicht, als sie die Tür öffnete. »Frau Gräfin – Margerite! Was ist geschehen?«

»Heinrich ist erkrankt«, sagte Margerite mit mühsam beherrschter Stimme.

»Aber … du bist entkleidet. Wie …«

»Das kannst du dir wohl leicht ausmalen«, zischte Margerite. Evas Magd schnürte ihr mit geübter Hand das Unterkleid und zog ihr das Übergewand an.

»Mein Gott, wie schrecklich«, flüsterte Eva. »Was kann ich tun?«

»Fürs erste nichts – außer zu Christoph zu gehen. Er ist bei Heinrich in seinem Gemach, und er wird bestimmt froh sein über deine Gesellschaft. Versuche ruhig zu bleiben, denn er ist sehr betrübt.«

Eva ging ohne ein weiteres Wort. Als die Gräfin ganz angekleidet war, wollte ihr die Magd das Haar flechten. Margerite stieß ihre Hand beiseite. »Dafür ist jetzt keine Zeit.« Sie glättete ihre Kleider und eilte zurück in Heinrichs Gemächer.

Pater Michael kniete bereits am Bett des Kranken und murmelte die Worte der letzten Ölung, während Ernst mit metallenen Bechern auf dem Ofen herumhantierte. Eva stand bei Christoph, ohne ihn zu berühren, auch wenn ihr anzusehen war, wie gern sie ihm die Hand auf die Schulter gelegt hätte. Georg verharrte in der Ecke wie ein kleiner bleicher Geist und beobachtete alles mit ängstlicher Spannung.

Schließlich erhob sich der Priester. »Die Sache liegt nun in Gottes Händen. Ich kann nichts mehr tun.«

»Dann geht und betet für ihn«, befahl Margerite. »Ernst, was hast du mir zu sagen?«

Der Medikus spähte rasch durch das Zimmer wie eine unruhige Amsel und erfaßte alles mit scharfem Blick. »Frau Gräfin, der Graf war nicht mehr der Jüngste, und es ist ja bekannt ... also, ein alter Mann und eine junge Gattin ...«

»Das geht dich nichts an!« fauchte Margerite erbost. »Du bist Arzt, so sage mir bitte, was ihm fehlt!«

Ernst richtete sich zu seiner vollen Größe auf, so daß ihn Margerite nur noch um eine halbe Handbreit überragte. »Frau Gräfin, nach meiner Auffassung hat ... die lebhafte Anstrengung das Herz des Grafen stark beansprucht und damit eine Aufwallung seines *spiritus* verursacht, die, vom Herz auf das Gehirn übertragen, das *rete mirabile* überlastet hat, in welchem Teil des Gehirns der *spiritus* in die Geister der *anima* verwandelt wird, die den Körper mit den Kräften des Denkens, der Sehkraft und der Bewegung erfüllen. Wenn das *rete mirabile* verletzt ist, Frau Gräfin, werden diese Lebensgeister nicht mehr hervorgebracht, und alle Lebenskräfte sind erloschen.«

Margerite blickte auf ihren Gemahl, der reglos auf dem Bett lag. Ein glitzernder Speichelfaden lief ihm aus dem Mundwinkel und versickerte in seinem Bart. Seine Wangen schienen grau und eingefallen, und der Atem kam heiser aus dem Mund, als stünde er im Begriff, in tiefen Schlaf zu sinken. Die wissenschaftliche Erklärung des Medikus beruhigte sie ein wenig, denn eine dunklere Sorge hatte sich in ihr Bewußtsein geschlichen. Im Burgdorf ihres Vaters hatte sie gehört, daß solche Schlaganfälle auf das Wirken der bösen Kräfte von Zauberern und Hexen zurückgeführt wurden.

»Was kannst du tun, um ihn zu heilen?« fragte Margerite.

Ernsts rundlicher Bauch hob sich mit einem tiefen Seufzen. »Frau Gräfin, ich kann ihm mit aller gebotenen Vorsicht unmittelbar über den Augen an der Stirn Ätzmittel anlegen. Wenn noch ein Rest von Lebensgeistern von seinem *rete mirabile* ausgeht, werden sie dadurch herausgezogen, und vielleicht entstehen auch wieder neue. Sein Herzschlag und Atem sind gut. Das zeigt, daß seine Heilkraft noch stark ist. Ich selbst habe gesehen, wie sich Männer von solch einem Hirnschlag erholt haben. Aber es läßt sich nicht sagen, ob der Graf leben oder sterben wird und welche seiner Kräfte er behalten wird, wenn er sich wieder erholt. Aber jetzt ist es wohl am besten, wenn die Damen das Zimmer verlassen, denn meine Becher sind heiß, und die Ätzbehandlung ist fürwahr kein angenehmer Anblick für Edelfrauen.«

»Ich will nicht von der Seite meines Gemahls weichen«, entgegnete Margerite. »Ich weiß zwar nichts von der Kunst der Ätzbehandlung, aber ich verstehe mich auf die Heilkunde. Wenn ich …«

»Hinaus!« fuhr Christoph Margerite an und bedachte sie mit einem Blick, der ihr den Atem verschlug. »Hinaus mit Euch und laßt ihn endlich arbeiten!« Er zog die Schultern zusammen, und seine Hände ballten sich zu Fäusten. *Als ob er mich schlagen wollte,* dachte Margerite bestürzt. Böser Zorn leuchtete in Christophs graugrünen Augen, und sein Gesicht hatte sich zu einer Fratze verzogen. Margerite und Eva flüchteten sich aus dem Gemach.

Draußen vor der geschlossenen Tür bemerkte Margerite, daß sie zitterte.

»Armer Christoph«, flüsterte Eva mit erstickter Stimme. »Ich habe noch nie gesehen, daß er vor lauter Angst zu brüllen anfängt.« Ihre Unterlippe bebte, und sie hielt die Schultern nach vorn gezogen, so daß sie trotz ihres wunderbaren neuen Kleides aus rosafarbenem Brokat wieder aussah wie das verschreckte Kind, das vor einem Jahr nach Burg Falkenstein gekommen war.

»Ich mache ihm keinen Vorwurf«, antwortete Margerite. »Ich bete nur, daß Heinrich genesen möge. Sollte er sich nicht erholen, muß Christoph bald seinen Platz als Graf einnehmen, und das ist eine schwere Bürde für einen jungen Mann.«

»Wahrscheinlich«, sagte Eva unsicher. »Aber ich glaube nicht, daß sich Christoph vor dieser Aufgabe fürchtet. Er liebt seinen Vater von Herzen und leidet große Angst, daß er sich nicht erholen wird.« Sie senkte den Blick und biß sich auf die Lippe. Tränen stiegen ihr in die blauen Augen. »Margerite, sollte nicht jemand Nikolaus verständigen? Vielleicht möchte auch er bei seinem Vater sein.«

Margerite dachte angestrengt nach. Hatte Nikolaus nichts von der Unruhe im Gang gehört? War er so früh am Abend schon zu seiner Zauberstätte hinabgestiegen? Oder – Margerite zwang den dunklen Gedanken, der im tiefsten Schatten ihres Bewußtseins lauerte, Gestalt anzunehmen: Hatte Nikolaus deshalb nicht nachgesehen, weil er bereits wußte, was vorgefallen war? Hatte sie nicht selbst im Schwarzen Buch die Worte gelesen: *Die Bande der Zuneigung sind Ketten, mit denen die Schwachen die Starken versklaven. Der Zauberer muß sich von all diesen Täuschungen befreien und bereit sein, sein Kind oder seine Mutter wie einen Feind zu zertreten, wenn es seinem Vorteil dient.* Und das Ritual, für das sich Nikolaus mit solcher Sorgfalt und unter so großer Geheimhaltung gerüstet hatte, hatte vor kaum mehr als einer Woche stattgefunden!

Als Margerite noch innerlich mit sich rang, öffnete sich am anderen Ende des Ganges eine Tür. Das warme Licht der Kerzen in den Wandleuchtern spiegelte sich auf den seidenen Ärmeln von Nikolaus' grünblauem Wams, während er gelassen, aber schnell auf sie zu ging.

»Ist etwas geschehen?« fragte er, die Stirn in leichte Falten gelegt. »Ich habe den Lärm selbst von der Bibliothek aus gehört.«

»Euren Vater hat ein schwerer Schicksalsschlag getroffen.« Margerite blickte ihm gerade in die Augen. Seine Pupillen, die vom dämmerigen Licht schon groß waren, schienen sich kurz zu weiten, und das genügte ihr als Antwort.

»Wie ist es dazu gekommen? Ist ein Feind in der Burg?« fragte Nikolaus mit drohender Stimme, und seine Hand glitt zum Dolch.

»Nein, ein Schlaganfall hat ihn ereilt, und er liegt gelähmt...« Margerite spürte, wie sich die Röte heiß auf ihren Wangen ausbreitete, als stünde sie vor einem offenen Feuer. »Im Bett.«

Nikolaus zog eine merkwürdige Fratze. Margerite brauchte einen Augenblick, um zu begreifen, daß er sich ein Lachen verbiß. Heißer Zorn wallte in ihr auf. *Dabei hat Heinrich sich so gewünscht, daß er in seinem Verlangen nach mir nicht lächerlich erscheint!*

Nikolaus konnte sich gerade noch beherrschen, bevor seinen Lippen ein Geräusch entfloh, und sagte mit ruhiger Stimme: »Ich gehe zu ihm.«

»Ernst legt gerade Ätzmittel an«, schaltete sich Eva ein. Sie trat Nikolaus entschlossen entgegen und blickte ihm aus fast gleicher Höhe fest in die Augen. »Vielleicht solltet Ihr besser warten, bis er damit fertig ist.«

»Ich habe Ernst schon öfter bei der Arbeit gesehen«, antwortete Nikolaus. »Ihr braucht nicht zu fürchten, daß meine Nerven einem solchen Schauspiel nicht gewachsen sind. Der Graf ist mein Vater, ich muß bei ihm sein.«

In Margerite brodelte es. Es schien ihr unerträglich, solche Worte aus seinem Munde zu vernehmen, da sie sicher zu wissen glaubte, daß er für das Geschehene verantwortlich war. Sie biß sich auf die Lippe, bis der salzig süße Geschmack von Blut auf ihrer Zunge lag. Sie konnte nicht sagen, was sie dachte, aber sie durfte Nikolaus auf keinen Fall in Heinrichs Gemach gehen lassen, denn sie fürchtete, er könnte dort sein begonnenes Werk vollenden.

»Christoph ist an seiner Seite, und er wünscht, daß der Medikus nicht unterbrochen wird«, beharrte Eva. »Solange die Behandlung nicht beendet ist, können wir ohnehin nur beten.« Dann schenkte sie Nikolaus ein unwiderstehliches Lächeln, das ihre weichen Wangen und strahlenden Augen voll zur Geltung brachte. »Ich weiß, Ihr seid besorgt wie wir alle, aber wenn wir dem Grafen ohnehin nicht zu helfen vermögen, sollten wir sehen, daß wir selbst bei einem Becher Wein Stärkung finden.«

Mit einer Mischung aus Entsetzen und Bewunderung beobachtete Margerite Evas Darbietung. Das Mädchen streckte Nikolaus die Hand entgegen, um sich von ihm geleiten zu lassen. Der junge Mann leckte sich über die Lippen und ließ den Blick über den tiefen Ausschnitt von Evas Kleid gleiten, bevor er sie bei der Hand nahm. *Sie wird Christoph einst eine treffliche Gräfin und Burgherrin sein*, dachte Margerite.

Eva versuchte ein Gespräch mit Nikolaus anzuknüpfen, aber dieser schien jetzt doch abwesend und verstört. Seine Finger wanden sich unruhig um den silbernen Stil des Pokals, und der goldene Ordensring schlug unangenehm klappernd dagegen.

Vielleicht habe ich Nikolaus Unrecht getan. Wie rasch ich inzwischen das Schlimmste annehme! dachte Margerite. *Oder aber er benimmt sich deshalb so, weil ihm sein Zauber zu gut gelungen ist – weil er etwas gerufen hat, das er nicht beherrschen konnte?* Wenn dies der Fall war, waren sie alle in Gefahr, auch Wolfram. Vor allem Wolfram, denn das Schwarze Buch ließ keinen Zweifel daran, daß sich Dämonen am Verrat ergötzten und dabei weder vor ihren Meistern noch voreinander Halt machten. Wenn Nikolaus ein Wesen gerufen hatte, das zu bändigen seine Kräfte überstieg, würde es mit Freuden alles nur erdenklich Böse anrichten, um ihn in den Augen sowohl der Ordensmitglieder als auch aller anständigen Menschen zugrunde zu richten. Wenn Wolfram wirklich der Sohn des höchsten Ordensfürsten war … Margerite konnte nicht daran glauben, ohne in Wahnsinn zu versinken.

Sie stand unvermittelt auf. »Ich muß nach Wolfram sehen. Der Trubel und das Geschrei haben ihm bestimmt einen Schrecken eingejagt, und die Magd hat noch nicht gelernt, ihn zu beruhigen, wenn er sich ängstigt.«

»Nicht jede Frau würde zuerst an ihr Kind denken, wenn ihr Gemahl in solcher Not ist«, sagte Nikolaus unbewegt. Margerite beobachtete seine grün glitzernden Augen und das bleiche Gesicht. Waren seine Worte ein Vorwurf? Eine Warnung? Sie fand keine Antwort und wandte sich, gefolgt von Kobold, zum Gehen.

Wolfram lag schreiend in Rosas Armen und drehte den Kopf zur Seite, wenn ihm die Dienstmagd den in Honig getauchten Finger in den Mund schieben wollte. »Gib ihn mir«, sagte Margerite mit vor Angst gespannter Stimme. Hatte der Kleine etwas Dunkles gespürt, dessen Eindringen durch den Schirm ihres Gemachs sie nicht bemerkt hatte, während sie in Heinrichs Armen lag? Oder hatte ihn nur die Aufregung der Erwachsenen um ihn herum in Schrecken versetzt?

»Wolfram, Wolfram«, flüsterte sie und wiegte ihr Kind in den Armen. »Still, hab keine Angst mehr. Deine Mutter ist bei dir, Kobold wacht über dich, und alles ist gut.«

Als Margerites Herzschlag langsamer wurde, beruhigte sich auch Wolfram allmählich und ließ nur noch ab und zu ein Wimmern hören, als erinnerte er sich daran, daß er schreien müßte, und hätte nur den Grund dafür vergessen. Nach einiger Zeit wandte er das Gesicht seiner Mutter zu und schmiegte sich an ihren Busen. Rosa schnürte Margerite das Gewand auf, damit sie ihn stillen konnte.

Wolfram war gesättigt, und ihm fielen die Augen zu, als es an Margerites Tür klopfte. Rosa machte auf.

»Ist Margerite da?« fragte Christoph mit heiserer Stimme.

Margerite legte ihren Sohn in die Wiege und stand auf. »Welche Kunde bringt Ihr?«

Christoph drückte die Hand an die Stirn. Seine hellen Augen waren leer vor Erschöpfung und rotgerändert, als ob er geweint hätte. »Meinem Vater geht es nicht besser. Er schien die Ätzbehandlung zu spüren, aber er konnte nicht reden. Ernst vermag nichts mehr für ihn zu tun.«

»Kommt herein und setzt Euch«, forderte ihn Margerite auf. »Rosa, bring uns Wein. Nein, geh zu Ernst und frage ihn, ob er *aqua vitae* hat.« Obwohl im Ofen ein leises Feuer knisterte, schien das Gemach plötzlich kalt und klamm.

Die Dienstmagd eilte davon, und Christoph ließ sich schwer auf Margerites Bett fallen. Offenkundig hatte er nicht einmal mehr die Kraft, das Zimmer zu durchqueren und sich auf einen Stuhl zu setzen. Georg folgte ihm herein, blieb aber mit höflich zusammengelegten Händen stehen, auch als Kobold hinüberstakste, um die Schnabelschuhe und die dünnen Waden des Knappen neugierig zu beschnuppern.

»Ihr wißt, daß Ihr Heinrichs Pflichten übernehmen müßt, bis er wieder genesen ist – falls er sich mit Gottes Beistand wieder erholt«, sagte Margerite sanft.

Christoph zuckte bei ihren letzten Worten zusammen wie von einem Peitschenhieb getroffen. »Ich weiß es«, sagte er mit dumpfer Stimme. »Wie … ist mein Bruder schon verständigt worden?«

»Er wartet im großen Saal, daß Ihr ihn ruft. Eva ist bei ihm. Ich glaube, Ihr habt sie vorher sehr erschreckt, als Ihr mich so angefahren habt«, fügte Margerite vorwurfsvoll hinzu.

Der Erbe des Grafen legte wieder die Hand an die Stirn, wie um einen nagenden Kopfschmerz zu beruhigen. »Ich weiß nicht, was in mich gefahren ist. Ich bitte Euch um Verzeihung, Margerite. Ich wollte nicht so unhöflich sein. Es war nur … als ich meinen Vater so hilflos daliegen sah …«

»Ich weiß.« Margerites beschwichtigender Tonfall schlug unvermittelt in einen Schrei um: »Kobold!«

Christoph fuhr erschrocken hoch, als der schwarze Kater davonsprang. Kobold hatte sich an den jungen Ritter herangeschlichen, mit der unmißverständlichen Absicht, seine Hose zu markieren.

»Kobold!« schalt Margerite. »Christoph ist weder ein Kater noch dein Eigentum. Komm sofort her, du elender Kerl, und benimm dich gefälligst.«

Mit unsicherem Lachen betrachtete Christoph den Kater, der mit aufgestelltem Schwanz hochmütig davonstakste und auf das Fensterbrett sprang. Aus engen Augenschlitzen starrte er den Mann an, der es gewagt hatte, in das Gemach seiner Herrin einzudringen. Erleichtert stellte Margerite fest, daß an Christophs feiner purpurner Wollhose keine dunklen Tropfen zu sehen waren. Andernfalls wäre das Beinkleid nicht mehr als Gewand zu gebrauchen gewesen.

»Er ist eben ein Kater und benimmt sich ungezogen, wenn ich es am wenigsten erwarte«, entschuldigte sich Margerite. »Es tut mir leid, wenn ich Euch erschreckt habe.«

»Besser als angepinkelt zu werden«, sagte Christoph mit dem Versuch eines Lächelns.

Rosa kam mit einer grünen Glasflasche und zwei Silberpokalen zurück. Margerite schenkte Christoph ein reichliches Quantum der bernsteinfarbenen Flüssigkeit und sich selbst etwas weniger ein. Warm und kräftig stieg ihr der Geruch in die Nase, als sie den Becher an die Lippen hob, und es brannte ihr angenehm auf der Zunge. Christoph nahm einen tiefen Schluck, als würde er Wein trinken, und die kleinen Falten der Anspannung auf seiner Stirn glätteten sich ein wenig.

»Ah, das tut gut«, sagte er. »Ich wette, daß sich Ernst diese Arznei selbst des öfteren verabreicht.«

»Diese Wette würde ich nicht annehmen«, antwortete Margerite.

Christoph drehte den Pokal zwischen den Fingern und starrte gebannt in die kreisende Flüssigkeit auf dem glänzenden Silber. Schließlich sagte er: »Wir werden die Kunde von der Erkrankung meines Vaters sehr bald bekanntgeben müssen, denn wir können sie nicht geheimhalten. Ich denke, daß ich seinen Platz einnehmen kann. Er hat mich in den letzten beiden Jahren unterwiesen, da er wußte, daß ihn seine Kräfte im Alter verlassen würden. Aber … wenn er sich nicht mehr erholt, was wünscht Ihr dann zu tun? Wollt Ihr bleiben oder zurück nach Burg Falkenstein ziehen?«

Die Frage verschlug Margerite den Atem. An eine Zukunft ohne Heinrich hatte sie überhaupt nicht gedacht. Als Witwe wäre sie wieder frei. Sie konnte in Wolframs Land zurückkehren und es nach ihrem Gutdünken regieren. Sie konnte sich Nikolaus' Überwachung entziehen und wieder heiraten – sogar einen ehemaligen Hauptmann der Burgwache, falls sie Bertram mit einer Nachricht erreichen und er sein eigenes Anliegen fürs erste hintansetzen würde. Die Vorstellung machte sie schwindeln, als hätte sie einen vollen Becher *aqua vitae* in einem Zug geleert – *Heilige Maria, laß mich nicht auf Heinrichs Tod hoffen!*

»Es ist noch zu früh, an solche Dinge zu denken«, sagte Margerite. »Wir wollen zuerst sehen, wie sich die Dinge entwickeln.«

Christoph nickte entschlossen. »Vielleicht ist es so am besten. Es täte mir leid, Euch ziehen zu sehen … und Eva ist ja auch noch da.«

»Fürwahr, das ist sie.« Margerite blickte den jungen Mann scharf an. Trotz seiner kräftigen Gestalt und der breiten Schultern, die sich deutlich unter seinem blauen Damastrock abzeichneten, strahlte Christoph etwas Zerbrechliches aus, als könnte ihn eine einzige Berührung zu Staub zerfallen lassen. Sie versuchte, das unangenehme Bild von sich zu schieben. »Habt Ihr Euch schon ein Gelöbnis gegeben?«

Christoph wandte den Blick ab und rieb sich wieder über die Stelle an seiner Stirn. »Noch nicht. Pater Etienne hat mir von dem Vetter erzählt, der ihr gesetzlicher Vormund ist, und mich gewarnt, daß wir auf der Hut sein müssen, damit er nicht erneut versucht, Eva um ihr Erbe zu bringen. Ich wollte in einiger Zeit meinen Vater um die Erlaubnis bitten, mit Eva und einem geziemendem Gefolge zu Waldebert zu reisen, damit wir einen Heiratsvertrag aufsetzen und uns vor Zeugen verloben können.«

»Ein kluger Plan, der nun allerdings noch einige Zeit warten muß«, seufzte Margerite. »Jetzt könnt Ihr Burg Fürstensee kaum verlassen. So Gott will, wird Heinrich bald genesen … oder aber nicht weiter dahinsiechen. Bis zu einer Klärung wäre es töricht, Euch in eine andere Sache zu verstricken. Ich weiß nicht, was Ernst gesagt hat, doch ich möchte offen mit Euch reden. Ich habe solche Fälle schon zweimal gesehen. Der erste Mann ist nach einigen Tagen gestorben, ohne das Bewußtsein wiederzuerlangen. Der andere hat sich zwar wieder ein wenig erholt, konnte aber fortan weder das linke Augenlid heben noch Hand und Fuß auf dieser Seite richtig benutzen. Wenn Heinrich an diesem Anfall nicht stirbt, Christoph, müßt Ihr vielleicht Zeit seines Lebens Stütze und starker Schwertarm für ihn sein, denn sehr wahrscheinlich wird er nie wieder auf einem Pferd sitzen und nie wieder in der Schlacht oder in einem Turnier die Klinge führen.«

Margerite spürte, wie ihr bei ihren Worten die Tränen in die Augen stiegen. Christoph wandte den Blick ab und leerte seinen Becher. Dann stand er auf. »Ich danke Euch für Euren Rat, Margerite. Ich werde jetzt mit meinem Bruder sprechen.«

»Nichts zu danken, Christoph. Ich wünschte, ich könnte mehr für Euch tun.«

»Das werdet Ihr sicher in den kommenden Tagen.«

Als sich die Tür hinter Christoph und seinem Knappen geschlossen hatte, seufzte Margerite auf. Es wäre leichter für Heinrichs Erben gewesen, wenn der Graf in der Schlacht gefallen oder einfach gestorben wäre, statt hilflos krank im Bett zu liegen. Christoph war alt genug, um zu wissen, daß die Sichel des Todes den hohen Weizenhalm eines Edelmanns genauso schnitt wie den niedrigen Gerstenhalm eines Bauern. Quälend war das, was ihm bevorstand: Tag für Tag ein Hoffen und Bangen, die Anstrengung, den Platz seines Vaters einnehmen zu müssen, ohne die beglaubigte Gewalt zu besitzen. Margerite machte sich Sorgen, weil Christoph immer wieder mit der Hand über die Stelle seiner alten Kopfwunde strich, denn eigentlich hatte sie gemeint, die Verletzung sei längst verheilt. Sie überlegte, ob sie ihn überreden sollte, Ernst einen Blick darauf werfen zu lassen. Aber jetzt war nicht der rechte Zeitpunkt dafür. Es durfte auf keinen Fall der Eindruck entstehen, Margerite habe Zweifel an Christophs geistiger Gesundheit.

»Soll ich Euch fürs Bett zurechtmachen, gnädige Frau?« fragte Rosa und schüttelte ihre dunklen Locken aus, nachdem sie das grüne Haarband herausgezogen hatte.

»Nein«, antwortete Margerite. »Ich möchte zu meinem Gemahl gehen und an seiner Bettstatt beten. Außerdem will ich ihm die Glieder mit Kräutern und Ölen einreiben, vielleicht gewinnt er dann wieder ein wenig Kraft.« Margerite nahm den langen Kasten, der ihre Zauberwerkzeuge enthielt, und Kobold strich ihr schnurrend um die Beine.

Heinrichs ältester Kammerdiener Albrecht, ein hochgewachsener grauhaariger Mann, der bestimmt ein Jahrzehnt älter war als der Graf, öffnete ihr die Tür.

»Er ruht, Frau Gräfin«, sagte der Diener mit der ihm eigenen Würde. Dem höfischen Ton seiner Stimme, den feinen Gewändern und dem kurzgeschnittenen grauen Bart nach hätte man ihn leicht für einen Edelmann halten können.

»Ich wünsche jetzt mit dem Grafen allein zu sein. Du kannst mit Joseph gehen, und kommt beide bitte erst wieder, wenn ich euch rufe.«

Der alte Mann setzte ein ernstes Gesicht auf, und Margerite spürte, wie sein argwöhnischer Blick schwer auf ihr lastete. Ein eiskalter Schauer lief ihr über den Rücken. Natürlich mußte es verdächtig wirken. Wie leicht konnte sie Heinrich ein Kissen aufs Gesicht drücken oder ihm ein Gift einflößen! Aber Margerite wußte, daß eine Rechtfertigung jeden Verdacht, den Albrecht bereits hegen mochte, nur verstärkt hätte. So hielt sie seinem Blick stand und gab ihm mit kalter Miene zu verstehen, daß sie keine Fragen dulden würde.

»Wie Ihr wünscht, Frau Gräfin«, sagte der Diener schließlich. »Wenn Ihr nur so lange wartet, bis Joseph nachgeschürt hat. Der Herr Medikus hat gesagt, daß der Graf Wärme braucht.«

Margerite harrte geduldig, bis Albrecht und sein jüngerer Gehilfe gegangen waren. Dann schloß sie hinter ihnen die Tür und schob einen von Heinrichs schweren Eichenstühlen unter den Knauf, um nicht von ihnen überrascht werden zu können.

Ihr Gemahl lag unverändert auf dem Bett, und sein Atem kam rasselnd durch die schlaffen Lippen. Sie beugte sich über ihn. »Heinrich, kannst du mich hören? Weißt du, wer ich bin?«

Margerite glaubte, ein schwaches Geräusch von seinen Lippen zu hören. In der Hoffnung, er möge ihre Berührung fühlen, strich sie ihm das graue Haar aus dem Gesicht und wischte ihm den Speichel aus dem Mundwinkel. Dann küßte sie ihn auf die bleiche Stirn, auf der die roten Male der Ätzbehandlung deutlich zu sehen waren. Seine Haut war kühl, als strömte nicht mehr die Wärme des Lebens durch sie, und Margerite war froh, daß die pflichtbewußten Diener so stark eingeheizt hatten.

Sie hatte nur eine ihrer Roben völlig fertiggestellt, aber das einfache schwarze Seidengewand würde in diesem warmen Zimmer reichen. Margerite legte ihre Geräte auf dem Tisch aus wie auf einem Altar: den Stab des Feuers, den Pokal des

Wassers, den Dolch der Luft und das Pentagramm der Erde; ihr eigenes geweihtes Öl, Salz und Weihwasser aus dem Becken der Kapelle. Kobold sprang aufs Bett und saß reglos und ernst auf dem Kissen neben Heinrich, den Schwanz über die Brust des Grafen gelegt.

»Besprenge mich mit Hysop, o Herr, so werde ich gereinigt; wasche mich, so werde ich weißer als der Schnee«, murmelte Margerite und tauchte die Finger in die Flasche mit Weihwasser, um sich zu bekreuzigen. Mit zitternden Händen zog sie sich die Robe über und schloß den goldenen Gürtel. »Beim Mysterium dieser Gewänder der Heiligen kleide ich mich mit dem Panzer der Erlösung und im Namen des Allerhöchsten Wesens, auf daß sich mein Streben erfüllen möge durch Deine Kraft, o Adonai, dem Ehre und Preis sei immerdar und dessen Ende nicht sein kann. Amen.« Das Licht der Kerzen schimmerte golden auf der schwarzen Seide ihres Gewandes, und sie fühlte sich erwärmt, rein und stark. Der Haselstab lag glatt in ihrer Hand, und in ihren Fingerspitzen prickelte es, als sie die heiligen Namen berührte, die in die Ringe der planetarischen Metalle eingeprägt waren. »Allmächtiger Gott, der Du Deine Wohnstatt hast im höchsten Himmel, höre die Gebete Deiner Dienerin Margerite, die ihr Vertrauen in Dich setzt. Mögen mich Deine Allmacht und Deine Allgegenwart behüten und schützen jetzt und immerdar; mögen Deine heiligen Engel mir beistehen, jetzt und in allen Zeiten, zu Deinem Ruhm und zum Wohle der Menschheit. Raphael, du großer Heiler, Michael, du Fürst der himmlischen Heerscharen, Gabriel, du Bote Gottes, Uriel, der du erstrahlst im Lichte des Herrn – hört auf mich und steht mir bei.« Margerite bekreuzigte sich wieder und sprach: »Dein ist das Reich und die Kraft und die Herrlichkeit in Ewigkeit. Amen.«

Das ganze Zimmer schien in einen goldenen Dunst getaucht, der mit jedem Atemzug durch ihren Körper strömte. Der Duft von Weihrauch und Rosen hing süß in der Luft wie ein unsichtbarer Vorhang. Kobold saß reglos wie ein Stein auf dem Bett, und Heinrichs Gestalt wirkte seltsam schwach und klein neben ihm. War der Kater wirklich größer, oder hatte es nur den Anschein?

Mit langsamen und vorsichtigen Schritten trat Margerite vor das Bett. Den Zauberstab in der rechten Hand legte sie Heinrich die flache linke Hand auf die kühle Stirn. Fast meinte sie den dunklen Schatten in seinem Schädel zu sehen, der sich wie verschüttete Tinte in seinem Gehirn ausbreitete. Aber sie fühlte keinen Widerwillen, nicht die schleimige Spur des Bösen, die sie erwartet hatte. Es war eher, als könnte sie die Wunde spüren und noch das herausfließende Blut sehen, nachdem die heimtückische Klinge, die Heinrich die Wunde zugefügt hatte, bereits verschwunden war.

Sie senkte den Stab, bis seine Spitze Heinrich zwischen den Augen berührte. »Bei den Allerhöchsten Mächten, bei Gottvater und Christus und dem Heiligen Geist, bei der Gnade und Barmherzigkeit der Heiligen Jungfrau Maria und bei allen Heiligen! Möge das Blut gerinnen; möge die Wunde heilen.« Ein Schauder lief ihr vom Herzen in den Arm. Wo der Stab Heinrichs Kopf berührte, sah sie einen schwachen Schimmer, und die Ränder des dunklen Flecks in seinem Schädel sickerten nicht mehr nach außen. Aber sein Atem blieb unverändert, und seine schlaffen Augenlider flackerten nicht. »Werde gesund, Heinrich.« Ihre Stimme war flehentlich und gebieterisch in einem. »Werde heil und gesund. Möge die Kraft in deine Glieder, das Licht in deine Augen, die Stimme in deine Zunge zurückkehren. Beim allmächtigen Gott, dem Herrn über Himmel und Erde, der Adam und Eva geschaffen und seinen eingeborenen Sohn zur Erlösung von ihren Sünden gesandt hat – Heinrich, werde gesund!« Margerite spürte die Kraft, die aus ihrem Zauberstab in Heinrich strömte, wie das Fließen des eigenen Blutes mit jedem Herzschlag. Aber sie versickerte wirkungslos wie Wasser in trockener Erde, und sie erkannte, daß es ihr Vermögen überstieg, seine Wunde zu heilen.

Schließlich nahm sie erschöpft den Stab von ihm und sprach die schlichten Worte: »O Herr im Himmel, Dein Wille geschehe.« Danach verharrte sie einen Augenblick vor dem Tisch, auf dem sie ihre Gerätschaften ausgelegt hatte. Aber sie wußte nicht, wie sie Heinrich sonst helfen konnte, und so beugte sie demütig das Haupt. »Raphael, Michael, Gabriel,

Uriel, Ihr mächtigen Erzengel, steht mir bei immerdar. Allmächtiger Gott, mögen mich Deine Kraft und Deine Gegenwart schützen. Denn Dein ist das Reich und die Kraft und die Herrlichkeit in Ewigkeit.« Wieder bekreuzigte sich Margerite. »Amen.«

Als Margerite den Kopf hob, war die Helligkeit aus dem Zimmer gewichen, und sie stand im dämmerigen Kerzenschein. Heinrichs Gesicht wirkte friedlicher und weniger grau und ausgezehrt als vorher, aber vielleicht sah sie auch nur, was sie zu sehen wünschte. Ein tiefes, kehliges Schnarchen drang aus Heinrichs Mund. Wenigstens hatte sie ihrem Gemahl einen ruhigen Schlaf gebracht.

Als sie ihre Robe und die Geräte sicher verwahrt hatte, zog Margerite den Stuhl von der Tür und sperrte sie auf. Es schien ihr, als hätte sie nur kurze Zeit bei Heinrich verweilt, und doch fühlte sie sich zutiefst erschöpft und außerstande, noch länger bei ihrem Gemahl zu sitzen.

Albrecht und Joseph verneigten sich vor Margerite, als sie aus dem gräflichen Gemach trat. Sie nickte ihnen kurz zu und hoffte, daß sie nicht am Schlüsselloch gelauscht hatten. Aber sie hatte leise gesprochen, und sie hätten höchstens einige Gebetsworte hören können.

Als sie in ihr Zimmer kam, fand sie Rosa schlafend vor. Offensichtlich war sie länger bei Heinrich gewesen, als sie gedacht hatte, denn sie spürte deutlich den Druck auf ihrer Blase und das Gewicht der Milch in ihren Brüsten.

Rosa erwachte und sprang auf, bevor Margerite sie schelten konnte. »Geht es dem Grafen besser, gnädige Frau?«

»Ein wenig«, antwortete Margerite schwermütig. Wenn sie nur wüßte, woran sie gescheitert war! Sie wünschte sich von Herzen, sich mit Pater Etienne beraten zu können.

Hätte ich Heinrich zu heilen vermocht, wenn ich ihn wirklich lieben würde, wenn sich mein Herz nicht nach Bertram sehnen würde? fragte sie sich. *Habe ich versagt, weil ich dieser Ehe ledig sein möchte? Oder war es eine Aufgabe, die – zumindest bei der gebotenen Eile – meine Kräfte überstieg?* Sie hatte für die Beschwörung weder gefastet, um sich zu reinigen, noch die günstigste Konjunktion der Planeten abgewartet. Und es gab viele Bereiche der Magie, deren sie nicht kundig war oder die sie nicht eingesetzt hatte. Vielleicht war es kein Wunder, daß sie so wenig erreicht hatte. *Wenn nur Pater Etienne an meiner Seite wäre!*

Die Tage vergingen, ohne daß Heinrichs Leiden eine Besserung zeigte. Seine Diener flößten ihm Suppe ein und wuschen ihn. Ernst legte ihm Ätzmittel an und rieb ihm zusammengemischte Salben auf die Glieder. Auf Margerites Anweisung spielten ihm die Bänkelsänger beruhigende Weisen vor, und sie selbst las ihm stundenlang vor. Aber er lag reglos wie ein Leichnam, der von einem schrecklichen Zauber gezwungen wurde, noch lange nach dem Verlust seiner Seele weiterzuatmen.

Christoph und Nikolaus schienen sich über eine Aufteilung der Aufgaben verständigt zu haben. Christoph stattete einigen Burgen auf Heinrichs Land Besuche ab, um den dortigen Rittern höchstselbst die traurige Kunde zu überbringen und, so vermutete Margerite, um sich ihrer ungebrochenen Treue zu versichern, falls sein Vater sterben sollte. In seiner Abwesenheit leitete Nikolaus Burg Fürstensee nach seinem Gutdünken und erteilte mit herrischem Auftreten Befehle. Margerite ging ihm aus dem Weg, doch wenn er nicht damit beschäftigt war, sich seiner Herrschaft über das Burggesinde zu versichern, rief er sie häufig in die Bibliothek, um sich nach dem Stand ihrer Studien zu erkundigen. Wenigstens bestand er im Einklang mit den Ordensregeln nicht darauf, ihre magischen Werkzeuge und ihre Zauberstätte selbst zu überprüfen, und nahm ihre Erklärungen für bare Münze. Auf dem Feld der niederen Magie war er erstaunlich hilfsbereit und unterwies sie vor allem in der Herstellung von Trugbildern zur Täuschung anderer, aber auch darin, verlorene Gegenstände wiederzufinden oder bestimmte Kenntnisse zu erlangen.

Als die vierte Woche im Juli anbrach, hatte Christoph seine Reisen beendet und war bereit, mit schwierigeren Aufgaben des Regierens, der Gerichtsprechung und der buchhalterischen Verwaltung zu beginnen. Die Heuernte war fast vorbei, und dem Beispiel seines Vaters folgend, ritt Christoph in Begleitung von Margerite ins Dorf hinunter, um zu sehen, wie weit die Bauern gekommen waren.

»Wenigstens ist das Wetter schön geblieben«, sagte Christoph und nahm den grünen Samthut ab, um sich Luft zuzufächeln. »Herr Jakob hat mir mitgeteilt, daß unsere Lager fast leer sind. Es war ein guter Sommer, und wenn der Regen noch einige Tage ausbleibt, können wir die Verluste des letzten Jahres leicht wettmachen.« Christoph klang in sich gekehrt und sah Margerite nicht an, sondern hinaus über die spiegelglatte Oberfläche des Fürstensees. Das Gewicht der Regentschaft im Namen seines Vaters hatte ihm in den letzten Wochen hart zugesetzt. Die natürliche Röte seines Gesichts war verblaßt, und er schien dünner geworden. Seine Wangenknochen traten ein wenig hervor, und der breite Gürtel hing ihm locker um die Hüften. Margerite nahm sich vor, mit Georg zu sprechen. Vielleicht konnte der Knappe besser darüber wachen, daß sein Ritter genügend aß und schlief.

Die Heuwiesen um den See, in denen im Juni das hohe Gras und die Feldblumen gestanden hatten, waren jetzt fast überall abgemäht, und die Pferde trotteten über grüne, kurze Halme. Wäre es nicht so heiß und schwül gewesen, wäre es ein herrlicher Tag für einen angenehmen Ausritt gewesen. Am See war die Luft ein wenig kühler, doch es blies kein Wind, der die Mückenwolken vertrieben hätte. Auf dem Wasser trieb ein kleines Boot, und darin lag ausgestreckt ein Mann, die Füße mit einem Hut bedeckt und mit einer Angelrute in der Hand. Christoph ließ ein erbostes Knurren hören.

»Was macht der Kerl beim Fischen, wenn es soviel Arbeit auf dem Feld gibt?« fragte er zornig.

Margerite legte die Hand über die Augen. »Ich glaube, er gehört zum Burggesinde. Wahrscheinlich hat ihn Hildegard zum Angeln geschickt, da morgen Freitag ist.«

»Ihr habt recht.« Christoph seufzte und trieb sein Pferd zum Trab. »Wir dürfen nicht länger säumen.«

Als sie sich dem Dorf näherten, kamen sie an einem vollbeladenen Wagen vorbei. Von den Rädern und den Hufen der Zugochsen stiegen kleine Staubwolken auf. Der Kutscher nahm eilig die Kappe ab und verneigte sich mit einem fröhlichen Gruß vor Christoph.

»Jetzt ist nicht mehr viel einzubringen, Herr Christoph!« Der Bauer zeigte grinsend seine Zahnlücken. »Betet zur Heiligen Maria für uns, daß das Wetter schön bleibt!« Er wischte sich mit dem Ärmel den Schweiß von der kahlen Stirn und schnalzte kurz mit den Zügeln, damit die Ochsen nicht stehenblieben.

Christophs Gesichtsausdruck schwankte zwischen einem Lächeln und einer Fratze. »Wo ist Schultheiß Werner?«

»Das weiß ich nicht, Herr Christoph. Ich habe ihn nicht gesehen. Vielleicht ist er auf seinem Feld, oder er reitet herum, um Buch zu führen. Wir können Euch in diesem Jahr einen guten Teil hinaufschicken, verlaßt Euch drauf.«

Schließlich fanden sie den Schultheiß auf der Straße zwischen den Bauernhöfen. Er war ein grobschlächtiger, dicklicher Mann mit kurzgeschorenem, braunem Haar über dem bulligen Nacken. Sein großer, graubrauner Wallach sah aus wie ein ehemaliges Pflugpferd. Margerite war Werner auf dem einen oder anderen Burgfest begegnet, und bei diesen Gelegenheiten hatte er eine saubere, blaue Wolltracht getragen. Jetzt war er in einen einfachen Rock und eine Hose gekleidet, unter den Armen zeichneten sich dunkle Schweißringe ab, und das grobe Tuch war mit Staub bedeckt. Als er sie sah, stieg er vom Pferd und verbeugte sich.

»Gott zum Gruß, Herr Christoph, Frau Gräfin. Ein schöner Tag zum Heuen, Gott sei Lob und Dank.«

»So ist es«, erwiderte Christoph kurzangebunden. »Berichte mir, wie die Ernte bisher verlaufen ist. Steig auf, du kannst es uns beim Reiten erzählen, denn wir dürfen keine Zeit vergeuden.«

Ohne sich noch einmal bitten zu lassen, zählte Schultheiß Werner die Höfe und ihren bisherigen Ertrag auf. Bei jeder besonders guten Zahl, strahlte er stolz. Auch Christoph lächelte, und Margerite glaubte zu spüren, daß die Anspannung allmählich von ihm wich.

»Ihr habt fleißig gearbeitet«, sagte Christoph schließlich.

»Wenn ihr bis zum Ende nicht nachlaßt, wird es wahrlich ein gutes Jahr werden.«

»Habt Dank, Herr Christoph! Doch wenn ich fragen darf« – Werner legte die breite Stirn in Falten, und Margerite hörte den Kummer in seiner Stimme – »wie steht es um die Gesundheit des Herrn Grafen?«

»Nicht besser«, antwortete Christoph schwermütig.

»Das ist ein Jammer. Alle Leute hier um den Fürstensee beten und entzünden Kerzen, damit Christus und seine Heiligen den Herrn Grafen genesen lassen.«

Nach Christophs Gespräch mit dem Schultheißen ritten sie über die umliegenden Höfe. Das Korn stand hoch im hellen Sonnenlicht, und die goldenen, nur leicht verblaßten Ähren verhießen eine gute Ernte – wenn sie nicht vor der Mahd von einem Hagel erschlagen wurden. Wie Werner und der Kutscher gesagt hatten, ging die Arbeit auf den Heuwiesen ihrem Ende entgegen. Männer und Frauen beugten sich nieder, um das getrocknete Heu aufzuheben und zusammenzubinden, und starke Burschen mit sonnenverbrannten Armen und Rücken nahmen die Bündel auf, um sie auf die wartenden Wagen zu werfen.

Auf dem Rückweg durch das Dorf sah Margerite, daß ihre braune Stute den Kopf hängen ließ, und auch Christophs Hengst und Georgs Wallach waren kaum in besserer Verfassung. »Wir sollten anhalten, um unseren Pferden Wasser zu geben und ihnen ein wenig Rast zu gönnen«, sagte sie. »Die Hitze macht ihnen genauso zu schaffen wie uns.«

»Fürwahr«, sagte Christoph und lenkte sein Roß zum Dorfplatz. Der Brunnen stand unter einer riesigen, breit ausladenden Linde, deren grünbelaubte Äste wie ein Baldachin kühlen Schatten spendeten. Als Georg Wasser für die Pferde geschöpft hatte, sagte Christoph zu ihm: »Jetzt lauf schnell in die Schenke und hole uns Bier, denn ich habe Durst und die Frau Gräfin gewiß ebenfalls.«

Georg rannte sogleich los. Die Tür der Schenke stand offen, und ein verlockender Duft nach Schweinebraten drang Margerite in die Nase. Sollte sie Christoph fragen, ob er sein Mittagsmahl in diesem Wirtshaus einzunehmen wünschte? Aber er war wieder so angespannt und unruhig, daß sie ihren Einfall lieber unerwähnt ließ.

Als der Knappe mit zwei großen Tonkrügen zurückkam, riß ihm Christoph den einen fast aus den Händen und setzte zu einem tiefen Zug an. Doch schon beim ersten Schluck verzog er das Gesicht zu einer wilden Fratze und spuckte die Flüssigkeit wütend aus. »Was ist das? Waschwasser? Ich habe Bier gesagt, Georg, nicht Dünnbier!« Sein Arm fuhr nach oben, und er versetzte dem Knappen mit dem Handrücken einen heftigen Schlag aufs Kinn, der ihn zu Boden warf. Ohne ein Wort sprang Georg wieder auf und sauste zurück in die Schenke.

»Das war eine harte Strafe für ein kleines Versehen, Christoph«, tadelte Margerite. »Dünnbier ist doch gut, um den Durst zu löschen.«

Christoph drückte die Hand an die Stirn, den Blick zornig gesenkt. »Das Bier bei Sebastian ist gut, aber sein Dünnbier ist das reinste Spülicht, und das weiß Georg.«

Margerite nippte vorsichtig an ihrem Krug. Sie konnte Christoph nicht widersprechen. Selbst für Dünnbier war das Getränk wässerig und hatte einen unangenehm bitteren Beigeschmack, als wären Enzianblätter mitgebraut worden. Das Starkbier, das Georg kurz darauf brachte, war viel besser. Aber als ihr Blick danach auf den dunklen Fleck auf dem sommersprossigen Kinn des Knappen fiel, spürte sie leichte Unruhe. *Es ist die Art der Männer, solche Hiebe auszuteilen und ohne Murren einzustecken*, sagte sie sich. *Und Christoph ist übellaunig von der Hitze und der Anspannung*.

Das kühle Getränk schien Christophs Stimmung wieder gebessert zu haben, denn er klopfte Georg auf die Schulter, wie um ihm zu zeigen, daß sich das Unwetter verzogen hatte. »Vielleicht sollten wir hier einkehren, um etwas zu essen. Mein Vater …« Er hustete. »Mein Vater verweilt immer ein wenig im Dorf, wenn er herabgeritten ist, um den Ertrag der Erntearbeit zu sehen. Und Ihr habt gewiß schon Hunger, Margerite – und Georg natürlich auch. Er ist in dem Alter, in dem Knaben täglich ihr eigenes Gewicht essen, nicht wahr, Georg?«

Der Knappe grinste schüchtern und nickte. Er schien Christoph den Schlag nicht nachzutragen, und auch Margerite dachte nicht weiter darüber nach.

Das Wetter schlug nicht um. Jeder Tag dämmerte in dunstiger Schwüle herauf, aber bis zur Terz hatte sich der Himmel geklärt, und die Sonne strahlte mit sengender Kraft durch die drückende Luft. Am Sonntag war die Kapelle von Burg Fürstensee voller als gewöhnlich. Die Dorfbewohner waren heraufgekommen, um das Ende des Heuens zu feiern und sich der kurzen Zeit vor der beschwerlichen Kornernte zu erfreuen. Margerite war wenig überrascht, daß Nikolaus nicht auf der Familienbank in der ersten Reihe saß, denn er war seit Heinrichs Erkrankung nicht mehr zum Gottesdienst erschienen. Aber es erstaunte sie, daß Christoph nach den wochenlangen Reisen nicht die Gelegenheit zu einer Messe in der heimischen Kapelle wahrnahm. Aus Pater Michaels Blicken während der Andacht konnte Margerite schließen, daß auch der Priester verstimmt war, und sie machte sich innerlich auf eine Auseinandersetzung mit ihm gefaßt.

»Warum ist Christoph heute nicht zur Messe gekommen?« fragte Pater Michael unverblümt. »Das ist nicht der rechte Zeitpunkt für ihn, um dem Gottesdienst fernzubleiben.«

»Ich weiß es nicht«, antwortete Margerite. »In letzter Zeit hatte er sehr viel zu tun …«

»Und wenn er noch so beschäftigt ist, am Sonntag sollte er ruhen«, erklärte der Pfarrer mit klangvoller Stimme, als würde er predigen. Ich werde ihn zur Rede stellen müssen.« Mit diesen Worten schritt er davon, und das feine Stickwerk seiner Gewänder schwang über dem Saum seiner Albe.

»Weißt du, weshalb Christoph heute morgen nicht zur Kirche gegangen ist?« fragte Margerite den Knappen.

Georg verschlang seine sandfarbenen Seidenärmel ineinander. Die Prellung an seinem Kinn hatte sich zu einem grünlichgelben Fleck verfärbt. Mit hellen und wachen Augen blickte er zu ihr auf. »Frau Gräfin, er hat letzte Nacht schlecht geschlafen, und er wollte sich nicht zur Messe erheben. Christus sei mein Zeuge, ich habe ihn rechtzeitig aufgeweckt, damit er sich ankleiden und vorbereiten konnte. Er schien sehr schlechter Laune und sagte, daß ihm das Glockenläuten Kopfschmerzen verursachte.« Der Knappe faßte sich an die Stirn und ahmte damit unwillkürlich Christophs Geste nach. Margerite bemerkte ein wenig Blutschorf an Georgs langer Nase – hatte ihn Christoph wieder geschlagen? Ein Ritter hatte zwar das Recht, seinen adeligen Knappen zu züchtigen, aber es gehörte sich nicht, ihn wie einen Dienstboten zu schlagen.

»Christoph hat in letzter Zeit oft Kopfschmerzen«, bestätigte Eva. »Ich glaube, das ist der Kummer und die viele Arbeit, denn seit Graf Heinrichs Anfall ist er nicht mehr derselbe.«

Beim Mittagessen gab es dafür keinerlei Anzeichen mehr. Wenn es eine Aussprache zwischen Christoph und Pater Michael gegeben hatte, so war sie längst vorbei, als Margerite und ihre zwei Begleiter den Saal betraten. Der Vormittagsschlaf schien ihm gutgetan zu haben, und während des gesamten Mahls war er fröhlich und lebhaft. Dennoch nahm ihn Margerite nach dem Essen beiseite und fragte mit ruhiger Stimme: »Christoph, seid Ihr wohlauf?«

»Warum sollte ich es nicht sein?« fragt er mit erstauntem Blick. »Ihr meint, weil ich heute vormittag verschlafen habe?«

»Eva hat erwähnt, daß Ihr in letzter Zeit an Kopfschmerzen leidet, und Euer Knappe sagt, daß Ihr nicht gut geschlafen habt.«

»Ach was«, sagte Christoph wegwerfend. »Mir geht es gut, um mich braucht sich niemand zu sorgen.«

Margerite betrachtete ihn prüfend. Sie erkannte Zeichen der Erschöpfung, die feuchte Blässe der Haut, die leichten Schatten unter den Augen, aber sie konnte das mulmige Gefühl nicht abschütteln, daß Christoph noch von etwas anderem geplagt wurde, dem sie keinen Namen zu geben wußte. Zu ihrer Erleichterung hatten wenigstens seine Pupillen die gleiche Größe. Andernfalls hätte sie sich in ihrer Befürchtung bestätigt gesehen, daß seine alte Kopfverletzung wegen der starken Belastung, unter der er stand, wieder aufgebrochen war. *Kann die Wunde einen bleibenden Schaden hinterlassen haben, auch ohne daß es dafür Anzeichen gibt?* überlegte sie.

»Wenn Ihr weiter von Kopfschmerzen heimgesucht werdet, laßt es mich wissen«, sagte Margerite schließlich. »Was den unruhigen Schlaf angeht, so werde ich Georg in der Zubereitung eines Schlummertrunks unterweisen, mit dem Ihr eine ungestörte Nachtruhe findet.«

»Das ist sehr freundlich von Euch«, erwiderte Christoph.

Als sie wieder zu den anderen trat, bemerkte Margerite, daß Nikolaus sie mit berechnend zusammengekniffenen Augen musterte. *Glaubt er, daß ich mit seinem Bruder Ränke schmiede? Und zu welchem Ende?*

So war sie nicht überrascht, als Heinrichs jüngerer Sohn sie höflich bat, mit ihm in die Bibliothek zu kommen, weil er ihr eine Frage zu einem ihrer Bücher stellen wollte. Margerite unterdrückte ihre Unruhe und ließ sich von Nikolaus hinaufbegleiten.

»Worüber habt Ihr Euch mit meinem Bruder so angelegentlich unterhalten?« fragte er ohne Umschweife, noch bevor sie Platz genommen hatten. Nikolaus wirkte zwar gespannt, aber Margerite sah nichts von der brodelnden Wut, die er schlecht verbarg, wenn er sich in seinen Absichten durchkreuzt wähnte.

»Ich habe mich lediglich nach seiner Gesundheit erkundigt«, antwortete sie der Wahrheit gemäß. »Er hatte Schlafstörungen und hat in letzter Zeit oft die Beherrschung verloren, auch gegen Eva.«

»Tatsächlich?« Nikolaus zog eine dunkle Braue nach oben. »Zu mir ist er so freundlich wie schon seit unserer Knabenzeit nicht mehr. Vielleicht, weil ich ihm bei seinen neuen Aufgaben helfe, statt ihn wie Eva davon abzulenken.« So unangenehm und selbstgefällig seine Worte klangen, Margerite meinte etwas Aufrichtiges in ihnen zu hören. Und was er sagte, stimmte. Christoph hatte seinen Bruder mit mehr Vollmachten ausgestattet, als sie erwartet oder, ehrlich gesagt, gewünscht hätte. Und sie mußte zugeben, daß Nikolaus seine Verantwortung trotz der hochmütigen Freude über seine neue Befehlsgewalt sehr ernst nahm. Fast jeden Tag zog er sich mehrere Stunden mit Herrn Jakob zurück, um die Bücher durchzugehen, und wanderte durch die Burg, um die vorhandenen Vorräte zu erfassen. Wenn er die Diener auch öfter anschrie, als es Margerite getan hätte, so gab es auch viele adelige Herren, die sich schlimmer benahmen.

»Es ist gut, daß Ihr… alle Schwierigkeiten zwischen Euch ausgeräumt habt. Aber ist Euch nichts Ungewöhnliches an Christoph aufgefallen?«

Nikolaus hob die Hand und zählte die Punkte an seinen plumpen Fingern ab. »Er hat mich nicht aufs Übungsfeld hinausgescheucht, um mich durchprügeln zu lassen; er hat kein einziges Mal erwähnt, daß man mich in ein Kloster stecken sollte; er hat nicht angedeutet, daß es mir an Männlichkeit gebricht; er hat darauf verzichtet, mich wie einen Bauern in den Schlamm zu werfen; er hat mir keine Würmer und widerliches Ungeziefer ins Bett gelegt…«

»Wann hat er das getan?« fragte Margerite mit einem Anflug von Belustigung.

»Vor acht Jahren, aber darauf kommt es nicht an. Er hätte es öfter gemacht, wenn ich meine Schlafkammer nicht abgesperrt hätte.«

»Nun gut, ich habe verstanden«, sagte Margerite liebenswürdig. »Dennoch mache ich mir Sorgen um ihn. Er scheint sowohl unglücklich als auch unduldsam.«

»Und wie auch nicht? Er und Vater waren ein Herz und eine Seele, und sie haben sich sehr geliebt.« Nikolaus starrte Margerite trotzig ins Gesicht. Sie konnte fast hören, was er dachte: *Nur mich nicht.*

»Euer Vater ist noch nicht tot, Nikolaus.« Margerite sprach, so sanft sie es vermochte, obwohl sie ihn am liebsten bei den feisten Schultern gepackt und ihn geschüttelt hätte, bis seine Zähne klapperten. Nach ihrem gescheiterten Versuch, Heinrich zu heilen, war sie nicht mehr so sicher wie vorher, daß Nikolaus an dem Zusammenbruch des Grafen schuld war, aber es gefiel ihr nicht, daß der junge Mann über Heinrichs Tod wie über eine längst vollendete Tatsache sprach.

»Ihr glaubt doch nicht ernsthaft daran, daß er genesen wird!« sagte Nikolaus.

»Es bleibt immer noch Hoffnung… solange er lebt.« Margerite hätte beinahe gesagt: *so Gott will*, aber solche Worte durfte sie bei einem Gespräch unter vier Augen mit Nikolaus natürlich nicht verwenden.

»Die Wahrscheinlichkeit ist gering. Und das bringt mich auf einen anderen Gedanken. Wenn Heinrich tot ist, werdet Ihr einen neuen Gemahl und einen Vormund für Wolfram benötigen. Ich halte es für das beste, daß Ihr mich heiratet.«

Margerite ächzte wie von einem Schlag in die Magengrube. »Euch heiraten?« rief sie und erkannte im gleichen Atemzug ihren Fehler. Einen flüchtigen Moment lang sah sie das Aufflackern eines irrsinnigen Schmerzes in Nikolaus' Augen, als hätte sie ihm seinen Hieb mit einem Dolchstoß vergolten. Etwas Kaltes und Bitteres wie gefrorene Galle versiegelte seinen Blick. Hastig bemühte sie sich, den angerichteten Schaden wiedergutzumachen. »Das wäre dem Gesetz nach Blutschande, da ich Eure Stiefmutter bin. Daran würde auch Heinrichs Tod nichts ändern.«

»Für derlei Angelegenheiten kann man um einen Dispens nachsuchen«, erklärte Nikolaus kalt. »Ich habe einen recht genauen Überblick über den Haushalt der Burg, und der Papst kann immer Geld gebrauchen. Zudem verfügt der Orden durchaus über Männer in Avignon, die Urban etwas ins Ohr flüstern können, wenn es darauf ankommt, zwei Mitgliedern den Weg zu ebnen.«

Aber wünschte der Orden eine Verbindung zwischen ihr und Nikolaus? Sie hatte seit Günthers Tod nicht mehr über solche Fragen nachgedacht. Ihre Hand zu gewinnen war eine Auszeichnung für Ruprecht gewesen, obgleich sie damals noch ohne Ausbildung und Wissen war. Günther hatte versucht, sie und Wolfram in seiner Obhut zu behalten, und er war ein Prinz der Lichtträger. Margerite war sich ziemlich gewiß, daß Nikolaus die Aufsicht über sie nicht kraft seines Ranges im Rat des Ordens bekommen hatte, sondern nur aufgrund des Zufalls, der sie nach Burg Fürstensee geführt hatte. Doch es wäre unklug gewesen, Nikolaus unumwunden zu erklären, daß er ihr als Magier nicht genügte, zumal sie ihm gerade versehentlich zu verstehen gegeben hatte, daß er ihr auch als Mann nicht genügte.

»Wir werden sehen, wie sich die Dinge entwickeln«, sagte sie.

Nikolaus verzog den Mund zu einer Art Lächeln. »Sagen wir lieber, daß wir die Dinge nach unserem Willen gestalten werden – Priesterin.«

Margerite erstarrte, und das Herz hämmerte ihr in den Ohren. »Wollt Ihr damit andeuten … daß wir Heinrichs Tod nachhelfen sollen?«

Nikolaus runzelte die Stirn. »Ihr müßt lernen, solche Gedanken ohne falsche Empfindlichkeit zu erwägen, sonst werdet Ihr nie eine echte Magierin und eine würdige Lichtträgerin sein. Denkt gründlich und unbefangen darüber nach, bis Ihr sicher seid, daß Ihr vor einer solchen Tat nicht zurückschrecken würdet, wenn sie Euch befohlen würde. Ich möchte nur soviel sagen, daß die Zeit des Sterbens für meinen Vater noch nicht gekommen ist. Und wir können ohnehin erst handeln, wenn die Angelegenheiten auf der Burg geklärt sind.«

Das soll wohl heißen, dachte Margerite, *du mußt erst Christoph davon überzeugen, daß er nichts ohne dich vermag*. Sie fragte sich, ob Nikolaus seinem Bruder ein Gift in das Essen oder in die Getränke mischte. Das würde Christophs Kopfschmerzen und seine plötzlichen Stimmungswechsel erklären … aber sie konnte sich nicht vorstellen, wie er es hätte anfangen sollen, da Christoph meistens aus demselben Krug trank wie alle anderen, seinen Teller bei den Mahlzeiten mit Eva teilte und sich alles andere von seinem Knappen bringen ließ. Wenn er nicht auf irgendeine Weise Georg bestochen hatte … Sie verwarf den Gedanken als unsinnig.

»Ich danke Euch für die Lehrstunde im Namen des Lichtes«, erwiderte Margerite mit dem üblichen Ordensgruß eines Schülers an seinen Lehrer und hoffte, daß ihr nach ihrem innerlichen Schreckensschauer nicht die Milch im Busen stocken würde.

Als Georg am Abend zu ihr kam, um sie nach der Zubereitung von Christophs Schlummertrunk zu fragen, schickte sie ihn hinunter in die Küche, um die Zutaten zu holen, und sagte ihm, sie wolle die Arznei lieber selbst mischen. Unter dem Vorwand, sie brauche vor dem Schlafengehen noch eine kleine Mahlzeit, um Wolfram auch in den nächsten Tagen genügend Milch geben zu können, sandte sie Rosa aus dem

Gemach. Margerite bereitete den Trank auf ihrem Ofen, und als sie die schaumige Flüssigkeit zu ihrer Zufriedenheit zusammengerührt hatte, nahm sie ihren Zauberstab heraus. Zögernd dachte sie daran, daß ihr Ruprecht verzauberte Getränke hatte verabreichen lassen, und auch er hatte dabei gewiß nur ihr Bestes im Sinn gehabt. Aber es war weder schädlich für Christoph noch ein Verstoß gegen seine Freiheit, wenn sie ihm eine Arznei sandte, die ihn gegen üble Magie schützte. Sorgfältig machte sie ein Kreuz und ein Pentagramm über dem schäumenden Gebräu und flüsterte Gottes Namen: »Jod He Vau He, Shaddai, Adonai, Ehieh, Asher Ehieh. Möge Christoph beschirmt sein vor allem Übel; mögen die großen Erzengel Raphael, Michael, Gabriel und Uriel ihm beistehen und die Kraft Christi ihn wappnen, auf daß er unerreichbar sei für alle Nachstellung des Feindes und gereinigt werde von allem, was seinen Geist verdunkelt.« Zu ihren Füßen hörte Margerite das tiefe Schnurren von Kobold. »Und möge die Heilige Jungfrau Maria ihn schützen wie ihren eigenen Sohn.« Als Margerite das Getränk achtsam aus seiner Schüssel in einen Krug goß und noch einmal das Kreuzzeichen darüber machte, stellte sich Kobold auf die Hinterbeine und zog mit den Pfoten an ihrem Rock, um eine Kostprobe zu erhalten. Dann folgte er ihr hoffnungsfroh zur Tür. Margerite spürte das Beben der magischen Kraft in den Händen, als sie das Gefäß hinaustrug. Mit großer Erleichterung reichte sie es Georg und hob schnell Kobold hoch, bevor er sich zwischen die Beine des Knappen schlängeln und ihn zum Straucheln bringen konnte. »Das habe ich nicht für dich zubereitet, Kobold«, sagte sie streng. »Ich habe wahrlich anderes zu tun, als einem Kater einen Heiltrank zu brauen. Aber weil du so ein braver Kerl bist, darfst du die Schüssel auslecken, sobald sie kalt ist.«

Am nächsten Abend brachte ihr Georg wieder die Zutaten für den Schlaftrunk an die Tür und sagte nach einigem Zögern schließlich: »Frau Gräfin, könntet Ihr vielleicht das Rezept ein wenig ändern? Die Kräuter, die Ihr hineingemischt habt, haben Herrn Christoph nicht gemundet.« Margerite seufzte. Kamille war das mildeste der schlaffördernden Kräuter, aber vielleicht war die Menge für Christophs Geschmack zu groß gewesen. Er mußte eine sehr empfindsame Zunge haben, wie schon sein Wutausbruch über das Dünnbier im Dorf gezeigt hatte.

»Sag ihm, es ist kein Naschwerk, sondern eine Arznei«, belehrte sie den Knappen. »Ob sie ihm schmeckt oder nicht, ist nicht von Belang, er muß sie nur trinken. Hat sie vergangene Nacht angeschlagen?«

»Ich … ich glaube, er hat nicht genug davon getrunken«, antwortete Georg mit hoher, klarer Stimme, obwohl er vor Verlegenheit stammelte. »Ich muß zugeben, daß ich das meiste davon getrunken habe, und ich habe wirklich sehr gut geschlafen, mit angenehmen Träumen.«

Selbst wenn Christoph nur wenig davon genossen hatte, beruhigte sich Margerite, war es gewiß genug. Und auch daß sie bei der Beschwörung Christophs Namen gesprochen hatte, würde Georg nicht schaden. Sie wandte sich wieder an den Knaben: »Nun gut. Eile zu Ernst und bestelle ihm, daß ich ein wenig – nicht mehr als eine Prise – Baldrian und die doppelte Menge Helmkraut benötige. Wir werden ja sehen, ob diese Kräuter mehr nach Christophs Geschmack sind. Und falls nicht, soll er die Arznei trotzdem trinken, auch wenn sie ihm noch so widersteht.«

»Sehr wohl, Frau Gräfin«, erwiderte Georg folgsam.

Der Geruch des Baldrians im Kochwasser machte Kobold wild, Margerite mußte sehr darauf aufpassen, daß er nicht auf den Ofen sprang. Als er die Schüssel später leer geleckt hatte, versuchte er sich in ihr zusammenzurollen, bis sie das Scheppern zwischen den Teppichen leid war und ihm das Gefäß wegnahm.

Ob er ihm nun schmeckte oder nicht, der allabendliche Trunk schien Christoph gutzutun. Zumindest ließ er Margerite wissen, daß er wieder ruhig schlief und nicht mehr unter Kopfweh litt. Hin und wieder legte er noch die Hand an die Stirn, doch anscheinend mehr aus Gewohnheit denn aus Schmerz. Aber weder am nächsten noch am darauffolgenden Sonntag besuchte er die Messe, obwohl Pater Michael beim Abendessen nicht mit spitzen Bemerkungen sparte. Als ihn Margerite unter vier Augen zur Rede stellte, sagte Christoph nur barsch: »Wenn der Priester etwas für meinen Vater tun kann, werde ich wieder zu seiner Messe gehen.«

Margerite kam nicht dazu, die Worte des Tadels auszusprechen, die ihr auf den Lippen lagen, denn er ließ sie einfach stehen. Sie hatte diesen Zorn auf die Kirche schon öfter gesehen, vor allem bei jenen, die durch den Schwarzen Tod ihre Familie verloren hatten, und sie konnte Christoph sogar verstehen. Aber Christoph führte die Burg an seines Vaters Statt, und der Priester hatte recht, wenn er sagte, daß Christophs Fehlen bei der Messe keinen guten Eindruck auf die Pfarrgemeinde machte. Aus diesem Grund begab sich Margerite am Samstag nachmittag zu Evas Gemach, in der Hoffnung, sie könne Christoph umstimmen.

Ohne Umschweife sagte Margerite: »Eva, ich mache mir Sorgen um Christoph, und ich glaube, daß du helfen kannst.«

Die Freude verschwand aus Evas schönem Gesicht. Sie legte die Hände auf ihrer Stickarbeit zusammen. »Was hat er denn jetzt schon wieder angerichtet?«

»Schon wieder?« wiederholte Margerite. »Habt ihr miteinander gestritten?«

Eva atmete seufzend ein. »Wir haben… nun, er hat sich übellaunig und grob gegen mich benommen.«

»Ich verstehe«, sagte Margerite. »Hast du dich so mit ihm entzweit, daß du ihn nicht mehr heiraten willst?«

Eva saß nur schweigend da, die Lippen nachdenklich gekräuselt. Schließlich sagte sie: »Ich weiß es nicht. Ich liebe ihn, aber in den letzten Wochen war er wie ein Fremder. Ich sehe, daß er bekümmert ist und keine Zeit mehr für das Übungsfeld und die Jagd hat, doch es liegt auch irgend etwas in seinen Augen, und ich habe nicht mehr wie früher das Gefühl, ihn zu kennen.«

»Ein Graf zu sein, auch wenn man den Titel noch nicht hat, ist etwas völlig anderes, als ein junger Kämpe zu sein«, sagte Margerite behutsam. »Es ist kaum verwunderlich, daß Christoph sich bei seinen neuen Pflichten ein wenig verändert.«

Eva schüttelte den Kopf, und das goldene Haar wehte ihr um die Schultern. »Margerite, es ist nicht nur das. Wenn du mir bitte hilfst, das Mieder aufzuschnüren …«

Margerite löste die Bänder an der Seite von Evas Überkleid und zog sie sorgsam heraus, wie sie es einst jeden Abend für Agatha getan hatte. Ihre Schwester wäre jetzt so alt wie Eva, wenn sie die Pest überlebt hätte …

Eva zog ihr Unterkleid ein wenig nach unten, und Margerite ächzte auf. Unmittelbar am Brustansatz zeigte Evas zarte Haut den bläulichschwarzen Abdruck eines großen Daumens und mehrerer Finger, die sie offenkundig mit roher Kraft gepackt hatten.

»War das Christoph?« fragte Margerite betäubt von kaltem Zorn.

»Ja, gestern«, flüsterte Eva. »Wir haben Schach gespielt, und ich behielt die Oberhand. Das schien ihn zu verdrießen. Er hat mich grob angefahren, und ich wollte gehen. Da … hat er mich gepackt, um mich wieder auf den Stuhl zu zerren wie eine Dienstmagd, die ihm nicht aufs Wort gefolgt hat.«

»Das kann er sich nicht herausnehmen!« rief Margerite. »Ich werde Christoph sogleich zur Rede stellen. Das ist eine Schande für seinen Vater und für die Rittersporen, die er sich verdient hat.«

Eva streifte sich das Kleid wieder über und sah Margerite kläglich an. »Bitte, tu es nicht«, flüsterte sie. »Ich möchte, daß es zwischen uns bleibt, denn ich liebe ihn doch. Nur …« Sie senkte den Blick und starrte auf die hellen Seidenfäden und das scharlachrote Tuch auf ihrem Schoß. »Ich würde das niemand anderem eingestehen, Margerite, aber ich habe Angst vor Christoph. Er benimmt sich nicht nur seltsam, sondern er hat auch etwas an sich, das mich an meine Zeit im Kloster erinnert. Auch die Äbtissin hat mich manchmal so angesehen und Graf Günther ebenfalls.«

»Graf Günther ist tot und kann dir Gott sei Dank keinen Schaden mehr zufügen.« Margerite schnürte Eva das Kleid zu und glättete ihr das glänzende Haar, so wie sie es immer bei Agatha getan hatte, um sie nach einem Alptraum zu beruhigen. Sie spürte das Beben von Evas festen Schultern unter ihren Händen, als wäre sie den Tränen nah.

»Ich weiß. Aber … ich habe Angst, ich habe solche Angst, und ich weiß nicht warum.« Plötzlich brach Eva wirklich in Tränen aus und warf sich Margerite in die Arme. Margerite hielt sie fest und strich ihr tröstend über das Haar. »Still, still.«

In diesem Augenblick kam Evas Dienstmagd mit Wein herein und preßte die Lippen zu einem dünnen Strich zusammen. »Herr Christoph wohl wieder«, schnaufte sie. Sie füllte die beiden Pokale und drückte einen Eva in die Hand. »Hier, gnädige Frau, das wird Euch stärken.«

Eva hörte sogleich zu weinen auf und nahm den Wein würdevoll entgegen. *Sie hat schnell gelernt*, dachte Margerite.

»Danke, Mathilde«, sagte Eva. Ihre leise Stimme klang noch heiser von Tränen, aber sie schluckte sie hinunter und ließ Margerites Hand von der Schulter gleiten.

Am Abend bat Margerite Nikolaus um ein Buch über astrologische Tabellen. Er gab es ihr, ohne sich dazu zu äußern. Er wirkte in sich gekehrt und sogar besorgt, als machten ihm seine neuen Pflichten sehr zu schaffen. *Kann er die Geister, die er gerufen hat, nicht mehr beherrschen?* dachte Margerite.

In jedem Fall war Margerite entschlossen, etwas für Christophs Genesung zu tun und nicht noch einmal in ihrem magischen Unterfangen zu scheitern. Diesmal wollte sie die Stellung der Sterne erkunden und den richtigen Tag und die richtige Stunde wählen, damit ihr alle Kräfte der himmlischen Sphären beistehen würden. Sie biß sich auf die Lippe und starrte wütend auf die Seite vor ihr. Wenn die mit schwarzer Tinte auf das glatte Pergament gekritzelten Berechnungen zutrafen, stand für den Sonntag nachmittag eine vollständige Sonnenfinsternis bevor, ein überaus schlechtes Vorzeichen, dessen Schatten sogar das Schicksal von Päpsten und Königen beeinflussen konnte. Aber davor gab es keinen günstigen Zeitpunkt für ihr Ritual, zumindest nicht ihres Wissens – und Nikolaus konnte sie wohl kaum um Rat bitten.

Geduld, mahnte sich Margerite. Der nächste Sonntag war nicht mehr fern, dann würden die Planeten günstiger stehen, und die Sonne würde sich vom Löwen zur Jungfrau bewegen, einem kühleren Sternzeichen, das in größerem Einklang mit ihrer geplanten Beschwörung stand. Bis dahin wollte sie weder Fleisch noch Wein anrühren und sich des Morgens und des Abends in der Dämmerung in Meditation versenken, um ihre von Gott gegebene Macht ausüben zu können.

Als der erste Schatten über die Sonne kroch und das Tageslicht im Gemach dunkler wurde, erschauerte Margerite. Sie ahnte, wie der unheilvolle Einfluß der Sonnenfinsternis über sie kam und hörte beinahe ihren Mißklang wie den einer tiefen Lautensaite, die sich während des Spiels verstimmt hat. Kobold rieb den Kopf an ihrem Knie, und sie wußte nicht, ob ihr der Kater Trost spenden wollte oder ob er ihn suchte. Sie streichelte ihn und legte schließlich ihre Stickarabeit beiseite, um ihn auf den Schoß zu nehmen.

»Gnädige Frau, was geschieht mit uns?« Rosa blickte von dem Linnenfaden auf, den sie spann. »Mir ist, als würde es dunkler, aber es stehen keine Wolken am Himmel.«

»Es ist nur der Beginn einer Sonnenfinsternis. Manchmal wird die Sonne von anderen himmlischen Körpern überschattet. Sei ohne Furcht«, erklärte Margerite. Aber sie selbst mochte ihrem Rat nicht folgen. Sie hoffte, daß Nikolaus Christoph von dem bevorstehenden Ereignis in Kenntnis gesetzt hatte und daß sie es den anderen Burgleuten mitgeteilt hatten. Solch eine Dunkelheit am Tage war selbst für die Gelehrten ein großer Schrecken. Sie selbst, das wußte sie, hätte jetzt zu den Dienern und Wachleuten der Burg gehen und sie beruhigen müssen, doch der Gedanke, ihr Zimmer zu verlassen, ängstigte sie mehr, als sie es sagen konnte. Margerite wußte nicht, wovor sie sich so fürchtete. Es schien ihr wie eine große gestaltlose Wolke, die auf ihr lastete, so daß sie weder klar denken noch einen Finger heben konnte.

Sei ruhig, beschwichtigte sie ihr flatterndes Herz, *sei ruhig. Es wird vorübergehen, denn es ist nur eine Erscheinung der Natur, so wie auch die Bewegung der Sonne und der Planeten in ihren himmlischen Bahnen. Es mag ein unheilvolles Zeichen sein, aber es ist nicht das Wirken des Fürsten der Hölle.*

Kobold richtete sich in ihrem Schoß auf und legte ihr die Pfoten auf die Schultern, um sich schnurrend an ihr Kinn zu schmiegen. Margerite lehnte sich dankbar für die warme Berührung an ihn, da begann Wolfram zu schreien, und sie mußte den Kater auf den Boden setzen und nach ihrem Sohn sehen.

»Still, mein Wolfram. Was ist dir?« flüsterte sie. »Du kannst doch nicht schon wieder Hunger haben, auch wenn du in letzter Zeit für zwei Säuglinge getrunken hast und für drei gewachsen bist.«

Wolfram brüllte, als gäbe es keinen Trost für ihn auf dieser Welt. Er fuhr mit den Fäusten durch die Luft und strampelte mit den Beinen, und das kleine Gesicht war zu einer Fratze der Verzweiflung verzogen. Margerite wiegte ihn und sang ihm vor, sie hob ihn auf und nieder, aber seine Schreie wurden nur noch lauter.

»Ruhig, ruhig, mein Kind, mein Schatz«, summte sie. »Möchtest du mit Kobold auf dem Teppich herumkriechen? Er spielt immer gern mit dir, nur darfst du ihn nicht zu fest am Schwanz und an den Ohren ziehen.«

Als hätte er sie verstanden, legte sich Kobold vor Wolfram nieder. Eine Weile war das Kind vollauf damit beschäftigt, dem Kater mit seinen winzigen Fingern das Fell zu zerzausen. Draußen wurde es unterdessen immer dunkler. Plötzlich stieß Wolfram wieder einen schauerlichen Schrei aus, und Margerite drehte sich zu ihrem Sohn um, der strampelnd auf dem Teppich lag. Wie es mit Säuglingen zuweilen zu gehen pflegte, steigerte er sich in einen schrecklichen Weinkrampf hinein, und sein Gesicht unter dem weichen, goldenen Haar lief so dunkel an, daß Margerite angst und bange wurde. Sie war sich sicher, daß er nicht aufhören würde zu plärren, bis er müde war. Seine Schreie waren so laut geworden, daß es ihr nicht nur im Herzen, sondern auch in den Ohren weh tat. Wieder nahm sie ihn auf den Arm und versuchte, ihn mit sanften Worten und leisem Singen zu beruhigen, aber all ihre Mühen blieben ohne Erfolg. Rosa ging schweigend durch das Gemach und entzündete Kerzen, da es im Gemach immer dunkler wurde.

Als sie das Klopfen an der Tür hörte, hätte Margerite fast aufgeschrien. Rosa öffnete schnell, und Evas Dienstmagd Mathilde erschien mit einer Kerze in der Hand im Rahmen. Die ältere Frau wirkte ruhig und ordentlich wie immer und hatte die einfache Linnenhaube eng um das zart geschnittene Gesicht gezogen. »Frau Gräfin, Frau Eva wünscht mit Euch zu sprechen, wenn es Euch genehm ist.«

Als Margerite durch die Tür trat – vorbei an ihrem Schutzschirm und dem schwachen Geruch von Kobolds Markierungen –, raubte ihr das mit hundertfältiger Macht auf sie einstürzende Gefühl der Finsternis schier den Atem. Obwohl nur noch sehr wenig Licht durch die Fensterschlitze drang, als wäre bereits die Dämmerstunde nach dem Sonnenuntergang angebrochen, waren die Kerzen in den Wandleuchtern noch nicht angezündet worden. Nur die Kerze in Margerites Hand strahlte einsam in der Dunkelheit. Margerite folgte der Dienstmagd schweigend durch den Gang bis zu Evas Gemach.

Georg saß auf dem Bett, das dunkelgrüne Wams halb aufgeknöpft. Er war völlig in Tränen aufgelöst, und er fuhr sich immer wieder verstört durch das wild zerzauste rote Haar.

»Georg, was ist dir?« fragte Margerite. »Was ist dir widerfahren?«

Wieder strömten dem Knappen die Tränen aus den Augen, und er verbarg das Gesicht in den Händen wie ein kleines Kind.

»Eva?«

»Er will es mir nicht sagen. Er ist hierher gerannt, als wären ihm alle Höllenhunde auf den Fersen, und seitdem sitzt er hier und weint.«

Margerite kniete sich neben den Knaben und umfaßte sanft seine knochige Hand. »Georg, sprich mit mir. Erzähle, was geschehen ist. Hier hast du nichts zu befürchten.«

Sie sah die roten Fingerabdrücke auf dem schmalen Gesicht des Knappen, als hätte ihn jemand roh am Kiefer gepackt – *so wie Christoph es mit Eva gemacht hat.* Sie wollte den Knappen schütteln, um ihn aus seiner Benommenheit zu wecken, aber sie wagte es nicht.

»Georg, sprich mit mir«, sagte Margerite mit ruhiger Stimme, obgleich kaltes Entsetzen durch sie brandete. *Ich bin zu spät gekommen, ich hätte …* »Erzähle mir, was vorgefallen ist.«

Georg unterdrückte sein Schluchzen und starrte auf sie hinunter. Der weiße Rand stand hell um das Blau seiner Augen, und die Pupillen waren groß und dunkel vor Schrecken. »Herr Christoph«, flüsterte er. »Er … Gott steh mir bei, Frau Gräfin, ich kann nicht zu ihm zurück!«

»Was hat er getan?« fragte Margerite. Georg vergrub wieder das Gesicht in den Händen, und seine schmalen Schultern wurden erneut von tiefem Schluchzen geschüttelt. Der Himmel hatte sich verfinstert wie um Mitternacht, und nur einige Sterne glitzerten durch die gewellten Fensterscheiben. Margerite hörte Kobolds wütendes Jaulen auf dem Gang so deutlich, als hätte er neben ihr gestanden.

»Bleibt hier«, rief sie und sprang auf. Sie rannte durch den dunklen Gang und suchte tastend nach ihrer Tür.

Bis auf eine waren alle Kerzen umgestoßen worden und flackerten nur noch schwach im verschütteten Wachs. Christoph stand mitten im Zimmer. Er hatte sein Schwert auf Rosas Brust gerichtet und hielt Wolfram fest auf dem freien Arm. Kobold verharrte mit gesträubtem Fell und drohendem Buckel vor ihm und fauchte wild vor Zorn und Angst. Christophs sonst so freundliches Gesicht war verzerrt, und die Haut lag unnatürlich straff und glatt über den Knochen. Die weißen Zähne glänzten schaurig zwischen den fratzenhaft verzogenen Lippen, und Margerite glaubte, ein rotes Glühen in der schwarzen Tiefe seiner Augen zu sehen. Ein betäubender Fäulnisgeruch erfüllte das Gemach, und ein kaum vernehmliches tiefes Dröhnen drang an Margerites Ohr, wie von zahllosen weit entfernten Stimmen, die wild durcheinander schnatterten und lallten. Nikolaus hatte die Macht über den Dämon, den er beschworen hatte, verloren. Die Angst, die seit der ersten Berührung der Sonne durch den Schatten in Margerite aufgestiegen war, schlug wie eine Welle über ihr zusammen. Das war es, was sie gespürt hatte, und deshalb hatte sie es nicht gewagt, ihr Gemach zu verlassen. Doch jetzt war das Wesen über ihre Schwelle getreten, und wenn sie nicht handelte, mußten Wolfram und Rosa sterben.

»Wer bist du? Wie bist du hier eingedrungen? Sprich, im Namen Christi!« befahl Margerite mit strenger Stimme.

Christophs straff gespanntes Gesicht verzog sich heftig beim Klang des heiligen Namens. Seine Hand zuckte und ein kleiner Blutfleck zeigte sich auf der grünen Wolle über Rosas Busen. Die Dienstmagd stieß einen leisen Angstschrei aus, bewegte sich aber nicht von der Stelle. Hatte er gedroht, Wolfram zu töten, wenn sie Widerstand leistete?

»Du hast mich eingeladen«, knirschte er mit einer tiefen Stimme, die den Holzboden unter Margerites Füßen erschütterte. »Nach deiner angenehmen Nacht mit Heinrich – weißt du nicht mehr? Hat er sein letztes Vergnügen ausgekostet, hat er es genossen, in deinen sumpfigen Schoß zu rammeln, bis ihm das Gehirn geplatzt ist?« Christophs Mund öffnete sich zu einem grausigen Lachen. Margerite erinnerte sich daran, daß sie ihn in der Nacht nach Heinrichs Anfall in ihr Gemach gebeten hatte. Hatte dieses Wesen schon damals in Christoph gewohnt wie ein Wurm in der gesunden Schale einer Walnuß? »Ich wüßte zu gern«, fuhr er fort, »wer du eigentlich bist. Ich glaube nicht, daß du zu uns gehörst. Wahrscheinlich bist du eine Spionin. Und weißt du, wie wir mit Spionen verfahren?« Er drückte die Klinge ein wenig stärker gegen Rosa, und ein Blutfaden färbte langsam das Tuch unter der Schwertspitze. Rosa gab keinen Laut von sich, aber sie starrte Margerite mit weit aufgerissenen Augen kläglich an, und Margerite konnte das Flehen darin deutlich lesen: *Bitte rettet mich!*

Als Margerite auf Christoph zutrat, wurde der Gestank so stark, daß sie kaum mehr atmen konnte. Sie packte die Schwertspitze mit der linken Hand und stieß sie von der Dienstmagd weg. Gertrude hatte in ihren Diensten den Tod gefunden, und sie würde es nicht zulassen, daß Rosa das gleiche Schicksal ereilte. »Du hast nicht die Macht, ihr Schaden zuzufügen, Geschöpf der Hölle«, sagte Margerite mit erhobener Stimme. Die faulige Ausdünstung legte sich ihr auf die Zunge und die Kehle wie zähes Öl, und Christoph lachte erneut.

»Du hast mich erkannt, fürwahr. Aber wer bist du?« spottete er. »Sag es mir rasch, wer du bist und wem du in Treue verbunden bist. Wer ist dein Meister, Frau?« Das Schwert fuhr zurück und streifte ihr schmerzhaft über die Finger. Dann lag die Spitze kalt auf Margerites Kehle. »Du hast mir verseuchte Getränke gesandt. Hast du wirklich geglaubt, daß ich ihr Gift nicht riechen würde? Du hast Heinrich verführt und dich ihm hingegeben, nur um ihn verraten und morden zu können. War das nicht eine schöne Tat? Beglückwünschst du dich dazu, wenn du mit deinem frömmelnden Gefasel den Stolz eines Pfaffen nährst, der seine elende Jauchegrube eine Kirche nennt? Wen nennst du deinen Meister – *Priesterin*?«

Margerite ballte die verletzte Hand zur Faust. Das Blut sickerte ihr durch die Finger, und der stechende Schmerz brachte sie wieder zur Besinnung. *Ich bin weder Pfarrer noch Teufelsaustreiber. So wahr mir Gott helfe, ich weiß nicht, wie ich dieses Wesen aus der Wohnung vertreiben kann, die es in Christophs Körper gefunden hat!*

Standhaft gab sie Antwort, obgleich die Schwertspitze mit jedem Wort stärker gegen ihre Kehle zu drücken schien. »Mein Herr und Meister ist Jesus Christus, der am Kreuz gestorben ist, um die Sünden der Menschheit zu sühnen. Du hast weder Macht über mich, Geschöpf der Hölle, noch über meinen Sohn Wolfram, der im heiligen Namen Christi getauft und gesegnet ist, noch über meine Dienstmagd Rosa. Bei den heiligen Namen Gottes befehle ich dir: Hebe dich hinfort und störe nicht mehr unseren Frieden.« Margerite hob langsam die rechte Hand, bis sie die Schneide des Schwertes berührte. Das Blau ihres Seidenärmels spiegelte sich wie Wasser auf dem stählernen Glanz der Waffe. *»Jod He Vau He! Shaddai! Adonai! Ehieh Asher Ehieh! Adonai Elohim, Elohim Gibor!«*

Als sie die Namen aussprach, wich Christoph zurück, und sein Gesicht verzerrte sich. Die Schwertspitze sank herab, als hätte alle Kraft seinen Arm verlassen. Ohne lange zu überlegen, stürzte Margerite vor und entriß ihm ihren Sohn. Wolframs Schreie gellten hell über dem tiefen Knurren aus Christophs Mund. »Hebe dich hinfort!« herrschte sie Christoph an. Sie stand so nahe vor ihm, daß sie die Speichelbläschen auf seiner roten Zunge erkennen konnte. »Bei Gott und bei Christus und bei allen heiligen Engeln gebiete ich dir, gemeiner und verfluchter Dämon, von Christoph zu weichen und ihn fortan nicht mehr zu belästigen!«

Er stand wie vom Donner gerührt, und Margerite meinte zu sehen, wie das gottlose Glühen in seinen Augen erlosch und wieder das alte Graugrün hervortreten ließ. *Christoph!* dachte sie, von wilder Hoffnung erfüllt. Doch da schoß ihr vom Ordensring an der linken Hand ein beißender Schmerz bis hinauf in den Arm, und ein qualvoller Schrei entrang sich ihren Lippen. Fieberhaft tastete sie um den sich windenden Wolfram herum und riß sich den eisigen Silberreif vom Finger. In diesem Augenblick verzerrte sich Christophs Gesicht wieder zu einer Fratze. Er stürmte an ihr vorbei, und sie hörte, wie hinter ihm die Türen schlugen und seine Schritte auf der Treppe allmählich verhallten.

Ich habe ihn verloren, dachte sie. *Heilige Maria, vergib mir, fast hätte ich ihn gehabt, aber ich habe ihn wieder verloren … und jetzt ist dieses Wesen frei und wird über Burg Fürstensee herrschen!*

Rosa schluchzte still vor sich hin, die Hand auf den blutigen Fleck auf ihrem Kleid gedrückt. Wolfram schrie noch immer empört, und Margerite vergewisserte sich mit einem raschen Blick, daß er unversehrt war. Kobold starrte immer noch mit gesträubtem Fell und knurrend auf die Tür. Als Margerite Wolfram zur Seite schob, um Kobold hochzunehmen, merkte sie, daß der Kater zitterte. »Braver Kater, guter Kater«, beschwichtigte sie ihn. »Du hast dich tapfer geschlagen.«

»Gnädige Frau?« wimmerte Rosa. »Was …?«

»Frage nicht«, sagte Margerite streng. »Packe rasch warme Tücher für Wolfram und mein Geschmeide ein. Und diesen Kasten nimmst du auch mit.« Sie klopfte auf die kleine Truhe mit ihren magischen Werkzeugen. »Wir können nicht hier bleiben. Bringe auch mehrere Kerzen mit.« In ihrem Kopf nahm bereits ein Plan Gestalt an.

Den leise weinenden Wolfram auf dem einen Arm und den bebenden Kater auf dem anderen, eilte Margerite zu Evas Gemach. Schon zeigte sich wieder schwach das erste Dämmerlicht am Himmel, und die rote Sichel der Sonne schien durch die Westfenster des Ganges.

»Eva«, erklärte Margerite, »nimm dein Geschmeide und deinen schwersten Umhang und komm mit mir. Georg auch, wir können ihn nicht hier lassen.« Zum Glück hatte Eva ihre Dienstmagd aus irgendeinem Grund weggeschickt, und so konnten sie nicht belauscht werden.

»Was hast du vor?«

»Wir müssen die Burg sofort verlassen.«

»Aber …«

»Eva, du mußt mir vertrauen. Wir machen uns auf die Suche nach Pater Etienne, denn niemand sonst kann uns helfen. Und solange wir hier sind, ist unser Leben in größter Gefahr.«

Eva sagte kein Wort mehr und nahm aus einer Truhe einen kleinen, schweren Beutel, in dem es klimperte, als sie ihn an den Gürtel band – Geld oder Geschmeide, Margerite wußte es nicht. Als sie Kriemhilds Junge in einen Korb stecken wollte, sagte Margerite: »Laß sie hier! Sie sind alt genug, um sich zu behaupten, und wir können unterwegs nicht für sie sorgen. Kriemhild kannst du mitnehmen, aber die anderen nicht. Georg, wo ist dein Schwert?«

»In Christophs Gemach«, schniefte der Knappe. »Aber …«

»Komm schon!«

Christophs Tür öffnete sich, doch es war Eva, die hineinhuschen mußte, um die Waffe zu holen, denn Georg wollte die Schwelle nicht überschreiten. Leise schlichen sie geführt von Margerite die Treppe hinunter. Niemand war im großen Saal, Gott sei Lob und Preis! Margerite vermutete, daß nahezu alle Bewohner der Burg entweder draußen standen, um die Sonnenfinsternis zu beobachten, oder in der Kapelle auf den Knien lagen und um Erlösung von ihren Sünden flehten. Sie führte sie in das Gemach, in dem die Wertgegenstände aufbewahrt wurden. Nach kurzem Ringen mit ihrem Gewissen öffnete sie die Truhe, in der mehrere Beutel Silber neben einigen feinen Goldarbeiten lagen. Hatte ihr Heinrich nicht uneingeschränkten Zugang zu seiner Privatschatulle gewährt? In der Waffenkammer im Erdgeschoß hielt Margerite erneut inne. Georg durfte nicht zu schwer beladen werden, aber ein kräftiges Lederwams und eine mit Eisen verstärkte Lederkappe waren besser als gar keine Rüstung für ihn, selbst wenn sie ihm ein wenig zu groß waren. Sie gab ihm auch ein gediegenes Messer und stieß unter den schweren Bögen auf einige leichtere, die von Damen zum Jagdvergnügen verwendet wurden. Georg konnte mit einem solchen Bogen leicht schießen, und auch Margerite konnte seine Sehne bei Bedarf spannen. Der Knappe ließ sich alles ohne Klage aufbürden, verzichtete jedoch darauf, selbst eine Waffe auszuwählen.

Margerite mußte sich überwinden, um ihre kleine Gruppe durch die geheime Tür in die Höhlen hinunterzuführen, da sie wußte, daß es für alle den Tod bedeuten konnte. Aber sie hatte keine andere Wahl mehr. Durch das Burgtor konnten sie nicht gehen, und im schlimmsten Fall war es besser, sich zu verirren und im Vertrauen auf Gottes Gnade zu sterben, als sich der Gnade jenes Wesens auszuliefern, das von Christoph Besitz ergriffen hatte. Und sie hatte einen Gefährten, mit dem gewiß weder Nikolaus noch sein Dämon rechneten.

Sobald sich die Steintür hinter ihnen geschlossen hatte, setzte Margerite Kobold auf den Boden. »Jetzt, mein Kobold«, flüsterte sie dem Kater zu. »Gibt es einen Weg, der aus diesen Höhlen herausführt? Finde ihn, mein Kobold, denn sonst müssen wir hier zugrunde gehen.«

Kobold hob witternd den Kopf. Seine langen Schnurrbarthaare zuckten in der feuchten Luft, und sein buschiger Schwanz peitschte hin und her. Kriemhild sprang aus Evas Armen und schmiegte sich an den Kater. Dann trabten die beiden Katzen so zielstrebig in die Dunkelheit davon, als hätten sie eine Ratte erspäht. Margerite und ihre drei menschlichen Begleiter folgten ihnen.

5. KAPITEL

Margerite hielt den Blick auf Kobolds Schwanz gerichtet, der wie eine breite schwarze Feder am Rande des kleinen Lichtkreises der Kerze wedelte. Ein eisiger Schreck fuhr ihr in die Glieder, als der Kater von dem ihr bekannten Weg abbog und sie in salzverkrustete Durchgänge führte, die sie nicht kannte. Sie wußte, daß sie alles aufs Spiel gesetzt hatte, als sie sich ihm anvertraute. Und wenn ihn nun seine Katzennatur zur Jagd auf Nagetiere oder auf die kleinen weißen Fische ohne Augen verleitete, die in den dunklen, kalten Bächen unter dem Berg schwammen? Aber die Würfel waren gefallen, und sie konnte ihre Entscheidung nicht mehr zurücknehmen.

Margerite mußte sich nach den Bedürfnissen ihres Körpers richten, um nicht jedes Gefühl für das Verstreichen der Zeit zu verlieren. Als ihre Blase hart wie ein Stein war, blieb sie stehen und trat aus dem Schein von Rosas Kerze, um Wasser zu lassen, und als ihre Brüste anfingen zu schmerzen, mußte sie abermals stehenbleiben, um sich von der Magd aufschnüren zu lassen und Wolfram zu stillen. Wenn sie Halt machte, verharrten auch die unermüdlichen Katzen kurz und betrachteten sie mit großen Augen, bis sie sich wieder in Bewegung setzte. Ihr Magen begann zu knurren – wie lange waren sie schon hier unten? War schon Morgengrauen oder erst Mitternacht? Drei von Rosas Kerzen waren bereits heruntergebrannt.

Margerite blieb fast das Herz stehen, als sich das Rinnsal neben dem Pfad plötzlich zu einem schwarzen Teich verbreiterte. Die Katzen befanden sich auf der anderen Seite und blickten sie mit ausdruckslosen Augen an. Langsam zog sie einen Schuh aus und tauchte vorsichtig die nackten Zehen in das eisige Wasser. Der Boden unter ihrem Tritt fiel rasch ab. Die Durchquerung würde ihnen nicht leichtfallen. Eva, Georg und Rosa sahen sie an, und Margerite erkannte, daß sie das Wagnis als erste auf sich nehmen mußte.

»Georg, bitte dreh mir den Rücken zu«, sagte sie. Dann ließ sie sich von Rosa entkleiden. Die eisige Luft der Grotte zitterte über Margerites Haut. Sobald sie in das hüfthohe Wasser trat, schnitt ihr die Kälte in die Glieder, und als sie auf der anderen Seit herauskletterte, konnte sie sich kaum mehr bewegen.

Als nächste überquerte Eva den Teich, und ihre weiße Haut schimmerte hell auf dem dunklen Wasser. Sie hatte ihre eigenen Kleider und die Margerites hinübergetragen, und die beiden Frauen zogen sich so schnell an, wie sie es mit ihren tauben Fingern vermochten. Dann watete Rosa mit Wolfram hinüber. Georg stand mit dem Rücken zum Teich, und selbst im schwachen Kerzenschein erkannte Margerite, wie sehr er zitterte.

»Georg«, rief sie. »Du mußt den Teich durchqueren; einen anderen Weg gibt es nicht.«

»Ich … ich kann nicht«, antwortete der Knappe mit bebender Stimme. »Bitte, Frau Gräfin …«

»Georg, es muß sein«, erklärte ihm Margerite. »Es ist der einzige Weg, und wir brauchen den Schutz deines Schwertes auf der Reise.« *Und wenn wir nicht bald weitergehen, erfrieren wir hier*, dachte sie. Sie spürte schon die Schwere im Kopf und in den Gliedern, als wäre sie zu lange im Schnee gewandert.

Georg wandte sich ihr zu und blickte sie mit großen, dunklen Augen an. Dann knöpfte er mit einem krampfartigen Schauder das Lederwams auf. Die Frauen kehrten ihm den Rücken zu und hörten die leise platschenden Schritte des Knappen im Wasser. Seine Zähne klapperten, aber er ließ kein Wort der Klage hören.

Vom Glück oder von Kobolds und Kriemhilds Geschick geleitet, verstellte ihnen kein Weiher mehr den Weg, und nur gelegentlich mußten sie einen kleinen gefrorenen Bach überqueren. Rosa hatte soeben die fünfte Kerze angezündet, da beugte sich die Flamme in einem leichten Luftzug. Margerite roch Erde und Kiefernwald in diesem Windhauch und spürte, wie ihre erlahmenden Kräfte wiederbelebt wurden.

»Wir müssen den Ausgang fast erreicht haben.«

Kurz darauf erblickten sie vor sich einen schwachen Schimmer. Sie mußten durch den letzten Durchbruch kriechen und den Kopf einziehen, um unter dem niedrigen Felssims durchzugelangen, aber schließlich traten alle vier ins warme Tageslicht.

»Dank sei unserem Herrn Jesus!« rief Eva voller Inbrunst und stellte sich mit zurückgelehntem Kopf auf die Zehenspitzen. Der rosafarbene Damaststoff ihres Überkleides war schlammverschmiert, und auch die anderen sahen keinen Deut sauberer aus. »Wo sind wir hier?«

Margerite blickte sich um. Über ihnen stieg das Land steil an, und bewaldete Hügel erstreckten sich hinauf in graue Granitfelsen. Sie wußte nicht, ob dies der Berg über dem Fürstensee war. Nach der Wärme der Luft und dem Stand der Sonne zu urteilen, war es Nachmittag. Sie waren also die ganze Nacht und einen guten Teil des Tages gewandert, aber der Weg durch die unterirdischen Höhlen war gewunden wie der einer Schlange – falls Kälte und Müdigkeit sie nicht getäuscht hatten.

»Und was sollen wir jetzt tun, gnädige Frau?« fragte Rosa. »Wir haben nichts zu essen und ...« Die Dienstmagd ließ den Satz unvollendet, und Margerite erkannte die Furcht und Erschöpfung, die wie ein grauer Schleier über dem spitzen Gesicht hingen. Sie brauchten Ruhe, und Margerite hätte alles Silber und Geschmeide in ihrem Gepäck für einen Becher heißen Honigwein, eine Scheibe Brot und einen warmen Schlafplatz gegeben. Gewiß war ihr Verschwinden inzwischen bemerkt worden – würde Nikolaus oder das Wesen in Christophs Körper zur Jagd auf die Geflohenen aufrufen? Wenigstens war August, und die reifen Heidelbeeren hingen dicht und dunkel im Gestrüpp. Von diesen Beeren konnten sie sich fürs erste ernähren, bis sie wieder genügend Kraft gesammelt hatten, um mit dem Bogen kleine Tiere zu erlegen.

»Wir müssen noch ein wenig weitergehen, zumindest bis zum Einbruch der Dämmerung«, sagte Margerite. »Ich möchte nicht so nahe bei der Burg Rast machen.«

»Kannst du mir erklären, was wir hier eigentlich machen?« fragte Eva, als sie sich nach Norden in Bewegung setzten.

»Weshalb mußten wir so plötzlich fliehen, und weshalb ist auf Rosas Kleid ein Blutfleck?«

Margerite dachte nach. Was sie zu sagen hatte war keine Kleinigkeit, doch Eva hatte ein Anrecht darauf, die Wahrheit zu erfahren. »Christoph ist von einem Dämon besessen. Er hat Rosa und mich angegriffen, und nur durch Gottes Gnade konnten wir entrinnen.«

»Durch Gottes Gnade und die Macht Eurer Gebete, gnädige Frau«, fügte Rosa mit glänzendem Blick hinzu. »Ich wußte nicht, daß eine Frau einen Dämon in die Flucht schlagen kann wie ein Priester, es sei denn, sie wäre eine Weise oder eine Heilige.«

»Ich bin weder das eine noch das andere, so wahr mir Gott helfe!« entgegnete Margerite scharf. *Wenn ich weise wäre, hätte ich schon früher erahnt, was Christoph fehlt, und wenn ich eine Heilige wäre, hätte ich nicht im letzten Augenblick vor seinem Dämon versagt.*

Eva erschauerte, als hätte sie eine schleimige Schnecke berührt, und faßte sich an den Brustansatz. Aber sie blieb stumm. Es war Georg, der schließlich das Wort ergriff.

»Ihr meint, es war eigentlich nicht Herr Christoph, der das getan hat?« fragte er mit hoffnungsvoller Stimme. »Es entspricht auch nicht seinem Wesen, so zu sprechen und zu handeln. Und er hat mir ohnehin nichts Böses angetan, es war nur der Schrecken ... doch wenn ich nicht geflohen wäre, wäre es mir vielleicht schlechter ergangen.«

Margerite dachte an die Tränke, über die sie schützende Zauber und Gebete gesprochen hatte. Wenn sie Georg versehentlich vor dem Schlimmsten bewahrt hatten, was ihm der Dämon antun konnte, hatte sie richtig gehandelt. Eva schien etwas anderes zu bewegen, denn sie zog die Schultern ein und nahm wieder den Gesichtsausdruck eines verängstigten Kindes an. Margerite wollte nicht wissen, an welche Vorfälle sie Georgs Worte gemahnt hatten.

»Ich kann nicht behaupten, daß wir hier schon in Sicherheit sind«, sagte sie sanft, »aber zumindest mußt du von ... diesem Wesen fürs erste keinen Angriff mehr befürchten.«

Margerite überlegte fieberhaft. Wenn Nikolaus den Dämon wieder seinem Willen unterworfen hatte, würde er eine Teufelsaustreibung nicht zulassen, da er auf diese Weise die vollständige Herrschaft über Burg Fürstensee erlangen würde – solange er nur eine Erklärung für das plötzliche Verschwinden der Gräfin und ihrer Schutzbefohlenen fand. Und Margerite konnte sich leicht vorstellen, daß Nikolaus behaupten würde, sie und Eva seien zu einer Bußeinkehr oder zu einer Pilgerfahrt aufgebrochen, um für Heinrichs Genesung zu beten. Wenn sie nun mit ihrer Geschichte vor Graf Wolfgang treten und ihn um seinen Beistand bitten würden... wäre ein Blutvergießen zwischen den beiden Grafschaften die beinahe unvermeidliche Folge, denn sie sah keine Möglichkeit, wie Graf Wolfgang seinen Nachbarn zu einer Teufelsaustreibung zwingen konnte, außer durch einen Krieg. So blieb ihnen nur die Suche nach Pater Etienne, um seine Hilfe für die Austreibung des Dämonen zu gewinnen. Er hatte gesagt, daß er nach Hamburg ziehen wollte. Das war vor mehr als zweieinhalb Monaten gewesen, aber wahrscheinlich weilte er immer noch im Norden des Reiches.

In dieser Nacht schliefen sie eingehüllt in ihre Umhänge an einem Bach. So müde er war, Georg bestand auf der Einteilung einer Wache, und Margerite konnte ihm nicht widersprechen, obgleich es in Heinrichs Gebiet keine Räuber gab und sie auch nicht wußte, wie sie sich hätten wehren sollen, wenn Nikolaus seine Häscher nach ihnen ausgesandt hatte. Ihr Kopf ruhte auf den prallen Silbersäcken, die sie aus der Burg mitgebracht hatten, und sie war dem Schlaf nahe, als sie ein anderer Gedanke hochschrecken ließ. Und wenn Christoph sie durch Hellseherei zu finden trachtete? Wenn er sie auf übernatürlichem Wege erspähte, waren sie ihm schutzlos ausgeliefert.

Margerite suchte in dem Geschmeidebeutel an ihrem Gürtel, bis sie auf die kalten Perlen und das zart gearbeitete Metall ihrer Falkenhalskette stieß. Damit blieb sie selbst verborgen, aber konnte sie den Schutz der Kette auch auf die ganze Gruppe ausdehnen? Sie legte sie sich um den Hals und hielt den goldenen Anhänger, bis das Metall in ihren Händen warm wurde. Mit geschlossenen Augen sah Margerite sein sanftes Leuchten. Tief einatmend ließ sie ihren Herzschlag durch das Gold pochen. Der Falke hob die Schwingen und wuchs, bis er alle mit seinem gefiederten Mantel bedeckte. Wolfram lag warm an seine Mutter gekuschelt, Georg saß mit dem Schwert über den Knien und hatte die eisenbeschlagene Kappe tief ins Gesicht gezogen. Eva und Rosa lagen auf ihren Lagern aus Fichtennadeln mit Kriemhild in ihrer Mitte. Kobold starrte mit golden glühenden Augen vom Stamm einer Fichte herab. Welchen Zauber Ruprecht für das Geschmeide auch benutzt haben mochte, es folgte ihrem Willen, und selbst jetzt konnte sie keinen Makel des Bösen daran spüren.

Margerite erwachte vom Blutgeruch und vom Kitzeln des kleinen Ungeziefers auf ihrem Gesicht. Mit einem Ruck setzte sie sich auf, und ein leiser Schrei entfuhr ihr, ehe sie ihn unterdrücken konnte. Wo sie den Kopf zur Ruhe gebettet hatte, lag ein toter, halb ausgewachsener Hase, dem die Gedärme auf den Boden hingen und auf dessen Fell die Flöhe herumkrochen. Neben dem Hasen saß Kobold voller Stolz und wischte sich mit einer Pfote das Blut vom Gesicht. Wolfram starrte gebannt auf den Hasen und versuchte, die kleinen Arme aus der Decke zu ziehen, in die er eingewickelt war.

»Gut gemacht, mein braver Jäger«, sagte Margerite. Sie kraulte den Kater und beförderte das tote Wild aus Wolframs Reichweite. Georg und Eva schliefen noch, aber Rosa war bereits wach und schöpfte kniend mit beiden Händen Wasser aus dem Bach, um sich das Gesicht und die Haare zu waschen. »Rosa! Wenn du Feuer machen kannst, für einen Braten ist bereits gesorgt.«

»Gut, daß ich meine Zunderbüchse mitgenommen habe«, sagte die Dienstmagd. »Ich hätte sie fast vergessen, doch Tante Gerhild hat mir eingeschärft, niemals ohne eine Möglichkeit zum Feuermachen zu reisen.«

»Deine Tante ist eine kluge Frau.« Margerite zog ihr Messer und machte sich daran, das von Kobold begonnene Werk zu vollenden. Sie zog dem Hasen das Fell ab und warf den Katzen die Eingeweide hin. Arme und Rücken taten ihr weh, denn es war kein leichtes, Wolfram so lang zu tragen, selbst wenn Eva und Rosa sie immer wieder abgelöst hatten; auch das ungewohnte Nachtlager auf dem Waldboden hatte gleichfalls Spuren hinterlassen. Aber je mehr sie sich bewegte, desto mehr lösten sich die verkrampften Muskeln in ihren Gliedern. Es bedurfte einiger Mühe, den Hasen auf behelfsmäßigen Fichtenholzspießen zu braten, und die kleinen, halbverkohlten Fleischstücke, die mit eiskaltem Bachwasser hinuntergespült wurden, reichten kaum, um den Hunger zu stillen.

Nach dem Essen wandte sich Margerite an ihre Dienstmagd. »Rosa, unsere Wege trennen sich hier. Ich möchte, daß Gerhild erfährt, was hier geschehen ist, denn auf Burg Falkenstein muß jemand wissen, wie es um Christoph steht, und dort gibt es niemanden, dem ich so vertraue wie deiner Tante.«

»Aber gnädige Frau, wer wird für Euch sorgen, wenn ich Euch verlasse?« wandte Rosa ein. »Ihr könnt doch nicht ohne eine Dienstmagd reisen – wer wird Euer Haar zurechtmachen und Eure Wäsche erledigen und dergleichen?«

Margerite blickte auf ihr fleckiges, verschmiertes blaues Seidenkleid, das von der langen Wanderung durch die Höhlen zerrissen war. Und als sie Georg und Eva in die schmutzigen Gesichter sah, mußte sie lachen. »Ich glaube nicht, daß wir auf eine Weise reisen werden, die unserem Stand entspricht. Eva und ich werden uns gegenseitig versorgen, da kannst du ganz beruhigt sein.« Sie suchte in ihrem Beutel und zog schließlich eine faustgroße Silberbörse heraus. »Nimm das mit. Du wirst es auf deinem Weg vielleicht brauchen, und du hast es dir redlich verdient. So Gott will, werden wir uns bald wiedersehen. Aber … ich muß dich um deine Zunderbüchse bitten, denn wir werden wohl noch länger durch den Wald wandern.«

»Ihr könnt sie von Herzen gerne haben«, antwortete Rosa. »Doch seid Ihr sicher, daß es nicht klüger wäre, nach Burg Falkenstein zu ziehen? Die Menschen dort sind Euch sehr zugetan, und es wäre viel sicherer und bequemer als hier auf der Straße, wo Euch nur ein Knappe vor Räubern und Übeltätern zu schützen vermag.«

»Ich kann nicht«, erwiderte Margerite. »Wir müssen Pater Etienne suchen.«

»Wie Ihr wünscht, gnädige Frau«, murmelte die Dienstmagd. »Ich werde jeden Abend für Euer Wohlergehen beten, denn ich weiß, daß Ihr Euch gegen Geschöpfe der Hölle zu wehren wißt, aber wilde Tiere und Wegelagerer sind etwas anderes.«

Obwohl sich Georg zunächst dagegen sträubte, bestanden Margerite und Eva darauf, die schweren Silberbeutel selbst zu tragen, damit er die Hände für die Waffen frei hatte. »Wenn ein Wild unseren Pfad kreuzt, dann kannst du schnell den Bogen anlegen und schießen«, fügte Margerite hinzu. Das schien den Knappen zu überzeugen. Wolfram war ihre schwerste Last, aber wenigstens war er erstaunlich ruhig und gab nur hin und wieder ein vergnügtes Glucksen von sich, während er mit großen Augen auf die Waldlandschaft starrte. Kobold und Kriemhild sprangen vor der Gruppe dahin, und ihre dunklen Schwänze tauchten in unregelmäßigen Abständen im Unterholz auf. Es war so warm geworden, daß die Frauen ihre schweren Umhänge auszogen, und eine sanfte Brise rauschte durch die Fichten, in denen die Vögel zwitscherten. Georg schien sich von seiner Angst vollständig erholt zu haben. Schon bald schritt er geschmeidig dahin, als wäre er zum Jagen in die Wälder gekommen, und mit scharfem Blick hielt er nach Spuren von Wild Ausschau.

Als Wolfram vor Hunger schrie, blieben sie stehen, und Eva half Margerite, das Kleid aufzuschnüren, während Georg höflich in die Büsche starrte. »Wir hätten Rosa bitten sollen, die Kleider mit dir zu tauschen«, sagte Eva. »Wenn wir zu einer Siedlung kommen, können wir vielleicht etwas kaufen, was für unsere Reise geeigneter ist. So sehen wir aus wie ...«

»Wie zwei Edelfrauen, die durch den Schlamm gekrochen sind und auf dem Waldboden geschlafen haben?« fragte Margerite.

Eva kicherte, und ihre zarten Wangen liefen rot an. »Nein, daran hatte ich nicht gedacht. Leider wollte ich eher sagen wie zwei mitgenommene ... Dienstmägde.«

Wie Huren nach einigen schweren Nächten, meinst du wohl, dachte Margerite, und Eva hatte nur allzu recht. »Trotzdem müssen wir warten, bis wir Heinrichs Land verlassen haben, damit wir nicht erkannt und vielleicht verraten werden. Zumindest können wir unsere Kleider kaum noch mehr verderben.«

Als sich die Sonne herabsenkte, zeigte sich, wie klug es war, Georg den Bogen tragen zu lassen. Als ein junges Reh vor ihren Augen über den Pfad sprang, hatte der Knappe einen Pfeil eingelegt und abgeschossen, ehe die Hufe des Rotwilds wieder den Boden berührt hatten. Der Schaft drang unmittelbar hinter der Schulter ein. Das Reh stürzte und floh, war aber noch nicht außer Hörweite, als es zum zweiten Mal zu Boden fiel.

»Gut geschossen!« rief Eva. Wenn sie nicht gerade Wolfram getragen hätte, dachte Margerite, hätte sie wahrscheinlich vor Begeisterung in die Hände geklatscht.

Georg lächelte sie an, und die Freude verklärte sein sommersprossiges Knabengesicht. »Die Handhabung eines solchen Bogens ist nur eine geringe Fertigkeit. Es ist nicht die Waffe eines Ritters.« Die bescheidenen Worte konnten den Stolz in seiner Stimme nicht verhehlen. Geschwind setzte er seinem Wild nach, und als er kurz darauf zurückkehrte, hatte er das kleine Tier über die Schulter geschlungen. Als sie es ausnahmen, sah Margerite, daß der Pfeil des Knappen durch beide Lungen gedrungen und das Herz durchschnitten hatte: ein ausgezeichneter Schuß!

»Schade«, sagte Eva sehnsüchtig, als sie trockenes Reisig in das kleine Feuer streute, »daß wir nicht die Zutaten haben, um hier eine Pfeffertunke zuzubereiten. Ich habe noch nirgends einen Rehbraten gegessen, der sich mit dem von Hildegard messen könnte.«

»Ich würde ein paar Scheiben Weizenbrot und ein oder zwei Becher Rotwein vorziehen«, entgegnete Margerite. »Aber wir wollen Gott für das danken, was er uns beschert hat.« Tatsächlich hätte Margerite, als der Saft des Rehbratens in das lustig flackernde Feuer tropfte, am liebsten die herrlich duftende Leber vom Spieß gerissen, obwohl sie noch halbroh war. Selbst in der Fastenzeit hatte es sie selten so nach Fleisch gelüstet.

Sie kamen nur langsam vorwärts, und so war Margerite erst nach mehr als vier Tagen überzeugt, daß sie die Grenzen von Heinrichs Land hinter sich gelassen hatten. Die Kost aus Wild und Beeren hatte die unvermeidliche Folge, daß es in den Gedärmen der Gefährten ständig rumorte, und oft mußten sie plötzlich stehenbleiben, wenn einer von ihnen hinter einen Busch eilen mußte. Nur die beiden Katzen und Wolfram schienen aufzublühen. Margerite dachte immer wieder daran, wie es Bertram ergangen war. Er war allein durch die Wälder gezogen, von Verfolgern gejagt. Sie erinnerte sich, wie dünn und abgerissen er in ihrem Traumgesicht gewirkt hatte, und das Herz schmerzte sie vor Sehnsucht, ihn tröstend in den Arm zu nehmen.

Sie hatten gerodetes Land vermieden und waren im Schutz der Wälder gewandert. Nichts sprach dafür, daß ihnen Häscher auf der Spur waren. Margerite schloß daraus, daß sie in Sicherheit waren – so sehr dies unter den Umständen überhaupt möglich war. Ab jetzt war es das beste für sie, sich an vielbereiste Straßen und Städte zu halten. Bevor sie die erste Siedlung erreichten, hatten Margerite und Eva die schlimmsten Flecken aus den Kleidern gewaschen. Sie gingen auf einer breiten, von tiefen Wagenspuren durchfurchten Straße, die sie zur Schenke auf dem Dorfplatz führte. Es war ein großes, holzgetäfeltes Wirtshaus, das viele durchziehende Reisende beherbergte.

Der Wirt war ein großer, grauhaariger Mann mit einer weißen Narbe, die über die Wange lief und den dichten Bart durchschnitt. Sein linkes Auge starrte auf beunruhigende Weise in eine andere Richtung, wenn er jemanden ansah. Er betrachtete die drei Reisenden mißtrauisch, ehe er schließlich sagte: »Ich habe eine Kammer, die Ihr mieten könnt, aber Eurem Geschäft könnt Ihr dort nicht nachgehen, verstanden? Meine Frau duldet so etwas nicht.«

Margerite setzte zu einer scharfen Entgegnung an – da fiel ihr ein, daß sie weder gekleidet noch beritten war wie eine Gräfin und daß sie sich auf keinen Fall verraten durfte. So antwortete sie nur sanft: »Wir sind Christen auf einer Wallfahrt, guter Wirt, und widmen uns nicht solchen Geschäften. Was haben wir für Kost und Unterkunft zu bezahlen?«

Zum Glück war sie nicht als Gräfin, sondern als Tochter eines armen Ritters aufgewachsen, denn der erste Preis, den der Wirt nannte, grenzte an Plünderei. Sie erinnerte sich gut daran, wie man feilschte, und konnte ihn schließlich auf einen halbwegs vernünftigen Preis herunterhandeln, indem sie darauf hinwies, daß sie keine Pferde hatten, die im Stall untergebracht und gefüttert werden mußten. Das gute Auge des Wirtes leuchtete auf, als er das Silber in Margerites Hand erblickte, und es dauerte nicht lange, bis sie bei vollen Bierkrügen, weichem braunen Brot und weißem Käse an einem Tisch saßen. Margerite beherrschte sich mühsam, um vorsichtig kleine Stücke von dem Brotlaib abzubrechen, um den Käse in dünnen Scheiben abzuschneiden und um langsam zu kauen, damit ihr keine Krümel aus dem Mund fielen. Georg war nicht so zimperlich in seinem Benehmen, aber Margerite sah es ihm nach, denn ein Knabe seines Alters hatte größeren Hunger als eine erwachsene Frau.

In der kleinen, engen Schlafkammer gab es zwei nebeneinander liegende Matratzen. Zumindest die Bettücher sahen sauber aus. Zwar fürchtete Margerite, daß sie morgen beim Aufstehen Ungeziefer am Leib haben würden, aber es war besser, als auf Steinen und Baumwurzeln zu nächtigen. Die Katzen schnupperten mit begeistert zuckendem Schwanz an den Zimmerwänden, und in ihren Augen stand der grimmige Blick des Jägers, der seine Beute gewittert hatte. Gewiß würde morgen eine tote Maus oder Ratte auf dem Kissen liegen, dachte Margerite.

Georg blieb in der Kammer, um ihre Habseligkeiten zu bewachen. Margerite und Eva begaben sich noch einmal hinunter in die Schenke, um mit dem Wirt über den Kauf von Vorräten für ihre Weiterreise zu verhandeln. Er rieb sich mit dem Knöchel über die Narbe, und das linke Auge drehte sich zur Seite, während er die beiden Frauen musterte.

»Nun, ich kann Euch nicht viel anbieten, die Ernte geht erst zu Ende, und die Schlachtzeit hat noch nicht begonnen. Aber es läßt sich vielleicht etwas für Euch finden, Reisebrot und geräucherter Schinken auf jeden Fall und auch Käse. Ihr seid auf Pilgerfahrt, sagtet Ihr? Und zu welchem Schrein?«

»Zum Schrein des Heiligen Bonifaz in Fulda«, erwiderte Margerite. Das entsprach zwar nicht der Wahrheit, aber der Ort lag weiter nördlich und auf ihrem Weg. »Mein Gemahl ist erkrankt, und ich will Fürbitte für ihn leisten.« Das zumindest stimmte. Margerite war nicht wohl bei ihrer Lüge, doch es fiel ihr keine andere Erklärung dafür ein, weshalb sie und Eva nur in Begleitung eines jungen Mannes reisten. Wenn es die Umstände erforderten, würden sie sich wohl als Geschwister ausgeben müssen…

Der Wirt schnaubte kurz, sagte aber nichts weiter, wie um zu bekunden, daß es ihn ja schließlich nichts anging.

»Und ich habe gehört«, fuhr Margerite fort, »daß es nördlich von hier einen Schrein gibt, wo der Fingerknochen der Heiligen Adelhilde gehütet wird. Dort möchte ich anhalten und beten, denn es soll eine überaus ehrwürdige Stätte sein.«

»Die Heilige Adelhilde… hmm, nein, davon habe ich noch nie gehört. Hier kommen jedes Jahr Fuldapilgerer durch, sogar einige Italiener, ob Ihr es glaubt oder nicht. Und ich kann Euch sagen…« Margerite hörte sich seine Geschichten an und wartete geduldig auf eine Gelegenheit, um das Gespräch wieder auf den Kauf von Vorräten zu bringen. Eigentlich hätte sie ohne weiteres auch Pferde erwerben können, aber es war wahrscheinlich sicherer, wenn sie nicht zu erkennen gab, wie reich sie war.

Bei Sonnenuntergang war die Schenke halbvoll. Die Gäste waren zumeist Feldarbeiter, nur einige Männer schienen besser gekleidet. Das Abendessen bestand aus gegartem Schweinefleisch in dicker Sahnetunke mit Pilzen, und Margerite, Eva und Georg ließen sich das köstliche Mahl munden. Zufrieden und dankbar blieben sie noch ein wenig sitzen.

Gesättigt und müde vom Bier dachte sich Margerite nichts dabei, als sich drei Männer auf den Bänken neben ihnen niederließen. Ihre Röcke aus blauer und gelbgrüner Wolle waren für bäuerliche Verhältnisse recht vornehm. Einer von ihnen, ein dunkler Mann mit hünenhaften Schultern und schwellenden Armmuskeln, die ihn ebenso wie der tief in die Poren der Nase und der Wangen eingefressene Ruß als Schmied auswiesen, trug einen silbernen Ring am Finger. Mit einem breiten Lächeln, wandte er sich an Eva.

»Seid gegrüßt, mein Fräulein«, sagte er. »Wo kommt Ihr her?«

»Aus Passau«, antwortete Eva. »Meine Schwester und ich sind auf Pilgerfahrt nach Fulda.«

Der Schmied lachte und zwinkerte seinen beiden Freunden zu. »Auf Pilgerfahrt? Ihr seid also heilige Schwestern? So sagt mir doch, wie würde Euer Kloster über eine milde Gabe denken?« Die drei lachten schallend und Margerite roch ihren schweren Bieratem. *Heilige Jungfrau Maria, sie halten uns für Huren!* dachte sie. *Warum habe ich vorher nicht versucht, dem Wirt schlichtere Gewänder abzukaufen?*

Georg setzte sich kerzengerade auf, so daß der Griff seines Schwertes zu sehen war. Bevor Margerite es verhindern konnte, sagte er: »Diese Damen stehen unter meinem Schutz, und es ziemt sich nicht für Euch, über sie zu spotten.«

Der Schmied riß die Augen auf und wich in scherzhaft übertriebener Bestürzung zurück. »Oh, ich bitte Euch vielmals um Verzeihung, junger Herr. Ich wußte nicht, daß sie unter Eurem ... Schutz stehen. Da hätte ich mich natürlich zuerst an Euch wenden müssen. So sagt mir, wieviel wollt Ihr für die Blonde heute abend?«

Georg erhob sich mit der Hand auf dem Schwertgriff. Margerite sagte rasch: »Setz dich Georg. Diese braven Männer wollen uns gewiß nicht beleidigen. Vielleicht sollten wir ihnen eine gute Nacht wünschen und uns zurückziehen, denn wir müssen morgen sehr früh aufstehen.«

»Bei mir brauchst du dich nicht zu zieren, meine Süße«, sagte einer der Freunde des Schmiedes, ein untersetzter Kerl mit strohgelbem Haar und säuberlich gezwirbelten Schnurrbartspitzen. »Ich begleite dich gern auf deine Kammer, wenn du nur deinen Bankert ein wenig beiseite legst.«

»Laßt sie sogleich in Frieden!« rief Georg. Seine helle Stimme zitterte ein wenig, aber er hatte das lange Kinn entschlossen vorgeschoben, und seine blauen Augen leuchteten. Entsetzt erkannte Margerite, daß der Knabe ihre Ehre bis zum Tode verteidigen würde. »Entschuldigt Euch sogleich bei den Damen, ihr gemeinen Schurken, oder ich schneide Euch bei lebendigem Leibe die Gedärme heraus und werfe sie den Schweinen zum Fraß vor!«

Dem Schmied war das Lachen vergangen. Mit drohendem Blick ballte er die gewaltigen Hände zu Fäusten und stand auf. »Willst du behaupten, daß wir den Preis für deine edlen Damen nicht bezahlen können, Junge?« fragte er. Die Bänke scharrten über den Boden, als sich die zwei anderen erhoben.

Mit einem leisen metallenen Klang fuhr Georgs Schwert aus der Scheide. »Nein, Georg!« schrie Margerite. Georgs Blick zuckte zu ihr, und im gleichen Atemzug sprang der Schmied vor, packte den Knappen am Handgelenk und bog es langsam zurück.

»Laß die Waffe fallen, Junge«, zischte er. Erbleichend zog Georg mit der freien Hand seinen Dolch heraus und drückte ihn dem Mann blitzschnell an den Bart.

»Laß los oder stirb«, keuchte Georg. »Noch eine Bewegung, und du bist ein toter Mann.« Der Strohblonde hatte einen Bierkrug genommen, um ihn auf dem Kopf des Knappen zu zerschlagen. Langsam ließ er ihn wieder sinken, denn Georg brauchte nur mit der Hand zu zucken, um dem Schmied die Kehle durchzuschneiden.

»Georg, bitte nicht!« rief Margerite verstört. Einige andere Gäste waren schon herangerückt, und sie sah sich verzweifelt nach Hilfe um.

»Halt, halt«, sagte eine tiefe, rauhe Stimme. »Was soll denn das? Eberhard, das ist doch keine Art, Fremde zu begrüßen.«

Ein stämmiger Mann schob sich durch die Menge. Auch er trug ein Schwert über einer verblaßten Samtrobe, die vielleicht einmal grün gewesen war, und Margerite bemerkte, daß ihm die Leute Platz machten. »Leg die Waffen nieder, mein Junge. Niemand wird dir oder deinen Damen etwas zuleide tun – nicht wahr, Eberhard?«

»Ich habe es nicht so gemeint«, knurrte der Schmied. Langsam ließ Georg das Messer sinken, und Eberhard löste seinen Griff von Georgs Schwertarm.

Margerite atmete erleichtert aus. »Ich danke Euch, mein Herr. Es war nur ein Mißverständnis, aber unser Bruder ist allzeit bereit, unsere Ehre zu verteidigen, und er ist ein Hitzkopf.«

»Ja, das sieht man an seinem Haar«, sagte ihr Retter mit einem nachdenklichen Blick auf Georg. »Nun, meine Herren, ich schlage vor, wir setzen uns wieder hin und trinken noch ein Bier – eine Runde für alle!« Seine Stimme hatte eine seltsam singende Färbung, die Margerite nicht erkannte, und schallte mühelos über den Lärm in der Schenke. Er war in mittleren Jahren, glattrasiert und dunkelhaarig, sein Backenbart war grau durchsetzt, und die Lachfalten hatten sich tief in die Augenwinkel eingegraben.

Murrend machten sich der Schmied und seine zwei Begleiter aus dem Staub, sobald ihre Krüge gefüllt waren. Der Neuankömmling nahm neben Eva Platz. »Erlaubt mir, daß ich mich vorstelle, meine Damen, junger Herr«, sagte er. »Ich bin Meister Merlin, fahrender Händler für heilige Waren. Reliquien, vom Papst gesegnetes Weihwasser, Balsam aus Arabien und andere Arzneien – alles, um die Krankheiten des Körpers und der Seele zu heilen.«

»Merlin – der Zauberer Merlin?« Eva rückte ein wenig von ihm ab. Er grinste sie an und zog die Brauen zu schwarzen Dreiecken nach oben.

»Nein, aber ein Waliser wie er, und alle Waliser haben ein wenig Zauberei im Blut – Ihr versteht? Es besteht natürlich keine Gefahr für Euer Seelenheil, edles Fräulein, und auch nicht für meines. Sonst würde ich wohl kaum mit heiligen Gegenständen handeln.«

»Es war sehr freundlich von Euch einzugreifen«, sagte Margerite. »Das hätte sehr schlecht für uns ausgehen können.«

»Fürwahr. Euer junger Mann hier scheint sehr waffengewandt, doch es wäre wahrlich ein Jammer gewesen, wenn wegen eines kleinen Mißverständnisses Blut vergossen worden wäre.«

»Die Ehre einer Dame zu beleidigen ist wohl keine Kleinigkeit«, verteidigte sich Georg. Seine Stimme zitterte, und das Bier in seinem Krug schwappte, als er ihn zum Mund führte. Margerite war sich sicher, daß es Georgs erster Kampf gewesen war. *Und er hat sich tapfer geschlagen, wie es einem Angehörigen seines Geschlechts geziemt.*

Merlin hob eine breite Hand. »So ist es, mein Junge. Aber es hätte Euch wenig genutzt, wenn man Euch getötet oder als

Mörder aufgehängt hätte, oder? Sagt mir, wie lange seid Ihr schon auf Reisen und wohin geht Eure Fahrt?«

Margerite wiederholte die Geschichte, die sie dem Wirt erzählt hatte, und Merlins langes Gesicht hellte sich auf. »Das ist genau der Weg, den ich auch ziehe! Möchtet Ihr in meinem Wagen reisen? Ihr werdet viele Heiligenschreine sehen, denn ich fahre auf den Pilgerstraßen. Ich habe meine Familie durch den Schwarzen Tod verloren, und es ist Platz für alle. Ihr werdet es schön behaglich haben.«

»Wieviel würde uns das kosten?« fragte Margerite vorsichtig.

»Darüber müssen wir uns jetzt nicht den Kopf zerbrechen. Ihr helft mir mit dem Wagen, wenn es nötig ist, und vielleicht ein wenig bei meiner Arbeit, wenn es Euch recht ist, und das andere wird sich finden. Um ehrlich zu sein, mir liegt vor allem an der Gesellschaft.«

Die Vorstellung, sich so ohne weiteres diesem Fremden anzuvertrauen, widerstrebte Margerite, doch ihr schmerzender Rücken ließ ihr den Gedanken an eine bequeme Fahrt in einem Wagen sehr reizvoll erscheinen. *Mag Merlin auch geübt im Umgang mit seinem Schwert sein, so kann er uns doch kaum alle drei zugleich überwältigen, wenn wir es nicht an Achtsamkeit fehlen lassen. Und es würde ihm schwerfallen, uns unterwegs auszurauben, wenn nur er und wir im Wagen sind.* Sie überlegte kurz, ob er ein Lichtträger sein könnte, der zu ihrer Verfolgung ausgesandt worden war, obwohl er nur einen einfachen goldenen Ehering trug. Aber in ihrem Innersten fühlte sie, daß es nicht so war. Es war, als gäbe es ein unsichtbares Zeichen, an dem sie Ordensmitglieder – wie an einem Geruch oder einem Gefühl – untrüglich erkannte.

»Der Vorschlag gefällt mir«, sagte Eva munter. »Bei Merlin sind wir bestimmt sicherer als allein auf der Straße.«

Margerite konnte nichts dagegen einwenden, zumal sie schon am ersten Tag im Dorf nur um Haaresbreite einem Unglück entgangen waren. »Was meinst du, Georg?«

Der Knappe blickte auf den abgewetzten Griff von Merlins Schwert, und Margerite konnte seine Gedanken erahnen. »Es wäre gut, mit einem anderen kampftauglichen Mann zu reisen, um Eure Sicherheit zu gewährleisten«, räumte Georg ein. »Ich tue zwar mein bestes, damit Euch kein Leid geschieht, aber zwei sind in einem Kampf mehr als zweimal so stark.«

Wie es Margerite befürchtet hatte, waren Flöhe im Bett, und so eng an Evas Rücken gedrückt fiel ihr das Schlafen schwer. Die beiden Männer hatten das andere Lager genommen, und Merlins Schnarchen übertönte knarzend Georgs leisen Atem. Margerite dachte voller Mitleid an den Knappen, der auf dem schmalen Bett gewiß nur eine kleine Ecke für sich hatte. Wenigstens hatte die Wirtsfrau eine kleine Wiege für Wolfram gefunden, und Margerite nahm sich vor, sie ihr am Morgen abzukaufen, damit ihr Sohn einen sicheren Schlafplatz im Wagen hatte.

Tief einatmend zwang sich Margerite, nicht auf die juckenden Flohstiche und den Geruch zu achten, der keinen Zweifel daran ließ, daß Merlin zum Abendessen Zwiebeln verzehrt hatte. Margerite ließ ihre Glieder erschlaffen und die Empfindungen ihres Körpers zurückweichen… Was zählte es, daß Eva auf ihrem Arm lag, da sie doch schon die Schwingen ausbreitete, um sich vom Wind aus der muffigen kleinen Kammer tragen zu lassen?

Die Falkin schnellte hinaus in die kühle Nachtluft unter dem Sternenzelt. Hoch hinauf über die kleinen Dorfhütten, die fremden Berge und mondbeschienenen Seen und Bäche trug sie ihr kräftiger Flügelschlag. Sie jagte nach Norden und zögerte keinen Augenblick im Gedanken, sie könnte Pater Etienne nicht finden. Wenn sie mit menschlichen Augen und Gedanken auf dem Boden herumkroch, konnte sie leicht in die Irre gehen, aber der Blick der Falkin sah, was sie suchte: den Lichtschimmer weit im Norden, hell wie ein Freudenfeuer vor der Dunkelheit eines fernen Berges.

Das Leuchtfeuer schien zu schwinden, je näher sie ihm kam, bis es zum schwachen Schein einiger Kerzen in den Fenstern einer großen Burg zusammenschrumpfte – von dunklen Netzen überzogen, die Margerites Blick nicht zu durchdringen vermochte. Zögernd kreiste sie über der Burg. Es war ein wahrer Palast, mehr als dreimal so groß wie Burg Fürstensee, und in den Lustgärten glitzerten weiße Springbrunnen. Selbst hoch in den Lüften, als sie die Schwingen im Kreisflug neigte, spürte sie den schwarzen Makel dort unten. War Etienne in eine Festung der Lichtträger gegangen?

Dann fiel ihr Blick auf etwas anderes: schwach glühende Kohlen im Osten. Es war ein weißes, einstöckiges Haus in einem der großen Jagdgärten der Burg, in dem wahrscheinlich ein Wildhüter wohnte. Im Girlandenflug glitt sie hinab und ließ sich auf dem Sims eines kleinen Fensters nieder, durch das sie hineinsah.

Zu ihrer Überraschung erblickte sie nicht Etienne, sondern Bertram, der auf einem Bett lag, das schwarze Haar und den Bart wirr über das Kissen gebreitet. Er schien in tiefem Schlaf versunken, und sein Atem ging langsam und regelmäßig. Hatte er Zuflucht bei einem Freund gefunden? Die Burg mußte Schloß Niederwald sein, aber wie war es Bertram gelungen, sich seinen Häschern zu entziehen und den Besitzer des Hauses von seiner Unschuld zu überzeugen?

Während Margerite noch diesem Gedanken nachhing, kroch langsam ein eisiger Schauer über sie. Bertram spannte sich im Schlafe und stieß einen leisen Schrei aus. Margerite sah den Schmerz in seinem Gesicht. *Seine Feinde verfolgen ihn noch immer.*

Sie ließ sich vom Fenstersims fallen und umkreiste das Haus. Dreimal flog sie um die Wohnstatt des Wildhüters, da spürte sie das Zurückweichen des kalten Schattens und sah, wie Bertram wieder in sanfte Träume versank. Wortlos betete sie, *Heilige Jungfrau Maria, laß keine Finsternis über diesen Ort kommen. Ich flehe zu dir, bei der Liebe zu deinem Sohn, daß du Bertram vor seinen Feinden und vor den Mächten der Hölle behüten mögest!* Margerite ahnte, daß sie nur der geringste Teil der forschenden Kraft ihrer Feinde gestreift hatte, sonst hätte sie sie nicht so leicht ablenken können. Aber ihr Liebster würde in dieser Nacht ungestört ruhen, verborgen vor der, die ihn suchte.

Woher weiß sie, daß er hier ist? Margerite hatte keine Antwort auf diese Frage, doch sie wußte, wenn seine alte Widersacherin nach ihm forschte, würde auch er Pater Etiennes Beistand brauchen. Mit einem letzten Blick auf den still daliegenden Bertram schwang sie sich wieder in die Lüfte.

Etienne, Etienne! Wo seid Ihr? dachte sie, als sie über den Himmel raste. Aber das Licht, das sie geleitet hatte, war verschwunden. Sie spähte hinunter auf den fahlen Streifen Strand am Rande des weithin sich erstreckenden Meeres, auf flache Salzmarschen und winzige Fischerhütten. Gefangen in der Wildheit ihres Falkenflugs fühlte sie statt Verzweiflung nur Wut darüber, daß sie das Gesuchte nicht finden konnte.

Erst als Margerite wieder zu sich kam, als ihr das Gewicht des menschlichen Leibes wieder auf der Seele lastete und die Geräusche und Gerüche der kleinen Schlafkammer ihre Sinne heftig bedrängten, brandeten Angst und Enttäuschung über sie hinweg. Sie hatte darauf vertraut, den Priester im Fluge finden zu können, wo immer er sich auch aufhalten mochte. Doch jetzt blieb ihr nur die Erkenntnis, daß sie bis nach Hamburg ziehen mußten, um beim dortigen Bischof nach Pater Etienne zu fragen. Und wer konnte sagen, wo er sich inzwischen aufhielt?

Noch lange lag sie in dieser Nacht wach, und die Gedanken in ihrem Kopf schlugen hin und her wie die Flügel eines Vögelchens, das sich in Vogelleim gefangen hat.

Am nächsten Tag standen sie schon vor Sonnenaufgang auf, denn Merlin wollte im ersten Morgengrauen aufbrechen. »In einem solchen Dorf läßt sich wenig verkaufen, solange die Erntearbeit nicht vorbei ist. Unterwegs wird die Ausbeute besser sein. Es gibt zahlreiche Gruppen italienischer Wallfahrer, die im Sommer deutsche Schreine besuchen und jetzt allmählich wieder zurück in ihre Heimat ziehen. Oder wollt Ihr vielleicht einen Blick auf meine Waren werfen, bevor ich sie anderen Pilgern zeige? Ich hätte da zum Beispiel wunderschöne Phiolen mit Weihwasser, die weither aus Jerusalem stammen …«

»Mir wäre mehr an einfacheren Kleidern für die Reise gelegen«, unterbrach ihn Margerite. »Wir konnten uns nicht richtig auf unsere Fahrt vorbereiten.«

»Darum kann ich mich kümmern«, versprach der Waliser munter. »Wenn Ihr einige Silberstücke habt, ich kenne hier im

Dorf eine Frau mit sechs Töchtern, die vielleicht ein paar Kleider verkaufen würde. Aber Ihr solltet mich besser nicht begleiten, damit sie nicht den Preis in die Höhe treibt – Ihr versteht? Und ich muß gleich zu ihr gehen, bevor sie zur Feldarbeit das Haus verläßt.«

Zögernd nahm Margerite drei Münzen aus dem Gürtelbeutel. Merlin würde wohl kaum das Weite suchen und seinen Wagen zurücklassen. Er hielt sein Wort und kam mit vier Gewändern über dem Arm und einem Sack zurück. »Kleider für Euch, habe ich es nicht gesagt?« verkündete er stolz. »Sie sind vielleicht ein wenig abgetragen, doch wenn man sie flickt, sind sie wieder ganz ansehnlich. Und ... was glaubt Ihr wohl, was ich in diesem Sack habe?«

»Was denn?« fragte Georg.

Merlin hielt grinsend den Zeigefinger hoch. »Essen. Das ist unser Mittagessen.« Er öffnete den Sack ein wenig und zeigte ihnen ein braunes Huhn. »Ein zarter, junger Kapaun, dem heute morgen der Hals umgedreht wurde. Genau das Richtige für uns.«

Es wäre Margerite undankbar erschienen, ihn nicht zu loben, auch wenn sie sogleich gesehen hatte, daß die Kleider nicht einen Bruchteil der Münzen wert waren, die sie ihm gegeben hatte. Sie waren aus grober brauner und grauer Wolle, an einigen Stellen schmutzig, und zumindest bei einem hing der Saum in Fetzen herab. Aber wenigstens sahen sie damit nicht mehr wie Huren aus, sondern wie ehrliche Bäuerinnen.

Margerite fuhr mit Merlin, Wolfram und den Katzen im Wagen, während Eva und Georg neben den beiden kleinen Pferden des Händlers hergingen. Der Waliser hatte ein wenig übertrieben mit seiner Behauptung, in seinem Wagen sei Platz für alle, denn dieser war mit Truhen und Säcken vollgestellt. Offensichtlich verkaufte Merlin nicht nur Reliquien. Margerite versteckte den Kasten mit ihren rituellen Werkzeugen und behielt die anderen Beutel bei sich.

»Ihr seid also Geschwister?« fragte Merlin. Er lehnte sich vor, um Georg und Eva zu betrachten, und wandte sich wieder zu Margerite. »Sehr ähnlich seid Ihr Euch ja nicht.«

»Das ist manchmal so in einer Familie«, antwortete Margerite besorgt. Tatsächlich wirkte es nicht sehr glaubwürdig, daß die große, üppige Eva, der rothaarige Georg und sie aus demselben Mutterleib stammen sollten.

»Ach?« sagte Merlin. »Und wie alt ist der Junge? Der Abstand zwischen Euch kann nicht groß sein.«

Georg ist fünfzehn, und Eva ... sechzehn. Ich bin achtzehn.«

Merlins scharfer Blick richtete sich wieder auf Georg, und Margerite dachte unruhig an Ritter Gottfrieds Worte über die Ausbildung junger Edelmänner. Was der Waliser auch über Eva und sie denken mochte, es stach nachgerade ins Auge, daß Georg von hoher Geburt war und als Knappe einem Ritter dienen sollte, statt zwei Frauen auf einer ziemlich zweifelhaften Reise zu begleiten.

»Vielleicht«, bemerkte Merlin nachdenklich, »wäre es einfacher, zu sagen, daß Ihr meine Frau seid und die anderen beiden Vetter und Base, wenn man uns unterwegs Fragen stellt. Ich glaube Euch natürlich, aber andere könnten unter Umständen mißtrauisch sein – Ihr versteht?«

»Ist es wahrscheinlich, daß man uns Fragen stellt?«

»Mich kennt jeder, und die Leute klatschen eben gern. Wenn Ihr erst bei Eurem Schrein angelangt seid, könnt Ihr natürlich erzählen, was Euch gefällt.«

»Gewiß habt Ihr recht«, pflichtete ihm Margerite bei.

Als sie anhielten, um Feuer zu machen und das Huhn, das Margerite unterwegs gerupft hatte, zu kochen, holte der Händler den Sack und mehrere Schmiedehämmer aus dem Wagen.

»Wozu sind denn die?« fragte Eva.

»Jetzt«, sagte Merlin und dehnte das Wort mit der Freude des geborenen Schaustellers, »jetzt werde ich Euch zeigen, daß Merlin mehr kann, als nur Waren zu verkaufen. Dieses Kunststück eignet sich wohl kaum für Damen, aber Georg kann es vielleicht erlernen, um untätige Augen zu beschäftigen, während ich spreche – oder, mein Junge?«

Merlin ergriff die beiden Hämmer am Ende des Stiels, so daß sie nach unten hingen. Mit einer schnellen Drehung des Handgelenks schwenkte er sie nach oben und hielt sie auf Armeslänge von sich entfernt, so daß ihn die stumpfen Hammerköpfe hoch überragten. Mit gebanntem Blick ließ er den einen heruntersausen, bis er ganz leicht seine Nase streifte, um ihn sogleich wieder nach oben zu schwingen, während gleichzeitig der andere herabfuhr. Margerite hielt den Atem an. Wenn einer der Hämmer Merlins Griff entglitt, konnte er ihm ohne weiteres das Gesicht zertrümmern. Merlin wiederholte seine Darbietung noch zweimal, bevor er die schweren Schmiedehämmer zu Boden gleiten ließ.

Georg hatte die Stirn in Falten gelegt, doch seine Augen leuchteten. »Das habe ich schon einmal bei einem Erntedankfest gesehen«, sagte er. »Das ist …« Margerite schüttelte warnend den Kopf, ehe er etwas über Bauernpossen sagen konnte. Im Gesicht des Knappen spiegelte sich der Kampf zwischen ernster Würde und knabenhafter Begeisterung, bis er es nicht mehr aushielt. »Das kann ich bestimmt auch.«

Margerite blickte auf Georgs Unterarme. Gewiß waren sie sehnig von der jahrelangen Waffenausbildung, dennoch waren sie nur die Arme eines Jünglings und kaum halb so breit wie die kräftigen Gliedmaßen Merlins. Sie traute ihren Ohren nicht, als der Händler lachte.

»Man muß nur wissen, wie es geht. Man braucht gar nicht so viel Kraft, wenn man den Kniff erst einmal beherrscht. Georg, leg deinen Arm von den Fingerspitzen bis zur Achsel an den Stiel. Jetzt packst du ihn so, daß er genau eine Armlänge mißt. Du hältst den Arm ausgestreckt, so, und schwenkst den Stiel mit dem Handgelenk.«

Georg machte einige vergebliche Versuche, dann hielt er den Hammer plötzlich hoch in der Luft, so wie es Merlin vorgemacht hatte. Der breite Eisenkopf zitterte ein wenig, aber der Junge hielt den Stiel mit festem Griff.

»Jetzt läßt du ihn herunter … vorsichtig, so. Du kannst ihn jederzeit mit der anderen Hand auffangen, bis du es besser im Gefühl hast.«

Langsam senkte sich der Schmiedehammer auf Georgs Gesicht herab. Einmal verlor er fast die Fassung und riß schützend die andere Hand hoch, aber er konnte das wacklige Gewicht noch rechtzeitig halten. Langsam fuhr es auf ihn nieder, berührte seine Nase und sauste wieder nach oben. »Ich wußte, daß es mir gelingt!«

»Das kann ich auch«, rief Eva und packte den anderen Schmiedehammer, bevor ihn Georg an sich ziehen konnte, und schwang ihn nach oben, so wie es Merlin vorgeführt hatte. Voller Entsetzen beobachtete Margerite, wie Eva gespannt auf den herabfahrenden Hammer starrte. Sie blieb stumm, um das Mädchen nicht abzulenken. Der Schmiedehammer streifte Evas Nase, und sie strahlte über das ganze Gesicht, als sie ihn wieder nach oben zog. »Das ist gar nicht so schwer«, sagte sie stolz.

»Es gehört sich nicht für eine Dame«, schalt Margerite. »Du solltest so etwas nicht machen.«

»Wenn ich nicht die feinen Gewänder einer Dame tragen kann, warum soll ich mich dann wie eine benehmen?« trotzte Eva. »Hier kann mich ohnehin niemand sehen!«

»Georg und Merlin und ich sehen dich«, entgegnete Margerite. »Und ob du nun grobes Tuch oder feine Seide trägst, du solltest dich gesitteter benehmen.«

»Ach, laßt doch dem Mädchen seine Freude«, warf Merlin ein. »Wir könnten viele Leute anlocken, wenn sie vor dem Wagen mit solchen Kraftdarbietungen aufwarten würde, oder nicht? Die meisten Frauen können nicht einmal leichtere Hämmer meistern, aber sie mit ihren starken Armen ...«

»Nein!« sagte Margerite entschlossen.

In dem langen Gesicht des Walisers malte sich Niedergeschlagenheit, doch er erholte sich schnell. »Na gut, ich habe ein paar Trachten für Eva, und sie ist ja so hübsch, da kommen die Leute von allein gelaufen. Vielleicht möchte sich Georg im Gaukeln mit Bällen oder in der männlichen Kunst des Messerwerfens versuchen?«

So sehr sie sich auch mühte, Margerite konnte weder Eva noch Georg davon abhalten, Merlins Gauklerkünste zu erlernen. Wie geborene Geschwister trachteten sie danach, einander zu überbieten. *Sie sind doch erst fünfzehn*, sagte sich Margerite, als Georgs Messer mit dem Griff zuerst auf dem Ziel aufschlug und durch das Gras davonrutschte. *Wenn es nach allem, was Eva erlebt hat, eine Erholung für sie ist, sich als Mitglied einer Gruppe von fahrenden Händlern und Gauklern auszugeben … es kann ja nicht schaden.*

Als sie weiterfuhren, erzählte Merlin von seinen Reisen. Er hatte alle Länder Europas durchstreift, so schien es, und ein wahrhaft ereignisreiches Leben geführt. Er folgte den Pilgern im Winter nach Rom und im Sommer wieder nach Norden, sei es nach Frankreich oder nach Deutschland.

»Und habt Ihr keine Angst vor Wegelagerern, so allein in einem Wagen?« wollte Georg wissen.

Merlin grinste verschmitzt. »Was sollten Wegelagerer mit einem Haufen heiliger Reliquien anfangen? Meister Merlin weiß sich aus schwierigen Situationen herauszureden, das kannst du mir glauben, und wenn es darauf ankommt, stehe ich auch im Kampf meinen Mann.« Er hob einen gedrungenen Zeigefinger. »Aber nur wenn es darauf ankommt, verstehst du? Auch du solltest lernen, deine Zunge zu gebrauchen, sonst bringt dich dein aufbrausendes Wesen eines Tages in eine Lage, aus der es keinen Ausweg gibt. In jedem Fall ist es natürlich gut zu wissen, wie man ein Schwert oder ein Messer gebraucht – auch für die beiden Damen, wenn sie länger auf Reisen sind.«

»Könnt Ihr es mir zeigen?« fragte Eva mit Feuereifer. »Mit den Wurfmessern war ich gar nicht so schlecht.«

»Mit einem Wurfmesser könntet Ihr Euch wohl kaum aus einer lebensgefährlichen Lage befreien, zumindest nicht, bevor Ihr mehr Jahre mit Ihnen geübt habt, als Ihr jetzt auf dem Buckel habt – verzeiht meine Ausdrucksweise. Es gilt vor allem einige Dinge zu beachten … Georg, nimmst du bitte die Zügel?« Der Händler schob sich über den Wagenrand und zog seinen Dolch aus dem Gürtel. Er hielt ihn locker in der Hand und redete, während sie weitergingen. »Von oben zu stechen wird Euch niemals etwas nützen. Es ist ungeschickt, und jeder kann Euch am Arm packen und Euch das Messer entwinden. Nun, eine Frau dürfte kaum in eine echte Messerstecherei verwickelt werden, wenigstens nicht, wenn sie sich nicht in viel schlechtere Gesellschaft begibt als Ihr. Aber wenn Euch ein Mann etwas antun will und Ihr die Möglichkeit dazu habt, zieht das Messer und stecht zu. Ihr dürft nie auf das

Herz zielen. In der Brust sind zu viele Knochen, und es ist wahrscheinlicher, daß Ihr eine Rippe trefft als das Herz oder die Lungen. Nein, nach der Kehle müßt Ihr zielen, wenn es geht, oder nach dem Bauch, weil das weiche Körperteile sind, versteht Ihr, und ein guter Stich an diesen Stellen macht jedem Mann den Garaus. Stecht zu und zieht die Klinge fest nach hinten. Habt Ihr schon einmal gesehen, wie Schweine geschlachtet werden? Nun, es ist kein Unterschied zwischen einem Schwein und einem Mann, der Euch etwas antun will. Wenn Ihr tief und weit genug schneidet, könnt Ihr sicher sein, daß der Angreifer es nicht überlebt.«

Mit einer flinken Handbewegung drehte Merlin das Messer und reichte es Eva mit dem Griff voran. Vorsichtig legte sie die Finger darum, und Merlin veränderte lachend ihren Griff. Dann führte er ihren Arm, um ihr das Stoßen und Schneiden mit der Klinge zu zeigen. Er stand viel zu nahe bei ihr, dachte Margerite, aber sie sagte nur: »Eva, es ziemt sich nicht für dich, solche Dinge zu lernen! Gib Merlin das Messer zurück. Vielleicht solltest du besser bei mir hier im Wagen Platz nehmen.«

»Und wenn mich jemand angreift?« widersprach Eva. »Sollte ich nicht wissen, wie ich mich zu verteidigen habe?«

Georg blickte vom Kutschersitz auf Eva hinab. Margerite sah, daß er keine Ahnung hatte, wie man Pferde lenkte, aber sie trotteten einfach weiter, als wüßten sie genau, wohin es ging. »Du solltest es nicht wissen müssen. Bin ich nicht bei dir?«

Eva warf das lange goldene Haar mit beiden Händen zurück. »Du wirst nicht ständig bei mir sein, oder möchtest du mich nachts begleiten, wenn ich meine Notdurft verrichte?«

Georgs blasses, sommersprossiges Gesicht wurde hochrot.

»Eva!« rief Margerite. »Benimm dich.«

Eva zuckte mit den Achseln, und Merlin schaltete sich ein. »Margerite, es lauern fürwahr viele Gefahren auf einer solchen Fahrt, und ein Mädchen von Evas … Jahren wird sie untrüglich anlocken. Auch Euch könnte es nicht schaden, Euch ein wenig im Umgang mit einem Messer zu üben.« Der Gesichtsausdruck des Walisers war ernst, und der spöttische Ton war aus seiner Stimme verschwunden. »Selbst meine geliebte Gemahlin Branwen…« Er schluckte, bevor er mit belegter Stimme fortfuhr, und Margerite meinte tief in seinen blauen Augen den Schatten des Grams zu sehen und in seinen Worten den Schmerz langer Einsamkeit zu hören. »Der Herr sei Ihrer Seele gnädig, selbst sie hatte immer eine Klinge zur Hand, obwohl sie einem allein mit ihrer scharfen Zunge schon fast die Haut abziehen konnte. Branwen war eine echte Dame und stammte aus einer vornehmen Familie, aber sie hat sehr schnell gelernt, mit Männern umzugehen, die sich zu viele Freiheiten herausnahmen. Ich habe ihr beigebracht, wie man ein Messer gebraucht…« Merlin verstummte, und er schien mit leerem Blick zurückzustarren auf die staubige Straße hinter ihnen, als warte er auf jemanden, der nie mehr neben ihm auf dem Wagen sitzen würde. »Auch meinem Sohn Daffyd habe ich es gezeigt, sobald er ein Messer halten konnte«, fügte Merlin leise hinzu. »Nein, es kann nicht schaden, wenn Eva und Ihr Euch zu schützen lernt. Außerdem ist es ein langer Weg von einem Schrein zum anderen, und man muß auch etwas zu tun haben. Branwen und Daffyd und ich, wir haben immer die Mirakelspiele geprobt, die wir zu dritt aufführen konnten. Ach, wir haben die Arche Noah gespielt und das Jesuskind in der Krippe und die meisten großen Wunder der Bibel. Und das auf walisisch, französisch, englisch, italienisch oder deutsch. Bei meinem Teufel hat sich immer die Hälfte der Zuschauer halb tot gelacht und die andere Hälfte vor Angst ins Hemd gepinkelt, wenn sie nicht beides gleichzeitig gemacht haben.« Er verstummte und betrachtete seine drei Begleiter grübelnd. »Also, Ihr seid doch alle gescheit und nicht auf den Mund gefallen, und ich habe immer noch die Trachten und die Ausstattung für die Schauspiele. Wäre es nicht eine treffliche Kurzweil, einige Schauspiele mit mir zu proben?«

»Ich habe einmal ein Mirakelspiel in der… zu Hause bei meinem Vater gesehen«, sagte Georg erwartungsvoll. »Es war ein großartiges Erlebnis.«

»Ich glaube nicht, daß so etwas für uns geeignet wäre«, erwiderte Margerite, vermied jedoch alle Schärfe im Ton.

Der fahrende Händler zuckte nur betont gleichgültig die Achseln. »Na ja, zumindest wäre es ein schöner Zeitvertreib für unterwegs. Aber Ihr wißt selbst am besten, was Ihr wollt.« Er kletterte zurück in den Wagen und nahm wieder die Zügel. Er erzählte über seine jungen Jahre als Seemann, doch Margerite bemerkte, daß sein Rücken eingesunken war, als wäre eine alte Wunde in ihm wieder aufgebrochen. *Aber wir werden nicht für immer den Platz seiner Familie einnehmen können,* dachte sie.

Zusammen mit Merlin erwies sich die Reise nach Norden als viel einfacher, als es Margerite erwartet hatte. Der Waliser schien nicht übertrieben zu haben, als er sagte, er sei überall bekannt. In den Dörfern strömten die Kinder herbei, um seinem Wagen zu folgen, und schnell lief eine Menge zusammen, wenn er mit Bällen gaukelte oder mit Schmiedehämmern wirbelte. Dabei sprach er ununterbrochen in seinem singenden Tonfall, der selbst Margerite beinahe dazu verlockte, sich seine Waren anzusehen. Nur einmal hatte Margerite Anlaß zur Sorge wegen Merlin. Sie hatte die Zügel des Wagens übernommen und blickte noch einmal zurück. Er war mit einem Meißel in der Hand über den Kasten mit ihren magischen Werkzeugen gebeugt.

»Was tut Ihr da?« fragte sie mit ruhiger Stimme.

»Die Scharniere an Eurem Kasten haben sich durch die holpernde Fahrt gelöst, da wollte ich sie herrichten«, antwortete Merlin schlagfertig. Sein Gesicht zeigte einen gekränkten Ausdruck, als hätte ihn Margerite zu Unrecht einer Missetat bezichtigt.

»Laßt ihn nur«, sagte sie. Er stellte den Kasten ohne Widerspruch ab und setzte sich neben sie. Als in dieser Nacht alle schliefen, nahm Margerite den Kasten und schlich sich aus dem Wagen. Im spärlichen Mondlicht erkannte sie, daß Merlin eines der Scharniere fast abgestemmt hatte, und sie hatte keine Ahnung, wie sie es wieder befestigen sollte. *Ich könnte einen Zauber sprechen, um den Kasten zu verbergen …* dachte sie.

Als Margerite ihr Werk vollendet hatte, suchte sie zwischen den Säcken und Truhen, bis sie auf auf die beiden prall mit Silber und Geschmeide gefüllten Beutel stieß. Sie hatte die Silberstücke nicht gezählt, als sie die kleineren Beutel in ihren großen warf, aber sie kannte ihr Gewicht aus der Zeit ihrer Waldwanderung nur allzu gut. Sie hob zunächst den einen, dann den anderen, und vernahm das gedämpfte Klingen der Münzen und Schmuckstücke. Sie waren noch genauso schwer, wie sie es in Erinnerung hatte, und als sie nach dem schwierigen Knoten tastete, der die Beutel verschloß, schienen die Schlingen des Strickes unverändert. Also war es nur Neugier gewesen, dachte Margerite erleichtert, die den Händler dazu bewegt hatte, in ihren Kasten zu schauen. Er mochte ihr erzählen, daß ein Silberpfennig ein guter Preis für eine alte Henne sei, und den Rest in die eigene Tasche schieben, aber zu echtem Diebstahl ließ er sich nicht herab. Sie legte die Beutel wieder an ihren Ort zwischen den großen Holztruhen mit den Trachten zurück. Es sah dem Waliser ähnlich, daß er an den Hinterlassenschaften seiner Frau und seines Sohnes hing und vielleicht noch immer hoffte, eines Tages mit einer anderen Frau und einem anderen Knaben in seinem Wagen dahinzuziehen, die ihm bei seiner Arbeit helfen würden – auch wenn diese Arbeit fast nur Gaukelei war und darin bestand, die Ohren und Augen von Menschen, die nie einen Tagesritt über ihr eigenes Dorf hinausgekommen waren, mit seltsamen Geschichten über Avignon und Rom und Jerusalem zu betören.

Als sie zum ersten größeren Heiligenschrein gelangten, einem malerisch gelegenen Kloster, hatte Merlin durchgesetzt, daß Eva und Georg ihm dabei halfen, seine Waren feilzubieten. Vor dem Kloster standen mehrere Pferde, und der Händler betrachtete sie mit einem wissenden Grinsen. »Das sieht ganz nach einer Gruppe von Pilgern aus«, sagte er. »Vielleicht möchtet Ihr eintreten und beten, Margerite. Die Mönche hier hüten einen Fingerknochen der Heiligen Walpurga in einer herrlichen Kristallade, die wirklich sehenswert ist.«

Margerite nahm Wolfram mit, in der Hoffnung auf den Segen der Heiligen, denn ihr Sohn war am Tag der Heiligen Walpurga geboren worden. Die weißgestrichenen Wände der

Kapelle strahlten Kühle und Ruhe aus. In einer Seitennische brannten mehrere Kerzen und beleuchteten die Gestalt einer gekrönten Frau mit Zepter, die ein Fläschchen Öl hielt und zu deren Füßen drei Kornähren eingemeißelt waren. Neben der Heiligenfigur ruhte auf einem Sims eine kleine Lade aus Silber und Kristall. Margerite stellte sich auf die Zehenspitzen und konnte den weiß schimmernden Knochen unter dem faustgroßen Kristallbogen erkennen. *Solange die Gebeine der Heiligen in unserer Mitte sind, wird die Erde nicht dem Teufel anheimfallen, bis Gott unsere Welt beim Jüngsten Gericht vernichten und neu erschaffen wird.*

Margerite kniete sich zum Beten nieder und hielt Wolfram eng an die Brust gedrückt. Sie wußte nicht, was sie erwartete – daß gnadenreiches Licht aus dem Knochen der Heiligen ausstrahlte? Sie sah nichts dergleichen, doch eine Stille wie von vielen Schichten Schnee senkte sich auf sie herab, als sie betete: »Heilige Walpurga, ich rufe zu dir. Steh mir bei auf meinem Weg und schenke Wolfram deinen Segen, so wie du am Tag seiner Geburt über ihn gewacht hast, um ihn vor all jenen zu schützen, die ihm schaden und ihn täuschen möchten. Schenke Heinrich Genesung von seiner Krankheit, gib Christoph Frieden in seiner Qual und bitte um Vergebung für Nikolaus in seinen Sünden. Und flehe zur Heiligen Jungfrau, auf daß sie Bertram schützen und mir helfen möge, Pater Etienne zu suchen, denn ich habe Angst, daß ich ihn aus eigener Kraft nicht finden kann.«

Als Margerite aus dem Kloster trat, war Merlin bereits in voller Fahrt, und die langen Ärmel seiner verblichenen Samtrobe wirbelten im Wind. Er fuhr wild mit den Armen durch die Luft, und seine mächtige Stimme dröhnte über die Pilger hinweg, die sich um die vor dem Wagen ausgelegten Tücher des Händlers geschart hatten. Voller Unwillen erkannte Margerite, daß Eva ein schwarzes Kleid angezogen hatte, das an eine Nonnentracht erinnerte, aber ein wenig enger um die vollen Rundungen ihres Busens und ihrer Hüften lag, als es sich geziemte. Sie nahm einen jungen Mann bei der Hand, um ihm Merlins Sammlung von Weihwasserfläschchen und Heiligenmünzen zu zeigen. Daß der Italiener sehr gut aussah, machte die Sache noch schlimmer. Er hatte dunkle Locken und blitzende schwarze Augen, die von seinem eng um die breiten Schultern und schmalen Hüften liegenden scharlachroten Wams betont wurden, und die Schlitze seiner langen Ärmel ließen das gelbe Seidenfutter erkennen. Merlin sprach ein Italienisch, das selbst für Margerites Ohren gebrochen wirkte. Eva beschränkte sich beim Feilbieten der Waren darauf, kichernd die Finger hochzuhalten. Und wenn sie hin und wieder Kriemhild packte und sie von dem mit Reliquien beladenen Tuch beförderte, so tat sie dies vor allem, um ihre Erscheinung noch besser zur Geltung zu bringen.

Erst als der Wagen bereits wieder rollte, wandte sich Margerite mit strengem Blick zu Eva. »Was denkst du dir eigentlich, dich so zu benehmen? Du solltest sogleich etwas Anständiges anziehen. Es würde mich nicht wundern, wenn dieser junge Mann den Eindruck bekommen hätte, daß du ihm außer Reliquien noch etwas anderes verkaufen wolltest. Und ich könnte ihm keinen Vorwurf machen – so wie du ihn angesehen hast.«

»Halt, halt«, warf Merlin ein. »Eva ist eine begabte Händlerin. Sie hat drei Phiolen Jerusalem-Wasser, zwei Flaschen meiner besonderen Brustsalbe und sogar eine Schachtel mit Staub aus dem Grab des Heiligen Petrus verkauft!«

Eva grinste Margerite ohne Reue an. Die einwöchige Fahrt in Merlins Begleitung hatte ihrer Schönheit keinen Abbruch getan. Das gebleichte Haar leuchtete wie heller Wein im Sonnenlicht, und die zarten Wangen waren nicht braun wie die eines Bauernmädchens geworden, sondern rosig, als hätte sie sie schamlos mit Farbe geschminkt. »Und dabei spreche ich nicht einmal ihre Sprache«, sagte sie stolz. »Ich glaube, ich habe es nicht schlecht gemacht.«

»Ich glaube, du hast dich mehr als deutlich ausgedrückt, und das wirst du fortan unterlassen«, unterbrach sie Margerite. Es war ungehörig für ein Mädchen von Evas Stand, als gemeine Händlerin aufzutreten und auf die dunklen Locken und wohlgestalten Waden eines übertrieben fein gekleideten Italieners zu gaffen. Zudem hatte Margerite durchaus Zweifel an der Echtheit von Merlins Reliquien. Wo sollte er zum Beispiel den Staub aus dem Grab des Heiligen Petrus herhaben?

»Diese Italiener nehmen gerne Andenken von ihren Wallfahrten mit«, sagte Merlin zufrieden. »Eine Frau aus der Gruppe hatte Weihwasser von zwölf verschiedenen Schreinen und wollte noch mehr sammeln. Es ist doch schön, wenn man sein Brot damit verdienen kann, daß man anderen gibt, was ihre Seele braucht.«

»Trotzdem ziemt es sich nicht für Eva«, sagte Georg plötzlich.

Eva wandte sich ihm mit schmollenden Lippen zu. »Was weißt denn du? Du bist ja zu schüchtern und zu stolz, um mit jemandem zu sprechen. Ich habe genau gesehen, wie du den armen Mann angefunkelt hast, der sich nach dem Preis einer Jerusalem-Phiole erkundigte.«

»Du bist töricht, wenn du glaubst, daß er wirklich nur auf diese Fläschchen gestarrt hat«, schnappte Georg. »Und ich weiß, was sich gehört und was nicht.«

Merlin schnalzte lachend mit den Zügeln. »Nur die Ruhe, meine jungen Herrschaften. Junge Hunde mögen sich so anknurren, aber wenn ein Paar in Eurem Alter so miteinander spricht, heißt das meistens, daß es höchste Zeit ist, einen Pfaffen für die Trauung zu finden.«

Georg lief tiefrot an, und Eva wandte verächtlich den Blick ab, als sei jeder Umgang mit dem Knappen weit unter ihrer Würde. Merlins Worte bewiesen, daß er die Möglichkeit einer Verwandtschaft zwischen den beiden überhaupt nicht in Betracht zog.

Sie sind gleich alt, dachte Margerite, *und sollte es mit Christoph ein böses Ende nehmen … Aber solange er noch lebt, ist noch Hoffnung, wenn Eva seine Berührung überhaupt noch ertragen kann.* Margerite wußte, daß sich ihr die Erinnerung an Christophs knabenhaftes, zu einer Fratze verzerrtes Gesicht, das ihr die schändlichen Worte des Dämons entgegenschleuderte, unauslöschlich eingeprägt hatte, so wie es bei Ruprecht gewesen war … Sie mahnte sich, den Gedanken nicht von sich zu schieben, denn dies würde derselben Macht ein Tor der Angst eröffnen. Das Schwarze Buch warnte streng vor dem Versuch, schmerzliche Dinge zu übergehen. *Die Heilige Jungfrau Maria gebe, daß du frei von diesem Makel bist, auch wenn ich es nicht bin,* dachte Margerite und drückte ihren Sohn so fest an sich, daß er strampelnd zu weinen anfing.

Trotz aller Klagen bestand Margerite darauf, daß Eva still im Wagen sitzen blieb, wenn Merlin in einem Dorf oder an einem Heiligenschrein wieder seine Waren auslegte. Sie hielten in einem Dorf, das nur eine knappe Tagesreise von Fulda entfernt lag, wie Merlin erklärte. Eva fügte sich in ihr Schicksal und blieb zusammen mit Margerite im Wagen. Nur hin und wieder entrang sich ihr ein Seufzer, während sie Margerite von der Seite anblickte.

Frohgemut und mit dröhnender Stimme pries der Händler vor der versammelten Menge seine Waren an. Wolfram schien unruhiger als gewöhnlich. Er quengelte unablässig und ließ sich schlichtweg nicht besänftigen. Abgelenkt von ihrem Kind, bemerkte Margerite nicht, daß die Dorfleute zurückwichen. Plötzlich hörte sie ein Handgemenge und gedämpfte Schreie. Entsetzt sah sie, daß Merlin und Georg mit vier großen Männern rangen, die eine Lederrüstung mit eisernem Brustharnisch trugen. Zwei Wachleute mit langen Speeren standen vor dem Wagen und blickten drohend zu den Frauen hinauf.

»Ist sonst noch jemand da drin?« fragte einer mit grober Stimme.

»Nur ich, mein Kind und meine Gefährtin Eva«, antwortete Margerite. »Was wünscht Ihr?«

»Auf Befehl von Ritter Hermann von Landsburg seid Ihr verhaftet«, sagte der andere. »Steigt aus und folgt uns ohne Widerstand.«

»Verhaftet? Aus welchem Grund?« fragte Eva empört.

»Ihr seid die Familie des Händlers Merlin?«

Margerite nickte, von tiefer Niedergeschlagenheit ergriffen. Wie hatte sie sich nur mit einem ausländischen Verkäufer zweifelhafter Reliquien einlassen können! Auch wenn es die Reise noch so sehr erleichtert hatte, sie hätte es besser wissen müssen. Trotzdem – wie konnte Merlin diesen Ritter Hermann beleidigt haben? Was hatte er getan, um seine Aufmerksamkeit zu wecken?

Langsam stieg Margerite vom Wagen. Eva reichte ihr Wolfram und ließ sich von einem der Bewaffneten hinunterhelfen. Die Männer führten sie zu Merlin und Georg, die entwaffnet und mit gebundenen Händen dastanden. Georgs Gesicht zeigte an der Seite eine rote Schwellung, und Blut tropfte aus seiner aufgeplatzten Lippe. Außer dem Schwert waren ihm auch Kappe und Wams abgenommen worden. Merlin wirkte müde und traurig. Tiefe Furchen lagen um seinen Mund und seine Augen, und die breiten Schultern waren eingesunken.

»Bindet den Frauen die Hände, nehmt ihnen die Messer ab und bringt sie hinauf zur Burg«, sagte der Bewacher von Georg und Merlin und strich sich dabei über den glänzenden braunen Bart, der ihm wie ein Bärenfell über der Brust hing. »Ich fahre euch mit dem Wagen nach.«

»Wie du meinst, Helmut«, sagte einer von Margerites Bewachern. »Und was ist mit dem Kind?«

»Ach … gib es mir. Wir werden ja sehen, was der Ritter verfügt.«

Der Wachmann nahm Wolfram aus Margerites Armen und reichte ihn seinem Vorgesetzten. Erschreckt von den Stimmen der fremden Männer und dem Anblick ihrer bärtigen Gesichter, begann Wolfram sogleich zu schreien, aber der Waffenträger ließ sich davon nicht aus der Ruhe bringen. Offenkundig war er an den Lärm kleiner Kinder gewöhnt.

Ritter Hermanns Burg war eine kleine, geduckte Festung zwischen zwei Hügeln, die sich wie große Flügel aufschwangen. Sie war nicht größer als Margerites Zuhause, Burg Hirschenberg, und wie dieses von kleineren Holzbauten, Ställen und Gesindehäusern umgeben. Die vier Gefangenen wurden mit roher Hand in einen leeren Stall gestoßen und taumelten auf den festgetretenen Erdboden. Starker Pferdegeruch hing in dem Raum, doch er war zumindest sauber. Nahe der Decke gab es mehrere kleine Fensterschlitze, und die hereinfallenden Strahlen der Abendsonne beleuchteten den durch die Luft wirbelnden Staub.

»Was geht hier eigentlich vor?« fragte Margerite, sobald sie allein waren. »Warum sind wir festgenommen worden?«

Merlin blickt zur Seite und dann zu Boden, bevor er ihr in die Augen sah. »Ich weiß es nicht. Letztes Jahr habe ich für

Ritter Hermann Schafe zum Kloster getrieben, und die Mönche sollten ihm das Geld schicken – vielleicht hat er es nie bekommen?«

»Haben denn die Mönche ihre Schafe bekommen?«

Der Waliser zuckte mit den breiten Schultern, und die Wangen unter den grauen Stoppeln erbleichten, als ihn der Strick in die Handgelenke schnitt. »Ich habe die Schafe auf dem Klosterfeld hinterlassen, wie es mir aufgetragen war«, sagte er. »Ich weiß nicht, was danach geschehen ist. Aber nach so vielen Jahren auf den Pilgerstraßen weiß ich, daß manche Mönche nicht frommer und ehrlicher sind als andere Menschen.«

Margerite spürte den Zorn in sich aufsteigen wie ein Feuer, das in einem Ofen entfacht wird und allmählich seine Wärme entfaltet. Sie stand kurz davor, ihren Wohltäter einen Lügner zu heißen. Aber sie hatte noch das Silber im Gürtelbeutel, und das sollte auch ohne die Münzen und das Geschmeide im Wagen – hoffentlich hatten ihn die Wachen nicht geplündert! – ausreichen, um für einige Schafe zu bezahlen. Ob sie das Geld von Merlin je zurückerhalten würde, war jetzt nebensächlich. Wichtig war nur, daß man sie wieder auf freien Fuß setzte.

Schwere Schritte ertönten vor der Stalltür, und eine barsche Stimme sagte: »Da sind sie also eingesperrt?«

»Denkt daran, daß Ihr meine Frau seid«, flüsterte Merlin, und sein Atem blies ihr heiß und drängend ins Ohr. »Es würde uns schlecht ergehen, wenn er uns bei einer Lüge ertappen würde.«

Nach kurzer Überlegung wußte Margerite, daß sie Merlins Rat folgen mußte, denn sonst liefen sie und Eva Gefahr, als Huren zu einer Buße verurteilt oder sogar verstümmelt zu werden.

Die Stalltür öffnete sich. Der Mann vor ihnen war offenkundig Ritter Hermann, denn er trug ein gutes Schwert an der Seite und ein Panzerhemd über dem safrangelben Linnenwams. Er war sehr groß und mußte sich beim Eintreten leicht bücken. Das strohblonde Haar auf dem unbedeckten Kopf war straff zurückgekämmt, und der Backen- und Schnurrbart war fast so rot wie Georgs Haar. Die Nase des Ritters war mehrmals gebrochen und saß ihm als breiter Klumpen im Gesicht. Die hellen, graublauen Augen lagen unter dicken, blonden Augenbrauen, die in der Mitte fast zusammenwuchsen, und starrten kalt herab.

»Nun, Merlin«, sagte er. »Ich hätte nicht gedacht, daß du so unklug bist, an den Schauplatz deines Verbrechens zurückzukehren.«

»Ich weiß nicht, was geschehen ist, Herr Ritter.« Merlin legte so viel Überzeugungskraft in seinen singenden Tonfall, wie er es vermochte. »Es ist eine große Schande, wenn Euch die heiligen Männer in Fulda nicht für die Schafe bezahlt haben, die Ihr ihnen gesandt habt. Aber mich trifft daran keine Schuld.«

»Vor allem, da du deine Waren eine Woche später am Schrein feilgeboten und seinen Hütern nichts von Schafen erzählt hast, nicht wahr?« Ritter Hermanns Stimme klang scharf und unangenehm wie Bier mit zuviel Hopfen. »Und dabei hast du auch das Kloster beraubt, denn ich hatte die Schafe zur Einlösung eines Gelübdes versprochen. Die guten Brüder waren sehr betrübt, als ich sie besuchte, und ich war nicht sehr angetan davon, statt der verdienten Dankbarkeit für meinen Dienst an Gott nur Vorwürfe wegen meiner Saumseligkeit zu hören.«

»Herr Ritter«, schaltete sich Margerite ein, »Merlin bedauert das Unrecht, das er Euch angetan hat, und er möchte Wiedergutmachung dafür leisten. Wenn Ihr die Güte habt, die Fesseln von meinen Händen zu lösen und uns unsere Habe zurückzugeben, so sollt Ihr eine angemessene Entschädigung für Eure Mühen und den Verlust Eurer Tiere erhalten, und ich werde höchstselbst dafür Sorge tragen, daß er Euch nicht mehr in die Quere kommt.«

Der Ritter blickte über seine zerschlagene Nase auf sie herab. »Ich höre, daß Ihr Merlins Gattin seid. Zweifellos könnt Ihr mir sagen, wie er auf einmal zu soviel Geld gekommen ist, daß er für Schafe und die Verlegenheiten eines Edelmannes Wiedergutmachung leisten kann, wenn er doch letztes Jahr noch betteln und stehlen mußte?«

»Manche Jahre sind besser als andere«, sagte Merlin mit neuem Mut. »Und Margerite ist nicht als arme Frau zu mir gekommen.«

Ritter Hermann lachte bellend. »Du hast also eine reiche Erbin dazu verleitet, mit dir durchzubrennen? Und die beiden anderen sind wohl die Markgräfin von Meißen und des Kaisers Sohn Wenzel.«

»Sie sind meine Base und mein Vetter«, sagte Margerite schnell. »Bitte, Herr Ritter, erlaubt uns, den Schaden gutzumachen, und laßt die Angelegenheit auf sich beruhen.«

Der Ritter starrte sie lange an und schüttelte schließlich den Kopf. »Ich weiß nicht, was euch zu solcher Eile treibt, es sei denn, ihr hättet noch andere gestohlene Güter in eurem Wagen. Wenn dies der Fall ist, könnt ihr gleich euren Frieden mit Gott machen, denn ich habe nicht die Absicht, Diebe und Räuber freizulassen. Vielleicht sind die frommen Brüder in Fulda nachsichtiger als ich und sprechen eine Messe für eure sündigen Seelen.«

Damit schritt Ritter Hermann hinaus und schlug die Tür hinter sich zu. Margerite hörte, daß auf der anderen Seite ein schwerer Holzriegel vorgeschoben wurde. »Herr Ritter!« rief Margerite. »Wenn Ihr uns schon gefangenhaltet, so gebt uns wenigstens, was wir des Anstands halber benötigen – und bringt mir mein Kind zurück, damit ich es stillen kann.«

Es kam keine Antwort, aber kurz darauf hörte Margerite von draußen Wolframs Schreien. Der Riegel wurde zurückgeschoben, und zwei Wachleute traten ein. Der eine löste ihnen die Fesseln, während der andere einen irdenen Topf in die Ecke stellte. Als Margerite die Hände frei hatte, nahm sie Wolfram in den Arm, der sich ängstlich an seine Mutter klammerte und ihr mit großen Augen ins Gesicht schaute, als hätte er geglaubt, sie nie wiederzusehen.

Als Ritter Hermann begleitet von seinen Waffenträgern zurückkehrte, sank Margerite aller Mut, denn in einer Hand hielt er die beiden Beutel mit Silber und Geschmeide und in der anderen Evas Kleid aus rosafarbenem Brokat. »Jetzt weiß ich über euch Bescheid«, sagte er grimmig. »Was ist aus den Edelleuten geworden, denen diese Dinge gehörten?«

»Das ist mein Kleid!« rief Eva empört. »Und in diesen Beuteln ist nichts, was nicht entweder mir oder Margerite gehört.«

Der Ritter kräuselte die Lippen zu einem höhnischen Lächeln und zog Margerites goldene Umhangspange aus einem Beutel. »Ich soll also glauben, daß Frauen, die solche Dinge ihr eigen nennen, mit einem diebischen Händler reisen und Kleider tragen, die kein Bauernmädchen für die Feldarbeit anziehen würde? In diesen Beuteln ist mehr Silber, als meine Länder im Laufe eines Jahres einbringen, und meine Frau Gemahlin besitzt keine Gewänder aus solch feinem Tuch. Wie könnt ihr auf eurer Fahrt an sie gekommen sein, wenn nicht durch Mord und Diebstahl? Ich spreche euch jetzt das Urteil: Ihr sollt alle den Tod am Galgen finden, und nur das Kind will ich um seiner Unschuld willen ins Kloster nach Fulda schicken, auf daß es die Mönche erziehen mögen. Morgen ist Freitag, und im Gedenken an unseren Herrn Jesus Christus würde es sich nicht geziemen, euch zwischen Freitag und Sonntag hinzurichten. So sollt ihr bis Montag am Leben bleiben, damit ihr eurer Sünden ledig vor euren Schöpfer treten könnt, und am Montag morgen wird das Urteil vollstreckt.« Ritter Hermann trat mit eingezogenem Kopf hinaus und schloß die Tür. Margerite hörte schlurfende Schritte und dann das Geräusch eines Mannes, der sich schwer auf einen Heuballen fallen ließ.

»Es gibt Schlimmeres als Wachdienst, Helmut«, sagte eine gedämpfte Stimme. »Komm her, hast du deine Würfel dabei?«

»Frau Margerite?« fragte Georg mit bebender Stimme. »Was sollen wir jetzt tun?«

»Ich weiß es nicht«, bekannte Margerite.

Georg richtete sich auf und schob das starke Kinn vor. Trotz der Schwellung in seinem Gesicht wirkte er sehr entschlossen. »Wenn mein Vater wüßte, wo wir sind, würde er Hilfe senden, und dieser stolze Ritter würde bald bedauern, daß er uns jemals angefaßt hat.«

»Ritter Hermann wird kein Wort von dem glauben, was wir ihm sagen«, erklärte ihm Margerite sanft, »und er wird auch nicht die Vollstreckung des Urteils aufschieben, damit wir eine Nachricht schicken können.«

»Wenn Christoph uns nur beistehen könnte…« flüsterte Eva. Sie verzog gequält das Gesicht, und Margerite wußte, woran sie dachte. Sie ging zu ihr und legte ihr tröstend den Arm um die Schulter.

Merlin sah sich gründlich um und tastete sorgfältig über die Bretter der Stallwände. »Wenn ich nur etwas hätte, das ich als Brecheisen verwenden könnte, würde ich uns schnell befreien. Nur einen kleinen Meißel ...«

»Wenn Ihr glaubt, daß Euch das gelingt, ohne daß die Wachen da draußen etwas hören, dann dürft Ihr es ruhig versuchen«, sagte Margerite. »Der Herr stehe uns bei, Merlin, warum mußtet Ihr hierher zurückkehren, wo Ihr einen solchen Feind habt?«

»Ich habe die Schafe auf dem Klosterfeld hinterlassen«, beharrte Merlin. »Woher sollte ich wissen, daß sich die Mönche so schlecht um ihre Tiere kümmern und Hermann erzählen würden, daß die Schafe nie angekommen sind? Aber Ihr wart nicht aufrichtig zu mir. Ihr habt mir nicht gesagt, daß Ihr soviel Geld bei Euch habt, sonst hätten wir nach vornehmer Art reisen und dieses Mißgeschick vielleicht ganz vermeiden können. Hoffentlich sind wenigstens keine weiteren Schätze in diesem Kasten mit den gebrochenen Scharnieren.«

Margerite gab ein ersticktes Ächzen von sich, als sie daran dachte, was sich in dem Kasten befand: nicht nur ihre magischen Werkzeuge, die an sich schon belastend waren, sondern auch das Schwarze Buch, dessen Besitz sie zur Hexe stempeln würde. Sie hatte den Kasten so gut verborgen, daß Merlins Blicke über ihn hinwegglitten wie Steine, die über einen Teich hüpften, aber sie wußte nicht, ob der Zauber auch bei Männern wirkte, die den Wagen gründlich durchsuchen wollten.

»Was ist Euch, Frau Margerite?« fragte Georg, und seine hellen Brauen zogen sich besorgt zusammen. »Fühlt Ihr Euch nicht gut?«

Margerite mußte unwillkürlich über den Knappen lachen. Sie waren in einem Stall gefangen und zum Tode verurteilt, und er konnte eine solche Frage stellen. »Ich glaube, wir haben schon genug an unserer Not«, sagte sie. »Bete, daß uns nicht noch ein schlimmeres Schicksal ereilt. Mehr kannst du jetzt nicht tun.«

Gehorsam sank Georg auf die Knie und faltete mit gebeugtem Haupt die Hände. Er sah erschreckend jung und verletzlich aus, und Margerite traten die Tränen in die Augen. Auch Wolfram würde eines Tages zu solch einem Jüngling heranwachsen. Selbst wenn sie und Eva und Georg und Merlin hier alle ihr Leben lassen mußten, würde wenigstens ihr Sohn von den frommen Brüdern aus Fulda aufgezogen werden.

Ein schwarzer Schatten verstellte das Sonnenlicht, das durch eines der kleinen Fenster einfiel. Dann landete Kobold auf weichen Pfoten und schmiegte den Kopf an Margerites Beine. Margerite schöpfte neuen Mut durch die Berührung, obgleich sie nicht wußte, wie ihnen der Kater helfen konnte. Wilde Gedanken schossen ihr durch den Kopf, Geschichten über Kobolde, die Gräben in der Erde gruben und wie Schatten durch Steine gingen. Aber das waren nur Märchen, die alte Bauernweiber bei Nacht am Herd erzählten. Dennoch war Kobold kein gewöhnlicher Kater, und Margerite spürte, wie ihre Kraft zurückkehrte.

Wie hilflos sie tatsächlich war, wurde Margerite später deutlich, als sie die anderen bitten mußte, ihr den Rücken zuzukehren, während sie ihre Röcke hob, um sich auf den irdenen Topf zu setzen, den sie von den Wachen erhalten hatten. Auch Kobolds begeistertes Schnuppern war nicht gerade eine Hilfe, denn sie mußte den Kater mit einer Hand wegstoßen, während sie mit der anderen den Rock hochhielt.

Heilige Jungfrau Maria, bitte steh uns bei, denn wir wurden fälschlich angeklagt und verurteilt, betete Margerite. *Und wenn kein Entrinnen für uns möglich ist, verleihe mir Festigkeit, um Eva und Georg zu helfen.*

Als Wolfram zu schreien begann, weil er in die Windel gemacht hatte, pochte Margerite an die Tür, bis sich einer der Wachleute mit rauher Stimme meldete. »Was ist los? Kannst du deinen Bankert nicht zur Ruhe bringen?«

»Er braucht saubere Kleider, zumindest ein paar Lumpen, ich flehe Euch an, bei der Heiligen Jungfrau und dem Jesuskind! Sonst hört er nicht auf zu weinen und wird vielleicht sogar krank.«

»Das stimmt, Ottmar«, sagte der andere Wachmann.

»Das sind Gefangene und keine Ehrengäste«, murrte Ottmar. »Warum sollte ich ihnen etwas bringen?«

»Hast du nicht gehört, daß der Ritter das Kind den frommen Brüdern in Fulda anvertrauen will? Tu es aus Nächstenliebe – oder einfach, weil ich es dir sage.«

Bei Sonnenuntergang öffneten die Wachen wieder die Tür und reichten eine Schüssel mit Eintopf und einen Krug Wasser herein. Wie grobe Bauernflegel mußten die Gefangenen nacheinander das Gericht in sich hineinschlürfen und sich mit dem Ärmel das Fett von den Lippen wischen, bevor sie aus dem Krug tranken. Im Grunde, so dachte Margerite, sollten sie dankbar dafür sein, daß man ihnen überhaupt etwas zu essen gab und daß Ritter Hermann zu fromm war, um sie zwischen Freitag und Sonntag hinrichten zu lassen. Doch sie bekamen keine Decken, nur den Haufen Lumpen, der für Wolfram hereingeworfen worden war. Der festgestampfte Erdboden war sehr kalt, und Margerite mußte sich an Eva schmiegen und Wolfram fest an den Busen drücken, um ein wenig warm zu werden.

Margerite schlief unruhig, weil sie auf dem harten Boden keine bequeme Lage fand. Sie wußte nicht, wie spät es war, als sie spürte, wie Kobold den warmen, weichen Kopf gegen ihre Wange schob und wie sich ihr etwas Dünnes, Hartes in den Rücken bohrte. Sie schob den Kater beiseite, und ihre Hand schloß sich um eine metallberingte Rute, die ihr einen vertrauten Schauer durch den Arm fließen ließ.

Mit einem Ruck setzte sie sich auf. Kobold hatte ihr ihren Zauberstab gebracht. Wie hatte er ihn aus dem Kasten herausbekommen? Sie wußte es nicht. Mit Gottes Gnade hatte sie nun vielleicht die Möglichkeit, eine Nachricht an Pater Etienne zu schicken, auch wenn sie nicht sicher war, wie sie vorzugehen hatte. Kobold drängte sich schnurrend an sie, als wolle er ihr etwas mitteilen.

»Kriemhild, laß mich schlafen«, murmelte Eva und drehte sich zu Margerite um. Im schwachen Sternenlicht sah Margerite, daß sich das Mädchen die Arme über das Gesicht legte und daß die dunkle Gestalt der kleineren Katze an ihr schnupperte. Sie atmete ruhig und saß reglos, um Eva nicht aufzuwecken.

Kein Kreis und kein Becher, kein Dolch und kein Pentagramm und keine Geister, die ich rufen könnte, dachte Margerite. *Aber wenn ich Etienne nicht erreiche, werden wir gehenkt wie Bauern, und niemand kann Christoph vor seinem Bruder retten.*

Jedes Rascheln ihres Wollkleids klang ihr schmerzhaft in den Ohren, als Margerite langsam zum Wasserkrug hinüberkroch. Sie hatte gelesen, daß es möglich war, durch Wasser hellzusehen. Wenn sie in den Krug hineinblickte … Aber er war fast leer, nur noch wenige Tropfen standen auf dem Boden des Gefäßes.

»Margerite?« flüsterte Eva leise. »Was machst du?«

»Ich brauche Wasser«, wisperte Margerite zurück.

Eva setzte sich auf. Ihre Gestalt war in der Dunkelheit kaum zu erkennen. Margerite hörte ein leises Zirpen von Kriemhild und kurz darauf Evas unterdrückten Aufschrei. »Au! Katze, das sind Krallen, und das ist mein Hals. Margerite, hast du Durst oder … brauchst du das Wasser für etwas anderes?«

Margerite erstarrte und sah ungläubig zu ihrer Gefährtin hinüber. *Was weiß sie?* dachte Margerite. Langsam schob sie den Zauberstab unter ihr Kleid, in der Hoffnung, daß ihn Eva in der Dunkelheit nicht gesehen hatte.

»Margerite, deine Dienstmagd hat erzählt, wie du den Dämon in Christoph mit der Kraft deiner Gebete in die Flucht geschlagen hast, und ich weiß, daß du keine Heilige bist«, flüsterte Eva. »Im Kloster in Passau habe ich genug gesehen, um erraten zu können, was sich in diesem Kasten befindet, den du nicht zurücklassen wolltest, obwohl du in deiner Eile nicht einmal Kleider und Speisen einpacken konntest. Und manchmal habe ich aus dem Augenwinkel gesehen, daß Kriemhild mehr getan hat, als uns aus diesem Gewirr von seltsamen Höhlen herauszuführen. Auch den Ordensring an deinem Finger habe ich gesehen, aber der ist verschwunden, seit wir Burg Fürstensee verlassen haben. Und wenn du wirklich ein Mitglied dieses Ordens wärst, hätte Pater Etienne bestimmt nicht so oft unter vier Augen mit dir gesprochen.«

Margerite öffnete überrascht den Mund. Sie wußte, daß Eva nicht dumm war, aber die beharrliche Leichtfertigkeit des Mädchens hatte sie zu der Annahme verleitet, daß Eva nichts bemerkt hatte. *Sie hat gelernt, sich vor Ruprecht als erschrecktes, einfältiges Kind zu verstellen … Kaum einen Monat später hat sie das Haar zurückgeworfen und gelacht wie irgendeine gedankenlose junge Frau von hoher Geburt und Christoph schöne Augen gemacht. Und jetzt auf der Fahrt mit Merlin hätte jeder geschworen, daß sie dazu geboren sei, mit Kunden zu schäkern und zweifelhafte Reliquien zu verkaufen. Wie konnte ich nur glauben, daß in ihrem Kopf nicht mehr vorgeht, als sie zu zeigen beliebt?* Eva hatte die Kunst der Verstellung in einem Kloster erlernt und gewiß alle Listen gesehen, mit denen Frauen einander täuschen konnten. *Ich werde sie fortan besser im Auge behalten. Aber jetzt bleibt mir nur die Wahl, ihr zu vertrauen oder mich in mein Schicksal zu fügen.*

»Und hast du jemandem etwas davon erzählt?« fragte Margerite.

»Georg würde den Stock in deiner Hand nicht als Zauberstab erkennen, selbst wenn du ihn damit auf den Kopf schlagen würdest«, flüsterte Eva verächtlich. »Und wenn du Merlin nichts von dem Geld in den Beuteln gesagt hast, warum sollte ich ihm da etwas verraten, was noch viel kostbarer und gefährlicher ist?«

Margerite saß reglos, bis Eva weitersprach. »Ich habe hier Wasser, wenn du es brauchst, um unsere Flucht zu ermöglichen. Und ich glaube, du brauchst es, denn Kriemhild scharrt schon die ganze Nacht daran.« Margerite hörte, wie Eva an etwas herumhantierte. Dann streckte sie den Arm aus und drückte es ihr in die Hand. Trotz der Bedrohung, die über ihnen hing, und der Gefahr, die Männer aufzuwecken, hätte Margerite fast aufgelacht, als sie den Gegenstand erkannte: ein schweres Fläschchen aus Blei, das mit Wachs versiegelt und mit einer tiefen Prägung versehen war. Kein Zweifel, sie hielt eine von Merlins Pilgerphiolen in der Hand. »Ich habe sie an unserem ersten Tag auf der Fahrt mit Merlin gekauft«, gestand Eva. »Er hat einen viel zu hohen Preis dafür verlangt, aber ich brachte es nicht über mich, ihn darauf anzusprechen, als ich herausfand, was sie gewöhnlich kosten, da er so gütig zu uns war. Und später hat er es wohl bereut, denn nach dem gelungenen Verkauf seiner Waren am Schrein der Heiligen Walpurga schenkte er mir ein kleines Zinnkreuz. In der Phiole ist Weihwasser, und ...« Eva schluckte, und ihr Atem ging schneller. »Im Kloster und bei Ruprecht habe ich gelernt, in verschiedene Gegenstände zu schauen, um Kunde zu erhalten oder um einem Ordensmitglied eine Botschaft zu senden, denn für solches Werk wird oft eine Jungfrau benötigt. Margerite, ich bin noch Jungfrau, und um unser Leben zu retten, bin ich bereit ...« Wieder vernahm Margerite ein Geräusch, als würde es Eva die Kehle zuschnüren.

Margerite holte tief Luft und atmete langsam aus. Sie hatte im Schwarzen Buch von diesen Zaubern gelesen und wußte, wie sie vonstatten gingen. Oft wurde der Daumennagel eines Kindes mit einer besonderen Mischung aus Asche und Öl abgerieben; auch ein Spiegel ließ sich mit den Namen von Geistern wie Floron oder Lilet besprechen. Schließlich konnte man auch einen Kristall oder eine Schale weihen, um Gesichter heraufzubeschwören. Nichts davon stand ihr zur Verfügung, doch wenn sie das Weihwasser in Evas jungfräuliche Hand goß, mochte die Anrufung gelingen.

»So sei es«, sagte Margerite leise.

Das Werk wäre ihr leichter gefallen, wenn ihr Kobold auch den Dolch gebracht hätte, mit dem sie einen Kreis in den Boden hätte ritzen können, oder wenn sie neben dem schwach durch die kleinen Fenster scheinenden Sternenlicht eine Kerze gehabt hätte. Tastend zog sie mit der Spitze des Zauberstabs einen groben Kreis und setzte die hebräischen Namen daneben, die sie gewissenhaft auswendig gelernt hatte. Sie nahm Eva bei der Hand und führte sie in den Kreis, und sie war kaum eingetreten, als Margerite schon wußte, daß sie ihn ohne Fehler gezeichnet hatte, denn sie spürte seine Macht wie leises Prickeln auf der Haut. Evas Handfläche war kalt und feucht, als hätte sie große Angst, und ihr Gesicht schimmerte bleich in der Dunkelheit, aber sie wich nicht vor Margerite zurück. Die beiden Katzen saßen neben ihren Herrinnen innerhalb des Kreises.

»Allmächtiger, ewiger Gott«, betete Margerite, »Schöpfer der Menschheit und Herrscher über alles, was ist und je sein wird, segne dieses Werk und uns, die wir es in unserer Bedrängnis üben. Bei Deinen Namen Adonai, Sabaoth, Elohim, Tetragrammaton, Emmanuel, bei Deinen Erzengeln Raphael, Michael, Gabriel und Uriel, die die vier Ecken der Welt vor allem Übel behüten, und dem heiligen Namen Deines Sohnes Jesus Christus rufen wir zu Dir um Deine Hilfe.«

Mit sicherer Hand öffnete Margerite die Phiole und nahm Evas Hand, um eine Mulde daraus zu bilden. Sorgfältig goß sie die kostbaren Tropfen in Evas Handfläche und stützte sie mit festem Griff, ehe sie den Zauberstab senkte. Sie meinte ein blaues Funkeln um die Spitze der Rute zu sehen, als diese das Weihwasser berührte, und im Schatten von Evas gebogenen Fingern leuchtete ein Licht ohne Helligkeit. »Im Namen Gottes, des Allmächtigen und Allwissenden, der seine Engel hinausschickt in die Welt, um den Menschen Kunde zu bringen, beim mächtigen Gabriel, dem Boten Gottes, und bei der heiligen Verkündigung Mariä, enthülle uns Pater Etienne, den treuen Diener Gottes, auf daß er von unserer Not erfahre!«

Nichts geschah. Es gab nur die Dunkelheit in Evas Handfläche, den glatten, beringten Stab in Margerites rechter Hand und Evas warmen Unterarm in ihrer rechten. Margerite atmete, wie sie es gelernt hatte, um ihren Geist und ihren Herzschlag zu beruhigen. Sie wußte, daß sie vielleicht nichts sehen würde, und was mit Eva geschah, war ihr verborgen. Der Arm des Mädchens zitterte nicht mehr und lag fest wie ein Fels in ihrem Griff.

Dann bemerkte Margerite das Hallen in ihrem Schädel, als hätte eine kaum hörbare Glocke angeschlagen. Sie konnte den Blick nicht mehr von der kleinen, schattigen Wasserlache wenden, die sie mit der Gewalt eines großen Sees in sich hineinzog. »Bei Gott und Christus und der Heiligen Jungfrau«, flehte sie, »Pater Etienne, wo Ihr auch seid, hört unseren Ruf!«

Margerites Blick öffnete sich auf eine Burg, deren Mauern sich höher reckten, als sie zu sehen vermochte, und deren schwarzes Wasser im Verteidigungsgraben hinabreichte bis in namenlose Tiefe. Abweisend türmten sich die Mauern auf, und sie hätte sie nicht durchbrechen können, selbst wenn sie mit einem Heer und Bombarden angerückt wäre.

In einer Burg gibt es drei starke Dinge: den Graben, die Mauer und den Hauptturm ... Die geistliche Mauer ist die Keuschheit, und wie ihr diesen Graben der Demut und die Mauer der Keuschheit besitzt, so müssen wir den Turm der Nächstenliebe erbauen ...

»Pater Etienne!« rief Margerite. »Margerite und Eva sprechen zu Euch. Bitte erhört uns, denn wir kommen nicht als Feinde, sondern um Eure Hilfe zu erflehen, und können nicht zu Euch durchdringen!«

Die Burg verblaßte, als zöge ein Nebel darüber hinweg. Langsam erschien an seiner Stelle ein Licht, und in diesem Licht erblickte Margerite das Gesicht von Pater Etienne, vornehm und stark wie ein schlankes Schwert aus edelstem Stahl. Als stünde er leibhaftig vor ihr, erkannte sie die hohen Wangenknochen und gebogenen Brauen, das dichte schwarze Haar mit den Silberflügeln an den Schläfen und den kurzgeschorenen Bart mit dem silbernen Tupfen unter der Lippe. Aber seine Augen leuchteten schrecklich, wie sie es noch nie an ihm gesehen hatte, wie klare, blasse Saphire, aus deren glitzernder Tiefe das Licht der Sonne strahlte, und nur mit schierer Willenskraft vermochte sie seinem Blick standzuhalten.

»Wo seid Ihr?« fragte der Priester, und seine Stimme dröhnte hohl in Margerites Schädel. »Was ist geschehen?«

»Wir sind Gefangene von Ritter Hermann von Landsburg – eine Tagesreise südlich von Fulda. Und wenn Ihr uns nicht zu Hilfe eilt, Pater, werden wir am Montag morgen gehenkt!«

»Weshalb?«

Das Donnern von Etiennes Stimme in ihrem Kopf überwältigte Margerite. Ihr Geist geriet ins Wanken und wich zurück. Als hätte sie den Halt auf einem Seil verloren, stürzte sie in die Dunkelheit.

Als sie wieder zu sich kam, saß Margerite auf dem Boden. Zwei kratzende Katzenzungen fuhren ihr über das Kinn, und Evas feuchte Hand lag auf ihrer Stirn. »Wir sind noch im Kreis«, flüsterte Eva. »Kannst du sprechen?«

Margerite hatte den Stab nicht losgelassen, obwohl sich ihre Hand bereits verkrampfte. Sie stützte sich auf Evas Schulter und richtete sich mühsam auf. »Preis sei Gott, dem Allmächtigen«, sagte sie. »Preis und Dank sei Ihm, der uns geholfen hat in unserer Not. Möge alles, was daraus entsteht, von Seinem Ruhm zeugen – Atoh, Malkuth, ve-Geburah, ve-Gedulah, Amen.« Margerite bekreuzigte sich und trat aus dem Kreis. Die Sphäre der Macht glitt von ihr ab und verschwand wie ein schimmernder Schatten.

»Wir haben es vollbracht«, flüsterte Eva. »Ich wußte nicht, ob es uns gelingen würde. Ich glaube nicht, daß die Äbtissin so etwas ohne ihre Kerzen und den Weihrauch und die gemeinen Geister vermocht hätte.«

»Die Macht Gottes ist stärker als die des Teufels«, antwortete Margerite. »Und du hast mir aus freien Stücken und reinen Herzens beigestanden, um deinen Gefährten zu helfen, obgleich du Angst hattest. Das hat gewiß auch etwas bewirkt.«

Merlin stöhnte im Schlaf auf und brummte: »Wenn wir schon demnächst am Galgen sterben, könnt ihr mich nicht wenigstens jetzt noch in Ruhe schlafen lassen?«

Als Margerite langsam aus dem Schlaf auftauchte wie aus kaltem, tiefem Wasser, wußte sie nicht, ob sie die Geschehnisse der Nacht nur geträumt hatte. Kobold und Kriemhild hatten kleine Haufen aus dem Boden gescharrt, die – dem Geruch nach zu urteilen – kaum ihren Kot bedeckten. Weder von ihrem Kreis noch von dem Zauberstab war im kühlen Licht des Morgengrauens irgend etwas zu sehen. Als sie Wolfram an die Brust legen wollte, sah sie, daß er einen zerrupften schwarzen Fledermausflügel umklammert hielt. Voller Widerwillen zog sie ihm den Flügel aus der Hand und warf ihn in eine Ecke, wo sich Kobold freudig darüber hermachte.

Wird uns Pater Etienne zu Hilfe eilen? fragte sich Margerite. *Gewiß würde er uns nicht absichtlich im Stich lassen – aber wenn er zu weit weg ist, um uns noch beizeiten zu erreichen?*

Der Freitag verging sehr langsam. Nur zweimal brachten die Wachen ein karges Mahl aus Stockfisch, Wasser und altbackenem Brot. Merlin mußte als größter der Gefangenen den Nachttopf aus einer engen Fensteröffnung entleeren, wenn er voll war, aber es war nicht zu vermeiden, daß ein großer Teil davon wieder zurückschwappte. Der abscheuliche Gestank vermischte sich mit dem Geruch von Wolframs gebrauchten Lumpen und ihren ungewaschenen Körpern. Die Gefangenen mußten ständig Fliegen verscheuchen, die sich in Schwärmen auf dem Topf und überall sonst niederließen, und sie wurden bis aufs Blut gepeinigt von den Bremsen, die durch die Fenster hereinsummten, um auf ihrem Kopf oder Rücken zu landen. Nur Kobold und Kriemhild fanden die Plage unterhaltsam. Immer wieder suchten sie sich eine besonders dicke Fliege aus und jagten sie von Wand zu Wand, bevor einer von ihnen hochsprang und sie mit scharfen Zähnen fing.

Nach dem endlosen Tag konnte Margerite keinen Schlaf finden. Sie hatte Wolframs Lumpen vor dem Sonnenuntergang gewechselt und ihn mit dem letzten Wasser sorgfältig gewaschen, doch er war genauso ruhelos wie seine Mutter. In kurzen Abständen wachte er auf und schrie gequält, und Margerite mußte ihn auf den Arm nehmen und ihn durch den Raum tragen. Sie bemühte sich, nicht über ihre Gefährten oder den halbvollen Nachttopf an der hinteren Wand zu stolpern, obwohl es inzwischen im ganzen Stall so schrecklich stank, daß auch dies kaum von Bedeutung gewesen wäre.

Leise summend und ihn im Arm wiegend, ging Margerite mit Wolfram immer wieder im Kreis, ohne zu wissen, wieviel Zeit vergangen war. Schließlich war sie so erschöpft, daß sie sich mit dem Kind auf dem Schoß hinsetzen mußte. Der Schmerz in den Armen und im Rücken und die zunehmende Müdigkeit drängten Wolframs Wimmern in den Hintergrund. Sie hielt ihn fest an sich gedrückt und murmelte ihm immer wieder ins Ohr: »Still, still, schlafe, mein Schatz … schlaf ein …« Obwohl es ein ungewöhnlich warmer Septembertag gewesen war, war die Nachtluft, die durch das Fenster hereinkam, kalt. Bald saß Margerite zitternd auf dem kühlen Erdboden. Sie sollte aufstehen und sich bewegen, dachte sie, oder sich zu Eva legen, aber ihre Glieder waren zu schwer.

Die Kälte wurde immer schlimmer, und Margerite schlotterte am ganzen Leib. Wolfram hatte aufgehört zu weinen. Er ließ das leise Glucksen der Freude hören, mit dem er Kobold zu begrüßen pflegte. Margerite wollte nach dem Kater tasten, aber sie hielt die Arme fest um ihr Kind geklammert, und sie erkannte, daß sie verzweifelte Angst davor hatte, ihren Griff zu lösen.

Wolfram drehte den Kopf, und Margerite spürte, wie er die Hand ausstreckte. Das Entsetzen ließ ihr das Blut in den Adern gefrieren, denn obgleich der bewölkte Himmel nicht einmal das Licht der Sterne durch das winzige Fenster fallen ließ, sah sie die furchterregende Gestalt eines Mannes vor sich, an dessen Finger ein glühend roter Rubin leuchtete. Allmählich wurde er heller, als strahle er aus sich selbst heraus. Sie erkannte die scharf in die Stirn stoßende, graublonde Haarspitze, das lange Gesicht mit dem Spitzbart... *Graf Günther, Heilige Jungfrau Maria, steh mir bei! Aber er ist doch tot!*

Graf Günther verzog die schmalen Lippen zu einem Grinsen, aber auf seiner Stirn standen tiefe Falten der Pein. Die blauen Augen starrten mit grimmiger, qualvoller Sehnsucht auf Wolfram. Margerite war keiner Regung und keines Lautes fähig, als er den Arm ausstreckte und mit der langen, knochigen Hand nach Wolframs zarten Fingern griff.

Wieder gluckste das Kind glücklich, und in Margerites Kehle brach ein Damm. Mit einem markerschütternden Schrei warf sie den Kopf zurück – und die Erscheinung war verschwunden. Sie saß allein im Dunkeln, und Wolfram lag plärrend in ihren Armen.

»Margerite!« rief Eva, und einen halben Herzschlag später folgte Georg wie ein Hall: »Frau Margerite!« Die beiden eilten sogleich zu ihr, und dahinter hörte sie Merlins schwere Schritte. Dann hämmerte es heftig an der Tür.

»Was geht da vor?« rief einer der Wachleute.

»Es war nur ein Traum«, erwiderte Margerite. »Ein Alptraum, sonst nichts.«

Sie hörte, wie der Wachmann knurrte und ausspuckte, danach drangen gedämpfte Männerstimmen durch die Tür.

Wolfram brüllte jetzt aus vollem Halse, wie er es immer tat, wenn er aus dem Schlaf gerissen wurde.

»Habt keine Angst, Margerite«, sagte Merlin sanft. »Es gibt keinen Grund für schlechte Träume. Wir haben noch zwei Tage, um einen Ausweg zu finden.«

Georg blieb stumm, aber Margerite hörte sein unterdrücktes Schluchzen. Aller Mut und Stolz, die er am Tag noch bewahrt hatte, schienen ihn verlassen zu haben. Tröstend klopfte sie dem Knappen auf die Schulter.

»Es war nur ein schlimmer Traum«, sagte sie wieder. »Sprich deine Gebete und schlafe weiter.«

»Ich bin froh, daß du mich aufgeweckt hast«, flüsterte Eva, nachdem die beiden Frauen Wolfram endlich beruhigt und sich Rücken an Rücken hingelegt hatten, um zusammen mit den Katzen und dem Kind Ruhe und Wärme zu finden. »Ich habe auch schlecht geträumt.«

»Was hast du geträumt?« fragte Margerite furchtsam. Sie hatte Angst vor der Antwort, doch noch mehr Angst hatte sie davor, sie nicht zu kennen.

»Ich habe geträumt, ich sei wieder im Kloster in der kleinen, kalten Kammer, in der ich immer schlafen mußte. Dann hörte ich die Schritte der Äbtissin auf der Treppe. Christus sei mein Zeuge, aber lieber lasse ich mich hängen, als wieder dort hingeschickt zu werden.«

Der Samstag verstrich genauso friedlos wie der Freitag. Nur der Eintopf – der allem Anschein nach aus Küchenabfällen bestand – war besser als die dünnen Stücke Stockfisch. Die Gefangenen hatten ihr Abendmahl verzehrt und sich damit abgefunden, sich abermals zur Ruhe zu betten, als sich die Tür öffnete und ihnen das Licht einer Kerze blendend in die Augen stach.

»Wacht auf, Gesindel, ihr bekommt Besuch von einem Pfarrer«, rief einer der Wachleute. Margerite sprang sofort auf und sah aus dem Augenwinkel, daß Merlin einen schweren Tritt in die Rippen bekam.

»Schluß damit«, sagte eine sanfte, ein wenig trockene Baritonstimme. »Sie werden bald vor Gottes Gericht stehen, und wer bist du, daß du ihr Leid verschlimmern willst?«

»Entschuldigt, Pater«, sagte der Wachmann beschämt und trat zurück.

Die Kerzenflamme ließ Etiennes asketische Gesichtszüge hervortreten. Wie Ritter Hermann mußte sich der Kanonikus beim Eintreten bücken, um nicht die pelzbesetzte Kopfbedeckung zu verlieren. Margerite mußte sich bezwingen, um nicht sogleich zu ihm zu laufen und ihn in die Arme zu schließen, und sie hütete sich natürlich davor, ihn vor den Augen der Wachleute als Bekannten zu begrüßen.

Etienne wandte den Kopf, und das Licht fiel golden auf seinen kurzgeschorenen Bart. »Du kannst uns jetzt allein lassen, Ottmar. Hier werden Beichten abgelegt, und sollte es dennoch Schwierigkeiten geben, werde ich sogleich nach dir rufen.«

»Wie Ihr wünscht, Pater«, sagte der Waffenträger und trollte sich.

Der Geistliche schloß die Tür, und rümpfte die leicht gebogene Nase über den Geruch. Nach einem Hüsteln ergriff er das Wort.

»Ich hoffe nur, daß es dafür eine Erklärung gibt. Margerite, wie kommt es, daß Ihr mit diesem … diesem Scharlatan umherzieht?« Der Blick, mit dem er Merlin anfunkelte, ließ keinen Zweifel daran, daß sich die beiden nicht zum ersten Mal begegneten.

»Merlin hat uns aus einer mißlichen Lage befreit und uns in seinem Wagen befördert, als wir keine andere Menschenseele als Beistand hatten«, entgegnete sie aufgebracht.

»Das glaube ich, fürwahr«, sagte Pater Etienne trocken. »Und gewiß habt Ihr dafür auch bezahlt.«

»Wofür haltet Ihr mich, Pater?« fragte Merlin gekränkt. »Glaubt Ihr, ich lasse zwei Frauen und einen Knaben allein, die nichts von den Gefahren des Reisens wissen – nicht einmal, wie man mit unhöflichen Männern in einer Schenke fertig wird? Pater, wir haben uns kennengelernt, als ich noch meine Familie hatte, und Ihr wißt, daß ich für die Meinen sorge.«

Pater Etienne blickte auf die Bettstreu, den halbvollen Nachttopf und die fliegenumschwärmten Kotspuren unter dem Fenster, aus dem der Topf geleert worden war. Er mußte kein Wort sagen, aber so wütend Margerite auf Merlin war wegen des zwielichtigen Handels, der sie in diese bedrohliche Lage gebracht hatte, sie fühlte sich verpflichtet, ihn zu verteidigen. »Merlin hat sich um uns gekümmert und hat nichts dafür gefordert als unsere Hilfe.«

Der Priester schnaubte leise. »Ich bin überzeugt davon, daß Ihr nicht so leicht davongekommen wärt. Aber ich bin auch überzeugt davon, daß ich Euch alle, sogar Merlin, befreien kann. Allerdings glaubt Ritter Hermann fest an Eure Schuld, und deshalb werde ich ungewöhnliche Mittel einsetzen müssen, um Euch zu retten.«

Margerite fielen sogleich die Unsichtbarkeitszauber ein, von denen sie im Schwarzen Buch gelesen hatte, doch Etienne schüttelte den Kopf und mahnte sie mit einem stählernen Blick seiner blauen Augen zum Schweigen, als hätte er ihre Gedanken erraten. »So hört mir gut zu und wappnet Euch, denn wenn Euch morgen Furcht überkommt, wird Euch die Flucht nicht gelingen. Und Ihr solltet alle die Beichte ablegen, da unser Plan eine große Gefahr in sich birgt.«

Am Morgen traten die Wachen ein und banden den Gefangenen wieder die Hände. Helmut nahm Wolfram auf den Arm und ließ das Kind an seinem lang herabwallenden braunen Bart zupfen, während einer seiner Männer Margerite fesselte.

»Was wollt Ihr?« fragte Eva, die Augen furchtsam aufgerissen. »Sollen wir heute gehenkt werden? Ritter Hermann hat doch versprochen, daß wir erst am Montag sterben müssen.«

Der Wachmann, der neben ihr stand, schlug ihr lachend auf den Hintern und ließ die Hand auf ihren Rundungen ruhen. »Der Pfarrer möchte Euch in der Kirche sehen, um den Leuten zu zeigen, wie es Sündern und Verbrechern ergeht. Du wirst dein letztes Tänzchen früh genug machen, obwohl es ein Jammer ist, so ein hübsches Kind an den Galgen zu verschwenden.« Der Wachmann kam näher, als hätte er Lust auf weitere Dreistigkeiten, aber Helmut hustete vernehmlich und bedachte ihn mit einem zornigen Blick, so daß er hastig einige Schritte zurücktrat.

Nach den Tagen im dämmerigen Licht des Stalles blendete Margerite die Sonne, und Tränen stiegen ihr in die Augen, bis die grünen Hügel zu beiden Seiten von Ritter Hermanns kleiner Festung verschwammen und waberten wie Fieberträume. Eine Lerche schwebte als kleiner, dunkler Fleck über den strahlend blauen Himmel, und ihr zwitscherndes Lied tönte zu ihnen herab. Margerites Brüste schmerzten, denn sie hatte bei der kargen Gefangenenkost nur wenig Milch bilden können, und Wolfram hatte in seinem Hunger weitergesaugt, als sie schon lange leer waren. Auch die Knochen taten ihr weh, als hätte sie ihr Mark gegeben, um ihr Kind zu stillen. *O Heilige Jungfrau Maria*, betete sie, *hab Erbarmen mit uns in unserer Unschuld – und auch mit Merlin, sei er schuldig oder nicht, denn er hat uns in unserer Not geholfen.* Wenigstens hatten ihr Ritter Hermanns Männer nicht den Rosenkranz abgenommen. Sie hatten ihr den Gürtelbeutel gelassen und sie auch nicht nach Schmuckstücken durchsucht – die Falkenkette lag immer noch um ihren Hals. *Bestimmt wollten sie uns erst nach unserem Tod ausrauben.* Und bei dem Gedanken an die Hand des Wachmanns auf Evas Hinterteil erfüllte sie sogar diese kleine Gnade mit Dankbarkeit.

Ritter Hermanns Kirche war aus festem Stein erbaut und frisch getüncht. Sie war eher klein, aber doch größer als die umstehenden Gebäude. Margerites Herz schlug schneller, als sie Merlins Wagen vor dem Gotteshaus stehen sah. Die beiden braunen Pferde fraßen friedlich das Gras, das am Rande des Burghofs wuchs. Die Mauern in der Kirche waren mit Wandgemälden bedeckt, die Bilder aus dem Leben Christi und der Heiligen zeigten. Trotz ihrer leuchtenden Farben erschienen sie unbeholfen im Vergleich zu dem Holzkreuz hinter dem Altar, welches das Werk eines echten Meisters war. Jeder Knochen und Muskel am Leib Christi trat deutlich hervor, als würde Er sich in Schmerzen gegen die Nägel wehren, die Ihn festhielten, und das Blut tropfte aus Seiner Dornenkrone wie heller Schweiß. In Seinem nach oben gewandten Gesicht erkannte Margerite alle Zeichen der standhaft erlittenen Qual und den Schimmer des Glaubens, der wie ein schwaches, goldenes Glitzern an einer pechverschmierten Krone aus der dunklen Verzweiflung und Verlassenheit hervordrang. Hätten sie die Wachen nicht weitergedrängt, sie wäre auf der Stelle auf die Knie gefallen. So aber schoben sie sie zusammen mit ihren Gefährten durch den Gang und drückten sie unmittelbar vor dem Altar in die Knie. Dort stand mit kalter und unnahbarer Miene Etienne und würdigte sie kaum eines Blickes. Margerite wußte, daß er ihre Gegenwart nicht sichtbar zur Kenntnis nehmen durfte, und doch verdroß es sie, daß man sie so einfach abtun konnte wie einen zerlumpten und vor Schmutz starrenden Putzlappen.

»Der Ritter möchte kein Blutvergießen im Haus Gottes«, zischte der Wachmann, der Eva angefaßt hatte, »aber wenn ihr zu fliehen versucht, sollt ihr erfahren, daß man nicht mehr ganz sein muß, um aufgeknüpft zu werden.«

Die Kirche füllte sich rasch. Burgdiener und Dorfbewohner strömten herein und streckten die Hälse nach den Gefangenen. Mit einem Schauder dachte Margerite daran, daß all diese leuchtenden Augen noch heller und aufgeregter strahlen würden, wenn Pater Etiennes Plan fehlschlug und sie morgen an den Galgen geliefert wurden. Sie versuchte, nicht darauf zu achten, aber immer wieder schälten sich Bruchstücke von Worten und Sätzen aus dem allgemeinen Gemurmel heraus wie Fleischbrocken, die den Händen eines hastigen Kochs entglitten: »... haben eine adelige Familie umgebracht, und dem Ritter haben sie eine ganze Schafherde gestohlen ... wetten, daß die Blonde als Hure nicht schlecht gelebt hat? Schau dir die Titten an ... dem sein Stiernacken bricht bestimmt nicht so leicht, wenn er hochgezogen wird. Da wird es ihn eben langsam erwürgen ... Strauchdiebe und Mörder, Gott sei Dank ...« So mußte sich ein Bär in einer Grube fühlen, dem das Geflüster der Menge über die Haut bis in die Ohren kroch wie Fliegen, die sich mit einem bloßen Kopfschütteln nicht verscheuchen ließen.

Ritter Hermann und eine untersetzte, dunkelhaarige Frau mit Silberringen an den Fingern – seine Gemahlin, nahm Margerite an – saßen umringt von ihren Wachleuten in der vordersten Bank. Das Wams des Ritters und das Kleid seiner Dame waren aus dem gleichen himmelblauen Tuch mit gestickten weißen Rosen gefertigt. Mit Ausnahme gelegentlicher dräuender Blicke beachtete Hermann die Gefangenen kaum, seine Frau dagegen starrte so neugierig wie die ärmeren Leute hinter ihr. Heimlich sah Margerite hinüber, um zu erkennen, ob sie etwas von ihrem oder Evas Schmuck trugen. Aber das war nicht der Fall. So hart und voreilig er in seinem Urteil war, Ritter Hermann schien zumindest ein ehrlicher Mann.

Endlich setzte Pater Etienne zur Predigt an. Mit erhabener Geste wies er auf die Gefangenen, und der Ärmel seiner Soutane hing herab wie ein großer schwarzer Flügel. Er donnerte nicht wie andere Pfarrer, doch seine Stimme hatte eine alles durchdringende Kraft. »Sehet der Sünde Sold! Sehet des Verbrechens Lohn!« Ein brodelndes Zischen ging durch die Kirche, und Margerite sah, daß einige der weiter hinten stehenden Dorfbewohner schoben und stießen, um einen besseren Blick auf die vier armen Sünder vor dem Altar zu bekommen. Ohne die Störung zu beachten, wandte sich Pater Etienne den sieben Todsünden zu und sprach darüber, wie sie alle zum Verbrechen führten. »Denn was ist der Diebstahl anderes als die Erfüllung der Sünde des Neides?« fragte er. »Und was ist Mord anderes als entladener Zorn und Ehebruch anderes als die befriedigte Wollust? In jeder Sünde, die in eurem Herzen wohnt, liegt der Samen eines Verbrechens. Was das Herz ersinnt, wird die Hand ausführen, wenn ihr nicht wahre Reue Einhalt gebietet. Und die schlimmste Sünde ist der Stolz – Stolz auf den Verstand oder auf die Stärke, die den Räuber glauben machen, daß er stehlen kann, ohne gefaßt zu werden, und den Mörder, daß er für seine Missetat niemals zur Verantwortung gezogen wird. Vor euch seht ihr einen Scharlatan, der glaubte, betrügen und stehlen zu können, ohne daß seine Opfer etwas davon merken. Aber jede Sünde des Denkens wie der Tat hinterläßt eine Spur, die so klar zu lesen ist wie ein Brandzeichen, so wie Kain gebrandmarkt wurde ob des Zornes, in dem er seinen Bruder erschlug. Und manche mögen sündigen und sündigen und sich immer tiefer in das Böse verstricken und scheinbar ungestraft davonkommen. Aber so wie diese« – er zeigte wieder auf die Gefangenen – »endlich doch ihren Richter gefunden haben, so mögt ihr gewiß sein, daß Gott Vergeltung üben wird!«

Pater Etienne ließ die Faust krachend auf den Altar niederfahren. Eine riesige Flamme loderte hell empor, als hätte der Blitz vor ihm eingeschlagen. Geblendet und betäubt von dem donnernden Dröhnen erinnerte sich Margerite mühsam an Pater Etiennes Anweisungen. Sie würgte an dem schwarzen Schwefelrauch, der die Kirche erfüllte, und stolperte durch den Gang und zur Tür hinaus. Hastig kletterte sie auf den Wagen und quetschte sich zwischen Säcke und Schachteln, bevor sie die Wolldecken über sich zog. Das Herz schlug ihr bis in den Hals, und sie atmete mühsam, um nicht den stinkenden Rauch aus den Lungen zu husten. Sie hörte, daß ihre Gefährten ihrem Beispiel gefolgt waren.

Was für ein Zauber war das? Sie versuchte, langsam und tief zu atmen, um das wilde Pochen in ihrer Brust zu beruhigen. Sie hatte sich den Bauch wund gescheuert, als sie sich mit gefesselten Händen über die Wagenkante gezogen hatte. Jeder Atemzug war eine Qual, aber allmählich schlug ihr Herz langsamer. *War das überhaupt Magie? Ich habe nichts gespürt, und der Rauch hat wie Jochanans Schießpulver gerochen.* Etienne hatte seinen Plan nicht näher erklärt und sie nur darauf vorbereitet, was geschehen würde, und ihnen gesagt, was sie zu tun hatten. Wenn es Schießpulver war – *kein Wunder, daß er uns gestern nacht die Beichte abnehmen wollte! Heilige Jungfrau Maria, ich bete, daß die Kirche keinen schlimmen Schaden genommen hat, denn Ritter Hermann mag uns zwar irrtümlich verurteilt haben, doch er scheint ein guter Christ.*

Margerite wußte nicht, wie lange sie in der drückenden Hitze neben einer Kiste lag, deren Ecke ihr hart in die Rippen stieß. Als sie endlich Etienne hörte, der mit höflicher Stimme von einem erschüttert stammelnden Ritter Hermann Abschied nahm, war ihre Blase voll, und sie spürte jede Unebenheit und jede getrocknete Radfurche auf der Straße wie einen Schlag. Aber sie wartete stumm mit zusammengepreßten Schenkeln und geballten Fäusten. Auch als sie Wolframs Schreie hörte, bewegte sie sich nicht, denn es war gewiß zu gefährlich, sich in so großer Nähe von Ritter Hermanns Dorf aus ihrem Versteck zu wagen. Sie spürte schwere Pfoten, die auf ihr herumtrampelten, und hätte fast aufgeschrien. Kobold war ihr schnurstracks auf die Blase gestiegen, und zudem schien er sein Gewicht zu verdoppeln, wie alle Katzen, die auf einem liegenden Menschen herumstapfen.

Schließlich hielt der Wagen an, und die Wolldecken wurden plötzlich weggerissen. Dankbar sog Margerite die kühle, reine Luft ein und wischte sich mit dem Ärmel den dichten Schweiß von der Stirn. Sie waren in einem Waldstück, und ein dichter grüner Schleier aus Bäumen schützte sie vor neugierigen Blicken. Bevor Pater Etienne etwas sagen konnte, hob Margerite die Hände. »Pater, Ihr müßt mich einen Augenblick entschuldigen. Würdet Ihr mir bitte die Fesseln durchschneiden.« Etiennes Messer blitzte im Sonnenlicht, und das rauhe Hanfseil fiel von ihren geröteten Handgelenken. Margerite kletterte vorsichtig über die Wagenkante und eilte hinter ein Stechpalmendickicht. Eva folgte kurz darauf und seufzte dankbar, als sie sich erleichtert hatte.

»Ich dachte schon, wir bleiben nie mehr stehen«, sagte das Mädchen. »Aber dürfen wir uns beklagen, wenn wir gerade vom Galgen errettet worden sind?«

»Das wäre vermessen«, pflichtete ihr Margerite bei.

»Alle meine heiligen Waren!« klagte Merlin, als die beiden Frauen zum Wagen zurückkehrten. »Pater, wie soll ich denn ohne sie mein Brot verdienen?«

»Du hast dein Leben und deinen Wagen, das sollte reichen«, wies ihn Pater Etienn streng zurecht. »Ich habe dir gelassen, was deiner Familie gehörte. Deine Phiolen und Reliquien und Schachteln voller Staub magst du als Bezahlung an die Brüder in Fulda für die Schafe betrachten, die du gestohlen hast. Und wenn du noch einen Funken Verstand hast, dann wirst du fortan einen weiten Bogen um dieses Dorf schlagen, denn ein zweites Mal wird dich niemand retten. Ich bin nicht glücklich über das, was ich heute tun mußte. Ich habe zwar nichts Unwahres gesagt, aber ich habe brave Menschen zu dem Glauben veranlaßt, sie seien Zeugen von Gottes Zorn geworden, obgleich sie in Wirklichkeit nur ein wenig angewandte Alchimie und verkohlte Knochen aus der Küche gesehen haben. Dafür werde ich mich zu verantworten haben, und wenn du ein ehrlicher Mann wärst, wäre es nicht nötig gewesen.«

Merlin blickte mit eingesunkenen Schultern zu Boden. »Pater, wollt Ihr mir nicht wenigstens eine Kleinigkeit geben, damit ich nicht verhungere? Ich kann doch nicht betteln, wenn ich einen Wagen habe, und es wäre ein schlechter Anfang für ein Leben der Reue, wenn ich mein Abendessen stehlen müßte.«

Pater Etienne warf einen anzüglichen Blick auf den mächtigen Bauch des Walisers, der von der kargen Kost in den letzten drei Tagen kaum geschrumpft war. »Betrachte deinen Hunger als Kasteiung des Fleisches und als Teil deiner gerechten Buße. Auf, Margerite, Eva, Georg. Nehmt eure Habseligkeiten vom Wagen, denn hier trennen sich unsere Wege.« Er zeigte nach vorn, wo sich die Straße nach Nordosten und Südosten gabelte.

»Lebt wohl, Merlin«, sagte Georg ernst und reichte ihm die Hand, die fast in der Pranke des Händlers verschwand. »Ich werde Euch nicht vergessen.«

»Denk daran, dein Temperament zu zügeln, mein Junge, dann wirst du es weit bringen«, antwortete Merlin.

Eva stellte sich auf die Zehenspitzen und hauchte einen Kuß auf Merlins gefurchte Stirn. »Gehabt Euch wohl, Merlin. Danke für alles, was Ihr mich gelehrt habt.«

»Gebe Gott, daß Euch dieses Wissen helfen möge, wenn Ihr es jemals anwenden müßt!« erwiderte er.

Als sie unbeachtet war, hatte Margerite schnell in den Gürtelbeutel gegriffen. Jetzt umarmte sie Merlin leicht und drückte dem Waliser heimlich vier Silbermünzen in die schwielige Hand. So gerecht Etiennes Urteil war, im Augenblick des Abschieds konnte Margerite den Gedanken nicht ertragen, daß Merlin hungern oder vielleicht sogar jene Gegenstände verkaufen mußte, die die letzten Bande zu seiner Frau und seinem Sohn darstellten und die er gewissenhafter hütete als seine zweifelhaften Reliquien.

»Gott segne Euch und Euer Kind auf Eurer Reise, Margerite«, sagte Merlin mit rauher Stimme. »Wenn Ihr wieder einmal Hilfe braucht, denkt immer daran, daß ich Euer Freund bin.«

»Ich werde es nicht vergessen«, antwortete Margerite.

Margerite legte Wolfram in Evas Arme und nahm den Kasten mit ihren magischen Werkzeugen aus dem Wagen. Die Beutel voller Silber und Geschmeide waren verschwunden – ob sie nun Ritter Hermanns Haushalt bereicherten oder als Geschenk an die Mönche aus Fulda gefallen waren, würde sie wohl nie erfahren. Aber es war nur ein geringer Preis für ihr Leben, und fürs erste konnten sie gewiß mit Pater Etiennes Hilfe rechnen.

6. KAPITEL

Margerite machte bald die Erfahrung, daß das Reisen mit Pater Etienne leichter und bequemer war, als sie es sich vorgestellt hatte. Im ersten Dorf, in dem sie anhielten, erstand er gutmütige Pferde mit ruhigem Gang für seine drei Gefährten. Sein Gepäck enthielt frisches Brot und trefflichen Wein, guten Käse, geräucherten Schinken und Würste. Er hatte ihnen Reiseumhänge mitgebracht, mit denen sie sich vor dem frischen Septemberwind schützen konnten, und auch an Gewänder aus Linnen und feiner Wolle gedacht, die nach der muffigen Bauerntracht der letzten Wochen eine große Erleichterung waren. Wenn sie am Abend einkehrten, schliefen sie nicht eng zusammengepfercht auf den verwanzten Strohlagern einer Dorfschenke, sondern in dem warmen und behaglichen Wohnsitz eines Priesters, der es als Ehre verstand, den Kanonikus und seine Begleiter als Gäste zu begrüßen.

Gleich am ersten Abend in Freiheit berichtete Margerite Etienne von den schrecklichen Ereignissen auf Burg Fürstensee sowie alles, was sie über Bertrams Verbleib und seine Absichten wußte. Der Priester hörte ihr mit ernster Miene zu und entschied noch in derselben Nacht, daß es wichtiger war, Bertram nach Schloß Niederwald zu folgen, als nach Burg Fürstensee zurückzureiten. Auf dem Weg nach Nordosten erstreckte sich das Land in weiten, von dichten Wäldern bedeckten Hügeln. Ein scharfer Wind blies in die Eichen und Eschen und Birken, deren grüne Blätter bereits rote und braune und goldene Tupfen zeigten. An den knorrigen Baumwurzeln sprießten Steinpilze mit dickem, weißem Stamm und brauner Kappe, Fliegenpilze mit leuchtend roten Kappen und weißen Flecken und Pfifferlinge mit gefurchten goldenen Trompeten. Oft erblickte Margerite einen wilden Falken, der hoch am klaren blauen Himmel dahinzog, und manchmal traten ihr die Tränen in die

Augen, denn dies war das beste Wetter für die Beizjagd. Die Kornernte war vorüber, und überall waren Hasen in den abgemähten braunen Feldern zu sehen. Auf den Bergen um die Burg ihres Vaters und bei Burg Falkenstein begann nun die Weinlese, und sie dachte an den schweren Traubengeruch in den Bottichen, in denen der Saft ausgepreßt wurde, um zu süßem Wein und scharfem Essig zu gären. Die Zeit des Sommerfetts für das Rotwild war vorbei, und das Fleisch der Hirsche war schon sehnig und roch nach der Brunft, aber dennoch wäre Margerite gern mit einer feinen Jagdgesellschaft und eifrig bellenden Hunden hinausgezogen, um das tiefe Röhren der Hirsche zu hören.

Margerite verweilte nicht lange bei solchen Gedanken, denn sie erinnerten sie zu stark an Ruprecht. Wenn sie bei Nacht im Hause eines Geistlichen in einem warmen Federbett lag und von draußen das Rauschen des Windes in den Bäumen hörte, begann sie mitunter zu zittern und lauschte nach dem Klang von Hufschlägen und einem fernen Jagdhorn. Burg Falkenstein war weit, doch manchmal meinte Margerite eine vertraute Wildheit in der herbstlichen Luft zu spüren. Ob Wolfram friedlich und mit offenen Augen dem Nachtwind zuhörte oder unruhig wimmernd auf etwas zu starren schien, sie empfand beides als Bedrohung. Aber sie wagte es nicht, mit Etienne über ihre namenlose Furcht zu sprechen, zumal sie nur vom Walten der Natur hätte erzählen können. Der Wind in einer Herbstnacht und ein Säugling, der entweder friedlich schlief oder schrie: Was war daran so beunruhigend?

Zudem galt es auch anderes zu bedenken. Was sollten sie tun, wenn sie Schloß Niederwald erreichten? Oft, wenn sie dahinritten, schwieg Pater Etienne lange Zeit und starrte unbeweglich auf die vor ihnen liegende Straße. Dann hütete sich Margerite, den Priester anzusprechen, weil sie wußte, daß er über ihre Lage nachdachte. Er fragte sie mehrmals, was sie bei ihrem Flug gesehen hatte: Wie waren die Jagd- und Lustgärten um die Burg aufgeteilt? Wie hatte das Haus des Wildhüters ausgesehen? Wie weit schien es vom Hauptgebäude entfernt? Hatte Margerite andere Wege oder Straßen erkennen können?

»Wir wissen noch nicht genug«, sagte der Priester schließlich. »Ich war zwar schon einmal in Niederwald, meine Geschäfte führten mich jedoch nicht auf das Schloß, sondern zu Bischof Otto, dem ich in einer Frage des kanonischen Rechts zur Seite stehen mußte.«

Margerite zog fragend eine Augenbraue hoch. Etienne schüttelte den Kopf, und das dichte braune Haar unter der Chormütze wehte sanft hin und her. »Von ihm dürfen wir keinen Beistand erhoffen, zumindest nicht fürs erste. Der Bischof gehört weder zum Orden noch zu seinen Gegnern. Er ist ein guter Kirchenmann, aber ein wenig starrsinnig und nicht geneigt, Geschichten über Magie und Ketzerei Glauben zu schenken – im Gegensatz zu manchen unserer jüngeren Priester, denen schon der leiseste Vorwand genügt, um sich auf solche Erzählungen zu stürzen.« Etienne runzelte die Stirn und preßte kurz die schmalen Lippen zusammen, als müßte er eine unangenehme Erinnerung zurückdrängen. »Dennoch werde ich ihm einen Besuch abstatten, um herauszufinden, was er gehört hat. Ich kenne Ortliebs Ruf, und wenn sie sich nicht vollkommen verändert hat, seit sie Landgräfin wurde, mag es durchaus sein, daß sie Bischof Otto seither so sehr beleidigt hat, daß er das Schlimmste von ihr annimmt und bereit ist, Bertrams Anspruch zu unterstützen, sofern er sich mit Beweisen untermauern läßt.«

»Was wißt Ihr von Ortlieb?« fragte Margerite mit ruhiger Stimme. Aber die Hand, die die Zügel hielt, zitterte. Der graue Wallach wandte den Kopf und sah seine Reiterin aus einem großen Auge gleichsam fragend an. Sie atmete tief durch, um sich zu beruhigen. Warum war sie so aufgeregt, als wäre Bertrams Feindin noch immer ihre Nebenbuhlerin?

»Sie ist Prinzessin des Ordens und eine vollendete Magierin, die sich besonders darauf versteht, mit Dämonen und Geistern Trugbilder zu schaffen und ihr Wirken zu verbergen. Es heißt, daß sie namentlich auch in der sexuellen Magie des Ordens bewandert ist und von ihrem Meister große Macht über die Seelen von Männern erhalten hat. Ich will Euch nicht belügen, Margerite«, fuhr er leise fort. »Ja, sie ist eine große Gefahr für Bertram. Ihr habt mir erzählt, ihm sei von einer

Frau des Ordens großes Leid widerfahren. Wenn ich gewußt hätte, daß er einmal in Ortliebs Fängen war, hätte ich Maßnahmen ergriffen, um ihn gänzlich aus ihrer Macht zu befreien. Dies erklärt das Dunkle in seiner Vergangenheit. Es ist kein Wunder, daß er solch tiefe Wunden davongetragen hat, sondern eher, daß er die Kraft hatte, sich von ihr zu lösen und sich danach wieder einer anderen Frau in Liebe anzuvertrauen. Und noch überraschender ist es – verzeiht mir, wenn ich das sage, Margerite…« Der leichte französische Akzent des Geistlichen wurde stärker, und die feinen Falten auf der Stirn vertieften sich, als müßte er sich zwingen, den Blick nicht von ihr abzuwenden. »In Eurer Beichte habt Ihr angedeutet, daß Bertram der Vater Eures Kindes sein könnte. Wenn dies der Fall ist, wäre er vielleicht der erste, der diese Fähigkeit bewahrt hat, nachdem Ortlieb mit ihm fertig war.«

Margerite nickte. Sie zitterte unter ihrem warmen Umhang, als läge ihr eine Decke aus Schnee um die Schultern.

»Die schlimmste Gefahr ist freilich, daß sie vielleicht noch nicht mit ihm fertig ist.« Pater Etiennes Stimme klang dunkel und trostlos wie ein trüber Winterabend. »Ich habe viel darüber nachgedacht, seit Ihr mir von diesen Ereignissen berichtet habt. Wir müssen Bertram sobald wie möglich erreichen, ohne daß wir von einem Bewohner von Schloß Niederwald gesehen werden. Ortlieb würde mich gewiß erkennen, und sie darf nicht wissen, daß Ihr in meiner Begleitung seid.«

»Was habt Ihr vor, Pater?« fragte Margerite. Die Angst wühlte wie eine eisige Hand in ihren Gedärmen.

»Erst müssen wir Bertram finden«, erklärte Etienne. »Und deshalb brauche ich heute nacht Eure Hilfe. Wir müssen erfahren, ob Bertram noch in dem Haus ist, in dem Ihr ihn zuletzt gesehen habt. Wir müssen die Straßen um Schloß Niederwald und die Wege durch den Jagdgarten kennen. Wir müssen sicher sein, daß das Haus das des Wildhüters ist, und es wäre gut, wenn Ihr sein Gesicht sehen könntet, damit wir den Mann erkennen, wenn wir ihm begegnen. Vieles davon könnte ich natürlich auch selbst ergründen, aber Euer Flug eröffnet uns eine klarere Sicht als meine Kristallkugel, und unter meiner Führung ist die Gefahr für Euch gering.«

Margerite flatterte das Herz in der Brust. Ihren Flug von einem anderen leiten zu lassen, nicht ihrem eigenen, sondern seinem Willen folgen zu sollen, nachdem sie die Freiheit des Fliegens erfahren hatte … Aber Eva hatte schlimmer unter der Äbtissin gelitten als sie unter Ruprecht – *außer in jener Nacht!* – und hatte sich Margerite dennoch anvertraut, um Pater Etienne zu erreichen.

»Ich werde es tun«, sagte sie mit fester Stimme.

Am Abend hielten sie kurz nach Vesper an einer fern von der Hauptstraße gelegenen kleinen Abtei. Der Abt, ein großer, asketischer Mann mit einem langen grauen Bart, schien Pater Etienne zu kennen. Voller Freude begrüßte er den Kanonikus und fragte mit keinem Wort danach, weshalb Etienne mit zwei Frauen, einem Jüngling, einem Säugling und zwei Katzen reiste. Rasch wies er einige Brüder an, in den Gästekammern einzuheizen und die Pferde in die Ställe des Klosters zu bringen. Dann erkundigte er sich freundlich, was Wolfram zu seiner Behaglichkeit benötigte.

»Gott sei Dank haben wir eine Wiege hier«, erklärte der Abt. »Manchmal fügt es sich, daß uns ein Kind anvertraut wird, um es in Christi Nächstenliebe als jungen Novizen zu erziehen, und so haben die Brüder gelernt, kleine Kinder zu versorgen. Wir betrachten es als eine besondere Gnade Gottes, wenn er uns in unserem keuschen Leben die Freuden der Vaterschaft gewährt. Aber tretet ein, Ihr seid gewiß müde und hungrig von der Reise, und Ihr sollt nicht länger draußen im Regen stehen. Ich fürchte freilich, edle Damen, daß Euch unser Essen ärmlich dünken wird, denn wir leben streng nach der Ordensregel und empfangen nur selten Gäste, so daß wir ihnen wenig Gutes anbieten können. Außerdem nehmen wir in dieser Jahreszeit zwischen Vesper und Komplet nur ein geringes Mahl ein, doch wir werden Euch bringen, was unsere Küche zu bieten hat. Wenn Ihr Fleisch wünscht, um Euch von der anstrengenden Reise zu erholen, können wir auch ein Huhn für Euch schlachten, allerdings wird es einige Zeit dauern, bis es gerupft und gekocht ist.«

»Eure Fürsorge ehrt uns, Bruder Abt«, antwortete Margerite, gerührt von der Freundlichkeit des Alten. »Ihr müßt

Euch nicht so für uns bemühen. Was Euer Koch leicht zubereiten kann, soll für uns genügen.«

»Und wie steht es mit Euren wunderschönen Katzen? Wir stellen unserer Katze jeden Tag eine Schüssel mit Milch und Brot hin, denn« – der Abt setzte ein bezauberndes Lächeln auf – »sie hat die Aufgabe, Ratten und Mäuse in die Schranken zu weisen und kommt ihrer Pflicht genauso gewissenhaft nach wie alle Brüder hier. Wird dies auch Eure Katzen zufriedenstellen?«

»Selbstverständlich. Aber ich muß Euch warnen.« Auch Margerite lächelte ihn an. »Wenn Ihr nicht bald einen Wurf schwarzer Katzen haben wollt, müssen wir Kobold einsperren, denn sein Leben ist alles andere als keusch.«

Der Abt lachte. »Unsere Priscilla hat kein Gelübde abgelegt, und auch in diesen Mauern maßen wir uns nicht an, das Walten der Natur, die unser Herr den Tieren gegeben hat, zu vereiteln. Laßt Eure Katzen laufen, wie es ihnen beliebt.«

Der Gastsaal der Abtei war karg, aber sauber. Die einfachen Holztische und -bänke waren blank geputzt, und im Herd knisterte ein helles Feuer. Als sich die Reisenden niederließen, brannten auf der Tafel mehrere Kerzen. Der Abt setzte sich zu ihnen, ließ sich jedoch vom Kellermeister, der den Gästen Wein einschenkte, nur einen Höflichkeitstropfen in den einfachen Holzbecher gießen, ehe er ihn mit Wasser füllte. Auch als das Essen aufgetragen wurde, nahm er nur eine Scheibe braunes Brot, obgleich der Koch einen trefflichen Pfannkuchen mit Käse zubereitet hatte, dem als Nachspeise in Honig gebackene Äpfel folgten.

»So sagt mir, Pater Etienne«, hob der Abt an und tupfte sich sorgfältig die Brotkrumen aus dem grauen Bart, »was führt Euch um diese Jahreszeit in unsere Gegend?«

Etiennes Blick verschleierte sich, und seine hohlen Wangen traten noch stärker hervor als gewöhnlich. »Eine Angelegenheit, die ich nicht enthüllen kann. Ich möchte Euch nur bitten, daß Ihr und Eure Brüder uns in den kommenden Monaten in Eure Gebete einschließt.«

»Wir schließen Euch immer in unsere Gebete ein, Pater«, erwiderte der Abt, »denn wir sind alle Streiter Christi, und ich weiß, daß Ihr große Gefahren in seinem Heer auf Euch nehmt. Dafür ist Euch unsere unendliche Dankbarkeit gewiß, wie auch für Euren Beistand in unserer Not. Doch wie steht es mit diesen Edelleuten, die mit Euch reisen? Stehen sie in denselben Diensten wie Ihr oder unter Eurem Schutz vor dem Widersacher? Ihr mögt verzeihen, daß ich das sage...« Aus tiefblauen Augen betrachtete er nacheinander Margerite, Eva und Georg. »Aber sie sehen aus wie Menschen, die in ihrem Innersten berührt worden sind von jenen, gegen die wir kämpfen.«

Selbst im Kerzenlicht erkannte Margerite, daß Georg erbleichte, und über seine hellen Augen huschte ein vertrauter Schatten. Eva wandte den Blick ab, und unruhige rote Flecken erschienen auf ihren zarten Wangen. Auch auf ihr lag etwas Dunkles, das weder ihre Schönheit noch ihre Gabe der Verstellung zu verhüllen vermochten. *Und was sieht er in mir?* fragte sich Margerite. Das schlichte und gut gekochte Mahl lag ihr auf einmal schwer im Magen.

»Sie alle sind berührt worden«, antwortete Etienne mit weicher Stimme. »Und was Dienst und Schutz angeht, so hat sich Frau Margerite für den gleichen Weg entschieden wie ich, aber sie steht noch am Anfang. Alle drei sind gekommen, um mir bei meinem Auftrag beizustehen.«

Der Abt stand auf und verneigte sich vor Margerite. Ihre Wangen wurden heiß, und sie merkte, daß sie die linke Hand mit der rechten umklammert hielt, wie um den Finger zu verbergen, an dem sie den Ordensring getragen hatte. Sie wußte nicht, was sie auf diese unerwartete Ehrung antworten sollte, und so verbeugte sie sich ihrerseits. »Gnädige Frau, möge Christus immer mit Euch sein.« Die Worte des Abts fielen wie ein sanfter Regen auf Margerite und erfüllten ihr Herz mit Wärme. »Mögen Gott und all Seine Heiligen und Engel Euch schützen und stärken in Eurem Kampf für das Himmelreich, um Seine Feinde zu vernichten.«

»Ich bete zu Jesus Christus, daß es so kommen möge«, erwiderte Margerite.

Georg starrte Margerite an, und die Farbe kehrte in seine Wangen zurück. Er bewegte sich unruhig auf der Bank, und

Margerite sah, daß er nur zu gern gefragt hätte, worüber hier eigentlich gesprochen wurde. Aber zum Glück war der Knappe zu wohlerzogen, um das Gespräch von Kirchenleuten zu unterbrechen.

»Wir werden für Euch alle beten«, versprach der Abt. »Pater Etienne, werdet Ihr und die gnädige Frau in dieser Nacht etwas benötigen?«

»Wenn Ihr uns ein Gemach überlassen könntet, in dem Ihr Eure Meditationen abzuhalten pflegt, wäre uns damit sehr gedient – falls es möglich ist, daß es von einer Frau betreten wird.«

»Pater, wenn unser Herr nicht verschmäht hat, aus dem Schoß einer Frau geboren zu werden, weshalb sollte ich dann die Berührung einer Frau als Entehrung unseres Andachtsraums empfinden?« Ein leiser Vorwurf lag in seiner tiefen, ruhigen Stimme.

»Ich nehme Euren Tadel an und stehe beschämt vor Euch, Dominus.« Pater Etienne neigte das Haupt vor dem Abt.

»Nicht nötig, Pater, denn Ihr habt gewiß nur aus Höflichkeit so gesprochen. Der Andachtsraum wird sogleich für Euch vorbereitet.«

»Unser Dank ist Euch gewiß«, sagte Pater Etienne. »Doch nun habe ich noch ein anderes Anliegen, Dominus. Ist hier vor zwei oder drei Monaten ein Reisender namens Bertram durchgekommen? Er ist ein großer Mann mit schwarzem Haar und Bart, und er trägt ein Schwert. Er sieht wild und grimmig aus, und man könnte ihn leicht für einen Räuber oder Söldner halten, aber er achtet die Mönche und hat eine höfliche Zunge.«

Der Abt legte die Stirn in Falte und strich sich über den langen Bart. »Ein solcher Mann ist nicht an unsere Pforte gekommen. Vor einem Monat hatten wir zwei Besucher, die nach einem Flüchtigen suchten, der Eurer Beschreibung entspricht. Es war ein junger Ritter und sein Knappe, die eine lange Fahrt hinter sich hatten. Besonders der Ritter schien große Seelenqualen zu leiden und bat darum, die Nacht zum Beten in unserer Kapelle verbringen zu dürfen. Dies haben wir ihm natürlich gewährt. Er hieß … ich werde alt und vergeßlich, wie war doch sein Name? Er hatte einen überaus seltsamen Blick, der einige der jüngeren Brüder aus der Fassung brachte.«

»Ritter Gottfried?« fragte Margerite atemlos.

»Ja, natürlich. Ich war überrascht, daß er nicht die Zeichen eines Deutschritters trug, denn seinem Aussehen nach hätte er wahrlich zu diesem Orden gepaßt. Ich hielt ihn für einen der Euren.«

»Das ist er aber nicht«, erklärte Pater Etienne. »Zumindest nicht meines Wissens. Er ist ein Lehnsritter von Margerites Gemahl und sucht nach demselben Mann wie wir. Doch Ritter Gottfried ist ihm übel gesonnen, während wir ihm helfen wollen.«

»Das scheint mir eine verwickelte Geschichte, und ich werde nicht weiter nachforschen. Ich will Euch nur fragen, was ich tun soll, falls einer der beiden an unsere Tür klopft.«

»Wenn Bertram ohne uns kommt, wird er dringend der Zuflucht und des geistlichen Beistands bedürfen«, sagte Pater Etienne grimmig. »Haltet ihn verborgen und zögert nicht, wenn nötig, Hilfe herbeizurufen. Sollte Ritter Gottfried hierher zurückkehren …« Der Kanonikus biß sich auf die Lippe und rieb mit dem Finger über seinen schweren goldenen Siegelring. »Vielleicht ist es doch besser, Euch in unsere Pläne einzuweihen, dann könnt Ihr vielleicht wenigstens den Überlebenden helfen, wenn sich die Dinge zum Schlechten wenden. Auch Eva soll alles hören. Aber für dich, Georg, ist es Zeit, zu Bett zu gehen.«

»Nein, Pater!« brach es aus Georg heraus. »Ihr habt selbst gesagt, daß ich Euch bei Eurem Vorhaben helfen kann. Ich dachte, wir haben nach Euch gesucht, damit Ihr Herrn Christophs Dämon austreiben könnt. Nun reiten wir seit einer Woche in die falsche Richtung, und niemand hat mir erklärt, welches Anliegen so viel wichtiger ist, als meinen Herrn von seinem Dämon zu befreien. Ich mußte genauso fliehen wie Frau Margerite und Eva, und ich habe sie auf der Reise beschützt. Ich habe ein Recht darauf, alles zu erfahren.«

Etiennes Augenbrauen senkten sich bedrohlich, und Margerite sah, daß er zu einer beißenden Bemerkung ansetzte. Da hob der Abt seine lange, faltige Hand.

»Wartet, Pater. Der Junge hat nicht so unrecht. Wenn er schon soviel weiß und wenn er mit Euch ein gefährliches Abenteuer bestehen soll, warum soll er da nicht alles erfahren? Auch ein Ritter hält seinen Knappen nicht vor der Schlacht zurück, und dieser Jüngling trägt ein Schwert und ist gewiß alt genug, um seinen Mann zu stehen.«

Der Kanonikus seufzte vernehmlich. »So sei es. Margerite, dies ist Eure Geschichte. Erzählt Euren Teil, so gut Ihr es vermögt, und ich werde den Faden aufnehmen, wo Ihr endet.«

Margerite begann bei ihrer Ankunft in Burg Fürstensee. Sie berichtete kurz über Nikolaus' Ehrgeiz, Heinrichs plötzliche Lähmung und Christophs verändertes Benehmen, das schließlich in der Entdeckung seines Dämons gipfelte. Sie ließ unerwähnt, welchen Anteil der Orden an Wolfram nahm und daß sie sich als Lichtträgerin ausgegeben hatte, und erzählte nur von Nikolaus' Mitgliedschaft. Der Abt hörte ihr schweigend zu, und sein ehrwürdiges Gesicht wurde immer betrübter.

»Frau Gräfin«, sagte er schließlich, »Ihr müßt stark und gesegnet sein, wenn Ihr einem Dämon gegenübertreten konntet, ohne Schaden zu leiden. Aber ich warne Euch. Ihr werdet vor Eurem Tod noch einmal mit diesem Wesen ringen müssen, denn dies ist das Los aller, denen es mißlungen ist, einen solchen Geist zu bändigen. Aber damit ist weder meine Frage noch die dieses braven jungen Knappen beantwortet: Welche Gefahr ist so überaus groß, daß sie schwerer wiegt als die Pflicht, Herrn Christoph zu befreien?«

»Ich werde nun weitererzählen«, sagte Pater Etienne. »Ihr entsinnt Euch gewiß der Vorfälle um Herrn Bernhardt von Niederwald vor acht Jahren?«

»Ich habe davon gehört, wie jedermann in dieser Gegend«, erwiderte der Abt. »Es waren traurige Ereignisse, und seither ist auf Schloß Niederwald wenig geschehen, das Anlaß zur Freude gäbe. Ich vermute, Eure Reise hierher hat etwas mit der neuen Landgräfin zu tun, von der ich ebenfalls gehört habe?« Bei den letzten Worten klang seine Stimme stählern und klar, und der Zorn blitzte in seinen dunkelblauen Augen wie Sonnenlicht auf einer Klinge.

»So ist es in der Tat. Der Flüchtende, nach dem wir gefragt haben, ist niemand anderes als Herr Bernhardt, der gekommen ist, seinen Besitz aus den Fängen der Landgräfin zu befreien, seinen Namen reinzuwaschen und den ihm zustehenden Platz wieder einzunehmen. Sie aber ist eine große Gefahr für ihn, gegen die er sich nicht wehren kann, und deshalb braucht er unseren Beistand.«

»Ich verstehe«, seufzte der Abt. »Ein ehrenhaftes Unterfangen, gewiß. Ich bete nur, daß nicht der eine Springer um des anderen willen geopfert wird, auch wenn dabei die schwarze Dame zu Fall gebracht werden kann.«

»Glaubt mir«, sagte Etienne mit ungewohnt rauher Stimme, »ich hätte Christoph nicht einen Tag im Stich gelassen, doch der Orden ist mir in dieser Sache zuvorgekommen. Ich habe Nikolaus sträflich unterschätzt, und auch von der Gefahr für Herrn Bernhardt habe ich erst erfahren, als es für den Rat und Beistand, den er brauchte, längst zu spät war. Christoph mag durch diese Verzögerung schrecklich zu leiden haben, aber ich werde noch rechtzeitig zu ihm gelangen, um ihn zu retten. Die Bedrohung für Herrn Bernhardt hingegen ist viel unmittelbarer.«

Der Abt schloß die runzligen Augenlider, und tiefe Stille zog über sein Gesicht. Bevor er jedoch wieder das Wort ergreifen konnte, fiel Georg ein: »Pater, ich verstehe noch immer nicht. Wer ist diese Landgräfin von Niederwald, und was hat es mit diesem geheimnisvollen Orden auf sich?«

Der Jüngling riß die Augen immer weiter auf, während ihm Etienne knapp die Lage schilderte. Er schloß mit der Bemerkung: »Besonders für dich wird die Landgräfin eine große Gefahr sein, und aus diesem Grunde sollst du sie nie zu Gesicht bekommen, wenn es sich irgend vermeiden läßt.«

»Aber weshalb denn?« fragte Georg forsch. »Ich werde doch einer Gefahr standhalten, in der ich einer Frau gegenübertreten muß.«

»Du bist in einem Alter, in dem ihre Macht eine besonders starke Wirkung auf dich ausübt – eine Macht, die Margerite oder Eva nicht schaden kann. Ortlieb hat es vor allem auf unberührte Jünglinge abgesehen.«

Georg sagte nichts mehr. Die helle Röte auf seinen Wangen zeigte Margerite, daß Pater Etienne mit seiner Bemerkung ins Schwarze getroffen hatte.

»Aber jetzt«, fuhr der Kanonikus fort, »sollten wir uns alle in unsere Gemächer zurückziehen. Margerite, bereitet Euch bitte vor, ich komme zu Euch, wenn es an der Zeit ist.«

Als Margerite ihre Kammer betrat, fand sie Kobold bequem zusammengerollt auf der grauen Wolldecke ihres kargen Bettes. Er öffnete ein goldenes Auge und schnurrte träge. Sie streichelte ihm lange das weiche Fell, um ihre Gedanken zu beruhigen. Dann entkleidete sie sich und schlüpfte in ihre schwarze Seidenrobe, bevor sie sich in ein Gebet versenkte.

Als sie das Klopfen an der Tür hörte, atmete Margerite tief und regelmäßig wie im Schlaf. Die Flamme der einzigen Kerze auf dem Tischchen hatte ihr die Augen mit strahlendem Licht erfüllt, und sie mußte blinzeln, als sie den Blick abwandte, um zu öffnen. Pater Etienne stand mit einer Kerze im Türrahmen. »Kommt mit mir«, sagte er.

Margerite folgte dem Geistlichen durch den Gang hinaus in die Nacht. Die Sterne standen hell und scharf am schwarzen Himmel. Der Wind fuhr ihr eisig in die Haare und in die leichte Seidenrobe. Obwohl sie barfuß auf dem Erdweg ging, glitt ihr die Kälte der Nacht nur als stärkender Schauer über die Haut. Gleichmäßig schien die Kerzenflamme unter Etiennes schützender Hand vor seiner dunklen Gestalt und geleitete sie sicher vorbei an den rauschenden Bäumen im Obstgarten der Abtei und dem sternfunkelnden Fischweiher, um die schattenhaften Schlafsäle der Mönche herum bis zur Tür eines kleinen Gebäudes.

Als sie eintrat, wurde Margerite überwältigt vom süßen Geruch nach Weihrauch und Myrrhe und Rosen und einem Feuer aus goldenem Licht. Nur vier Kerzen und eine einzige Altarlampe unter rubinrotem Glas brannten in dem kleinen Gelaß, aber die Helligkeit war schier unerträglich. Sie atmete tief ein, und der starke Duft erfreute ihre Seele. Pater Etiennes Beispiel folgend, neigte sie das Haupt vor dem schlichten Holzaltar.

»Erhöre meine Wort, o Herr«, begann Pater Etienne, und seine Stimme hallte tief durch das Gelaß. »Laß Dir wohl gefallen die Rede meines Mundes und den Ruf meines Herzens, mein Herr und mein Gott, denn ich bete zu Dir …«

Margerite ließ sich von den Worten des Psalms durchdringen wie von einem großen, reinigenden Fluß und fiel aus ganzem Herzen ein: »Ich aber will in Dein Haus gehen auf Deine große Güte und anbeten gegen Deinen heiligen Tempel in Deiner Furcht. Herr, leite mich in Deiner Gerechtigkeit um meiner Feinde willen; richte Deinen Weg vor mir her … Laß sich freuen alle, die auf Dich trauen; ewiglich laß sie rühmen, denn du beschirmst sie; fröhlich laß sein in Dir, die Deinen Namen lieben. Denn Du, der Herr, segnest die Gerechten; Du krönest sie mit Gnade wie mit einem Schilde. Amen.«

Pater Etienne legte Margerite die Hand auf die Schulter, und sie spürte schaudernd seine Berührung. »Legt Euch hin«, sagte er, und selbst aus diesen einfachen Worten hallte eine ungeheure Kraft. »An diesem heiligen Orte benötigen wir keinen Schirm, denn nur was von Gott kommt, vermag über die Schwelle zu treten.«

Den Kopf zum Altar gerichtet folgte Margerite Etiennes Anweisung. Der blanke Holzboden schien ihr nicht hart, sondern weich und behaglich wie ein Federbett.

»Schließt die Augen«, sagte Etienne, und sie tat wie geheißen. »Die auf den Herrn harren, kriegen neue Kraft, daß sie auffahren mit Flügeln wie Adler …« Margerite spürte, wie sie sich aus ihrem Körper löste und ihre Flügel sie hinauftrugen in das scharfe Gleißen der kalten Sternennacht. Unten erhoben sich die Berge und entschwanden in die Dunkelheit. In dem kleinen Dorf bei der Abtei waren die Feuer heruntergebrannt, und die Arbeit ruhte; alles schlummerte friedlich. Ein einzelner Hund bellte, um ihr Vorüberziehen zu melden, aber er blieb unbeachtet.

Leise und fest flüsterte Pater Etiennes Stimme durch den Wind. »Margerite, hört Ihr mich? Fliegt Ihr?«

Margerite spürte noch einmal wie eine Ahnung ihren Körper, der dort unten im Andachtsraum der Abtei lag, und die Bewegung ihrer Lippen, die eine Antwort wisperten. »Ich höre Euch. Ich fliege.« Aber all das war fern von ihr wie ein vergessener Traum. Wirklich waren nur die gesträubten Federn, die ausgebreiteten Schwingen und der schnelle Schlag ihres Falkenherzens in der gefiederten Brust.

»Nach Norden, Margerite«, raunte ihr Etienne zu. »Fliegt nach Norden und sucht Bertram – aber seid vorsichtig, denn Ihr seid nicht die einzige, die bei Nacht durch die Lüfte schwebt.«

Wie ein Pfeil jagte Margerite nordwärts über den eisigen Himmel. Unter sich sah sie die Straße, die sich als schwarze Spur durch die dunklen Bäume zog. Hier und da leuchteten winzige Feuer. Dann glitt sie über eine große Stadt, und dahinter ragten die Türme von Schloß Niederwald auf. Sie bog scharf nach links. Immerzu hörte sie Etiennes Flüstern, und immerzu ahnte sie ihre leisen Antworten, bedeutungslos wie das Summen von Fliegen an einer Fensterscheibe. Jetzt war sie über dem Jagdgarten, durch den nicht die verschlungenen und überwachsenen Pfade eines natürlichen Waldes führten, sondern gerade, von allem Wildwuchs befreite Wege. Am äußersten Rand erkannte sie die kleinere Straße, die um den Garten herumführte, und das Haus eines Wildhüters, doch nicht das von ihr gesuchte … dort, weiter nordöstlich …

Margerite öffnete den geschwungenen Schnabel zu einem schrillen Schrei. Unten stand das Haus, in dem Bertram schlief, und auf dem Dachgiebel saß mit ausgebreiteten Flügeln eine Eule, deren riesige gelbrote Augen im Licht des abnehmenden Mondes kalt glitzerten. Selbst aus der großen Höhe spürte Margerite die Macht, die wie ein loderndes Feuer aus der Eule hervorbrach, und sie hörte ihren grausamen Schrei, dessen Hall über das Gefieder der Falkin zitterte. Wilder Zorn stieg in ihr auf. Bertram gehörte zu ihr, und dieses Weib durfte ihn nicht bekommen!

»Nein, Margerite!« rief Etienne. »Margerite, kommt zurück. Ich befehle es Euch …«

Aber Margerite stürzte bereits mit angelegten Flügeln durch die rauschende Luft, die Klauen zum Zuschlagen ausgestreckt. Hätte sich die Eule nicht im letzten Augenblick zur Seite gedreht, wäre es um sie geschehen gewesen. So aber brachte ihr die Falkin nur einen tiefen Riß am Flügel bei.

Mit peitschenden Flügeln fuhr die Eule herum und hackte mit den Krallen und dem Schnabel nach Margerite. Halb geblendet von der Gewalt des Angriffs, wehrte sich Margerite nach Kräften, bis sie sich endlich lösen konnte. Mit verzweifelten Flügelschlägen gewann sie Höhe, um sich abermals auf ihre Gegnerin stürzen zu können. Die Eule folgte ihr stumm, und Margerite sah, daß sie behindert von ihrem verwundeten Flügel nur mühsam aufstieg.

»Margerite! Im Namen Christi und Gottes und der Heiligen Jungfrau Maria, ich befehle Euch, zurückzukommen!«

Margerite schrie enttäuscht auf. Trotz der brennenden Schmerzen an ihrer eigenen Schwinge verlangte es sie danach, wieder hinabzustoßen. Aber schon floh sie zurück durch die Nacht, und die Eule vermochte der Wanderfalkin nicht zu folgen, wenngleich auch diese von ihrer Wunde geschwächt war.

Keuchend öffnete Margerite die Augen, als ihr das kalte Wasser über das Gesicht spritzte. Pater Etienne war über sie gebeugt, das Gesicht angespannt vor Zorn und die Hände um einen Krug geklammert. »Was habt Ihr Euch nur dabei gedacht?« fragte er mit zitternder Stimme. »Habe ich Euch nicht befohlen, vorsichtig zu sein? Ihr hättet sterben können, und auf jeden Fall weiß sie jetzt, daß sie einen Feind hat.«

Alle Begeisterung war von ihr gewichen, wie weggespült vom kalten Wasser auf dem Gesicht. Sie zitterte und spürte einen brennenden Schmerz in der rechten Schulter, die ihr die Eule mit ihren heftigen Flügelschlägen ausgerenkt hatte. An Beinen und Armen brannten weitere Risse, und sie spürte warmes Blut, das aus einer Schramme über der linken Brust sickerte.

»Es tut mir leid, Pater«, sagte Margerite kleinlaut. »Als ich sie dort sah, da …«

»Da hat Euer Falkenwesen die Oberhand behalten«, sagte Etienne kalt. »Habt Ihr sie verletzt?«

»Ich weiß, daß ich ihr den Flügel aufgerissen habe, aber sie konnte noch fliegen.«

»Ihr werdet fortan sehr auf der Hut sein müssen. Wir müssen Euch nach Kräften schützen, denn Ihr habt Euch eine Prinzessin des Ordens zur Feindin gemacht, diesen Angriff wird sie Euch nicht verzeihen.«

»Glaubt Ihr… glaubt Ihr, sie weiß, wer ich bin?« fragte Margerite. Ihre Stimme bebte, und schon bald, das wußte sie, würde sie dem Zittern nicht mehr Einhalt gebieten können und in Tränen ausbrechen.

»Sie weiß, daß sie von einer Wanderfalkin angegriffen worden ist. Sie wird sich natürlich fragen, wer diese Wanderfalkin ist, und dabei vielleicht auch auf Euren Namen kommen, denn sie gehört zu den Oberen des Ordens und weiß also von Euch. Preist Gott, daß sie Euch noch nie gesehen hat. So wird sie Euch nicht erkennen, wenn Ihr gut beschirmt seid. Und Nikolaus wird kaum so einfältig sein, Eure Flucht aus Burg Fürstensee dem Orden zu verraten, solange er Euren Aufenthalt nicht kennt.«

»Pater, es tut mir leid«, sagte Margerite noch einmal. Sie drückte die Hand auf die schmerzende Stelle über der Brust. Auf der schwarzen Seide war nichts zu sehen, aber die Hand war blutverschmiert, als sie sie zurückzog.

»Hoffentlich ist Euch dies eine Lehre. Euer Leichtsinn kann ernste Folgen haben«, sagte der Geistliche ohne Mitleid. Er nahm Margerite bei der Hand, um ihr aufzuhelfen, und hielt die Luft an. »Sie hat Euch schwer verwundet. Wir müssen in die Krankenstube gehen. Nur gut, daß Bruder Bonifaz schon alt ist und einen tiefen Schlaf hat, denn er weiß wenig von meiner Tätigkeit, und ich möchte ihm nicht erklären, wie Ihr Euch diese Verletzung zugezogen habt. Könnt Ihr gehen?«

In der Krankenstube der Abtei stand ein kleiner Ofen, in dem ein warmes Feuer brannte. Pater Etienne zündete eine Kerze an, und als sich Margerites Augen an das dämmerige Licht gewöhnt hatten, sah sie zum Trocknen aufgehängte Kräuterbüschel und Fächer, in denen Tonkrüge mit säuberlich geschriebenen lateinischen Namen aufgereiht waren. An der Wand war ein Bett, und auf einem kleinen Tisch standen Mörser und Stößel. Die Wände unter den Fächern wurden von Truhen gesäumt, und in der Ecke war neben einem Stapel Eisentöpfe ein Eimer Wasser abgestellt. »Setzt Euch auf das Bett«, sagte der Priester zu Margerite. »Ich kenne diese Stube besser, als es mir lieb ist, und Bruder Bonifaz hat seit dem letzten Mal bestimmt nicht viel verändert.« Etienne füllte einen kleinen Topf mit Wasser und stellte ihn zum Kochen auf den Ofen. »Legt bitte Eure Robe ab, damit ich Eure Wunden sehen kann.«

Margerite erstarrte und wußte nicht, ob sie ihren Ohren trauen sollte.

»Legt Eure Robe ab!« wiederholte Etienne ungeduldig. »Ich kann Euch nicht verbinden, wenn ich nicht sehe, wo Ihr verletzt seid.«

Errötend beugte sich Margerite vor, um sich den Saum ihrer Robe über den Kopf zu ziehen. In der ausgerenkten Schulter spürte sie einen stechenden Schmerz und ächzte.

»Laßt mich helfen«, sagte Etienne. Margerite saß reglos da, als ihr der Geistliche vorsichtig die Robe auszog. Beschämt über ihre Nacktheit schlug sie die Augen nieder und bedeckte mit den Händen den Schoß. Aber Pater Etienne schenkte ihrem Körper überhaupt keine Beachtung. Als wäre sie ein Stück Stein unter dem Meißel eines Bildhauers, tupfte er ihr sorgfältig das Blut von ihren Schrammen und drückte ihr ein Tuch auf die tiefe Wunde über der Brust, die ihr die Eule mit dem Schnabel zugefügt hatte, bis die Blutung aufhörte. Mit geschickten Fingern zog er an Margerites verrenkter Schulter, bis sie zusammenzuckte, und legte ihr nickend einen Verband um.

»Ihr seid noch einmal glimpflich davongekommen. Wußtet Ihr, daß sich die Wunden, die Ihr in Falkengestalt empfangt, auch an Eurem menschlichen Körper zeigen, und daß der Tod im erträumten Flug auch in der Wirklichkeit den Tod zur Folge hat?«

Margerite nickte schuldbewußt. Der Priester half ihr wieder in die Robe und entnahm mit einem Löffel Arzneien aus den Tonkrügen, die er in das kochende Wasser warf, um sie darin ziehen zu lassen.

»In den nächsten Tagen wird Euch das Reiten weh tun, und das geschieht Euch recht. Aber immerhin habt Ihr fast alles herausgefunden, was wir wissen wollten. Ich kenne jetzt den besten Weg zum Haus des Wildhüters. Und ich denke«, sagte er mit einer Stimme, die so scharf war wie die Klinge eines guten Messers, »wir haben auch den Beweis, daß Bertram noch hier ist und daß Ortlieb ihn nicht nur fangen und hinrichten lassen will. So schlimm diese Bedrohung für Bertram ist, vielleicht verkehrt sie sich für uns zu einem Vorteil. Denn je verwickelter ihr Plan, desto mehr Zeit benötigt er und desto wahrscheinlicher wird sie sich in ihren eigenen Netzen verstricken.«

Nachdem Margerite folgsam Pater Etiennes Kräuterarznei getrunken hatte, führte sie der Priester zurück in ihr Gemach. Als sie im Bett lag, sprang Kobold herbei und leckte ihr eifrig schnurrend übers Gesicht. Sie versank sogleich in tiefen Schlaf.

Wie es Pater Etienne vorhergesehen hatte, litt Margerite am nächsten Tag beim Reiten große Qualen. So ruhig ihr grauer Wallach ging, jeder seiner Schritte fuhr ihr durch die verbundene Schulter, bis sie sich vor Schmerzen auf die Unterlippe biß. Doch sie beklagte sich nicht und bat auch nicht um Rast, schließlich hatte sie sich ihr Elend selbst zuzuschreiben.

Und trotzdem, dachte Margerite, *wenn ich noch einmal einen solchen Angriff auf Bertram erleben würde, würde ich wieder genauso handeln. Ich kann ihn ihr doch nicht schutzlos überlassen.*

Nach einem dreitägigen Ritt erblickten sie die Stadt, die Margerite im Flug gesehen hatte, und bogen auf Pater Etiennes Anweisung von der Hauptstraße ab, um nach Osten zu ziehen. Sie kamen an weithin sich erstreckenden Feldern vorüber, bevor sie sich Richtung Norden am Saum eines Waldstücks hielten. Ab und zu streiften sie an breiten, ebenen Wegen vorbei, auf denen die Damen und Herrn einer Jagdgesellschaft bequem nebeneinander dahinreiten konnten.

»Mein Vater hat auch einen solchen Jagdgarten«, sagte Georg. »Allerdings muß ich zugeben, daß seiner viel kleiner ist. Er hat oft erzählt, wie angenehm die Jagd im Garten bei seinem Besuch als Knappe auf Schloß Niederwald war.«

Margerite wollte es nicht einleuchten, wie irgend jemand Gefallen daran finden konnte, auf gepflegten Wegen dahinzureiten und auf Wild zu schießen, das sorgsam behütet und über eine vorgegebene Strecke getrieben wurde. Gewiß hatte Ruprecht jeden Steig in seinen Wäldern gekannt und eifersüchtig über sein Wild gewacht, aber er hatte nie daran gedacht, den Wald zu seinem Vergnügen zu zähmen. Er wollte nur den Platz des Jägers in der Wildnis einnehmen, so wie es auch ein Wolf oder ein Raubvogel tat. *Vieles an ihm war gut,* dachte sie überrascht – und dann mit einem Schauder: *Und das mag der Teil sein, der fortlebt.* Unwillkürlich blickte sie zu Wolfram, der ruhig in seinem Tuch an Evas Schulter hing. Das Kind starrte mit leuchtenden Augen in die Bäume und schien gespannt jedes Rascheln und jede Bewegung der Zweige und der rotgoldenen Eichenblätter wahrzunehmen.

»Hier entlang«, sagte Pater Etienne und lenkte sein Roß auf einen Pfad, der sich für Margerite in nichts von den anderen unterschied, die sie bereits überquert hatten. Allmählich wichen die düsteren Gedanken von ihr, und sie genoß den Ritt – die knorrigen Eichenstämme am Rande des Pfades, das Gefunkel aus Rot und Gold und Braun über ihren Köpfen, den würzigen Geruch des modernden Laubes auf dem Boden und das gelegentliche Geriesel von herabfallenden Eicheln. Einmal überquerte den Pfad ein Reh, dessen braunes Fell hell in der Sonne leuchtete. Es wandte den Kopf und stellte die Ohren auf, als es mit zarten Nüstern ihre Witterung aufnahm. Dann war es mit einem Satz zwischen den Bäumen verschwunden.

Etienne führte sie mit einer Sicherheit über die Waldwege, die Margerite erstaunte. Obwohl sie sie selbst von oben gesehen hatte, hätte sie ihnen nicht folgen können. Dämmerung senkte sich auf den Forst herab, und das helle Laub verblaßte zu Grau, als sie zu dem einstöckigen Haus gelangten. Margerite erkannte es sogleich wieder.

»Das ist es«, sagte sie leise zu Etienne, der zustimmend nickte. Der Kanonikus stieg ab, und die anderen folgten seinem Beispiel. Georg hielt die Zügel der Pferde, während Etienne und Margerite gemeinsam zur Tür schritten. Der Priester klopfte laut.

Nach kurzer Zeit öffnete sich die Tür. Zum Vorschein kam ein kleiner, gedrungener Mann in mittleren Jahren mit einem blonden, schütter werdenden Haarschopf und einem gepflegten blonden Bart. Er trug einen grünen Rock und braune

Hosen, und hatte ein kleines, erzenes Horn um den Hals geschlungen. An der linken Seite trug er ein langes Messer, das fast schon ein Kurzschwert war, und an der rechten einen Dolch. Auf dem angenehmen, breiten Gesicht bildete sich ein Lächeln, als er Pater Etiennes Soutane und Chormütze wahrnahm.

»Gott zum Gruß, Pater«, sagte er. »Was bringt Euch zu meiner Tür? Braucht Ihr einen Führer, der Euch hinauf zum Schloß geleitet?«

»Noch nicht«, antwortete Etienne. »Nein, wir möchten dich um ein Nachtlager bitten, denn wir sind weit gereist und müde.«

Der Wildhüter runzelte die Stirn. »Pater, ich würde Euch freudigen Herzens meine Gastfreundschaft anbieten, aber leider ist in meinem Haus nicht genügend Platz. Doch ich versichere Euch, der Ritt hinauf zum Schloß ist leicht, auch bei Nacht, und ich kann Euch mit Laternen leuchten.«

Pater Etienne legte den Kopf zurück und blickte zum ersten Stock hinauf. »Mir scheint, dieses Gebäude ist groß genug, um einige Gäste zu beherbergen. Unterwegs haben wir ärmlichere Unterkünfte kennengelernt. Ist dein Haus vielleicht schon von anderen bewohnt?«

Der Mann zuckte zurück wie ein Hirsch, der von bellenden Hunden aus seinem Lager gescheucht wird. »O nein, Pater! Ich lebe allein hier, seit mein Lehrling Peter letztes Jahr am Fieber gestorben ist. Hier wohne nur ich. Und es gibt keine Betten und Linnen, außer meine eigenen, und das Essen reicht kaum für einen. Ich müßte mich schämen, Euch mein Haus als Unterkunft anzubieten, auch wenn ich es gerne täte.«

Etienne lachte. »Guter Wildhüter, wir wollen inständig darum beten, daß dich nie jemand befragt, der dir übel gesonnen ist. Wir kennen den Mann, der sich in deinem Obergeschoß verbirgt, und sind gekommen, um ihm beizustehen. Denn ohne unsere Hilfe wird es ihm schwerlich gelingen, das Seine zurückzugewinnen.«

Der Wildhüter starrte Etienne reglos an. Margerite wußte nicht, ob er sich auf den Priester stürzen würde, und hinter sich hörte sie, wie Georgs Schwert leise aus der Scheide glitt.

Dann fiel der Wildhüter mit bebenden Schultern vor Etienne auf die Knie. »Dank sei Jesus Christus, daß Ihr gekommen seid, Pater! Wenn Ihr wahrhaft sein Freund seid, dann sei Lob und Preis unserem Herrn und dem Heiligen Hubertus!«

Etienne zog den Mann wieder nach oben. »Still. Wir wollen nicht zwischen Tür und Angel über diese Dinge sprechen. Georg, du kannst die Pferde für die Nacht draußen anbinden. Vor Dieben müssen wir uns in diesem Wald wohl kaum fürchten.«

Der Wildhüter trat beiseite und winkte sie herein. »Willkommen in meinem Haus. Ich bin Lothar, der Oberwildhüter von Schloß Niederwald, und ich begrüße Euch im Namen unseres wahren Landgrafen.«

Lothars kleines Haus war gut ausgestattet und verfügte zwischen Küche und Schlafkammer über eine geheizte Stube, in der der Wildhüter an kalten Abenden arbeiten konnte. Sauberes Ried war auf dem Boden ausgestreut, ein langer Bogen lehnte an der Wand neben einem Köcher mit braun befiederten Pfeilen, und auf dem Tisch lagen ein halb befiederter Pfeil neben einer Schüssel Leim, ein kleines Messer und eine sauber aufgeschnittene Feder. Unter dem Tisch ruhte eine große Dogge, die sich beim Eintreten der Gäste nicht erhob, sondern nur die Augen verdrehte und mit dem grauen Schwanz gegen den Holzboden pochte. Kriemhild sprang sofort in ein Wandfach, doch Kobold schenkte dem Hund keinerlei Beachtung und beschnupperte alle Ecken, bevor er auf die Treppe zusteuerte und den buschigen Schwanz hob, als wollte er Margerite zum Mitkommen auffordern. Wolfram war noch nicht gestillt worden, obwohl es schon höchste Zeit war, und eigentlich hätte er unruhig sein müssen, aber er gluckste glücklich vor sich hin, als ihn Eva in einer Ecke absetzte.

»Darf ich Euch Speis und Trank anbieten?« fragte der Wildhüter. »Ich hatte gerade mit der Zubereitung meines Abendmahls begonnen, als ich Euer Klopfen hörte.«

»Wir nehmen Eure Einladung gerne an«, erwiderte Pater Etienne.

»Warum habt Ihr uns nicht vorgestellt?« flüsterte Margerite dem Priester zu, als ihr Gastgeber die Stube verlassen hatte.

»Weil es besser für ihn ist, wenn er unsere Namen nie erfährt. Erzählt nicht, wer Ihr seid und woher Ihr kommt. Laßt mich sprechen, bis wir mehr Klarheit haben.«

Lothar kam mit einem großen Holzbrett zurück, auf dem sich mehrere Krüge Bier und Teller mit Brot, Käse und geräuchertem Wildbret befanden. Als sie das Essen rochen, huschten die Katzen herbei. Kriemhild sprang auf Evas Schoß und leckte ihr auffordernd über das Kinn, während Kobold die Pfote ausstreckte, um ein Stück Fleisch zu erhaschen.

»Böser Kater«, schalt ihn Margerite, doch gleich warf sie ihm einen Leckerbissen ins Ried, dem er geräuschvoll nachjagte.

»Wie lange haltet Ihr Euren Gast schon hier versteckt?« fragte Pater Etienne und schnitt sich eine dünne Scheibe Käse von dem halben Laib auf dem Tisch.

»Pater, er ist in den ersten Julitagen zu mir gekommen. Zuerst habe ich ihn nicht erkannt. Ich hielt ihn für einen Landstreicher oder Wilderer und drohte ihm, Wolf auf ihn zu hetzen, wenn er nicht sogleich verschwinden würde. Aber er hat voller Höflichkeit mit mir gesprochen und mich gefragt, ob ich mich nicht seines wahren Titels entsänne. Ich scheute mich zu antworten, denn *sie* hat ihre Kundschafter überall.« Lothar bekreuzigte sich schnell, und ein grimmiger Ausdruck zog über sein angenehmes Gesicht. »Er fragte mich, ob ich mich noch des Abends erinnerte, an dem die Rehe nicht liefen, als ich sie trieb, und ich nur deshalb nicht ausgepeitscht wurde, weil Herr Bernhardt ein gutes Wort für mich einlegte. Ich hatte es nicht vergessen, denn für den alten Landgrafen und seine Gäste war es eine große Enttäuschung, und wäre Herr Bernhardt nicht gewesen, hätte ich dafür büßen müssen. Dann sagte er: ›Bei der Gnade der Heiligen Jungfrau, willst du diese Schuld nun begleichen? Ich bin geächtet und werde gejagt, aber ich muß eines wissen: Hält mich jedermann in meinem Land des Verbrechens schuldig, für das ich angeklagt wurde?‹ Da sah ich ihn genauer an und erkannte ihn. Und ich weinte, denn ich hatte nie geglaubt, daß er eines solchen Mordes fähig sei, und seit seiner Flucht hat sich hier alles zum Schlechten gewendet. Ich habe ihm bei mir Unterschlupf gewährt, und als jener Ritter mit den kalten Augen« – wieder bekreuzigte sich Lothar – »nach ihm fragte, habe ich nur gesagt, daß ich vor einigen Wochen einen Landstreicher von der Tür gewiesen hätte, der seiner Beschreibung entsprach.«

Gottfried hat also die Spur gefunden und wieder verloren, dachte Margerite.

Etienne tupfte sich mit einem einfachen Mundtuch die Lippen. »Daran hast du gut getan, Lothar. Du hast deinem Herrn einen großen Dienst erwiesen, und so Gott will, wirst du ihm noch andere Dienste erweisen. Doch beantworte mir seine Frage: Hält ihn jedermann hier für schuldig, oder gibt es Menschen, die ihn wieder an seinem rechtmäßigen Platze zu sehen wünschen?«

»Pater, es herrschten immer Zweifel an seiner Schuld, zumindest bei Menschen niedrigeren Standes. Wir kannten ihn als freundlichen und tapferen Edelmann, und dieser feige Mord wollte nicht zu ihm passen. Aber die Ritter und Edelleute dachten anders. Bei seiner Flucht hat er zwei Ritter erschlagen, die seit der Kindheit seine Freunde gewesen waren, und es hätte gewiß keine Gnade für ihn gegeben, wenn man ihn gefaßt hätte.« Lothar hielt inne, und Margerite sah die Anspannung in seinen klobigen Schultern, als er einen tiefen Schluck aus seinem Krug nahm. Mit dem Handrücken wischte er sich den Bierschaum vom blonden Schnurrbart. »Aber seitdem sind acht Jahre vergangen, und die Lage hat sich verändert. Der alte Landgraf hatte seit der Flucht seines Sohnes keine Freude mehr am Leben und ließ Herrn Gerhardt und diese Frau schalten und walten, wie es ihnen beliebte. Vor drei Jahren hat uns der Schwarze Tod heimgesucht, und seit Landgraf Bertfrieds Tod hat sich der Herrgott von diesem Land abgewandt, und Christus samt seinen Heiligen scheinen zu schlafen. In diesem Jahr hatten wir eine große Hungersnot, und im nächsten Jahr wird es noch schlimmer, denn die Ernte war die schlechteste seit zwölf Jahren. Der Schloßpfarrer segnet nicht mehr wie früher die Felder und Herden, und unter denen, die schon lange hier leben, herrscht Kummer und Angst. Ich weiß nicht, wie es um die Schloßritter bestellt ist, da ich sie nur bei den Jagden sehe, doch mein Vetter ist in der Schloßwache, und er sagt, daß so manche Wachleute dem Landgrafen und seiner Gemahlin nicht gewogen sind und nur deshalb bleiben, weil sie sonst auf der Straße betteln müßten.«

»Und wie steht es mit Eurem Gast?« fragte Pater Etienne mit ruhigem Blick. »Hat er Euch von seinen Plänen erzählt?«

»Nur sehr wenig, Pater. Er scheut sich, mich noch größeren Gefahren auszusetzen. Nicht lange nach seiner Ankunft hat er mich mit einer Nachricht in eine Schenke nach Schwarzenbach gesandt, aber soweit ich weiß, hat er noch keine Antwort erhalten.«

Pater Etienne dachte einen Augenblick nach, während er Wildbret in kleine Stücke schnitt. »Nun«, sagte er schließlich, »du kannst ihn jetzt herunterbitten. Und dann wirst du uns allein lassen, denn gefährliches Wissen kann dir in der Tat nur schaden.«

»Sofort, Pater!« Lothar sprang auf und eilte die Treppe hinauf. Margerite hörte gedämpfte Stimmen und bemerkte, daß sie das Brot in ihrer Hand völlig zusammengedrückt hatte. Pater Etienne sah sie mit hochgezogenen Brauen an, und sie konnte fast hören, wie er sie mit seiner trockenen Baritonstimme aufforderte, die Fassung zu bewahren.

Lothar kam als erster mit schwerem Schritt die Stufen herunter, gefolgt von Bertram, der langsamer ging. Als dunkle Gestalt trat er aus dem Schatten heraus, und Margerites Herz setzte kurz aus. Überall hätte sie seinen Gang erkannt, die breiten Schultern und starken Beine und die Leichtigkeit, mit der er das Schwert an der Seite trug, als wäre er damit geboren worden. Dann sah sie sein Gesicht und hätte vor Glück am liebsten geweint. Er hatte sich kaum verändert, seit sie ihn zuletzt gesehen hatte, nur der Bart wucherte dichter unter der hohen Stirn und den braunen Augen. Ein Gefühl, so groß, daß es sie fast zerreißen wollte, stieg in ihr auf, und sie fühlte sich in seiner Gegenwart getröstet und geschützt vor allem Übel.

Bertram blieb auf der Treppe stehen und blickte sich staunend um. Als er Margerite in die Augen sah, leuchtete sein Gesicht auf wie das eines Sehers, dem das ersehnte Wunder widerfahren ist. »Margerite«, flüsterte er, und in seiner rauhen Stimme hörte Margerite alle Lauten und Verse, mit denen je ein Minnesänger die Liebe besungen hatte. Die Tränen rannen ihr aus den Augen, und die Kerzen verschwammen in goldenem Schein. Da stieß Wolfram plötzlich einen ohrenbetäubenden Schrei aus und begann, wild unter seiner Decke zu strampeln. Margerite eilte zu ihrem Sohn und wiegte ihn beruhigend in den Armen.

»Oh je«, ächzte sie, hin und her gerissen zwischen Tränen und Lachen. »Bertram, es tut mir leid. Ich muß ihn sofort stillen.«

»Ich habe schon so lang gewartet, da kann ich auch noch ein wenig länger warten«, erwiderte Bertram sanft. »Dort oben ist es warm und geborgen. Meine Kammer liegt auf der rechten Seite.« Er kam die Treppe herunter, und einen Augenblick waren sie einander so nah, daß es nur einer Drehung bedurft hätte, und sie hätten sich in den Armen gelegen.

Bertrams Kammer war karg wie die eines Mönches. Außer dem Bett gab es nur einen Stuhl, auf dem eine einzelne Kerze stand. Margerite erinnerte sich daran, daß nicht weit unter der Decke ein schmales Glasfenster war, und blickte im Gedanken an das unheilvolle Starren der Eule beklommen hinauf. Wolframs Schreie wurden immer lauter, sein Strampeln immer wütender, und sie beeilte sich, ihn zu trösten.

Das Kind beruhigte sich, sobald seine Lippen an Margerites Brust lagen. Aber Margerites Unbehagen wollte nicht weichen. Sie glaubte, die Berührung der Eule zu spüren wie die letzte Wärme in den Steinen eines Ofens, nachdem man ihn gereinigt hatte. *Hoffentlich leidest du noch unter der Wunde, die ich dir geschlagen habe*, dachte sie voller Haß, *und es möge noch lang dauern, bis du wieder mühelos fliegen kannst.*

Als Margerite wieder die Treppe hinabstieg, bestürmte Georg Bertram gerade mit aufgeregten Fragen. »Ihr habt gegen schwere Reiter gestanden! Wie konntet Ihr da überleben?«

»Durch Beharrlichkeit und Glück«, erwiderte Bertram. »Wenn wir zurückgewichen wären, hätten sie uns von hinten mit Speeren aufgespießt, und keiner von uns wäre davongekommen. Eine feste Lanze ist die beste Verteidigung gegen ein heranpreschendes Streitroß. Wer von uns den ersten Angriff überlebt hatte, mußte aufstehen und mit dem Schwert nach Pferden und Beinen hauen. Die Kniegelenke sind verletzlich, und ist ein Ritter erst einmal vom Pferd gestürzt, dann bleibt ihm meistens keine Zeit mehr für sein letztes Gebet, bevor ihm jemand die Klinge durch die Augenschlitze seines Helmes rammt.«

Der Knappe erschauerte, aber seine Augen funkelten vor Aufregung, und er klopfte mit der Hand auf den Schwertgriff, als wollte er sich gleich selbst ins Schlachtgetümmel stürzen. Margerite mußte daran denken, was die Frauen aus Tiefensee über Bertram gesagt hatten: Nur dank seiner Ausbildung hatten ihre Männer und Söhne im Kampf standgehalten und überlebt. *Die Heilige Jungfrau Maria gebe, daß er auch Georg helfe, wenn es an der Zeit ist*.

»Ihr werdet später noch genügend Zeit haben, um miteinander über die Kriegskunst zu reden«, warf Pater Etienne ein. »Sehr viel Zeit, wenn ich die Lage richtig einschätze. Nun, Margerite, seid Ihr bereit, wieder Euren Platz einzunehmen?«

Wie an ihrer eigenen hohen Tafel schlug Margerite würdevoll den Rock zurück und ließ sich auf der schlichten Bank des Wildhüters nieder.

»Herr Bernhardt«, sagte Etienne mit einer höfischen Verbeugung gegen Bertram. Margerite war verwirrt. Sie kannte seinen Rang und Namen seit Monaten, und noch länger hatte sie um seinen Adel gewußt. Aber Bertrams Geheimnis zu kennen war eine Sache, zu hören, wie er als Herr über seine Länder angesprochen wurde, war eine andere. »Wenn Ihr die Güte habt, uns zu berichten, was Ihr entdeckt habt und wie Eure Pläne aussehen, wird sich zeigen, wie wir Euch am besten helfen können.«

Bertram – Bernhardt, Margerite wußte, daß sie sich an seinen echten Namen gewöhnen mußte – strich sich mit beiden Händen das Haar zurück und blickte ruhig in die Runde. Er sprach mit klarer und selbstbewußter Stimme. »Nun gut. Lothar hat Euch wohl bereits erzählt, daß die Dinge hier schon vor dem Tod meines Vaters im argen lagen und sich seither nur noch weiter verschlechtert haben. Ich glaube, daß die meisten, wenn nicht gar alle Ritter meinem Bruder Gerhardt die Treue halten werden. Die Schloßwache hingegen ist schlimmstenfalls geteilt, wie ich von Lothar höre. In jedem Fall wird es kein leichtes für mich sein, mich von aller Schuld reinzuwaschen, wenn ich Ortlieb nicht nachweisen kann, daß sie eine schwarze Hexe und Verräterin ist. Und um das zu erreichen, ohne gefaßt und hingerichtet zu werden, muß ich eine starke Streitmacht zur Seite haben. Aus diesem Grund habe ich die Bärenschar gerufen. Wenn mein Brief sie erreicht hat, was vor einiger Zeit geschehen sein sollte, wird sie in den Thüringer Wald marschieren und sich auf Abruf bereithalten. Um unserer alten Freundschaft willen«, fügte er mit dem Anflug eines Lächelns hinzu, »werden die Söldner wohl auf ihren Lohn warten, bis der Sieg unser ist, zumal Paul und Jochanan an meiner Seite schon Gefährlicheres gewagt haben.«

»Darum zumindest müßt Ihr Euch keine Sorgen machen«, sagte Pater Etienne gelassen. »In meinen Satteltaschen befindet sich eine beträchtliche Menge Silber aus dem Besitz von Gräfin Margerite, die sie gewiß gern für die gute Sache zur Verfügung stellt.«

Margerite sah Etienne überrascht an. »Ich dachte, das Geld sei unwiederbringlich verloren.«

»Ich habe Ritter Hermann versprochen, daß ich es entweder seinen rechtmäßigen Besitzern zurückerstatten oder es den Mönchen in Fulda geben würde.«

Obwohl Margerite Mühe hatte, nicht in Lachen auszubrechen, sagte sie mit großem Ernst: »Nichts könnte mich mehr zufriedenstellen, als das Geld für diesen Zweck zu verwenden. Doch wie geht es weiter? Bernhardt ...« Es war seltsam für sie, den Namen auszusprechen, und sie hörte, wie ihm der Atem stockte. Es mußte ihm sehr viel bedeuten, seinen wahren Namen aus ihrem Munde zu hören. »Bernhardt, willst du einfach mit einem Söldnerheer einmarschieren und die Landgräfin von Niederwald der schwarzen Magie bezichtigen?«

»Nein. Wir brauchen Beweise, denn sonst würde ein Kampf keine Lösung bringen. Mein Name soll von jeder Schuld reingewaschen werden. Ich möchte als rechtmäßiger Herr dieses Landes anerkannt werden und nicht als Mörder und Abenteurer gelten, der seinen Bruder mit List und Gewalt gestürzt hat. Ich habe hier so lange gewartet, damit unsere Freunde in der Burg Beweise gegen sie finden. Am besten wäre es, wenn jemand das Gemach aufspüren würde, in dem sie ihren Zauber wirkt, denn zweifellos muß sie wie Ruprecht eine solche Stätte haben.«

Pater Etienne nickte bedächtig. »So ist es. Aber wahrscheinlich ist diese Stätte gut verborgen. Eine oder zwei ihrer Dienstmägde mögen vielleicht eingeweiht sein, doch in diesem Fall sind sie ihr gewiß auch treu ergeben. Und andere Diener haben keine Ahnung, wonach sie Ausschau halten müssen.«

»Ich habe eine Ahnung«, sagte Margerite langsam.

Die Männer starrten sie verdutzt an. Schließlich sagte Bertram – Bernhardt: »Margerite, wie könnte ich dich in das Schloß senden, um meine Schlacht für mich zu schlagen?«

»Wäre es ein Kampf Schwert gegen Schwert, würdest du dann nicht auch für meine Sache streiten?« entgegnete Margerite. »In diesem Fall kann nur eine Frau Erfolg haben, denn weder Tapferkeit noch Stärke noch Geschick im Umgang mit einer Klinge vermögen hier etwas. Ich kann in den Mauern von Schloß Niederwald als Dienerin arbeiten und Ortlieb beobachten; und ich habe das Wissen, um zu suchen, was sie verborgen hält.«

»Und ich auch«, sagte Eva plötzlich.

»Reicht es nicht, wenn eine von uns dieses Wagnis auf sich nimmt?« fragte Margerite. »Du hast schon genug unter dem Orden gelitten, und außerdem ...« *Außerdem bist du eine Jungfrau und wärst ein treffliches Opfer für Ortliebs Zauberei.*

»Wenn du ein Ritter wärst und ich dein Knappe, würdest du mich auch nicht zurücklassen«, sagte Eva mit großer Entschlossenheit. »Und außerdem war ich schon einmal Kammerzofe und Schlimmeres, und wenn du dich als Dienerin ausgeben willst, brauchst du mich als Vorbild an deiner Seite. Du kannst vielleicht ein Huhn rupfen, aber wann hast du zum letzten Mal den Kopf eingezogen und demütig ›Sehr wohl, gnädige Frau‹ gemurmelt, wenn du eine Ohrfeige bekommen hast, weil du in deiner Arbeit zu langsam warst? Selbst zwischen der Tochter eines armen Ritters und einer

Dienstmagd liegt ein himmelweiter Unterschied, das kannst du mir glauben.«

»Und was ist mit mir?« fragte Georg. »Kann ich nicht auch eine Stellung im Schloß annehmen? Ich bin doch stark genug, um bei der Wache zu dienen, und gewandt mit dem Schwert.«

»Und genau deswegen kannst du dich nicht als Waffenträger verdingen«, sagte Bernhardt geduldig. In seiner tiefen Stimme glaubte Margerite einen Widerhall der vielen Stunden zu hören, in denen er Dorfburschen zu Wachmännern ausgebildet hatte. »Du bist weder alt noch kräftig genug, um zur Wache gerufen zu werden, wenn du ein Bauernjunge wärst. Und dein Geschick mit dem Schwert würde sogleich deine hohe Geburt verraten. Glaub mir«, fuhr er mit einem traurigen Lächeln fort, »ich mußte diese Erfahrung zu meinem Leidwesen selbst machen. Nein, ich habe eine andere Aufgabe für dich, und keine leichte. Ich brauche jemanden, der wie ein junger Edelmann jagen und sich in den Wäldern durchschlagen kann, jemanden, der sich mit dem Schwert zu verteidigen weiß, wenn es not tut, und klug die Flucht ergreift, wenn ein Kampf zwecklos ist, jemanden, der sich nicht vor den rauhen Gesellen einer Freischar fürchtet. Kurz und gut, Knappe, ich brauche dich, um zwischen mir und Hauptmann Paul von der Bärenschar Nachrichten auszutauschen, denn ohne einen zuverlässigen Boten werden wir schwerlich in der Lage sein, die Söldner zur rechten Zeit und am rechten Ort einzusetzen. Möchtest du diese Aufgabe übernehmen?«

»O ja, Herr Bernhardt!« rief Georg. Vor Freude klatschte er in die Hände und grinste über das ganze Gesicht.

Gut gemacht, mein Liebster! dachte Margerite. Obwohl sie auf Burg Falkenstein eine Belagerung mit ihm durchgestanden hatte, hatte Margerite nie miterlebt, wie Ruprechts Hauptmann seine Männer führte. Jetzt sah sie mit eigenen Augen, warum sie ihn so hochgeachtet hatten.

»Und wie steht es mit Euch, Pater Etienne?« fragte Bernhardt. »Wie sind Eure Pläne?«

»Ich möchte dem Bischof von Niederwald einen Besuch abstatten«, antwortete Etienne. »Letzten Endes wird er es sein, der über den Erfolg Eures Vorhabens zu befinden hat, da Ihr die Landgräfin von Niederwald nicht vor ein weltliches, sondern vor ein kirchliches Gericht bringen werdet. Und wenn ich hier in der Gegend gesehen werde, wird sie wissen, daß die Feinde ihr hart auf den Fersen sind, denn wir beide sind einander nicht unbekannt.«

»Es gibt noch eine andere Schwierigkeit für uns«, warf Margerite ein. »Es wird nicht leicht für Eva und mich sein, eine Stellung auf Schloß Niederwald zu bekommen. So schlecht der Ruf der Landgräfin auch ist, jeder im Schloß hat bestimmt mindestens fünf Schwestern, Töchter oder Nichten, die dort Dienste suchen. Die Kammerdamen der Landgräfin sind wahrscheinlich selbst von hoher Geburt und mit einer Empfehlung gekommen. Ich sehe also keine Hoffnung für uns, als Kammerzofen zu arbeiten. Nicht einmal als Küchenmägde werden wir uns ohne weiteres verdingen können, wenn wir keine Fürsprache im Schloß haben.«

»Da sollten wir vielleicht nach Lothar rufen«, sagte Bernhardt. »Wenn jemand das bewerkstelligen kann, dann er. Er hat viele Freunde und Verwandte im Schloß und wird bestimmt in der Lage sein, euch beiden eine Stellung zu verschaffen – so wenig es mir behagen will«, fügte er mit tief gerunzelter Stirn hinzu, »daß ihr diese Aufgabe auf euch nehmt.«

»Es wird unserer Seele dienen, daß wir uns in Demut üben müssen«, antwortete Margerite lächelnd. Sie sehnte sich danach, ihn tröstend an der Hand zu fassen. Sie erinnerte sich so deutlich an die zarte Berührung seiner langen, kampfgestählten Finger und an seinen Herzschlag unter ihren Fingerspitzen. Aber solange Heinrich lebte, war sie immer noch eine verheiratete Frau. *Gebe Gott, daß er genesen möge*, betete sie, obgleich es ihr schwerfiel, da Bernhardt ihr gegenübersaß wie ein wahr gewordener Traum.

Sie sprachen weiter, bis alles geklärt war. Lothar war sich sicher, daß er Margerite und Eva im Schloß unterbringen konnte. Von da an war es an ihnen, Ortliebs Zauberstätte oder andere Beweise ihrer Hexerei zu finden. Höflich verließ der Wildhüter seine Stube, als Margerite Bernhardt erzählte, weshalb sie aus Burg Fürstensee geflohen waren. Er hörte stumm zu, als sie von der Bedrohung durch den Dämon in Christoph berichtete, und sein Gesicht erstarrte zu einer grimmigen Maske des Zorns, die Margerite nur allzu gut kannte.

»Auch dort wird es eine Abrechnung geben, wenn hier alles vorüber ist«, sagte Bernhardt. Seine Stimme klang leise und scharf wie ein Schwert, das aus der Scheide gleitet. »Ich könnte mit einem Troß Ritter nach Fürstensee ziehen … wenn du mich darum bittest …« Dann schüttelte er den Kopf wie ein nasser Hund. »Aber das ist nur ein Traum, solange ich hier noch nicht meinen rechtmäßigen Platz zurückerobert habe.«

»Zuerst müssen wir deinen Anspruch durchsetzen«, erklärte Margerite mit fester Stimme. »Du bist dir vielleicht gar nicht bewußt, in welcher Gefahr du schwebst …« Entsetzt über die eigenen Worte, preßte sie die Lippen aufeinander. Bernhardt blickte sie düster an, und zum ersten Mal, seit sie ihn kannte, sah sie graue Furcht auf seinen Wangen.

»Ich habe geträumt«, sagte Bernhardt so leise, daß ihn Margerite kaum hören konnte. »Die Heilige Jungfrau Maria stehe mir bei, ich habe von ihr geträumt …« Er wandte den Blick ab und bewegte hilflos die Hände.

Margerite biß sich auf die Lippe. Sie sah den Schatten des Schmerzes und der Scham in seinem Gesicht.

Ohne nachzudenken, löste sie die Falkenkette vom Hals, die sie verborgen unter dem Kleid trug. Sie zog sie heraus und trat auf Bernhardt zu. »Trage diese Kette um meinetwillen«, sagte sie eindringlich. »Trage sie und lege sie nie ab, damit dich meine Gebete behüten mögen.« Fast hätte sie gesagt, *mein Liebster*, aber im Beisein Pater Etiennes konnte sie es nicht.

Bernhardt blickte auf die leuchtenden Steine in seiner Hand, den hellen Kristall, den dunklen Granat und den Amethyst, und das goldene Funkeln des Falkenanhängers. Ein Ausdruck zog über sein Gesicht, der unter dem schwarzen Gestrüpp seines Bartes und Haares halb verborgen blieb. Zorn? Die Halskette war ein Geschenk Ruprechts, und Margerite trug es noch immer …

»Eine Dienerin kann kein solches Geschmeide tragen«, sagte Margerite, »und ich möchte die Gewißheit haben, daß du ein Andenken an mich trägst.«

Zögernd legte sich Bernhardt die Kette um den Hals, und sie sah, wie sehr ihm die Hände zitterten. Mit einem traurigen Lächeln blickte er zu ihr auf. »Ich danke dir, meine … Margerite. Ich werde dein Andenken frohen Herzens in dieser Schlacht tragen.«

Im Morgengrauen standen sie auf, und nach einem eiligen Frühstück schnürten Margerite und Eva ihre Habseligkeiten zu Bündeln und traten zu Lothar, der mit einem Beutel Wildbret über der Schulter an der Tür wartete.

»Gehab dich wohl, Margerite«, sagte Bernhardt. »Sei vorsichtig, denn nichts, was du in meinem Schloß erfahren kannst, ist so wichtig, daß du dafür dein Leben aufs Spiel setzen solltest.«

»Ich werde vorsichtig sein«, versprach Margerite. »Aber hier zu warten ist gewiß noch viel schwerer.«

Bernhardt widersprach ihr nicht und blickte sie nur lange an. Margerite sah den Schmerz in seinen braunen Augen und hätte ihn gern mit einem innigen Kuß getröstet, aber Pater Etienne stand neben ihm, und seine feingeschnittenen Züge wirkten so streng und abweisend wie die des Engels, der den Eingang zum Paradies bewacht. Widerstrebend wandte sie sich mit ihrem Bündel auf dem Rücken und Wolfram auf dem Arm zum Gehen. Aus dem Obergeschoß hörte sie Kobolds schwaches Miauen. Etienne hatte Margerite und Eva eingeschärft, ihre Katzen nicht mitzunehmen, denn Ortlieb würde sogleich erkennen, daß Kobold und Kriemhild keine gewöhnlichen Tiere waren.

Auf den Blättern lag Rauhreif und verbarg ihr Leuchten. Der Pfad unter Margerites Füßen war gefroren, und mit jedem Atemzug oder Wort stieg eine blasse Wolke aus ihrem Mund. Die Sonne war längst aufgegangen, und ihr Licht schien kalt durch die Bäume. Margerite mußte ihr Bündel und Wolfram tragen, und so wurde ihr schnell warm, nur Nase und Ohren blieben eisig.

»Denkt daran«, sagte Lothar leise, »daß Ihr meine verwitwete Nichte und ihre Schwester aus Greifenstein seid, das zehn Tagesreisen von hier liegt. Wie heißt Ihr?«

»Gisela«, sagte Eva.

»Gertrude«, antwortete Margerite. Es versetzte Margerite einen Stich, als sie den Namen ihrer toten Dienstmagd aussprach. Doch gewiß wäre ihr Gertrude nicht böse gewesen, eher schon hätte es sie belustigt, daß ihre Herrin die Arbeit eines Dienstmädchens übernahm. *Vielleicht kann ich dadurch Buße tun für alles Unrecht, das ich ihr versehentlich angetan habe,* dachte Margerite.

Lothar nickte. »Jetzt haben wir den Jagdgarten fast verlassen. Ab jetzt seid ihr also meine Verwandten. Gertrude, denk daran, den Kopf gesenkt zu halten und nur zu sprechen, wenn du angeredet wirst. Am besten, du läßt deine Haube auf.«

Margerite senkte den Blick und versuchte sich in eine Frau hineinzudenken, die dazu geboren war, Befehle zu befolgen und nicht zu geben, sich in der Küche oder im Hof zu schinden und zu plagen und von jedem verächtlich angeblickt zu werden. Mahnend erinnerte sie sich daran, daß Bertram – Bernhardt – acht Jahre lang in viel schlechterer Gesellschaft gelebt und sich die Hände mit schlimmeren Dingen als Abwaschwasser schmutzig gemacht hatte.

»Die Köchin Luitburg hat eine scharfe Zunge, und daß ihr Mann vor drei Jahren vom Schwarzen Tod dahingerafft wurde, hat die Sache nicht besser gemacht«, erzählte Lothar. »Aber sie hat eine Schwäche für mich, und ich hätte ihr längst einen Antrag gemacht, wenn ich nicht Angst hätte, daß sie mir mit einer Bratpfanne den Schädel einschlägt, sobald wir unter einem Dach wohnen. Sie wird Euch bestimmt nicht abweisen. Und sie ist wahrhaft eine der besten Köchinnen im ganzen Reich. Sogar die Köchin des Bischofs hat bei ihr gelernt.«

So seltsam und unbehaglich sie sich in ihrer Rolle als Bäuerin bereits vorkam, der Ausdruck des Erstaunens auf Margerites Gesicht, als sie aus dem Wald herauskamen und das Schloß erblickten, war echt. Sie hatte es zwar schon aus der Luft gesehen, aber das riesige Schloß mit den vielgestalten Türmchen und Dächern und dem großen, runden Bergfried an der Nordostecke wirkte völlig anders, nun da sie es vom Boden aus erblickte. Im Vergleich dazu war Burg Fürstensee kaum mehr als eine schlichte Festung, während ihr die Burg ihres Vaters wie eine Bauernhütte schien. Nach Margerites Schätzung war Schloß Niederwald in den höchsten Ausläufern vier oder fünf Stockwerke hoch. Wie viele Menschen es wohl beherbergte? Im Geist überschlug sie die Zahl der Diener und Wachen und Pferde sowie die Menge an Speisen und Wein und Korn, die die Bewohner des Schlosses in einem Monat benötigten.

Einer der beiden Wachleute am nordwestlichen Eingang zum äußeren Burghof hob eine Hand zum Gruß; der andere lehnte gelangweilt auf seiner Lanze.

»Guten Morgen, Lothar!« rief der freundlichere Posten und bedachte Eva mit einem bezaubernden Grinsen, das seine Zahnlücken voll zur Geltung brachte. »Bringst du mir ein paar Frauen mit? Die eine würde mir nicht schlecht gefallen, die andere mit dem Bankert kannst du behalten.«

»Halt dein Schandmaul«, sagte Lothar ohne Groll. »Das sind Verwandte von mir, die im Schloß Arbeit suchen, und sie sind viel zu gut für einen Wachmann, der schon in denselben stinkenden Stiefeln herumgelaufen ist, als der Heilige Petrus noch in den Windeln lag.«

»Man wird ja noch fragen dürfen«, erwiderte der Wachmann. »Na, dann kommt rein. Zur Zeit ist es günstig, nach Arbeit zu suchen – ich habe gehört, in der Küche brauchen sie bald Aushilfen.«

»Das ist gut«, sagte Lothar. »Was hast du noch gehört?«

Der Wachmann blickte die Schloßmauer hinauf, und der Eisenhut rutschte ihm aus der Stirn. »Nicht viel. Nur daß *sie* für Allerseelen ein großes Fest plant – es sollen alle möglichen Protzköpfe aus Meißen und so weiter kommen – und sie will wieder einmal einen richtigen Rummel mit Umzügen und Aufführungen veranstalten. Wenn du Verwandte hast, die gute Handwerker sind, die könnten in diesem Monat bestimmt ein bißchen Geld verdienen. Und wenn deine Frauen da mit Nadel und Faden umgehen können, dann sollen sie es sagen, denn heute morgen erst ist ein großer Wagen gekommen, der über und über mit Stoff für Trachten beladen war.«

»Ich werde daran denken«, sagte Lothar freundlich. »Einen schönen Tag noch.«

Der äußere Burghof war riesig, und Margerite fühlte sich unangenehm schutzlos, als sie ihn überquerten, wie ein Hase, der über ein schneebedecktes Feld ohne Deckung huscht. Es war zwar hellichter Tag, aber sie erwartete immerzu den Flügelschlag einer Eule über ihrem Kopf und mußte sich zwingen, nicht zu den breiten Fenstern des Schlosses hinaufzublicken.

Sie kamen an der Schloßkirche vorbei – ein prächtiger Steinbau, der, wie Margerite bemerkte, ein wenig verfallen wirkte. An manchen Stellen blätterte die Tünche ab, und auf dem Dach fehlten einige Schindeln. Nach mehreren Ställen und Baracken erreichten sie das innere Tor. Die Wachen grüßten Lothar kurz und ließen sie eintreten. Der Wildhüter führte die Frauen zur Rückseite des Schlosses. »Dort ist der Eingang für die Dienstboten«, erklärte er leise. »Seht ihr das Tor an der Nordseite der Mauer? Das führt zu den höfischen Gärten, und dort dürft ihr nicht eintreten. Die Tür im Süden führt zum Küchengarten, den ihr in nächster Zeit wahrscheinlich öfter sehen werdet.«

Lothar brachte Eva und Margerite zu einer breiten Doppeltür, die in einen großen, dreieckigen Vorraum und von dort über die Treppe zu den Küchen führte. Unter den riesigen Fenstern eines Zimmers brannten große Feuer. Mägde eilten hin und her, um in Töpfen zu rühren und Wasser für das Kochen von Geflügel aufzusetzen, das gerupft werden sollte. In die Mauern waren mehrere Steinbecken eingelassen, an denen andere Frauen emsig schmutzige Töpfe spülten. Einer von ihnen klopfte Lothar auf die Schulter. Sie fuhr zusammen und blickte auf.

»Wo ist Luitburg?« fragte er.

»Da drüben.« Die Küchenmagd deutete auf die rechte Tür in der nördlichen Wand. »Aber stört sie nicht. Sie macht gerade einen Schachbrettkuchen und hat schlechte Laune.«

Von der Hauptküche ging es in einen zweiten Raum mit mehreren Öfen, großen Feuern an zwei Wänden und einem Tisch in der Mitte, auf dem zwei Mägde eifrig Brosamen mahlten und

Kräuter hackten. Eine große, magere Frau mit graublondem, zu einem lockeren Knoten hochgesteckten Haar und einem fleckigen blauen Kleid lief rastlos zwischen den Öfen und Kesseln herum. Immer wieder zuckte ihre Nase, während sie die wechselnden Düfte der Gerichte einatmete und ihre Gehilfinnen ausschalt. »Du faules Ding!« rief sie. »Wenn du den Kuchen nicht gleich herausnimmst, ist er verbrannt. Der Blitz soll dich treffen, Gretel. Wenn du die Sahnetunke noch einmal gerinnen läßt, schütte ich sie dir über den Kopf! Wo sind die Pfannkuchen? Liese, hast du sie schon angesehen? Ja, du kannst noch so lange warten, wie du für zwei Vaterunser brauchst, dann müßten sie fertig sein. Nimm den Topf vom Feuer, du dumme Gans! Willst du, daß alles nach Rauch schmeckt?«

Margerite atmete tief ein. Sie verstand nicht, wie jemand so mißmutig sein konnte in einem Raum, der mit solchen Wohlgerüchen erfüllt war: das süße Backwerk, vermischt mit dem feinen Duft der Kräutertunken, darunter das herzhafte Aroma von Schweinefleisch und das alles durchzogen vom würzigen Rauch der Apfelbaumscheite. Unter der dünnen Schweißschicht leuchteten rote Zornesflecken auf den kräftigen Wangenknochen der Köchin, als sie die Magd zur Seite stieß, die einen riesigen, viereckigen Kuchen aus dem größten Ofen holte, und selbst damit zum Tisch eilte und ihn mit grimmigem Blick begutachtete.

»Zwischen einem Kuchen, der noch nicht durch ist, und einem, der schon zu braun ist, liegt nur ein Herzschlag, und den hast du verpaßt«, rief sie und sah die Magd wütend an. »Hast du denn überhaupt keinen Geruchssinn?« Für Margerite sah das Backwerk wunderbar gelungen und golden braun aus, und auf Burg Fürstensee hätte sie es gewiß als Kunstwerk gepriesen. Aber die Köchin hastete weiter von Feuer zu Feuer, um die Tunken zu kosten und die Mägde zu tadeln. In ihrer Eile wäre sie fast mit Lothar zusammengestoßen, der ihr ruhig in die Augen sah.

»Lothar! Beim schwarzen Arsch des Satans, was machst du denn hier? Wenn du Fleisch für mich hast, laß es hier und mach dich aus dem Staub, bevor du mir mit deinem Gesicht die Tunken zum Überlaufen bringst.«

»Bezaubernd und liebenswürdig wie eh und je, die gute Luitburg. Was würdest du zu zartem Rehrücken für die hohen Herrschaften sagen?«

»Nicht schlecht«, räumte Luitburg ein und blickte ihn durch graublonde Haarsträhnen mißtrauisch an. Dann schnupperte sie wieder und fuhr herum. »Das Schweinefleisch, Kunigunde! Also, was willst du von mir?«

»Ich möchte, daß du meiner Nichte und ihrer Schwester hier eine Arbeit gibst«, sagte Lothar ohne Umschweife.

Luitburg schnaubte. »Hier? Zwei Bäuerinnen, die wahrscheinlich nicht einmal eine Zwiebel schneiden können? Und die eine noch dazu mit einem Bankert an der Brust? Du mußt verrückt sein, Lothar. Beim Gekreuzigten, Liese, die Pfannkuchen! Soll ich dir eins mit der Peitsche überziehen? Kunigunde, das Schweinefleisch muß heraus, und zwar auf der Stelle!« Sie ließ Lothar stehen und setzte sich an den Tisch, nahm einen der Pfannkuchen, die ihr die arme Liese gebracht hatte, und schnitt ihn in ein sauberes Viereck. »Muß ich dir jedesmal die Hand führen, Kunigunde? Mische jetzt die Farben in den Braten: Rot, Schwarz, Blau, Grün und Gold – und stell die Sahnetunke auf die kühle Seite des Ofens, Gretel!«

Gebannt sah Margerite zu, wie Kunigunde mit flinken Fingern den dampfenden Haufen gemahlenes Schweinefleisch in mehrere Schüsseln verteilte und Brosamen und kräftige Farben hineinmischte. Sie wußte, daß man Blau erhielt, indem man Akeleiblüten in Honig zerstieß, und daß Grün aus Petersilie und vielen anderen Kräutern entstand. Aber sie hätte nicht gedacht, daß Rosenblüten allein solch ein Rot ergaben, und für solch ein glänzendes Gold benötigte man gewiß ein gehöriges Maß an Safran. Kunigunde reichte die fertigen Schüsseln jeweils an Luitburg weiter, die sorgfältig die Pfannkuchen mit Fleisch füllte und sie an den Ecken zusammenfaltete, ehe sie sie sauber aneinanderschichtete, so daß langsam ein leuchtend farbiges Schachbrett Gestalt annahm. Bewundernd beobachtete Margerite das Werk der Köchin.

»Aber du brauchst doch Mägde, die Feuer schüren, Wasser holen und Geschirr spülen«, fuhr Lothar so unbeirrt fort, als wartete er an einem Weg auf ein scheues Reh. »Gertrude und Gisela sind kluge Mädchen und lernen schnell …«

»Nicht, wenn sie mit dir verwandt sind«, fauchte Luitburg. Sie hielt kurz inne und musterte Margerite und Eva mit wässerigen Augen. »Sie sehen ja ganz anständig aus, und wenn sie noch Manieren lernen, sind sie vielleicht doch zu etwas zu gebrauchen. Du, da – nein, die Magere meine ich.«

Margerite brauchte einen Augenblick, bis sie erkannte hatte, daß die Köchin mit ihr sprach, und unterdrückte nur mühsam eine scharfe Antwort. Sie zwang sich, den Blick zu senken, und sagte: »Ja, Frau Luitburg?«

»Bist du Gertrude oder Gisela?«

»Gertrude, Frau Luitburg.«

»Kennst du irgendwelche Kräuter außer Salbei und Thymian?«

»Daheim in Greifenstein habe ich öfter der Hebamme geholfen«, antwortete Margerite.

Luitburg nickte kurz. »Lauf in den Garten und schau nach, was den Frost von heute nacht überlebt hat. Die Fenchelstauden sind bestimmt erfroren, aber vielleicht sind die Knollen noch gut. Nimm einen Korb und hole sie. Und einen Bund Rüben und vier Zwiebeln kannst du mir auch gleich ausgraben. Die Gabel findest du an der Wand neben der Treppe. Den Bankert kannst du auf dem Stroh dort in der Ecke lassen, da liegt er gut. Du, Gisela – du siehst ziemlich kräftig aus. Laß dir von einem Wachmann den Brunnen zeigen und hole Wasser herauf, denn bald wird sich hier das Geschirr zum Abspülen türmen. Und was dich angeht, Lothar, so hoffe ich, daß du die Leber mit zum Rehrücken gelegt hast.«

»Säuberlich oben drauf, meine Liebste«, sagte der Wildhüter. »Und kein Tröpfchen Galle ist auf ihr, was man von deiner Zunge nicht unbedingt behaupten kann.« Grinsend tätschelte er ihr die Schulter. Die Köchin strich sich abfällig über das Kleid, wo er sie berührt hatte.

»Nimm deine Hände weg, du schmutziger Wilddieb«, sagte sie, konnte sich aber ein leichtes Lächeln nicht verbeißen.

Margerite fand die Gabel und eilte die Treppe hinab. Wo die Sonne hingeschienen hatte, war das Eis geschmolzen, aber im

Schatten der Mauern lag noch immer eine weiße Schicht über der harten Erde. Beim Eingang zum Küchengarten stand keine Wache, und sie nahm sich ein wenig Zeit, um sich umzusehen. Die Küchen lagen linkerhand; rechts war eine breite Allee mit Apfel- und Birnbäumen, die zum Teil noch goldene und rote Früchte zwischen den braunen Blättern trugen. Vor ihr lagen zwei eingezäunte Gehege. In dem einen standen Pflaumen-, Kirsch- und Quittenbäume, die bereits abgeerntet waren. Das andere Gehege war ein Hain mit Mandel-, Haselnuß- und Walnußbäumen, der an beiden Seiten von breit ausladenden Kastanien überragt wurde.

Wie es ihr die Köchin aufgetragen hatte, untersuchte Margerite den Kräutergarten. Nur wenige Pflanzen hatten den Nachtfrost überlebt. Ein paar widerstandsfähige Thymiantriebe lugten grün zwischen den schwarzen Stengeln hervor, und die niedrigen Büsche der Winterbergminze hatten kaum gelitten. Aber die Rosmarinblätter nahmen bereits eine dunkle Farbe an, und die zarteren Pflanzen wie Kerbel und Dill, Koriander und Petersilie hingen braun und tot über dem Boden. Margerite kniete sich nieder, um die Fenchelknollen aus der gefrorenen Erde zu graben.

Danach waren Margerites Hände aufgesprungen und blutig, aber auch so taub vor Kälte, daß sie den Schmerz kaum spürte. Dann ging sie hinüber zum Rübenbeet. Die ersten drei, die sie ausgraben wollte, brachen ihr mitten entzwei, und die vierte spießte sie mit der Gabel auf. Danach ging sie vorsichtiger zu Werke. Als sie zu den Zwiebeln kam, betrachtete Margerite voller Widerwillen ihre Hände. Der Schmutz hatte sich in sie hineingefressen, als hätte sie ihr ganzes Leben nur Erde umgegraben. Die sorgfältig gepflegten Nägel hatten einen schwarzen Rand und waren zerbrochen.

Als Margerite den Korb aufnahm und in die Küche trug, war sie so müde wie sonst am Ende eines langen Tages. Im ersten Küchenraum stand Eva vor einem Spülbecken und scheuerte emsig einen eisernen Topf aus. Leise vor sich hin summend glich sie aufs Haar einem hübschen Dorfmädchen, das sich darüber freute, im Schloß arbeiten zu dürfen. Margerite schob sich mit einer schmutzigen Hand die Haarsträhnen aus der Stirn und bemühte sich, ihre Gefährtin nicht giftig anzuschauen.

»Du hast dir ja ziemlich Zeit gelassen«, fauchte Luitburg, als Margerite das Gemüse hereinbrachte. »Glaubst du, weil du Lothars Nichte bist, kannst du den ganzen Tag nur herumtrödeln? Damit kommst du nicht weit, meine Gute. Jetzt sag mir, in welchem Zustand der Garten ist.«

Wie ein Küchengarten nach einem Frost mitten im September, dachte Margerite. *Was hast du denn erwartet, du widerwärtige alte Vettel?* Aber sie antwortete sanftmütig. »Frau Luitburg, die meisten Pflanzen sind erfroren. Die Winterminze lebt noch, und ...«

Luitburg nickte knapp, als Margerite mit ihrem Bericht zu Ende war. »Mit Pflanzen kennst du dich also aus. Zieh dir jetzt Wasser herauf und wasch dich – das Kleid auch. Bei mir gibt es keine schmutzigen Küchenmägde, auch wenn ihr es von zu Hause so gewöhnt seid, daß ihr vom Feld gleich in die Küche geht. Wenn du fertig bist, hilfst du Gisela beim Abspülen.«

Margerite eilte davon, bevor ihre Zunge sie verraten konnte. Als sie einen schweren Eimer Wasser die Treppe hinaufschleppte und versuchte, nicht auf die kalten Spritzer zu achten, die ihren Rocksaum durchnäßten, spürte sie nicht mehr nur Erschöpfung, sondern auch Hunger. Seit sie am Morgen Lothars Haus verlassen hatte, hatte sie nichts mehr gegessen, und die Küchengerüche, die ihr so wunderbar erschienen waren, nagten ihr jetzt im Bauch und ließen ihr mit jedem Atemzug das Wasser im Mund zusammenlaufen.

»Wann essen wir?« fragte Margerite Eva leise, als sie sich mit wütenden, harten Bewegungen den Schlamm von den kalten Fingern scheuerte.

»Wenn die Überreste von der hohen Tafel zurückkommen, fällt vielleicht etwas für uns ab, falls die anderen Mägde nicht alles aufessen«, flüsterte Eva zurück. »Und gleich nach der Arbeit bekommen wir unsere Ration Brot und Bohnen und Dünnbier. Gretel sagt, daß das hier die beste Arbeit im ganzen Schloß ist, weil sogar die Scheuermägde Reste aus den Töpfen bekommen. Und wir sollen es ja nicht wagen, etwas von den Gerichten zu stehlen, die noch im Ofen sind, weil Luitburg sehr schnell mit dem Stock bei der Hand ist.«

Eine Dienstmagd kam herein und schob Margerite einen Eisentopf in die Hände. Verwirrt blickte sie auf die dicke Tunke darin, die auf dem Boden eine feste Kruste bildete.

»Leck den Topf aus, bevor du ihn abspülst«, wisperte Eva. Bestürzt starrte Margerite den Topf an. Aber sie hatte so schrecklichen Hunger … Schüchtern steckte sie einen Finger in den Topf, wischte etwas Tunke damit auf und leckte sie ab. Sie schmeckte köstlich nach Kräutern und Sahne und Eiern, und obwohl sie es selbst kaum glauben mochte, fiel sie gierig darüber her, bis sie nichts mehr aus dem Topf kratzen konnte.

»Jetzt mußt du heißes Wasser hineinschütten und scheuern«, flüsterte Eva. »Das Wasser weicht die Kruste auf. Glaub mir, wenn du wirklich hungrig wärst, würdest du das auch noch trinken. Aber so schlecht geht es uns hier nicht.«

Das heiße Wasser brannte Margerite auf den aufgeschürften Händen, und die Kruste auf dem Topfboden widerstand beharrlich ihren Nägeln, doch sie scheuerte verbissen, bis er sauber war. Als sie aufblickte, sah sie einen Stapel weiterer schmutziger Pfannen neben sich und fast genauso viele saubere neben Eva. Fast wäre sie in Tränen ausgebrochen, und nur der Gedanke, Bernhardt und Pater Etienne ins Gesicht sehen und ihnen gestehen zu müssen, daß sie ihr Versprechen nicht einhalten konnte, weil sie zu schwach für die Arbeit einer Scheuermagd war, bewegte sie dazu, die nächste Pfanne zu nehmen und sie grimmig blank zu putzen. *Das, mein Geliebter,* dachte sie, *würde ich für keinen anderen Menschen auf der Welt tun!*

Als die Frauen das Haus verlassen hatten, sattelte Pater Etienne sein Pferd. Georg brachte Etiennes Gepäck heraus, und lud es ordentlich auf das Packpferd. Er würde Christoph ein guter Knappe sein, wenn Heinrichs älterer Sohn von dem Geist, der in ihn gefahren war, befreit werden konnte. Etienne runzelte die Stirn. Daß der frohgemute junge Ritter von einem Dämon besessen war, quälte ihn mehr, als er sich hatte anmerken lassen. Aber er hatte sich entschieden, zu Bernhardt zu stoßen, und durfte nun in diesem Entschluß nicht mehr wanken, um nicht das Leben beider Männer aufs Spiel zu setzen.

Habe ich diesen Weg aus Stolz eingeschlagen, weil ich zuvor geirrt habe? fragte sich Etienne, als er seinem Pferd den Gurt umlegte. Aus Rücksicht auf Bernhardts innerste Gefühle hatte er ihn damals bei der Beichte auf Burg Falkenstein nicht weiter bedrängt. Er hatte das Geständnis einer alten Sünde hingenommen, ohne nach dem Namen der Frau oder den näheren Umständen zu fragen. Andernfalls hätte er Bernhardt vielleicht aus Ortliebs Bann befreien oder ihn zumindest vor überstürztem Handeln warnen können. Jetzt war es zu spät, und Etienne wußte nur allzu gut, daß er eine große Mitschuld an der Gefahr trug, in der Bernhardt schwebte. Es war Etiennes Pflicht, die Schuld wiedergutzumachen, und wenn es sein Leben kostete.

Auch das ist Stolz, Etienne, sagte sich der Kanonikus, als er dem Pferd das Zaumzeug über den Kopf streifte. Geduldig ließ sich der Hengst die Stange hinter die Zähne schieben. *So möge dies Unternehmen dem Ruhm Gottes dienen; Er möge mir meine Irrtümer verzeihen und erneut beweisen, daß er in seiner unerschöpflichen Weisheit auch das größte Übel zum Guten zu wenden vermag.* Dann wandte sich Etienne an Georg: »Gut gemacht, Knappe, hab Dank. Bestelle der Bärenschar meinen Gruß, wenn du auf sie triffst. Paul und Jochanan werden sich meiner wohl noch erinnern.«

Georg starrte ihn mit aufgerissenen Augen an. »Wie kommt ein Priester dazu, die Anführer einer Freischar zu kennen, Pater?« fragte er. »Mein Vater sagt, die Freischärler stehen alle im Kirchenbann und gehören an den Galgen.«

»Sie stehen nicht mehr im Kirchenbann, seit sie der Papst zu einem Kreuzzug gerufen hat«, erklärte Etienne dem Knaben. »Selbst Christus hat mit Zöllnern und Sündern das Brot gebrochen. Und denke immer daran, schlechte und gute Menschen findet man überall.«

»Selbst im Orden der Lichtträger, Pater?« Georgs weicher Tenor klang unschuldig, doch etwas an seinem Grinsen zeigte Etienne, daß der Knabe mit ihm spielte. Er wollte ihm der Wahrheit gemäß antworten und hoffte, Georg möge sich seine Worte zu Herzen nehmen.

»Auch manche Mitglieder dieses Ordens sind treu und ehrenhaft, obgleich sie einem bösen Herrn dienen. Ich habe mehrere solche Menschen kennengelernt und bete immer noch für ihre Seelen. Andere erfreuen sich am Übel und an der Macht und werden nur von den Grenzen ihrer Kraft im Zaum gehalten. Und du solltest stets daran denken«, sagte Etienne mit strengerem Ton, »daß zu diesen auch die Landgräfin von Niederwald zählt. Ich bete zu Gott, daß du ihr nie begegnest, aber sollte es doch geschehen, darfst du dich nicht von ihrer Schönheit und ihren freundlichen Worten täuschen lassen.«

»Ist sie wirklich so schön, Pater?«

»Sie ist wie ein vergiftetes Naschwerk. Gräfin Margerite ist viel schöner, denn ihre Schönheit kommt aus der Aufrichtigkeit und Tapferkeit ihrer Seele.«

Georg legte die Stirn in Falten. »Margerite ist eine alte Frau mit einem Kind. Eva ist schön.«

Etienne mußte über die unverhoffte Äußerung des Knappen lachen. Seine Gedanken waren so durchsichtig, und er platzte einfach damit heraus! Er erinnerte Etienne ein wenig an seine drei älteren Brüder, die lebhaft und lärmend waren wie Welpen und keinen anderen Gedanken kannten als Wein, Weib und Waffen. »Margerite ist nur drei Jahre älter als du«, belehrte er Georg. »Und was Eva angeht, solltest du im Hinblick auf sie oder auf anderes Anlaß zur Beichte haben, so mußt du sie gleich ablegen, denn ich werde gewiß erst in einigen Tagen wieder hier sein, und bis dahin bist du vielleicht schon bei der Bärenschar.«

Der Priester war nicht verwundert, als Georg vor ihm auf die Knie fiel. Der Junge hatte in den letzten Wochen Dinge gesehen, die selbst die Seele erwachsener Männer erschüttern würden. Der Knappe mußte zwölf gewesen sein, als der Schwarze Tod zurückkehrte, und wußte daher, wie zerbrechlich der Mensch und wie vergänglich das Leben war. Und so tapfer er auch sein mochte, es war nicht leicht für einen Jüngling von adeligem Geblüt, allein als Bote zu einer Freischar gesandt zu werden.

»Pater, vergebt mir«, hauchte Georg, »denn ich habe gesündigt.«

Der Bischof von Niederwald hatte seinen Sitz in einem prächtigen Gebäude. Das Gelände war sorgfältig gepflegt, das Gras zu einem samtig grünen Teppich gemäht, und die Wege gesäumt von großen Eichen, deren herabfallendes Laub zu sauberen Haufen zusammengeharkt war. Die Stallburschen nahmen Etiennes Pferde zuvorkommend am Halfter und führten sie ohne weitere Fragen fort. Der Priester wußte, daß man ihm seine Satteltaschen aufs Zimmer bringen würde, sobald er ein Quartier hatte. Am Tor des Palastes standen zwei Wachen, die ihre Speere hoben und ihn gemessen grüßten.

»Gott zum Gruß, Pater«, sagte einer von ihnen. »Darf ich fragen, was Euer Begehr ist?«

»Meine Reisen haben mich hierher geführt, und ich möchte gern als Gast im Haus Seiner Hochwürdigsten Exzellenz weilen.«

»Ihr findet den Sekretär des Bischofs in diesem Gang im dritten Zimmer auf der rechten Seite. Seid willkommen im Namen Christi und tretet ein.«

Buntglasfenster säumten den Gang, und die helle Herbstsonne beleuchtete die farbigen Abbildungen aus dem Leben der Heiligen. Etienne klopfte einmal an die Tür des Sekretärs, und kurz darauf rief eine scharfe Stimme: »Herein!«

Pater Kunibert, der Sekretär des Bischofs, war ein kleiner Mann in geistlichem Gewande und saß hinter einem mächtigen Schreibtisch, in dessen Seitentafeln Bildnisse der zwölf Apostel geschnitzt waren. Etienne hatte ihn zuletzt mit schütterem Haar gesehen. Jetzt glänzte sein kahler Schädel im Licht, das durch das Fenster in das Gemach fiel. Er trug ein Paar Augengläser mit goldenem Rahmen, und derlei hatte selbst Etienne noch nicht oft gesehen.

»Gott zum Gruße, Kanonikus«, sagte der Sekretär. »Womit kann ich Euch dienen?«

Etienne wiederholte sein Anliegen. Pater Kunibert schob die Augengläser weiter nach oben, und das Sonnenlicht spiegelte sich hell darin. »Ihr seid … Pater Etienne, ja. Es ist lange her, seit Ihr zum letzten Mal bei uns wart. Ich hoffe, es ist Euch seither wohl ergangen und Ihr seid bei bester Gesundheit.«

»So ist es, Pater Kunibert. Danke der Nachfrage«, erwiderte Etienne.

Pater Kunibert blickte auf seinen Schreibtisch und blätterte zwischen einigen Pergamenten. »Seine Hochwürdigste Exzellenz hat heute nachmittag zu tun, aber er würde sich gewiß freuen, mit Euch das Abendmahl einzunehmen. Ich werde Gemächer für Euch vorbereiten lassen – wäre es Euch im Westflügel genehm? Ich glaube mich zu entsinnen, daß Ihr das Licht des Abends dem des Morgens vorzieht.«

»Das ist sehr gütig von Euch, Pater.«

»Wißt Ihr schon, wie lange Ihr zu bleiben gedenkt? Natürlich seid Ihr uns als Gast stets willkommen.«

Etienne schüttelte den Kopf. »Es ist noch nicht sicher. Eine Woche vielleicht; mehr als zwei wäre unwahrscheinlich.«

Der Sekretär nickte und schob wieder die Augengläser nach oben. »Habt Ihr vielleicht den Wunsch, mit jemand anderem hier zu sprechen? Der Teufelsaustreiber unseres Kirchensprengels, Pater Thomas, weilt zur Zeit ebenfalls hier. Ich nehme an, Ihr werdet viel mit ihm zu reden haben, da sich Eure Aufgaben doch zum Teil überschneiden.«

»So ist es. Ich danke Euch, Pater Kunibert. Eure Sorgfalt gereicht dem Bischof zur Ehre.«

Der Sekretär senkte den Blick und murmelte bescheiden: »Deo gratia. Wenn Ihr in der Bibliothek warten möchtet – Ihr wißt noch, wie Ihr sie findet? Schön. Ich hoffe, Ihr könnt Euch dort angenehm beschäftigen, während Eure Gemächer vorbereitet werden. Gewiß wünscht Ihr nach Eurer Reise ein Bad? Gut, gut. Es freut mich sehr, Euch wieder bei uns begrüßen zu dürfen, Pater Etienne.«

Bischof Ottos Bibliothek war seit Etiennes letztem Besuch gewachsen. Sie war schon immer gut mit theologischen Werken und einigen Prachtausgaben weltlicher Dichtung ausgestattet gewesen, denn der Bischof las bisweilen beim Abendmahl selbst oder mit seinen Gästen im »Nibelungenlied« oder in der »Rabenschlacht«. Außer dem jungen Mann in Mönchstracht, der nacheinander die fein geprägten Buchdeckel abstaubte, gab es nur einen anderen Besucher in der Bibliothek. Es war ein alter, grauhaariger Mann, der das rechte Bein steif ausgestreckt hielt und dessen Holzkrücke an seinem Tisch lehnte. Er trug den schwarzen Wappenrock mit weißem Kreuz eines Deutschritters über dem Panzerhemd und dem Brustharnisch. Er bewegte langsam die Lippen, während er mit zusammengezogenen Brauen den Finger an einer Zeile entlangführte. Etienne hörte das Flüstern, mit dem er die lateinischen Worte unbeholfen ins Deutsche übersetzte. Als Etienne vorbeiging, sah der Alte auf und nickte.

»Gott zum Gruß, Pater«, krächzte er mit einer Stimme, die schon bei vielen Schlachten den Kampfeslärm überschrien hatte.

»Gott zum Gruß, Bruder«, entgegnete Etienne höflich.

»Seid Ihr neu hier? Pater Kunibert hätte mich verständigen sollen.«

»Ich weile nur als Gast hier, Bruder. Und Ihr seid …?«

»Verzeiht meine Unhöflichkeit, Pater. Ich bin der Hauptmann der Palastwache – Bruder Siegfried, zu Euren Diensten. Entschuldigt, wenn ich nicht aufstehe, aber mein Bein erlaubt es mir nicht.«

»Für eine Verletzung, die man im Dienst Christi erlitten hat, muß man sich nicht entschuldigen, Bruder«, versicherte ihm Pater Etienne. Aus Neugier – ein beständiger Ansporn für sein Denken, aber auch eine hartnäckige Sünde – blickte er auf das Buch, das der Deutschritter las. Erfreut erkannte er die vertrauten Worte des Heiligen Bernhard von Clairvaux über das Neue Rittertum: ein durchaus passendes Werk für einen Kriegermönch.

»Ihr seid sehr gütig, Pater. Ich bin vor zwei Jahren im Kampf gegen die verdammten Litauer – verzeiht, Pater, aber viele von ihnen sind ja immer noch Heiden – verwundet worden. Ich hätte bleiben und den gesunden Brüdern zur Last fallen können, doch es gibt schon genügend alte Krüppel im Deutschen Ritterorden. Also habe ich mich gemeldet, um die Wache seiner Hochwürdigsten Exzellenz auf Vordermann zu bringen. So, jetzt wißt Ihr, was ich hier mache.« Siegfried schwieg und sah aus hellen blauen Augen erwartungsvoll zu Etienne auf.

In diesem Augenblick trat ein blonder Jüngling ein, der auf einem Teller einen Krug Wein, einen Pokal und Gebäck hereintrug. »Eine kleine Erfrischung, während Ihr hier warten müßt, Pater«, sagte er leise und zog sich mit einer Verneigung zurück. Etienne nahm Platz und bemerkte ein wenig verlegen, daß er keinen Becher für Bruder Siegfried hatte. Aber der Deutschritter zog den schartigen Zinnbecher hervor, der an seinem Gürtel hing, löste ihn von der Kette und stellte ihn auf den Tisch. Etienne schenkte ihm zuerst und dann sich selbst ein. Er ließ den süßen, goldenen Wein bedächtig über die Zunge gleiten, bevor er schluckte. Bruder Siegfried trank wie ein alter Kämpe mit hastigen Schlucken, und einige Tropfen fielen in seinen buschigen grauen Bart.

»Ich statte Seiner Hochwürdigsten Exzellenz nur einen Besuch ab«, erklärte Etienne.

Siegfried nickte. Er brach eines der mürben Plätzchen auseinander und verschlang die Stücke, ohne zu kauen. »Habt Ihr auf dem Schloß zu tun?« fragte er.

Etienne biß in ein Plätzchen und kaute sorgfältig, um etwas Zeit zu gewinnen. Wie bei der Küche des Bischofs nicht anders zu erwarten, war es ein köstliches Backwerk, unter dessen Butterkruste sich eine mit Zimt gewürzte Mischung aus Nüssen und Rosinen verbarg. Etienne kannte nicht wenige Deutschritter, die Mitstreiter in seinem Krieg gegen den Orden der Lichtträger waren. Aber von Siegfried hatte er noch nie gehört, und er wollte sich dem alten Kriegermönch nicht so ohne weiteres anvertrauen. Immerhin war es möglich, daß er etwas wußte.

»Vielleicht werde ich dort meine Aufwartung machen«, sagte der Kanonikus.

Siegfried beugte sich näher, und seine flüsternde Stimme klang wie eine Feile auf weichem Holz. »Wegen der neuen Landgräfin?«

»Habt Ihr viel von ihr gehört?« fragte Etienne und lehnte sich gelassen mit dem Pokal in der Hand zurück.

Der Deutschritter wandte den Kopf, als wollte er ausspucken. Dann besann er sich und bekreuzigte sich hastig. »Habe sie kennengelernt, als Landgaf Bertfried begraben wurde und sein Sohn Gerhardt das Erbe antrat. Sie gaben ein großes Fest oben im Schloß, mit Tanz und Gesang und Masken. Hat mich daran erinnert, warum ich damals die Weihen empfangen habe. Die Landgräfin ist herumgeschlüpft wie die Katze im Rahm. Herausgeputzt wie Jesabel war sie, und der Busen hing ihr aus dem Mieder. Sogar zum Tanzen hat sie mich aufgefordert, als hätte sie mein Ersatzbein nicht gesehen.« Er schlug auf die Krücke. »Und ich sage Euch, Pater, ich habe einiges dort im Osten erlebt, heidnische Hexerei und dergleichen, aber daß eine Frau mich in meinem Alter und Zustand in Wallung bringt – das kann nicht mit rechten Dingen zugehen. Ich habe zwei Wochen Buße getan für eine Sünde, die ich zehn Jahre vorher zum letzten Mal beichten mußte.«

Etienne nickte bedächtig. Es paßte zu den Gerüchten, die er über Ortlieb gehört hatte, daß sie sich daran weidete, einen Mann zu quälen, der das Keuschheitsgelübde abgelegt hatte – nur um zu beweisen, daß ihr auch ein Deutschritter verfallen mußte, wenn sie es wollte.

»Falls Ihr die Absicht habt, sie und den Landgrafen zur Besserung zu mahnen, verschwendet Ihr Euren Atem. Der Pfarrer dort oben hat sich schon einige Male beim Bischof beklagt. Die Schloßkapelle verfällt immer mehr, und geben sie auch nur eine Mark dafür aus? Nicht, solange die Landgräfin für ihre prächtigen Feste aufkommen muß. Und wenn man durch die Löcher in seiner Soutane den Arsch von Pater Bruno sehen könnte, es wäre ihr völlig gleichgültig. Verzeiht, wenn ich mich etwas ungehobelt ausdrücke.« Bruder Siegfried nahm einen tiefen Schluck Wein und schenkte sich nach.

»Für einen Hauptmann der Wache scheint Ihr viel zu hören«, bemerkte Etienne.

Der Deutschritter lachte rauh auf und klatschte mit der Hand auf das vor ihm liegende Buch. »Die Burschen habe ich jetzt zurechtgeschliffen, und da hat ein alter Krieger wie ich kaum mehr etwas anderes zu tun, als zu lesen und zuzuhören. Ich habe zu meiner Zeit so manchen Schlag für unseren Herrn Jesus geführt. Da darf ich mich nicht beklagen, wenn ich den Rest meiner Tage in Einkehr und Betrachtung verbringen soll. Der Heilige Bernhard ist ein guter Mann und drückt sich so klar aus, wie ich es nur wünschen kann. Habt Ihr ihn je gelesen, Pater?«

»Schon oft.«

Frisch gebadet und in seine beste Priesterrobe gekleidet, vor deren schwarzem Samt sein goldenes Kreuz glänzte, betrat Etienne kurz vor Vesper den Speisesaal von Bischof Otto. Ein weltlicher Diener in feiner Seidentracht geleitete ihn zur bischöflichen Tafel.

Bischof Otto war ein herzlicher Mann in mittleren Jahren mit blühendem, glattrasiertem Gesicht. Sein rabenschwarzes Haar zeigte noch keine Spur von Grau, und die Robe aus purpurner Seide fiel ihm leicht über die breiten Schultern. Er empfing Etienne mit herzlichem Lächeln und ausgestreckter Hand. Der Kanonikus kniete nieder und berührte mit den Lippen den glattgeschliffenen Amethyst am Ring des Bischofs.

»Erhebt Euch, Pater«, sagte der Bischof. »Wir freuen uns, Euch wieder bei uns begrüßen zu dürfen. Wie ist es Euch in den letzten Jahren ergangen?«

»Recht gut, Hochwürdigste Exzellenz«, erwiderte Etienne.

Bischof Otto winkte ihn auf den Ehrenplatz zu seiner Rechten und wartete, bis ein Diener seinem Gast einen Becher Wein eingeschenkt hatte. »Und was führt Euch hierher? Können wir Euch irgendwie behilflich sein?«

»Ich bin nur auf der Durchreise, Hochwürdigste Exzellenz. Vor kurzem habe ich den Bischof von Hamburg besucht. Er brauchte meinen Rat zu einem eher ungewöhnlichen Fall in seinem Sprengel, den sein Teufelsaustreiber nicht zu meistern wußte.«

Der Bischof lächelte. Es schien Etienne das selbstbewußte und herablassende Lächeln eines Mannes, dem Zeit seines Lebens jede grausige Begegnung mit dem Widersacher erspart geblieben war. Etienne nahm es ihm nicht übel, im Gegenteil, er wünschte sich, daß mehr Menschen so glücklich sein könnten. »Verzeiht mir, Etienne. In meinen Augen seid Ihr seit der Unterstützung, die Ihr uns bei Eurem letzten Besuch gewähren konntet, vor allem ein Meister des Kirchenrechts. Ihr werdet gewiß mit Befriedigung vernehmen, daß wir jüngst einen Fachmann für kanonisches Recht in unser Kollegium aufgenommen haben. Er ist ein scharfsinniger junger Priester, der an der Universität von Avignon studiert hat.«

»Das ist tatsächlich eine gute Kunde«, erwiderte Etienne. Bischof Otto hatte solch einen Fachmann dringend benötigt, und seine Anwesenheit hier würde eine Verhandlung gegen Ortlieb erleichtern, wenn man sie überhaupt vor ein Gericht bringen konnte, zumal Etienne bereits ahnte, daß sich letztlich die Inquisition mit dieser Angelegenheit befassen würde. »Ich habe gehört, daß Schloß Niederwald einen neuen Herrn hat?«

Ottos Gesicht verfinsterte sich. »So ist es, aber leider nicht zum Nutzen des Schlosses. Landgraf Bertfried war ein rechtschaffener Mann, auch wenn er vielleicht nicht so sehr auf sein Seelenheil und das Wohl der Kirche bedacht war, wie wir es gewünscht hätten. Dennoch hat er sich nichts zuschulden kommen lassen. Landgraf Gerhardt freilich schert sich überhaupt nicht um geistliche Fragen. Die Feier zu Bertfrieds Begräbnis war eine wahre Schande.«

Etienne hörte dem Bischof höflich nickend zu, während der erste Gang aufgetragen wurde, der aus fetten, mit einer Mischung aus getrockneten Pflaumen und Brot gefüllten Drosseln in brauner Tunke bestand. Immer wieder murmelte der Kanonikus beifällig, als sich seine Hochwürdigste Exzellenz mit wachsender Erregung über die fehlende Achtung des Landgrafen Gerhardt gegen die Kirche ausbreitete. Erfreut stellte Etienne fest, daß der Wein einen vollen, starken Geschmack hatte, wie er ihn aus seiner Heimat kannte. Er zerteilte eine Drossel und aß mit kleinen, höflichen Bissen. Ab und an wusch er sich die Finger in der Silberschüssel mit rosenduftendem Wasser an seinem Platz und wischte sich mit dem Linnenmundtuch über die Lippen, damit ihm kein Tröpfchen der köstlichen Tunke in den Bart lief.

»Aber wenn die Kirche in diesen Tagen keine anderen Sorgen hätte als einen leichtfertigen jungen Landgrafen, könnten wir uns glücklich schätzen«, sagte der Bischof schließlich. »Sagt selbst, sind die Ereignisse in Avignon nicht das schändlichste, was Ihr je vernommen habt? Freischaren, die bei Villeneuve in Sichtweite des päpstlichen Palastes ihr Lager aufgeschlagen haben, und Bertrand du Guesclin, dieser häßliche kleine Teufel, wagt es, nicht nur zweihunderttausend Franken für ihren Kreuzzug nach Spanien zu fordern, nein, er verlangt auch noch, daß das Geld aus der päpstlichen Schatzkammer bezahlt wird!«

»Es ist in der Tat eine schmerzliche Kränkung«, pflichtete ihm Etienne bei. Er hatte gehört, daß Bertrand du Guesclin Freischaren für den Kreuzzug versammelte, doch von dieser letzten Entwicklung hatte er noch nicht gewußt. »Du Guesclin soll ein dreister und gottloser Mann sein, aber das ist selbst für ihn gewagt.« *Und ich glaube zu wissen, wer ihm dazu geraten hat*, dachte er. Madame du Guesclin war die wohl bedeutendste Astrologin im Orden der Lichtträger. Wenn sie für ihn in den Sternen las, mußte es immer den Anschein haben, daß das Glück auf Bertrand du Guesclins Seite war, auch wenn er noch soviel aufs Spiel setzte.

»Es übersteigt alle Vorstellung!« rief Bischof Otto erbost. »Wenn selbst der Papst auf diese Weise angegriffen werden kann, dann ist niemand mehr sicher. Heutzutage will es fast scheinen, die Menschen tun, wonach ihnen der Sinn steht, ohne einen Gedanken an Gott oder das Recht. Und wenn Gott sie dafür straft, geben sie ihm die Schuld. Dabei hätte es allen eine Warnung sein müssen, als der Schwarze Tod zum ersten Mal durch die Lande zog.«

So plötzlich sein Ausbruch gewesen war, so plötzlich beruhigte sich Otto auch wieder und schenkte Etienne und sich nach. »Nun, wir alle können nur tun, was Gott uns aufgetragen hat. Dennoch bekümmert mich das Verhalten von Landgraf Gerhardt, denn ich sehe in ihm viele Zeichen der Krankheit der Welt in unseren Tagen. Und abgesehen von der Gefahr für ihr Seelenheil fürchte ich, daß Gerhardt sein Erbe schlecht verwaltet, und das wird seinen Untertanen sicherlich zum Schaden gereichen. Er hat sein Herz gegen die Worte der Kirche verstockt, und dafür wird ihn Gott eines Tages gewiß zur Rechenschaft ziehen.«

Etienne sammelte sich. Jetzt konnte er seine verfänglichste Frage stellen, ohne Verdacht zu erregen. »Und wie steht es mit dem jüngeren Bruder – Bernhardt, so hieß er doch? Ich habe gehört, daß er vor acht Jahren verschwunden ist… und etwas über einen Mord?«

Bischof Otto lehnte sich seufzend zurück, als der zweite Gang – zarte Wildbretstücke, deren Saft in einen herzhaften Weizenbrei sickerte – aufgetragen wurde. Er schnitt bedächtig sein Fleisch, und das Messer mit dem Elfenbeingriff fuhr durch die gebräunten Scheiben wie durch Butter. Erst danach gab er Antwort. »Die Sache kam nie vor einen Richter und wäre ohnehin in die weltliche Gerichtsbarkeit gefallen. Landgraf Bertfried war von der Schuld des jungen Mannes vollkommen überzeugt – aber Bernhardt soll bis zuletzt seine Unschuld beteuert haben. Nach Euren bisherigen Erfahrungen bei uns mag es Euch ein wenig überraschen, daß ich mir vor der Vollstreckung eines Urteils eine gründlichere Untersuchung gewünscht hätte. Andererseits waren sich alle, die in dieser Nacht auf dem Schloß weilten, sicher, daß Bernhardt die Tat begangen hatte. Vielleicht habe ich Bernhardt damals mit größerem Wohlwollen betrachtet, weil er eine Gottesfurcht und einen Verantwortungssinn zeigte, wie man sie bei einem jungen Edelmann nur selten antrifft. Doch der hellste Schein kann ein schwarzes Herz verbergen oder einen bösen Jähzorn, und so mag es auch bei ihm gewesen sein. Und gegen ihn sprach auch, daß er seine Freunde erschlagen hat, um entrinnen zu können …« Der Bischof seufzte erneut. »Aber das liegt in der Vergangenheit, und Bernhardt ist gewiß schon tot – oder er wird sich zumindest nie mehr in Niederwald zeigen. Für ihn ist es das beste, auch wenn ich den Verlust eines vielversprechenden jungen Mannes bedaure. Er wäre gewiß ein besserer Herrscher gewesen als sein Bruder.«

Mehr, als ich zu hoffen wagte, dachte Etienne, ohne sich seine Freude anmerken zu lassen. *Er weiß es zwar noch nicht, aber Bischof Otto ist bereits auf unserer Seite.*

Pater Etienne und der Bischof unterhielten sich während des gesamten Mahles. Bischof Otto war ein lebhafter Redner, der sowohl in der Theologie als auch in der Politik bewandert war. Immer wieder kam er auf du Guesclin und seine erschreckenden Forderungen an den Papst in Avignon zurück, die ihn sehr zu beschäftigen schienen. Wenn Urban V. der Erpressung eines Haufens von bewaffneten Verbrechern nachgeben und nicht nur eine Zahlung leisten mußte, um ihren

Abzug aus dem Land zu erreichen, sondern ihnen auch noch eine Massenabsolution erteilen mußte, wer konnte sich da noch sicher wähnen? Etienne konnte Ottos Sorge gut verstehen. Der Kaiser und seine Truppen hatten die Freischaren in diesem Sommer aus Straßburg vertrieben, obgleich ihr Anführer Arnaut de Cervole versichert hatte, daß sie nur ihre Pferde im Rhein tränken wollten. Aber selbst Karl IV., der Urban in enger Freundschaft verbunden war, hatte nichts unternommen, um dem Papst aus seiner jüngsten Not zu helfen.

»Etienne«, sagte Bischof Otto und schob die letzten Reste eines mit Zimt bestreuten Zuckergebäcks von sich. »Wir können nur auf Gottes Weisheit vertrauen, denn in diesen unruhigen Zeiten hat es fast den Anschein, als sähen wir dem Leibhaftigen ins Angesicht.«

Etienne unterdrückte einen Schauer und bekreuzigte sich. Soweit ihm bekannt war, hielt der Bischof an der alten Anschauung fest, daß Hexen und Schwarzmagier keine wahre Macht hatten, sondern nur unter einem schlimmen Wahn litten. Aber Gottes Widersacher hatte viele Gesichter. Wer konnte sagen, daß er sich nicht ebenso deutlich in den Taten eines Bertrand du Guesclin oder eines Bernabò Visconti zeigte, der einst einen päpstlichen Gesandten gezwungen hatte, die für ihn bestimmte Bannbulle samt seidenen Bändern und bleiernen Siegeln hinunterzuschlucken? Und der Orden verfügte über Männer, die nicht nur in weltlichen Dingen, sondern auch in der Kirchenpolitik einen großen Einfluß ausübten.

»Wenn dem so ist, Hochwürdigste Exzellenz«, erwiderte Etienne, »beten wir zu Christus, daß er uns in Seinem Dienste stärken möge. Wie Ihr sagtet: Wir alle können nur tun, was uns Gott aufgetragen hat.«

»So ist es. Nun, ich muß mich jetzt von Euch verabschieden. Ich denke, Pater Kunibert hat einen Diener in Eure Gemächer gesandt, und wenn Ihr etwas benötigt, so müßt Ihr nur fragen.«

»Ich möchte Euch noch um einen Gefallen bitten, Hochwürdigste Exzellenz«, sagte Etienne, bevor sich der Bischof zurückziehen konnte. Otto hob fragend die Augenbrauen.

»Ja?«

»Wenn möglich, würde ich gerne morgen mit dem Teufelsaustreiber Eures Sprengels sprechen, da wir ein gemeinsames Amt ausüben.«

»Selbstverständlich. Ich werde Pater Kunibert anweisen, Pater Thomas von seinen üblichen Pflichten zu entbinden, damit er Zeit für ein Gespräch mit Euch hat. Gute Nacht, Etienne.«

»Gute Nacht, Hochwürdigste Exzellenz.«

Als Etienne am nächsten Morgen aufstand, warteten ein Becher verdünnter Wein und köstliche helle Wecken auf ihn. Daneben lag eine kurze Mitteilung mit der Unterschrift von Pater Kunibert: »Pater Thomas erwartet Euch in der Bibliothek, sobald es Euch angenehm ist.« Etienne aß und kleidete sich schnell an, denn das weiche Bett und die dicken Gänsedaunendecken hatten ihn zu einem ungebührlich langen Schlaf verleitet.

Bei seiner letzten Reise nach Niederwald hatte Etienne den Teufelsaustreiber des Sprengels nur flüchtig kennengelernt. Er erinnerte sich an einen sehr kleinen Mann, der einige Jahre jünger war als er, mit braunen Locken, flinken Händen und einem schüchternen Augenaufschlag. Erschrocken sah der Kanonikus, wie sehr sich Pater Thomas verändert hatte. In nur vier Jahren war der einst gutgenährte Priester zu einer schmerzlich mageren Gestalt geworden; seine Locken waren grau durchsetzt, als wäre er mit Asche bestreut worden, und er bewegte sich mit einem merklichen Hinken, als er Pater Etienne entgegenkam.

»Guten Morgen, Pater Thomas«, sagte Etienne.

»Guten Morgen, Pater Etienne. Ich freue mich, Euch bei guter Gesundheit wiederzusehen.«

Etienne vermochte die Artigkeit nicht zurückzugeben. Pater Thomas sah an sich herunter und ließ ein unsicheres Lachen hören, das in Husten überging. »Der Tod und der Teufel, mein Freund. Ich habe sie beide besiegt, fürs erste wenigstens. Aber der Kampf ist nie zu Ende, nicht wahr?«

»Fürwahr«, sagte Etienne. »Darf ich annehmen, daß Eure Arbeit – ereignisreich war?«

»In der Tat. Ich könnte Euch ganze Bände darüber berichten.«

»Das würde mich freuen«, sagte Etienne ernst. Er setzte sich und forderte Pater Thomas mit einer Handbewegung auf, es ihm nachzutun. Der jüngere Priester war einer der wenigen, dem die Pest auf die Lungen geschlagen hatte. Er hatte Blut gespuckt und sich im Fieber gewunden, aber irgendwie überlebt. »Ich war noch nicht einen Monat vom Krankenlager genesen, als ich zu einer Teufelsaustreibung gerufen wurde. Es war ein schlimmer und jammervoller Anblick. Die Frau war nicht nur besessen, sondern trug auch die Beulen des Schwarzen Todes am Leibe. Es war also dringend geboten, sie sogleich von ihrem Dämon zu befreien, aber ich fand niemanden, der mir helfen wollte. Einmal hat sie mich gepackt und durch das ganze Zimmer geschleudert; seither fällt mir das Gehen schwer. Aber der Herr hat mir Kraft verliehen, und zuletzt hat Er die arme Frau von den Dämonen befreit, die in sie gefahren waren. Sie konnte die Beichte ablegen und die letzte Ölung entgegennehmen und in Frieden sterben. Wir beide wissen, daß diese Gnade zu Zeiten des Schwarzen Todes nicht allen zuteil wurde, auch jenen nicht, die von Dämonen verschont blieben.«

»Da kann ich Euch nur zustimmen«, sagte Etienne betrübt.

»Ich danke Gott, daß meine Dienste in diesem Jahr nicht in Anspruch genommen wurden. Allerdings ...« Die Falten auf dem früh gealterten Gesicht des Priesters vertieften sich. »Kraft meines Amtes muß ich auf alle seltsamen Vorfälle in unserem Sprengel achten, denn oft können ausgebildete Teufelsaustreiber das Auftreten von Dämonen rascher erkennen als die Freunde und Verwandten der Opfer.«

»Ist in der jüngsten Zeit etwas Seltsames geschehen?«

»Drei junge Männer wurden uns als vermißt gemeldet. Bei solchen Vorkommnissen wird oft die Kirche verständigt, da wir die Mittel haben, um in einem weiteren Umkreis nach den Knaben Ausschau zu halten.«

»Ja, das ist mir bekannt. Aber diese Fälle waren anders?«

»Es ist nicht ungewöhnlich, daß ein Bauernbursche davonläuft, um sein Glück in einer Stadt oder andernorts zu versuchen. Und der Thüringer Wald, der nicht fern ist, stellt eine weitere Versuchung für faule junge Männer dar, die sich ihre Habe nicht im Schweiße ihres Angesichts verdienen wollen…« Pater Thomas verstummte, und sein Blick wanderte hinauf zu einem Buntglasfenster, das den Heiligen Petrus in all seinem päpstlichen Prunk und mit den Schlüsseln zum Himmelreich zeigte. Der Tag war bewölkt, und das farbige Licht fiel gedämpft auf ihren Tisch.

»Ich verstehe. Bei diesen Vermißten lagen die Dinge also anders?«

»Die Knaben waren zwischen dreizehn und fünfzehn Jahren alt, und alle drei wurden von ihren Familien und den zuständigen Pfarrern als brav und folgsam geschildert. Um in die Stadt davonzulaufen oder sich gar einer Bande von Geächteten anzuschließen, waren sie zu jung. Und nach den Aussagen aller, die sie kannten, gehörten sie nicht zu jener Art von Jungen, die dem Vaterhaus einfach den Rücken kehren. Das Verschwinden des ersten im Februar könnte man den Wölfen zuschreiben, denn damals lag tiefer Schnee, und in diesem Monat haben die Wölfe den größten Hunger. Aber die anderen beiden werden seit Ende April und seit einer Woche vor der Johannisnacht vermißt, und in dieser Zeit kommen die Wölfe kaum in die Nähe der Dörfer. Und…« Etienne ahnte die Gedanken von Bruder Thomas, als dieser den Blick auf den Tisch senkte.

»Und Ihr habt ein sonderbares Gefühl bei diesen Vermißten«, sagte der Kanonikus sanft. Er selbst hatte schon oft festgestellt, daß ein ausgebildeter Teufelsaustreiber, selbst wenn er keine ausgesprochene magische Gabe besaß, im Lauf der Jahre ein Gespür für solche Dinge entwickelte. Fast schien es, als hätten Männer, die einmal dem leibhaftigen Bösen begegnet waren, fortan die Fähigkeit, es auch an schwachen Zeichen wiederzuerkennen.

»Ich vermag es nicht zu benennen und auch keine Gründe anzugeben«, räumte der jüngere Priester ein. »Es könnte durchaus sein, daß diese Knaben wieder auftauchen. Es ist nur… daß ich tief in mir etwas spüre, etwas, das mich erschauern läßt, als müßte ich einem Besessenen gegenübertreten.« Er bekreuzigte sich.

»Habt Ihr irgendwelche Maßnahmen ergriffen?«

Pater Thomas breitete die Hände aus und sah wie früher durch die Wimpern zu Etienne auf. »Was kann ich denn tun? Ich war in den Dörfern, aus denen die Knaben verschwunden sind, und habe mit den Menschen dort gesprochen. Aber ich konnte nichts herausfinden. Jeder der drei war am Abend zu Bett gegangen und am Morgen verschwunden. Ihre Spuren hatten sich auf der Straße schnell verloren. Keiner von ihnen hatte sich vorher sonderbar verhalten; soweit die zuständigen Pfarrer wußten, waren ihre Seelen so ruhig und gelassen, wie es bei einem Jüngling überhaupt sein kann. Wenn hier ein dämonisches Wirken im Spiele ist, dann wäre es eines, wie ich es noch nie zuvor gesehen habe. Pater Etienne«, bat Thomas, »ich habe gehört, daß Ihr große Erfahrungen mit den Mächten der Finsternis in ihren vielen Gestalten habt. Könnt Ihr mir in dieser Sache raten?«

Etienne dachte nach. Er wußte, daß er Pater Thomas vertrauen konnte. Aber unter Umständen hielte es der Teufelsaustreiber für seine Pflicht, den Bischof ins Vertrauen zu ziehen oder der Landgräfin mit dem Kreuz in der Hand selbst gegenüberzutreten, ohne der Gefahr für sein Leben zu achten.

»Wenn ich Euch meine Gedanken mitteile, Thomas«, sagte Etienne vorsichtig, »wollt Ihr mir dann schwören, nichts zu unternehmen, ohne vorher meinen Rat einzuholen? Ich habe nur Vermutungen und Ahnungen und kann keine sicheren Beweise anführen, die uns ein rechtmäßiges Einschreiten gestatten würden.«

Pater Thomas öffnete verwirrt den Mund, um ihn sogleich wieder zu schließen. Dann entschloß er sich doch zu sprechen. »Etienne, wie kann ich solch einen Eid leisten? Wenn etwas Böses diese Gegend heimsucht, etwas, das dämonischen Ursprungs ist, dann muß ich ihm gegenübertreten und die Mächte Christi dagegen zu Hilfe rufen. Und es ist Eure Pflicht – wenn nicht nach dem Buchstaben des Gesetzes, so doch sittlich –, mir zu offenbaren, was Ihr wißt.«

Etienne sah den kleineren Mann an, der seinem Blick furchtlos standhielt. Wie durch ein farbiges Fenster meinte Etienne den hellen, unnachgiebigen Geist des Priesters durch das früh verwelkte Gesicht und die gebrechliche Gestalt leuchten zu sehen. Die Geistlichen, die bestimmt hatten, Pater Thomas zum Teufelsaustreiber ausbilden zu lassen, hatten eine gute Wahl getroffen. Und dennoch …

»Ich kann Euch nicht sagen, was ich nicht weiß«, sagte Etienne und gab dem letzten Wort eine leichte Betonung. »Wenn Ihr jetzt eine Untersuchung einleiten würdet, würden wir gewiß nichts finden, denn unser Wild würde die Flucht ergreifen, sobald es Euren ersten Schritt vernähme. Wenn Ihr hingegen Geduld übt, Thomas, werden wir vielleicht das Geheimnis der verschwundenen Knaben lösen und andere vor dem gleichen Los bewahren.«

»Meint Ihr, daß sie noch am Leben sind?« fragte Pater Thomas flehentlich. »Wenn noch Hoffnung für sie besteht …«

Etienne schüttelte bekümmert den Kopf.

»Ihr verlangt viel von mir, Etienne«, sagte Pater Thomas. Ich bin nicht zum Priester und Teufelsaustreiber geworden, um tatenlos zuzusehen, wie Missetaten begangen werden. Und wie soll ich Euch helfen, wenn ich nichts weiß? Wenn Ihr mir wenigstens sagen würdet, worauf ich zu achten habe, bestünde immerhin die Möglichkeit, daß ich auf die gesuchte Antwort stoße.«

»Wenn Ihr wüßtet, was ich wissen muß«, erwiderte Etienne, »hättet Ihr bereits Schritte eingeleitet. Es ist besser, wenn ich Euch einfach meine Fragen stelle und daraus Folgerungen ziehe.«

Seufzend legte Pater Thomas die Hände flach auf den Tisch, wie um zu verhindern, daß er zitterte oder sie zu Fäusten ballte. »Wäre Euer Ruf nicht so untadelig, würde ich Euer Ansinnen übel aufnehmen.« Etienne hörte den Funken des Zorns in der gelassenen Stimme seines Gegenübers. »Aber ich danke Christus, daß er Euch in dieser Zeit der Not zu uns gesandt hat. Denn Ihr habt mir zumindest die Gewißheit gegeben, daß mein Verdacht begründet ist und nicht auf eine Verwirrung zurückgeht, die mir von meinem Gehirnfieber geblieben ist. Nun also, was wollt Ihr sonst noch von mir wissen?«

»Erzählt mir mehr von den vermißten Knaben«, sagte Etienne ruhig.

Georg wartete, bis Pater Etienne nicht mehr zu sehen war, bevor er wieder in das Haus des Wildhüters trat. Der Priester hatte ihm nur eine kleine Buße auferlegt. Die Gebete konnte er leicht unterwegs aufsagen, wenn er nach der – er wappnete sich innerlich bei dem Gedanken – Freischar Ausschau hielt.

Herr Bernhardt saß an Lothars Tisch und trank bedächtig aus einem Becher Dünnbier. Georg nahm vor seinem Blick Haltung an, so wie er es vor seinem Vater oder vor Christoph getan hätte. Der schwarzhaarige Mann mochte wilder aussehen als jeder andere, dem er auf seiner Reise begegnet war, doch von ihm ging eine Ausstrahlung aus – vielleicht sein adeliges Blut –, die es Georg unmöglich machte, ihm keine Achtung zu bezeigen oder vor einer von ihm gestellten Aufgabe zurückzuschrecken.

»Nun, Knappe«, sagte Herr Bernhardt. »Bist du bereit für deine Reise?«

»Ich bin bereit, Herr Bernhardt«, antwortete Georg unverzüglich. »Ich habe Vorräte für drei Tage eingepackt, wie Ihr mich geheißen habt, und das Geld, das mir die Frau Gräfin für Hauptmann Paul mitgegeben hat, ist sicher in der Satteltasche verwahrt.«

Herr Bernhardt nickte. »Recht so. Kennst du auch den Weg?«

Georg wiederholte die erhaltenen Anweisungen aus dem Gedächtnis und sagte schließlich: »Und dann warte ich im Weißen Hahn im Dorf Schwarzenbach auf Hauptmann Paul. Er ist mittelgroß und stark gebaut, und er hat rotblondes Haar, einen großen Bauch und eine laute Stimme.«

»Sehr gut.«

»Muß ich … Besteht die Gefahr, daß mir die Männer der Bärenschar das Geld, das ich ihnen bringe, einfach rauben?« *Und mir die Kehle durchschneiden?* dachte Georg, hielt es aber für feige, seine Befürchtung laut auszusprechen.

»Behalte nur kühlen Kopf«, entgegnete Herr Bernhardt trocken, »denn den rauben sie einem besonders gerne.« Seine Gesichtszüge waren so gut hinter dem buschigen schwarzen Bart verborgen, daß Georg einen Augenblick brauchte, um zu erkennen, daß der ansonsten so düstere Edelmann lächelte.

»Hör zu, Georg. Wenn du Hauptmann Paul sicher erreichst, mußt du dir keine Sorgen machen. Denk daran, daß mich die Söldner unter dem Namen Bertram kennen, und erzähle ihnen nicht mehr als nötig über die Lage hier. Aber der Tag wird nicht jünger, und wenn du keine Fragen mehr hast, solltest du dich besser auf den Weg machen.«

Georg wußte, wann er verabschiedet war. Er verneigte sich – nicht zu tief, denn schließlich war auch er der Sohn eines Grafen – und sagte: »Lebt wohl, und behüte Euch Gott.«

Bernhardt berührte die Stelle an seiner Brust, wo die Halskette der Gräfin gegen das abgetragene Tuch seines Rockes drückte. Ein seltsam abwesender Blick trat in seine Augen, als starrte er durch Georg hindurch auf etwas weit Entferntes. »Ich hoffe, daß Er mich behütet«, sagte Herr Bernhardt leise und fügte lauter hinzu: »Und Er möge auch mit dir sein, Georg.«

Es war noch kalt, aber es versprach ein strahlender Tag zu werden. Der Himmel war klar wie eine Schüssel aus blankem Blausilber, und die Sonne schien blendend hell durch das rötliche Herbstlaub. Es dauerte nicht lange, bevor Georg vor sich hin pfiff und schließlich sogar leise vor sich hin sang. Die Angst davor, unter die Männer einer Freischar treten zu müssen, war von ihm abgefallen.

Er näherte sich nach seinen Schätzungen dem Waldrand, als er das Hufeklappern von Pferden – feine, lebhafte Rösser, nach dem Klang des leichten Galopps zu urteilen – und Frauenlachen hörte. Georg erstarrte und entspannte sich wieder. Herr Bernhardt hatte ihm gesagt, was er erzählen sollte, falls er noch innerhalb des Jagdgartens auf jemanden traf. Diese Geschichte würde ihn vor Schaden bewahren – und wenn sein Gepäck durchsucht wurde, würde sich schnell zeigen, daß er kein Wilddieb war. Deshalb wich er nicht vom Weg ab, sondern ließ seinen braunen Wallach und das Packpferd im leichten Paßgang weiterreiten.

»He da, Knabe!« rief ihn eine dunkle Frauenstimme an. »Bleib, wo du bist!«

Georg brachte sein Pferd zum Stehen und sah sich um. Er erblickte drei Frauen und hielt verwundert den Atem an. Eine war goldhaarig und noch schöner als Eva, obgleich die milchweißen Brüste über dem hellgrünen Mieder nicht so voll waren. Die zweite hatte rabenschwarzes Haar, und das rosenfarbige Kleid lag ihr so eng am Leibe, daß ihr üppiger Busen mit jedem Atemzug bebte. Beide trugen in Gold gefaßte Onyxringe, ein Umstand, der Georg wegen seiner Merkwürdigkeit auffiel. Aber es war die Frau in der Mitte, die seine Blicke gefangenhielt, die ihn erschauern ließ und ihm den Atem raubte. In ihrem wallenden bernsteinbraunen Haar glänzte es rot und golden auf wie von einem verborgenen Feuer, das aus blankem Holz hervorlodert. Und wie Smaragdsplitter aus den Tiefen eines sonnenbeschienenen Weihers, so erglühten grüne Flecken in ihren braunen Augen. Die weiche Rundung ihrer Wange mit ihrer leicht geröteten Haut schien ihn aufzufordern, sie zu liebkosen. Die Lippen waren weich und süß wie Rosenblätter, und Georg wollte es scheinen, als lägen sie auf seiner Haut und verführten ihn zu Spielen, die er nur in der Beichte als Verstoß gegen das Gebot der Schamhaftigkeit zu benennen gewagt hätte. Entsetzt bemerkte er, daß sich sein Stab schon von dem einen Blick auf sie aufgerichtet hatte. Er hatte Angst, sich unsäglich zu besudeln, wenn sie näher kam oder ihn berührte, und doch konnte er sich nur mit zitternden Händen davon abhalten, sein Pferd herumzuwerfen und zu ihr zu reiten.

Der große Rubin an ihrem Zeigefinger blinkte dunkelrot auf, als sie anmutig die weiße Hand durch das Lichtgewirk aus Sonne und Herbstlaub bewegte, um ihn heranzuwinken. »Wer bist du, Knabe?« Ihre tiefe Stimme streichelte wie Seide Georgs Haut. »Was machst du hier im Jagdgarten des Landgrafen?«

»Ich, ich …« stammelte Georg mit unbeholfen krächzender Stimme. Die Ohren brannten ihm, als er noch einmal einen Anlauf nahm. »Ich bitte Euch um Verzeihung, gnädige Frau. Ich war auf dem Weg zu meinem Vater und habe mich verirrt. Ein Wildhüter hat mich aufgehalten und mein Gepäck durchsucht, um sicher zu sein, daß ich kein Wilddieb bin«, erklärte Georg und hoffte, genügend Entrüstung in seine Stimme gelegt zu haben. »Dann hat er mich fortgeschickt und mir den Weg gezeigt.«

»Ein Wildhüter, also?« sagte die Dame grübelnd. Von der Seite blickte sie Georg durch dichte schwarze Wimpern an, und ihm blieb beinahe das Herz stehen. *Bitte, sieh mich an ... komm näher, berühre mich ...* »Und wann erwartet dich dein Vater?«

»Heute nachmittag, gnädige Frau«, antwortete Georg.

Sie strich sich mit der Hand über eine Locke des wunderschön glänzenden Haares, und Georg sah, wie sich ihre Brüste in dem tiefroten Mieder bewegten. Er schluckte trocken und legte die Schenkel enger um sein Pferd. Der Sattel drückte ihn fast schmerzhaft gegen die Hoden, und er konnte nur mühsam einen Aufschrei unterdrücken, als sie langsam herantrabte. Gelähmt vor Furcht und Entzücken, ließ er es zu, daß sie mit den Fingern über den Griff seines Schwertes streifte. »Du bist kein gewöhnlicher Bauernjunge«, stellte sie fest. »Schade.«

»Mein Vater ist Kaufmann, gnädige Frau«, sagte Georg, aber er konnte die eigene Stimme durch das tosende Pochen im Kopf kaum hören. Jetzt roch er ihren schweren, süßen Duft, und mit jedem Atemzug wurde ihm schwindeliger. Er sah das winzige Schönheitsmal an der Innenseite ihrer linken Brust, die vorstehenden Brustwarzen unter dem dunkelroten Samt und sogar, wie ihm schien, die Andeutung eines dunklen Randes in ihrem tiefen Ausschnitt.

»Er ist gewiß reich, wenn er seinem Sohn solch ein Schwert kaufen kann«, hauchte sie und ließ die Hand sinken. Wieder flammte der Rubin auf, und ihre Finger streiften Georg am Schenkel. Der Knappe mußte sich auf die Zunge beißen, um nicht aufzustöhnen. »Glaubst du, es würde ihm etwas ... ausmachen, wenn du ein wenig später kämest?«

Georg schüttelte so wild den Kopf, daß ihm das rote Haar ums Gesicht flog. Er hörte das Lachen der anderen beiden Frauen, das zusammenklang wie Glocken aus Gold und Silber. Dann hörte er nur noch ihre Stimme, denn sie hatte sich so nah zu ihm gebeugt, daß er ihren süßen Anisatem riechen und seine Wärme auf der Wange fühlen konnte, so nah, daß der betörende Duft ihres Haares seine Gedanken zu umfangen schien wie Eiderdaunen.

»Sag mir, Knabe«, hauchte sie, und jedes ihrer Worte bohrte sich in Georgs Herz, »bist du noch unberührt?«

Georg richtete sich nicht auf, um nicht ihre Nähe zu verlieren, aber er sprach, so tief und männlich er vermochte. »Nein, gnädige Frau. Ich habe schon oft ... ich weiß ...«

Ihr Stirnrunzeln war so schön wie ihr Lächeln, aber als Georg das grüne Funkeln des Zorns in den tiefen Teichen ihrer Augen sah, meinte er zu sterben. »Reite weiter, Knabe, damit du nicht zu spät zu deinem Vater kommst. Und bestelle ihm von der Landgräfin Ortlieb, daß er dich besser hätte behüten sollen!« Damit gab sie ihrem Pferd die Sporen. Der Rotschimmel sprang vorwärts, und schon nach wenigen Augenblicken war nichts mehr von ihr und ihren Gefährtinnen zu sehen.

Georg starrte lange auf die Stelle, an der sie gestanden hatte. Dann ließ er den Kopf auf die Brust sinken und weinte. Er hatte das Gefühl, einen Tritt in den Unterleib erhalten zu haben, und die Schmerzen waren so qualvoll, daß er sich am liebsten gewunden hätte. Er zitterte am ganzen Leib, und einen Augenblick dachte er, er müßte Dünnbier und Brot, die er zum Frühstück zu sich genommen hatte, wieder erbrechen.

Nach einiger Zeit ließ das Zittern nach, und auch die Übelkeit und der Schmerz vergingen allmählich. Georg wischte sich das nasse Gesicht ab und schneuzte sich in den Ärmel wie ein Bauer. Er fühlte sich ausgelaugt, als hätte er die Sünde des Onan begangen, aber ohne die friedliche Entspannung, die diesem Vergehen gewöhnlich folgte. Langsam setzte er sich in Bewegung, denn der Gedanke an einen schnelleren Ritt schien ihm unerträglich.

Georg verbrachte die Nacht am Rand eines abgemähten Feldes im Freien, eingewickelt in eine Decke. Er fand kaum Ruhe, denn jedes Rascheln der geschorenen Halme klang wie der Schritt eines Räubers. Als er kurz vor dem Morgengrauen schließlich einschlief, träumte er von *ihr*, von ihrer Hand, die ihn streichelte, von dem dunkelroten Glühen ihres Rubinringes und dem Haargeflecht, das betörend auf ihn niederfiel. Mit einem rauhen Schrei fuhr er aus dem Schlaf und fand seine Hose schändlich befleckt. Er fragte sich, ob das, was der Dämon Christoph angetan hatte oder ihm antun wollte, so viel schlimmer war. Zumindest hatte er nicht Herrn Christophs Körper zu einer Antwort gezwungen, so wie es ihre Berührung getan hatte. Georg hätte in diesem Augenblick seine Seele für die Gewißheit gegeben, die Landgräfin Ortlieb nie mehr sehen zu müssen – aber zugleich hatte er schreckliche Angst davor, daß er seine Seele dafür hingeben würde, sie wiederzusehen.

Er reinigte sich mit einer Ecke der Decke und packte zusammen. Als die Pferde gesattelt waren, machte er sich wieder auf den Weg. Weißer Reif lag auf den braunen Stengeln und grauen Steinen des Feldes, und Georg sah im blassen Licht der Dämmerung hinter sich die dunkle Spur seiner Pferde.

Georg hatte gehofft, die Schenke gegen Mittag zu erreichen, doch als die Sonne über ihm hell durch die auseinanderreißenden Wolken drang, war er erst bis zum Saum des Thüringer Waldes gelangt. Die Straße führte gerade durch die Bäume, so wie es ihm Herr Bernhardt beschrieben hatte, und Georg trieb die Pferde zu einer schnelleren Gangart. Immer wenn die eilenden Wolken das helle Sonnenlicht enthüllten, meinte er das Schimmern *ihres* Haares im Rot und Gold der herbstlichen Blätter zu sehen, und im hohen Gezwitscher der Vögel und im sanften Rieseln des Baches neben dem Weg hörte er das Lachen *ihrer* Gefährtinnen.

»Christus stehe mir bei«, flüsterte Georg vor sich hin, »jetzt verstehe ich, was Pater Etienne meinte.« Der Gedanke an den Priester erinnerte ihn daran, daß er seine Buße noch nicht erfüllt hatte. Er begann, seine Gebete aufzusagen, und die vertrauten Worte durchströmten seinen Geist wie die blanken Perlen eines Rosenkranzes.

Endlich erreichte Georg die kleine Brücke über den dunklen Schwarzenbach, deren Verputz gesprungen und feucht von grünem Moos war. Georg stieg ab und führte die Pferde hinüber. Die Häuser des Ortes waren in gutem Zustand, weiß getüncht und halb aus Holz gebaut. Das Schild der Schenke hing auf einer Seite des Dorfplatzes: ein weißer Hahn mit goldenem Kamm und Schnabel, den Kopf stolz zum Krähen zurückgeworfen. Georg tränkte zuerst die Pferde am Brunnen, bevor er in die Schenke trat.

Drinnen befanden sich nur zwei wohlgenährte Männer beim Würfelspiel, von denen keiner das rauhe Aussehen hatte, das Georg von den Söldnern einer Freischar erwartete. Georg setzte sich auf eine Bank an der Wand und blickte sich um. Die Schenke war mit farbigen Gestalten bemalt, und trotz der unbeholfenen Ausführung erkannte Georg das Dargestellte: Petrus mit wallendem Bart, der den Herrn verleugnete, und auf dem Dach darüber der krähende Hahn aus dem Schild der Schenke.

»Was darf es sein, mein Junge?« fragte einer der Würfler und trat auf ihn zu. »Schau nicht so trübe drein. Meine Frau Frieda kocht gerade Forelle, weil ja Freitag ist, und wenn du die erst einmal zusammen mit ihrer Steinpilztunke gekostet hast, wirst du dir wünschen, daß bald Fastenzeit ist, damit du jeden Tag ihren Fisch bekommst. Dazu bringe ich dir gutes Schwarzbrot und einen Krug starkes Bier. Das Ganze für einen Kupferpfennig, etwas Besseres kriegst du nirgends, das sage ich dir.«

Zerstreut holte Georg eine Münze aus dem Gürtelbeutel und reichte sie dem Wirt, ohne auf sein Gerede zu achten. Als das Bier in einem großen Steingutkrug kam, nahm er einen tiefen Schluck, weil er nach dem langen Ritt Durst hatte. Aber als sich der Schaum gesetzt hatte und Georg in den Krug blickte, sah er darin ein dunkles, bernsteinbraunes Leuchten und wäre fast in Tränen ausgebrochen.

»Komm schon, Junge, so schlimm kann es doch gar nicht sein«, sagte neben ihm die freundliche Stimme eines Mannes. Eine rauhe Hand klopfte ihm auf die Schulter. »Liebeskummer, stimmt's?«

Georg wollte lachen, aber bittere Tränen stürzten ihm aus den Augen, und seine Schultern bebten. Kurz darauf spürte er den kühlen, glatten Krug, der ihm in die Hand geschoben wurde. »Ach, nimm einfach einen tüchtigen Schluck, dann sieht die Welt bald wieder fröhlicher aus«, ermunterte ihn sein Nachbar. »Keine Frau ist es wert, daß man sich so plagt, das kannst du mir glauben.«

Folgsam trank Georg, und das Schlucken schien den Knoten in seiner Kehle aufzulösen, so daß er noch ein wenig mehr trinken konnte.

»Na also. Schmeckt doch gut, oder?«

»Ja, vielen Dank.« Georg wandte sich höflich seinem neuen Bekannten zu. Der Mann war von gedrungener Gestalt mit kräftigen Armen und Schultern, und ein fleckiges Lederwams mit eingenähten Eisenplatten bedeckte seine breite Brust und den mächtigen Bauch. Auf dem kantigen Schädel saß eine eisengebundene Lederkappe, wie auch Georg sie trug, und die kleinen blauen Augen und die Stumpfnase erinnerten Georg an einen Tanzbären, den er einmal gesehen hatte. Ein rötliches Stoppelgewirr verbarg das Kinn und den breiten Kiefer. Das Gesicht war ziemlich schmutzig, aber Georg mußte das Grinsen des Mannes unwillkürlich erwidern.

»So ist es recht. Wirt, noch zwei Krüge Bier! Wenn du davon erst einmal genügend geschluckt hast, mein Junge, dann wirst du ganz schnell vergessen, daß du dich jemals um dein Mädchen gegrämt hast. Aber sag, was machst du eigentlich hier?«

»Ich ... ich warte auf jemanden«, stotterte Georg, als ihm der Wirt den Krug wegzog, um ihn wieder vollzuschenken.

»Ich auch, nur daß ich nicht weiß, auf wen«, knurrte der gedrungene Mann. »Ich warte auf einen Unbekannten, und seit ewigen Zeiten haben wir keinen Sold gesehen. Warum sind wir nicht einfach mit all den anderen nach Frankreich gezogen? Wir könnten im Sonnenschein durch Spanien reiten und reich werden, statt uns hier den Arsch abzufrieren, nur weil ein alter Freund meint, er könnte uns vielleicht brauchen. Ich sag dir, mein Junge, wenn du dich jemals für das Söldnerhandwerk entscheidest, dann such dir einen Befehlshaber mit Verstand.« Er hielt inne und sah Georg prüfend an. »Aber ich sehe gerade, daß du ein schönes Schwert hast. Weißt du es auch zu gebrauchen?«

»Recht gut«, antwortete Georg. Er wußte, daß Vorsicht geboten war, aber er spürte bereits, wie ihn das starke Bier mit wohliger Wärme erfüllte.

»Bei unserem letzten Feldzug haben wir einige Männer eingebüßt – wie würde es dir gefallen, dich als Söldner zu verdingen? Falls du überlebst, bekommst du deinen Anteil vom Sold, wenn wir bezahlt werden, und einen Anteil der Beute;

und du kannst wie die anderen dein Glück bei den Frauen versuchen. Wir sind die Bärenschar, mein Junge: die beste Kampftruppe nördlich der Kaisergarde; zumindest trinken wir am meisten Bier.«

Erst jetzt bemerkte Georg die rotblonden Locken unter der verbeulten Lederkappe seines Tischgenossen. »Ihr seid Hauptmann Paul!« platzte er heraus.

»Paul der Bär, zu Diensten«, erwiderte der Söldner. »Und was sagst du zu meinem Angebot?«

»Äh ... ich bringe Euch Euren Sold«, stotterte Georg verlegen.

Paul starrte ihn einen Augenblick verdutzt an und brach schließlich in grölendes Gelächter aus. »Dann kannst du gleich das Bier bezahlen! Nein, das war nur ein Spaß. Die Runde geht auf mich. Wie heißt du?«

»Georg.« Auf der Reise in den vergangenen Wochen hatte er es sich abgewöhnt, hinzuzufügen: *der Sohn von Graf Wolfgang*, und so schwieg er auch jetzt.

»Dann bist du also ein Freund von Bertram. Und jeder seiner Freunde ist auch unser Freund. Du kennst wohl nicht zufällig auch Gräfin Margerite?«

»Ich bin den ganzen Weg zu Bertram in ihrer Gesellschaft gereist«, erklärte Georg stolz. »Sie und Eva brauchten einen Mann als Beschützer.«

Paul nahm die frisch eingeschenkten Krüge entgegen und gab einen an Georg weiter. »Also, auf dein Wohl und auch auf ihres.« Er nahm einen tiefen Schluck, und Georg folgte seinem Beispiel.

Nachdem sie die Schenke verlassen hatten, banden sie die Pferde ab und schritten in den Wald hinein. Georg stolperte immer wieder über Wurzeln, die gar nicht da waren, und der dämmerige Pfad schwankte vor seinen Augen. Der Bär ging mit sicheren Schritten, und die Zweige knackten laut unter seinen Stiefeln. Selbst wenn er nicht mit erhobener Stimme geredet hätte, hätte man sie schon aus weiter Ferne hören können.

»Sollten wir nicht ein wenig leiser sein?« fragte Georg unruhig.

Paul lachte. »Das Gefährlichste in diesen Wäldern ist zur Zeit die Bärenschar. Du brauchst dir keine Sorgen zu machen, Georg. Bei uns bist du gut aufgehoben.«

Die eisige Herbstluft klärte Georg allmählich den Kopf. Die Dunkelheit war bereits hereingebrochen, und der aufgehende Mond warf ein helles Licht durch die Bäume, so daß Paul und er dem Pfad ohne große Mühe folgen konnten.

»Halt!« rief plötzlich eine tiefe Stimme aus einem Busch neben dem Weg. Georg schrak zusammen und fuhr mit der Hand zum Schwertgriff, aber der Bär wandte nur den Kopf.

»Von wegen Halt«, antwortete er. »Ich bin's, ich bin wieder da, und ich habe einen Freund dabei.«

»Wie lautet das Paßwort?« fragte die Stimme unbeirrt.

»Ich habe das verdammte Paßwort vergessen!«

»Du mußt das Paßwort nennen«, beharrte der Unsichtbare.

»Das Paßwort heißt ›Glück mit uns!‹« brüllte Paul. »Das Paßwort heißt Bier! Um Christi willen, Jochanan, ich habe das Paßwort bestimmt, und jetzt habe ich es vergessen. Hör auf, mich zu drangsalieren, sonst verbleue ich dir den Rücken!«

Die Stimme im Busch brach in Gelächter aus, und ein großer Mann trat auf den Pfad. Im schwachen Mondlicht konnte Georg seine Züge kaum erkennen, aber sein Haar war dunkel und lockig, und an der Seite trug er ein Krummschwert. »Schön, daß du wieder da bist, Paul. Wen hast du denn da mitgebracht?«

»Das ist Georg, der Bote, der zu uns gesandt worden ist. Er ist ein Freund von Bertram und Margerite. Georg, das ist Jochanan, mein Geschützmeister und stellvertretender Befehlshaber. Er hat mit mir auf Burg Falkenstein gedient – als ob er treu wäre«, fügte Paul hinzu und brach in lärmendes Gelächter aus. Jochanan gluckste betreten. Georg sah die beiden abwechselnd an und fragte sich, ob sie vielleicht bei ihren Kämpfen zu viele Schläge auf den Kopf erhalten hatten.

»Sehr erfreut, dich kennenzulernen, Georg«, sagte Jochanan. »Willkommen in unserem Lager.«

Die drei waren nur ein kurzes Stück weitergegangen, als Georg durch die Bäume mehrere Lagerfeuer erspähte und das leise Gemurmel von Männerstimmen hörte. Obwohl er wußte, daß er sich unter Männer begab, die sein Vater als plündernde Mordbuben zu bezeichnen pflegte, die kaum den Strick wert waren, an dem man sie aufknüpfen sollte, fühlte er sich neben Paul und Jochanan ruhig und gelassen. Nach einem kalten Windstoß stieg ihm der herzhafte Geruch von Bratwürsten in die Nase, und an einem Feuer brach schallendes Gelächter aus.

»Jetzt bekommen wir doch noch unseren Sold«, sagte Paul glücklich. »Du kannst also ruhig das letzte Faß Bier aufmachen, Jochanan. Georg, setz dich hierher ans Feuer und erzähle, was geschehen ist. In Bertrams Nachricht stand nur, daß er uns dringend braucht und daß wir hierher kommen sollen, aber daß er uns wahrscheinlich erst bezahlen kann, wenn alles vorbei ist. Und was um Himmels willen macht Margerite hier? Ich dachte, sie hat diesen Grafen Soundso geheiratet.«

Bald saß Georg mit an einem der Lagerfeuer. In der einen Hand hielt er einen Krug Bier, in der anderen eine brutzelnde Bratwurst. Am Freitag Fleisch zu essen mochte eine Sünde sein, aber die Forelle im Weißen Hahn lag schon eine Weile zurück, und außerdem wäre es unhöflich gewesen, die Gastfreundschaft der Bärenschar auszuschlagen. Er hatte keine Mühe, den Freischärlern Herrn Bernhardts Lage zu schildern, als er jedoch erklären sollte, warum Margerite, Eva und er aus Burg Fürstensee geflohen waren, geriet seine Zunge ins Stottern.

Zu seiner Überraschung sah Georg ein sanftes Lächeln auf Jochanans groben Gesichtszügen. Im Schein des Feuers erschien ihm Pauls Geschützmeister fast wie ein Sarazener, so dunkel und fremdartig wirkte seine Haut. »War es etwas Seltsames?« fragte Jochanan leise.

Georg nickte stumm.

»Du kannst es uns sagen, Georg. Wir haben schon einige seltsame Dinge gesehen, nicht wahr, Paul?«

»Da hast du recht.«

Zögernd berichtete Georg von den Geschehnissen. Jochanan legte die dunkle Stirn in Falten, als er von Christophs Dämon erzählte. »Er scheint mir ein guter Mensch, aber ich habe mir immer ein wenig Sorgen um ihn gemacht«, bekannte der Geschützmeister. »Ein Sturz auf den Kopf so wie bei ihm ist gefährlich – er hinterläßt einen Spalt, durch den sich ein Dibbuk einschleichen kann.«

»Ein was?«

»Achte nicht auf ihn«, warf Paul ein. »Fahre fort.«

»… Und so sind wir hierhergekommen«, sagte Georg kurz darauf. Er leckte sich das Wurstfett von den Fingern und wischte sich dann auf ziemlich unvornehme Art die Hände am Rocksaum ab.

»Eine schwere Reise, fürwahr«, stellte Paul fest. Er leerte seinen Krug in einem Zug. »Aber wenn Pater Etienne auf unserer Seite steht, werden wir die Oberhand behalten.« Der Bär gähnte gewaltig. »Und jetzt solltest du schlafen, Georg. Morgen kannst du zurückreiten und Bertram berichten, daß wir uns hier bereithalten und jedem Hundsfott, der es nötig hat, das Fell über die Ohren ziehen werden.«

7. KAPITEL

Nachdem sie eine Woche lang Töpfe und Böden geputzt, Gemüse ausgegraben und riesige Körbe Unrat zum Misthaufen hinausgeschleppt hatte, stellte sich bei Margerite das Gefühl ein, ihr früheres Leben sei nichts als ein halb vergessener Traum in dem Schlaf, nach dem sich ihr zerschlagener Leib verzweifelt sehnte. Es schien ihr unvorstellbar, daß sie einmal Diener hinunter in die Küche geschickt hatte, um an einem Freitag statt Hecht Aal zu verlangen oder um sich zu erkundigen, ob für den Abend ein gut abgehangenes Lendenstück zur Verfügung stand. Da sie sich als einfache Scheuermagd verdingte, mußte ihre Arbeit wenigstens nicht ständig Luitburgs prüfendem Blick standhalten, und die Köchin hatte sie auch noch nicht mit der beweglichen Weidenrute gezüchtigt, mit der sie der Auffassungsgabe ihrer Lehrmädchen auf die Sprünge zu helfen pflegte. Aber dafür sah sie nichts von Schloß Niederwald. Sie hatte noch nicht einmal Gelegenheit gefunden, den großen Saal zu betreten, obgleich dieser nur durch eine Tür von den Küchen getrennt war.

Margerite beneidete Eva nicht nur darum, wie leicht ihr das Reinigen von Töpfen und Geschirr von der Hand ging, sondern auch darum, wie mühelos sie am Spülbecken stehend mit den anderen Mägden plaudern konnte. Eva wußte schon nach einem Tag, wie die anderen Frauen hießen und welche Aufgaben sie hatten. Margerite dagegen hatte kaum Kraft zu sprechen. Mit Mühe und Not gelang es ihr, Wolfram zu versorgen und mit den anderen Küchenmägden Schritt zu halten. Wenn sie vom Hunger gequält wurde, mußte sie an Gerichte denken, die sie an Heinrichs Tafel nur halb gegessen hatte. Es hätte sie bitter gereut, diese Speisen verschmäht zu haben, wenn sie nicht am eigenen Leibe einen Umstand erfahren hätte, von dem sie vorher kaum etwas geahnt hatte:

Die Küchenbediensteten stürzten sich geradezu auf die Überreste aus dem großen Saal, und die Enthaltsamkeit, die aus Überfluß und Achtlosigkeit gegen die mühevolle Zubereitung jedes einzelnen Gerichtes entsprang, erschien ihr jetzt wie ein Akt der Nächstenliebe.

Am Morgen des achten Tages in der Küche von Schloß Niederwald war Margerite gerade bemüht, genau die richtige Menge trockenes Holz in die Öfen zu stapeln, als sie Luitburgs keifende Stimme über dem Gedränge der Dienerinnen hörte. »Was soll das heißen, du brauchst Frauen, die nähen können? Dann such sie dir doch und laß mich damit zufrieden! Das ist eine Küche, du blatternnarbiger Narr, und keine Nähstube!«

Margerite hob vorsichtig den Kopf und erkannte einen gutgekleideten Schloßdiener in der Tür zum großen Saal. Luitburg stand keinen Fuß von ihm entfernt und schrie ihm ins Gesicht. Völlig unbeeindruckt entgegnete er: »Die Landgräfin benötigt für die Festbehänge Frauen, die mit der Schere gerade schneiden und einen geraden Saum nähen können, nichts weiter. Soll ich ihr mitteilen, deine Küche ist so schlecht geführt, daß du nicht einmal für ein paar Tage auch nur eine einzige Magd entbehren kannst?«

Luitburg grunzte angewidert und sah sich um. »Also gut. Du – Gertrude! Du bist ohnehin nutzlos, das kannst du auch woanders sein. Nimm deinen Bankert und mach, daß du davonkommst. Du kannst froh über die leichte Arbeit sein, und wasch dir vorher die Hände. Die Landgräfin möchte bestimmt keine dreckigen Fingerabdrücke auf ihren Wandbehängen.«

»Ja, Frau Luitburg«, erwiderte Margerite folgsam. Sie blieb neben dem Becken stehen, in das Eva gerade heißes Wasser auf eine über Nacht eingeweichte Pfanne goß, und schrubbte sich den Ruß von den Händen. Gegen die schwarzen Flecken an den Ärmeln ihres Wollkleids konnte sie nichts tun, aber sie blieb noch einen Augenblick, um sich auch das Gesicht zu waschen. Dann nahm sie Wolfram auf den Arm und folgte dem Schloßdiener.

Er führte sie durch den großen Saal, der fast doppelt so groß war wie der Saal von Burg Fürstensee und dessen Wandbehänge im Licht des wolkenverhangenen Himmels matt schimmerten, und weiter durch einen Gang in ein großes Zimmer, in dem mehrere Frauen wallende Bahnen aus schwarzem und dunkelviolettem Tuch ausmaßen, schnitten und vernähten.

»Irmingard wird dir zeigen, was du zu tun hast. Irmingard, das ist die einzige, die in der Küche entbehrlich war«, sagte der Diener gekränkt, ehe er das lange braune Haar über die Schulter zurückwarf und sich zum Gehen wandte.

Die Frau, die sich aus den endlosen dunklen Stoffen erhob, war mittelgroß und ziemlich füllig. Sie hatte einen dicken kastanienbraunen Haarkranz und ein rundes, gutmütiges Gesicht. »Willkommen in unserer kleinen Runde«, sagte sie lachend. »Da du hier bist, kannst du wohl auch einigermaßen nähen?«

»Ja, Frau Irmingard«, antwortete Margerite.

»Gut. Es gibt noch genug zu tun für die Feier der Landgräfin. Im Grund sollten wir dankbar sein, daß sie uns ein klein wenig Zeit gegeben hat, um alles anzufertigen. Das sind die Behänge, die am Festabend alle Wände des großen Saales bedecken sollen. Jede Naht darin muß klein und vollkommen sein. Du wirst mit Hannelore zusammenarbeiten. Sie zeigt dir, was zu tun ist.«

Margerites Gefährtin war klein und dunkelhaarig. Ihre Hände flatterten bei jedem Stich unruhig über das Tuch, und Margerite hätte es ihr am liebsten weggenommen. Aber Hannelore trug ein sauberes dunkelblaues Überkleid über einem blassen Linnenhemd und einen schlichten Silberring an einem weißen Finger. Wenn sie auch nicht zu den vertrauten Dienerinnen der Landgräfin zählte, so stand sie doch zweifelsfrei höher im Gesinderang als Margerite.

Nachdem sie den Rauch und die quälenden Wohlgerüche der Küche hinter sich gelassen hatte, fand Margerite bei der gewohnten Näharbeit schnell ihre gute Stimmung wieder. Trotzdem hatte sie nach mehreren Stunden das Gefühl, daß ihr die endlosen Ballen aus schwarzem und dunkelviolettem Stoff auf die Augen drückten, als blicke sie in mondloser Nacht durch einen undurchdringlichen Nebel. »So eine trostlose Festausstattung habe ich noch nie gesehen«, flüsterte Margerite ihrer Nachbarin zu.

Hannelore kicherte. »Ich habe gehört, die Landgräfin hat Maskenträger für einen Totentanz verpflichtet. Du hast bestimmt noch nicht davon gehört, aber soviel ich weiß, ist er gerade sehr in Mode.«

»Und was ist ein Totentanz?« fragte Margerite sanft, obwohl sich sich über Hannelores Worte ärgerte – um so mehr, als sie wirklich keine Ahnung hatte, wovon die Näherin sprach.

»Ach, irgend etwas aus Frankreich oder Italien. Alle großen Edelleute werden kommen, sogar der Markgraf von Meißen und der Landgraf von Thüringen. Ich habe gehört« – Hannelore senkte verschwörerisch die Stimme – »daß die Landgräfin fast fünfundzwanzig Mark für schwarzgefärbte Kerzen für den Saal ausgegeben hat.«

Margerites Ächzen war völlig natürlich. Selbst auf Burg Fürstensee hätte sie solch eine törichte Ausgabe nie geduldet. Zudem konnte sie sich vorstellen, wozu Ortlieb die schwarzen Kerzen noch verwendete.

»Weshalb schwarz?« fragte sie so unschuldig wie möglich. »Ist das nicht ... ziemlich düster für eine Feier? Das sieht ja aus wie für ein Begräbnis.«

»Das Fest findet ja an Allerseelen statt«, erwiderte Hannelore. »Ich habe einige Trachten gesehen, an denen die Kleidermacherin der Landgräfin arbeitet. Sie sind wirklich schauerlich. Eigentlich«, erklärte sie nicht im geringsten beschämt, »habe ich zuerst dort mitgearbeitet. Aber mein Nadelstich ist nicht so fein wie der der anderen Frauen, und deswegen wurde ich heruntergeschickt, um neben den niedrigeren Mägden zu nähen. Ich bin froh, wenn das alles vorbei ist – ich bekomme schon eine Blase am Zeigefinger, siehst du?« Sie hielt Margerite den Finger hin, um ihr die rosige Stelle an der Spitze zu zeigen. Margerite blickte unwillkürlich auf ihre aufgesprungenen und wunden Hände, sagte aber lediglich: »Ja, das kann eine Blase werden.«

»Schon fertig?« fragte Irmingard und trat heran, um sich ihre Arbeit genauer anzusehen. »Siehst du, wie gut du nähen kannst, wenn du nur willst, Hannelore? Da kann ich dich gleich wieder nach oben zu den feinen Näharbeiten schicken, denn das ist so schön wie das Stickwerk einer Edelfrau. Maria steh mir bei, Gertrude, nennst du das einen geraden Saum?«

Beleidigt blickte Margerite auf das schwarze Stück Tuch, das Irmingard in der Hand hielt. Seit der Heirat mit Ruprecht hatte sie zwar höchstens noch gestickt, aber davor hatte sie einige ihrer besten Kleider eigenhändig genäht und sich immer für eine gute Schneiderin gehalten. Da erkannte sie, daß Irmingard auf einen Saum von Hannelores Hand zeigte. Margerite wollte widersprechen, doch es stand ihr nicht zu, den Mund aufzumachen. Zum Glück wollte Hannelore den Vorwurf nicht auf sich sitzen lassen.

»Das ist meine Naht, und daran ist nichts auszusetzen, Irmingard!« rief die dunkelhaarige Frau erbost. »Es hängt ja ohnehin oben an der Decke, wo es niemand sehen kann. Wieso sollte ich mir Augen und Hände mit winzigen Stichen verderben, als würde ich den Ausschnitt eines Prachtkleids nähen?«

Irmingard schüttelte nur den Kopf. »Die Landgräfin möchte, daß jede Frau, die von ihren Pflichten abkömmlich ist, an der Festausstattung mitwirkt – und das betrifft auch dich, Hannelore. Und du mußt hier nicht die vornehme Dame spielen, denn ich weiß ganz genau, daß du der Landgräfin nur den Wein in einem Krug aufträgst und ihn in ihrem Nachttopf wieder wegschaffst. Dann stammt diese Naht wohl von Gertrude?«

»Ja«, erwiderte Margerite und sah Irmingard in die Augen, ehe sie daran denken konnte, bescheiden den Blick zu senken.

Die Näherin rieb zerstreut an dem silbernen Armreif an ihrem linken Handgelenk und betrachte Margerite zweifelnd. »Wenn ich Hannelore nicht kennen würde, würde ich das nie glauben. Glaubst du, du kannst auch schwierigere Arbeiten meistern?«

»Ich bin keine Kleidermacherin, Frau Irmingard«, sagte Margerite zögernd. »Aber ich nähe recht ordentlich und kann auch ein wenig sticken, wenn es gefällig ist.«

»Hmm. Was hast du dann in der Küche verloren?« fragte Irmingard. »Eins von Luitburgs Lehrmädchen kannst du nicht sein, sonst hätte Josef geblutet, als er dich gebracht hat.«

»Ich habe Töpfe gescheuert und die Öfen geschürt, Frau Irmingard.«

»Was für eine Verschwendung«, sagte die Näherin ohne Umschweife. »Setz dich hierher, damit ich sehe, was du kannst. Wenn du gut arbeitest, werde ich dich vielleicht nach der Feier bei mir behalten. Ein Mädchen wie du kann sich gar nicht vorstellen, wieviel es in solch einem Schloß zu nähen und auszubessern gibt.«

Eine geraume Weile schnitt und nähte sie unter Irmingards Aufsicht, bis diese schließlich aufstand und sich mit knirschenden Knochen streckte. »Wo hast du nähen gelernt?« fragte sie. »Das sind die Stiche einer Hand, die nicht an grobes Linnen und Wolle, sondern an feine Seide gewöhnt ist.«

»Ich habe es zu Hause in Greifenstein gelernt, Frau Irmingard«, murmelte Margerite.

»Hmm. Nun, Gertrude, wenn ich dir ansehnlichere Kleider gebe, wirst du dann in besserer Gesellschaft nähen können, ohne dich danebenzubenehmen? Dein Kind ist störend, aber selbst Isabelle wird wohl darüber hinwegsehen, wenn sie dafür eine weitere geschickte Näherin bekommt.«

»Ich hoffe es, Frau Irmingard«, erwiderte Margerite. Zum ersten Mal seit Tagen faßte sie wieder Mut.

»Dann komm mit mir.«

Margerite nahm Wolfram auf und folgte der Näherin hinauf ins nächste Geschoß. Durch die Galerie der Spielleute gelangten sie zu einem Gang im Nordteil des Schlosses. Irmingard öffnete die letzte Tür und führte Margerite in ein Gemach, dessen nordöstliche Ecke von einem breiten Steinbogen abgeschnitten war. Margerite erkannte, daß dieser zum hohen Turm des Schlosses gehörte. Durch eines der westlichen Fenster sah sie eine dreieckige Dachspitze. Vermutlich war Schloß Niederwald nach und nach erbaut worden, wie es der wachsende Wohlstand und die zunehmende Macht der Familie erlaubte. Vor einigen Generationen hatte an diesem Ort vielleicht nur eine kleine Festung gestanden. Sie fragte sich, ob der runde Turm der älteste Teil des Gebäudes war und vielleicht sogar Ortliebs Zauberstätte in sich barg. Er überragte das Schloß um zwei Stockwerke, und die Gräfin mochte darin gewiß genügend Abgeschiedenheit finden …

»Was liegt da drüben, Frau Irmingard?« fragte Margerite, während die Näherin in einer Truhe an der Wand suchte.

»Dort? Nur der alte Turm. Unten sind Lagerräume, und in den oberen Stockwerken sind vor allem Schlafgemächer, in denen wir die weniger vornehmen Gäste unterbringen können, wenn wir nicht genügend Platz haben.«

Margerite wagte nicht zu fragen, ob die Schlafgemächer bis ganz nach oben reichten, nahm sich aber vor, es baldmöglichst selbst herauszufinden.

»Lege jetzt das schmutzige Zeug ab und zieh dir diese Sachen an«, befahl Irmingard und hielt ihr ein einfaches Hemd und ein blaßgrünes Wollkleid hin. »Paß auf, daß es sauber bleibt und daß sich bloß dein Kind nicht darauf erbricht. Wenigstens dein Umhang ist in einem brauchbaren Zustand.«

»Ich danke Euch, Frau Irmingard«, sagte Margerite sanftmütig.

Die Näherin öffnete die Tür in der runden Turmmauer und führte Margerite noch ein Stockwerk höher. Dieses endete in einem kurzen Gang mit drei Türen. Irmingard brachte Margerite durch die linke Tür in ein großes, halbrundes Gemach. Stoffballen in verschiedenen Farben lagen auf dem Boden, dem Tisch und dem Bett, und um ein hell flackerndes Feuer saßen sechs Frauen, die emsig arbeiteten.

»Das ist Gertrude«, sagte Irmingard kurz angebunden. »Sie ist eine geschickte Näherin. Ich überlasse sie Euch fürs erste, aber nach dieser Arbeit möchte ich sie wieder haben.«

Die dunkelhäutige Frau am Tisch streckte den Hals vor und bedachte Irmingard mit einem hochnäsigen Blick. »Du brauchst mir nicht zu erklären, was ich zu tun und zu lassen habe«, sagte sie mit matter Stimme. Ihr Tonfall erinnerte Margerite an Pater Etiennes Stimme, aber der Kanonikus hatte eine viel deutlichere Aussprache. »Du kannst gehen, Irmingard.«

Nachdem sich die Tür geschlossen hatte, betrachtete die Französin Margerite. Der Blick der schwarzen Augen unter den schweren Lidern blieb an Margerites zerschundenen Händen hängen. Margerite vermutete, daß sie es mit Ortliebs eigener Kleidermacherin zu tun hatte. Ihr hellrotes Seidenkleid war nach der neuesten Mode mit engem Ausschnitt und langen, hängenden Ärmeln gestaltet. »Wo hat dich Irmingard gefunden?« fragte sie, winkte aber sogleich ab. »Nein, das ist ja völlig gleichgültig. Ich will es gar nicht wissen. Ich bin Isabelle; du wirst mich mit Madame ansprechen. Du kannst als erstes diesen Rock einsäumen. Das läßt sich leicht wieder auftrennen, wenn sich deine Arbeit als unzureichend erweisen sollte.«

Wie um den Gefühlen seiner Mutter Ausdruck zu verleihen, stieß Wolfram einen lauten Schrei aus. Die Kleidermacherin bedeckte sogleich mit langen, goldberingten Händen die Ohren, und ihre zarten Züge verzogen sich gequält.

»Schaff das Kind hinaus!« zischte sie.

»Wohin, Frau ... Madame?«

»Am besten in ein anderes Schlafgemach. Dort wird es hoffentlich leiser sein. Hast du es gestillt?«

»Schon länger nicht mehr, Madame«, stammelte Margerite.

»Geh jetzt und gib ihm die Brust. Beim Geschrei eines Säuglings kann ich nicht arbeiten. Wenn diese Arbeit nicht so dringend wäre, würde ich dich auf der Stelle fortschicken. Hinaus! Und komme erst wieder zurück, wenn du dich ohne Ablenkung deiner Arbeit widmen kannst.«

Margerite verließ rasch das Zimmer, blieb unentschlossen vor den anderen zwei Türen stehen und sah dann nach vorn zur Treppe. Wenn sie sich beeilte, konnte sie vielleicht einen Blick auf die zwei oberen Stockwerke werfen, bevor sie zurückerwartet wurde. Wolframs Schreie drangen bis in ihr Innerstes und zogen an ihr wie der Draht einer Falle, der sich um die Eingeweide eines gefangenen Tieres schlingt. Sie öffnete die linke Tür und setzte sich auf das Bett, um ihr Kind zu stillen. Zumindest was dieses Geschoß anbelangte, stimmte Irmingards Beschreibung. Das Gemach war ordentlich eingerichtet, und ein muffiger Geruch hing in der Luft, als wäre schon seit längerer Zeit das Bettzeug nicht mehr gewechselt und kein Feuer mehr auf den sauber gefegten Herdsteinen gemacht worden. Wäre das Zimmer geheizt, mit Kräutern ausgestreut und mit frischem Bettlinnen versehen gewesen, hätte es Margerite selbst Graf Wolfgang ohne Zögern angeboten. Auf Schloß Niederwald schliefen hier nur die weniger vornehmen Gäste.

Wie Gott mit uns scherzt, dachte sie traurig. *Ich konnte Bernhardt nicht heiraten, weil er zu weit unter meinem Stande war; dabei bin ich fast genauso weit unter seinem Stande geboren.*

Wolfram hatte großen Hunger, und es dauerte eine Weile, bis er sich von Margerites Brust abwandte. Nachdem er sein Bäuerchen gemacht hatte, wickelte sie ihn wieder in seine Decke. Dann legte sie ihn auf das Bett und breitete ihren Umhang über ihn, damit er es warm hatte. Wieder dachte sie daran, schnell die Treppe hinaufzulaufen, um die oberen Stockwerke zu erkunden. Aber wenn sie ihre Stellung bei der Kleidermacherin der Landgräfin behielt, würden sich dafür noch bessere Gelegenheiten ergeben.

»Aha«, sagte die Französin, als Margerite eintrat, »das Kind ist also versorgt, gut. Jetzt mach dich schnell an den Saum, Mädchen.«

Margerite nähte eine saubere Reihe von Stichen, die so klein waren, daß sie fast im schwarzen Samt verschwanden. Als sie fertig war, fuhr Isabelle sorgfältig mit dem Finger über die Arbeit und kräuselte die Nase. »Anscheinend kannst du wirklich nähen«, sagte sie mißgünstig. Sie griff nach einem langen Ärmel aus dunkelvioletter Seide, dessen gezackte Schlitze bis zum Boden hingen. »Kannst du Ärmel an ein Gewand nähen? So beginne.«

Bei ihrer Arbeit blickte Margerite ab und zu auf, um zu sehen, was die anderen Frauen machten. Für die Trachten wurden nur die feinsten Stoffe in dunkelvioletter, schwarzer oder leuchtend weißer Farbe verwendet. Neben dem modischen Gewand, an dem sie arbeitete, erkannte Margerite die schwarze Soutane eines Priesters, eine dunkle Robe, wie sie wohl ein reicher Kaufmann tragen mochte, und ein zerrissenes Hemd aus weißer Seide mit wunderlichen Bändern, das aussah wie ein Leichentuch. Sie konnte sich nicht vorstellen, wozu solche Trachten dienen sollten, aber je länger sie an ihrer Arbeit saß, desto mehr beschlich sie eine namenlose Beklommenheit, als würde das Feuer nicht warm genug brennen, um alle Kälte aus dem Gemach zu vertreiben. *Ist es, weil ich Ortliebs Zauberstätte so nah bin?* fragte sie sich. Die anderen Frauen schienen unberührt von jeder Unruhe und plauderten fröhlich vor sich hin. Zwei von ihnen sprachen französisch mit der Kleidermacherin und beachteten die anderen nicht. Sie nähten die feinsten Stücke, und Margerite vermutete, daß sie die Gehilfinnen der Französin waren.

Als von draußen der schwache Schlag einer Glocke erklang, standen die Frauen auf. Isabelle und ihre beiden Gehilfinnen rauschten wortlos hinaus. Die anderen eilten nach unten, und Margerite folgte ihnen zur Küche, wo der erste Gang aus fein geschnittenen Fleischscheiben in zarter, rosenfarbener Sülze in Silberschüsseln zum Auftragen bereitstand. Es war Freitag, doch darum schien sich Ortlieb ebensowenig zu scheren wie Ruprecht. Niemand kümmerte sich um Margerite, und so nahm sie wie die anderen Näherinnen eine Platte und folgte ihnen in den großen Saal.

Trotz des hellen Tageslichts, das durch die großen Fenster an der Westseite einfiel, brannten die Kerzen in den goldenen Kandelabern auf den Tischen und den Wandleuchtern mit einem angenehm harzigen Duft, als wäre es bereits stockfinstere Nacht. Eine hohe Knabenstimme erklang von der Galerie der Spielleute, begleitet von den silbernen Tönen einer Harfe und einer Laute. Margerite sah, daß sich zwischen den riesigen Wandbehängen geschnitzte Holztafeln befanden. Über der Tür an der Nordseite hing ein schön gearbeitetes und vergoldetes Wappen auf rotem Grund von der Größe eines Mannes: ein goldenes Hirschhaupt mit einem Ritterhelm im Geweih und darunter ein springender silberner Fisch. Unter dem Wappen stand schlicht der Leitspruch: UNBESIEGT. Ein stolzes Versprechen, dem Bernhardt, so dachte Margerite voller Wärme, vollauf Genüge getan hatte.

Margerite ging nicht zur hohen Tafel, denn die Diener dort hätten sie gewiß als Eindringling empfunden. So wartete sie bei der Tür und beobachtete heimlich unter gesenkten Wimpern den Landgrafen und seine Gemahlin, als ihnen ihr Mahl aufgetragen wurde. Landgraf Gerhardt sah trotz seines modischen Wamses aus goldblauem Samt eher gewöhnlich aus. Das mausbraune Haar fiel ihm gerade auf die Schultern, und der kleine Spitzbart vermochte den Schnitt seines Gesichts nicht zu betonen. Dennoch erkannte sie etwas von Bernhardt in seinen Zügen, die vom süßen Nichtstun verweichlicht oder nur nicht gezeichnet waren von den Prüfungen, die das Antlitz seines Bruders ausgezehrt hatten. Ortlieb dagegen zog alle Blicke auf sich. So hell der Saal auch beleuchtet war, sie schien alles Licht aufzusaugen und es von ihrem bernsteinbraunen Haar, dem nachtblauen Samtkleid und den zueinander passenden Rubinen am Hals und an der Hand als dunkleres Glühen zurückzuwerfen. Sie führte den goldenen Pokal mit einer vollkommenen Selbstbeherrschung an den Mund, die Margerite den Atem raubte. Als der Wein die rosenfarbenen Lippen netzte, trank sie nur einen kleinen Schluck, aber sie tat es mit der Sicherheit eines Raubtiers, das sein Wild schon geschlagen hatte und daher zuerst zart vom Blut lecken konnte, ehe es seiner Beute die Eingeweide zerfetzte. Margerite mußte den Blick senken, denn die Silberplatte zitterte in ihren Händen – nicht aus Angst, sondern aus Haß. Sie konnte sich nur allzu leicht ausmalen, wie sich Ortlieb über den wehrlosen Bernhardt beugte und ihn zu ihrem Vergnügen festhielt wie den glänzenden Pokal.

Als die Leute an der hohen Tafel zu essen begonnen hatten, trugen die gemeinen Bediensteten den Höherstehenden ihr Mahl auf: den geringeren Schloßrittern in Panzerhemd und Waffenrock und den Schloßbeamten wie dem Seneschall und seinen Gehilfen. Ortliebs Kleidermacherin und ihre Begleiterinnen durften im großen Saal speisen, so wie auch einige andere Frauen in feinen Kleidern – vermutlich die Kammerdamen der Landgräfin. Vor allem bei zweien mußte sich Margerite beherrschen, um sie nicht anzustarren. Die eine war schwarzhaarig und die andere blond, und sie waren in Seiden- und Brokatgewänder gekleidet, wie sie Margerite nie feiner besessen hatte. Die anderen schienen ein wenig Abstand von ihnen zu halten, und als Margerite hinter den beiden stand und sorgfältig die Schüsseln mit Fleisch in Sülze vor sie hinstellte, sah sie die Ringe an ihren Händen: Zwischen dem Gold und den funkelnden Steinen trugen beide einen großen, blanken Onyx, in den die Worte *Ex tenebrae lux* eingraviert waren.

Nachdem der letzte Gang abgetragen war, eilten die Diener durch die Küche zurück in den großen Raum im Norden, wo sie ihre eigene Mahlzeit erwartete: Brotstücke in der reichen Tunke der Fleischgerichte, die im großen Saal gereicht wurden, zusammen mit Überresten, die die Küchenmägde noch nicht verschlungen hatten, und einem Eintopf. Margerite hielt sich bei den anderen, aber die Küchenmägde würdigten sie keines Blickes, als würden sie sie ohne schmutzigen Topf oder Scheuerbürste nicht erkennen.

In der Hoffnung auf ein Gespräch setzte sich Margerite neben eine Frau aus dem Nähzimmer, doch diese sah sie kaum an und warf sich den dicken blonden Zopf über die Schulter, bevor sie sich ihrem anderen Nachbarn, einem Mann in Dienertracht, zuwandte. Margerites Becher und ihr Besteck mit einfachem Horngriff schienen schäbig neben dem Geschirr der anderen Diener, von denen einige, die am oberen Ende der Tafel saßen, sogar Silberbecher und -löffel hatten wie Adelige.

Die Speisenden schenkten Margerite während des Mahles keine Beachtung. Sie war sich nicht sicher, ob sie sie nicht nur deshalb nicht wegjagten, weil sie nicht wußten, welche Stellung sie innehatte, oder weil sie sich nicht dazu herablassen wollten, sie zurück zu den Küchenmägden zu scheuchen. Irmingard lächelte ihr einmal aufmunternd zu, saß allerdings zu weit weg, um mit ihr zu sprechen, und Margerite hielt es ohnehin für klüger, ihr keine Gelegenheit zu weiteren Fragen zu geben.

Bis lange nach Sonnenuntergang war den Näherinnen keine Ruhe vergönnt. Doch endlich schüttelte die Kleidermacherin die Hände aus und legte seufzend ihre Arbeit beiseite. »Das geht viel zu langsam«, sagte Isabelle verstimmt. »Wißt ihr überhaupt, wieviel bis Allerseelen geschafft sein muß? Die Landgräfin hat angeordnet, daß es für jeden im Saal – das heißt Gäste und Diener – ein Kleidungsstück geben muß. Geht nun zu Bett, meine Schäfchen, denn morgen beim ersten Licht der Dämmerung müßt ihr weiterarbeiten.«

Margerite fand Wolfram schreiend vor. Rasch wechselte sie seine Windeln und warf die schmutzigen auf den Boden. Der Heiligen Jungfrau Maria sei Dank war die Nässe nicht bis zum Bett durchgedrungen! Dann nahm sie ihren Sohn an die Brust und wisperte ihm tröstende Worte in das weiche, goldene Haar, bis er sich allmählich beruhigte. *Jetzt beobachtet mich niemand*, dachte sie, als sie das Kind wiegte. *Jetzt könnte ich hinaufgehen und nachsehen…* Aber sie konnte Wolfram nicht mitnehmen, und da die Nacht hereingebrochen war, war ihr die namenlose Kälte noch tiefer in die Knochen gefahren. Selbst der Lärm und der Gestank des Dienerquartiers waren ihr jetzt willkommen, weil sie dort die Wärme anderer Menschen um sich spüren würde.

Aber vielleicht würde sich nie mehr so eine gute Gelegenheit ergeben, die oberen Stockwerke des Turmes zu erkunden. Es war ihr erster Tag bei der Kleidermacherin, und sie konnte leicht aus Versehen ein oder zwei Absätze zuviel hinaufgelaufen sein, wenn sie zurück mußte, um etwas zu holen, was sie im Nähzimmer vergessen hatte. Sie legte Wolfram aufs Bett und wickelte ihn wieder in den Umhang. Dann griff sie entschlossen nach ihrer Kerze.

Die feuchte Luft im Treppenhaus fuhr Margerite mit jedem Atemzug eisig in die Lungen. Die Stufen wurden nach oben hin immer schmäler und unregelmäßiger, und sie mußte genau auf jeden ihrer Schritte achten. Sie bewegte sich langsam und lauschte immer wieder auf das Herannahen raschelnder Gewänder oder murmelnder Stimmen, hörte jedoch nichts als den eigenen Atem, der ihr hart in den Ohren klang, und das leise zischende Wachs der Kerze in ihrer Hand. Die kleine, zitternde Flamme warf einen schwachen Lichtkreis um sie herum, der bei jeder Biegung der Treppe in die Dunkelheit verschwand.

Die Gemächer im vierten Stock ähnelten den unteren, nur daß es hier nicht drei, sondern vier Räume gab – alle leer und ungenutzt. Sie wandte sich ab und schlich weiter die Treppe hinauf. Hier oben klang das leise Trippeln einer Maus auf den Stufen fast so laut wie die Schritte eines Mannes in voller Rüstung. *Kobold hätte hier reichlich zu jagen*. Margerite glaubte fest daran, Ortliebs Zauberstätte fühlen zu können, auch wenn sie noch so gut abgeschirmt war.

Die Tür am Ende der Treppe war abgeschlossen. Tastend hob Margerite die Hand. Die glatten Eichenbalken waren fast so kalt wie Metall, und als sie tief einatmete, roch sie muffige Luft und Staub.

Aber sonst nichts. Kein Hauch von süßem oder ekligem Weihrauch lag über dem Eingang. Keine Spur von Kräuterdampf oder auch nur Bienenwachs stieg ihr in die Nase. Sie roch nur den Talg ihrer Kerze und das Moderige eines Ortes, an dem sich die Mäuse frei bewegten. Margerite fragte sich düster, ob Ortlieb wohl deshalb kein Gift gegen die Nager ausstreuen ließ, weil sie selbst in Eulengestalt jagte. *Nein, die Heilige Jungfrau Maria stehe uns bei, sie jagt anderes Wild.* Margerite vermochte es nicht, das Bild der Eule abzuschütteln, die sich von der Turmspitze herabstürzte und mit lautlosen Flügeln durch die kalte Herbstluft glitt, immer auf der Suche nach Beute.

Wenn das nicht ihre Zauberstätte ist, wo mag sie dann sein? Verzweifelt erkannte Margerite, wie sehr sie darauf gehofft hatte, Ortliebs magische Festung im Turm zu finden. Immer wieder fiel ihr Blick auf den schweren Türknauf aus Holz und das eiserne Schloß. Sie ließ die Finger darübergleiten und versuchte, etwas zu spüren – ein Prickeln, einen Funken, wie er bei trockenem Wetter vom Fell einer Katze flog, eine schwache Kälte oder Fäulnis. Aber es gab nicht das leiseste Anzeichen dafür, daß Ordensmagie jemals diese Schwelle berührt hatte. *Vielleicht ist es nur sehr gut beschirmt?*

Das Schwarze Buch hatte Margerite vor der Gefahr gewarnt, zu stark an das zu glauben, was man glauben wollte. Wenn die Ordensprinzessin klug war, hatte sie hier eine Falle gestellt, um jeden zu fangen, der ihren Geheimnissen nachspürte, oder um zumindest vor der drohenden Gefahr gewarnt zu sein.

Wenn Ortlieb wie Ruprecht und Nikolaus irgendwo auf Schloß Niederwald einen verborgenen Ort erbaut oder gefunden hatte – welche Hoffnung bestand dann noch für Margerite, diese Stätte ohne Wissen ihrer Widersacherin zu finden? Margerite vermochte es nicht zu sagen. Sie konnte nur Augen und Ohren offenhalten und darum beten, daß die Jungfrau Maria sie geleiten möge.

So schnell es ging, eilte Margerite die ungleichmäßigen Stufen hinab. Als sie das Schlafzimmer im dritten Stock betrat, schrie Wolfram bereits wieder, und sie wiegte ihn lange in den Armen, bevor sie hinunter ins Quartier der Diener stieg.

Bernhardt saß in der oberen Kammer von Lothars Haus und führte im Dämmerlicht, das durch das kleine Fenster fiel, einen Wetzstein über die schimmernde Schneide seines Schwertes. Bald würde er hinuntergehen, um seine Kerze an der Glut in Lothars Herd anzuzünden. Bernhardt hatte schon oft so gewartet. Manchmal schien es ihm, als sei diese lange Stille wie eine Zusammenfassung seiner achtjährigen Verbannung und als seien das Blut und das Feuer seiner Söldnertage nicht mehr als ein ferner, dunkler Traum. Das wochenlange Sitzen im Lager in Erwartung neuer Befehle des Anführers der Schwarzschwertschar; die langen Monate auf Burg Falkenstein, in denen er darauf lauerte, daß Ruprecht einen verhängnisvollen Fehler beging und die Geheimnisse seiner Vorgesetzten im Orden verriet; die zähen Tage der Belagerung und die noch längeren danach, als er nur langsam von der Wunde genas, die ihm Ruprechts Dienerin beigebracht hatte ... Er hatte gelernt, die Tage vorüberziehen zu lassen und nicht gegen die Bande der Zeit und der Langsamkeit anzukämpfen. Die Kälte in der Kammer, das zunehmende Dunkel, der durchdringende Uringestank von den beiden Katzen, die Margerite und Eva mitgebracht hatten, der Geruch seines eigenen Nachttopfs – all diese Dinge konnte er ertragen. Und wenn er sie ertrug, konnten ihm auch die aufeinanderfolgenden Tage nichts anhaben, an denen er nichts anderes tun konnte, als sich in den Waffen zu üben, so gut dies in der Enge seiner Kammer ging, zu denken und zu schlafen.

Und doch hatte sich etwas geändert, denn jetzt befand sich Bernhardt im eigenen Land, nicht weit von seinem Geburtshaus. Wenn er die Augen schloß, sah er die Wandbehänge im großen Saal, in dem er als Knabe einen Lederball von einer Seite zur anderen geworfen hatte und ihm schreiend nachgelaufen war, bis ihn seine Amme schalt, weil er spielte wie ein Bauernkind. Er sah den Lustgarten, dessen kunstvoll angeordnete Röhren das Wasser der Brunnen glitzernd in die Höhe schießen ließ, so daß es wie goldener Regen zurück in die Becken fiel. Jetzt krochen all die verschütteten Erinnerungen wieder hervor und umringten ihn stumm. Er hatte nicht mehr die Kraft, sie von sich zu stoßen.

Und Jürgen und Erich, die ich getötet habe? dachte Bernhardt. Bis zu seiner Flucht hatte er kein Verbrechen begangen. Er hatte zwar mit Ortlieb gesündigt, aber er hatte nie einen Mann erschlagen und nie Gewalt angewendet außer auf dem Turnierfeld, denn schon bei seiner Geburt hatte man auf Schloß Niederwald längst im Frieden gelebt. Er hatte seine Tat gebeichtet und schwere Buße dafür geleistet. Selbst auf seinen Zügen mit der Schwarzschwertschar hatte er sich immer wieder davongestohlen und in irgendeiner Kirche oder einem Schrein am Wege Kerzen angezündet und für die Seelen von Jürgen und Erich gebetet. So viele Menschen er seitdem auch getötet hatte, die Gesichter seiner beiden Freunde suchten ihn noch immer heim. Nie konnte er vergessen, wie das geraubte Schwert durch die eisernen Maschen von Jürgens Panzerhemd fuhr und sich tief in den jungen Mann bohrte, wie er es gegen den Widerstand der Muskeln herausriß, um weit ausholend Erichs Klinge zu parieren und ihm die Spitze in den ungeschützten Hals zu rammen – *ach Erich, du Narr, du hattest doch Wachdienst. Warum hast du unter der Sturmhaube nicht wenigstens eine Helmkappe getragen?* Bernhardt war halb wahnsinnig gewesen von dem Nachtmahr, den ihm Ortlieb in den Kerker gesandt hatte, und dieser Wahn hatte ihm die Kraft gegeben, das Schloß aufzubrechen und Jürgen das Schwert zu entwinden. Als dieser den Dolch zog, hatte Bernhardt nur noch als Krieger gehandelt, bis beide Wachen tot waren. Als die Leichen der beiden Ritter zusammengekrümmt auf dem Boden lagen und er die schwarzen Blutstropfen im rauchigen Licht der Fackeln sah, wußte er, daß ihm nur noch die Wahl zwischen der Flucht und dem Tod blieb. Am liebsten wäre er damals sogar gestorben, aber er wußte, daß er es nicht ertragen würde, auch nur eine weitere Nacht auf Schloß Niederwald eingesperrt und der Qual von Ortliebs Heimsuchungen preisgegeben zu sein.

Es war eine lange Heimreise, und keine leichte, dachte Bernhardt. *Aber mit Marias Gnade wird sie doch noch ein gutes Ende finden, und ich werde für all meine Sünden Buße tun.* Das Schwert war jetzt scharf genug. Beim kleinsten Druck schnitt die Klinge leicht durch die dicke Hornhaut, und wenig mehr hätte gereicht, und es wäre Blut geflossen. Er berührte die Wölbung unter dem groben Rock, wo Margerites Halskette warm an seiner Brust ruhte. Wenn er sich sammelte, konnte Bernhardt Margerites Gesicht vor sich sehen: die blasse Haut und die hohen Wangenknochen, die blonden Haarflechten, die Augen, so kühl und blau wie der Himmel im Frühjahr, und eine stille Würde, um die sie die höchsten Edeldamen beneiden mußten. Als junger Ritter hatte Bernhardt mit den schönsten Frauen des Reiches getanzt, aber ihre Gesichter und Stimmen waren für ihn nur noch wie vorüberziehende Blätter im Sonnenlicht und längst verhalltes Vogelgezwitscher. Denn er hatte Margerite gesehen, die sich mit aufgerissenen Augen und bleich vor Angst gegen die Mächte der Hölle stellte ohne eine andere Waffe als ihre Tapferkeit; er hatte ihre Umarmung gefühlt, mit der sie ihm noch aus der Tiefe ihrer Verzweiflung Trost spenden wollte. Und, bei der Heiligen Jungfrau, er liebte sie, auch wenn sie Ruprechts Gemahlin gewesen und jetzt Heinrichs Gemahlin war.

Wenn er überlebt, dachte Bernhardt unwillkürlich... *Der Herr vergebe mir!*

Bernhardt wandte sich von diesen Gedanken ab, so wie er sein Pferd vor morastigem Boden gezügelt hätte. Mit der Betrachtung der Frage, ob Heinrich leben oder sterben würde, war für ihn nichts zu gewinnen außer Sünde und Verdammnis. Mit geschlossenen Augen erinnerte er sich daran, wie er Margerite zum ersten Mal auf der Burg ihres Vaters gesehen hatte. Sie trug ein blaues Linnenkleid, wie es eine der gemeinen Dienerinnen von Schloß Niederwald zum Gottesdienst anhaben mochte, und nur die leichte Röte auf den Wangen verriet ihre Aufregung, als sie Ruprecht und seinen Troß begrüßte. Obwohl sie kaum den Kinderjahren entwachsen war, war sie schon daran gewöhnt, als Burgherrin Befehle zu erteilen und Macht auszuüben. Er schämte sich bei dem Gedanken, wie falsch er sie beurteilt und wie leicht er ihre Selbstsicherheit mit der unnatürlichen Hoffart einer Ordensfrau wie Ortlieb verwechseln konnte. Desgleichen hatte er Margerites großen schwarzen Kater für einen Dämon und das Verlangen seines Körpers beim Blick auf ihren schlanken Leib und die

Rundungen ihres samtgewandeten Busens für das schreckliche Feuer gehalten, das Ortlieb mit jeder Berührung ihrer Hand in ihm entfacht hatte.

Die Flügel des Falkenanhängers drückten sich schmerzlich durch das grobe Linnen in Bernhardts Handfläche, und er lockerte vorsichtig den Griff, um den goldenen Vogel nicht zu zerbrechen. Seit ihm Margerite die Halskette gegeben hatte, schlief er besser. Noch immer erwachte er manchmal schweißgebadet, den höhnischen Ruf einer entfernten Eule im Ohr, aber *sie* hatte ihn nicht mehr in seinen Träumen heimgesucht, um ihn zu quälen, bis er erschöpft und beschämt erwachte.

Bernhardt bekreuzigte sich bedächtig und sprach drei Ave Marias, bevor er hinabstieg, um seine Kerze anzuzünden. Dann begann er, den Stahlrand seines Schildes blank zu reiben. Diese Arbeit zumindest hatte sich nicht verändert: nicht, als er Knappe des Landgrafen Friedrich war, nicht, als er mit den Söldnern der Schwarzschwertschar am Lagerfeuer saß und mit halbem Ohr ihren Aufschneidereien und Flüchen zuhörte, und auch nicht, als er als Hauptmann von Ruprechts Burgwache den jungen Burschen zeigte, wie man seine Rüstung in Schuß hielt. »Bis du jedes Barthaar darin sehen kannst – wenn du einmal einen Bart hast, Knappe«, hatte Landgraf Friedrich gesagt und ihm einen leichten Schlag auf die Schulter versetzt. An diesen Maßstab hatte sich Bernhardt bei jedem Wechsel in seinem Leben gehalten. Was danach auch geschehen war und obgleich sein Schild erst wieder ein Wappen tragen durfte, wenn er seinen rechtmäßigen Anspruch durchgesetzt hatte, Bernhardt hielt den Rand seines Schildes so sauber wie an diesem Tage.

Als er jetzt sein verlängertes Spiegelbild in dem schmalen Metallstreifen betrachtete, sah Bernhardt, daß sein Haar an den Wurzeln wieder braun nachwuchs. Selbst im Kerzenlicht und unter dem Gewirr von walnußgefärbten schwarzen Locken sah sein Kopf aus, als wäre er mit Ton bestäubt worden. Er stand im Begriff, Lothar um ein Färbemittel zu bitten, überlegte es sich aber anders. Die Zeit der Verstellung war für ihn vorbei. Er war nicht mehr Bertram von der Schwarzschwertschar oder Bertram, der Hauptmann der Burgwache, sondern Bernhardt von Niederwald; und unter diesem Namen würde er siegen oder untergehen.

Von unten hörte Bernhardt einen Schlüssel im Schloß und dann Schritte auf der Holztreppe. Eine Hand auf dem Schwert, die andere auf dem Schild, saß er reglos wartend da. Er glaubte Lothars schweren, sicheren Tritt zu erkennen, aber jeder Mann konnte durch Ortliebs Künste zum Verrat verlockt oder gar gezwungen werden. Die anderen Schritte waren leichter und schienen dem Wildhüter fast nachzueilen. Dann hörte Bernhardt Georgs frische Stimme, die weich wie der Klang eines güldenen Horns heraufdrang, und entspannte sich ein wenig.

»Gibt es Kunde von der Frau Gräfin und Eva?« fragte der Junge eifrig. »Was haben sie herausgefunden?«

»Noch keine Neuigkeiten, mein Junge, außer daß beide wohlauf sind«, sagte Lothar. »Geh jetzt hinauf zu Herrn Bernhardt, du wirst ihm gewiß manches zu berichten haben.«

Verschwitzt und schmutzig von der Reise hielt sich Georg voller Stolz, als er Bernhardts Kammer betrat. »Herr Bernhardt, ich habe die Bärenschar gefunden und Eure Botschaft überbracht«, platzte der Knappe heraus. »Hauptmann Paul sagt, daß sie sich auf Abruf bereithalten und daß Jochanan eine volle Ladung Schießpulver für seine Geschütze hat. Wußtet Ihr, daß er ein Jude ist? Ich habe sogar gesehen ...«

Mit einer Handbewegung unterbrach Bernhardt den Jungen. »Ich weiß. Das sind wirklich gute Nachrichten, die du mir bringst. Wie viele Söldner zählt die Bärenschar zur Zeit?«

Georg hatte offensichtlich ein gutes Gedächtnis für Männer und Zahlen, denn er rasselte die Angaben ohne Zögern herunter. Die Bärenschar war ein wenig kleiner als zur Zeit ihres Kampfes für Burg Falkenstein. Einige Männer waren getötet worden, während andere sich den Freischaren angeschlossen hatten, die Arnaut de Cervole in diesem Sommer ins Reich geführt hatte, oder zur großen Versammlung der Freischaren nach Frankreich gezogen waren.

»Die Söldner der Bärenschar scheinen keine schlechten Menschen zu sein«, schloß Georg. »Ich habe sie zwar noch nicht kämpfen sehen, aber ich hätte keine Angst davor, sie in der Schlacht in meinem Rücken zu wissen. Sie sind wohl keine Heiligen, aber doch ganz anders als das räuberische Gesindel, von dem mein Vater immer gesprochen hat.«

»In der Tat«, sagte Bernhardt. »Ich habe bei den Freischaren viel schlimmere Männer kennengelernt. Dem Anführer der Schwarzschwertschar hätte ich dich bestimmt nicht allein gegenübertreten lassen. Doch solch eine Schar wäre auch nicht einem Freund zu Hilfe geeilt, wenn es anderswo reiche Beute gegeben hätte. Und sonst hattest du unterwegs keine Schwierigkeiten?«

Der Knappe wandte den Blick ab und wurde bleich unter den Sommersprossen auf der langen Nase und den schmalen Wangen. »Nein!« rief er und verbesserte sich dann leise: »Doch, ja. Auf dem Weg aus dem Jagdgarten heraus bin ich... *ihr* begegnet.«

»Was ist geschehen?«

»Sie hat kurz mit mir gesprochen und ist weitergeritten«, sagte Georg. »Sie... hat mir nichts getan.« Er schlang die drahtigen Finger verlegen ineinander und wollte Bernhardt immer noch nicht in die Augen sehen.

»Was hat sie gesagt?«

»Sie hat mich gefragt, wer ich sei und was ich dort zu suchen hätte, und ich habe ihr wie abgemacht erzählt, daß ich ein verirrter Kaufmannssohn sei und daß mir Lothar den Weg hinaus beschrieben hätte. Und das war alles.«

»Bestimmt?« drängte Bernhardt. Schließlich blickte ihn Georg offen an und wurde dunkelrot im Gesicht.

»Sie hat mich gefragt, ob ich unberührt sei. Ich sagte nein, und da ist sie weggeritten.«

Bernhardt wand sich innerlich, denn er hörte das qualvolle Verlangen in Georgs Stimme, während der Knappe voller Ekel den Mund verzog. Als Georgs Worte durch seine Erinnerung hallten, spürte Bernhardt die Regung seines Geschlechts, und ein schmerzhafter Funke der Eifersucht und Erleichterung durchzuckte ihn bei dem Gedanken, daß Ortlieb den Jungen angesprochen und dann von ihm abgelassen hatte. *Heilige Maria, Herr im Himmel, werde ich jemals frei von ihr sein, solange sie lebt?*

»Du hast großes Glück gehabt«, erklärte Bernhardt dem Knappen sanft. »Sprich deine Gebete und danke Christus und Maria, daß du so leicht entkommen bist.«

Georg preßte die Lippen zu einem dünnen Strich zusammen und sagte nichts.

»Du bist nicht der einzige, der feststellen mußte, was sie Männern antun kann. Verstehst du?« fügte Bernhardt mit leiser Stimme hinzu.

Ein wilder Ausdruck trat in die hellblauen Augen des Knappen. »Ihr auch?«

Bernhardt spürte die Wärme auf den Wangen, als er nickte. »Auch ich war einmal ihr Opfer.«

»Aber wie … in Gottes Namen, wie ist es Euch nur gelungen … sie zu vergessen?« stammelte Georg mit krächzender Stimme.

»Es ist mir nicht gelungen«, gestand Bernhardt. Vielleicht weil er sein Herz in den letzten Jahren so selten ausgeschüttet hatte, vielleicht weil Georg trotz seiner Jugend ein Mann war und mit Bernhardt teilte, was er keinem anderen zu erklären vermochte, fuhr er fort: »Aber ich habe meine Liebe einer viel besseren Frau in Keuschheit geschenkt …« *Bis auf dieses eine Mal!* »Einer Frau, die der größten Liebe und Ergebenheit eines Mannes würdig ist. Zwei Frauen«, fügte er nachdenklich hinzu, »denn ich vertraue der Himmelskönigin, die mit ihrer Gnade selbst dem schlechtesten Menschen beisteht.«

»Liebt Ihr Gräfin Margerite?« fragte Georg.

Bernhardt antwortete nicht. Er hatte bereits zuviel gesagt.

»Ich werde es niemandem weitersagen«, beteuerte Georg. »Und ich sage Euch auch mein Geheimnis: Ich liebe Eva, obgleich sie meinem Ritter schon halb versprochen ist.«

Bernhardt stand im Begriff, Georg wie einen Burschen aus Tiefensee ohne Umschweife darüber aufzuklären, daß aller Wahrscheinlichkeit nach eine große Enttäuschung auf ihn wartete. Aber er hielt an sich, denn hier galt es nicht, einem Bauernburschen einen törichten Gedanken auszutreiben. Eva und Georg waren beide von adeliger Geburt, und selbst wenn Eva in Georg nur einen Knaben sah – was Bernhardt nicht im geringsten bezweifelte –, so mußte der Knappe doch alle Feinheiten der höfischen Gesellschaft erlernen. Und in jedem Fall war es für Georg besser, wenn er statt an Ortlieb an Eva dachte. So antwortete Bernhardt entgegen seiner Überzeugung.

»Die verborgene Liebe eines Mannes zu einer Dame von hoher Geburt ist edel und ehrenwert. Um des Anstands willen darf sie nicht eilfertig erklärt werden, aber ein einziger Blick aus ihren Augen wird genügen, um dein Herz mit Freude zu erfüllen und das Feuer deiner Liebe wachzuhalten. All deine Taten gelten ihr. Ob du in die Schlacht hinausziehst oder ein Turnier als gefeierter Sieger verläßt, du tust es nur, um ihr deinen Sieg zu Füßen zu legen.« *So wie ich Margerite Schloß Niederwald zu Füßen legen würde …* Nein, solche Gedanken waren eitel und brachten nur Kummer.

Georg hing ihm mit strahlendem Gesicht an den Lippen, doch Bernhardt brachte es nicht über sich fortzufahren. »Du kannst mehr über die höfische Minne lesen, wenn unser Werk hier vollbracht ist«, sagte er barsch. »Fürs erste magst du damit zufrieden sein, daß du deine Aufgabe tapfer und geschickt erfüllt hast.

»Ich danke Euch, Herr Bernhardt!« erwiderte Georg mit breitem Lächeln.

Die Arbeit für Isabelle war ebenso endlos wie die Plackerei in der Küche und erforderte noch größere Sorgfalt, aber Margerite stürzte sich voller Begeisterung hinein. Das lag nicht nur daran, daß sie Ortlieb näher war und durch das Schloß streifen konnte, wenn sie nach etwas ausgeschickt wurde, sondern auch daran, wie sie sich eingestehen mußte, daß ihr diese Tätigkeit viel mehr lag als Töpfe auszuscheuern und Wasser und Holz für die Küche zu schleppen. Es widerstrebte ihr, Wolfram immer so lang allein zu lassen, zumal sie im Turmzimmer bei den Näherinnen auch nie das eisige Unbehagen loswurde, das sie schon beim ersten Mal dort beschlichen hatte. Aber sie konnte es nicht ändern, und ihrem Sohn schien es nichts auszumachen, daß er unbeaufsichtigt in dem nicht benutzten Gemach lag. Fast unbeachtet zog der Michaelitag vorüber. Anderen Dienern war es gestattet, den Gottesdienst in der Schloßkapelle zu besuchen, nur die Frauen, die Ortliebs

Trachten nähten, waren auch an Sonn- und Feiertagen unentbehrlich.

Eine Woche nach dem Michaelitag öffnete sich unerwartet die Tür des Nähzimmers. Im Eingang stand die üppige, schwarzhaarige Frau, die Margerite beim Speisen im großen Saal aufgefallen war – eine der beiden, die den Onyxring des Ordens trugen. Ohne die Näherinnen eines Blickes zu würdigen, wandte sie sich an die Kleidermacherin.

»Die Landgräfin ist jetzt bereit für die Anprobe.« Die Stimme der Lichtträgerin tönte hell und klar durch das Zimmer. »Sie erwartet Euch in ihren Gemächern.«

Isabelle winkte ihre beiden Gehilfinnen herbei und sprach auf französisch mit ihnen. Bereits im Hinausgehen begriffen fügte sie hinzu: »Gertrude, du trägst die Ballen aus Samt und Seide.«

Mit bebendem Herzen lud sich Margerite die schweren Tuchrollen auf die Schulter. Wenn sie Ortliebs Gemächer betrat, konnte sie sich nach einer Stelle umsehen, die zu einem Geheimgang führte. Flüchtig kam sie der Wunsch an, sie hätte ihre Falkenkette nicht Bernhardt gegeben, denn ohne sie fühlte sie sich nackt bei dem Gedanken, vor Ortlieb zu treten. Plötzlich erschienen ihr die Schirme, die sie mühsam errichtet hatte, indem sie spät abends vor dem Schlaf und morgens beim Aufstehen Schutzgebete sprach, wie durchsichtige Schleier vor dem scharfen Blick der Ordensprinzessin.

Die Gemächer der Landgräfin befanden sich im zweiten Stock am Ende eines langen Ganges, der vom alten Turm wegführte. Margerite, die schwer an ihrer Last trug, war ein wenig hinter den anderen zurückgeblieben, und beinahe hätte ihr eine der Französinnen die Tür vor der Nase zugeschlagen.

Ortlieb saß bequem auf roten Samtkissen in einem riesigen Holzsessel mit blank polierten Schnitzereien, und ihre langen Ärmel hingen über die Lehnen. Auf dem Tisch vor ihr lagen mehrere Pergamente verstreut, und ein grauer Gänsekiel lag neben ihrem vergoldeten Tintenfaß. Aber wie schon im großen Saal zog vor allem sie selbst die Blicke auf sich. Das bernsteinbraune Haar war hochgetürmt zu einem kunstvollen Kopfputz mit winzigen Flechten, deren goldenroter Schimmer durch einen eingewobenen Goldfaden hervorgehoben wurde. Sie trug ein dunkelgrünes Kleid mit hellblauen Brokatverzierungen. Die Farben ließen ihre Augen noch dunkler erstrahlen und betonten das grüne Glitzern in der blanken braunen Regenbogenhaut. Margerite sah den zarten Schein von Ortliebs glatter Haut, die anscheinend täglich in feinstem Rahm gebadet wurde. Der dunkelrote Rubin an ihrem Hals war so groß wie Margerites Daumenspitze und brannte wie der Rubinreif an ihrer Stirn so dunkel und stark, daß Margerite sich gescheut hätte, ihn zu berühren. Margerite hatte sich seit Wochen nur flüchtig mit einem nassen Lappen waschen können und fühlte sich in ihrem einfachen blauen Wollkleid schäbig und schmutzig wie ein kleiner, nach der Mauser zerrupfter Sperber neben einem großen Geierfalken mit glänzenden Federn. Unauffällig blieb sie hinter den anderen Frauen zurück. Sie war nur dankbar dafür, daß Bernhardt sie nicht zusammen mit der Landgräfin sah. Selbst frisch gebadet, in ihren prächtigsten Kleidern und mit aller Würde ihres Rangs würde sie von Ortlieb überstrahlt werden wie ein schwacher Stern von der Sonne. Der Haß gegen die Ordensprinzessin wallte bitter in ihr auf.

Zum Glück sah Ortlieb Margerite nicht einmal an. Obwohl es im Zimmer nur nach Sandelholz und süßen Gewürzen roch, hatte Margerite das Gefühl, in dichtem Rauch zu stehen. Pochender Schwindel erfaßte sie, und sie mußte langsam ein- und ausatmen, um nicht in Ohnmacht zu fallen. Um einen klaren Kopf zu behalten und um die Landgräfin nicht auf unziemliche oder verdächtige Weise anzustarren, blickte Margerite auf die Wandbehänge, die alle in einer auffallenden Mischung dunkler und leuchtender Farben gewirkt waren und wundersame Bilder zeigten. Eines stellte die Versuchung des Heiligen Antonius dar, der von zierlich gestickten nackten Dämoninnen umringt und selbst nur spärlich mit einem verrutschten Lendentuch bekleidet war. Der ausnehmend schöne Heilige hatte einer Dämonin die Hand auf die Brust gelegt und mit leidenschaftlich geöffnetem Mund den Kopf zurückgeworfen. Ein anderes Bild zeigte eine Gruppe von drei jungen Edelmännern, die vor drei Särgen standen. Der erste Sarg enthielt eine Leiche in reichem

Staat mit grünlichem, aufgedunsenem Gesicht. Im zweiten lag ein halbverwester Leichnam, dem die Würmer aus dem Mund und der offenen Bauchhöhle krochen. Der letzte barg ein blankes Skelett. Ein weiterer Wandbehang stellte wohl die Belagerung Jerusalems dar. Auf einem Berg stand eine mit Mauern befestigte Stadt, und ein weiß gekleidetes Heer neigte wie im Gebet das Haupt. Aber die Festung war schwarz mit silbern hervorgehobenen Einzelheiten, und die offenen Münder der vor ihr knienden Männer schienen in abgrundtiefem Grauen zu schreien. Je länger Margerite auf die Wandteppiche starrte, desto größer wurde ihre Verstörung. So schön sie gewirkt waren, schienen sie doch einen grundsätzlichen Makel in ihren Abmessungen oder ihrem Plan aufzuweisen wie eine leicht verstimmte Laute, die ein fröhliches Lied zu einem mißtönenden Trauergesang entstellt. Margerite überlegte, ob hinter den Behängen etwas verborgen sein konnte. Aber keiner von ihnen reichte bis zum Boden wie jener, der Ruprechts geheime Tür verhüllt hatte, und sie konnte sich nicht vorstellen, daß Ortlieb durch ein Loch in der Wand kroch, um zu ihrer Zauberstätte zu gelangen. Wenn es einen Durchgang in den Gemächern der Landgräfin gab, dann mußte er in einem der anderen Zimmer liegen.

»Zeig mir die Stoffe, Isabelle«, sagte Orlieb träge. Ihre Stimme war seidig und fast so tief wie die eines Mannes, doch erfüllt mit einem kaum wahrnehmbaren Brausen, das Margerite erzittern ließ. Bevor Ortlieb weiterreden oder die Kleidermacherin den Befehl wiederholen konnte, trug Margerite die beiden Stoffballen zur Landgräfin und stand mit gesenktem Blick vor ihr. Ortlieb schenkte ihr so wenig Beachtung wie einem Stück Holz, als sie die Hand ausstreckte, um die Stoffe zu betasten.

»Räume den Tisch ab, Hedwig«, sagte Ortlieb, und die schwarzhaarige Frau trat eilig herbei. Sorgfältig legte sie die Pergamente zusammen und trug sie zusammen mit dem Federkiel und dem Tintenfaß in ein anderes Zimmer. Margerite erhaschte nur einen Blick auf scharlachfarbene Vorhänge, ehe sich die Tür wieder schloß. War die Zauberstätte der Landgräfin vielleicht hier in ihren Gemächern? Gewiß nicht, denn selbst sie konnte sich nicht den Diensten von Mägden wie Hannelore entziehen, die die Öfen fegten und den Nachttopf leerten.

Auf Ortliebs gebieterischen Wink hin legte Margerite die Stoffballen vorsichtig auf den Tisch, breitete sie ein wenig aus und trat zurück. Die Landgräfin betrachtete die Stoffe eine Weile.

»Diese taugen nicht für mich, Isabelle«, sagte sie schließlich. »Sie sind für Hedwig und Oda geeignet, aber mein Kleid soll aus flandrischem Brokat geschneidert sein. Du und deine Gehilfinnen, ihr könnt jetzt mit dem Abmessen beginnen.«

Isabelle wandte sich Margerite zu und zischte: »Gertrude, hole den Brokat.« Dann drückte sie ihr einen Schlüssel in die Hand, bevor sie ihren Korb öffnete und ihr Handwerkszeug auf den Tisch legte.

Margerite eilte sogleich hinaus. Sie wußte, wo die wertvollen Stoffe aufbewahrt wurden. Immer wenn im Nähzimmer etwas gebraucht wurde, seien es Tücher, Faden oder ein Becher Wein für Isabelles Kehle, nachdem sie ihre Untergebenen lautstark zurechtgewiesen hatte, wurde Margerite danach ausgesandt. Sie lief die Treppe hinunter zum Lagerraum und sah die Stapel von feinen Stoffen durch. Da: das schwere, dunkelviolette Tuch mit schwarzen Verzierungen, das so fein gewebt war, daß die Fäden kaum zu sehen waren. Den Ballen Brokat vorsichtig im Arm lief Margerite schwer atmend wieder hinauf zu Ortliebs Gemächern. Die Landgräfin erteilte der vor ihr knienden Kleidermacherin gerade Anweisungen und nickte nicht einmal, als Margerite den gewünschten Stoff auf die anderen Tücher legte.

»Ich möchte, daß der Brustkorb auf dem Mieder mit Staubperlen hervorgehoben wird«, sagte Ortlieb. »Und meine Gesichtsmaske wirst du ebenfalls mit Perlen besetzen.«

»Aber, Frau Landgräfin, dieser feine Brokat … soll ich ihn wirklich mit dem Bild eines Knochengerippes entstellen?«

»Ich werde die Todeskönigin sein«, sagte Ortlieb, und in ihre Stimme trat ein samtiges Grollen. »Und alle, die mich sehen, müssen es sogleich erkennen. Denn es ist der Tanz des siegreichen Todes, vor dem weder Gott noch die Engel und

Heiligen die Menschen bewahren können. Unter der Gürtellinie mag das Kleid unbestickt bleiben, aber darüber müssen die Skelettknochen zu sehen sein.«

»Wie Ihr wünscht, Frau Landgräfin«, antwortete Isabelle betrübt.

»Hedwig, schenke mir einen Tropfen Likör ein.«

Die Schwarzhaarige ging in das Zimmer mit den scharlachroten Vorhängen und kam kurz darauf mit einem unglücklichen Ausdruck auf dem hübschen Gesicht wieder heraus. »Mädchen«, sagte sie zu Margerite, »hole eine Flasche Likör aus der Hausbrennerei.«

Margerite lief hinunter und durch den Dienersaal in die Hausbrennerei, einen langen, dreieckigen Raum am nördlichen Ende des großen Saales. Wie in der Küche gab es im Ofen der Hausbrennerei immer ein warmes Feuer. Zwei große Fässer Malz siedeten unter einer bleichen Decke brodelnder Hefe, und die vertrauten Gerüche von Hopfen, Beifuß und Rosmarin erfüllten die Luft. Von der Decke hingen Bündel getrockneter Kräuter, in den Wandfächern standen Krüge und Flaschen und Beutel aus Nesseltuch, und mehrere Eisentöpfe verschiedener Größe hingen an der Wand. In einer Ecke kochte und tropfte es in Kupfergefäßen und -röhren. Margerite hatte selbst noch nie *aqua vitae* gebrannt, und auch zur Herstellung von Rosenwasser hatte sie nur die Sommerblüten zermahlen und eingelegt, aber sie erkannte die Brennkolben sogleich. Ein schlanker, hellhaariger Junge saß am Tisch und zerstieß mit der Andacht eines Mönches Kräuter in einem Steinmörser. Margerite erkannte den starken Geruch von Dill und Fenchelsamen neben dem süßen Duft von Engelswurz und Minze. Es wunderte sie nicht, daß bei den üppigen Speisen auf der hohen Tafel regelmäßig Arzneien gegen Verstopfung benötigt wurden.

Meister Karl, der die Hausbrennerei führte, war ein Mann in mittleren Jahren, dem das honigbraune Haar kunstvoll gelockt über das lange, hagere Gesicht fiel. Zu den Mahlzeiten im großen Saal trug er ein Wams aus feingenähtem Linnen in leuchtenden Farben, aber hier bei der Arbeit hatte er eine fleckige braune Robe übergeworfen, um seine Kleider vor

Spritzern zu schützen. Er stand über dem gekachelten Ofen und rührte bedächtig in einem Topf.

»Was willst du?« fragte er und sah kurz zu Margerite auf, ohne seine Bewegung zu unterbrechen.

»Die Landgräfin wünscht eine Flasche Likör.«

»Hat sie gesagt, welchen? Nein, natürlich nicht.« Karl seufzte. »Nimm den Rosenlikör – das dritte Fach von unten, die dunkelrote Flasche links – und Christus steh dir bei, wenn sie eigentlich Thymianlikör will, weil sie einen rauhen Hals hat.«

Margerite eilte mit dem Rosenlikör wieder hinauf. Auch diesmal schenkte ihr Ortlieb keine Beachtung. Hedwig entkorkte die Flasche und goß ein wenig von der Flüssigkeit in einen kleinen goldenen Becher. Die Landgräfin schnupperte und versetzte Margerite, ohne daß das leise Lächeln von ihren Lippen wich, mit der offenen Hand einen Schlag ins Gesicht.

Margerite stand wie gelähmt und mit sausenden Ohren. Die linke Wange war fast taub vor Schmerz, und sie fühlte das warme Blut an der Stelle, wo Ortliebs Ring sie geschnitten hatte. Nur die Selbstbeherrschung, die sie in ihrer Ordensausbildung erlernt hatte, bewahrte sie davor, den Schlag zu erwidern. Sie hielt den Kopf gesenkt und die Hände flach gegen die Schenkel gedrückt, um sie nicht zu Fäusten zu ballen. Sie zitterte wie Espenlaub und hoffte, Ortlieb möge ihren Zorn für Furcht halten. *Du hast mich blutig geschlagen*, dachte Margerite bitter, *aber wir werden sehen, wer den letzten Schlag führt!*

»Nicht Rosenlikör, sondern Kräuterlikör«, sagte Ortlieb gleichgültig, bevor sie sich wieder der Kleidermacherin und ihren Gehilfinnen zuwandte. Margerite brannten die Wangen vor Schmerz und vor Schmach, als sie die Flasche an sich nahm. Den Ärmel auf die blutende Stelle gedrückt, eilte sie wieder hinunter in die Hausbrennerei.

Meister Karl schüttete gerade heißen Brei aus einer Pfanne in einen Tonkrug, als Margerite eintrat. Er stellte die Pfanne ab und betrachtete sie mitfühlend. »Dafür brauchst du Salbe mit Ringelblume und Beinwell, würde ich sagen.« Er nahm einen irdenen Topf aus einem Fach. »Halte still.« Er fuhr mit fleckigen Fingern in den Topf und rieb Margerite reichlich Salbe auf die

Wange, während er mit der anderen Hand ihren Kopf festhielt. Margerite empfand die Vertrautheit seiner sanften Berührung als unangenehm. Sie roch Zimt in seinem Atem, und es schien ihr, daß er ihr Kinn länger festhielt als notwendig. Er blickte ihr tief in die Augen, aber sie ging nicht darauf ein, und er ließ sie los. Vielleicht hatte sie sich nur eingebildet, daß er sich Freiheiten herausgenommen hatte. »Was wünscht die Landgräfin also?«

»Sie will den Kräuterlikör.«

»Hier ist er.« Karl nahm eine kleine Glasflasche mit einer dunkelbraunen Flüssigkeit aus dem obersten Fach. »Und richte ihr von mir aus, ich muß noch heute wissen, was ich ihr für ihr Fest an Allerseelen zubereiten soll, denn sie mag die Menschen zur Eile antreiben, wie es ihr gefällt, doch Kräuter geben ihren Geist nicht schneller her, als es ihre Natur erlaubt.«

Margerite blickte Karl verstohlen auf die Hände, aber er trug nur einen einfachen goldenen Ehering. Doch selbst wenn er kein Ordensmitglied war, braute er vielleicht nicht nur Rosenwasser und Liköre für Ortlieb. *Bestimmt muß er viele Säfte zubereiten, damit ihre Haut weiß und zart bleibt, und Kamillenbäder für den goldenen Ton ihres Haares*, dachte sie unwillkürlich.

»Kann ich ein wenig von der Beinwellsalbe für meine Hände haben?« fragte Margerite bescheiden. Die meiste Hornhaut von der Plackerei in der Küche war zwar schon verschwunden, aber ihre Hände waren noch rot und rauh, und an den Fingern bekam sie Schwielen vom endlosen Nähen. Eigentlich hätte sie in das Gemach der Landgräfin laufen müssen, aber in ihrem Herzen brannte noch heiß die Auflehnung, die Ortliebs Schlag ausgelöst hatte. Sollte sich die Elende doch ein wenig in Geduld üben!

»Natürlich«, sagte Meister Karl. Nacheinander nahm er Margerites Hände und rieb ihr in langsamen Kreisen die Salbe in die Haut. Dabei sah er ihr unablässig in die Augen. »Ich arbeite oft bis spät in die Nacht, wenn mein Lehrling Jürgen schon längst zu Bett gegangen ist«, flüsterte er ihr zu. »Wenn du noch etwas anderes brauchst, mußt du nur zu mir kommen.«

Wie kann er es wagen, dachte Margerite wütend. Aber für Karl war sie natürlich nur eine einfache Dienstmagd. Sie hielt an sich, um sich nicht verärgert loszureißen, doch der Meister der Hausbrennerei spürte natürlich, wie sie erstarrte. »Meine Tür ist immer offen«, fügte er hinzu. »Die meisten Mägde hier wären froh über meine Freundschaft.« Dann ließ er schnell von ihren Händen ab und versuchte sie nicht weiter aufzuhalten, als sie die Flasche Likör ergriff und hinauf zu Ortliebs Gemächern eilte.

Die Landgräfin nippte zerstreut von dem Kräutertrank, während Isabelle und ihre Gehilfinnen um sie herumschwärmten. Fast schien es, als hätte sie vergessen, daß sie nach dem Likör gerufen hatte, und es war ihr auch nicht aufgefallen, wie lange Margerite diesmal gebraucht hatte, um die Flasche zu holen. Statt darüber erleichtert zu sein, fühlte Margerite nur noch größere Wut. Aber sie hatte die Nachricht von Meister Karl auszurichten, und vielleicht konnte sie Ortlieb wenigstens damit ein wenig ärgern.

Als Isabelle ihren näselnden Redefluß für einen Augenblick unterbrach, räusperte sich Margerite vernehmlich, doch keine der Anwesenden schenkte ihr Beachtung.

»Verzeiht, Frau Landgräfin«, stammelte Margerite mit gewollt leiser und ängstlicher Stimme, »ich soll Euch von Meister Karl etwas ausrichten.«

Endlich blickte Ortlieb Margerite an. Doch selbst jetzt schien die Ordensprinzessin sie nicht wahrzunehmen. Die braunen Augen mit den glitzernd grünen Flecken darin hätten genausogut zum Fenster hinaus wie auf die junge Frau in ihrem einfachen Wollkleid schauen können, die mit ineinandergeschlungenen Händen vor ihr stand. »Ja?« fragte sie gleichgültig.

Margerite gab die Nachricht weiter, so wie sie ihr der Meister der Hausbrennerei aufgetragen hatte. Ortlieb drehte den Kopf und blickte Hedwig in die blauen Augen. Dann warf sie den Kopf zurück und lachte tief auf. »Kümmere dich darum, Hedwig«, sagte sie immer noch lachend. Die schwarzhaarige Frau verließ mit einem kurzen Knicks das Gemach, und Ortlieb wandte sich wieder der Kleidermacherin zu.

Nach einer Weile sah Isabelle auf und bemerkte Margerites Anwesenheit. »Du wirst hier nicht mehr gebraucht, Gertrude. Geh und gib deinem Kind die Brust, wenn es Hunger hat, und dann machst du dich wieder an deine Näharbeit.«

Margerite zuckte innerlich zusammen, als hätte die Französin sie mit ihrer Schere gestochen, und ihr flackernder Blick ging sofort zu Ortlieb. Sie hätte viel darum gegeben, wenn die Lichtträgerin nicht erfahren hätte, daß sie hier im Schloß ein Kind hatte. Ortlieb hatte zwar keine Ahnung, daß Wolfram das Kind war, das dem Orden so überaus viel bedeutete, aber Margerite wußte genau, daß eine Ordensprinzessin einen wehrlosen Säugling auch für ihre eigenen Zwecke mißbrauchen konnte. Obwohl Ortlieb sie gar nicht ansah, spürte Margerite ein seltsames Prickeln auf der Haut, als würde sie in einem dunklen Wald von einem unsichtbaren Wesen beobachtet.

Margerite verließ die Gemächer der Landgräfin und lief fast zur Kammer, in der sie ihr Kind zurückgelassen hatte. Eine Welle der Erleichterung schlug über ihr zusammen, als sie die ungeduldigen Schreie ihres Sohnes hörte. Mit schwachen Knien und außer Atem setzte sie sich aufs Bett und nahm ihr Kind an die Brust. »Maria sei Dank, du bist wohlauf, mein liebster Wolfram«, flüsterte sie ihm zu. »Maria sei Dank, Christus sei Dank.«

Nachdem sie Wolfram gestillt hatte, trug sie ihn in das Gemach, in dem die Frauen nähten. Sie wollte sich nicht wieder von ihm trennen, und wenn Isabelle sie wieder hinunterschickte, um an den Behängen für den großen Saal zu arbeiten, weil sie das Kind im Nähzimmer nicht dulden mochte, dann mußte es eben so sein.

»Schon wieder da?« fragte Arnhild, eine große, ziemlich dünkelhafte Frau, deren dichter, braunschwarzer Haarkranz glänzte wie altes, mit Bienenwachs poliertes Eichenholz und nur mit einzelnen weißen Fäden ihr Alter verriet. »So schnell war die Gräfin noch nie mit einer Anprobe fertig – aber ich sehe, daß sie dir ein Andenken hinterlassen hat. Was hast du denn diesmal angestellt?«

»Madame Isabelle hat mich wieder an die Arbeit geschickt, während sie sich um die Landgräfin kümmert«, sagte Margerite, ohne auf die Beleidigung der anderen einzugehen. Sie legte Wolfram in eine Ecke fern von Nadeln und Stoffstücken und nahm dann wieder den Rock auf, den sie bei Hedwigs Eintritt eingesäumt hatte.

»Und nach welchem Wunder der neuesten Mode hat die Landgräfin diesmal verlangt?« fragte Arnhild mit deutlichem Spott in der Stimme.

Unter dem Kichern und Prusten der Näherinnen beschrieb Margerite Ortliebs Gewand, so gut sie es vermochte.

»Nur gut, daß sie eine Französin als Kleidermacherin eingestellt hat.« Arnhild betonte das Wort *Französin* voller Verachtung. »Die alte Landgräfin hätte mich nie um solch ein Gewand gebeten, und ich würde mich schämen, so etwas zu nähen. Aber was soll man von der Tochter eines einfachen Ritters auch anderes erwarten.«

Margerite starrte sie mit offenem Mund an. Sie war zu zornig, um etwas sagen zu können. Arnhild lachte trocken auf. »Schau nicht so bestürzt, Gertrude. Es weiß doch jeder, daß der Vater der Landgräfin nichts als eine kleine Festung tief im Thüringer Wald besessen hat. Wahrscheinlich gehört sie jetzt ihr. Seit ihrer Heirat mit Herrn Gerhardt dürfte sie allerdings kaum mehr dort gewesen sein. Als sie hier ankam, trug sie nur ein besticktes Linnenkleid wie eine wohlhabende Bäuerin.« Margerite zuckte innerlich zusammen, doch schon redete Arnhild weiter. »Und jetzt will sie nichts als die neueste Mode und die feinsten Stoffe, auch wenn sie beim Essen die Ärmel hochbinden muß, damit sie ihr nicht in die Suppe fallen. Anscheinend mögen die Männer ihre Kleider«, fügte sie widerstrebend hinzu. »Zumindest ist der Landgraf immer bereit, für ihre Wünsche zu zahlen. Aber wenn sie nicht gewesen wäre, hätte auch Herr Bernhardt…« Sie drückte die dünnen Lippen aufeinander, als wäre ihr zuviel entfahren.

»Herr Bernhardt?« fragte Margerite scheinbar beiläufig. »Wer ist das?«

Arnhild sah sich hilfesuchend um, aber die anderen Frauen wichen ihren Blicken aus. »Niemand, der dich etwas angeht, mein junges Fräulein«, fauchte sie. »Und überhaupt tust du besser daran, keine Fragen zu stellen. Denn wenn eine Dienerin zu neugierig ist, wird sie fortgeschickt, bevor sie sich umschauen kann.«

Würdest du dich freuen, wenn Bernhardt zurückkäme? dachte Margerite. *Ich glaube schon. Hättest du mehr über Ortlieb zu erzählen, wenn du es wagen könntest, deine Meinung offen auszusprechen?*

Als sie am Abend mit Wolfram in den Armen im Dienerquartier lag und die schwere Bohnensuppe vom Abend verdaute, fiel Margerite ein, was Arnhild über Ortlieb erzählt hatte. *Die Tochter eines einfachen Ritters …* Woher wußte Ortlieb sich wie eine Landgräfin zu benehmen? Sie mußte vor über acht Jahren nach Schloß Niederwald gekommen sein, und schon damals war sie eine Ordensprinzessin. Wie alt war sie jetzt? Siebenundzwanzig vielleicht, auch wenn sie fast so jung wirkte wie Margerite. Sie hatte also Zeit gehabt, um zu lernen, wie man flandrischen Brokat trägt und Geld für gefärbte Kerzen verschwendet. Aber Ortlieb verhielt sich nicht einfach nur wie eine befehlsgewohnte Edelfrau, die ihre irdische Macht ihrem Mann zu verdanken hatte. Margerite hatte sich in dieser Lage befunden und kannte den ständigen Kampf zwischen einer neuen Burgherrin und alten Bediensteten, den man nur gewinnen konnte, wenn man nie nachgab und keine Schwäche zeigte. *Hat sich Ortlieb je vor Frauen wie Arnhild gefürchtet, die in Seide gekleidet sind und aus einem silbernen Becher trinken, obgleich sie nur Dienerinnen sind?* Margerite fragte sich besorgt, ob sie sich in einer solchen Lage besser verhalten würde als Ortlieb. *Heilige Jungfrau Maria behüte mich davor, jemals so zu werden wie sie, falls ich einmal die Herrin dieser Burg werden sollte!* Margerite erkannte sich in der Landgräfin wieder, als wäre diese ein Spiegel, der ihr ihre schlimmsten Fehler vergrößert zurück ins Gesicht warf.

Aber etwas an Ortliebs Verhalten überstieg die schroffe Macht und kalte Hoffart, mit der die Tochter eines einfachen Ritters ihre Unsicherheit vor Burgdienern verbarg, die auf sie herabblickten und hinter ihrem Rücken verächtlich über sie redeten. Plötzlich fiel es Margerite wie Schuppen von den Augen. Pater Etienne hatte erzählt, daß Ortlieb Geister und Dämonen befehligte. Und ihre Art, Diener zu behandeln, hätte im Schwarzen Buch fast als Musterbeispiel für den Umgang mit solchen Wesenheiten dienen können. Nur die Ungenauigkeit von Ortliebs Befehlen wollte nicht dazu passen, denn nach Margerites Kenntnis mußten Dämonen vollkommen eindeutige Aufträge erhalten, damit sie ihren Meister nicht verrieten. Aber auch diese scheinbare Nachlässigkeit war vielleicht Absicht und darauf berechnet, den Dienern Angst einzujagen und sie dazu anzuhalten, ihr jeden Wunsch von den Augen abzulesen. Vielleicht hatten die Geister, die Ortlieb beschwor, gelernt, ihre Anweisungen zu verstehen und ihren Gedanken zu folgen.

Aber Männer und Frauen sind keine Dämonen, Ortlieb, und können nicht wie diese behandelt werden, dachte Margerite. *Wenn du diesen Unterschied nicht mehr begreifst, dann sind die Mauern deiner Festung zu dick geworden.*

Margerite erwachte mitten in der Nacht von einem schweren Gewicht auf der Brust und einem tiefen Schnurren im Ohr. In der Dunkelheit des Dienerquartiers konnte sie nicht einmal das Glühen von Kobolds Augen sehen, aber sie wußte, daß er es war.

»Kobold«, flüsterte sie. »Warum bist du hier? Ich habe dir doch verboten, mich zu suchen.« Aber Kobold war nicht nur ein Erdgeist, sondern auch ein Kater. Und als solcher ging er, wohin es ihm beliebte. »Kobold, es ist gefährlich für dich hier. Was würde aus uns werden, wenn sie dich spürt?«

Beharrlich schnurrend erhob sich der Kater auf samtigen Pfoten. Margerite blieb reglos, um Wolfram nicht zu wecken, dessen Atem sie weich und regelmäßig an der Wange fühlte. Er würde bestimmt schreien, wenn er aus dem Schlaf gerissen wurde, und so tief die Schloßdiener nach ihrer schweren Arbeit am Tage auch schlummerten, sein Geschrei würde gewiß jemanden stören.

Plötzlich erstarrte Kobold, und sein Schnurren wurde zu einem scharfen Fauchen. Margerite blickte angestrengt in die Finsternis, um zu erkennen, was der Kater gesehen hatte. Ihre rauhe Decke war warm, doch ein eisiger Hauch zog über sie hinweg, und der kalte Schweiß stand ihr auf der Stirn. *Heilige*

Jungfrau Maria, Ortlieb kommt, um Wolfram zu entführen! Langsam schob sie die rechte Hand unter das Kissen und schloß die Finger um den Griff ihres Messers, während sie gleichzeitig mit dem linken Arm Wolfram schützend umfaßte. Sie war entschlossen, erbitterten Widerstand zu leisten, wenn Ortlieb nach ihrem Sohn greifen würde.

Die Tür blieb verschlossen, und Margerite hörte auch keine raschelnden Schritte zwischen den Strohhaufen, die den niederen Schloßdienern als Lager dienten. Dennoch spürte sie die kalte Gegenwart neben ihrem Bett genauso deutlich wie Kobolds schweres Gewicht und den warm an sie geschmiegten Wolfram.

Wieder fauchte Kobold, dann ließ er ein dumpfes Knurren hören. Obwohl es stockfinster war, glaubte Margerite die Gestalt eines Mannes zu erkennen, groß und dünn, mit einem roten Funkeln am Finger. Und sie erkannte ihn so gewiß, als hätte sie ihn am hellichten Tage erblickt.

»Graf Günther«, flüsterte sie. »Ihr seid tot. Geht zurück in das Reich, dem Ihr angehört, und stört nicht weiter meinen Frieden.«

Kein Geräusch außer Kobolds Knurren und dem Schnarchen der anderen Frauen drang an ihr Ohr. Dennoch meinte Margerite den Widerhall hohlen Gelächters zu hören, aus dem sich langsam und tief die Worte herausschälten. *Habt Ihr … so wenig gelernt … Prinzessin? Streit … innerhalb des Ordens … ist gestattet, auf daß … wir uns entwickeln … Seid auf der Hut … damit Ortlieb nicht entdeckt … daß Ihr danach strebt … Ihren Platz einzunehmen … Sie wird Eurem Kinde … kein Leid zufügen … aber sie hat das Recht … Euch herauszufordern … Ihr habt … Euch gut verborgen … doch ich werde … Nikolaus benachrichtigen, denn … vielleicht bedürft Ihr seiner Hilfe.*

Mit dem nächsten Augenzwinkern war die dunkle Gestalt verschwunden, und über der Kammer lag nur noch die natürliche Finsternis der Nacht. Kobold miaute leise, und Margerite spürte seinen weichen Schwanz an der Wange. Sie zitterte an allen Gliedern, und ihr Atem ging stoßweiße, als wäre sie weit gelaufen. *Ich strebe danach, Ortliebs Platz einzunehmen?* dachte sie entsetzt. Hatte sie nicht am Tag darüber nachgedacht, wie es wäre, die Landgräfin von Niederwald zu sein? *Aber nicht aus Ehrgeiz oder Stolz, die Heilige Jungfrau sei meine Zeugin! Nur weil Bernhardts rechtmäßiger Platz der des Landgrafen ist und weil ich an seiner Seite sein will, wenn es das Schicksal erlaubt.*

Dann beschlich sie ein ernsterer Gedanke. *Was hat zuerst Kobold und danach Graf Günther in dieser Nacht zu mir geführt? Werde ich von Ortlieb oder einem ihrer Geister beobachtet?* Schirmende Worte schossen Margerite durch den Kopf, aber sie wagte es nicht, sie auszusprechen. Die Ordensprinzessin würde gewiß die Berührung einer himmlischen Macht fühlen, wenn Margerite wieder in ihre Nähe kam.

Nein, auch wenn es schmachvoll ist, ich muß sein wie eine Feldmaus, die lebt, weil sie klein ist und sich der Aufmerksamkeit edlerer Geschöpfe entzieht. Aber Eulen jagten nicht nur Hasen, sondern auch Feldmäuse. Waren Ortlieb die niedrigeren Bediensteten wahrhaft so gleichgültig, wie es den Anschein hatte? Vielleicht wäre es klüger, einfach mit Wolfram auf dem Arm aus Schloß Niederwald zu fliehen und es Eva zu überlassen, etwas herauszufinden. *Aber Eva hat kaum die Gelegenheit, die Küche zu verlassen, geschweige denn herumzuwandern. Ich dagegen kann gehen, wohin ich will, unter dem Vorwand, etwas für Isabelle zu holen. Und was hält mich denn von meiner Aufgabe ab? Die Worte eines verfluchten Geistes, der nur wenig von den Geschehnissen auf Erden zu sehen scheint, da er mich noch immer für eine Lichtträgerin hält, und das Erscheinen eines ungehorsamen Katers.*

Kobold hatte sich wieder in voller Länge auf Margerite ausgestreckt und ihr die Pfoten um den Hals gelegt. Schnurrend schmiegte er seine weiche Wange an ihre. »Kobold, du mußt verschwinden«, flüsterte sie, obwohl es ihr im Herzen weh tat, ihn wieder fortzuschicken. Der Kater rieb den Kopf an Margerites Kiefer und schnurrte noch lauter. »Kobold, lauf zurück zu Lothars Haus. Hast du verstanden? Fort mit dir!« zischte sie.

Kobold bewegte sich nicht.

»Nun, wenn es sein muß«, wisperte sie, »magst du uns bewachen, solange die Nacht währt. Aber noch vor dem Morgengrauen mußt du verschwunden sein – hast du verstanden, Kater?«

Wieder schob der schwarze Kater den Kopf gegen Margerites Kinn, und Margerite mußte sich seufzend damit zufriedengeben, auch wenn sie nicht wußte, ob sie dem Versprechen einer Katze trauen durfte.

Als sie in der Morgendämmerung erwachte, hatte sich Kobold davongemacht und nur einige schwarze Haare auf ihrer Decke hinterlassen. Rasch stillte Margerite ihren Sohn und spritzte sich kaltes Wasser aus dem gemeinsamen Becken auf Gesicht und Hände, bevor sie sich anzog und sich für ihre Arbeit bereitmachte. Als sie mittags die Speisen auftrug, warf sie Ortlieb ängstliche Blicke zu. Aber die Landgräfin schien sie gar nicht zu bemerken, und das erleichterte Margerite das Herz. *Auch die Eule*, sagte sie sich, *kann eine Feldmaus übersehen, wenn sie ruhig bleibt, statt beim ersten Geräusch furchtsam davonzulaufen*. Wenn Margerite jetzt das Schloß verließ, nachdem sie zur niedrigsten Gehilfin Isabelles aufgestiegen war, würde sie damit gewiß mehr Aufsehen erregen, als wenn sie blieb und tat, was von ihr erwartet wurde. So nahm sie sich vor, im Schloß zu verweilen und Nachforschungen anzustellen, solange nicht klare Anzeichen dafür sprachen, daß Ortlieb auf sie und ihren Sohn aufmerksam geworden war.

8. KAPITEL

Gottfrieds Pferd ließ den Kopf hängen, als Schloß Niederwald endlich als verschwommener schwarzer Fleck wieder in das Blickfeld des Ritters trat. Er lehnte sich im Sattel nach vorn und tätschelte das glänzende braune Fell. In den Monaten der Verfolgung hatte er sich immer um seinen Hengst gekümmert. Das Roß hatte mehr gefressen als sein Herr, aber dennoch sah man die Knochen unter der Haut. Arnmut war ein wenig pausbäckig gewesen, als sie von Burg Fürstensee aufbrachen, doch jetzt traten seine Wangenknochen scharf aus dem Gesicht hervor, während Gottfried, der auch sonst sehr hager war, ausgemergelter wirkte als ein Bauer nach einem Jahr der Mißernten. Die Finger um die Zügel waren fast bis aufs Skelett abgemagert. Gott sei Dank gehörte er nicht zu jenen, die jeden Tag eine gute Mahlzeit brauchten, um ihre Kraft zu bewahren. Er mochte aussehen wie ein wandelndes Gerippe, und trotzdem konnte er sein Schwert führen wie eh und je. Er mochte schwächer sein als seine Gegner, aber er schlug schneller als jeder andere, und aus diesem Grund hatte er keinen Kampf mehr verloren, seit er dreizehn war. Und er verfügte über eine Gabe Gottes: Gleich welche Wunde ihm in der Schlacht zugefügt wurde, er spürte sie erst danach, wenn sein Blut abgekühlt war. Gott hatte ihn zum Krieger bestimmt, und wäre die Verpflichtung gegen seine Familie nicht gewesen, so wäre er aus Dank dafür einem Ritterorden beigetreten.

Eine lange, anstrengende Reise lag hinter ihnen. Als Gottfried und Arnmut aufgebrochen waren, hatten die Wälder grün und golden geprangt. Jetzt waren alle Blätter abgefallen, und die Bäume ragten kahl und schwarz in den grauen Himmel. Nur die dunklen Fichten und hier und da eine Stechpalme mit glänzenden Blättern zeigten noch Leben. Leichter

Graupelregen blies ihnen kalt und körnig ins Gesicht, und Gottfried mußte sich immer wieder die Augen reiben.

»Ritter Gottfried«, sagte Arnmut kläglich, »glaubt Ihr wirklich, daß Bertram hierher zurückgekehrt ist?«

»Knappe«, erwiderte Gottfried, »was tust du, wenn du die Spur eines verwundeten Wildes verloren hast? Du gehst zum letzten Blutfleck zurück!«

»Wir suchen nun schon seit Monaten nach ihm. Er könnte inzwischen an einem ganz anderen Ort sein.«

»So ist es, Knappe. Aber der Wildhüter hier war der letzte, der ihn gesehen hat, und so bleibt uns nichts anderes, als hier die Fährte wiederaufzunehmen.«

»Glaubt Ihr wirklich, daß wir ihn finden werden?«

»Wir müssen es versuchen«, sagte Gottfried. »Ich habe Graf Heinrich geschworen, Bertram zurückzubringen, und solange ich noch atme, kann ich von dieser Aufgabe nicht ablassen.« *Es schmerzt mich, daß du mit mir kommen mußtest, Arnmut, denn ich sehe, wie hart dir die Reise zugesetzt hat. Doch du bist mein Knappe, und du mußt ertragen, was ich ertrage, auch wenn ich stets bemüht war, dich zu schonen.*

»Halt, wer da?« rief der Wachmann am Tor. Gottfried lehnte sich vor und starrte den Mann an. Er wußte sehr genau, daß die meisten Menschen seinem Blick nicht standhalten konnten.

»Ein wandernder Ritter und Freund der Schloßherren«, sagte er. »Ich weiß, daß sie mir das Gastrecht nicht verwehren werden, und hoffe, du ziehst meine Worte nicht in Zweifel.«

»Natürlich nicht, Herr Ritter. Wir werden uns sogleich um Euer Pferd kümmern, wenn es Euch beliebt, hier abzusteigen.«

»Füttert ihn vorsichtig«, sagte Gottfried, als er sich vom Sattel schwang. »Er hat lange hungern müssen, und wenn ihr ihn mit Hafer vollstopft, bekommt er Magenkrämpfe. Nur alle paar Stunden – und er darf jeweils nicht länger fressen, als du zum Aufsagen von zwanzig Vaterunsern brauchst.« Wieder richtete er seinen Blick auf den Wachmann. »Du bist ja gewiß gewohnt, das Vaterunser zu sprechen, nicht wahr?«

»Freilich, Herr Ritter«, sagte der Wachmann eilig und nahm die Zügel von Gottfrieds Pferd.

Gottfried und Arnmut waren rechtzeitig zum Abendmahl eingetroffen, und sie ließen sich sogleich von den Dienern zur hohen Tafel geleiten, um Landgraf Gerhardt und seiner Gemahlin ihre Aufwartung zu machen. Der Landgraf erhob sich nicht zum Gruß, aber er neigte huldvoll das mausbraune Haupt. »Seid erneut willkommen auf Schloß Niederwald, Ritter Gottfried«, sagte er. »Habt Ihr den Mann, den Ihr verfolgtet, nicht gefunden?«

»Nein, Herr Landgraf, und darum bin ich wieder zurückgekommen. Nach Eurem Wildhüter hat ihn niemand mehr gesehen. Vielleicht hält er sich im Thüringer Wald verborgen, und ich hoffe, daß ich hier seine Spur wiederaufnehmen kann.«

Landgraf Gerhardt lächelte. Aus der Nähe sah Gottfried sein dünnes und strähniges Haar, das aufgeschwemmte Gesicht, die tief eingekerbten Falten um die Mundwinkel und die Tränensäcke unter den Augen, deren bläulich dunkle Farbe an die Beulen des Schwarzen Todes erinnerten. *Er sieht aus wie ein Mann, dessen Seele krank ist*, dachte Gottfried. *Ich werde für den Landgrafen beten – doch er sollte lieber selbst für sich beten, um sich zu befreien von dem, was ihn quält.*

Gottfried war so in Gedanken, daß er Gerhardts nächste Worte fast nicht gehört hätte. »Ich würde gern einmal mit Euch auf die Jagd gehen, Herr Ritter. Ich glaube, Euch vermag so leicht kein Wild zu entkommen.«

»Aber bisweilen«, schnurrte die tiefe Stimme der Landgräfin an der Seite ihres Gemahls, »findet man unterwegs auch ein besseres Wild. Nun, Ritter Gottfried, Ihr seid rechtzeitig an Allerheiligen zurückgekehrt. Morgen ist Allerseelen, und unsere verehrten Gäste« – sie machte eine weit ausholende Armbewegung, aber Gottfried sah nur ein Gewirr aus heller Seide und Geschmeide – »sind gekommen, um diesen Tag auf ganz besondere Weise mit uns zu begehen. Ihr und Euer Knappe werdet uns die Freude erweisen, diesem Feste beizuwohnen, und danach werden wir Euch nach Kräften bei Eurer Suche unterstützen.«

»Es wird uns eine Ehre sein, Frau Landgräfin«, sagte Gottfried mit einer Verneigung. Die Höflichkeit gebot ihm, die

Einladung anzunehmen, auch wenn er lieber am nächsten Morgen wieder aufgebrochen wäre.

Als Gottfried den Kopf hob, blickte er Landgräfin Ortlieb gerade in die Augen. Obwohl er es sich schon lange zur Gewohnheit gemacht hatte, sich nie eine Regung anmerken zu lassen, konnte er ein kleines Zucken der Überraschung nicht vermeiden. Bei seinem ersten Besuch auf Schloß Niederwald hatte er die Landgräfin nur aus einiger Entfernung gesehen und nichts als einen anmutigen Schatten von ihr wahrgenommen. Jetzt stand ihm ihr Gesicht klar vor Augen. Sie war nicht ohne Liebreiz, doch durch die rosige Schminke auf Wangen und Lippen waren kleine Fältchen um die Augen und den Mund zu erkennen. Vor allem ihre Augen erstaunten ihn. Es waren die riesigen goldenen Augen einer Eule, die ihn mit unbeweglichem Blick anstarrten. Nur einmal hatte er solche Augen in einem menschlichen Gesicht gesehen. Als er Gräfin Margerite zum ersten Mal begegnet war, hatte sie ihn mit dem leuchtenden, kalten Blick eines Raubvogels angeschaut. Margerites Augen waren sogleich wieder so blau geworden wie das Gewand der Heiligen Jungfrau, aber Ortliebs Augen veränderten sich nicht.

Weich und schmiegsam wie das dicke Pelzfutter einer Mütze stieg ihr Lachen auf, doch Gottfried schenkte ihm keine Beachtung. Er hatte keine Angst vor ihr, und sie weckte auch kein Verlangen in ihm, obgleich ihre weißen Brüste fast aus dem dunkelvioletten Mieder quollen. Er hätte gern gewußt, was sie an der linken Hand trug, denn dort brannte ein stetiges dunkles Licht wie von einer Kerzenflamme in einer gravierten Goldfassung. Er hatte Muße, sich in diesen Anblick zu versenken, denn die Landgräfin hatte sich an die Runde gewandt.

»Herr Markgraf, lieber Friedrich, es macht Euch doch nichts aus, wenn wir Ritter Gottfried hier an die hohe Tafel bitten? Er ist ein fahrender Ritter, der eine Aufgabe zu erfüllen hat, wie wir es aus der Dichtung kennen. Und wir halten immer einen Platz frei für den Fall, daß ein fremder Gast an unser Schloßtor pocht. Nein, edler Ritter, macht Euch nicht die Mühe, die Rüstung abzulegen, denn gleich wird das Abendmahl aufgetragen, und Euer Harnisch ist fürwahr ein Ehrenzeichen.«

»Ein reizender Einfall!« rief ein großer, blonder Mann herzlich, von dessen blauem Wams sich hell der goldene Brokat abhob. »Laßt ihn bei uns Platz nehmen, und vielleicht wird er uns eine Geschichte erzählen.«

»Ich fürchte, ich bin kein großer Geschichtenerzähler. Ihr werdet gewiß enttäuscht sein.« Gottfried folgte der Einladung von Landgraf Friedrich und ließ sich auf dem Platz nieder, den ihm die Diener zeigten.

Es war Freitag, und alle Gerichte waren mit Fisch statt mit Fleisch und mit Mandelmilch statt mit Rahm zubereitet. Trotzdem war es ein außerordentlich üppiges Mahl mit feiner Fischsuppe, auf dem Rost gebratener Schleie in Mandelteig, Aal in Wein, Hecht in sämiger Mandelmilchtunke und ähnlichen Köstlichkeiten. Gottfried aß von allen Gerichten nicht mehr, als es die Höflichkeit gebot, denn ihm hatte schon immer geschienen, daß solch kunstvolle Speisen die von der Kirche vorgeschriebenen Tage der Enthaltsamkeit verhöhnten. Gerichte dieser Art mochten das Verbot von Fleisch und Milchkost einhalten, aber feingehackten und mit Kräutern gewürzten Weißfisch zu essen, der mit goldenen, blauen, silbernen und roten Mustern überzogen war, war keine geringere Völlerei, als ähnlich zubereitetes Schweinefleisch zu verzehren. Allerdings freute sich Gottfried für Arnmut, der sich jetzt noch um ihr Gepäck und Quartier kümmerte, weil der Knappe ein gehaltvolleres Essen bekommen würde als auf ihrer entbehrungsreichen Reise.

Zu seiner Erleichterung mußte Gottfried nicht viele Fragen beantworten. Alle Männer an der Tafel schienen so gebannt von der Landgräfin, daß sie dem fahrenden Ritter kaum Beachtung schenkten. Er saß neben der Markgräfin von Meißen, die viel zu wohlerzogen war, um sich über seinen Geruch und Schmutz zu beschweren. Gottfried war sich seines Zustands durchaus bewußt und wagte es nicht, ein Gespräch mit ihr anzuknüpfen. Die Diener brachten ihm zwar eine Fingerschale, in der er sich sorgfältig die Hände waschen konnte, aber dennoch wartete er immer, bis sie sich genommen hatte, ehe er etwas auf den gemeinsamen Tellern berührte. Schließlich konnte er nicht bei Tisch den tief unter den Fingernägeln sitzenden Schmutz der langen Reise entfernen.

Nach dem Abendmahl wurde Gottfried zu seinem Zimmer geführt. Es war nicht das Gemach, in dem er bei seinem ersten Aufenthalt genächtigt hatte, sondern eine Kammer ganz oben im alten Nordturm des Schlosses. Vom Boden stieg der Duft von frisch gestreutem Ried und Mädesüß auf, im Ofen knisterte ein Feuer, und neben dem Bett stand eine Wanne mit dampfend heißem Wasser, neben der Seifen und Öle bereitlagen. Arnmut wartete bereits mit einem Handtuch und einer Waschbürste auf ihn, half seinem Ritter aus der Rüstung und den schmutzigen Kleidern und warf dann mit einem Seufzer der Erleichterung den eigenen Kettenpanzer und das Hemd ab. Arnmuts Gesicht und Hände waren tief gebräunt von der langen Fahrt, aber sein Körper war so blaß wie unbemaltes Lindenholz. Das blonde Haar, das er sonst zu einem kurzen Zopf geflochten trug, stand wie eine feine Wolke um seinen Kopf.

»Herr Gottfried, ich hoffe, Ihr werdet nicht schlecht von mir denken, wenn ich mich darüber freue, daß wir jetzt hier sind«, sagte der Knappe, während sich Gottfried vorsichtig in das heiße Wasser gleiten ließ. »Ich habe noch nie in meinem Leben so gut gegessen, nicht einmal auf Burg Fürstensee. Und ich dachte immer, Graf Heinrich hätte die beste Köchin des Reiches. Und – die Landgräfin ist wirklich sehr schön!«

Gottfried fuhr herum, als er das unverhohlene Verlangen in Arnmuts weicher Stimme hörte. Etwas daran verstörte ihn auf namenlose Weise. Er hatte den Knappen noch nie über eine Frau reden gehört, und obgleich er aus Anstand nie bewußt auf dessen Geschlechtsteile blickte, konnte er auch mit seinen schlechten Augen nicht übersehen, daß die Erinnerung an die Landgräfin Arnmut in unziemliche Erregung versetzt hatte.

»Sie ist eine verheiratete Frau«, sagte Gottfried barsch, »und mir schien sie nicht schöner als andere. Wenn dich solche Gedanken anfechten, solltest du am besten beim hiesigen Pfarrer die Beichte ablegen und dich fürs erste an deine Arbeit machen.« Damit kehrte er dem Knappen den Rücken und begann sich gründlich zu waschen. Er atmete die süßen Düfte des Bades ein, bis sich sein Herzschlag wieder beruhigt hatte.

Als beide gewaschen und abgetrocknet waren und Arnmut ihn sorgfältig rasiert hatte, kleidete sich Gottfried in die einzigen feinen Gewänder, die er mitgebracht hatte: ein Wams aus einfachem schwarzen Samt und eine Hose aus dunkelroter Wolle.

»Unsere Rüstung sollte gründlich gereinigt werden, da wir sie nun schon seit einiger Zeit getragen haben«, sagte Gottfried zu seinem Knappen. »Kümmere dich darum, und wenn du fertig bist, siehst du nach unseren Pferden, damit sie versorgt werden, wie ich es befohlen habe.«

»Natürlich, Herr Gottfried.« Arnmut schob sich das feuchte Haar aus der Stirn und lächelte den Ritter gutmütig an. Wieder einmal fiel Gottfried auf, daß ihm Arnmut Scheltworte nicht nachtrug, sondern Mahnungen immer so verstand, wie sie gemeint waren. Gottfried beschloß, zum Beten in die Schloßkapelle zu gehen und eine Kerze anzuzünden, um den Allerheiligentag zu begehen.

Als er auf der Turmtreppe den Ausgang zum dritten Stock erreichte, hörte Gottfried aus einem der Gemächer den unverkennbaren Schrei eines Säuglings. Er fragte sich, ob es vielleicht das Kind Ortliebs oder eines der edlen Gäste war. Die prächtigeren Gemächer lagen zwar im neuen Schloßflügel, aber im großen Saal hatte heute nachmittag großes Gedränge geherrscht. Wäre die Laune der Landgräfin nicht gewesen, dann hätten er und Arnmut wohl gemeinsam mit den Soldaten in der Barracke nächtigen müssen. Dem Geschrei folgten einige heftige Worte, die er nicht verstand, und dann kehrte Ruhe ein.

Gottfried schritt durch den Gang, der zur Treppe in den großen Saal führte. Unmittelbar vor einer großen Eichentür schwenkte der Gang nach rechts. Die Tür hatte sieben Eisenbeschläge, obgleich zwei oder drei gereicht hätten. Gottfried hatte sie schon früher bemerkt, ebenso wie die beiden riesigen Wachen, die vollkommen stumm und reglos davor standen. Sie waren in vollem Harnisch und trugen Stechhelme aus schwarzem Eisen, die das Gesicht verbargen. Gottfried, der nur von mittlerer Größe war, hätte sich auf die Zehenspitzen stellen und durch die Visierschlitze spähen müssen, um ihre Augen zu sehen. Wieder überlegte er, was hinter dieser Tür liegen mochte, wenn solch eine Bewachung aufgeboten wurde. Wurden dort die Schätze von Schloß Niederwald aufbewahrt? Er zuckte mit den Achseln, denn es ging ihn nichts an. Ein Mann wie Herr Christoph oder Ritter Ludwig hätte die Wachen vielleicht freundlich gegrüßt. Gottfried hingegen pflegte gegen Fremde stets Zurückhaltung.

Obwohl er den frischen Duft seines Bades noch in der Nase hatte, roch Gottfried die Frau auf der Treppe, ehe er sie sah. Ein süßes Aroma von Rosen und Gewürzen wie von einem arabischen Handelsschiff stieg von ihr auf. In den Wandleuchtern brannten trotz des Tageslichts die Kerzen, und so sah er ihr golden schimmerndes Haar, das blasse Gesicht und das grüne Seidengewand, so gut es ihm seine Augen gestatteten.

»Herr Ritter«, sagte sie und machte einen angedeuteten Knicks, »gut, daß Ihr gerade des Weges kommt. Die Landgräfin wünscht Euch zu sprechen.«

Gottfried neigte zur Erwiderung knapp das Haupt. Nicht nur aus ihren Worten wußte er, daß sie trotz ihrer prachtvollen Kleider eine Dienerin war. Ein Mann, der Gesichter erst aus wenigen Schritten Abstand deutlich erkennen konnte, mußte lernen, die Gedanken von Menschen in ihrer Haltung zu lesen. »Es ist mir eine Ehre«, erwiderte er höflich. »Wo soll ich ihr meine Aufwartung machen?«

»Folgt mir.«

Die blonde Frau führte ihn in einen kleinen Gang im dritten Stock und öffnete eine Tür. Wenn man zu dieser Jahreszeit aus einem Gang in ein Gemach kam, war es fast, als trete man aus der Kälte im Freien in eine warme Stube. Nach dem heißen Bad und mit dem schweren Winterunterhemd unter dem Wams spürte Gottfried sogleich, daß ihm der Schweiß auf die Stirn trat. Er erkannte, daß er sich in den Gemächern der Landgräfin befand. Die Hände hinter dem Rücken zusammengelegt, stand er beklommen und steif da wie vor einer Truppenschau.

»Willkommen, Ritter Gottfried«, säuselte die Landgräfin und streckte ihm träge die Hand entgegen. Gottfried beugte sich darüber und streifte mit den Lippen flüchtig ihre Finger. Ihre Hand war mit etwas beschmutzt, was wie ein Rußfleck aussah – als hätte sie wie eine Dienstmagd einen Ofen gereinigt. Doch das war undenkbar. »Nehmt Platz. Welchen Wein bevorzugt Ihr, Herr Ritter? Wir haben feine rote Tropfen aus Frankreich und Italien, aber vielleicht schmecken Euch die weißen Rheintrauben besser. Wir haben gerade die neue Lese erhalten.«

»Ich richte mich ganz nach Euch, Frau Landgräfin«, antwortete Gottfried. Er empfand es als äußerst seltsam, daß die Landgräfin von Niederwald einem Ritter ohne Land solch eine Frage stellte, als wäre sie die Tochter eines kleinen Lehnsritters, die ihm für eine Nacht das Gastrecht gewährt hatte.

Ortlieb klatschte in die Hände. »Oda! Bringe uns Bordeauxwein.«

Die blonde Frau eilte mit flatternden grünen Röcken aus dem Gemach, und Gottfried blieb mit Ortlieb allein zurück. Um sein Unbehagen zu bezähmen, blickte sich der Ritter um. Er konnte die feinen Einzelheiten der Wandbehänge nicht erkennen, aber die lebhaften Farben waren zugleich betörend und verstörend. Etwas daran, was er nicht benennen konnte, ließ ihn tief erschauern. Mit geradem Rücken setzte er sich der Landgräfin gegenüber und legte die Hände in den Schoß.

Lachend lehnte sie sich vor, und wieder bemerkte er das sonderbare Eulenglühen ihrer Augen. »Entspannt Euch, Ritter Gottfried. Was ich Euch zu sagen habe, ist nur eine Sache der Freude und des Vergnügens.« Landgräfin Ortlieb streckte ihm die linke Hand entgegen, und Gottfried starrte unwillkürlich auf die tiefrote Flamme an ihrem Finger. »Was … Ah, ich sehe, daß Ihr meinen Ring bewundert. Habt Ihr schon einmal seinesgleichen gesehen?«

Etwas in ihrer tiefen Stimme schien zu drängend für die einfache Frage, wie der Nachhall der tiefsten Saite einer Laute, die plötzlich gespannt wird. Gottfried antwortete der Wahrheit gemäß. »Noch nie, Frau Landgräfin. Es ist ein außergewöhnliches Stück.«

Ortlieb zog den Arm zurück und starrte ihn mit ihren kalten, goldenen Vogelaugen an, während sie die Hand geziert über die weiße Rundung ihres Busens hielt. »Die meisten Männer würden eher dem Finger als dem Ring daran Bewunderung zollen«, sagte sie mit neckender Stimme.

»Ich hoffe, ich war nicht unhöflich, Frau Landgräfin, und habe auch nicht Euer Mißfallen erregt«, sagte Gottfried. »Aber wenn Ihr es wünscht, ziehe ich mich zurück.« Er wußte nicht, mit welchem seiner Worte er sie verärgert hatte, denn er war es nicht gewohnt, daß Frauen so mit ihm sprachen. Er hatte das Gefühl, in Ortliebs Gemach auf unvertrautem Boden und in dichtem Nebel zu kämpfen – nein, schlimmer noch, denn schlechtes Wetter schien seine Feinde meist mehr zu behindern als ihn, weil er seit zweiundzwanzig Jahren mit verschwommener Sicht zurechtkommen mußte.

»Aber nein, Herr Ritter!« rief die Landgräfin. »Ich bitte Euch um Verzeihung. Ich wollte Euch nicht kränken.« Zum ersten Mal hörte Gottfried einen Anflug von Unbehagen in ihrer Stimme. Sie wirkte wie die junge Tochter eines armen Ritters, die zu keck mit einem Gast gesprochen und dafür einen scharfen Tadel erhalten hat. Er fragte sich, wo Ortlieb vor ihrer Heirat mit Landgraf Gerhardt gelebt hatte, und spürte ein erwachendes Mitgefühl für sie, denn auch er war vor nicht allzu langer Zeit als zweiter Sohn eines Grenzritters nach Burg Fürstensee gekommen und hatte damals als völlig unerfahrener Knappe vor Unbeholfenheit und Beklommenheit kaum gewußt, wie er sich bewegen sollte.

»Ich bin nicht gekränkt, Frau Landgräfin«, sagte Gottfried. »Ich bin nur nicht genügend in den Gepflogenheiten eines solch edlen Hofes geübt.«

Ortlieb entspannte sich und lehnte sich mit einem sanften Rascheln ihres dunkelvioletten Samtkleids zurück. »Ihr wart lange auf Wanderschaft, Ritter Gottfried. Kein Wunder, daß Ihr die höfischen Spiele zwischen Männern und Frauen vergessen habt.«

»Ich habe sie nie erlernt«, erwiderte Gottfried und verzog den Mund. Er wünschte, die Landgräfin möge endlich sagen, warum sie ihn gerufen hatte, denn er sehnte sich nach dem stillen Frieden einer Kapelle, nach Kerzen, die rein und golden schienen, statt ein verstörend rotes Flackern auf überladene Wandteppiche und Ortliebs dunkles Gewand zu werfen. Er sehnte sich nach der Klarheit von Gebeten statt dieses läppischen Getändels mit Worten. »Frau Landgräfin, meine Pflicht ist der Kampf und nicht die zungenfertige Rede bei Hof. Wenn Euch nach angenehmer Gesellschaft verlangt, so werdet Ihr diese hier im Schlosse und unter den Edelleuten, die Ihr zu Eurem Fest an Allerseelen geladen habt, gewiß zu finden wissen. Es war sehr freundlich von Euch, mich zum Verweilen einzuladen, aber ich fürchte, daß ich Euch im Gegenzug wenig mehr als meinen Dank entbieten kann.«

Ortlieb stützte die Ellbogen auf den Tisch und lehnte sich vor. Wenn Gottfried darauf geachtet hätte, hätte er tiefe Schatten zwischen ihren Brüsten wahrnehmen können. Im Gegensatz zu den meisten Menschen wandte sie ihren Blick nicht von dem seinen und starrte ihn unverwandt mit ihren goldenen Eulenaugen an. Schwer und süß stieg ihm ihr Geruch in die Nase, wie der Duft von leicht verwelkten Blumen. »Ihr könnt mir einen großen Gefallen erweisen, Ritter Gottfried.«

»Womit kann ich Euch zu Diensten sein, Frau Landgräfin?« fragte Gottfried höflich.

Gottfried sah Ortliebs verwirrtes Stirnrunzeln. Wieder schien er ihr falsch geantwortet zu haben, ohne zu wissen, wo er geirrt hatte. Das Eintreten Odas bewahrte ihn vor weiterer Verwirrung. Es dauerte einige Zeit, bis der rote Wein in die vergoldeten Pokale geschenkt war, und er konnte die erwarteten Bemerkungen über die erlesenen Trauben machen, ohne von den vertrauten Pfaden höfischer Unterhaltung abzuweichen. Auch die Landgräfin schien beim leichten Gespräch wieder ihre Fassung zu gewinnen. Schließlich sagte sie: »Ritter Gottfried, habt Ihr schon einmal vom Totentanz gehört?«

»Noch nie, Frau Landgräfin. Fürwahr ein seltsamer Name.«

»Es ist die neueste Mode in Paris und Anjou. Morgen abend möchte ich solch einen Tanz aufführen, um meine edlen Gäste zu überraschen und zu unterhalten. Die Darbietung handelt vom siegreichen Tod, der alle Menschen zu seinem Tanz führt. Vom Höchsten bis zum Niedrigsten, vom Besten bis zum Schlechtesten – sie alle müssen ihm folgen, wenn er sie ruft.«

»So ist es Gottes Wille seit der Sünde Adams«, erwiderte Gottfried und bekreuzigte sich. Bei der ersten Ankunft des Schwarzen Todes war er noch sehr jung gewesen, und er hatte nur eine schwache Erinnerung an die Duftfeuer auf Burg Schlangenbad, die bei Tag und Nacht brannten, und an die Glocken der kleinen Dorfkirche, die fast ununterbrochen geläutet hatten. Die Rückkehr der Pest hatte er als Knappe auf Burg Fürstensee erlebt und zahlreiche Schrecken mitansehen müssen. »Gelobt sei Christus für sein Opfer, das unsere Seelen über die Vergänglichkeit des sterblichen Fleisches erhebt und dem Sieg des Todes ein Ende setzt.«

Ortlieb verzog die Lippen, als hätte sich der edle Wein in ihrem Pokal in sauren Essig verwandelt. »Seid Ihr ein Ritter, Herr Gottfried, oder ein Priester?« fragte sie leise.

»Ein Ritter und ein guter Christ, nach meinen schwachen Kräften, Frau Landgräfin«, antwortete Gottfried.

»Ich verstehe«, sagte Ortlieb. Sie hob den Pokal, dessen Vergoldung im Kerzenlicht rötlich funkelte, und nahm einen Schluck. Die blonde Frau war sogleich mit einem Mundtuch zur Stelle. Ortlieb tupfte sich zart über die Lippen und legte das Tuch beiseite. »Und dennoch brauche ich jemanden, Herr Ritter, der bei diesem Tanz die Rolle des Todes spielt. Ursprünglich wollte ich es selbst tun, aber das ist mir nun unmöglich, weil ich vor kurzem etwas erfahren habe. Von meinen Schloßdienern entspricht keiner meinen Vorstellungen, und ich möchte, daß mein Vorhaben eine Überraschung für meine anderen Gäste ist. Und siehe« – sie klatschte in die Hände, und der Stein an ihrer linken Hand erglühte dunkel – »da kommt Ihr, fast so dünn wie der Tod selbst nach den Entbehrungen Eurer Reise und ...« Wieder lehnte sich die Landgräfin vor und starrte Gottfried mit goldenem Eulenblick gerade in die Augen. »Ein kampferprobter Ritter, der – darauf wollte ich alles Gold dieses Schlosses wetten – schon viele Menschen getötet, aber noch nie mit seinem Samen den Keim des Lebens im Schoß einer Frau erweckt hat.«

»Ich bin nicht verheiratet, Frau Landgräfin«, erwiderte Gottfried steif. Sein Mitgefühl für sie hatte sich vollkommen verflüchtigt. Noch nie hatte er solche Worte aus dem Munde einer Frau vernommen. Und wäre Ortlieb nicht die Schloßherrin und seine Gastgeberin gewesen, hätte er unverzüglich das Gemach verlassen.

Bei Ortliebs Lachen stellten sich Gottfried die Nackenhaare auf. »Darin sehen nur die wenigsten Männer ein Hindernis, Herr Ritter. Aber wie dem auch sei, Ihr eignet Euch vorzüglich für diese Rolle. Und sie schmälert gewiß nicht Eure Würde, denn selbst ich habe sie nicht verschmäht. Edler Ritter, wollt Ihr mir diesen Dienst erweisen?«

Die Landgräfin leckte sich mit ihrer rosigen Zunge unruhig über den Mundwinkel, und wieder senkte sich ihr schwerer Duft auf ihn herab. Jede Bewegung der bleichen Brüste im dunklen Samtmieder war zu sehen, und Gottfried mußte daran denken, daß sich viele Männer gewiß glücklich geschätzt hätten, von Ortlieb auf solche Weise um einen Gefallen gebeten zu werden. Dann zog der Wandteppich hinter ihr seine Aufmerksamkeit auf sich. Verschwommen erkannte er die bekannte Darstellung »Die drei Lebenden und die drei Toten«, in der die drei jungen Edelleute erschrocken vor den drei Leichen zurückwichen, in die sie sich eines Tages verwandeln mußten. Es stand dem Menschen wohl an, über den Tod nachzudenken und zu erkennen, daß alles Fleisch und alle irdische Freude dereinst in Fäulnis und Moder vergehen würden. Aber die Seelen, die in den Leibern wohnten, würden durch das Fegefeuer gehen, und die Seelen wahrer Christen würden glitzernd und unvergänglich daraus erstehen wie das Kreuz, das Gottfried um den Hals trug.

»Ich fürchte, Ihr müßt einen anderen Darsteller des Todes suchen«, sagte Gottfried zur Landgräfin. »Ich bin nicht der geeignete Mann dafür. Ich hoffe, daß ich dadurch nicht allzu unwillkommen auf Schloß Niederwald werde. Sollte dies jedoch der Fall sein, dann rufe ich meinen Knappen und breche sogleich auf.«

Ortlieb starrte ihn eine Weile an, als wollte sie ihren Ohren nicht trauen. Dann lächelte sie. »Nein, Ihr seid immer noch willkommen hier, Ritter Gottfried, vorausgesetzt, Ihr verratet mein Geheimnis nicht an die anderen Gäste. Aber um eines darf ich Euch dennoch bitten: Ihr und Euer Knappe müßt eine Maske tragen, denn morgen werden alle, vom Markgraf von Meißen bis hinab zur niedrigsten Dienstmagd, verkleidet sein.«

»Ich habe keine Masken, Frau Landgräfin.«

»Wir werden etwas Passendes für Euch finden«, versicherte ihm Ortlieb, und Gottfried mußte sich damit zufriedengeben. Zumindest konnte er sich nicht vorstellen, daß Arnmuts oder seiner Seele daraus ein Schaden erwachsen würde.

Als Margerite von der Küche aus einen Krug Wein in den Saal trug, sah sie den Ritter und seinen Knappen eintreten. Starr vor Schreck hätte sie fast den Krug fallen lassen. Selbst wenn er den Helm auf dem Kopf gehabt und nicht unter dem Arm getragen hätte, hätte sie Gottfried sogleich erkannt. Die Rüstung und die Gewänder konnten seine Hagerkeit nicht verbergen, und kein anderer Mann stand so steif, wenn er förmlich grüßte. Sein dunkles Haar war zu einem einfachen Zopf im Nacken zusammengebunden, und selbst über den ganzen Saal hinweg sah Margerite die spitz hervortretenden Knochen in seinem Gesicht. *O Heilige Mutter Gottes, gib, daß er mich nicht sieht!* dachte sie. Aus dieser Entfernung sah Gottfried sie vielleicht nicht, aber wenn ihn der Landgraf an die Tafel der geringeren Gäste sandte, würde er gewiß …

Margerite beeilte sich mit dem Einschenken, um schnell durch eine Tür zurück in die Küche huschen zu können. Gottfried sprach jetzt mit Ortlieb und sah ihr tief in die Augen. Margerite fühlte plötzlich einen Schauer der Angst. Der Ritter verfolgte zwar ihren Liebsten, aber er war auch ein guter Christ. Bis auf seinen Knappen war er allein und vielleicht auch noch unberührt – eine leichte Beute für Ortliebs Zauber. Wer würde schon bemerken, wenn ein fahrender Ritter mit einem jungen Knappen als Begleiter nicht mehr den Weg nach Hause fand? Gottfried war nicht zu überwältigen wie ein Kind, doch er konnte, geschlagen von der Blindheit aller

Männer, in Ortliebs Zauberstätte gelockt werden und würde sich dort nicht gegen ihren Willen wehren können.

Soll ich ihn warnen? überlegte Margerite, als sie sich der Tür näherte. *Aber wenn er wüßte, daß Bertram hier ist, könnte er leicht unsere Pläne durchkreuzen.* Kurz wehte sie eine Versuchung an: Möge sich Ortlieb des Ritters bemächtigen und ihren Geliebten in Frieden lassen! Doch ein Opfer würde den unersättlichen Hunger der Ordensprinzessin nicht lange stillen und auch nicht den Makel entfernen, den Bernhardt von Ortliebs Berührung davongetragen hatte. Zudem konnte sie nicht guten Gewissens einen Mann für einen anderen opfern.

Gottfried wurde nicht an einen der unteren Tische gesetzt, sondern nahm rasch an der hohen Tafel Platz. Aus welchem Grund, wußte Margerite nicht zu sagen. Sie hielt sich während des gesamten Mahles auf der anderen Seite des Saales und blickte immer wieder unruhig hinauf zu dem jungen Ritter aus Burg Fürstensee. Im Gegensatz zu den anderen Männern, die zerstreut aßen und gebannt auf die Landgräfin blickten, hatte Gottfried anscheinend nichts anderes im Sinn als seine Tischsitten. Er wusch sich häufig die Hände in den Fingerschalen, die von den Dienern der hohen Tafel gereicht wurden, und ließ die Speisen auf dem Teller, den er mit der Markgräfin teilte, fast unberührt.

Vielleicht muß ich doch nicht um ihn fürchten, dachte Margerite. Sie erinnerte sich an Nikolaus' Worte über die Fähigkeit des jungen Ritters, Tarnzauber und Trugbilder zu durchschauen. Was sah Gottfried, wenn er Ortlieb betrachtete? War all ihre Schönheit nur Schein? Oder war Gottfried durch die Reinheit seiner Seele und die Hingabe an seine lange Suche gefeit gegen den Zauber, mit dem sie alle Männer bestrickte? Ohne es genau ergründen zu können, war Margerite mit einem Mal sicher, daß sie keine Angst um ihn haben mußte, und das beruhigte sie.

Aber sie mußte Bernhardt von Gottfrieds Ankunft in Kenntnis setzen. Die Maske, die sie für ihren Liebsten gestohlen hatte, und die langen Jahre seiner Abwesenheit mochten genügen, um die Menschen auf dem Schloß zu täuschen, Gottfried jedoch würde ihn mit seinem durchdringenden Blick gewiß erspähen. In der Hoffnung, daß ihre Abwesenheit zwischen zwei Gängen unbemerkt bliebe, schlüpfte Margerite hinüber in die Spülküche, wo Eva an einem der Becken stand und einen Topf reinigte.

»Gisela«, flüsterte sie, »kommt Lothar heute?«

»Er hat viel zu tun«, antwortete Eva. »Der Landgraf will morgen vor dem Fest mit seinen Gästen im Garten auf die Jagd reiten. Da werden wir ihn kaum zu sehen bekommen – was ist denn geschehen?«

»Gottfried ist hier!« zischte Margerite.

Scheinbar unbeeindruckt schrubbte Eva weiter an ihrem Topf, und nur die leicht aufgerissenen Augen verrieten ihren Schrecken. Mit kaum bewegten Lippen flüsterte sie: »Wie sollen wir Bernhardt warnen? Wirst du…« Sie machte eine Handbewegung unterhalb des Beckenrandes, die Margerite unschwer deuten konnte, auch ohne sie genau gesehen zu haben.

»Hier nicht«, erwiderte Margerite leise. »Ich wage es nicht einmal, Kobold zu rufen; seit er bei mir war, habe ich Angst. Du mußt zu Bernhardt gehen. Erzähle den Torwachen, daß du einen Botengang für Luitburg erledigst, wenn sie dich fragen. Jetzt ist es ohnehin nicht mehr wichtig, ob du deine Stellung hier behältst.«

Eva nickte. »Du kannst dich auf mich verlassen.«

Bernhardt saß zusammen mit Pater Etienne, Paul dem Bären und Jochanan in Lothars oberer Kammer. Georg war ausgeritten, denn die Bärenschar mußte sich rasch neu verteilen, als Lothar von Gerhardts bevorstehender Jagd am Allerseelentage berichtete, und der Knappe hatte sich als wertvoller Bote zwischen den Befehlshabern und den verstreuten Einheiten der Freischar erwiesen. Es war sogar genug Zeit geblieben, um einige der Männer mit Pferden auszurüsten, so daß sie rasch eine schlagkräftige Streitmacht zur Hand haben würden, auch wenn sie den Jagdgarten erst nach Einbruch der Dunkelheit betreten konnten. Weder Bernhardt noch Pater Etienne rechneten damit, daß Ortlieb vor Mitternacht etwas unternehmen würde.

Seit Lothar vor einiger Zeit die Kunde von dem großen Fest im Schloß gebracht hatte, bei dem alle Gäste maskiert erscheinen sollten, hatten Etienne und Bernhardt einen Plan geschmiedet. Etienne vermutete, daß Ortlieb mit ihrem Totentanz noch ein anderes, schrecklicheres Vorhaben verfolgte. Nachdem Margerite mit ihrer Suche nach Beweisen für Ortliebs Zauberei erfolglos geblieben war, schien nun der Augenblick gekommen, die Landgräfin zu überführen. Deshalb wollte sich Bernhardt im Schutz einer Maske ins Schloß begeben. Etienne war überzeugt, daß sie diesem Köder nicht würde widerstehen können. Sie würde versuchen, sich Bernhardt gefügig zu machen, ihn endgültig für sich zu gewinnen und so zu vernichten. Dabei hing es allein von Bernhardts Festigkeit und Seelenstärke ab, ob er schließlich in der Lage war, ihren Versuchungen zu trotzen und die Beweise zu beschaffen, die sie als Schwarzmagierin überführen würden.

Lothar war mit der Jagd beschäftigt und würde erst nach der Abenddämmerung heimkehren. Als die Männer ein Klopfen an der Tür vernahmen, starrten sie sich erschrocken an. Bernhardt legte einen Finger an die Lippen. Keiner von ihnen konnte antworten, ohne Verdacht zu erregen.

Das Klopfen wurde lauter und brach schließlich ab. In der plötzlichen Stille glaubte Bernhardt ein leises Knacken zu hören – und dann das Öffnen der Tür. Die vier Männer zogen die Schwerter und warteten auf Schritte auf der Treppe. Oder vielleicht auf Schlimmeres. Es war zwar hellichter Tag, aber Bernhardt bemerkte die in sich gekehrte Aufmerksamkeit auf Pater Etiennes Gesicht, als erwarte der Priester etwas anderes als Bewaffnete. Die beiden Katzen, die auf dem Bett geschlafen hatten, sprangen auf. Kobold ließ ein sanftes Zirpen hören, und Kriemhild öffnete das rosige Maul zu einem lauten Miauen. Bernhardt fluchte innerlich. Wenn der Unbekannte nicht wußte, wo sie sich befanden, hatten es ihm die Katzen jetzt sicherlich verraten.

Es war nur ein Mensch, der mit leisem, sicheren Schritt die Treppe heraufkam. Geräuschlos bezogen die Männer Stellung und warteten darauf, daß sich die Tür öffnete. Wie nach stillem Übereinkommen stand Etienne ganz vorn. Sein geistliches Gewand konnte einen Augenblick lang Verwirrung stiften. Paul und Jochanan warteten hinter der Tür, während sich Bernhardt an der anderen Seite gegen die Wand drückte, um zuzuschlagen, sobald der Türspalt breit genug war. Kein Freund würde so verstohlen die Treppe heraufschleichen.

Die Tür öffnete sich. Bernhardt schwang bereits das Schwert, konnte es aber im letzten Augenblick noch abdrehen, so daß die Spitze in die Wand fuhr. Eva stieß einen Schrei aus und stolperte ein oder zwei Stufen zurück, bevor sie wieder Halt unter den Füßen bekam.

»Eva!« rief Bernhardt. Als er die Klinge aus dem Mauerwerk befreite, zitterte seine Hand, wie sie es nie getan hätte, wenn er das Schwert aus der Leiche eines Feindes gezogen hätte. »Was macht Ihr denn hier? Was ist geschehen?«

Eva schluckte schwer, als die Männer ihre Schwerter einsteckten. Ihr Gesicht war bleich unter dem Küchenschmutz, aber sie erholte sich schnell und trat mit stolzer Haltung in die Kammer, während sie von den beiden Katzen begeistert umschwärmt wurde. »Margerite hat mich gesandt, um Euch wissen zu lassen, daß Ritter Gottfried in das Schloß zurückgekehrt ist«, sagte sie. »Mehr konnte sie mir nicht sagen.«

»Wahrlich eine unvermutete Kunde und ein unheilvoller Zufall«, erwiderte Bernhardt grübelnd. Nach ihrem Plan sollte er kurz nach Einbruch der Dunkelheit das Schloß betreten, um Ortlieb die Gelegenheit zu geben, ihn zu entdecken und eigene Pläne zu schmieden, bevor er sich ihr zu erkennen gab. Sie hatte immer kurzentschlossen gehandelt, und er hatte keinen Zweifel daran, daß sie auch diesmal den gebotenen Köder schlucken würde. Wenn ihn Gottfried jedoch vorher entdeckte, dann würde es zu einer ungleichen und unerbittlichen Schlacht im großen Saal kommen, bei der er nur noch die Hoffnung hatte, Ortlieb irgendwie mit in den Tod zu reißen. Doch selbst jetzt wußte er noch nicht, ob er imstande war, ihr ein Schwert in den Leib zu stoßen. Es war eine bittere Fügung des Schicksals, daß ihre lästerlichen Absichten Ortlieb jetzt zu seiner Verbündeten machten, während der Mann, vor dem er sich am meisten zu fürchten hatte, der edle Ritter Gottfried war.

Pater Etienne gingen vielleicht ähnliche Gedanken durch den Kopf, denn er hatte die Augenbrauen zusammengeschoben und zog an seinem Bart. »Ein unheilvoller Zufall?« fragte der Kanonikus leise. »Oder doch ein heilvoller? Nach allem, was ich über diesen Ritter gehört habe, kann er genausogut zu Eurem Verbündeten werden, wenn er Euch nicht in seinem Unwissen und Eifer verrät.«

»Soll ich mich mit meinen Männern um ihn kümmern, Bertram?« fragte Paul der Bär entschlossen. »Wenn du uns etwas gesagt hättest, hätten wir ihn vielleicht schon vor dem Schloß abfangen können.« Er zog das Schwert halb aus der Scheide und stieß es wieder hinein.

Bernhardt schüttelte den Kopf. »Ich hoffe, daß es nicht so weit kommt«, erwiderte er. »Wir müssen abwarten, mein Freund.« Er sah Pater Etienne an. »An unserem Plan hat sich nichts geändert, nur daß ich jetzt beim Betreten des Schlosses noch vorsichtiger sein muß. Wir haben alle Vorbereitungen getroffen, alles andere liegt in Gottes Hand. Wenn uns die Torwachen nicht glauben, daß wir zum Gepäckzug des Landgrafen Friedrich gehören …« Dies war die einzige List, die Bernhardt eingefallen war, um wenigstens einige Söldner der Bärenschar in das Schloß zu schmuggeln. Von früher kannte er noch Friedrichs Gewohnheit, mit einem großen Troß zu reisen. »… oder wenn Gottfried mich verrät, dann ist es Gottes Wille, dem wir uns fügen müssen.«

Immer wenn Margerite das Nähzimmer verließ, um etwas für Isabelles letzte Änderungen zu holen, flatterte ihr Herz wie das einer gefangenen Maus. Was sollte sie tun, wenn sie Gottfried auf dem Gang oder auf der Treppe begegnete? Sie wußte, daß er in einem Gemach oben im Turm untergebracht war, und er mußte diesen Flügel durchqueren, wenn er in den großen Saal ging oder von dorther kam. So blieb ihr nichts anderes übrig, als genau aufzupassen und zu lauschen und sich in den gefährlichen Bereichen nicht unnötig aufzuhalten.

Die Kleidermacherin war völlig ermattet, und das Haar hing ihr in Strähnen aus den kunstvoll geflochtenen Zöpfen, wenn sie ihre Gehilfinnen anfuhr. Bisweilen schrie sie die deutschen

Frauen auf französisch an, und statt die Sprache zu wechseln, wurde sie nur noch lauter, wenn sie nicht verstanden wurde. Margerite hatte die Aufgabe, die letzten Staubperlen auf Ortliebs Tracht zu nähen. Die schimmernden Perlenknochen auf dem dunklen Seidenbrokat besaßen eine schaurige Schönheit, die sie an die Wandbehänge in Ortliebs Gemach erinnerten. *Sie ist eine Aasfresserin,* dachte Margerite, während sie die Nadel sorgfältig in das schwere Tuch stach. *Haben nicht alle heute Lebenden genug vom Tod gesehen?* Sie wußte genau, was Ortlieb vorhatte. Die Landgräfin war selbst längst gegen jeden Ekel und Schrecken gefeit, wie es eine Prinzessin des Ordens sein mußte, doch eben diese Gefühle wollte sie in den Betrachtern des Schauspiels wachrufen, um die Macht zu nähren und wachsen zu lassen, derer sie für den von ihr geplanten Ritus bedurfte. *Ach Bertram – Bernhardt! Ich wünschte, du müßtest morgen abend nicht den Fuß in dieses Schloß setzen. Ich habe Angst um dich ... und ich möchte nicht, daß du Ortlieb noch einmal erblickst.* Aber sie hatten keine andere Wahl, da Margerite die Zauberstätte der Ordensprinzessin nicht gefunden hatte. Wenigstens hatte sie für Bernhardt und Etienne Masken beschafft, mit denen sie unerkannt durch das Schloß gehen konnten. Vielleicht würden sie sogar bei Tische aufwarten wie in ihrer Zeit als Pagen.

Und wo wirst du als Page dienen, mein Wolfram? dachte Margerite und blickte voller Liebe hinüber zu ihrem Sohn, der friedlich in seine Decke gewickelt schlief. Wäre sie auf Burg Fürstensee geblieben, wäre Wolfram wahrscheinlich zu Graf Wolfgang gekommen. Wenn Bernhardt morgen abend den Sieg davon trug, würde Wolfram den Schwur eines Knappen wohl beim Markgrafen von Meißen oder beim Landgrafen von Thüringen leisten.

Und wenn Bernhardt besiegt wurde? Dann mußte Margerite mit ihrem Sohn fliehen und beten, daß sie auf den Beistand von Pater Etienne zählen konnte. Als letzter Hoffnungsfunke blieb ihr dann nur noch der Rückzug nach Burg Falkenstein, wo Wolfram sein Erbe antreten konnte – *und wo uns der Orden wieder nachstellen wird.* Andernfalls mußte sie zurück zu Nikolaus nach Burg Fürstensee oder immerzu vor dem Orden auf der Flucht bleiben.

Sei tapfer, Bernhardt, dachte Margerite, *denn du kämpfst nicht nur für dein Seelenheil, sondern auch für das meines Sohnes.*

Erschöpft von der endlosen Arbeit und von der Anstrengung, sich vor Ritter Gottfried zu verbergen, hörte und roch Margerite an diesem Abend nichts von den anderen Dienstmägden im Quartier. Sie hatte sich längst an das kratzende Strohlager, an die grobe Wolldecke und an die ständigen Bisse von kleinem Ungeziefer gewöhnt. Sie lag bequem wie in ihrem weichen Bett auf Burg Fürstensee und versank in tiefen Schlaf.

»Gertrude«, sagte eine leise Stimme, und dann noch einmal drängender: »Gertrude!«

Margerite wußte nicht, ob sie gesprochen hatte oder angesprochen worden war. Sie setzte sich auf und starrte in das Dunkel. Am Fuße ihres Bettes brannte ein Kerzenlicht und glitzerte auf einem silbernen Kreuz. Sie biß sich auf die Zunge, als sie erkannte, wer dort stand. Es war Gertrude, der das lange braune Haar um die Schultern wehte und deren braune Augen im Schein der Kerze erstrahlten. Die Dienstmagd trug ein blaßblaues Seidenkleid, das in seiner Pracht nicht hinter Margerites besten Gewändern zurückstand, und ihre Füße steckten in dunkelblauen Samtschuhen.

»Bist du gekommen, um mich an das Schicksal des Reichen und des Lazarus zu gemahnen? Dafür ist es ein wenig zu spät, nun, da du die Herrin bist und ich die Dienstmagd«, flüsterte Margerite.

Gertrude schüttelte den Kopf, und Margerite sah die Träne, die ihr schimmernd über die Wange lief. Die Erscheinung trat näher heran, und Margerite mußte alle innere Kraft aufbieten, um nicht vor der Toten zurückzuweichen, obgleich sie in ihrem Herzen wußte, daß Gertrude ihr weder als Lebende noch als Geist ein Leid zufügen würde. Gertrude berührte sie nicht, sondern starrte nur auf ihre frühere Herrin und das Kind in ihren Armen. Dann hob sie die Hand, und Margerites Blick versank im Licht der Kerze.

Margerite sah durch ein Fenster in einen Saal, und trotz der großen Entfernung stand ihr jede Einzelheit klar vor Augen wie in ihren Falkenträumen. Der Saal erstrahlte im Licht zahlloser

Kerzen, und hinter der hohen Tafel stand ein blonder Knabe von sieben Jahren, der mit ernstem Gesicht Wein einschenkte. An seinem Finger glitzerte ein silberner Ordensring, dessen Inschrift so winzig war, daß selbst Margerite sie mit ihren scharfen Augen nicht erkennen konnte. Der dunkelhaarige Mann, dem er einschenkte, trug einen in Gold gefaßten Amethystring. Das Bild veränderte sich, und nun stand ein fünfzehnjähriger Jüngling mit goldenem Haar vor ihr – das Ebenbild Ruprechts in jüngeren Jahren, – und ein seltsamer Schein lag um sein Haupt. Er stand auf einem leichenübersäten Schlachtfeld, und sein Waffenrock war vollkommen mit Blut durchtränkt, aber er selbst schien unverletzt. Er hatte den Helm und die Panzerhandschuhe abgenommen, und der Ordensring an seinem Finger glühte tiefrot. Vor ihm stand eine Gruppe von Männern. An den blutigen Waffenröcken und an dem einen oder anderen Goldreif war zu erkennen, daß es Edelleute waren. Ihre Hände waren gebunden, die Häupter gesenkt. Der blonde Jüngling hob eine Hand, und der Ordensring blitzte. Da traten zwei andere Männer mit gezückten Schwertern heran... Wieder verschwamm das Bild vor Margerites Augen. Jetzt war der Jüngling einige Jahre älter und saß auf einem Thron. In den gezackten Spitzen seiner Krone schimmerten weich die Edelsteine. An die Stelle des Rubins war ein heller Adamant getreten, dessen wässerige Blässe sich im Sonnenlicht mit jeder Bewegung in einen Regenbogen aufsplitterte. Margerite meinte seine Stimme zu hören, obgleich sich seine Lippen nicht bewegten. Sie glich Ruprechts warmem Bariton, so wie die wunderschönen, feingeschnittenen Züge Ruprechts Antlitz glichen. Aber darunter hörte sie tiefere Töne wie das Schlagen einer Schlachttrommel aus weiter Ferne. *Mein Vater hat mich auf die höchsten Throne der Welt gesetzt und ihre Reiche und ihren Ruhm in meine Hand gelegt,* sagte er. *Wenn du mich liebst, Mutter, dann wirst du dich der Herrlichkeit, zu der ich geboren wurde, nicht in den Weg stellen.*

»Was willst du, Gertrude?« fragte Margerite, und sie spürte, daß ihr die heißen Tränen über die Wangen liefen. »Warum hast du mir diese Dinge gezeigt?« *War das ein Gesicht dessen, was aus meinem Wolfram werden wird, oder nur dessen, was aus ihm werden könnte?*

Gertrude schüttelte ernst den Kopf. Sie legte eine Hand auf das silberne Kreuz an ihrem Hals und beugte sich vor, wie um Margerite den Friedenskuß zu geben. Als die Lippen der toten Dienstmagd Margerites Mund streiften, war das Licht erloschen. Margerite lag wach auf ihrem Lager, und neben ihr wimmerte unruhig ihr Kind.

»Wolfram, Wolfram«, summte sie fast lautlos und streichelte ihm über den Kopf. Sein Haar war feiner als Seide und Samt und weicher als jeder Pelz. »Die Heilige Mutter Gottes stehe uns bei, ebenso wie die Heilige Walpurga, die über deine Geburt gewacht hat.« Sie wünschte, Pater Etienne wäre hier, um ihren Traum anzuhören. *Aber er kann nicht wahr sein, denn solange ich lebe, werde ich meinen Sohn nicht in einer Ordensburg als Pagen dienen lassen. Und wie könnte der Sohn von Graf Ruprecht von Falkenstein je die Kaiserkrone tragen? Der Teufel kann im Traum Trugbilder senden und sogar als Engel des Lichtes erscheinen. Dennoch würde ich gern glauben, daß Gertrude jetzt feine Seidenkleider trägt und neben den Heiligen im Himmel an der hohen Tafel sitzt.* Aber das Schwarze Buch wies immer wieder nachdrücklich darauf hin, daß jede Halbwahrheit eines Dämons schlimmer war als eine ganze Lüge – vor allem, wenn man dieser Halbwahrheit am liebsten Glauben schenken wollte.

»Christus sei mit uns«, betete Margerite. »Heilige Maria steh uns bei. Salve regina …«

Gottfried ritt am nächsten Tag mit der Gesellschaft des Landgrafen hinaus in den Jagdgarten. Auch die Damen waren mit Kurzbögen dabei, da es sich hier nur um eine Treibjagd handelte. Gottfried hätte nie von sich aus mit Pfeil und Bogen gejagt, da er wegen seiner Kurzsichtigkeit nicht auf größere Entfernung zielen konnte. Er jagte lieber, indem er die Spur eines Wildes mit Hunden verfolgte und es mit dem Schwert erlegte. Und am besten gefiel ihm trotz der Gefahr die Jagd, bei der man den Eber mit der Lanze stellte. Aber es stand ihm ohnehin nicht zu, einen Schuß zu wagen, ehe die hohe Gesellschaft zu ihrer Beute gekommen war, und deshalb würde es ihm an diesem Tag wahrscheinlich ganz erspart bleiben, einen Pfeil anzulegen. Ein starker Nordwind blies der Jagdgesellschaft eisige

Regentropfen entgegen, aber diese trotzte der unangenehmen Witterung mit pelzgefütterten Umhängen und großzügig herumgereichten Weinflaschen.

Fast am Ende des Zuges reitend, fand sich Gottfried neben der blonden Dienerin der Landgräfin wieder, deren Gesicht vom weißen Pelzfutter ihrer weichen grünen Lederkappe umrahmt war. »Ihr scheint in Gedanken versunken, Herr Ritter«, sagte die junge Frau leichthin. »Bereitet es Euch Sorge, daß wir so laut durch den Wald reiten? Lothar bürgt dafür, daß wir genügend Wild bekommen.«

»Ich bin sicher, daß wir nicht mit leeren Händen zurückkehren«, erwiderte Gottfried.

»Freut Ihr Euch schon auf heute abend?« drängte sie. »Ich möchte wetten, daß Ihr noch nie eine solche Lustbarkeit gesehen habt.«

»Die Wette würdet Ihr gewinnen«, sagte Gottfried.

Die blonde Frau lachte, und es klang hell wie Glocken aus ihrem Mund. »Herr Ritter, lächelt Ihr eigentlich nie? Oder seid Ihr gar unglücklich verliebt?«

»Das ist wohl kaum eine geziemende Frage«, antwortete Gottfried steif.

»Die Landgräfin hat gesagt, daß Ihr die höfischen Spiele mit Frauen nicht kennt. Vielleicht braucht Ihr eine Lehrerin? Gibt es denn keine Dame, die Euch wohlgesonnen ist und nach der sich Euer Herz sehnt?«

»Nein.«

»Weshalb sucht Ihr Euch dann keine? Jeder Ritter sollte eine Dame seines Herzens haben, und sei es auch nur, um nicht zu vergessen, daß es höhere Dinge im Leben als den Kampf gibt, nach denen ein Mann streben kann.«

»Ich meine, daß wir dies aus den Lehren der Kirche sehr wohl wissen«, erwiderte Gottfried.

Sie lachte erneut. »Hat nicht selbst Parzival seine Liebe der Dame Condwir gegeben und sich in den langen Jahren seiner Suche nach dem heiligen Gral nach ihr gesehnt? Wie könnt Ihr da zurückstehen? Welchem Gral gilt denn Eure Suche?«

»Wenn ich mich recht an die Geschichte erinnere, empfing Amfortas seine Wunde als Strafe dafür, daß er unter dem Banner der Liebe gefochten hat. Er wurde von einer vergifteten Lanzenspitze an einer äußerst schmerzlichen Stelle getroffen. Wenn man eine Lehre daraus ziehen will, dann sollte man die gesamte Dichtung berücksichtigen.«

Die Frau mit dem blonden Haar betrachtete Gottfried eine Weile und strich mit der Hand über ihren Bogen. »Dieser Teil des Parzival scheint Euch tief berührt zu haben. Gibt es dafür einen Grund, Herr Ritter? Welche Wunde ist es, die Euch quält?«

»Ihr stellt sehr viele Fragen und habt mir noch nicht einmal Euren Namen gesagt«, erklärte Gottfried abweisend.

»Nun, das läßt sich leicht nachholen. Ich bin Oda von Schwarzenstein und, wie Ihr wißt, Kammerfrau der Landgräfin Ortlieb. Gewiß gefällt es Euch, zu wissen, wer ich bin, da Ihr mich schon die ganze Zeit so anstarrt.«

Beschämt wandte Gottfried den Blick ab. Da sah er eine schwarze, pelzige Gestalt durch das tote Gras hüpfen. Trotz der Größe konnte es kein Hund sein, denn sie bewegte sich zu geschmeidig. »Gibt es in diesem Jagdgarten auch Luchse?« fragte er.

»Natürlich nicht! Lothar und die anderen Wildhüter tragen dafür Sorge, daß weder Luchs noch Bär noch Wolf das Wild des Landgrafs schlagen können. Warum fragt Ihr?«

Gottfried blickte wieder zur Seite und meinte einen langen, buschigen Schwanz zu sehen. Das Tier erinnerte ihn an die riesige Wildkatze der Gräfin Margerite, die sie gezähmt und darauf abgerichtet hatte, Ratten zu jagen und sogar schnurrend auf dem Schoß zu sitzen, obwohl sie halb so groß wie eine Dogge und schwer war wie ein Standbild aus Stein.

»Ich glaubte etwas gesehen zu haben, aber meine Augen haben mich wohl getäuscht«, sagte er.

Obwohl Gottfried immer wieder die Blicke schweifen ließ, sah er die riesige Katze nicht mehr – bis die Gesellschaft an einem Haus in einer kleinen Lichtung vorbeikam, das ihm irgendwie vertraut schien. Zuerst meinte er, daß ein schwarzer Hund vor der Tür saß. Aber dann machte das Tier einen Buckel und hob den Schwanz. »Wessen Haus ist das?« fragte Gottfried.

Oda sah achtlos hinüber. »Da wohnt Lothar«, sagte sie gleichgültig. War das nicht das Haus, wo sich Bertrams letzte Spur verloren hatte? Gottfried wagte es nicht, nach der Katze zu fragen, aus Angst, seine Begleiterin würde ihn für verrückt halten. *Ist das Tier überhaupt da?* fragte er sich. *Was sieht sie?* Eine Katze von dieser Größe würde doch die Aufmerksamkeit auf sich ziehen. Dann blinzelte er, denn die schwarze Katze schien in den Boden zu schmelzen wie ein Stein, der in weichem Schlamm versinkt. Seine Augen hatten ihm wieder einmal einen Streich gespielt.

Als die Jagdgesellschaft wieder auf Schloß Niederwald eintraf, hingen ein halbes Dutzend Rehe und vier Damhirsche über den Pferden der nachfolgenden Diener, und alle sprachen von der feinen Jagdbeute. Die Landgräfin hatte einen Rehbock mit einem Schuß durch die Lungen erlegt und heimste dafür soviel Lob ein, als hätte sie allein ein Heer in die Flucht geschlagen.

Als sie in die dreieckige Eingangshalle des Schlosses Einzug hielten und das gedämpfte Licht der Buntglasfenster auf leuchtende Umhänge und Kapuzen fiel, klatschte Ortlieb in die Hände, um die Aufmerksamkeit auf sich zu lenken. »Wie ich bereits erklärt habe, muß heute abend jeder maskiert und verkleidet sein. Ihr werdet Eure Masken in Euren Gemächern finden. Ich hoffe, sie werden allen gefallen. Das Fest beginnt bei Sonnenuntergang. Bis dahin mag sich jeder nach Belieben ausruhen oder vergnügen.«

Als Gottfried und Arnmut in ihr Gemach traten, war Gottfried kaum überrascht, daß die für ihn bestimmte Maske eine Kapuze aus weißem Samt mit schwarzen Samtflecken um Augen und Nase war. Er hatte sich geweigert, ihren Tod zu spielen, und jetzt mußte er die Maske eines Totenschädels tragen. Arnmuts Maske war ähnlich, nur daß seine Kapuze nicht weiß, sondern grün war. Es war ein grausiger Witz der Landgräfin: ein nackter Schädel, dessen Knappe das verfaulte Fleisch auf den Knochen noch nicht ganz verloren hatte. War es Ortliebs Rache für seine Weigerung? Ihre Hemden lagen frisch gewaschen neben den Rüstungen auf dem Bett. Darüber war ein schmaler Pergamentstreifen gebreitet. Neugierig trat Gottfried hinzu und las: *Ihr braucht keine Tracht, legt nur Rüstung und Waffen an.*

Gottfried ging mit sich zu Rate. Wollte ihn Ortlieb auf irgendeine Weise in ihr Schauspiel hineinziehen? Ihre sonderbare Bemerkung, daß er getötet, aber nie Leben erweckt hatte, fiel ihm ein ... Es war nicht zu leugnen, daß sein Unbehagen seit seinem Gespräch mit der Landgräfin ständig gewachsen war. In jedem Fall würde er sich bewaffnet und gerüstet an diesem Abend wohler fühlen, obschon er nicht mit einem Kampf rechnete.

»Hilf mir in die Rüstung, Arnmut«, sagte er. »Anscheinend hat unsere Gastgeberin für uns die Rolle von Gefallenen in der Schlacht vorgesehen.«

»Es gibt schlimmere Todesarten, Herr Gottfried«, antwortete Arnmut beruhigend. »Und heute ist Allerseelen.«

»Die Toten sollten im Himmel, im Fegefeuer oder in der Hölle sein und nicht auf Erden wandeln«, knurrte Gottfried.

Der Ritter zog sein Kreuz unter dem Rock hervor, so daß es hell über dem Brustharnisch hing. Wenn ihn Ortlieb bewaffnet und gerüstet auf ihrem Fest sehen wollte, so würde er ihrem Wunsch entsprechen. Arnmut und er nahmen auch die Helme mit, obwohl sie sie während des Festmahls nicht tragen konnten. Aber zumindest danach konnten sie damit die schaurigen Masken verdecken.

»Zu Hause haben wir etwas Ähnliches an Fastnacht«, sagte Arnmut. »Es gibt eine Schar von Männern in unserem Dorf ›Perchten‹ genannt, die angeblich niemand kennt, aber sogar mein Vater ist einer. Die Perchten tragen ganz verschiedene Masken, vor allem von Menschen, die in dem Jahr gestorben sind. Sie laufen herum und erhalten überall Essen und Trinken, weil ihr Besuch Glück bringen soll. Es ist ein alter Brauch«, fügte er eilig hinzu, »und natürlich glaubt niemand daran, daß sie Geister sind, und auch Pater Peter hat nichts dagegen.«

»Auch in Schlangenbad und Fürstensee gibt es Verkleidete an Fastnacht«, erklärte Gottfried. »Aber die Kirche gewährt uns diese Freizügigkeit vor den Entbehrungen der Fastenzeit, und nicht ...«

Arnmut, der seinem Ritter gerade die Kniekachel umschnallte, blickte im fahlen Dämmerlicht auf. »Herr Gottfried, es ist doch nur die Laune einer Edelfrau. Warum bekümmert Euch das so sehr?«

Gottfried runzelte die Stirn. Er wünschte, er hätte seinen Knappen beruhigen können, so wie dieser ihn zu beruhigen suchte, aber Arnmut kannte ihn inzwischen sehr gut. Selbst wenn er hätte beteuern wollen, daß alles in Ordnung sei, hätte ihm der Knappe wohl nicht geglaubt. *Was kann ich ihm sagen? Kann ich ihm erzählen, daß Ortlieb die Augen einer Eule hat oder daß ich heute im Walde ein Tier gesehen habe, das der Katze der Gräfin Margerite ähnlich sieht?*

»Am heutigen Tage sollten wir für die Toten beten, statt ihrer zum Vergnügen einer Landgräfin zu spotten«, sagte Gottfried schließlich. »Gewiß werden für das Fest heute abend im Saal viel mehr Kerzen angezündet als morgen in der Schloßkirche.«

»Da habt Ihr wohl recht, Herr Gottfried. Die Kirche hier ist in sehr schlechtem Zustand – ganz anders als die von Burg Fürstensee.«

Gottfried nickte. Als er gestern zum Beten gegangen war, hatte er nur schwachen Schimmelgeruch bemerkt und nichts von dem kostbaren Weihrauch, der in den Gemächern und Sälen des Schlosses die Luft versüßte. Überall brannten Bienenwachskerzen, nur die in der Kirche waren aus billigem Talg.

»Wir müssen ja nicht mehr lange hier verweilen«, fuhr Arnmut fort, als er die letzte Schnalle anlegte. Dann zog er die eigene Rüstung an. »Wenn es Euch hier mißfällt, können wir schon morgen mit dem Wildhüter sprechen und weiterziehen, ganz wie Ihr es für richtig haltet.«

»Du bist ein braver Knappe, Arnmut«, seufzte Gottfried, denn er wußte, wie sehr sich der Jüngling über die feinen Speisen und das weiche Bett gefreut hatte. »Ich hätte keinen besseren finden können.«

»Ich danke Euch, Herr Gottfried«, antwortete Arnmut mit einem herzlichen Lächeln.

Als Gottfried und sein Knappe in den großen Saal traten, verdunkelte sich der Himmel bereits, und mit jedem Windstoß schlugen eisige Regentropfen gegen die großen Fenster. Der helle Schein der zahllosen Kerzen im Saal stach dem jungen Ritter so in die Augen, daß er bei den ersten Schritten stolperte wie ein Blinder. Arnmut mußte ihn am Arm fassen, um ihn zu stützen, und selbst durch die vielen Schichten aus Metall und Leder, die sie voneinander trennten, spürte Gottfried den sicheren Griff seines Knappen.

Die meisten Masken waren weniger grausig als jene, die Ortlieb Arnmut und ihm gegeben hatte. Es waren wundersame Schöpfungen aus Federn und Seide, Samt und Leder, geschmückt mit Fransen und Glöckchen. Der Markgraf und die Markgräfin von Meißen trugen kleine, gekrönte Schwäne auf dem Kopf, deren weiße Schwingen ihre Gesichter umrahmten. Landgraf Friedrich und seine Gemahlin waren als Löwe und Löwin gekleidet, und die zottelige Mähne war so sorgfältig in den hellen Bart des Landgrafen gekämmt, daß nicht zu erkennen war, wo die Maske aufhörte und wo der Mann begann. Gottfried sah, daß Ortlieb sich große Mühe gegeben hatte, die Masken im Einklang mit dem Rang ihrer Träger zu vergeben. *Und was will sie mit den Masken für Arnmut und mich sagen?* Er hatte keinen Zweifel mehr daran, daß Landgräfin Ortlieb die Verkleidungen sehr sorgfältig ausgewählt hatte.

Selbst die Pagen und anderen Bediensteten, die den Wein ausschenkten, waren maskiert und trugen Trachten, die vom haarigen Pelz eines Waldschrats bis hin zu Kronen aus vergoldetem Leder mit glitzernden Glassteinen reichten. Ein schlanker Mann in schwarzem Wams und schwarzer Hose trug über dem kurzgeschorenen dunklen Bart mit silbernem Tupfen eine Maske mit Fledermausflügeln, und unter dem gerippten schwarzen Leder blitzten forschende blaue Augen. Obwohl Gottfried noch keinen Schluck Wein getrunken hatte, drehte sich ihm der Kopf ob der seltsamen Gestalten um ihn herum. Er hatte das Gefühl, als würde der Wind, der gegen die breiten Saalfenster peitschte, auch innen blasen.

»Was soll das heißen, ›die letzten Leute meines Gepäckzuges?‹« brüllte Landgraf Friedrich einen Diener an. »Bei den Kutteln Christi, können meine Leute nicht einmal von Prim bis Terz auf sich selbst aufpassen, ohne daß ich ihnen sage, was sie zu tun haben? Ich habe doch gesagt, daß ich nur … Nun gut, dann schickt sie eben hinauf in meine Gemächer.«

Alle hatten bereits Platz genommen, als Landgraf Gerhardt und seine Gemahlin endlich erschienen. Der Landgraf war ganz in Schwarz gekleidet und maskiert. Als er näher trat, sah Gottfried finstere Hörner über seinem gekrönten Haupt. Perlengestickte Rippen glänzten an Ortliebs Mieder, und ihre Maske war die einer Eule. Die Federn fielen bis auf ihren weißen Busen herab, und aus den Löchern der Maske starrten runde, goldene Augen.

Auf der Galerie der Spielleute ertönte eine Glocke, und plötzlich herrschte Stille im Saal.

»Meine lieben Freunde«, rief Ortlieb mit tiefer Stimme, »heute ist Allerseelen. Eßt, trinkt und seid fröhlich, denn der Tod wird uns alle ereilen. Doch bevor das Fest beginnt, habe ich Euch eine Nachricht zu verkünden, die Euch zugleich freuen und schmerzen wird. Dies ist mein Abschiedsfest, denn nach langen Jahren der Ehe habe ich endlich empfangen und trage nun schon seit vier Monaten ein Kind unter dem Herzen. Solch ein kostbares Geschenk muß gehütet und darf nicht durch die anstrengende Arbeit des Herrschens gefährdet werden. Deshalb reise ich morgen zum Heiligkreuzkloster, dessen Schwestern mich bis zur Geburt meines Kindes betreuen werden.«

Die Gäste sprangen auf und gaben laute Trinksprüche auf die Landgräfin und ihren Gemahl aus. Gottfried nippte von seinem Wein und fühlte ein wenig Erleichterung. Die Kunde von Ortliebs Schwangerschaft erklärte ihr seltsames Benehmen. Wenn sie gerade festgestellt hatte, daß sie gesegneten Leibes war, war es nicht so verwunderlich, wenn sie im Gedanken daran einen Gast auf wenig ziemliche Art ansprach. Und es war auch nicht erstaunlich, daß sie einen anderen brauchte, um die Rolle des Todes im Totentanz zu spielen, denn solch ein Unterfangen konnte einem Kind im Mutterleib nur schaden.

Ortlieb und Gerhardt nahmen Platz. Die Gäste folgten ihrem Beispiel, und mit einem hellen Fanfarenstoß von der Galerie wurde der erste Gang aufgetragen. Es war eine Wildsau mit großem Bauch, die dastand, als hätte sie gerade einen Apfel gefressen. Der Vorschneider war in die dunkle Robe eines Arztes gekleidet und hatte eine schlichte schwarze Maske vor dem Gesicht. Er öffnete seine Tasche, in der sich verschiedene heilkundliche Geräte und einige Schneidemesser befanden. Er schnitt der Sau den Bauch auf und zog mehrere Ferkel heraus, deren knusprige Haut mit einer Mischung aus Safran, Eigelb und echtem Gold vergoldet war. Das Fleisch war so saftig, wie es die Darbietung verheißen hatte, und so zart, daß es fast von selbst von den Knochen glitt.

Nach dem Schwein trugen die Diener eine Gruppe von Schwänen herein, die in ihre Federn gekleidet und mit goldenen Kronen und Ketten geschmückt waren. Als eine Kerze an den Schnabel des ersten Schwans geführt wurde, schoß eine blaue Flamme heraus und brannte lichterloh, während die Vögel im Saal vorgeführt wurden.

Die folgenden Gänge waren weniger außergewöhnlich, aber genauso köstlich: Kaninchen in Tunke; ein Schwarm kleiner gebratener und vergoldeter Vögel auf dem Ast eines Baumes, von dem goldene Äpfel hingen; Rehe, die lebensecht dastanden, als hätten sie gerade die Witterung des Jägers aufgenommen, aber in butterweiche Stücke zerfielen, sobald der Vorschneider ihr Fell durchtrennt hatte. Ein falscher Igel mit Stacheln aus Mandelsplittern, der mit Hackfleisch und Gewürzen gefüllt war …

Unentwegt spielte die Musik, und zwischen den Gängen lief eine Truppe von Gauklern in den Saal, um die Gäste zu unterhalten. Gottfried wußte, daß er ein solches Schauspiel wahrscheinlich nie wieder erleben würde. Dennoch konnte er sich nicht so recht daran erfreuen. Sein Magen blieb angespannt wie in Erwartung eines Kampfes.

Als die letzte Süßspeise von vier schwarzgewandeten Trägern auf einer Bahre hereingebracht wurde, erklang von der Galerie ein langsames Klagelied. Die Träger rissen das schwarze Tuch herunter, und darunter kam eine Köstlichkeit zum Vorschein, bei deren Anblick es selbst dem kurzsichtigen Gottfried den Atem verschlug. Die Schloßküche hatte ein wirklichkeitsgetreues Skelett in einem zerfetzten Leichentuch angefertigt, dessen Fingerknochen über dem Brustkorb zusammengefaltet waren. Die Knochen schimmerten grünlichweiß vor dem schwarzen Tuch, auf dem sie lagen. Es erleichterte Gottfried nicht, zu sehen, wie die Knochen aus Zucker zerbrachen und das Leichentuch aus Teig abbröckelte, als der Vorschneider sein Werk begann. Der Zucker war mit Minze und einem Hauch Anis gewürzt, und das Backwerk schmeckte vorzüglich. Dennoch brachte er nur wenige Bissen hinunter, ehe er die Finger in die frische Waschschale tauchte und sie zum letzten Mal an diesem Abend an seinem Mundtuch abtrocknete.

Endlich wurden die Reste des Mahles abgetragen. Gewöhnlich wäre es jetzt an der Zeit gewesen, die Tische beiseite zu räumen, um Platz für die Tänzer zu schaffen. Statt dessen gingen die maskierten Diener herum und bliesen Kerzen aus, bis nur noch ein mattes Licht im Saal herrschte. Seinem Entschluß folgend, setzte Gottfried den Helm auf und gab Arnmut mit einem Wink zu verstehen, er möge seinem Beispiel folgen.

Die Spielleute begannen ein lebhaftes Tanzlied, aber Gottfried schien die Fröhlichkeit aufgesetzt und falsch, als hätten sich die Instrumente beim Spielen verstimmt. Sein Herz pochte unbeholfen gegen den Trommelhall von oben. Im Saal war es warm von den Kerzen und Feuern und Menschen, und ihm war unangenehm heiß in der gepolsterten Rüstung. Dennoch schien es ihm, als dringe von irgendwoher ein feiner, kalter Nebel ein, der ihn erschauern ließ.

Gottfried hatte nicht bemerkt, wie die Gestalt zwischen den Tischen erschienen war. Sie stand einfach da, zerzaust und zerschunden, und hob die klappernden Gebeine in ungleichmäßigen Tanzschritten. Trotz des Nebels, der die verbleibenden Kerzenflammen zusammenfließen ließ, sah Gottfried die Gestalt klarer, als es ihm sonst auf diese Entfernung möglich war: ein Leichnam, von dessen Schädelknochen sich das dunkle Fleisch löste. Die Maden wanden sich in Fleischfetzen, die vom geplatzten Unterleib hingen, und aus dem zerfetzten Leichentuch regnete es modrige Graberde. Eine goldene Krone glitzerte zwischen den abstehenden grauen Haarsträhnen, halb versunken in der halbverwesten Kopfhaut, und eine knöcherne Hand schwang eine Sense. Erschrocken und benommen erinnerte sich Gottfried, wo er diesen stockenden Tanz schon einmal gesehen hatte. Menschen, die den Kampf mit dem Schwarzen Tod schon verloren hatten, erhoben sich manchmal, um in einem berauschten und qualvollen Zucken der Glieder ihr Leben auszuhauchen.

Warum schrie niemand auf vor Angst und Ekel? fragte sich Gottfried und blickte kurz auf die maskierten Gesichter der Gäste. Was sahen sie – und was sah er?

Als der Leichnam sprach, fuhr der Hall durch Gottfrieds Sohlen, als käme er aus der Erde eines Friedhofs.

Ich bin der Tod, in dem alles vergeht,
Und da ist keiner, der mir widersteht.
Vom Säugling zum Greis, wenn ich es will,
Werden sie alle bleich und still.

Ob in süßem Schlummer, ob auf wildem Ritt,
Keiner entgeht mir, ein jeder muß mit.
Des Kaufmanns Reichtum, des Ritters Schwert,
Die Krone des Königs sind alle nichts wert.

Blick hier und jetzt in dein Leben hinab,
So blickst du geradewegs in dein Grab.

Eine zweite Gestalt trat zur ersten. Es war ein junger Edelmann in einem herrlichen Wams, dessen seidengefütterte Ärmel in langen Zipfeln nach unten hingen. Voller Entsetzen sah Gottfried, wie er mit flinken Füßen dem Zucken und Zappeln des Todes folgte. Das edle Gesicht unter der schwarzen Maske verfärbte sich und schwoll an, während er sprach, und seine klare, helle Stimme wurde tiefer und undeutlicher, als verfaule ihm von innen die Kehle.

Gekleidet in Samt und Seide so fein
Jagt' einst ich mit Falken, trank köstlichen Wein.
Obschon ich doch bin von edlem Geblüt,
Ruft nun mich der Tod, und mein Leben verblüht.

Der eisige Nebel stand dicht im Saal, und Gottfried konnte die Gesichter der Umstehenden kaum erkennen. Trotzdem sah er deutlich die zwei verwesenden Gestalten, die mitten im Saal tanzten, und auch die dritte, die dazukam – ein beleibter Mann mit Tonsur, der die lange schwarze Robe eines Benediktinerabts trug. Gottfried erkannte, wie sich das Fleisch blähte, bis das schwarze Tuch straff gespannt war, und dann wieder zusammensank, als die Faulgase mit einem gedämpften Geräusch aus den Gedärmen entwichen.

Trotz meiner Gebote ward fett ich und feist
Und ein Narr, wie mir nun der Tod beweist.
Denn ich vergaß, und das ist mir arg,
Das fetteste Fleisch liegt als erstes im Sarg.

Alles Irdische stirbt, mahnte sich Gottfried. *Aber die Seele ist unsterblich; und jenseits des Todes liegt das Himmelreich.* Er berührte sein Kreuz und spürte die Glätte des unvergänglichen Goldes. *Wer auf Gott vertraut, muß den Tod nicht fürchten.*

Die nächste, die sich in den Totentanz einreihte, war eine junge Frau mit einem Kind auf dem Arm. Gottfried hätte fast vor Überraschung aufgeschrien, denn etwas an dem langen, blonden Haar und der schlanken Gestalt erinnerte ihn an Gräfin Margerite. Sie änderte sich nicht, während sie tanzte, aber das frische Gesicht des Kindes wurde dunkel und zerschmolz zu madenzerfressener Fäulnis.

Nicht Muttermilch, nicht Mutterlieb'
Kann schützen mein Kind vor des Schnitters Hieb.
Grad lag es mir noch an der Brust so warm,
Da riß es der Tod mir schon aus dem Arm.

Eine Frau hatte leise zu weinen begonnen – die Markgräfin? Gottfried konnte es nicht sagen. Er sah nur den Tod und seine Tänzer und die grauen, durch den Nebel herandrängenden Gestalten. Dann schlurfte ein schmutziger Bauer in schwarzem Wollrock und weiter Hose heran und äffte auf unbeholfene Weise den flinken Tanz des Edelmannes nach.

Mein Lebtag lang in harter Fron,
Treu im Vertrauen auf Priester und Thron,
Verdient' ich mit ehrlicher Arbeit mein Brot,
Doch nichts davon half mir gegen den Tod.

Gottfried war aufgesprungen und hatte sich dem Kreis genähert, in dem Edelmann und Abt, Mutter und Bauer zuckend hinter der Gestalt des Todes tanzten. Er hörte Schritte hinter sich, und lederne Flügel streiften seinen Helm. Er zitterte an allen Gliedern – und im Takt der Musik. Als er den Blick vom Kreis der Tanzenden losriß, sah er Gesichter, die aus dem Nebel auftauchten. Sein Vater, grauhaarig und bleich; Herr Christoph mit einer tiefen, dunkel blutenden Wunde am Kopf; Graf Heinrich mit schlaffem Gesicht und einem Speichelfaden im Mundwinkel ... *Alle sterben. Auch ich werde eines Tages sterben. Mag Christus meiner Seele gnädig sein und mir beistehen in der Stunde meines Todes.*

Hinter diesen unheimlichen Bildern sah er andere, dunkle Gestalten aufsteigen, und es war nicht zu sagen, ob sie ausgelassen herumtollten oder sich vor Schmerzen wanden. Ein schwacher Schwefelgeruch brannte ihm in der Kehle wie scharfe Galle. Ein unmerklicher Hall qualvollen Lachens lag hinter der Musik, und ein Wesen mit Flügeln und Klauen schwebte über den Köpfen der Tänzer wie ein schwarzer Aasvogel. *Christus vergib mir all meine Sünden. Wie kann sich die Hölle nur so auf Erden zeigen?*

Langsam schritt er auf den Totentanz zu, gefolgt vom Klirren einer Rüstung. Er erkannte, daß er nicht allein war, während das grausige Lied immer stärker gegen seinen Gaumen drängte. Arnmut war hinter ihm, sein treuer Knappe bis zuletzt, auch auf diesem unheiligen Weg durch die Hölle zum Tod ... *Arnmut!*

Mit letzter Kraft griff Gottfried nach hinten und umfaßte mit dem Panzerhandschuh das Handgelenk seines Knappen. Dann stürzte er zurück – fort vom Tod und seinen Tänzern, durch die kaum zu sehenden Gestalten im Nebel und die heulenden Wesen darüber – und riß Arnmut mit sich, während ihm die Worte, die er nicht hatte sprechen wollen, in den Ohren dröhnten.

Mit Lanze und Schwert, die mutig ich schwang,
Stets einen jeden Feind ich bezwang,
Doch dann kam der Tod und berührte mich sacht,
Und ich verlor meine letzte Schlacht.

Irgendwie waren sie durch die Tür gelangt und standen nun unversehrt im Kerzenlicht des Vorzimmers zum großen Saal. Hinter ihnen klangen schwach die Musik und der Gesang, zu einem bedeutungslosen Lärmen herabgesunken. Gottfried riß sich den Helm und die Samtmaske vom Kopf und sog gierig die reine Luft ein.

Auch Arnmut nahm Helm und Maske ab und starrte seinen Ritter bestürzt an. Über seinen blauen Augen hing ein leichter grauer Schleier wie milchiger Flaum auf einer dunklen Traube. »Herr Gottfried, was ist Euch?« fragte er. »Was ist geschehen?«

»Was hast du gesehen?« wisperte Gottfried.

Der Knappe setzte zögernd zu einer Antwort an. »Ich ... der Herr stehe mir bei, ich bin mir nicht sicher. Es hatte den Anschein ... Da waren die Gestalt des Todes und Menschen verschiedenen Standes, die mit ihm tanzten ... Mir scheint, da war auch noch etwas anderes, aber ich kann mich nicht entsinnen. Es ist wie ein Traum, der mit dem Aufwachen entschwindet.«

»Danke deinem Schöpfer dafür«, sagte Gottfried grimmig. Er erinnerte sich an alles, was er gesehen hatte, und wußte, daß er es nie vergessen würde.

»Was habt Ihr gesehen, Herr Gottfried? Verzeiht mir, mein Ritter, aber Ihr scheint einer Ohnmacht nahe. Ich will Euch auf Euer Zimmer geleiten und Euch einen Becher Wein bringen.«

Gottfried wollte sich nicht auf den Arm seines Knappen stützen, aber als er den ersten Schritt machte, gaben die Knie unter ihm nach. Arnmut fing ihn sogleich auf, und nur Gottfrieds Stolz verhinderte, daß er vollkommen zusammenbrach.

Sie waren fast zu der Tür gelangt, die durch den Dienersaal zur Turmtreppe führte, als eine große, breitschultrige Gestalt in einer Maske mit Rabenflügeln eintrat.

»Ritter Gottfried«, sagte eine rauhe Stimme. »Ich habe mit Euch zu sprechen.«

Bernhardt hatte nicht gewußt, was ihn erwartete, als Pater Etienne aus dem großen Saal zurückkam und ihn aufforderte, sogleich in das obere Vorzimmer zu gehen. Auf keinen Fall hatte er damit gerechnet, Ritter Gottfried zitternd wie einen Knaben nach seiner ersten Schlacht in den Armen seines Knappen vorzufinden. Das Gesicht des jungen Ritters war bleicher als das schweißbefleckte Stück Samt in seiner zitternden Hand. *Was geht dort drinnen vor?* dachte Bernhardt. *Hat ihm Ortlieb etwas angetan?*

Arnmut ließ seinen Ritter los, und Gottfried richtete sich auf. Die Hand ging zum Griff seines Schwertes, als er zu dem größeren Mann aufsah. »Bertram!«

Bernhardt legte einen Finger an die Lippen. »Ich bin nicht Euer Feind, obwohl Ihr mich verfolgt habt«, sagte er ruhig. »Ich werde Euch alles erklären, wenn Ihr mit mir an einen sicheren Ort kommt. Ich gebe Euch mein Wort, daß Euch kein Leid geschehen wird.« Er wußte, daß ihn Gottfried durchaus gefangennehmen konnte, wenn es ihm beliebte. Der Ritter und sein Knappe waren beide bewaffnet und in Rüstung. Er hingegen war als Schloßdiener verkleidet, und sein Schwert und Rüstzeug waren noch im Gepäck, das er mit den Männern der Bärenschar hereingeschafft hatte. Mochte Gottfried soeben noch dem Zusammenbruch nahe gewesen sein, so schien er sich nun rasch zu erholen und wieder kampfbereit zu sein.

»Wer seid Ihr, daß Ihr mir Euer Wort geben wollt?« fragte Gottfried. »Ein gewöhnlicher Waffenträger?« Er starrte Bernhardt in die Augen, aber dieser hielt dem durchdringenden Blick des Ritters unbewegt stand.

»Ihr wißt es besser, sonst hättet Ihr mir nicht von Anfang an so sehr mißtraut. Ich schwöre beim Heiligen Kreuze, daß ich von hoher Geburt bin und daß wir beide einen gemeinsamen Feind haben, auch wenn Ihr dies noch nicht erkannt habt.«

Gottfrieds Blick flackerte kurz zur Tür des großen Saales. »Ich müßte ein Narr sein, mich von Euch weglocken zu lassen, ohne daß Ihr beweisen könnt, was Ihr sagt. Wir sind hier allein und werden es wohl noch eine Weile... dort drinnen sind sie beschäftigt. Sagt, was Ihr zu sagen habt, oder ergebt Euch mir als mein Gefangener.«

»Pater Etienne hat mich davor gewarnt, den großen Saal nach dem letzten Gang zu betreten«, grübelte Bernhardt. »Was geschieht dort drinnen?«

Der junge Ritter bekreuzigte sich, blieb aber die Antwort schuldig. Bernhardt setzte nach, wie er es bei einem zurückweichenden Gegner in einem Kampf getan hätte. »Wovor Ihr auch geflohen seid, glaubt Ihr, es hat seinen Ursprung in den himmlischen Mächten?«

Wieder bekreuzigte sich Gottfried. »Ich glaube«, sagte er so leise, daß Bernhardt ihn kaum hören konnte, »Landgräfin Ortlieb hat die Mächte der Hölle gerufen.«

»Und«, erklang Pater Etiennes trockene Stimme von der Tür hinter Bernhardt, »Ihr dürft Euch glücklich schätzen, daß Ihr entkommen seid, Ritter Gottfried. Es war töricht von Ortlieb, Euch in ihren Tanz hineinziehen zu wollen. Auch ohne von Ihrer Beschwörung zu wissen, hättet Ihr vielleicht ihren Zauber durchbrechen können.«

»Wer seid Ihr?« fragte Gottfried und sah den Kanonikus an. Pater Etiennes Verkleidung hatte nichts Priesterliches an sich. Er trug das enge schwarze Wams und die Hose eines Hofmannes, und sein Gesicht verbarg sich hinter einer geflügelten Fledermausmaske. Schlank und beweglich, wie er war, verriet nur der silberne Tupfen im kurzgeschorenen Bart sein Alter. Er sprach mit unverkennbarer Macht.

»Ich bin Kanonikus Etienne de Dion. Ich kann und werde Eure Fragen beantworten – aber es muß schnell geschehen und nicht hier, denn es können jederzeit andere eintreten. Euer Gemach ist oben im Turm, wie ich glaube. Dort sollten wir sicher sein. Bernhardt, ich glaube nicht, daß Ortlieb den Saal vor dem Ende ihres Schauspiels verlassen wird.«

Bei solch einem Festmahl hatten die Diener keine Zeit, sich hinzusetzen und selbst zu essen. Wer nicht für Gästegemächer eingeteilt war, mußte Gerichte in den Saal tragen, abräumen oder Wein aus dem Keller holen. In den Küchen herrschte lärmender Wirrwarr, und im langen Dienersaal ging es kaum friedlicher zu. Auf den Tischen türmten sich schmutzige Teller und die Reste der vielen kunstvollen Gänge, von denen die

Schloßdiener im Vorbeigehen rasch ein oder zwei Bissen aßen, um den ärgsten Hunger zu stillen. Wolfram wäre wohl im Nähzimmer oder auch im Dienerquartier besser aufgehoben gewesen, doch Margerite hatte Irmingard um eine Wiege gebeten, damit sie ihn in eine Ecke des Dienersaals legen konnte. Seit ihrem Traum fiel es ihr schwer, ihn auch nur für einen Augenblick allein zu lassen. Wenn es möglich gewesen wäre, hätte sie Wolfram überallhin mitgenommen, aber sie trug die Maske einer gelben Katze und mußte beim Auftragen und Abräumen ihrer Rolle gerecht werden. Zumindest war es Pater Etienne, Bernhardt und den Männern der Bärenschar gelungen, durch das Tor zu gelangen. Bernhardt und der Priester hatten sich unbemerkt zu den Dienern gesellt, während die Söldner, so hatte ihr Etienne zugeflüstert, draußen warteten.

Wie es bei solchen Festen üblich war, wurde immer stärker gezecht, je weiter der Abend fortschritt. Mehrere Male mußte Margerite hinunter in den Keller laufen, um Flaschen vom besten Wein für die hohe Tafel zu holen oder zusammen mit anderen Dienern Fässer die Treppen hinaufzuschleppen. Kaum waren die letzten Gerichte abgeräumt, wurde sie wieder in den Keller geschickt. Ein Teil von ihr war enttäuscht, daß sie die Darbietung nicht sehen sollte, für die sie in den letzten Wochen die Trachten genäht hatte, aber die Erleichterung überwog, denn sie spürte die Macht, die sich um sie her zusammenbraute wie schwere Gewitterwolken. Selbst die Steinfliesen des Kellers schienen unter ihren Füßen zu schwanken, als sammelte unter ihnen etwas seine Kräfte für den Durchbruch. Die Gesichter der anderen Diener glänzten fahl im Dämmerlicht, und sie sprachen nur in leisem Flüstern.

»Hinab in den Keller, und zwar rasch, wir brauchen noch mehr Wein«, rief der Kellermeister Margerite und den anderen drei Dienerinnen zu, die gerade ein Faß heraufgeschafft hatten. »Beim Leibhaftigen, ich glaube, ich habe noch nie ein derartiges Gelage gesehen.«

Obwohl Margerite die Muskeln schmerzten und die Lungen brannten, als sie mit den anderen das nächste Faß hinaufschleppte, spürte sie das Unbehagen in sich, das immer stärker anwuchs, bis sie meinte sich übergeben zu müssen. Als sie das Faß abstellten, blickte der Kellermeister gerade in eine andere Richtung, und Margerite entwischte, um nach Wolfram zu sehen.

Ja, er schlief ruhig unter seiner Decke in der dunklen Wiege. Um die kaum erträgliche Unruhe abzuschütteln, wollte sich Margerite vergewissern und ihn berühren. Aber ihre Hand fand nur eine zusammengerollte Decke, unter der keine menschliche Wärme zu spüren war.

»Wolfram!« flüsterte sie und riß die Decken auseinander, als hätte er sich versteckt. Ihr Sohn war verschwunden. Vielleicht war er herausgekrabbelt oder auf den Boden gefallen. Margerite schlüpfte zwischen den Dienern im Saal umher, um fieberhaft jeden Riedhaufen zu durchsuchen. Aber Wolfram war nirgends zu finden.

»Margerite, Margerite, was ist geschehen?« fragte Bernhardt und faßte sie mit starken Händen an den Schultern. Zitternd und keines Wortes mächtig, deutete sie stumm auf die leere Wiege.

Bernhardt blickte auf die Decke, die Margerite verzweifelt durchwühlt hatte. Die Rabenmaske, die sie für ihn entwendet hatte, verbarg die obere Hälfte seines Gesichts, und nur das Glitzern seiner braunen Augen war zu erkennen. Sein Bart, der wieder seine natürliche braune Farbe zeigte, war kurzgeschnitten. Es war fast, als hätte sie einen Fremden vor sich, und sie wußte nicht zu sagen, was der grimmige Ausdruck seines Mundes zu bedeuten hatte.

»Komm schnell«, sagte Bernhardt.

Margerite folgte ihm hinauf in den Turm. Bernhardt rannte fast und verlangsamte seinen Schritt nur leicht, damit Margerite nicht zurückblieb. Noch vor dem nächsten Stockwerk sah Margerite den Schimmer der Kerzenleuchter auf zwei Rüstungen und den schlanken, dunklen Schatten von Pater Etienne.

Die drei Männer wandten sich um, und Margerite stockte das Herz, als Gottfried sie mit eisigen grauen Augen anstarrte.

»Frau Gräfin! Was macht Ihr denn hier?« fragte der Ritter streng und fügte wie im Selbstgespräch hinzu: »Mir schien, ich sah Eure Katze im Wald.«

Margerite schenkte ihm keine Beachtung und wandte sich an Etienne. »Pater, Wolfram ist aus seiner Wiege genommen worden, als ich unten im Weinkeller war. Die Heilige Jungfrau Maria stehe uns bei, ich fürchte …«

In den Augenhöhlen der Fledermausmaske wurde es dunkel, und Pater Etiennes Lippen bewegten sich stumm – im Gebet? »Geht hinauf in Ritter Gottfrieds Gemach«, befahl Etienne. »Ich werde sogleich bei Euch sein.« Damit stürzte der Priester immer drei Stufen gleichzeitig nehmend die Treppe hinab.

Gottfried starrte Margerite noch immer an. Hastig sagte sie: »Herr Ritter, ich werde Euch alles erklären, wenn wir Zeit haben. Aber jetzt ist mein Sohn in Gefahr: Wollt Ihr mir helfen?«

Der Ritter verneigte sich vor ihr, und das Kettenhemd klirrte leise gegen die Rüstung. »Das will ich, Frau Gräfin.«

Pater Etienne holte sie ein, als sie das oberste Turmgeschoß erreichten. Der Atem des Priesters ging kaum schneller, doch Margerite hörte die Besorgnis in seiner Stimme, als er sprach. »Der Totentanz dauert noch an, aber Ortlieb hat den Saal bereits verlassen. Bei allem, was heilig ist, jetzt müssen wir ihre Zauberstätte finden, um Wolfram zu retten.«

»Pater«, sagte Gottfried, »wie kann ich Euch meine Hilfe gewähren, solange Ihr mir nicht wenigstens kurz erklärt, was hier eigentlich vorgeht?« Er öffnete die Tür und führte sie in sein Gemach.

»In aller Kürze: Landgräfin Ortlieb ist eine Schwarzmagierin, die mit Hilfe höllischer Mächte Dämonen und Geister beschwört und Trugbilder hervorruft – wie Ihr es selbst heute abend erlebt habt. Sie hat Gräfin Margerites Sohn entführt – vielleicht, um ihn ihrem Herrn und Meister zu opfern.« *Oder aber*, dachte Margerite, *um ihn Luzifer zu weihen*.

Gottfrieds Knappe riß Mund und Augen auf, aber sein Herr hörte ruhig zu. Zwar war er erbleicht, aber ein entschlossener Ausdruck stand in seinem Gesicht, und er nickte, als bestätige Pater Etiennes Erklärung etwas, was er bereits wußte.

»Ortlieb hat die Augen einer Eule«, flüsterte der Ritter. Margerite hätte seine Worte für sinnlos gehalten, wenn sie die Landgräfin nicht bereits in ihrer geflügelten Gestalt erblickt hätte. »Wie ich gesagt habe: Ich stehe auf Eurer Seite. Wo müssen wir sie suchen?«

»Irgendwo im Schloß oder in der Nähe muß Ortlieb einen Ort haben, an dem sie ihren Zauber wirkt. So ist es bei allen Magiern ihres Ordens. Aber dieser Ort ist gut verborgen, und ich fürchte, wir müssen uns beeilen und gefährliche Mittel einsetzen, um ihn zu finden.«

Gottfried runzelte nachdenklich die Stirn. Ausgezehrt durch die Entbehrungen seiner langen Reise, das dunkle Haar schlicht nach hinten gebunden, sah er kaum älter aus als sein Knappe. Mit bebender Stimme fragte er: »Verborgen oder bewacht?«

Pater Etiennes helle blaue Augen funkelten durch die Höhlen der Ledermaske. »Warum fragt Ihr?«

»Im dritten Stock am Ende des Ganges, wo es um die Ecke zur Treppe geht, stehen immer zwei Wachen, und zu jeder Tages- und Nachtzeit scheinen es dieselben beiden Männer zu sein. Ihre Gesichter habe ich nie gesehen, weil sie stets das Helmvisier heruntergelassen haben.«

»Aber dort ist doch nichts!« warf Margerite ein. »Nur Lagerräume für Linnen und Bettzeug …« Sie verstummte. Hunderte von Malen war sie durch diesen Gang gelaufen, um Dinge für Isabelle zu holen, und nie hatte sie darauf geachtet, was hinter dieser Tür liegen mochte, da sie nichts mit ihren Aufgaben zu tun hatte.

»Herr Ritter«, sagte Pater Etienne, »wir werden uns später ausführlich unterhalten müssen. Doch jetzt kommt bitte schnell mit mir.«

Zu fünft eilten sie hinunter in den dritten Stock. Der Eisregen prasselte gegen die dunklen Fenster, aber alle Kerzen leuchteten hell. Margerite sah nichts als die bekannte Tür zu einem Lagerraum am anderen Ende des Ganges. Bernhardt blickte den Ritter an, als sei er wahnsinnig geworden, da trat Etienne entschlossen vor.

»Seht Ihr die Wachen noch immer, Ritter Gottfried?« fragte der Priester leise.

»Seht Ihr sie denn nicht, Pater?« erwiderte Gottfried mit unsicherer Stimme.

Margerite starrte angestrengt mit halbgeschlossenen Lidern, so daß das Licht der Kerzen zu Regenbogenfarben verschwamm. Fast wollte es ihr scheinen, als sähe sie zwei ragende Schatten, aber es waren nur gestaltlose Flecken. Sie hätte nicht schwören können, daß sie mehr waren als nur eine Täuschung im flackernden Licht. Sie hätte alles darum gegeben – das Blut in ihren Adern, das Herz in ihrer Brust –, Wolframs Schrei hinter der schlichten Tür zu hören. Aber sie hörte nur den Atem ihrer Begleiter.

»Ritter Gottfried, wenn wir über diese Schwelle treten wollen, dann müßt Ihr wohl allein kämpfen«, erklärte Pater Etienne. »Mir bleibt keine Zeit, um uns allen durch magisches Wirken zu enthüllen, was nur Ihr jetzt sehen könnt. Herr Bernhardt, holt bitte mein Schwert oder das von Paul dem Bären, denn gewöhnlicher Stahl wird gegen diese Wächter nichts vermögen.«

Gottfried zog sein Schwert und hielt es mit beiden Händen, so daß es im Kerzenlicht schimmerte. »Pater, ich habe auf meiner Reise viele Nächte im Gebet mit dieser Klinge verbracht, und sie ist von vielen heiligen Männern gesegnet worden. So Gott will, wird sie mir auch jetzt nicht den Dienst versagen. Wie Ihr sagt, wir haben keine Zeit zu verlieren.« Der Ritter setzte den Helm auf und schloß den Kinnriemen. Dann stürzte er los, und seine Klinge fuhr wie der Blitz durch die Luft. Margerite beobachtete gebannt, wie Gottfried herumwirbelte und zuschlug. Heilige Maria, wenn sie nur hätte sehen können, wo die Feinde des jungen Ritters waren und wie sie ihn bedrängten! Sie erinnerte sich an Christophs Worte über Gottfrieds Stärke und Schnelligkeit. Noch nie hatte sie einen Mann gesehen, der sich so behende bewegte. Gottfried schien gegen Luft zu kämpfen, und dennoch meinte Margerite zu erkennen, daß er sich der Schläge zweier unsichtbarer Gegner erwehrte. Hinter ihr flüsterte Arnmut leise, unverständliche Worte.

»Gott steh ihm bei!« knurrte Bernhardt durch zusammengebissene Zähne. »Pater, können wir denn nichts zu seiner Hilfe unternehmen?«

»Betet!« rief Etienne angespannt.

Da stieg in Margerite ein schriller Schrei auf, höher und höher, bis sie meinte, ihr Schädel müsse zerbersten. Sie schlug die Hände über die Ohren, aber es half nichts. Der Schrei kam nicht von außen, sondern von innen. Plötzlich riß er ab.

»Das war der erste«, flüsterte Etienne. »Hoffentlich hält er stand.«

Helles Blut spritzte unter dem rechten Achselstück von Gottfrieds Rüstung hervor, und Margerite sah, wie Bernhardt zusammenzuckte. »Das wird ihn behindern«, flüsterte er. Doch Gottfried schien die Wunde überhaupt nicht zu spüren. Hätte er sein Schwert nicht mit solch tödlichem Ernst durch die Luft sausen lassen, hätte ihn Margerite für ein Kind halten können, das mit einer Weidenrute gegen einen eingebildeten Feind kämpft, ihn immer weiter zurückdrängt, stolpernd einen Schlag gegen die Helmseite vortäuscht und dann mit voller Kraft ein unsichtbares Herz durchbohrt …

Ein zweiter Schrei erhob sich in Margerites Schädel und erstarb wie das Heulen des Windes auf einer offenen Ebene. Gottfried richtete sich auf und steckte das Schwert in die Scheide zurück. »Sie sind verschwunden«, erklärte er. Er schien nicht zu bemerken, daß ihm das Blut von der Schulter auf die Armkachel tropfte. Sein Knappe lief sogleich zu ihm und band ihm die Riemen des Schulterpanzers auf.

»Herr Gottfried, Ihr seid verwundet!« rief Arnmut. Gottfried nahm den Helm ab und betrachtete erstaunt seinen Arm. Die unsichtbare Klinge war zwischen zwei Panzerplatten eingedrungen und hatte den unteren Rock durchschnitten. Unter dem sickernden Blut glänzte weißes Gebein. Der Knappe drückte die Hand auf die Wunde, und das Blut lief ihm rot durch die Finger.

»Es ist nichts. Es tut nicht weh«, sagte Gottfried verschlossen. »Wir müssen weiter.«

»Zurück, und laßt Euch von Eurem Knappen pflegen«, befahl Pater Etienne. »Ihr habt Eure Pflicht erfüllt.« Er beugte sich über die Tür. Margerite konnte nicht sehen, wie er mit dem Schloß rang, doch nach kurzer Zeit sprang die Tür auf.

Dahinter lag ein weiterer Gang mit zwei Türen. Etienne nahm eine Kerze aus einem Wandleuchter und trat ein. Die leere rechte Hand hielt er hoch über dem Kopf, und Margerite glaubte in der Dunkelheit eine flackernde blaue Flamme zwischen seinen Fingern zu sehen. Sie nahm ebenfalls eine Kerze und folgte ihm.

Als sie über die Schwelle trat, fragte sich Margerite, wie es sein konnte, daß sie Ortliebs Zauberstätte nicht wahrgenommen hatte. Alle Haare an ihrem Körper richteten sich auf, und ihre Gedärme krampften sich zusammen. Ortliebs Macht klang durch den Raum wie der Hall einer tiefen, erzenen Glocke. Sie konnte den Schrecken und den Makel beinahe riechen: süßer Weihrauch und kräftige Kräuter und darunter der Gestank von verwesendem Fleisch.

Etienne öffnete die erste Tür. An den Wänden reihten sich Gestelle, und der Holztisch hatte dunkle Flecken. Aber in den Gestellen und Wandfächern befanden sich weder Bücher noch Flaschen, und der Tisch war leer. *Wieder ein Trugbild?* dachte Margerite.

»Hier ist nichts«, flüsterte Bernhardt. Sein Atem ging stoßweise, als hätte er mit den beiden Wächtern gefochten.

»Fürwahr«, hauchte Pater Etienne. Der Priester ging zu einer Tür in der Südwand, die in das nächste Gelaß führte.

Die Gerüche dort waren noch stärker. Margerite rang um Luft, und mit jedem Atemzug pochte es in ihrem Kopf. Aber der Schein der Kerzen fiel auf leere Wände, die frisch getüncht schienen, genau wie der ebenfalls leere Boden. Kein Kreis, kein Dreieck, kein Altar – nichts, woran sich erkennen ließ, daß in diesem Raum magische Handlungen vollzogen worden waren, nur das überwältigende Gefühl der Macht, das Margerite wie eine Schraubzwinge umfaßte.

»Auch hier ist nichts«, sagte Gottfried hinter ihr. Margerite wandte sich zu dem Ritter um, der ihnen offenbar trotz seiner Verletzung gefolgt war. Wenn Gottfried nichts sah, dann waren Ortliebs Geheimnisse nicht hinter Trugbildern verborgen, und das hieß …

»Aber das muß die Stätte sein«, rief Margerite ungläubig. »Ich spüre es!«

»Das ist ihre Zauberstätte, oder sie war es«, zischte Etienne. Ein bitteres Zucken lief um den feinen Mund des Priesters. »Ich fürchte, wir sind überlistet worden.«

Wolfram! schrie Margerites Herz.

»Was wollt Ihr damit sagen, Pater?« fragte Bernhardt.

»Diese Stätte wurde nicht an einem Tag und auch nicht ohne Grund ausgeräumt. Ortlieb möchte gewiß hierher zurückkehren, sonst hätte sie die Wachen abberufen. Vermutlich hat sie die Absicht, ihren Zauber für eine Weile an einem anderen Ort zu wirken.«

»Aber wo?« fragte Margerite. »Und wo ist mein Sohn?«

»Margerite«, sagte Pater Etienne sanft, »wir müssen Wolfram so schnell wie möglich finden – doch ich glaube nicht, daß er heute nacht in Gefahr ist.«

Margerite dachte an ihren Traum, und die Worte des Priesters verschlugen ihr den Atem, als hätte sie einen Stoß gegen das Brustbein erhalten. Gertrude hatte sie also doch gewarnt. Ortlieb würde, wie sie es vor den versammelten Gästen angekündigt hatte, für eine Weile fortziehen und bei ihrer Rückkehr ein Knäblein als Erben für Schloß Niederwald mitbringen. Wenn das Kind ungewöhnlich groß schien, was war dies anderes als ein Beweis seiner hohen Abstammung? Gerhardt würde nicht an seiner Gemahlin zweifeln, und gewiß würde es auch kein Diener wagen, vorwitzige Fragen zu stellen. Mit sieben Jahren würde Wolfram als Page in ein vom Orden beherrschtes Schloß geschickt werden; und danach … wer wußte denn, wie weit das schleichende Gift der Lichtträger reichte und wie viele der kaiserlichen Kurfürsten bereits ihrem Einfluß unterlagen. Des Kaisers Sohn Wenzel war schwach, und wenn Karl IV. starb, galt Wenzels Wahl zum Nachfolger seines Vaters vielen als unwahrscheinlich. *O mein Sohn*, dachte Margerite, *welches Schicksal steht dir bevor?*

»Wenn sie im Schloß ist, können wir sie finden«, sagte Gottfried. »Und wenn sie es verlassen hat, kann sie noch nicht weit sein. Aber sie wird sicher Wachen haben.« Der Ritter blickte sich im Kreise seiner neuen Gefährten um, und Margerite erriet unschwer seine Gedanken. Zwei kampferprobte Männer, einer davon verwundet; ein Knappe, ein Priester und eine

Frau: Was konnten sie da ausrichten? An seiner Haltung erkannte Margerite, daß er den Angriff dennoch wagen wollte, und obwohl sie den strengen jungen Ritter nicht besonders ins Herz geschlossen hatte, empfand sie Bewunderung für ihn.

»Wir sind gut gerüstet für einen Angriff«, erklärte Bernhardt. »Doch es ist dunkel, und wenn sie das Schloß verlassen hat, wissen wir nicht, welche Straße sie genommen hat.«

»Aber ich ahne es«, sagte Margerite. »Ortliebs Vater hat ihr eine Burg tief im Thüringer Wald hinterlassen. Sie hat zwar behauptet, sich in ein Kloster zurückziehen zu wollen, und der Orden der Lichtträger verfügt gewiß über seine eigenen Klöster, doch ich glaube sie jetzt zu kennen und meine, daß sie sich an keinen Ort begibt, an dem sie nicht die Herrin ist. Ich glaube, sie wollte schnell zuschlagen und verschwinden, seit sie mich erkannt hat. *Und wann war das? Wie lange wußte Ortlieb bereits, wer Wolfram und ich sind?* Tiefer Haß wallte in ihr auf, als sie an die heimliche Freude der Ordensprinzessin dachte, wenn sie die Gräfin von Fürstensee als Dienerin an ihrer Tafel sah. Ihr Zorn schien von den Wänden widerzuhallen, bis sie ihn wieder in den Knochen fühlte.

»Ruhig, Margerite«, sagte Pater Etienne. »Dies ist nicht der richtige Ort für solche Anwandlungen.«

Ritter Gottfried bekreuzigte sich und starrte Margerite mit einem Blick an, der sie erschauern ließ. »Wer seid Ihr, Frau Gräfin?« fragte er mit schwacher Stimme, als hätte ihn ein Schwindel erfaßt.

»Was seht Ihr, Herr Ritter?« fragte Pater Etienne.

»Die Augen eines Greifvogels – wie bei Ortlieb«, flüsterte Gottfried. Er schwankte, und Arnmut legte ihm schnell einen Arm um die Hüfte, ehe er zusammensinken konnte.

»Knappe«, sagte Pater Etienne, »führt Euren Ritter nach oben, stillt seine Blutung und bringt ihn zu Bett. Wir anderen werden uns jetzt auf die Suche nach Ortlieb begeben.«

Gottfried schüttelte bestimmt den Kopf. »Nein, Pater. Ich habe der Gräfin mein Wort gegeben und werde ihr bis zum Ende dienen. Werden wir ihnen sogleich nachreiten?«

»Es wird ein wenig dauern, bis die Männer der Bärenschar bereitstehen«, sagte Bernhardt. »Nur wenige von ihnen sind beritten. Margerite, habt Ihr eine Ahnung, wann Ortliebs Wagen abgefahren sein könnte?«

»Seit vier Tagen habe ich zwei Schloßritter und Ortliebs Kammerfrau Hedwig nicht mehr im großen Saal gesehen. Wahrscheinlich sind sie mit ihrem Wagen unterwegs. Es ist nicht einfach, mit einem Kind zu Pferde zu reisen. Ich glaube, sie wird versuchen, den Wagen und die Wachen einzuholen, und danach nur noch langsam dahinziehen.«

»Dann können wir sie aus dem Hinterhalt angreifen«, stellte Bernhardt fest. »Wenn Ortlieb ihr Hexenwerkzeug mit sich führt, werde ich ihre Schuld und meine Unschuld beweisen können. Ich weiß, wo Ortliebs Vater gewohnt hat. Sie müssen zumindest einen Teil der Strecke auf dem Hauptweg reisen, und die Bärenschar kann sie leicht überholen. Ja, Herr Ritter«, fügte er zu Gottfried gewandt hinzu, »wir haben dieselbe Freischar gedungen, die Burg Falkenstein verteidigt hat. Und das werdet Ihr uns hoffentlich nicht verdenken, da ich mich nicht mehr auf jene stützen kann, die von Rechts wegen meine Lehnsleute sind. Außerdem stehen die Freischaren nicht mehr im Kirchenbann.«

»Ihr müßt mir noch manches erklären, aber das kann warten«, erwiderte Gottfried. Er neigte den Kopf vor Bernhardt. »Ihr scheint den Befehl über die Streitkräfte hier zu führen. Bis auf weiteres werde ich Eure Anordnungen befolgen, solange Ihr mir nicht befehlt, der Gräfin den Beistand zu verweigern.«

»So sei es. Wir und die Männer der Bärenschar, die sich im Schloß befinden, treffen uns mit Euch bei den äußeren Stallungen. Gott sei mit Euch, Herr Ritter.«

»Und mit Euch, Herr... Bertram oder wie Euer wahrer Name auch lauten mag.«

Das Schloß zu verlassen war leichter, als es zu betreten. Die Wachen sahen sich den beladenen Zug nur flüchtig an und ließen ihn dann passieren. Das Gewitter hatte sich verzogen, und nur noch gelegentlich fielen Regentropfen zischend in die Fackeln der Reiter. Als sie außer Sichtweite der Wachen waren, lenkte Paul sein Roß hinüber zu Bernhardt.

»Was ist geschehen?« fragte er. »Und was hast du vor?«

»Ortlieb hat Margerites Sohn entführt, und wir müssen sie unterwegs abfangen, bevor sie ihre Burg erreicht.

»Allmächtiger, das ist ja furchtbar«, ächzte Paul. »Nehmen wir sogleich die Verfolgung auf?«

»Nein.« Rasch erklärte ihm Bernhardt seinen Plan für einen Hinterhalt. »Sammle deine Söldner und warte im Weißen Hahn auf uns. Wir reiten geradewegs dorthin. Nur Jochanan soll bei uns bleiben, denn er versteht sich auf die Heilkunde, und Ritter Gottfried hat eine Wunde, die gewaschen und genäht werden muß.«

Paul nahm eine Fackel und rief seinen Männern Befehle zu. Dann ritten sie in die Nacht davon.

Auf Bernhardts Rat hin hielten die anderen vor Lothars Haus. »Habt Ihr gesiegt oder seid Ihr auf der Flucht, Herr Bernhardt?« fragte der Wildhüter bang.

»Keines von beidem«, erwiderte Bernhardt. »Aber einige von uns müssen eine Weile in deinem Haus bleiben.«

Als Margerite abstieg, sprang ihr Kobold in die Arme und leckte ihr begeistert schnurrend über das Gesicht. »Guter Kater, braver Kater«, sagte sie und streichelte ihm das Fell. Jetzt, da er wieder bei ihr war, konnte sie sich eingestehen, wie sehr sie ihn vermißt hatte. Dann erinnerte sie das warme Gewicht auf ihren Armen an Wolfram, und sie verbarg das Gesicht in Kobolds schwarzem Fell, um nicht in Tränen auszubrechen.

Gottfried konnte ohne Hilfe seines Knappen vom Pferd absteigen und zur Tür gehen, aber als ihm Arnmut die Rüstung abnahm, sah Margerite, daß der untere Rock des Ritters blutgetränkt war.

»Stolz und Selbstmord«, sagte Pater Etienne streng, »sind Todsünden, Ritter Gottfried. Und Hartnäckigkeit ist nur dann eine Tugend, wenn sie richtig eingesetzt wird. Setzt Euch, bevor Ihr zusammenbrecht, und laßt Jochanan nach Eurer Wunde sehen.«

»Ja, Pater«, sagte Gottfried erstaunlich sanft. Jochanan eilte zu ihm und löste mit langen Fingern den Verband. Vorsichtig tastete er über den Rand der Wunde, aus der immer noch langsam das Blut sickerte.

»Wenigstens ist es ein sauberer Schnitt«, erklärte Jochanan. »Das läßt sich leicht vernähen, doch es wird wahrscheinlich weh tun.« Gebeugt wühlte er in seinem Beutel und zog ein Metallfläschchen heraus. »Trinkt davon, bevor ich anfange.«

Margerite erinnerte sich daran, wie stark Jochanans Gebräu war, und wollte Gottfried noch warnen, aber er hatte das Fläschchen schon an die Lippen gesetzt. Der Ritter hustete leicht, doch nachdem er getrunken hatte, kehrte etwas Farbe in sein Gesicht zurück.

»Haltet jetzt still, auch wenn es schmerzt«, sagte Jochanan. Er tröpfelte ein wenig von der klaren Flüssigkeit aus dem Fläschchen auf Gottfrieds Wunde. Gottfried schauderte, ließ sich aber sonst nichts anmerken.

»Was ist geschehen?« fragte Eva, als sie das Zimmer betrat. Bernhardt schilderte ihr kurz die Lage, während sich Jochanan um Gottfried kümmerte und Lothar Essen und Bier hereintrug.

Während er die Verletzung des Ritters sorgfältig vernähte, murmelte Jochanan leise Worte, die Margerite irgendwie vertraut schienen. Nach einer Weile erkannte Margerite manche der heiligen Namen wieder, die sie bei ihrem Studium der Magie erlernt hatte, wenngleich sie bei Jochanan voller und wohltönender klangen. *Und wahrscheinlich auch besser ausgesprochen*, gestand sie sich ein. Pater Etienne sah genau zu, ohne einzuschreiten. Margerite war eigentlich auf Widerspruch oder zumindest eine Bemerkung von Gottfried gefaßt, aber er saß nur reglos da, während der Linnenfaden die klaffende Wunde zusammenzog.

»Ihr solltet den Arm mindestens eine Woche schonen«, mahnte Jochanan.

»Aber wir reiten doch heute schon weiter!« rief Gottfried.

Bernhardt schüttelte den Kopf. »Nein, Ritter Gottfried. Jochanan, Pater Etienne, ich und Euer Knappe – wenn Ihr ihn entbehren könnt – reiten heute abend weiter. Jemand muß zum Schutz von Margerite und Eva hier bleiben, während wir anderen Ortlieb und ihren Troß angreifen. Und ich habe gesehen, daß ich Euch vertrauen kann.«

»Ich danke Euch«, sagte Gottfried. »Es ist eine ehrenvolle Aufgabe für mich, den Schutz der Frauen zu übernehmen.«

»Was soll das heißen?« rief Margerite empört. Kobold hüpfte von ihrem Schoß, als sie aufsprang. »Wolfram ist mein

Sohn. Glaubt Ihr, ich werde untätig dasitzen, wenn er in Gefahr ist? Und du kannst Ortlieb und ihren Gehilfinnen unmöglich allein entgegentreten, Bernhardt!«

»Pater Etienne wird mir beistehen«, erwiderte Bernhardt. »Gewiß wird er mich gegen ihre … Künste verteidigen können.« Seine Stimme klang unsicher, und er schaute Margerite nicht in die Augen.

»Außerdem«, drängte Margerite, »braucht Wolfram eine Frau, die sich um ihn kümmert. Ihr werdet ihn kaum in den Händen der Amme lassen können, die Ortlieb für ihn gefunden hat. Und selbst wenn ihr unterwegs Ziegenmilch kauft und einen Weg findet, sie ihm einzuträufeln – wißt ihr, wie man einem Kind die Windeln wechselt? Und Ihr, Pater Etienne?«

Auch Etienne wandte den Blick ab und nestelte verlegen am Saum seines schwarzen Samtwamses.

»Frau Gräfin, ich hatte fünf jüngere Geschwister«, warf Jochanan ein, »und ich weiß, wie man einem Kind die Windeln wechselt.«

»Wolfram ist mein Sohn«, wiederholte Margerite. »Und ich werde mit Euch reiten.«

»Und ich auch«, schaltete sich Eva ein. »Ich habe nicht in den letzten Wochen Töpfe blank gescheuert und Öfen gereinigt, nur um jetzt zurückgelassen zu werden.«

»Frau Gräfin, Frau Eva«, sagte Gottfried. »Es ziemt sich nicht für Frauen, ihr Leben auf dem Schlachtfeld aufs Spiel zu setzen. Und wenn Euch ein Leid geschieht, wie soll ich dann Graf Heinrich und Herrn Christoph unter die Augen treten?«

Margerite ließ den Blick über die Gesichter der anderen gleiten. Natürlich konnte Gottfried nicht wissen, was sich auf Burg Fürstensee zugetragen hatte.

»Wie wir bereits gesagt haben, wir haben noch viel miteinander zu reden, Ritter Gottfried«, bemerkte Pater Etienne. »Aber wer soll nun mitreiten? Bernhardt, ich glaube, Margerite hat ein Recht darauf. Sie wird dem Kampfgetümmel nicht nahe kommen, ebensowenig wie ich. Doch so wie Ihr, brauche auch ich jemanden, der mir den Rücken deckt. Und Ritter Gottfried, so scheint mir, ist ohnehin nicht vom Kampf abzuhalten. Auch wenn es für ihn besser wäre, im Bett zu liegen«, fügte der Kanonikus hinzu. »Ritter Gottfried, dies ist kein Kreuzzug, bei dem Ihr durch den Tod in der Schlacht die Absolution von Euren Sünden gewinnt.«

Bernhardt machte ein Geräusch, das fast wie ein verächtliches Knurren über die Torheit eines jungen Mannes klang. »Wir reiten also alle? Margerite, dies will mir überhaupt nicht gefallen. Aber wenn dich Pater Etienne dabeihaben will, kann ich ihm kaum widersprechen. Wir werden die Nacht hier verbringen und im Morgengrauen aufbrechen. Auch wenn die Bärenschar schnell marschiert, wird sie kaum vor uns im Weißen Hahn anlangen. Ritter Gottfried, es wäre keine Schande für Euch, wenn Ihr hier bliebet, um von Eurer Wunde zu genesen. Aber da Ihr gewiß nicht auf meinen Rat hören werdet, solltet Ihr jetzt wenigstens zu Bett gehen.«

»Erst, wenn Ihr mir die Erklärung gegeben habt, die Ihr mir schuldig seid«, beharrte Gottfried.

Bernhardt und Margerite tauschten Blicke aus, doch es war Pater Etienne, der das Wort ergriff. In aller Kürze schilderte der Priester Bernhardts Pläne zur Wiedererlangung seines Ranges und sodann die Ereignisse in Burg Fürstensee, die Margerite, Eva und Georg zur Flucht gezwungen hatten. Margerite sah, wie sich tiefe Furchen des Grams in das bleiche Gesicht des Ritters gruben. Gottfried schloß die Augen und ballte die Fäuste, als wäre ihm der Schmerz in die Eingeweide gefahren.

»Christus möge mir vergeben, daß ich nicht dort war, um zu helfen«, flüsterte er.

»Ihr seid nicht der einzige, der dies bedauert, Herr Ritter«, sagte Pater Etienne in scharfem Ton. »Wir werden uns beizeiten um Nikolaus kümmern, doch jetzt wartet eine dringendere Aufgabe auf uns.«

»So ist es«, bekannte Gottfried. »Aber wenn ich gewußt hätte …«

»Nur Gott ist allwissend«, mahnte ihn Etienne sanft.

Unter einem grauen Morgenhimmel brachen sie auf. Scharfer Wind schüttelte die kahlen Äste über ihren Köpfen und fuhr ihnen kalt ins Gesicht. Margerite spürte schon nach kurzer

Zeit Schmerzen in den Beinen, denn Bernhardt trieb die Pferde zur Eile an. Der Schlaf und, wie Margerite vermutete, wohl auch der Heilzauber, den Jochanan über die Wunde gesprochen hatte, hatten Gottfried gut getan. Dem Ritter fiel es nicht schwer, mit den anderen Schritt zu halten, und die Farbe war in sein Gesicht zurückgekehrt. Auch Bernhardt hatten die langen Monate, in denen er in Lothars Kammer gehaust hatte, nichts von seiner Kraft genommen. Nur Margerite und Eva litten unter dem schnellen Ritt. Schon zu Mittag fühlten sich Margerites Schenkel an, als wären sie mit einem Hammer weichgeklopft worden, und am Steißbein spürte sie eine Blase von der hohen Hinterpausche ihres Sattels. Auch Eva biß bei jedem Schritt ihres Pferdes die Zähne zusammen. Doch als sie zu einer Rast anhielten, sagte keine der beiden Frauen ein Wort. Der Blick, den Eva mit Margerite tauschte, sagte alles: Sie hatten darum gekämpft, zu Ortliebs Verfolgung mitzureiten, da würden sie jetzt nicht über den beschwerlichen Weg klagen. Kobold und Kriemhild betrachteten ihre Herrinnen vom Sattel der grasenden Pferde aus, und in den goldenen und grünen Augen schien ein fast unverschämtes Vergnügen zu liegen.

Als sie nicht mehr weit vom Thüringer Wald entfernt waren und die Sonne schon tief hinter den Wolken stand, hörten sie hinter sich das Klappern von Hufen. Bernhardt und Gottfried rissen ihre Pferde herum, die Schwerter halb gezogen. Margerite stand im Begriff, ihrem müden Pferd die Sporen zu geben, um ihnen auszuweichen. Dann sah sie die roten Haare des Reiters unter der eisenbeschlagenen Lederkappe und ließ das Pferd in Schritt fallen, während Bernhardt die Waffe wieder in die Scheide steckte.

»Gott zum Gruß, Georg!« rief er. »Welche Kunde gibt es von der Bärenschar?«

»Herr Bernhardt, sie sind marschiert wie befohlen«, antwortete der Knappe. Er war blaß unter den Sommersprossen, und hatte tiefe Ringe unter den Augen, aber er lächelte breit, als er zu ihnen aufschloß. »Ich bin die ganze Nacht und den ganzen Tag geritten, um Euch die Botschaft von Hauptmann Paul zu überbringen. Wärt Ihr ein wenig schneller geritten, hättet Ihr den Bären schon selbst eingeholt. Er sagt, seine Männer sind schnelle Märsche gewöhnt, und sollte er vor Euch im Weißen Hahn sein, so müßt Ihr das Bier bezahlen.«

»So, sagt er das?« murmelte Bernhardt. Mit einem leisen Lächeln blickte er auf seine Gefährten. Unter den harten Furchen auf seinem Gesicht glaubte Margerite das Aufblitzen jugendlichen Stolzes zu erkennen. Der junge Edelmann, der er einmal war, hätte die Herausforderung gewiß angenommen und seinem Pferd die Sporen gegeben, bis er den Anführer der Bärenschar überholt hätte. Aber das Glitzern in seinen kastanienbraunen Augen verschwand, als er die anderen Reiter und ihre schwer schnaufenden Rösser sah. »Nun, niemand wird heute nacht zu tief ins Glas schauen, auch Paul nicht, denn morgen liegt ein schwerer Tag vor uns. Ich sehe, daß du von der Bärenschar ein frisches Pferd bekommen hast. Glaubst du, du kannst uns vorausreiten und den Wirt anweisen, Zimmer für die Damen und Pater Etienne – und Herrn Gottfried, der letzte Nacht verwundet wurde – vorzubereiten?«

»Natürlich, Herr Bernhardt!« rief Georg begeistert. »Werden die Gräfin und Frau Eva fürs erste in der Schenke wohnen?«

»Sie reiten mit uns«, sagte Bernhardt. Er hob die Hand, bevor Georg Einwände erheben konnte. »Es kommt dir nicht zu, diese Entscheidung in Frage zu stellen, Knappe. Nun reite geschwind.«

Kurz nach Sonnenuntergang kamen sie im Weißen Hahn an. Georg trat ihnen entgegen und half Arnmut mit den Pferden. Die Schenke war gefüllt mit Männern in rauhen, eisenverstärkten Lederröcken, die sich schon länger nicht mehr rasiert und – dem Geruch nach zu urteilen – gewaschen hatten. Allen war anzumerken, daß sie einen Tag und eine Nacht durchmarschiert waren. Die bärtigen Gesichter waren bleich und schmutzig, und unter den Augen hatten sie dunkle, runzlige Ringe, als stünde ihnen die Schlacht nicht erst noch bevor. Einige erkannten Margerite und riefen mit erhobenen Krügen: »Heil Gräfin Margerite! Auf die Frau Gräfin!« Nach den langen Wochen als Dienstmagd standen Margerite bei dieser Begrüßung die Tränen in den Augen, und sie bemerkte ihre schmerzenden Beine kaum noch, als Bernhardt sie durch das Gedränge zum Tisch von Hauptmann Paul führte.

Der Bär sprang sogleich auf, und die Männer um ihn herum machten Platz für die Neuankömmlinge. »Ich grüße Euch, Frau Gräfin!« rief er. »Bei Gott, es ist schön, Euch wiederzusehen.« Paul hatte noch nicht zu Ende gesprochen, als Kobold laut schnurrend an seine breite Brust sprang. Die Krallen in Pauls Lederwams vergraben, schnupperte er hoffnungsvoll an seinem rotblonden Bart. Der Söldner streichelte den Kater und setzte ihn auf den Tisch, und Kobold steckte sogleich das Maul in Pauls ledernen Bierbecher. »Wie ich sehe, hat sich Euer Kater überhaupt nicht verändert«, lachte er.

»Wie steht es mit der Bärenschar?« unterbrach ihn Bernhardt. In das runde Gesicht des Bären trat ein ernster Ausdruck.

»Die meisten Söldner sind inzwischen hier versammelt, und die anderen sind nicht mehr weit entfernt. Was die Landgräfin angeht, hattet Ihr tatsächlich recht. Der Wirt sagt, daß vorletzte Nacht hier eine schwarzhaarige Frau mit einem Wagen abgestiegen ist. In ihrer Begleitung waren zwei Ritter und zwanzig Bewaffnete.«

»Und was ist mit Ortlieb?« fragte Bernhardt. »Gibt es eine Spur von ihr? Ich glaube nicht, daß sie im Wald schlafen würde.«

»Vielleicht unterschätzt Ihr ihre Willenskraft«, bemerkte Pater Etienne trocken. »Sie ist gewiß schnell geritten, denn sie wird sich verwundbar fühlen, solange sie ihre magischen Geräte nicht zur Hand hat. Es würde mich nicht überraschen, wenn sie ohne Halt reiten würde, bis sie ihren Wagen erreicht hat.«

Und mich würde es wundern, dachte Margerite, *wenn sie in einem Dorf abstiege, das sie an ihre Herkunft als Tochter eines armen Ritters erinnern würde.*

Bernhardt legte die Stirn in Falten, und ein nachdenklicher Ausdruck stand in seinen braunen Augen. »Wenn der Wagen so langsam vorwärtskommt, sollten wir ihn bis morgen abend einholen. Und so Gott will, können wir ihr einen Hinterhalt legen.«

Mit einem Wink hieß er seine Gefährten, Platz zu nehmen, und wartete, bis sich Margerite, Eva und Pater Etienne niedergelassen hatten, ehe er sich gegenüber von Paul hinsetzte. Jochanan zwängte sich neben seinen Befehlshaber. Nur Ritter Gottfried blieb stehen und starrte argwöhnisch um sich wie eine Katze mit gesträubtem Fell. Aber hier konnte er doch nichts Seltsames sehen, dachte Margerite. Oder war es, weil eine von Ortliebs Gehilfinnen hier geweilt hatte?

»Wer ist dieser Mann?« flüsterte Paul Bernhardt vernehmlich zu. »Und warum starrt er mich so an?«

»Ritter Gottfried«, sagte Bernhardt, »gestattet mir, daß ich Euch Hauptmann Paul von der Bärenschar vorstelle, unseren Verbündeten und Freund.« Er hatte die Stimme nicht erhoben, aber in scharfem Ton gesprochen. Gottfried reichte Paul nicht zur Begrüßung die Hand, sondern nickte ihm nur zu. »Setzt Euch, Ritter Gottfried. Wir müssen unsere Pläne besprechen.«

Steif und mißtrauisch ließ sich Gottfried neben Bernhardt auf der Bank nieder. Im rauchigen Licht der flackernden Fackeln sprangen die Knochen im Gesicht des jungen Ritters hart hervor. Margerite hoffte, daß seine Wunde nicht wieder zu bluten angefangen hatte, wußte aber nicht, wie sie ihn auf höfliche Weise hätte fragen sollen. Doch in diesem Augenblick nahm Kobold das Maul aus Pauls Bier und schritt über den Tisch, ohne den halb abgenagten Rippenstücken auf den Tontellern die geringste Beachtun zu schenken. Mit einem kläglichen Zirpen schnupperte er an Gottfrieds Schulter und rieb den schwarzen Kopf an den überstehenden Stahlplatten. Gottfried saß reglos und starrte den Kater gebannt an.

»Seid Ihr wohlauf, Ritter Gottfried?« fragte Jochanan besorgt. Er beugte sich über den Tisch, als wollte er den Verwundeten an Ort und Stelle untersuchen.

»So gut, wie es not tut«, erwiderte Gottfried. »Eure Heilkunst ist … bemerkenswert.«

Die beleibte Frau des Wirtes trat geschäftig heran, um die Teller abzuräumen und ihnen frische Krüge Bier hinzustellen. Keiner sagte ein Wort, bis sie wieder verschwunden war.

»Zwei Ritter und zwanzig Bewaffnete sollten wir leicht überwältigen können«, meinte Paul.

Bernhardt schüttelte den Kopf. »Ich glaube nicht, daß Ortlieb allein ist. Sie hat Margerite erkannt und gewußt, daß ich hier bin – um der Heiligen Jungfrau willen, fragt mich nicht woher. Vielleicht weiß sie nicht, daß sie verfolgt wird, aber sie ist nicht nur verschlagen, sondern auch vorsichtig. Sie ist bestimmt mit einer starken Wache aufgebrochen. Wahrscheinlich müssen wir mit doppelt so vielen Männern rechnen, doch selbst dann sind wir ihnen an Zahl überlegen. Sollte Ortlieb allerdings weitere Ritter mitgenommen haben, ist unser Vorteil nur noch sehr gering.«

Und wenn sie über weitere Geister verfügt wie jene Wachen vor ihrer Zauberstätte? dachte Margerite. *Sie würden durch unsere Männer fahren wie Schüsse aus Jochanans Bombarden.*

Bernhardt mußte einen ähnlichen Einfall gehabt haben, denn er fragte: »Jochanan, wie ist es um deine Geschütze bestellt?«

»Fünf der neun Handrohre sind gefechtsbereit«, erwiderte der Geschützmeister. »Die Bombarde ist wohl untauglich, weil sie nur so schnell bewegt werden kann wie der Karren, auf dem sie fährt.«

»Aber auch mit den fünf Handrohren haben wir einen guten Vorteil gegenüber Ortliebs Truppen«, sagte Bernhardt.

Pater Etienne runzelte die Stirn. »Bei einem gewöhnlichen Kampf, ja, aber ... Jochanan, ich muß kurz allein mit dir sprechen.« Der Priester stand auf, und Jochanan folgte ihm mit bekümmerter Miene.

»Worum geht es hier, Margerite?« fragte Bernhardt leise.

»Ich glaube«, sagte Margerite zögernd, als müßte sie an etwas Bitterem würgen, »Pater Etienne fürchtet, Ortlieb könnte die Handrohre durch Zauber gegen uns wenden, und jetzt befragt er Jochanan zu seiner Alchimie.«

Paul schüttelte ungläubig den Kopf. »Kämpfst du überhaupt nicht mehr gegen gewöhnliche Sterbliche, Bertram? Zauberer und Hexen – willst du uns als nächstes für eine Schlacht gegen Wotans Heer dingen oder geradewegs gegen Satans Burg in der Hölle ziehen?«

»Solche Bemerkungen geziemen sich nicht!« sagte Gottfried streng.

Pauls breite Wangen liefen rot an, und er lehnte sich vor. »Wie zum Teufel kommt Ihr dazu, mir zu sagen, wie ich reden darf?« fragte er.

Ritter Gottfried fuhr hoch, und seine Hand ging zum Schwertgriff, aber Margerite packte ihn am Handgelenk. Er hätte sie leicht abschütteln können, aber er rührte sich nicht und starrte sie nur an. »Herr Ritter, Paul hat es nicht böse gemeint, und Ihr habt keinen Grund für einen Streit – vor allem nicht, solange mein Sohn in Gefahr ist.«

»Fürwahr«, murmelte Gottfried, und leichte Röte trat auf seine vorspringenden Wangenknochen. Margerite ließ ihn los, und er nahm wieder Platz.

»Es tut mir leid, Herr Ritter«, sagte Paul. »Ich wollte Euch nicht beleidigen. Es war nur ein Scherz.«

Gottfried nickte steif. Dann wurde das Gespräch wieder unterbrochen, denn der Wirt und seine Frau brachten frisches Brot und Rippenstücke in einer herzhaften Tunke. Gleich darauf kamen Arnmut und Georg und nahmen Platz. Arnmut ließ sich neben seinem Ritter nieder, während sich Georg mit einem fast verzückten Ausdruck neben Eva setzte.

Kurz danach kehrten auch Pater Etienne und Jochanan an den Tisch zurück. Dem Geschützmeister stand die Unruhe ins Gesicht geschrieben, und seine Augen blitzten hell im Fackellicht. »Äh … wir haben nur drei gefechtsbereite Handrohre«, erklärte er Bernhardt. »Und das sind auch nicht die längsten. Aber es ist nicht die Länge, die zählt, sondern die Breite.«

»Da erkennt man doch gleich den Beschnittenen«, feixte Paul. Eva und Georg kicherten. Bernhardt gab ein ersticktes Knurren von sich. Arnmut, offenbar besorgt um das Schamgefühl seines Ritters, hüstelte. Margerite spürte, wie ihr die Wärme in die Wangen stieg und warf Gottfried einen beunruhigten Blick zu. Er wußte natürlich, daß ein Jude nach dem Gesetz keine Waffen tragen und schon gar nicht als Söldner in einer Freischar gegen Christen kämpfen durfte. Der junge Ritter starrte Jochanan mit kalten, grauen Augen an. Dann legte er die linke Hand auf die verwundete Schulter, und Margerite atmetete erleichtert auf. So tugendhaft sich der junge Ritter auch gab, er würde sich nicht gegen den Mann wenden, der ihn geheilt hatte. *Aber so wahr uns die Heilige Jungfrau Maria helfe, wir sind schon eine sonderbare Gemeinschaft*, dachte sie.

»Drei also«, sagte Bernhardt. »Auch das wird uns helfen, aber deine Männer dürfen nicht in der Nähe des Wagens feuern, denn dort liegt wahrscheinlich, was wir suchen – und das Kind wird gewiß auch dort sein«, fügte er hinzu. »Wir dürfen nicht das Leben dessen aufs Spiel setzen, den wir retten wollen.«

Im Weißen Hahn gab es nur zwei Gastkammern. Margerite und Eva nahmen die eine, während Pater Etienne, Gottfried und Arnmut sich die andere teilten. Margerite wollte sich gerade im Licht der einzigen Kerze im Zimmer entkleiden, als sie ein leises Klopfen an der Tür vernahm.

»Wer ist da?« rief Margerite mit heftig pochendem Herzen. Wenn Bernhardt zu ihr gekommen war, am Vorabend einer Schlacht, in der sie vielleicht beide den Tod fanden – wie konnte sie ihn da abweisen?

»Ich bin es.« Pater Etiennes trockene Stimme klang gedämpft durch die Tür. »Und Ritter Gottfried ist bei mir. Wir haben miteinander zu reden.«

Eva knöpfte Margerite rasch das Kleid zu, bevor sie die Männer eintreten ließ. Sie ging vorsichtig, wie um jede schmerzhafte Bewegung zu vermeiden. Beide Frauen fühlten sich ganz steif, seit sie vom Pferd abgestiegen waren, und Margerite fand es nicht gerade trostreich, zu wissen, daß ihre Beine morgen noch mehr schmerzen würden. Sie hätte eine Börse voll Silber für die Salbe gegeben, die ihr Gerhild für ihren Ritt von Burg Falkenstein nach Burg Fürstensee bereitet hatte.

Pater Etienne und Ritter Gottfried trugen Kerzen, deren warmer Schein über ihre Gesichter flackerte. Der Priester hatte einen Holzkasten unter dem Arm – seine magischen Geräte? Ein frischer Verband lag um Gottfrieds Schulter, aber auf seinem dunkelroten Wams war nicht zu erkennen, ob er untertags noch einmal geblutet hatte.

»Es wird keine Überraschung für Euch sein«, sagte Etienne ohne Umschweife, »daß Ihr genauso in Gefahr sein werdet wie die Kämpfenden – und vielleicht sogar noch mehr, je nachdem, wie gut sich Ortlieb vorbereitet hat –, denn wer mit dem Reich der Geister zu tun hat, ist auch besonders empfänglich für seine Angriffe. Deshalb will ich Euch nach Kräften gegen ihre Macht und die aller Wesen in ihrer Begleitung beschirmen. Seid Ihr dazu bereit?«

»Natürlich, Pater«, sagte Margerite, und auch Eva murmelte zustimmend.

»Ritter Gottfried?«

»Der Segen eines Priesters ist mir stets willkommen«, erwiderte der Ritter. Er zog sein Schwert und kniete sich vor Pater Etienne nieder. Die Schwertspitze zu Boden gerichtet, klammerte er beide Hände um den Griff.

»Bleibt so und gebt keinen Laut von Euch«, wies ihn Pater Etienne an. »Laßt Euch durch nichts erschrecken, was Ihr erblickt, denn Ihr habt mein Wort, daß ich allein die Mächte des Himmels rufen werde.«

Gottfried beugte das Haupt, als Pater Etienne zu ihm sprach. Er spürte die Anspannung seiner Muskeln und die pochende Schulterwunde und wartete schweigend, während Eva sich neben ihn kniete.

»Margerite, nehmt Euren Stab und Euren Pokal. Ihr müßt mir bei dieser Beschwörung beistehen«, sagte Pater Etienne. »Sprecht mir jedes Gebet nach. Es sind Gebete, die Ihr gewiß kennt.«

So beherrscht Gottfried sonst auch war, er fuhr unwillkürlich zusammen, als Margerite einen kleinen Kasten öffnete und ihm einen Pokal und eine schlanke, bleiche Rute mit glitzernden Metallringen entnahm, denn als sie die Rute hob, schien sie aufzuflammen wie eine Kerze und ein helles Licht durch die Kammer zu werfen. Der klare Schein spiegelte sich in den goldenen Augen des schwarzen Katers, der nun, da ihn keine Schatten mehr verbargen, so groß wie eine Dogge war. Gottfried erkannte, daß es kein natürliches Tier war. Er bewegte sich nicht von der Stelle, doch er packte den Schwertgriff fester, weil er wußte, daß ihn das Kreuz und die Klinge behüten würden, solange er die Kraft hatte, sie zu halten.

Der Priester nahm seine Gerätschaften aus dem Holzkasten, den er mitgebracht hatte. Ein Weihrauchfaß, einen Stab, der dem Margerites glich, einen kleinen Stahldolch, eine Schachtel mit glitzernd weißem Salz, eine Bleiflasche, eine Zunderbüchse und eine Kerze aus gelbem Bienenwachs. Schweigend blies Etienne alle Kerzen in der Kammer aus. Sein Zauberstab brannte so klar wie der Margerites, so daß Gottfried alles sehen konnte wie am hellichten Tag: die Chormütze über dem ruhigen Gesicht des Geistlichen, Margerites entschlossenen Ausdruck … und das Blitzen der schwarzen Falkenaugen unter ihren aschblonden Brauen. *Das ist Hexerei*, dachte der Ritter. *Welchen Mächten habe ich mich verpflichtet, als ich der Gräfin meinen Beistand gelobte?*

Pater Etienne kniete mit wallender Robe vor ihnen nieder, und Gottfried hörte das Schlagen des Feuersteins auf Stahl. Die französiche Aussprache des Priesters verstärkte sich bei den lateinischen Worten. Gottfried beherrschte diese Sprache nur unvollkommen, aber er verstand genug von dem Gebet, um das rasende Pochen seines Herzens zu beruhigen.

»Ich banne dich, o Wesen des Feuers, bei Ihm, von dem alle Dinge erschaffen sind, so daß jede Art von Trugbild sich aus dir zurückziehe und unfähig sei, auf irgendeine Weise Schaden zuzufügen oder zu täuschen, durch die Anrufung des höchsten Schöpfers von allen. Amen.« Mit einer Stimme, so hoch und rein wie die eines Knaben, sprach Margerite Etienne die Worte nach. Golden flammte die Kerze unter der weißen Helligkeit der beiden Zauberstäbe auf, als der Kanonikus die Holzkohle in seinem Weihrauchfaß entzündete. »Segne, o allmächtiger und barmherziger Gott, dieses Wesen des Feuers …«

Gottfried unterdrückte ein Ächzen, als er in die Flamme blickte. Wesen des Feuers hatte Pater Etienne es geheißen, und ihm schien, als hätte die züngelnde Lohe eine menschliche Gestalt von feuriger Schönheit angenommen, die nach allen Seiten ausstrahlte. Etienne schritt im Kreis um die anderen herum und schwang das vergoldete Weihrauchgefäß an seiner Kette. Süßer blauer Rauch stieg Gottfried in die Nase.

»Ich banne dich, o Wesen der Luft, bei Ihm, der dich geschaffen hat und der vor Anbeginn der Zeiten über die Wasser gewandelt ist. Mögen alle Bosheit und aller Widerstand von dir abfallen, auf daß du all die Täuschungen des Feindes und alle Unreinheiten und den Schmutz der Geister aus der Welt der Trugbilder von dir ausspeiest, damit sie mir nicht schaden können, durch die Kraft des Allmächtigen Gottes, der lebt und herrscht bis zu den Zeitaltern der Zeitalter …« Als Margerite das Gebet mit hoher Stimme nachsprach, sah Gottfried, wie der wohlduftende Rauch die über ihnen wirbelnde lebendige Gestalt in einen Umriß bannte und die schattenhaften Dünste vertrieb, die er bis dahin noch gar nicht bemerkt hatte. Wieder pochte ihm heftig das Herz, aber nicht aus Angst, sondern vor Aufregung. Nicht Hexerei war es, was er hier sah; vielmehr war eine heilige Anrufung, durch die Gott in Seiner Gnade Seine Gegenwart offenbarte.

Ehrfürchtig beobachtete Gottfried, wie Pater Etienne und Margerite ihre Segnung mit Wasser, das der Geistliche aus seiner bleiernen Pilgerflasche in Margerites glänzenden Pokal schenkte, und sodann mit glitzerndem Salz fortsetzten. Schließlich kehrte sich Etienne nach Osten und umfaßte das goldene Kreuz an seiner Brust. Er sprach mehrere Worte in einer Sprache, die Gottfried nicht erkannte. Doch es schien ihm, als springe weißes Feuer aus dem Mund des Priesters. »Vor mir Raphael«, stimmte Etienne an und Margerite folgte seinem Beispiel. Gottfried stockte der Atem, denn jetzt meinte er den Regenbogenschimmer großer Flügel zu sehen, die sich vor ihm herabschwangen. Vor Freude und Sehnsucht hätte er am liebsten geweint, und nur das Gebot des Priesters hieß ihn schwiegen. »Hinter mir Gabriel …« Gottfried wagte es nicht, den Kopf zu wenden, aber er spürte einen kühlen Wind im Nacken, wie eine sanfte Brise über tiefem Wasser. »Zu meiner Rechten Michael …« Aus dem Augenwinkel sah Gottfried das warme Auflodern von Feuer. »Zu meiner Linken Uriel …« Hier waren es Schwingen aus Schatten, dunkler als die Tiefen der Erde – und dahinter das goldene und grüne Glühen der Augen zweier riesiger Katzen. »Bei den heiligen Namen Gottes JOD HE VAU HE, ADONAI, EHIEH, AGLA. O Herr, segne Deine Diener und schütze uns vor allem Übel und vor den Täuschungen des Feindes. Lege um uns die Rüstung Gottes, auf daß wir den Nachstellungen des Teufels widerstehen können. Denn wir ringen nicht mit Fleisch und Blut, sondern gegen die Mächte und die Herrscher der Finsternis auf dieser Welt, gegen die Verruchtheit des Geistes hoher Adeliger. So laßt uns nun die Rüstung Gottes tragen, damit wir an jenem bösen Tage allem widerstehen und uns aufrichten, wenn alles getan ist. So richten wir uns auf, die Lenden gegürtet mit der Wahrheit …« Pater Etienne berührte sie nacheinander mit seinem leuchtenden Zauberstab, und Gottfried sah ein Glitzern um ihre Hüften wie von einem goldenen Panzerschurz. »Mit dem Harnisch der Rechtschaffenheit …« Wieder versetzte Etienne sich und den anderen einen leichten Schlag. »Und die Füße geschützt mit dem Evangelium des Friedens. Wir nehmen den Schild des Glaubens, mit dem wir die feurigen Pfeile der Bösen zunichte machen, und ergreifen den Helm der Erlösung …« Wieder machte Pater Etienne mit dem Stab die Runde und blieb stehen, um die leuchtende Spitze der Rute auf Gottfrieds Schwertknauf zu legen. »Und das Schwert des Geistes, welches das Wort Gottes ist. Wir beten in allem Anliegen mit Bitten und Flehen im Geist und wachen dazu mit allem Anhalten und Flehen für alle Heiligen. So seien wir beschirmt vor allem Übel, gefeit vor den Augen unserer Feinde und aller Widersacher des Himmelreichs, eine unangreifbare und undurchdringliche Festung, geschützt durch die Kräfte der Engelsheere und die Stärke Gottes, des Herrn ADONAI. Amen.«

Geblendet vom Licht nahm Gottfried kaum noch die folgenden Worte und den Segen Pater Etiennes wahr, als dieser die Kerze ausblies. Der Priester und Margerite räumten ihre Zauberstäbe weg, und die Kammer war in Dunkelheit getaucht. Nur noch der süße Weihrauchduft stand in der Luft, und der Ritter kniete, den Kreuzgriff seines Schwertes in Händen, als hielte er Nachtwache.

»Erhebt Euch, Ritter Gottfried«, sagte Pater Etienne sanft. Jemand hatte eine Kerze angezündet, deren natürliches Licht Gottfried nach dem Geschauten winzig erschien. Warm umfaßte der Priester Gottfrieds Hände und zog ihn nach oben. Gottfried fühlte, daß er geweint hatte, ohne es zu merken. Er steckte das Schwert in die Scheide, keines Wortes fähig.

»Jetzt solltet Ihr zu Bett gehen«, erklärte Pater Etienne, »denn trotz Jochanans Pflege seid Ihr noch lange nicht geheilt.«

Die Bärenschar marschierte im Morgengrauen los, und die Berittenen folgten ihnen. Margerite war dankbar dafür, daß es jetzt in langsamerem Schritt ging. Ihre Beine waren nach dem Schlaf so verspannt, daß sie selbst mit Bernhardts Hilfe kaum in den Sattel gelangte. Als ihr Wallach zum ersten Mal in Trab verfiel, mußte sie einen Schrei unterdrücken, so sehr schmerzten sie die Bewegungen des Pferdes. Georg trug eine mit einem roten Banner umwickelte Stange – das Banner der Bärenschar? Nein, das Wappen der Freischar – eine schwarze Pranke auf weißem Grund – wurde von einem der Marschierenden getragen.

Bernhardt wandte sich zu dem Knappen. »Reite zu Paul und bestelle ihm, die Bärenschar möge heute auf meinen Wunsch auf ihren Schlachtruf verzichten. Statt ›Glück mit uns‹ sollen sie rufen: ›Bernhardt von Niederwald‹. Denn unsere Feinde sollen wissen, wer sie angreift. Ich lebe schon zu lange im Verborgenen, und ich möchte unter meinem eigenen Namen siegen oder untergehen.« Aufrecht saß er im Sattel. Seine Rüstung bestand hauptsächlich aus hastig zusammengesuchten Stücken. Der geborgte Brustpanzer war nur an den Stellen nicht rostig, wo große Dellen unbeholfen herausgeschlagen worden waren, und die Kniekacheln paßten nicht zueinander. Aber Bernhardts Gesicht unter der zerbeulten Sturmhaube war ernst und vornehm, und der schwere Speer neben seinem Steigbügel erhob sich mit dem ritterlichen Stolz einer Lanze.

»Daran tut Ihr recht, Herr Bernhardt!« rief Georg und lenkte sein Pferd zum Troß der Marschierenden. Margerite spürte Wärme in ihrem Herzen aufsteigen. Bernhardt war zwar nicht das glitzernde Ebenbild eines ruhmreichen, für die Schlacht gerüsteten Kriegers wie Ruprecht, aber dafür war er ein echter Ritter.

Obwohl Margerite wußte, daß sie Ortliebs Wagen erst in einigen Stunden erblicken würden, wenn sie den Hauptweg verlassen hatten und durch den Wald zum geplanten Ort des Hinterhalts gelangt waren, blickte sie immer wieder nach vorn, wo der Forstweg unter dem gewebten Baldachin tropfender schwarzer Äste im Schatten verschwand. *Irgendwo dort ist mein Wolfram*, dachte sie zähneknirschend, als die Reiter wieder einen schmerzhaften Trab anschlugen. *Mein Sohn – Christus sei mein Zeuge, diese Frau soll ihn nicht haben.*

Im Lauf des Tages wurde der Regen stärker und fiel kalt durch die kahlen Zweige der Eichen und Eschen. Margerites Kapuzenumhang fing das meiste ab, aber auch der Wind blies nun heftiger und trieb ihr eisige Tropfen ins Gesicht, so daß ihr der Weg vor den Augen verschwamm. Gegen Mittag hatten sie angehalten, um ein Mahl aus Brot und Käse und saurem, mit Wasser versetztem Wein zu sich zu nehmen. Margerite wünschte beinah, nichts gegessen zu haben, denn die Speisen lagen ihr schwer im verkrampften Magen. Damals, als sie zu Ruprechts Zauberstätte hinabgestiegen war, und später, als sie sich dem Dämon in Christoph entgegengestellt hatte, hatte sie nicht lange überlegen können, was sie tat. Jetzt, da sie wissend in eine Schlacht ritt, zitterten ihr die Hände, die die Zügel hielten, und ihr Mund war völlig ausgetrocknet. *Wie können die Männer das nur ertragen?* fragte sie sich. *Sie reiten zum Schlachtfeld, schlagen ihre Zelte auf und warten darauf, daß die Heere Aufstellung nehmen und der Befehl zum Angriff erteilt wird. Gewöhnen sie sich nach mehreren Kämpfen daran? Oder fühlen sich Bernhardt und Gottfried auch so wie ich jetzt?* Sie würde es nicht erfahren, denn kein Mann würde eine solche Frage beantworten, selbst wenn Margerite eine Möglichkeit gefunden hätte, sie zu stellen.

Einige Stunden vor Sonnenuntergang ritt Bernhardt ein Stück voraus und gab mit Winken zu verstehen, daß sie hier die Straße verlassen mußten. Ab jetzt kamen sie nur noch langsam voran. Die Marschierenden hatten mit knorrigen Wurzeln und morschen Holzstücken zu kämpfen, während die Reiter ihre Pferde vorsichtig lenken und sich immer wieder bücken mußten, um den Ästen auszuweichen, die an ihren Umhängen zerrten und ihnen wie Peitschen ins Gesicht schlugen. Bernhardt ritt an der Spitze. Er hatte seinen Speer genommen und hielt ihn sorgfältig flach, um nicht an den Bäumen hängenzubleiben. Neben ihm hatte Georg größere Mühe damit, die schwere Bannerstange durch die kahlen Äste zu führen.

Der Ort, den Bernhardt ausgewählt hatte, war für einen Hinterhalt wie geschaffen. Links neben der Straße verlief ein hoher, felsbedeckter Grat, und ein Stück weiter zur Rechten erhob sich ein kleiner Hügel. Auf Bernhardts Befehl verteilten sich die Freischärler, um sich zu verstecken. »Sie werden bestimmt auf der Hut sein«, sagte Bernhardt zu Paul, »denn hier treiben oft Räuber ihr Unwesen. Aber ein besserer Ort für einen Angriff ist mir nicht eingefallen.«

»Mir soll's recht sein«, knurrte Paul.

Jochanan und die beiden anderen Schützen lagen hinter dem Hügel auf der Lauer. Sie sollten als erste feuern und versuchen, die vor dem Zug reitenden Ritter zu treffen. »Ihr müßt tiefer im Wald warten«, sagte Bernhardt zu Pater Etienne und zu den Frauen. »Es widerstrebt mir, Euch dem Kampfgeschehen so nahe zu wissen, also sollt Ihr wenigstens außer Sichtweite verweilen, bis die Schlacht in vollem Gang ist.«

»So sei es«, sagte Pater Etienne zögernd. »In den ersten Augenblicken müßt Ihr folglich auf Ritter Gottfried bauen. Reitet neben ihm und achtet darauf, was er tut, so gut es im Kampf angehen mag, denn er ist gefeit gegen Trugbilder und läßt sich auch von Tarnzaubern nicht täuschen.«

»Ich werde daran denken, Pater«, erwiderte Bernhardt. Er ritt hinüber zu Georg und sprach kurz mit ihm. Der Knappe nickte eifrig und schnürte das Banner auf. Ein scharfer, regenbeladener Windstoß ließ das Tuch krachend auseinanderfahren. Als Margerite das goldene Hirschhaupt mit dem Ritterhelm im Geweih und darunter den springenden silbernen Fisch erkannte, hielt sie den Atem an. Bernhardt ritt unter dem Wappen seines verlorenen Erbes in die Schlacht: als Landgraf von Niederwald. Sie sah in diesem Augenblick nicht sein Gesicht, sondern nur die regenglänzende Rückseite seiner Sturmhaube. Er hatte den Kopf zurückgeworfen und blickte zu seinem Banner auf. Leise flüsterte Margerite den Leitspruch seiner Familie: »Unbesiegt.« Stumm fügte sie hinzu: *Heilige Jungfrau Maria gib, daß es so bleibe.*

Bernhardt ritt wieder zurück zu Margerite. Er hatte den Kettenpanzer der Sturmhaube über die untere Gesichtshälfte gelegt. Der kurzgeschorene Bart war verborgen, aber die vertrauten kastanienbraunen Augen betrachteten sie lange. Sie wollte ihn umarmen, um unter dem geborgten zerbeulten Brustharnisch und dem löchrigen Kettenhemd seinen Körper und unter den kalten Eisenmaschen vor seinem Gesicht seine Lippen zu fühlen. *Wir könnten beide heute abend den Tod finden,* dachte Margerite.

»Sei vorsichtig, Bernhardt«, flüsterte sie. »Möge Christus dir heute den Sieg schenken, und möge die Jungfrau Maria dir Schutz gewähren, denn es würde mir unendlichen Gram bereiten, wenn dir etwas zustieße.« Einen Augenblick wußte sie nicht, ob Bernhardt sie unter seinem Helm gehört hatte. Dann schloß er die Augen wie vor Schmerz oder vor Freude.

»Ich kann nur dasselbe sagen«, erwiderte er. »Sei vorsichtig, Margerite. Du hast schon zuviel für mich gewagt.«

Bernhardts Panzerhand riß am Zügel, und Margerite mußte an sich halten, um ihn nicht an sich zu ziehen. Pater Etienne und Eva warteten schon auf sie, und widerstrebend drückte sie ihrem Pferd die Knie in die Seiten, um ihnen in den Wald zu folgen.

Sie hielten an, sobald sie außer Sichtweite des Weges waren und nichts mehr erkennen konnten als dunkle, knorrige Baumstämme und braune Büsche, die sich im Schatten verloren. »Und jetzt?« fragte Margerite Pater Etienne mit leiser Stimme.

Die nasse, schwarze Kapuze hing dem Geistlichen tief ins Gesicht. »Jetzt warten wir.«

»Werdet Ihr wissen, wann sie kommen?« flüsterte Eva.

Pater Etienne schüttelte den Kopf, und Regentropfen rieselten ihm aus dem kurzen, dunklen Bart. »Ortlieb hat sich gut abgeschirmt. Ich kann sie genauso wenig spüren wie sie mich. Der Erfolg dieses Hinterhalts hängt jetzt allein von Bernhardts Klugheit ab.«

Schweigend saßen sie auf ihren Pferden und zogen die Umhänge fester, um sich vor dem Regen und dem eisigen Wind zu schützen, der die kahlen Äste über ihren Köpfen schüttelte. Kobold war unter Margerites Umhang gekrochen und hatte sich an ihren Rücken geschmiegt, um trocken zu bleiben. Jetzt erhob sich der Kater und steckte kurz den Kopf heraus. Er miaute empört, als ihn ein Regentropfen traf und ihm über das glänzende schwarze Fell perlte. Dann ließ er sich auf Margerites Schoß nieder.

Das unruhige Flattern in Margerites Eingeweiden wich allmählich einem dumpfen Schmerz. Sie lauschte angestrengt nach Schüssen aus den Handrohren, aber sie hörte nichts. Nichts, außer den Wind, der wie ein großer Fluß durch die Bäume rauschte und die Äste gegeneinander schob, und das schwere Platschen des Regens auf dem laubbedeckten Waldboden. Pater Etienne saß gelassen da und starrte in weite Ferne. Eva streichelte ruhig die Katze auf ihrem Schoß, und ihr Gesicht war so unbewegt wie das des Priesters. Gewiß hatte sie bei ihrem Aufenthalt im Kloster, in das man sie nach dem Tod ihrer Eltern geschickt hatte, gelernt, schweigend zu warten. Margerite dagegen war Besinnlichkeit völlig fremd. Auch in der Mußezeit einer Edelfrau gab es immer etwas zu tun, und immer warteten Angelegenheiten, um die es sich zu kümmern galt. Wie eine an ihren Block gebundene Falkin bewegte sie sich im Sattel hin und her, um den tauben Schmerz in ihrem Gesäß zu besänftigen und sich irgendwie von den auf sie einstürmenden Gedanken abzulenken.

Und wenn wir uns geirrt haben? fragte sie sich. *Wenn der Wagen nicht hier entlangfährt? Wenn Ortlieb nicht darin sitzt? Wenn wir zu spät gekommen sind und sie bereits vorübergezogen ist? Wie lange werden wir warten, ehe wir den geplanten Hinterhalt aufgeben?* Zumindest hatte Margerite fürs erste keine schwere Pflicht. Wenn der Wagen bis zum Einbruch der Finsternis nicht aufgetaucht war, war es an Bernhardt, der den Wald kannte und die Geschwindigkeit von Marschierenden und Wagen im Kriege einzuschätzen wußte, zu entscheiden, ob sie noch einen Tag warten oder weiterreiten sollten, in der Hoffnung, Ortlieb noch einzuholen. *Er ist der Befehlshaber bei diesem Unternehmen, so, wie es sich gehört. Und ich danke Christus dafür, daß ich nicht an seiner Stelle bin!*

Plötzlich zerriß ein gewaltiges Dröhnen die Luft, als hätte der Blitz neben ihnen eingeschlagen. Margerites Pferd scheute und hätte sie beinahe abgeworfen. Verzweifelt versuchte sie, das Roß zu bändigen, und als ihr Kobold gleichzeitig die Klauen ins Bein schlug, mußte sie leise aufschreien. Evas Pferd warf den Kopf hin und her und riß heftig an den Zügeln. Nur Pater Etiennes großer schwarzer Hengst stand unbeirrt wie ein Fels, bis ihm der Priester die Sporen gab.

»Kommt!« rief der Kanonikus den beiden Frauen zu. »Die Schlacht hat begonnen.«

Margerites Wallach mußte nicht erst angetrieben werden, und nur mit Mühe konnte sie das dahinpreschende Pferd davon abhalten, zur Seite auszubrechen. Wie Schemen sausten die Äste an ihr vorbei und peitschten ihr ins Gesicht, während ihr Kobolds schrilles Jaulen in den Ohren klang. Von vorn drang der Schrei »Bernhardt von Niederwald!« zu ihr.

Der Erdgrat, hinter dem sich die Männer der Bärenschar verborgen hatten, erhob sich vor ihr, und Margerite mußte ihr Pferd mit einem heftigen Zügelruck zurückreißen, um nicht mitten in das Schlachtgetümmel hineinzureiten. Durch den Regen roch sie den Schwefelgestank von Jochanans Schießpulver, und sie hörte die verzweifelten, fast menschlichen Schreie eines verletzten Pferdes.

Pater Etiennes Kapuze war zurückgeglitten, und sein dunkles Haar wehte wild im Wind. Er lenkte seinen schwarzen Hengst auf den Gipfel des Grats und winkte Margerite, ihm zu folgen.

Die Schlacht war bereits voll entbrannt und tobte um zwei Wagen herum. Der eine war offen, und die Ladung war nur mit dicken Wolldecken gegen den Regen geschützt, während der andere mit einer hohen Stoffplane bedeckt war. Georg hielt mit einer Hand Bernhardts rotgoldenes Banner fest und schwang mit der anderen sein Schwert, um die Schläge seiner Gegner abzuwehren, denn er konnte nicht zugleich Schild und Banner tragen. Bernhardt kämpfte mit tödlicher Genauigkeit und führte nur selten einen Schlag, der nicht unter metallenen Platten in Sehnen und Knochen fuhr. Gottfried bewegte sich mit der gleichen unglaublichen Schnelligkeit und Anmut, die er auf Schloß Niederwald bewiesen hatte, und wenn ihm seine verwundete Schulter noch Schmerzen bereitete, so ließ er es sich nicht anmerken. Zu Fuß schwärmten die Söldner der Bärenschar aus. Sie waren ihren Feinden nach Zahl überlegen, aber selbst die einfachen Wachen von Niederwald waren gut ausgebildete Krieger, die Schild an Schild standen und immer wieder geordnet ihre Reihen schlossen, wenn einer der ihren blutverschmiert in den Schlamm glitt. Es war nicht mit Gewißheit abzusehen, ob Bernhardts Kräfte die Oberhand behalten würden.

Eva drängte sich schwer atmend mit ihrem Pferd neben Pater Etienne und Margerite. Die regengepeitschte Luft wurde immer dichter und schien sich um sie zu winden wie eine große Schlange. Fast unbewußt hob Margerite die Hand, wie um sich zu schützen.

»Was geschieht mit uns?« keuchte Eva.

Ohne Antwort zu geben, starrte Pater Etienne wie gebannt in die Ferne. Dann schüttelte er heftig den Kopf, und der Regen sprühte ihm aus dem nassen Haar.

»Schnell zum Wagen«, befahl er. »Wir müssen Ortlieb aufhalten, ehe sie ihr Werk vollendet.« Er spornte sein Roß an, und Margerite folgte ihm. Die Unruhe in ihrem Magen war plötzlich zu einer lodernden Flamme entbrannt. *Das ist Wahnsinn!* rief eine Stimme in ihr. *Unbewaffnet und ohne Rüstung mitten durch das Schlachtgetümmel zu reiten … Selbst wenn wir wollten, könnten wir uns nicht wehren …* Das Klirren von Metall auf Metall und das Geschrei der Männer waren ohrenbetäubend. Etiennes schwarzer Hengst bäumte sich auf und schlug gegen den vor ihm stehenden Wachmann aus Niederwald aus. Ein Huf traf ihn mit der Wucht eines Schmiedehammers am Helm, und er sank zu Boden. Zwei andere Wachleute wichen den tödlichen Tritten des Pferdes aus und machten Platz für die drei Reiter.

Die Überraschung des Gegners ausnutzend, schwang sich Pater Etienne vom Pferd auf den Wagen und kroch unter der Plane durch. Mit einem lauten Jaulen sprang Kobold vom Sattel ab, um ihm zu folgen. Von ihren Röcken behindert, versuchte Margerite verzweifelt, von ihrem Roß auf den Wagen zu klettern, aber sie hatte nicht genügend Kraft, um sich hinaufzuziehen. Sie klammerte sich an die Planken und wurde plötzlich von einem starken Stoß hochgehoben. Gefolgt von Eva schob sie sich in den Wagen.

Unter der dunklen Plane stand Ortlieb auf einem dicken weißen Teppich, der mit dem vertrauten Kreis der Lichtträger bestickt war. Links und rechts von ihr saßen ihre beiden Gehilfinnen innerhalb des Ringes. Die Ordensprinzessin trug eine einfache Robe aus fester schwarzer Seide und einen Gürtel, dessen Schnalle ein goldenes Löwenhaupt darstellte. Es hätte eine schlichte Reisetracht sein können, aber Margerite kannte das rituelle Gewand. Die Luft drückte Margerite schwer auf die Lungen, bis jeder Atemzug zum Kampf wurde. Wolfram lag an Hedwigs seidengewandetem Busen und blickte mit leuchtenden Augen auf seine Mutter. Mit einem Schrei stürzte Margerite nach vorn.

»Du kannst hier nicht eintreten.« Ortliebs tiefe Stimme hallte bedrohlich durch den dunklen Wagen. »Du kannst hier nur sterben.« Sie hob ihren Stab und zeigte damit auf Margerite. Margerite spürte Ortliebs schaurige Berührung, die ihr wie ein Gifttrank durch die Adern rann. Tief einatmend wappnete sie sich und zwang das prickelnde Gefühl und die plötzliche Schwäche aus ihren Gliedern. *Die Lenden gegürtet mit der Wahrheit … gerüstet mit dem Harnisch der Rechtschaffenheit … dem Schild des Glaubens … und dem Helm der Erlösung.* Kobold strich ihr mit warmem Pelz um die Beine, und sie spürte, wie von dem Kater neue Kraft in sie strömte.

»Gib mir meinen Sohn«, sagte Margerite. Ihre Stimme klang ihr heiser und schwach in den Ohren wie die hohe Stimme eines Kindes.

»Deinen Sohn? Er gehört jetzt mir.« Die Planken des Wagens bebten unter Margerites Füßen. Lachend warf Ortlieb den Kopf zurück, und das lange glänzende Haar fiel ihr weich auf die schwarzgewandeten Schultern. »Und er ist nicht der einzige. Was brauche ich meine Geister, wenn Bernhardt der Schlacht den Rücken gekehrt hat, um zu mir zu eilen?«

Unwillkürlich wandte Margerite den Kopf und sah, daß sich Bernhardt gerade auf den Wagen geschwungen hatte und das blutige Schwert noch in der Hand hielt. »Margerite!« rief er, und seine Stimme zitterte vor Erleichterung und Zorn. »Ich dachte …«

Dann erstarrte er, den Blick auf Ortlieb gerichtet. Trotz seines Kettenpanzers sah Margerite den benommenen Ausdruck auf seinem Gesicht, als hätte er einen schweren Schlag auf den Helm erhalten. Bernhardts braune Augen flackerten zwischen Ortlieb und Margerite hin und her. Ortlieb war gepflegt und schön, und das braune Haar schimmerte rötlich und golden um ihr leuchtend blasses Gesicht. Margerite dagegen war in einen nassen schwarzen Umhang gehüllt wie eine vom Regen überraschte Bäuerin.

»Nein«, flüsterte Bernhardt. Die Worte stockten ihm in der Kehle wie ein hängendes Boot, an dem die Strömung des Flusses vergeblich zerrt. »Nein, ich werde nicht …«

»Du wirst«, sagte Ortlieb. Sie lächelte ihn an, die Lippen so weich wie Rosenblätter, und hob abermals den Stab. »Ich bin noch nicht fertig mit dir, Bernhardt von Niederwald.«

Mit langsamen, widerstrebenden Schritten ging Bernhardt auf sie zu. Voller Verzweiflung sah sich Margerite nach Pater Etienne um. Der Priester hatte die Stirn in Falten gelegt wie in tiefer Versenkung und ließ Bernhardt nicht aus den Augen, aber er griff nicht ein. Margerite hörte die Worte so deutlich, als hätte er sie gesprochen. *Bernhardt muß Ortliebs Joch allein abschütteln, sonst wird er nie frei von ihr sein.*

Aber wenn Ortlieb ihn rief, konnte ihn auch Margerite rufen. Sie sprach leise und klar, ohne ihren Worten magische Macht zu verleihen. »Bernhardt, der Marienbrunnen fließt mit ungebrochener Kraft.«

Bernhardt sah sie an und hob die Hand, als wolle er sich bekreuzigen oder Margerites Falkenanhänger berühren, den er unter dem Brustharnisch trug.

»Komm zu mir, Bernhardt« wisperte Ortlieb. Ihre Worten umwehten sie weich wie der Wind. »Erinnerst du dich daran, wie du mir geschworen hast, mein Ritter und Geliebter zu sein, solange Blut in deinen Adern fließt? Du hast nie zu jenen gehört, die ihre Eide nicht halten.«

Wieder trat Bernhardt einen Schritt auf Ortliebs Kreis zu. Unter seinem linken Wangenknochen zuckte ein winziger Muskel, als könnte er die schreckliche Zerrissenheit nicht mehr ertragen.

»Bernhardt, ich liebe dich!« rief Margerite. »Die Heilige Jungfrau Maria stehe uns beiden bei, ich liebe dich!«

Ortliebs Zauberstab zeigte noch immer auf Bernhardt, und das Schwert zitterte in seiner Hand, als er von Margerite zu Ortlieb und von Ortlieb zu Margerite blickte. Das Blut auf dem spiegelhellen Stahl seiner Klinge hatte sich zu glänzendem Rot verdickt und verschwamm in der Luft, als das Schwert durch die dunkler werdende Luft sauste und das weiße Tuch und die schwarze Stickerei des Teppichs durchschnitt. Mit einer kraftvollen Bewegung riß Bernhardt das Schwert aus den Planken und schritt nach vorn. Mit der Spitze zielte er auf Ortliebs Brust.

Die Ordensprinzessin bewegte sich nicht, und auch das leise Lächeln verschwand nicht von ihren Lippen. »Du kannst mir kein Leid antun«, sagte sie ruhig, »denn deine Seele würde mit mir sterben. Fühlst du nicht deine Sehnsucht nach mir? Kannst du dein Schwert gegen Brüste richten, die du geküßt hast? Kannst du kalten Stahl in ein Herz stoßen, dessen Schlag du unter dem deinen gespürt hast, als du mich umfangen gehalten und mir Liebesworte zugeraunt hast? Kannst du als wahrer Ritter, der gelobt hat, die Schwachen zu schützen, eine Frau töten?«

Langsam senkte sich Bernhardts Schwert, und der blutige Stahl glitt fast wie liebkosend über Ortliebs Leib. »Nein«, flüsterte er so leise, daß ihn Margerite kaum hörte. »Das kann ich nicht.«

Ortlieb trat auf Bernhardt zu, die grüngesprenkelten Augen auf ihn gerichtet. Sie schnürte die Panzerkette seiner Sturmhaube auf. Margerite sah, daß seine Lippen bebten. »Siehst du«, sagte Ortlieb. Kein Hauch von Überheblichkeit lag in ihrer tiefen Stimme, nur die Sanftheit einer Frau, die mit ihrem Liebsten spricht. »Du gehörst immer noch zu mir.«

Sie legte die linke Hand über dem Herzen auf Bernhardts Brustharnisch, während sie ihm mit der anderen liebkosend über den Hals strich und unter dem Nackenschirm nach dem Verschluß von Margerites Halskette tastete. Bernhardt packte sie sogleich am Handgelenk und zog es nach unten.

»Nein«, sagte er. »Das darfst du nicht berühren.«

»Darf ich nicht?« fragte Ortlieb. Sie versuchte nicht, sich aus seinem Griff zu lösen, und drängte sich statt dessen näher an ihn heran. Der Goldring unter der Spitze ihres Zauberstabs leuchtete, als sie ihn langsam nach oben bewegte, und plötzlich erkannte Margerite, was sie vorhatte. Wenn Ortlieb Bernhardt nur einmal mit dem Stab an der Stirn berührte, würde sie all seinen tapferen Widerstand zunichte machen und ihn für immer an sich binden.

Margerite sprang nach vorn und riß die Ordensprinzessin mit aller Kraft von Bernhardt weg. Ortlieb überschlug sich und schrie laut auf. In einem glitzernden Bogen flog ihr der Zauberstab aus der Hand, als sie unter Margerite auf dem Wagenboden landete.

Ortlieb krallte mit den Fingern nach Margerites Augen, und Margerite packte sie gerade noch rechtzeitig an den Händen. Schwer atmend versuchte die Landgräfin Margerite von sich abzuwerfen und riß eine Hand los. Ortlieb verfehlte Margerites Auge und schrammte ihr mit den Nägeln tief über die Wange. Im selben Augenblick spürte Margerite, wie alle Wunden ihres Kampfes in Vogelgestalt wieder aufbrachen. Aus ihrer Brustverletzung floß Blut, und in der ausgerenkten Schulter fühlte sie brennenden Schmerz.

»Auch ich habe dich verwundet«, ächzte Margerite. Wieder fuhr ihr Ortlieb mit der Hand ins Gesicht, und sie sah die lange Blutspur am Arm der Landgräfin. Margerite schlug nach Ortlieb, aber der unbeholfene Hieb glitt harmlos vom Wangenknochen ab. Die Ordensprinzessin war entsetzlich stark, doch Margerite warf all ihren Zorn in den Kampf. Die Erniedrigung der Wochen als Dienerin und der grundlose Schlag ins Gesicht verschärften ihre tiefsitzende Wut auf die Frau, die ihr ihren Sohn und ihren Liebsten hatte rauben wollen.

Ortliebs Augen glänzten von der Hitze des Gefechts, und das schimmernde braune Haar flog ihr wild um den Kopf. »Mir hat er zuerst gehört«, sagte sie mit einem grimmigen Lächeln. »Und du wirst ihn nie bekommen!«

Margerite schlug sie auf den Mund, um sie zum Schweigen zu bringen. Ortlieb grub die Fingernägel in Margerites weichen Hals und scharrte über die weiche Haut. Dann fuhr Margerite ein schärferer Schmerz über die Rippen, und sie sah das rötliche Blinken des Messers in Ortliebs anderer Hand. Ohne auf Ortliebs Schläge zu achten, packte Margerite verzweifelt mit beiden Händen die Messerfaust, um ihr die Waffe zu entreißen. Ortlieb stemmte sich mit den Beinen gegen den Boden und wälzte sich auf Margerite. Margerite hielt die Messerhand immer noch in eisernem Griff, aber Ortliebs Finger schlossen sich um ihre Kehle. Sie drückte so hart gegen die Luftröhre, daß Margerite schwindelnde Schwärze in sich aufsteigen fühlte.

Mit letzter Kraft entriß Margerite ihrer Gegnerin das Messer und stach nach ihrem Herzen. Die Spitze drang durch Seide und Haut und glitt an Ortliebs Brustbein ab. Ortlieb schrie auf und löste den Griff von Margerites Hals, um nun ihrerseits nach dem Messer zu schnappen. Aber Margerite riß die Klinge gedankenschnell nach unten und hinterließ eine blutige Spur auf Ortliebs Fingern. Dann fielen ihr wie aus weiter Ferne Merlins Worte ein, Worte, für die sie damals nur Verachtung übrig gehabt hatte: *Ihr dürft nie auf das Herz zielen … nach der Kehle müßt Ihr zielen, wenn es geht, oder nach dem Bauch … Wenn Ihr tief und weit genug schneidet, könnt Ihr sicher sein, daß es der Angreifer nicht überlebt.*

Sich mit aller Kraft aufbäumend stieß Margerite Ortlieb das Messer von unten in den weißen Hals und zerrte es wild hin und her. Blut sprudelte ihr heiß und rot über Gesicht und Augen. Ohne das Messer loszulassen, versuchte sie, durch die blutverschmierten Wimpern etwas zu erkennen. Erneut schloß Ortlieb die Hände um Margerites Kehle, während sie bereits nach vorn sackte. Rot und schwarz wirbelte es Margerite vor den Augen. Sie hielt den Dolchgriff fest, doch ihre zitternden Arme gaben unter Ortliebs Gewicht nach, und sie vermochte kaum noch einzuatmen.

Dann war die erstickende Last auf einmal verschwunden, und Pater Etiennes Gesicht zeichnete sich verschwommen und in schwarzen Umrissen vor ihr ab, die wie Wolken über Margerites Augen zogen. Starke Hände entwanden ihr das Messer, und sie hörte Bernhardts besorgte Stimme. »Margerite! Pater ist sie …«

»Sie lebt, und Ortlieb ist tot«, sagte Pater Etienne.

Bernhardt legte die Arme um sie und half ihr, sich aufzusetzen. Margerite atmete stoßweise durch den zerschundenen Hals und wischte sich zitternd das Blut aus den Augen, um sich umzusehen. Hedwig und Oda waren beide gebunden und geknebelt und starrten zornig vor sich hin. Evas goldenens Haar war zerzaust, und sie hatte eine rote Schwellung unter dem linken Auge, aber sie hielt Wolfram im Arm und lächelte strahlend. Ortlieb lag hingestreckt mit zurückgesunkenem Kopf da. Margerite sah die schartigen Fleischfetzen über dem weißen Ring der durchtrennten Luftröhre. Kriemhild schlich sich heran, um an der sich ausbreitenden Blutlache zu lecken. Hustend würgte Margerite die brennende Gallensäure zurück, ohne den Blick von ihrer Tat zu wenden. Das Messer, das Ortlieb getötet hatte, lag neben ihrer Leiche, und Margerite erkannte ihr eigenes Speisemesser, das ihr die Ordensprinzessin während des Kampfes aus dem Gürtel gezogen haben mußte.

»Ich danke dir«, flüsterte ihr Bernhardt ins Ohr. »Ich danke dir dafür, daß du mich errettet hast.«

»So wie du mich früher errettet hast«, wisperte Margerite zurück. Das Sprechen tat ihr weh, und sie klammerte sich eng an ihn, um nicht zurückzusinken. Etwas stimmte nicht, aber sie wußte nicht was … etwas fehlte … Kobold hatte ihr die Pfoten auf die Schultern gelegt und leckte ihr eifrig das Blut vom Gesicht. Da erkannte sie, daß die Schlachtgeräusche verstummt waren. Von draußen war nur noch das leise Reden von Männern, das Stöhnen der Verwundeten und das laute Prasseln des Regens auf der Wagenplane zu hören.

Das schwere Tuch wurde zur Seite geschoben, und jemand trat ein. Bernhardt löste sich sanft von Margerite und hob abwehrbereit das Schwert. In der Finsternis sah Margerite nur einen blank schimmernden Helm mit einigen Blutstropfen darauf. Dann stand der Neuankömmling auf, und sie erkannte Ritter Gottfried.

»Herr Bernhardt, Frau Gräfin, der Sieg ist unser«, sagte er. Mit riesigen grauen Augen sah sich Gottfried in dem dunklen Wagen um, bis sein Blick an Ortliebs Leiche hängenblieb. Er hob die Hand, um sich zu bekreuzigen, und ohne daß er noch ein Wort hätte sagen können, gaben die Knie unter ihm nach, und das Schwert entglitt seinem Griff. Rasch trat Pater Etienne hinzu und fing ihn auf, ehe er mit dem Gesicht voran hinstürzen konnte. Dann ließ er ihn sanft zu Boden gleiten. Kurz darauf schlug Gottfried flatternd die Augen auf.

»Was seht Ihr?« fragte Pater Etienne.

Der Ritter winkte den Priester näher heran und flüsterte ihm etwas ins Ohr. Pater Etienne richtete sich auf und eilte hinüber zu Ortliebs Leiche. Er kniete sich nieder und zog zwei Phiolen aus seinem Gürtelbeutel. Margerite hörte die gemurmelten Worte der letzten Ölung. Aber sie spürte das Prickeln in der Luft wie vor einem Blitzschlag, und als Etienne den Finger in das geweihte Öl tauchte, um ihn Ortlieb auf die Stirn zu legen, riß er die Hand mit einem unterdrückten Schmerzensschrei zurück, als hätte er sich verbrannt.

»Herr Gottfried, leiht mir Euer Schwert, wenn es Euch beliebt«, sagte Pater Etienne, »denn meines ist zu leicht für solch ein Werk.«

Gottfried nickte. Pater Etienne nahm die Klinge des Ritters auf und zielte genau, bevor er sie mit einem wuchtigen Schlag niedersausen ließ. Die Schneide fuhr glatt durch die Knochen und tief in die Holzplanken. Ortliebs Kopf rollte zur Seite.

Margerite spürte ein glühendes Rauschen, das keine Wärme abgab, als hätte eine Flamme über sie hinweggeleckt. Etwas Weiches streifte sie wispernd wie der Flügel einer Eule am Kopf. Sie hörte einen verhallenden Schrei, und sie wußte nicht, ob er Verzweiflung oder Genugtuung zum Ausdruck brachte.

Kobolds rauhe Zunge auf der Haut schmerzte sie, und Margerite stieß den Kater weg. Schwankend zog sie sich an einem Planenpfosten nach oben. Vorsichtig berührte sie die Messerschramme über ihren Rippen. Sie blutete ein wenig, aber die Knochen hatten die Klinge abgelenkt.

Dann begann Wolfram, der während des Kampfes ruhig geblieben war, mit rotem Gesicht und geballten Fäusten zu schreien. Margerite nahm ihn sogleich auf den Arm, ohne die Schmerzen zu beachten, die ihr die Bewegung verursachten, und drückte ihn fest an sich. »Mein Sohn, mein Sohn«, flüsterte sie ihm zu. Wolfram schrie noch lauter und klammerte sich an ihren Busen.

»Pater, Bernhardt, Herr Gottfried – bitte wendet den Blick ab oder geht hinaus. Mein Kind hat Hunger, und ich muß es stillen.«

»Draußen wartet viel Arbeit auf mich«, erwiderte Pater Etienne gelassen, und Bernhardt folgte ihm hinaus. Gottfried versuchte sich zu erheben, sank jedoch wieder zurück. Mit einem Wink wehrte er Eva ab, die sich um ihn kümmern wollte. »Meine Pflege kann noch warten. Draußen sind viele, die schwerer verwundet sind als ich«, sagte er mit schwacher Stimme. Er schloß die Augen, und sein Atem ging stoßweise.

»Eva, hole sofort Jochanan, wenn er kommen kann«, rief Margerite und drehte sich um, um sich das Mieder aufzuschnüren. Wolfram saugte fest und fast schmerzhaft an ihrer Brust, und Margerite spürte endlich die Tränen der Erleichterung, die nasse Spuren durch das trocknende Blut auf ihrem Gesicht zogen.

Sie schlugen das Nachtlager an der Straße auf, denn viele der Verwundeten konnten nicht marschieren. Auch an die Toten mußte gedacht werden. Ortliebs Wachen hatten ihre Herrin bis zum letzten verteidigt und sogar die angebotene Schonung ausgeschlagen. Ihr Widerstand hatte einen hohen Blutzoll von der Bärenschar gefordert: Die Zahl der Toten war fast so groß wie die der Überlebenden. Georg bot an, zurück zum Lager der Freischar zu reiten, damit die dort Verbliebenen die Wagen heranführen konnten, doch Bernhardt schüttelte den Kopf.

»Sie sollten bereits unterwegs sein«, erklärte er. »Ich habe damit gerechnet, daß wir sie brauchen werden. Wahrscheinlich werden sie morgen früh eintreffen. Du hast dich wacker geschlagen, Georg«, fügte Bernhardt hinzu. »Der Bannerträger ist immer in größter Gefahr. Es war tapfer von dir, diese

Pflicht zu erfüllen, und du hast es sowohl deinem Geschick als auch deinem Glück zu verdanken, daß du die Schlacht ohne großen Schaden überstanden hast.« Georg trug einen Verband auf der einen Gesichtshälfte – Margerite hatte die Wunde selbst genäht und wußte, daß er eine Narbe vom Wangenknochen bis zum Kiefer zurückbehalten würde – und einen Verband um das Bein. Aber der Knappe stand und richtete sich stolz auf, als Bernhardt die nächsten Worte sprach. »Wenn ich Herrn Christoph sehe, werde ich ihm sagen, daß du würdig bist, in den Ritterstand erhoben zu werden.«

»Ich danke Euch, Herr Bernhardt!« rief Georg froh. Wenn das breite Grinsen an den Nähten seiner Gesichtswunde zog, so schien er davon nichts zu merken.

Trotz des Regens war es den Söldnern gelungen, mehrere Feuer anzuzünden, in deren Nähe die Verwundeten getragen wurden. Margerite und Bernhardt gingen langsam zwischen den Gruppen umher und statteten den Verletzten ihren Dank ab. Viele Söldner starrten neugierig auf die Schrammen in Margerites Gesicht, aber keiner stellte ihr Fragen. Arnmut hatte Gottfried aus dem Wagen gebracht. Der Ritter lag in Decken gehüllt neben dem größten Feuer, und sein Knappe gab ihm vorsichtig kleine Stücke Käse und getrocknetes Fleisch zu essen.

»Wie steht es um Euch, Ritter Gottfried?« fragte Bernhardt.

»Gut genug«, antwortete Gottfried, und die grauen Augen glitzerten in seinem hageren Gesicht wie blanke Steine. »Meine Wunde ist wieder aufgebrochen, und Jochanan sagt, ich habe sehr viel Blut verloren – aber ich habe nicht einmal einen Bader gebraucht, um mich zur Ader zu lassen, also darf ich mich nicht beklagen.« Erst als Bernhardt lachte, erkannte Margerite, daß der ernste Ritter einen Scherz gemacht hatte.

»Und du, Arnmut?« fragte Bernhardt.

Gottfrieds Knappe lächelte herzlich, und das Licht des Feuers fiel glitzernd auf den goldenen Flaum an seinem Kiefer. Er hob die linke Hand. Sie war rot und dick geschwollen, und die beiden letzten Finger waren geschient. »Das war ein Speerschaft, der sein Ziel verfehlt und mich hinter dem Schild getroffen hat. Aber es wird bestimmt bald ohne bleibenden Schaden verheilt sein. Ansonsten habe ich nur einige kleine Schnitte und Prellungen.«

»Und Christus sei Dank dafür!« fügte Gottfried mit Nachdruck hinzu. »Mehr als einmal habe ich gefürchtet, dich zu verlieren, doch du hast dich trefflich geschlagen und mich tapfer verteidigt, als meine Kräfte nachließen.«

»Ihr habt stets die größten Gefahren gesucht, Herr Gottfried«, erwiderte Arnmut. »Nein, Ihr dürft nicht aufstehen, der Heiler sagt, Ihr braucht Ruhe. Ich wünschte nur, Ihr würdet in den Wagen zurückgehen, wo es trocken ist.«

»Keine zehn Pferde bringen mich dorthin«, sagte Gottfried bestimmt. Margerite wollte ihm zureden, denn sie wußte, wie leicht eine tiefe Wunde auf kaltem und feuchtem Boden zu einem Fieber führen konnte. Aber auch sie hätte nie und nimmer an dem Ort schlafen wollen, an dem die Ordensprinzessin den Tod gefunden hatte, obwohl sie nicht einmal den Fluch von Gottfrieds Sehvermögen zu tragen hatte. Wenigstens war Gottfried bewußtlos gewesen, als Pater Etienne und Bernhardt Ortliebs Schlüssel genommen und eine der verschlossenen Truhen geöffnet hatten. Fluchend wie ein Söldner hatte Bernhardt den Deckel fallengelassen und war rasch zurückgetreten, während Etienne mit marmorbleichem Antlitz das Kreuzzeichen über der Truhe schlug und sie wieder verschloß. Arnmut würde darüber wachen, daß sein Ritter nicht fror.

Pater Etienne schritt zwischen den Verwundeten umher. Hier und da kniete er neben einem Mann nieder, um seine geflüsterte Beichte zu hören, und zweimal sah Margerite, wie er die Stirn eines Sterbenden mit geweihtem Öl salbte und die Worte des Sakraments sprach.

Margerite und Bernhardt gingen hinüber zu dem Feuer, um das Paul und Jochanan und einige Söldner saßen. Auf Pauls Kopf saß schief ein blutiger Verband, aber er schien in bester Stimmung, als er Jochanans Flasche an die Lippen setzte und einen tiefen Schluck von dem feurigen Gebräu nahm.

»Ich glaube, heute abend haben wir uns unseren Sold redlich verdient«, sagte Paul und drückte Bernhardt die Metallflasche in die Hand.

»Das habt ihr, fürwahr«, pflichtete ihm Bernhardt mit ernstem Gesicht bei und nahm einen kleinen Schluck, ehe er das Gefäß an Margerite weiterreichte.

»Ich habe noch nie erlebt, daß Wachleute so heftig kämpfen, wenn man ihnen in einer verlorenen Schlacht Schonung anbietet«, bemerkte Jochanan leise. »Sie schienen – fast wie verhext.«

Bernhardt nickte grimmig. Margerite hatte sich eigentlich nur die Lippen netzen wollen, aber dann nahm sie doch einen guten Schluck. Das *aqua vitae* brannte heftig durch ihren zerschundenen Hals, hinterließ jedoch eine wohlige Wärme. Sie gab die Flasche an den Geschützmeister zurück.

»Und wie steht es mit Euch, Gräfin Margerite?« fragte Paul. »Wie kommt es, daß Ihr so übel zugerichtet seid?«

Margerite wußte nicht, was sie antworten sollte. Wie sollte sie kaltblütig über etwas sprechen, was sie in der Verzweiflung und im Zorn getan hatte? So war es Bernhardt, der dem Söldnerführer in die Augen schaute und ihm Antwort gab.

»Sie hat für mich gekämpft«, sagte er. »Und für ihren Sohn.«

Bei diesen Worten hatte Margerite das Gefühl, als würde ein eisernes Band um ihr Herz aufspringen. Mochte Bernhardt Wolfram auch noch nicht lieben, so hatte er doch zumindest verstanden, was ihr das Kind bedeutete.

Der Bär nahm Jochanan die Flasche aus der Hand und erhob sie auf Margerite. »Auf eine tapfere Frau!« sagte er und gönnte sich einen herzhaften Schluck. Sogleich sprang Kobold hinzu und schnupperte im rotblonden Bart des Hauptmanns nach Tropfen von *aqua vitae*. Paul stieß den Kater lachend von sich. »Bei Gott, Frau Gräfin, wenn Ihr keine Edelfrau wärt, würde ich Euch und Euren Kater für die Bärenschar dingen. Nichts für ungut, Bertram«, fügte er hinzu, als sich Bernhardts Miene verfinsterte. »Herr Bernhardt, müßte ich wohl eigentlich sagen. Warum hast du uns nie ein Sterbenswörtchen gesagt, du elender Spitzbube?«

Im flackernden Feuerschein sah Margerite all die Jahre der Qual, die sich tief in Bernhardts Gesicht eingegraben hatten. Sie sah sie in der Haltung seines Kinns unter dem kurzgeschorenen Bart und in dem hellen Schimmer aufsteigender Tränen in den braunen Augen. In der Dunkelheit hob sich das nachgewachsene braune Haar an der Kopfhaut gegen die schwarzen Locken ab wie das Grau des Alters oder eines entsetzlichen Schreckens. Dann zuckte Bernhardt mit einem wehmütigen Lächeln die Schultern.

»Ein Freischärler hat keine Geschichte, Paul. Das solltest du am besten wissen.«

»Was hast du jetzt vor? Wird es nicht schwer sein für dich, deinen Anspruch gegen den Landgrafen durchzusetzen?«

»Keineswegs«, sagte Pater Etienne, der aus der Dunkelheit herangetreten war, »denn was wir in Ortliebs Wagen entdeckt haben, macht dies zu einer Angelegenheit für die Kirche – und für die Inquisition.«

Selbst im Feuerlicht erkannte Margerite, daß Jochanan erbleichte. Er flüsterte etwas vor sich hin, das nach Hebräisch klang, aber sie konnte die Worte nicht verstehen. Ein weicher Zug von Mitgefühl lag in Pater Etiennes Gesicht, als er auf den Geschützmeister hinabsah. »Du hast nichts von der Inquisition zu befürchten, Jochanan. Darauf kannst du dich verlassen – mein Wort darauf.«

Errötend blickte Jochanan zu Boden und setzte die Flasche an die Lippen. *Ein Freischärler mag keine Geschichte haben, wie ihr sagt,* dachte Margerite. *Aber keiner von euch kann seiner Vergangenheit entrinnen.* Sie wußte nicht genau, was Jochanan in die Bärenschar getrieben hatte, doch sie meinte es erraten zu können.

»Wenn die übrigen Wagen eingetroffen sind«, fuhr Pater Etienne fort, »ziehen wir zum Bischof von Niederwald, um ihm die Beweise zu übergeben und die Toten angemessen zu bestatten. Danach …« Er hielt inne. »Ein Verfahren der Inquisition kann sich oft lange hinziehen, und die Angelegenheit fällt auch in die weltliche Rechtsprechung, insofern sie Herrn Bernhardts Stellung betrifft. Selbst wenn Landgraf Gerhardt in die Machenschaften seiner Frau bis zu einem gewissen Grad verstrickt ist, und davon bin ich überzeugt, wird die letzte Entscheidung über den Besitz von Niederwald wohl beim Kaiser liegen.«

Paul schüttelte erstaunt den Kopf, und unter dem verrutschten Verband kam ein grob genähter Schnitt in der Kopfhaut zum Vorschein. »Wer hätte gedacht, daß wir einmal in solche Angelegenheiten verwickelt werden? Aber was kümmert's uns? Wir leben, und unsere Feinde sind tot, und morgen ziehen wir in einen anderen Kampf.« Er nahm Jochanans Flasche und hob sie in die Luft. »Auf die Bärenschar – Glück mit uns!«

9. KAPITEL

Im Morgengrauen hatte sich das Gewitter verzogen und eine klare Eisschicht auf den dunklen Ästen und eine dicke weiße Kruste auf dem blutgetränkten Morast der Straße hinterlassen. Mehrere Söldner waren in der Nacht ihren Verletzungen erlegen, und feiner Rauhreif lag auf den Decken der Toten. Aber Ritter Gottfried war noch am Leben. Margerite sah, wie er sich aufsetzen wollte und von seinem blonden Knappen sanft zurückgeschoben wurde. Sie mußte in den Wald, um sich zu erleichtern und Wolfram zu stillen, und ihre Schritte knirschten laut im gefrorenen Gras, während ihr Kobold raschelnd folgte und verspielt nach jedem Blatt schlug, das sich im kalten Wind bewegte. Mit jeder Bewegung spürte Margerite Prellungen, gezerrte Muskeln und die lange Schramme über den Rippen, und jeder Atemzug fuhr ihr wie Wasser aus einem eisbedeckten Weiher durch die Kehle und in die Lungen. Doch es war, wie Paul letzte Nacht gesagt hatte: Sie lebte, und ihre Widersacherin war tot – und, bei der Heiligen Jungfrau, es war wunderbar, am Leben zu sein! Margerite lächelte, obwohl ihr sogar das weh tat, und blickte durch die kahlen Bäume hinauf in den hellen, kalten Himmel.

»O mein Schatz«, sagte Margerite zu Wolfram, als sie ihn an die Brust gelegt und mit dem Umhang warm bedeckt hatte. Zu sprechen schmerzte sie wie jede andere Bewegung, und gewiß würde ihr ein Blick in den Spiegel dunkle Wundmale am Hals zeigen, aber sie scherte sich nicht darum, da sie ihren Sohn wieder in den Armen halten durfte. »Wie haben sie für dich gesorgt ohne Amme? Haben sie dir Ziegenmilch gegeben? Aber jetzt ist alles wieder gut, du bist wieder bei mir, und niemand wird dich mehr von mir trennen.«

Als sie ins Lager zurückkam, sah Margerite Eva, die einen vollen Nachttopf in den Wald trug. Wie Margerite befürchtet hatte, war der Schlag, den Eva in dem Handgemenge mit Ortliebs Dienerinnen erhalten hatte, zu einem schillernden blauen Auge erblüht. Wie sie selbst aussah, wollte sie gar nicht wissen. Eva begrüßte sie munter, während sie den Topf hinter einem Busch ausleerte und mit den Füßen Blätter darüberscharrte. »Wie du siehst, habe ich mich bereits um Hedwig und Oda gekümmert«, sagte sie. »Aber wir sollten sie lieber in den anderen Wagen bringen. Oda hatte fast schon die Hände frei, als ich von ihren Bewegungen aufgewacht bin, und ich möchte gar nicht daran denken, was sie mit den Sachen in Ortliebs Truhen anrichten könnte.«

Margerite schauderte es bei dieser Vorstellung, denn die Onyxringe wiesen Ortliebs Gehilfinnen als erfahrene Dämonenbeschwörerinnen aus. Und eine verzweifelte Magierin achtete nicht unbedingt auf die Sicherheit des Kreises und des Dreiecks …

»Gut, daß du dich um sie kümmerst«, sagte Margerite. »Für die Männer hier würde sich diese Aufgabe nicht geziemen.«

Eva kicherte. »Außer vielleicht für Pater Etienne oder Ritter Gottfried, die über jede Versuchung erhaben sind. Aber ich glaube nicht, daß sie sich dazu herablassen würden, für unsere Gefangenen einen Nachttopf zu beschaffen und ihn zu leeren.« Ihre Stimme wurde wieder ernst. »Margerite, was wird mit Hedwig und Oda geschehen, wenn wir sie dem Bischof übergeben?«

»Sie werden in Gewahrsam genommen und befragt, denke ich«, antwortete Margerite. Plötzlich dämmerte ihr, was ihre Worte unter diesen Umständen bedeuten mußten. »Wahrscheinlich werden sie gefoltert und dann hingerichtet. Vielleicht kommen sie sogar auf den Scheiterhaufen«, fügte sie zögernd hinzu, »wenn der Orden nicht Mittel und Wege findet, sie zum Schweigen zu bringen, bevor sie ihn im Verhör verraten können.«

Schweigend ging Eva neben ihr her, als sie auf dem Weg zurück den braunen Fußspuren folgten, die sie im Reif hinterlassen hatten. In der Ferne zwitscherte hoch ein Vogel, und ein anderer antwortete ihm. »Wenn es nur ein wenig anders verlaufen wäre, könnten wir es sein, die zum Verhör müssen.«

»Ich weiß«, sagte Margerite. »Aber ich weiß auch, daß Pater Etienne ihnen die Möglichkeit zur Beichte und Buße geben wird, ehe es zu spät ist. Falls sie imstande sind, sich vom Orden loszusagen…« Sie vollendete den Satz nicht. Selbst im Tode hatte sich Ortlieb der letzten Ölung durch Pater Etienne widersetzt, und Margerite wußte, daß der Orden der Lichtträger seine Mitglieder auf Ehrenregeln verpflichtete, die nicht weniger streng waren als die der Ritterschaft. Sie befürchtete, daß Hedwig und Oda schweigend wie Märtyrerinnen auf den Scheiterhaufen gehen würden. Obgleich sie sicher war, daß sie Ortlieb bei Taten geholfen hatten, die ihre Hinrichtung mehr als gerechtfertigt erscheinen ließen, fühlte sie doch Kummer um ihr vergeudetes Leben.

»Die Heilige Jungfrau Maria gebe, daß sie zurück finden«, flüsterte Eva.

Mit den Wagen brauchten sie drei Tage, um den Palast des Bischofs zu erreichen. Mit Ausnahme weniger Fälle, in denen Rötung und Absonderungen noch auf Fiebergefahr hindeuteten, befanden sich alle überlebenden Verletzten auf dem Weg der Besserung. Einige Männer waren allerdings aus den Wagen der Verwundeten auf die Totenkarre geschafft worden. Das Wetter blieb frostig, und so lag nur ein leichter Fäulnisgeruch um den Leichenhaufen.

Vom Palasttor ritt ihnen ein Wachtrupp entgegen. Der Anführer war ein graubärtiger Mann im schwarzen Waffenrock mit weißem Kreuz der Deutschritter, der das rechte Bein steif vor sich im Sattel ausgestreckt hielt. Die Wachen des Bischofs waren alle gut ausgestattet, und ihre Rüstungen und Helme leuchteten spiegelblau unter dem klaren Himmel. Ein schärferer Gegensatz als zu den abgerissenen Söldnern der Bärenschar war kaum vorstellbar.

Pater Etienne ritt nach vorn, und Bernhardt folgte ihm auf seinen Wink. Etienne hatte sich ebensowenig waschen können wie die anderen, aber seine Gewänder waren sauber, und die Chormütze saß makellos auf seinem Kopf. »Gott zum Gruße, Bruder Siegfried«, sagte Pater Etienne. »Ich bin zurückgekehrt, wie Ihr seht, und bei mir ist Herr Bernhardt von

Niederwald. Wir brauchen Unterkunft für uns, einen Ritter und zwei Knappen, zwei Edelfrauen und ungefähr vierzig Waffenträger, von denen etwa fünfzehn wegen ihrer Wunden nicht gehen können – und eine Bestattung für mehr als sechzig Männer. Des weiteren haben wir zwei Gefangene, die in sicheren Gewahrsam genommen werden müssen.«

»Der Herr steh uns bei, Pater, was ist Euch denn widerfahren?« fragte der alte Deutschritter, als sein Blick auf die Söldner und den Wagen mit dem Leichenhaufen fiel. »Ich werde mich sogleich um alles kümmern, aber Eure Männer müssen vor dem Eintreten die Waffen abgeben – denn an diesem Ort herrscht der Frieden Christi.« Bruder Siegfried ritt zum Palast zurück und rief: »Öffnet das Tor! Es sind Freunde und Gäste, die Einlaß begehren.«

Die Freischärler murrten lauthals darüber, daß sie der Torwache ihre Waffen übergeben mußten, doch als sie sahen, daß selbst Pater Etienne sein schlankes Schwert abschnallte, schickten sie sich in die Order. Margerite war darauf gefaßt, daß Gottfried Einwände erheben würde, aber der Ritter übergab seine Klinge ohne ein Wort und starrte wie gebannt auf Bruder Siegfried.

»Kommt mit mir, Pater, und auch Eure edlen Gäste. Meine Burschen werden sich fürs erste Eurer Söldner annehmen – ja, und auch der Toten, aber die sind für gewöhnlich geduldig, habe ich festgestellt. Was die Gefangenen angeht, so werden wir schon einen Ort für sie finden.«

»Am besten wäre es, wenn sie mit uns kommen«, erwiderte Pater Etienne.

Der Deutschritter winkte vier seiner berittenen Männer heran. »Sagt mir nur, wo sie sind, und wir werden sie zu Euch bringen.«

Etienne wies auf den Wagen, in dem Margerite saß. Als er Hedwig und Oda sah, blinzelte der alte Kämpe verwirrt. »Diese Frauen sind doch vom Hof der Landgräfin!«

»So ist es. Bewacht sie sehr aufmerksam, denn wir haben Beweise für ihre Verwicklung in Schwarzmagie – und Mord.«

Bruder Siegfrieds Wachen stiegen ab und banden die beiden Frauen jeweils auf einem Pferd fest. Hedwig ächzte leise, als sie über den Pferdehals geworfen wurde, und Oda gab wimmernde Laute von sich und wand sich, bis ihr der Wachmann einen leichten Schlag ins Gesicht versetzte. »Schluß damit jetzt, sonst fällst du noch hinunter«, sagte er barsch.

Margerite hatte noch nie einen Bischofspalast gesehen. Trotz der braunen Flecken auf den kurzgemähten Wiesen und der Kahlheit der Eichen am Wegesrand war sie beeindruckt, wie herrlich die Gärten gepflegt und angelegt waren. Ganz links am Ende der Mauer sah sie einen hellschimmernden Weiher, in dem zweifellos Karpfen, Brachsen und Barsche für die Fastenspeisen schwammen. Hier und da waren Teiche zu sehen, auf deren Oberfläche neues Eis glänzte, und auf den gemeißelten Steinbänken konnten der Bischof und seine Untergebenen Versenkung üben oder sich in Gesprächen ergehen. Auf einer Wiese flatterten und gurrten weiße Tauben um einen schönen Taubenschlag in Gestalt einer winzigen Burg mit Zinnen und einem abschüssigen Ziegeldach. Obwohl Ortliebs Wagen hinter ihr rollte und die Wachen mit Hedwig und Oda vorausritten, fühlte Margerite einen tiefen Frieden, wie sie ihn in der letzten Zeit kaum je empfunden hatte. Sie konnte sich vorstellen, wie schön die Gärten des Bischofs im Sommer sein mußten, wenn das Gras grün war und die Bäume Laub trugen.

Nachdem die Pferde in den Stallungen waren, befahl Bruder Siegfried seinen Wachleuten, die Gefangenen in sichere Kammern zu schaffen. Auf seiner Krücke humpelnd, führte er die anderen durch einen Gang mit Buntglasfenstern, die im hellen Novemberlicht wie Juwelen leuchteten. Er pochte laut an eine Tür und rief: »Heda, Pater Kunibert! Eine dringende Angelegenheit für den Bischof.«

»Herein«, erwiderte eine kratzige Stimme. Ein kleiner, kahler Mann mit goldumrandeten Augengläsern saß hinter einem riesigen geschnitzten Eichenschreibtisch und sah die Eintretenden neugierig an. »Pater Etienne, seid willkommen«, sagte er. »Wer sind Eure Begleiter, und welche dringende Angelegenheit führt Euch hierher?«

»Pater Kunibert, darf ich vorstellen: Margerite, Gräfin von Fürstensee mit ihrem Sohn Graf Wolfram von Falkenstein, Frau Eva von Bärenfels, Ritter Gottfried von Schlangenbad und sein Knappe Arnmut von Eisenstein, Knappe Georg von Schwarzenfels – und Herr Bernhardt von Niederwald.«

Beim letzten Namen sog der kleine Priester die Luft ein und riß die blassen Augen hinter den Gläsern auf. Aber Etienne fuhr ohne Unterbrechung fort. »Wir müssen unverzüglich den Bischof und Pater Thomas sprechen, denn es handelt sich um eine äußerst ernste Angelegenheit, die keinen Aufschub duldet. Und es wäre besser, wenn ihr sie selbst rufen würdet, um Bischof Otto die Dringlichkeit unseres Anliegens zu verdeutlichen.«

Pater Kunibert schob die Augengläser zurück und starrte Pater Etienne eine Weile an, als wisse er nicht so recht, ob er der Forderung des Kanonikus ohne Einwände nachkommen sollte. Etienne erwiderte den Blick mit ruhiger und unerbittlicher Miene, und Pater Kunibert erhob sich. »Der Bischof weilt zur Meditation in seiner Kapelle, aber wenn Ihr darauf beharrt, ihn sogleich zu sprechen, so kommt mit mir.«

Die Kapelle des Bischofs war klein und erstrahlte von allen Seiten im farbigen Licht von Buntglasfenstern und im Schein von Bienenwachskerzen. Der Bischof kniete mit gebeugtem Haupt vor dem Altar, und seine violetten Seidengewänder wallten um ihn wie das Wasser eines Baches im Dämmerlicht. Obwohl er die Schritte gehört haben mußte, bewegte er sich erst, als sich Pater Kunibert eilends neben ihn kniete und ihm ins Ohr flüsterte. Langsam erhob er sich und wandte sich ihnen mit strengem Ausdruck zu.

»Pater Etienne«, sagte er. »Ich hoffe, Ihr habt guten Grund, mich so aus meinen Meditationen zu reißen.«

Etienne trat vor und kniete voller Anmut nieder, um die Lippen an den bischöflichen Amethystring zu drücken. »Hochwürdigste Exzellenz, Ihr werdet finden, daß es so ist. Wir haben Euch die Leiche von Landgräfin Ortlieb von Niederwald gebracht samt Beweisen für ihre üblen Hexenumtriebe sowie zwei Frauen, die ihr bei ihrem finsteren Werk geholfen haben.«

Die Kinnlade des Bischofs sackte nach unten, und die schwarzen Augenbrauen wölbten sich nach oben. Fast hätte er Etienne die Hand entrissen. »Die Leiche! Christus stehe uns bei, Pater Etienne, was habt Ihr getan?«

»Gräfin Margerite war gezwungen, die Landgräfin in Notwehr zu töten«, erwiderte Pater Etienne gelassen. »Wenn Ihr – und Pater Thomas – seht, was wir mitgebracht haben, werdet Ihr den Grund verstehen. Ich glaube, diese Angelegenheit erfordert eine genaue Untersuchung durch die Inquisition.«

»Das müßt Ihr meinem Urteil überlassen«, sagte der Bischof. »Pater Kunibert, holt sogleich Pater Thomas. Und was Euch anlangt, Pater Etienne, so hoffe ich aufrichtig, daß Ihr Eure Befugnisse nicht überschritten habt. Wie Ihr wißt, halte ich nicht viel von der allgemeinen Aufregung über die Hexerei. Der Teufel mag einige arme Seelen dazu verführen, derlei zu glauben, aber er hat keine wirkliche Macht in dieser Welt.«

»Darüber müssen wohl Kundigere als wir befinden«, antwortete Etienne immer noch ruhig.

Dann stellte Etienne dem Bischof seine Begleiter vor, und und nacheinander berührten sie mit den Lippen den Bischofsring. Als der Bischof zuletzt Bernhardts Namen hörte, riß er die Augenbrauen hoch und blickte Bernhardt prüfend ins Gesicht. »Es ist lange her, daß ich Euch gesehen habe«, sagte er. »Aber Ihr seht wirklich aus wie Herr Bernhardt von Niederwald. Warum seid Ihr zurückgekommen?«

»Um meine Unschuld zu beweisen und den Anspruch auf mein Erbe vorzutragen«, sagte Bernhardt mit fester Stimme. »Hiermit erkläre ich vor Christus und Euch allen hier, daß ich den Mord, dessen ich beschuldigt wurde, nicht begangen habe, daß Ortlieb und mein Bruder Gerhard diese Bluttat und die Anschuldigung ersonnen haben, um mich zu Fall zu bringen, und daß ich frohen Herzens mit meinem Leibe gegen jeden streiten und jede Prüfung auf mich nehmen will, um meine Worte zu beweisen.«

»Die Zeit dafür wird bestimmt noch kommen, Herr Bernhardt«, sagte der Bischof. »Wenn Ihr wahrhaft unschuldig seid, wird Euch gewiß der Himmel beistehen, Euren Anspruch durchzusetzen. Ach, Pater Thomas. Ihr kommt gerade recht.«

»Ich danke Euch, Hochwürdigste Exzellenz«, sagte der Neuankömmling und hinkte auf sie zu. Pater Thomas war einen Zoll kleiner als Margerite, und zunächst hielt sie ihn wegen seines schweren Ganges und der grau gesprenkelten braunen Locken für einen alten Mann. Aber als er näher trat, sah sie, daß er trotz der Sorgenfalten in seinem dünnen Gesicht kaum älter sein konnte als Pater Etienne. »Pater Etienne, was habt Ihr entdeckt?« Er hustete leise, und Margerite konnte den trockenen, quälenden Laut fast in der eigenen Brust spüren.

Etienne blickte den anderen Priester traurig an. »Ich fürchte, ich habe Eure vermißten Kinder gefunden.«

»Sind sie ...?« flüsterte Pater Thomas.

»Wir können nichts mehr für sie tun«, erwiderte Pater Etienne, »als ihre Gebeine zu segnen und sie in geweihter Erde zu begraben, wo sie keinen Frevel mehr erdulden müssen.«

Pater Thomas bekreuzigte sich und murmelte ein Gebet.

»Eure Hochwürdigste Exzellenz, würdet Ihr nun mit uns kommen?« bat Pater Etienne. »Pater Thomas, Bruder Siegfried, Gräfin Margerite und Ritter Gottfried mögen uns begleiten. Alle anderen sollen hier bleiben, denn was ich zu zeigen habe, darf von niemandem gesehen werden, der nicht darauf vorbereitet ist.« Er blickte Bernhardt standhaft in die Augen. »Damit seid auch Ihr gemeint, Herr Bernhardt. Wie gesagt, dies ist ein Fall für die Kirche.«

»Und was ist mit Gräfin Margerite und Ritter Gottfried?« fragte Pater Thomas zögernd. »Sollen sie uns wirklich ...?«

»Sie sind beide kundige Gehilfen in der Austreibung von Dämonen«, erklärte Pater Etienne. »Bruder Siegfried, würdet Ihr bitte veranlassen, daß Ritter Gottfried und ich unsere Schwerter zurückerhalten, ehe wir beginnen?«

»Wie Ihr wünscht, Pater«, sagte der alte Deutschritter.

Als sie Ortliebs Wagen erreichten, wartete bereits einer von Bruder Siegfrieds Wachmännern mit den Schwertern auf sie.

»Nun, Eure Hochwürdigste Exzellenz«, sagte Pater Etienne, »wappnet Euch, denn was Ihr hier sehen werdet, wird gewiß Euren Abscheu erregen.«

Unter der Plane von Ortliebs Wagen stank es nach Fäulnis. Trotz der eisigen Witterung war ihre Leiche schlimmer verwest als die anderen, und die schwarze Seidenrobe, die sie bedeckte, war modrig feucht. Der Bischof hob ein wohlriechendes Taschentuch an die Nase, Pater Thomas zuckte jedoch nicht mit der Wimper. Er hatte die braunen Augen weit aufgerissen, und eine seltsame Ruhe lag auf seinem hohlwangigen Gesicht wie ein Schleier stillen Grams über eherner Gewißheit.

»Bruder Siegfried«, sagte Pater Etienne, »habt bitte die Güte, die Leiche der Landgräfin zu untersuchen, damit Ihr die Ursache ihres Todes bezeugen könnt.«

Gottfried half dem alten Deutschritter, sich über den Wagenboden zu beugen. Auf seinen jungen Gefährten gestützt und das rechte Bein hinter sich ausgestreckt, zog Bruder Siegfried das Seidentuch von Ortliebs Leiche. Der aufsteigende Verwesungsgeruch ließ Margerite würgen, aber der alte Mann schien den Gestank nicht zu bemerken.

»Die Kehle wurde von jemandem durchgeschnitten, der nicht sehr stark ist und nicht weiß, wie man ein Messer handhabt, der sie aber wirklich töten wollte und es auch getan hat«, erklärte Bruder Siegfried mit rauher Stimme. »Anschließend wurde ihr von einem Mann mit einem guten, schweren Schwert der Kopf abgeschlagen.«

»Wie könnt Ihr das erkennen?« fragte der Bischof und beugte sich näher hin, das Taschentuch vor die Nase gepreßt. Der Deutschritter deutete auf Ortliebs zerfetzten Hals. Ihre Haut war geschwollen und grünfleckig, und die grausigen Male von Margerites Stich waren noch deutlich zu sehen.

»Seht Ihr, wie das Messer in der Wunde hin und her gerissen wurde? Niemand, der mit seiner Waffe umgehen kann, würde so eine Kehle aufschlitzen. Und ich wette, sie war oben, als es geschah. Das Messer ist fast gerade von unten in sie eingedrungen. Aber das Genick wurde mit einem sauberen Hieb durchtrennt.«

»Ich verlasse mich auf Euer Wort«, sagte der Bischof. Die blühende Röte war aus seinen vollen Wangen gewichen; er sah krank aus, und Margerite konnte ihm keinen Vorwurf daraus machen. »Pater Etienne, wie sollen wir mit der Leiche verfahren?«

»Wie Ihr sehen werdet, können wir sie nicht in geweihter Erde bestatten. Ich würde Euch raten, sie zu verbrennen, aber das kann erst geschehen, wenn das Urteil der Inquisition ergangen ist. Fürs erste sollten wir sie außerhalb der Friedhofsmauern begraben.«

Der Bischof richtete sich auf und atmete tief durch sein Taschentuch. »Bedeckt sie, Bruder Siegfried, und laßt sie von den Wachen fortschaffen. Wenn es noch Schlimmeres zu sehen gibt, so müssen wir zumindest nicht den Geruch einer verwesenden Leiche einatmen.«

Auch nachdem Ortliebs Leiche weggebracht worden war, hing ihr Gestank noch in der Luft, jedoch nicht mehr so erstickend. Pater Etienne deutete auf den Teppich mit dem aufgestickten Zeichen. »Ortlieb stand in diesem magischen Kreis, als wir sie stellten. Gräfin Margerite, Ritter Gottfried, könnt Ihr das Tuch bitte hochhalten, damit es der Bischof sieht?«

Margerite faßte eine Ecke, Gottfried die andere. Der dicke Stoff fühlte sich schleimig an, als würden sich winzige Würmer darin winden. Am liebsten hätte sie das Tuch wieder fallengelassen, aber der Ritter mit dem scharfgeschnittenen Gesicht starrte sie an, wie um zu sehen, ob sie zurückzucken würde. Doch vielleicht wollte er nur nicht den Blick auf Ortliebs Kreis senken.

»Ihr habt recht in Eurer Auffassung, daß dies eine Angelegenheit für die Inquisition ist«, gestand der Bischof. »Ich weiß nichts von solchen Dingen und kümmere mich auch nicht um sie. Legt es bitte beiseite.«

Dankbar folgten Margerite und Gottfried der Bitte. Pater Etienne zog einen Schlüsselbund aus dem Gürtelbeutel und schloß die erste Truhe auf. »Ich glaube, das sind die Köpfe der verschwundenen Kinder, Pater Thomas«, sagte er still.

Margerite wollte nicht hinsehen, aber sie tat es. Die Köpfe der Knaben waren gepökelt oder geräuchert worden. Das grauweiße Fleisch hing noch an den Wangenknochen und am Kiefer, und die Augäpfel waren in den Höhlen eingetrocknet. Nur das kurzgeschorene Haar wirkte noch lebensecht. Ein Kopf war hellblond, die anderen beiden dunkelbraun. Margerite hörte Gottfrieds heftiges Schlucken, und aus dem Augenwinkel sah sie, daß er sich bekreuzigte.

Voller Kummer beugte sich Pater Thomas über die Truhe, um die drei entstellten Gesichter zu betrachten. »Ich denke, sie sind es«, sagte er. »Der Herr sei ihrer Seele gnädig.«

»Der Herr habe Erbarmen«, klang es hohl aus Ritter Gottfrieds Mund. Wieder fragte sich Margerite, was er wohl sah.

»Frau Gräfin«, sagte der Bischof, »Ihr könnt jetzt gehen. Die Augen einer Frau von hoher Geburt sollten solche Dinge nicht sehen.«

Pater Etienne schüttelte den Kopf. »Ihr werdet noch Schlimmeres sehen, wenn Ihr Euren Weg weiter beschreitet«, flüsterte er so leise, daß Margerite nicht mit Gewißheit hätte sagen können, ob er wirklich gesprochen hatte. Sie erinnerte sich daran, wie sie in Ruprechts Zauberstätte nach den Überresten von Klingsor und Kundrie gesucht hatte. Wenn sie damals standgehalten hatte, konnte sie auch dies hier ertragen.

»Ich habe sie getötet, um meinen Sohn vor diesem Schicksal zu erretten«, sagte Margerite mit erstickter Stimme. »Ich bleibe.«

»Euren Sohn?« fragte der Bischof. »Warum habt Ihr gedacht, daß er in Gefahr sei?«

»Weil sie ihn aus der Wiege entführt hat«, antwortete Margerite.

»Diese Geschichte werdet Ihr mir erzählen, wenn dies hier vorüber ist«, erwiderte der Bischof. »Aber mir scheint, Ihr habt gut und gerecht gehandelt wie eine echte Judith. Pater Thomas, Bruder Siegfried, Pater Etienne, Ihr könnt fortfahren. Ich glaube, ich habe genug gesehen.« Mit ein wenig mehr Eile, als schicklich war, kletterte er aus dem Wagen.

»Bischof Otto ist ein guter Mensch«, sagte Pater Etienne. »Und wohl auch ein kluger Mensch, der erkennt, wenn er es mit Dingen zu tun hat, die sein Auffassungsvermögen übersteigen. Wenn ich mich nicht täusche, wird er sehr bald die Inquisition rufen.«

»Ist Euer Gehilfe wohlauf?« fragte Pater Thomas ängstlich. Margerite sah, daß er nicht sie meinte, sondern Gottfried, der immer noch wie gebannt auf die drei Köpfe starrte.

»Thomas«, sagte Pater Etienne mit matter Stimme, als müßte er gegen einen Aufschrei des Entsetzens ankämpfen, »Ihr seid schon fast so lange Teufelsaustreiber wie ich. Seht Ihr denn nicht, daß diese Seelen gefangen sind?«

Pater Thomas blickte wieder in die Truhe und bekreuzigte sich. »Das kann sie nicht getan haben, Gott im Himmel, das ist nicht möglich!«

»Ich fürchte, es ist möglich«, erwiderte Pater Etienne trocken. »Ihr werdet nicht nur als Zeuge gebraucht, Pater. Laßt uns beten, daß dies die einzigen Geister hier sind.« Er wollte die Truhe schließen, aber Ritter Gottfried streckte eine magere Hand aus, um ihn aufzuhalten.

»Laßt sie sehen, Pater«, sagte der Ritter wie aus weiter Ferne. »Sie waren lange in der Finsternis und sollen den Anblick des Kreuzes nicht mehr entbehren müssen.« Er berührte das goldene Kreuz, das über seinem Brustharnisch hing.

Etienne öffnete Truhe um Truhe und brachte sämtliche Gerätschaften Ortliebs zum Vorschein. Manche Gegenstände waren Margerite vertraut: Kerzen in verschiedenen Farben mit den Siegeln der planetarischen Geister als Inschrift; eine gegabelte Alraunwurzel in einem seidenen Beutel; ein Spiegel in Gestalt eines Schildes mit einem Ring von Inschriften, eingravierten Pentagrammen in den Ecken und dem Namen Lilith in der Mitte; ein schmales Schwert mit eingeprägten Zeichen auf der Klinge; Duftharze, Öle und Kräuter, die ordentlich mit planetarischen Zeichen oder Namen beschriftet waren, und andere Dinge, die Margerite aus dem Schwarzen Buch kannte. Andere Gegenstände waren unheimlicher: eine Reihe von Knochen und Tierschädeln, darunter ein langer Knochen, der mit Worten einer unbekannten Sprache bemalt war – »menschlicher Oberschenkelknochen«, bemerkte Bruder Siegfried knapp; eine Sammlung getrockneter Herzen, deren Größe von einem Daumennagel bis zu zwei geballten Fäusten reichte; mehrere Wachsbilder, einfach oder beschrieben, und eines, das in ein Tuch geschlagen und mit einer Nadel durchstoßen war. Die zwei größten Truhen enthielten sorgfältig in Stroh verwahrtes Glasgeschirr, das Ortlieb wohl für alchimische Versuche verwendet hatte, sowie Phiolen mit Flüssigkeiten und Pulvern, die ebenso ordentlich beschriftet waren wie die anderen Dinge. Es gab eine Anzahl von Büchern, die sich hauptsächlich mit der

Beschwörung von Dämonen und Geistern befaßten, aber auch astrologische und alchimistische Werke – doch keine Spur eines Schwarzen Buches.

Als sich Pater Etienne vorbeugte, um als letztes einen kleinen, schlichten Holzkasten zu öffnen, rief Gottfried: »Pater habt acht« und stürzte mit gezücktem Schwert hinzu. Pater Thomas wirbelte herum und hielt das Kreuz hoch, das er um den Hals trug. Etiennes Klinge fuhr aus der Scheide, und auch Bruder Siegfried stand auf seiner Krücke mit erhobener Waffe bereit. Margerite sprang zur Seite und zog die Augen zusammen. Sie glaubte einen Schatten im Dämmerlicht zu sehen, der mit kaum zu ahnenden Klauen um sich schlug.

»Weiche von diesem Ort, Geschöpf der Hölle«, rief Pater Thomas mit klarer Stimme. »Du hast hier nichts zu suchen, und du vermagst nichts gegen die Macht unseres Herrn Jesus Christus.«

Ritter Gottfried und Pater Etienne schlugen im gleichen Augenblick zu, und ihre Klingen klirrten gegeneinander, um ein Kreuz zu bilden. Ein blauer Funke erhob sich von den aufeinanderprallenden Stahlschneiden und flammte hell auf. Dann war der Schemen verschwunden.

Pater Etienne steckte das Schwert zurück und nickte den beiden Männern zu. »Ich danke Euch für Eure Wachsamkeit, Ritter Gottfried. Ich hatte gehofft, alle Geschöpfe Ortliebs würden nach ihrem Tod fliehen – wenngleich ich auch Zweifel hatte.«

»Christus stehe uns bei«, ächzte Bruder Siegfried und schob sein Schwert zögernd zurück in die Scheide. »In all meinen Jahren beim Deutschen Ritterorden habe ich so etwas noch nie gesehen. Und ich habe nicht die geringste Ahnung, wie wir das dem Bischof erzählen sollen. Vielleicht sollte die Gräfin doch lieber gehen, falls noch mehr Ungemach auf uns wartet?«

»Ich bleibe«, beharrte Margerite. Pater Thomas war unbewaffnet und schmächtiger als sie, und er war Ortliebs Dämon ohne Zaudern entgegengetreten. Wie konnte sie da zurückstehen?

Abermals beugte sich Etienne vor, um den letzten Kasten zu öffnen. Als er hineingesehen hatte, verbarg er den Inhalt mit seiner schwarzen Soutane vor Margerites Blicken. Doch dann schien er sich eines anderen zu besinnen und trat beiseite. Zuerst erkannte sie nichts als verdorrte Fleischstücke und kleine, glitzernde Nadeln, die darin steckten. Dann legte sie die Hand vor den Mund, dem sich ein Stöhnen entrang. Ortlieb hatte nicht nur die Köpfe und Herzen ihrer Opfer aufbewahrt.

»Hat sie diese Untaten aus freiem Willen begangen und ohne besessen zu sein?« fragte Pater Thomas leise.

»So ist es«, bestätigte Pater Etienne.

»Dann, Frau Gräfin«, sagte der Teufelsbanner zu Margerite gewandt, »habt Ihr gut daran getan, sie zu töten. Preis sei unserem Herrn, der Euch die Kraft für diese Tat gab.«

»Preis sei unserem Herrn, fürwahr!« fiel Bruder Siegfried mit heiserer Stimme ein. »Wenn Euer Sohn Euren Geist geerbt hat, wird er eines Tages ein würdiger Anwärter für den Deutschen Ritterorden sein.«

Margerite hatte Mühe, die Tränen zu unterdrücken. Ein seltsames Zwiegesicht streifte sie. Auf der einen Seite stand der goldenhaarige Jüngling mit dem Rubinring der Lichtträger am Finger; auf der anderen Seite kniete derselbe Jüngling im Gebet und trug den schlichten Waffenrock mit dem weißen Kreuz. *Aber ich wünsche Wolfram,* dachte sie, *daß er über sein eigenes Land herrscht, im Frieden mit Gott. Gibt es für ihn nur die Wahl zwischen der Hölle und dem Verzicht auf irdische Freuden?*

»Ist das nun alles?« fragte Ritter Gottfried.

»Ich glaube ja«, erwiderte Pater Etienne. »Wenn Ortlieb nicht einen Teil ihrer Gerätschaften vorausgesandt hat. In jedem Fall reichen die Dinge hier vollauf, um sie der Hexerei und des Mordes schuldig zu sprechen und um eine Untersuchung der Inquisition gegen ihren Gemahl einzuleiten.«

»Dann solltet Ihr um Christi willen für diese Kinder tun, was in Euren Kräften steht.« Gottfried wies auf die Truhe, in der sich die drei Köpfe befanden.

Etienne nahm die Phiolen mit geweihtem Öl und Weihwasser aus seinem Gürtelbeutel. Er und Pater Thomas knieten sich vor die grausigen Schädel und beteten zusammen. Mit sanfter Hand salbte er die grauen, verhutzelten Stirnen und verabreichte ihnen das Sakrament der letzten Ölung.

»Ritter Gottfried«, sagte er. »Gewährt ihnen die Gnade Eurer Klinge – aber zerstört die Schädel nicht, denn sie werden noch als Beweismittel gebraucht.«

Mit zitternder Hand hob Gottfried das Schwert. Nacheinander setzte er die Spitze an die Köpfe, und mit jeder Berührung meinte Margerite zu spüren, daß die Luft leichter wurde, bis sie fast rein war – so rein, wie sie an einem Ort sein konnte, an dem Ortlieb inmitten ihrer unheiligen Reliquien den Boden mit ihrem Blut getränkt hatte.

Das Gemach, das für Margerite und Eva zurechtgemacht worden war, war so verschwenderisch ausgestattet wie Margerites Zimmer in Burg Fürstensee. Der gekachelte Ofen gab sanfte Wärme ab, und aus einer Holzwanne stieg Dampf auf. Sogar eine Wiege für Wolfram hatte man gefunden. Frisch gewaschen und angekleidet saß Eva da und kämmte sich das goldene Haar, während sie mit den beiden Katzen spielte. Ein vertrauter Geruch sagte Margerite, daß Kobold das Gemach bereits markiert hatte, wenngleich das unter dem süßen Duft der Streukräuter und des Weihrauchs kaum wahrzunehmen war.

Eva öffnete den Mund, als wollte sie eine Frage stellen, aber Margerite hielt die Hand hoch, um sie davon abzuhalten. »Frage mich bitte nicht, was wir in Ortliebs Wagen gefunden haben«, sagte sie. »Es ist schlimm genug, daß es diejenigen wissen, die zugegen waren.«

»Oh, ich hatte an etwas ganz anderes gedacht«, erwiderte Eva schlicht. »Ich wollte nur sagen, daß Wolfram ein wenig unruhig scheint, obwohl er nicht in die Windeln gemacht hat und auch noch keinen Hunger haben sollte.«

Margerite blickte in die Wiege. Wolfram schrie nicht, wälzte sich jedoch leise wimmernd hin und her. Margerite nahm ihn auf den Arm und streichelte ihn. Sie klopfte ihm auf den Rücken, falls er Blähungen hatte. Der Heiligen Jungfrau Maria sei Dank schien er nicht fiebrig erhitzt. Als sie ihn wieder in die Wiege setzte, begann er sogleich zu schreien.

»Wolfram«, sagte Margerite sanft zu ihrem Sohn. »Ich kann dich doch nicht den ganzen Tag auf dem Arm halten, denn gewiß wird mich der Bischof bald zu sich rufen. Ich muß mich waschen und mich umziehen, und das Badewasser wird nicht wärmer.« Sie hob Kobold auf und setzte ihn in die Wiege. »Schau, da besucht dich dein lieber Kater, der mag dich trösten.«

Wolfram hörte sogleich zu schreien auf und packte mit strahlenden Augen Kobolds buschigen Schwanz. Als ob er mit einem jungen Kätzchen spielte, stieß Kobold mit sanften Pfoten gegen Wolframs Händchen und warf den Schwanz hin und her, damit der Kleine danach haschen konnte.

Das Badewasser roch süß nach Lavendel, und darüber hing der frische Duft von Ysop. Bevor sie in die Holzwanne trat, hielt Margerite die Hände darüber und sprach Pater Etiennes Gebet zur Reinigung des Wassers. »Es werde eine Feste zwischen den Wassern… Ich banne dich, o Wesen des Wassers, auf daß du dem Menschen ein Spiegel des lebendigen Gottes werdest und eine Quelle des Lebens zur Waschung der Sünden.« Sie sank dankbar in das Bad und spürte, wie ihr das warme Wasser den Schmutz von der Haut löste, mehr noch, es schien tief in sie einzudringen und alle Unreinheit aus ihr herauszuspülen, die sie seit Ortliebs Tod rauh wie getrocknetes Blut in sich gefühlt hatte. Sie blieb in der Wanne, bis das Wasser ausgekühlt war. Ein Klopfen rief Eva zur Tür, und eine Männerstimme sagte: »Der Bischof wünscht Euch zu sprechen, sobald Ihr bereit seid.«

Der Bischof wartete nicht in einem Audienzsaal, wie es Margerite erwartet hatte, sondern in einem Privatgemach mit wunderbaren Wandteppichen, die die Hochzeit zu Kanaan, die Bergpredigt und die Kreuzigung abbildeten. Sie und Eva waren die letzten; alle anderen aus ihrer kleinen Gruppe waren bereits versammelt und standen vor Bischof Otto in seinem großen geschnitzten Stuhl.

»Nun können wir beginnen«, sagte der Bischof. »Gräfin Margerite, ich wende mich zuerst an Euch. Weshalb seid Ihr und Frau Eva nach Schloß Niederwald gekommen?«

Auf dem langen Ritt zum Palast des Bischofs hatte Pater Etienne alle sorgfältig auf die zu erwartenden Fragen vorbereitet. Es durfte keine Täuschung geben, aber sie konnten nicht über sämtliche Geschehnisse berichten, ohne Verdacht zu erwecken. So antwortete Margerite: »Mein Gemahl, Graf Heinrich, hat einen Hirnschlag erlitten, und der Arzt vermochte ihm nicht zu helfen. Frau Eva, der Knappe Georg und ich sind zu Fuß als arme Wallfahrer nach Fulda gegangen. Dort trafen wir zufällig Pater Etienne, den wir gut kennen, weil er im Auftrag des Bischofs von Augsburg den Frieden zwischen Graf Heinrich und meinem ersten Gemahl, Graf Ruprecht von Falkenstein, ausgehandelt hat. In seiner Begleitung sind wir weiter nach Norden gezogen, und er hat uns geraten, für eine Weile eine Stellung als Dienerinnen anzunehmen, um Buße für unsere Sünden zu tun und Bescheidenheit zu lernen.«

»Eine harte Buße für eine Frau von hoher Geburt«, warf Bischof Otto ein, »aber das entzieht sich wohl meinem Urteil. Und Ihr, Ritter Gottfried?«

»Ich habe auf Befehl von Graf Heinrich einen Flüchtigen verfolgt«, erklärte Gottfried, »und seine Spur führte nach Schloß Niederwald. Durch Gottes Gnade traf ich rechtzeitig dort ein, um der Gräfin meine Hilfe anzubieten, als ich von der Entführung ihres Kindes gehört hatte.«

Bischof Otto lehnte sich zurück, den Anflug eines Lächelns auf den Lippen. »Und nun, wie ich vermute, zur wichtigsten Frage. Pater Etienne, welche Rolle spielt Ihr in dieser Angelegenheit? Ich glaube nicht, daß es der reine Zufall war, der Euch bewogen hat, Eure Büßerinnen als Dienstmägde nach Schloß Niederwald zu schicken, und der Euch von Hamburg hierher geführt hat.«

Der Kanonikus lächelte den Bischof an. »Wie Ihr wißt, Eure Hochwürdigste Exzellenz, umfassen meine Pflichten für die Kirche viele Dinge neben der Kenntnis des Kirchenrechts und der Ausführung von Teufelsaustreibungen. Bisweilen gehört dazu auch die Untersuchung von Gerüchten über Hexerei und Ketzerei, und so war es auch in diesem Fall. Ich hatte den Auftrag, den Gerüchten um Landgräfin Ortlieb nachzugehen und herauszufinden, ob etwas Wahres daran war oder ob es sich nur um das Gefasel von Leuten handelte, die der Tochter eines einfachen Ritters den Aufstieg zur Landgräfin von Niederwald neideten. Ihr werdet verstehen, daß ich nicht offen darüber sprechen wollte, um nicht durch meine Suche nach der Wahrheit eine noch viel größere Welle boshaften Geredes auszulösen.«

»Und im Zug dieser ... Untersuchung habt Ihr nicht nur unwiderlegbare Beweise für Ortliebs Schuld gefunden, sondern auch Herrn Bernhardt nach langen Jahren der Abwesenheit aufgespürt und Gräfin Margerites Sohn errettet, bevor er ...« Das goldene Brustkreuz des Bischofs blitzte, als sich der Bischof bekreuzigte. »Ich habe nie an der Berechtigung Eures Ansehens gezweifelt, Pater Etienne, doch erst jetzt erkenne ich allmählich, weshalb man Euch solch außergewöhnliche Handlungsvollmachten erteilt.«

Etienne verneigte sich leicht. »Ich danke Euch, Hochwürdigste Exzellenz. Da die Angelegenheit nun in Euren Händen ruht, darf ich fragen, was Ihr zu tun gedenkt?«

»Ich werde unverzüglich meine Vorgesetzten benachrichtigen. Bei einem solch schwerwiegenden Sachverhalt wird Kardinal von Rotenstein vielleicht sogar von Avignon hierher reisen. Auf jeden Fall wird er die Vorladung an Landgraf Gerhardt schreiben. Ich habe um eine Untersuchung der Inquisition nachgesucht, wie Ihr mir geraten habt. Auch der Kaiser wird von den Vorgängen in Kenntnis gesetzt werden müssen, aber das wird eine Weile dauern, da er meines Wissens auf dem Weg nach Budapest ist, um sich mit König Ludwig über die Auflösung der bestehenden Verlobung von Ludwigs Nichte zu einigen, damit sie mit seinem Sohn Wenzel die Verlobung eingehen kann. Was Euch alle hier angeht ...« Das Kinn auf die Faust gestützt wie bei einem Schachspiel, ließ Bischof Otto den Blick über die Runde schweifen. »Die Inquisition kann schnell handeln, sie kann allerdings auch langsam handeln. Und einen solchen Fall wird sie wahrscheinlich nicht allzu eilig anpacken. Sobald ich ihre Antwort erhalte, werde ich Euch mitteilen können, ob ihr hier bleiben müßt oder nach Hause zurückkehren könnt, bis Euer Erscheinen vor der Inquisition notwendig ist.«

Georg und Margerite sahen sich kurz an, und in seinem bekümmerten Ausdruck und den brennenden Augen konnte sie deutlich eine unausgesprochene Frage lesen: *Und was wird aus Christoph?* Ritter Gottfried bewegte sich unruhig, und Margerite vermutete, daß er etwas Ähnliches dachte. Eva wirkte blaß und verstört.

»Wenn Euer Gewissen rein ist, wie es den Anschein hat«, sagte Bischof Otto tröstend, »habt Ihr von den Fragen der Inquisitoren nichts zu fürchten. Und solange Ihr meine Gäste seid, soll es Euch an nichts fehlen. Nun, es wird schon spät. Wir pflegen sonst am Abend nur leicht zu speisen, aber ich habe etwas Gehaltvolleres für Euch zubereiten lassen, da ich weiß, daß Ihr eine lange und schwere Reise hinter Euch habt.«

Schweren Herzens ließ Margerite Wolfram in ihrem Gemach zurück, denn sie konnte wohl kaum mit einem Kind auf dem Arm im Saal des Bischofs das Abendmahl einnehmen. »Behüte ihn gut«, flüsterte sie Kobold zu. Der schwarze Kater rieb schnurrend den pelzigen Kopf an Margerites Hand, wie um ihr zu versichern, daß niemand Wolfram aus der Wiege nehmen würde, solange er über ihn wachte.

Die Gerichte auf der Tafel des Bischofs waren weniger aufsehenerregend als die von Schloß Niederwald, doch Margerite erkannte einiges aus der dortigen Küche wieder: ein mit gehacktem Schweinefleisch und Kräutern gefüllter Kapaun in einem safrangelben Teigmantel; Hase in herzhafter grüner Tunke; und Backwerk, das köstliche Fleisch- und Käsebällchen enthielt. Lothar hatte nicht geprahlt, als er erzählt hatte, daß die Köchin des Bischofs bei Luitburg gelernt hatte.

Als sie die letzte Süßspeise gegessen hatten – feingehackte Äpfel und Rosinen in Honig und Gewürzen gekocht –, tupfte sich der Bischof mit dem Mundtuch die Lippen ab und sagte: »Pater Etienne, ich würde gern mit den beiden Frauen sprechen, die Ihr mitgebracht habt. Vielleicht haben sie etwas zu sagen, was dem Bericht hinzugefügt werden sollte. Ihr könnt mit mir kommen, wenn Ihr es wünscht.«

»Ich danke Euch, Hochwürdigste Exzellenz«, antwortete Pater Etienne. »Es wäre gut, wenn Gräfin Margerite uns begleiten würde, damit sie mögliche Anschuldigungen der beiden Gefangenen gleich selbst beantworten kann.«

Bischof Otto blickte Margerite mit einer hochgezogenen Braue prüfend an. »Nun, Frau Gräfin?«

»Wie Ihr wünscht, Hochwürdigste Exzellenz.«

Hedwig und Oda waren gewiß nicht in einem prunkvollen Gemach eingeschlossen, aber das Zimmer war allemal besser als der Stall, in dem man Margerite und ihre Gefährten gefangengehalten hatte. Die beiden Frauen hatten anständige Bettlager und Decken, frische Riedstreu auf dem Steinboden und eine Kerze in einem großen, eisernen Wandleuchter. Man hatte ihnen die Fußfesseln und die Knebel abgenommen und die Hände lose nach vorn gebunden, so daß sie sie einigermaßen frei bewegen konnten. Verwundert sah Margerite, daß ihre Ordensringe verschwunden waren. Lauerte sogar im Palast des Bischofs ein Lichtträger, oder hatte Pater Etienne die Ringe aus eigenen Gründen verborgen? Hedwig und Oda trugen noch die verschmutzten Brokatkleider von der Reise, aber sie hatten sich waschen und das Haar kämmen können, so gut es mit gefesselten Händen ging. So erschienen sie zwar nicht mehr als die erlesen aufgeputzten Wesen von märchenhafter Schönheit, die Ortlieb aufgewartet hatten, aber zumindest sahen sie auch nicht aus wie mißhandelte Gefangene.

»Oda von Schwarzenstein und Hedwig von Rabenwald«, sagte der Bischof mit volltönender Stimme, »wißt ihr, weshalb ihr hier seid?«

Die beiden Frauen tauschten einen Blick aus. Schließlich ergriff Hedwig mürrisch das Wort. »Durch Mord und unrechtmäßige Waffengewalt. Wir haben nichts getan, was unsere Festnahme und Gefangenhaltung rechtfertigen würde.«

»Wart ihr Kammerfrauen der Landgräfin Ortlieb?«

»Ja, wir haben der Landgräfin gedient.«

»Wie lange?«

»Seit fünf Jahren«, sagte Hedwig, und Oda fügte hinzu: »Seit drei Jahren.«

»Wußtet ihr von ihrem Hexentreiben?«

Wieder sahen sich die blonde und die schwarzhaarige Frau an; dann flackerte ihr Blick zu Pater Etienne, der reglos und schlank wie der schwarze Schatten eines Schwertes neben dem Bischof saß.

»Ihr habt kein Recht, uns hier festzuhalten und zu verhören!« sagte Hedwig heftig, und ihre blauen Augen funkelten vor Zorn. »Wir sind Frauen von hoher Geburt, die zufällig mit der Landgräfin reisten, als diese ermordet wurde, sonst nichts.«

Oda legte weinend das Gesicht in die gebundenen Hände, und das goldene Haar fiel um die zuckenden Schultern. »Die Landgräfin war gesegneten Leibes«, wimmerte sie. »Sie wollte sich nur während der Schwangerschaft an einen friedlichen Ort zurückziehen. Sie und Landgraf Gerhardt hatten sich so gefreut, daß es endlich ...«

»Und war dies der Grund«, unterbrach sie Pater Etienne schonungslos, »weshalb sie das Kind einer Dienstmagd entführt hat und mitten in der Nacht geflohen ist, und zwar nicht, wie sie es ihren edlen Gästen verkündet hatte, in das Heiligkreuzkloster, sondern zu einer Burg, die sie von ihrem Vater geerbt hatte?«

»Ich kenne doch nicht jeden Gedanken der Gräfin«, jammerte Oda. »Ich bin nur mit ihr gereist, wie sie es mir befohlen hat. Warum sie das Kind genommen hat, weiß ich nicht.«

»Vielleicht wollte sie einen Spielgefährten für ihr Kind«, fügte Hedwig hinzu. »Was kann dem Kind einer Dienstmagd denn Besseres widerfahren?«

»Genug der Lügen!« donnerte der Bischof. »Wollt ihr mir etwa weismachen, daß ihr nichts vom Inhalt der Truhen im Wagen und auch nichts von den Greueln wußtet, die eure Herrin begangen hat? Wenn ihr mir jetzt nicht ehrlich antwortet«, fuhr er streng fort, »werdet ihr euch den Fragen der Inquisition zu stellen haben.«

»Ihr habt kein Recht darauf, uns zu verhören«, beharrte Hedwig und starrte dem Bischof offen ins Gesicht. »Nicht wir sind es, an deren Händen das Blut einer Unschuldigen klebt. Ihr solltet besser die Frau neben Euch gefangennehmen und sie der Gerichtsbarkeit des Landgrafen überstellen.«

»Wir befinden uns auf Kirchengrund, über den der Landgraf keine Macht hat!« Zorn schwang in Bischof Ottos Stimme. »Und wenn ihr vom Blut Unschuldiger sprecht, so wisset, daß die Landgräfin mindestens drei Morde begangen hat. Hier geht es nur noch um die Frage, welche Rolle ihr bei ihren Verbrechen gespielt habt.«

»Keine«, antwortete Hedwig sogleich. Sie warf das lange schwarze Haar über die Schulter und starrte den Bischof weiterhin herausfordernd an.

»Keine«, wimmerte Oda und wischte sich die hellen Tränen vom Gesicht.

»Ich glaube euch kein Wort. Ihr habt ihr gedient – fünf Jahre die eine, drei die andere –, habt in ihren Gemächern geschlafen und ihre Anweisungen befolgt. Ich bin bereit, euch eine Gnade zu erweisen: Wenn ihr gesteht, soll euch das Leben geschenkt werden – ein Büßerleben bei Brot und Wasser in einem wohlbewachten Kloster, gewiß, aber gleichwohl das Leben. Doch wenn ihr verstockt bleibt, werdet ihr aus meinem Gewahrsam rasch in weniger gnädige Hände gelangen, die eure Seelen zuletzt der Läuterung durch das Feuer überantworten werden.« Bischof Otto machte auf dem Absatz kehrt und schritt mit wallenden Purpurgewändern hinaus. Margerite folgte ihm mit zitternden Händen und eisigem Schweiß auf der Stirn, und Pater Etienne verließ den Raum als letzter. Mit einem durchdringenden Klirren verschloß ein Wachmann die Tür.

»Wenn sie ein wenig über ihre Lage nachgedacht haben, werden sie vielleicht aufgeschlossener sein für Vernunftgründe«, sagte Pater Etienne milde. »Ich werde morgen noch einmal mit ihnen sprechen.«

»Das wäre mir recht«, pflichtete ihm der Bischof bei. Auch ihm standen kleine, glänzende Schweißperlen im Gesicht. »Ich hatte mich noch nie mit einer solchen Angelegenheit zu befassen. Ich weiß, daß sie beide lügen, denn die Landgräfin hätte ihre Morde nicht allein begehen können. Aber Christus sei Dank wird es letzten Endes nicht meine Aufgabe sein, die Wahrheit aus ihnen herauszubringen.«

»So ist es, Hochwürdigste Exzellenz. Und es gereicht Euch zur Ehre, daß Ihr es versucht habt. Solange sie leben, sind sie noch nicht ganz verloren.«

»Fürwahr eine edle und christliche Gesinnung, Etienne. Ich werde darum beten, daß es so sei. Ich wünsche Euch beiden eine gute Nacht.«

»Pater«, sagte Margerite, als der Bischof gegangen war, »darf ich Euch zu Eurem Gemach begleiten? Ich möchte die Beichte ablegen – und ich habe eine Frage an Euch.«

»Die Frage zuerst«, sagte Pater Etienne, nachdem sie in seinem Zimmer Platz genommen hatten. Im Kerzenlicht wirkte er älter, als er war. Margerite sah die feinen Falten der Müdigkeit um die klaren blauen Augen, und etwas in seinem Blick sagte Margerite, daß der Bart mit dem silbernen Tupfen die Zeichen der Erschöpfung um die Mundwinkel verdeckte.

»Weshalb habt Ihr alle Spuren der Lichtträger vor dem Bischof verborgen? Wäre der Kampf gegen den Orden nicht leichter, wenn sie enthüllt würden?«

»Wenn alle Leute vom Orden der Lichtträger wüßten, was würden sie Eurer Meinung nach wohl von der Tochter eines armen Ritters denken, die zuerst einen und dann einen zweiten Grafen geheiratet hat, die beide nach der Hochzeit kaum noch ein Jahr gelebt haben; von einer Frau, die in der Kräuterkunde und Astrologie bewandert ist und immer von einem großen schwarzen Kater begleitet wird – der, wie ich bemerkt habe, dazu neigt, Kirchenbesitz zu besudeln?«

»Heinrich ist noch nicht gestorben, soweit wir wissen«, wandte Margerite ein, verstummte aber wieder.

»Jeder Neider könnte Euch als Ordensmitglied anzeigen, selbst wenn Ihr noch nie von den Lichtträgern gehört hättet. Auch ich hielt Euch zuerst für eine der ihren.«

So wie Bernhardt, dachte Margerite.

»Hedwig und Oda werden ein schlimmes Ende finden, wenn sie nicht bald bereuen. Aber sie haben Ortlieb bei Verbrechen geholfen, deren Ruprecht, so böse er auch war, überhaupt nicht fähig gewesen wäre. Überlegt nun, wie es wäre, wenn sich die ganze Macht der Inquisition gegen Unschuldige richten, wenn Unwissenheit als Verstocktheit verstanden würde – oder wenn gewöhnliche Menschen Grund zu der Annahme hätten, daß einer der ihren seine Erfolge durch den Orden der Lichtträger erlangt hat. Und der Einfluß der Lichtträger reicht weit hinauf. Weder König noch Königin, ja vielleicht nicht einmal der Papst wäre noch vollkommen sicher vor einer Anschuldigung, wenn das wahre Ausmaß ihrer Macht bekannt würde.«

Schaudernd dachte Margerite über Etiennes Worte nach.

»Deshalb habe ich das Schwarze Buch aus Ortliebs Wagen, ihren Ring und die Ringe ihrer Gehilfinnen an mich genommen. In diesem einzigen Punkt decken sich die Wünsche des Ordens mit den unseren: Seine Existenz muß geheim bleiben.« Pater Etienne sprach mit großer Eindringlichkeit, und seine Augen leuchteten hell wie Saphire im Kerzenschein, als er sich zu Margerite beugte. »Es wäre leicht, zu sagen: ›Gott wird die Seinen schon erkennen‹, wenn ein allgemeines Gemetzel anhebt. Aber wir folgen einem älteren Wahlspruch: ›Das Wichtigste ist, keinen Schaden anzurichten.‹«

»Ich verstehe«, sagte Margerite mit ruhiger Stimme. »Doch wenn Hedwig und Oda sprechen ...«

»Auch unter der schlimmsten Folter können sie den Orden nicht verraten. Sie haben schon vor langem Schweigen gelobt mit dem Eid, den Ihr nie geschworen habt. Offen gestanden«, fuhr Pater Etienne betrübt fort, »würde es mich wundern, wenn sie noch bis zum Verhör durch die Inquisition leben würden.«

»Gibt es sogar hier im Palast Lichtträger?« Margerites Herz pochte heftig. *Wolfram – ich habe ihn in der Wiege gelassen. Hoffentlich ist ihm nichts geschehen!*

»Meines Wissens nicht. Aber sie haben Mittel und Wege, ihre Gefährten zu erreichen, auch wenn sie nicht durch die Ringe miteinander verbunden sind. Hedwig und Oda werden mir wohl kaum erlauben, sie zu beschirmen.«

»Dann wird auch ihr Tod auf mich zurückfallen?«

»Sie sind noch nicht tot«, erklärte Etienne mit sanfter Stimme. »Es ist sinnlos, etwas zu bereuen, was noch nicht geschehen ist. Und stellt Euch doch nur umgekehrt die Frage, ob Ihr die beiden freilassen würdet, nach allem, was Ihr gesehen habt! Für heute abend werde ich Euch Euren Gedanken überlassen, und Ihr könnt die Beichte morgen ablegen, wenn Ihr wißt, was Ihr mir zu beichten habt.« Pater Etienne stand auf und öffnete die Tür. »Gute Nacht, Margerite.«

»Gute Nacht, Pater.«

Margerite fürchtete, nicht einschlafen zu können, doch die weiche Wärme des Bettes, nach drei Nächten auf gefrorenem, felsigem Boden, ließ sie in den Schlummer gleiten, kaum daß sie sich hingelegt hatte. Es war dunkel, als sie vom heulenden Wind, dem prasselnden Schneeregen an den Fenstern und dem geträumten Klang eines Jagdhorns erwachte.

Erstarrt lag sie im Bett und versuchte sich zu erinnern, wo sie war. Zuerst wähnte sie sich in Burg Falkenstein, und sie lauschte voller Angst auf das verhallende Horn im Wind und das ferne Bellen von Hunden im Sturm. Doch nein, das war lange her. Sie war hier im Palast des Bischofs von Niederwald und in Sicherheit. Kein Nachtmahr und kein unheiliger Geist konnte die geweihte Erde überschreiten. Dennoch stimmte irgend etwas nicht. Ein Geräusch. Eva schlief friedlich auf ihrem Bett. Durch das Pfeifen des Windes hörte Margerite Kobolds leises, regelmäßiges Schnurren. Wolfram gab frohe, glucksende Laute von sich, aber sie schienen seltsam gedämpft, als hätte er etwas im Mund.

Margerite sprang aus dem Bett und stürzte zur Wiege ihres Sohnes, nachdem sie an der Ofenglut eine Kerze angezündet hatte. Kobold saß auf dem Rand, den Schwanz über dem Kind zusammengerollt und die glitzernden Augen weit aufgerissen. Auf Wolframs Gesicht und Hals war ein dunkler Blutfleck. Er hielt etwas in der kleinen Faust, und seine Kiefer bewegten sich kauend.

Erschrocken faßte ihm Margerite in den Mund und zog mit zwei Fingern etwas daraus hervor. Als sie erkannte, was es war, hätte sie sich fast übergeben. Sie hielt den feuchten und verfilzten Kopf einer Maus, auf dem Wolfram herumgekaut hatte. Den kleinen pelzigen Körper hatte er in der linken Hand. Das Blut auf seiner Haut stammte von dem kleinen Tier – hatte er es auseinandergerissen? Wütend entwand sie ihm die Überreste der Maus und schleuderte sie angewidert durch das Gemach.

Ohne zu überlegen, nahm sie Wolfram auf und warf nicht einmal einen Umhang über ihr schlichtes Nachthemd, ehe sie durch den Gang zu Pater Etiennes Zimmer lief und heftig an seine Tür pochte. Kurz darauf ließ sie der Priester eintreten, und der Schein der Kerze in seiner Hand fiel hell über seinen weißen Schlafrock.

Margerite drückte Wolfram so fest an sich, daß er zu weinen begann, als sie Etienne schluchzend erzählte, was geschehen war. »Pater, ist ein Dämon in ihn gefahren? Wenn ihm Ortlieb etwas angetan hat… Heilige Jungfrau Maria, der Traum, in dem er mir erschienen ist…«

»Beruhigt Euch, Margerite«, sagte Pater Etienne. »Nehmt erst einmal Platz.« Er schenkte für beide ein kleines Glas *aqua vitae* ein und schob ihr eines zu. »Trinkt einen Schluck, und erzählt mir alles von Anfang an.«

Pater Etiennes *aqua vitae* war mild und brannte würzig auf der Zunge. Als die Wärme in sie eindrang, entspannten sich ihre zitternden Glieder. Ruhig erzählte sie dem Priester von Gertrudes Traumbesuch und von den Bildern, die sie gesehen hatte. »Müssen sich diese Bilder erfüllen, Pater?« Ihre Stimme bebte wie die eines kleinen Mädchens. »Ist Wolfram zum Bösen verdammt, ohne daß ich etwas dagegen unternehmen kann?«

Pater Etienne stand auf und nahm das weinende Kind aus Margerites Armen. Mit der unbeholfenen Vorsicht eines Mannes, der noch nicht oft mit Säuglingen zu tun hatte, hob er Wolfram empor. Der Geistliche sah ihn eindringlich an, und kurz darauf hörte Wolfram auf zu schreien und starrte Pater Etienne gebannt ins Gesicht.

»Wenn der engste Gefährte eines Kindes eine Katze ist, und noch dazu eine wie Kobold, dann kann es nicht verwundern, daß sich das Kind benimmt wie ein Katzenjunges«, sagte Pater Etienne. »Kein Dämon hat hier die Hände im Spiel, aber Ihr werdet beiden einschärfen müssen, daß ein menschliches Kind keine Mäuse ißt. Und nun zu Eurer Frage, ob Wolfram zum Bösen verdammt ist. Alle Menschen sind Kinder Adams, und wir alle sind mit freiem Willen geboren. Ihr mögt ihn nähren und ihn das Gute lehren, doch letzten Endes liegt die Wahl bei ihm – die Wahl, die wir alle treffen müssen. Dies mag Euch zum Trost dienen. Ihr habt so viel oder so wenig Macht über das Schicksal seiner Seele wie jeder Mensch über seinen Nächsten. Selbst wenn Wolfram von Geburt an in den Händen des Ordens gewesen wäre, hätte er die Möglichkeit gehabt, das Heil zu wählen; und selbst wenn er in einem heiligen Kloster aufwachsen würde, würde die Möglichkeit der Verdammnis ihren Weg zu ihm finden. Bedenkt dies jetzt und später, wenn er älter wird, und Ihr werdet Euch viel Kummer ersparen.«

»Ich danke Euch, Pater«, sagte Margerite, und die Tränen strömten ihr aus den Augen.

Pater Etienne legte ihr Wolfram auf den Arm und schlug das Kreuzzeichen. »Gott sei mit Euch beiden.« Zu Margerites Erleichterung folgte ihr Sohn den Bewegungen des Priesters erwartungsvoll mit den Augen.

Margerite trug Wolfram zurück in ihr Gemach und wechselte sein blutverschmiertes Gewand. Weil sie wußte, daß er bald Hunger bekommen würde, nahm sie ihn hoch, um ihm die Brust zu geben. »Kleiner Wolfram, mein Schatz, mein Liebling«, summte sie und wiegte ihn leise hin und her.

Als Margerite erwachte, schien das Licht des Himmels blendend hell durch die Fenster, und nur einige tote Blätter auf dem Glas bewiesen, daß das Gewitter in der Nacht kein Traum gewesen war. Wolfram schlief friedlich in seiner Wiege. Kobold lag zusammengerollt neben seinem Kopf, und Kriemhilds goldgefleckter Schwanz hing über seine Füße. Eva war nicht da, aber der Ofen war eingeschürt und strahlte eine angenehme Wärme ab. Auf dem Tisch stand ein Brett mit Wein und Wasser, einem kleinen Laib Brot und einem silbernen Teller, auf dem wohl, dem schwachen Geruch nach zu urteilen, geräucherte Heringe gelegen hatten, bevor ihn die Katzen sauber ausgeleckt hatten. Auch ein Becher verdünnter Wein und ein Stück Brot reichten, um den Tag zu beginnen, dachte Margerite, als sie sich mit dem von Bernhardt geborgten Speisemesser eine Scheibe vom Laib abschnitt.

Nachdem sie Wolfram gestillt hatte, wusch sich Margerite das Gesicht, kämmte und flocht sich das Haar und kleidete sich an. Jemand war so rücksichtsvoll gewesen, ihr einen kleinen Spiegel ins Zimmer zu stellen, und als sie sich darin betrachtete, sah sie, daß die Spuren von Ortliebs Fingernägeln fast aus ihrem Gesicht verschwunden und die Male am Hals zu einem gefleckten Grün und Gelb verblaßt waren. Aber ihre Wangen waren hohler als in ihrer Erinnerung, fast eingefallen, und nach der unterbrochenen Nachtruhe lagen die blauen Augen tief im Schatten der Augenhöhlen. Sie sah ihr Gesicht wie das einer Fremden und erkannte dennoch etwas Vertrautes in dem standhaften Blick und in der abgeklärten Kargheit ihres Ausdrucks. So sah auch Pater Etienne zu Zeiten aus und auch Pater Thomas und Etiennes Freund, der Abt. Vielleicht hinterließ der Kampf mit jenen Mächten seine Spuren im Fleisch, ebenso wie es das Fechten mit Schwert und Lanze taten. Lichtträger mochten noch imstande sein, sie zu täuschen, aber Margerite war sich sicher, daß sie ihre Verbündeten von nun an auf den ersten Blick erkennen würde. *Und Ritter Gottfried ist wahrlich ein solcher Verbündeter*, dachte sie. Auch wenn er nichts von Magie und dem Orden zu wissen schien, so hatte das Ringen der Seele das Gesicht des jungen Ritters doch geprägt wie eine Narbe. Beunruhigt über die Fremde mit den stillen Augen, die sie aus dem Spiegel anstarrte, legte Margerite diesen schnell beiseite.

Es war sonderbar, nichts zu tun zu haben. Sie wickelte Wolfram in eine warme Decke und trat hinaus in den kalten Durchgang. Einen Augenblick verweilte sie, um die Schönheit der Buntglasfenster zu bewundern. Hier stand in Dunkelblau und milchigem Weiß die Heilige Katharina mit dem Rad ihres Martyriums, und dort in hellem und dunklem Grün der Heilige Hubertus, der Schutzpatron der Jäger, mit seinem Hirsch. Margerite betrachtete das Bild, dessen Licht über sie und Wolfram fiel, als stünden sie im kühlen Grün eines sommerlichen Waldes. *Ruprecht*, fragte sie sich, *werde ich die Erinnerung an dich jemals überwinden?*

Als sich Margerite dem Ende des Ganges näherte, öffnete sich eine Tür, und Bernhardt trat heraus. Er trug eine dunkelblaue Hose, ein Wams aus schwarzem Samt, das ihm ein wenig eng auf den breiten Schultern saß, und einen schweren schwarzen, mit grauem Pelz besetzten Umhang. Der Bischof, so dachte Margerite, hatte ihn wohl mit Kleidern versehen, die seinem Stande entsprachen. Er hatte sich das Haar frisch gewaschen, und das neu nachgewachsene Braun stand blaß über den schimmernden schwarzen Locken, die ihm in den Nacken fielen. Die Perlen von Margerites Halskette glitzerten über dem Kragen seines Wamses, und am rechten Zeigefinger trug er einen goldenen Siegelring, den sie noch nie gesehen hatte. Margerite blickte ihm in die ernsten braunen Augen.

»Ich hoffte, dich zu finden«, sagte Bernhardt. »Willst du mit mir in den bischöflichen Garten treten?«

»Gern.« Lächelnd nahm Margerite Wolfram auf den linken Arm und streckte die rechte Hand aus, um sich von Bernhardt nach höfischer Sitte geleiten zu lassen.

Nachdem sie den Palast verlassen hatten, führte sie Bernhardt auf einem sauber gepflasterten Weg durch die Reihen kahler Eichen und vorbei am Taubenschlag. Die weißen Tauben gurrten, und ihre hellen Federn wirbelten fast silbrig vor dem blauen Firmament. Ohne zu sprechen, folgten Margerite und Bernhardt der Biegung des Weges und gingen auf einem kleineren Pfad zu einem eisschimmernden Teich, um den kunstvoll gemeißelte Steinbänke standen. Von den niedrigen Rosensträuchen zwischen den Bänken waren das Laub und die Blütenblätter abgefallen, nur die Hagebutten hingen noch leuchtend rot wie Blutstropfen an den dornigen schwarzen Zweigen. Dünner Reif lag über den Steinsitzen, deren Kälte durch Margerites schweren Umhang drang, als sie in geziemendem Abstand voneinander Platz nahmen. Bernhardt ließ Margerites Hand nicht los, und sie entzog sie ihm auch nicht.

»Margerite«, sagte Bernhardt und blickte ihr tief in die Augen. »Ich verdanke dir mein Leben und meine Seele.«

»Das ist nicht wahr«, erwiderte Margerite. »Ich habe nur eine Schuld beglichen. Und du hast Ortliebs Gewalt über deine Seele selbst durchbrochen, bevor ich sie berührt habe.«

Bernhardt schüttelte den Kopf, und das Haar fiel ihm über das Gesicht. »Ich glaube nicht, daß ich es ohne dich vermocht hätte – wenn ich nicht die wahre Liebe«, fügte er leise hinzu, »gegen ihre Falschheit hätte setzen können. Und selbst dann …«

»Es ist keine Schande, daß du diese Frau nicht töten konntest, auch wenn sie fast ein Dämon war. Wir haben uns vor einiger Zeit darauf verständigt, daß wir alle die Schlachten schlagen müssen, für die wir taugen: Dies war meine Schlacht.«

Die grünen Sprenkel in Bernhardts tiefbraunen Augen glänzten hell wie farbiges Glas. »So ist es. Doch das war es nicht, was ich sagen wollte. Ich habe wohl für Heinrichs Genesung gebetet, aber ich fürchte, mein Gebet kam nicht von Herzen. Ich weiß, daß Graf Heinrich ein guter Mensch war, und so habe ich dich ohne Furcht seiner Obhut übergeben, auch wenn es mir schier das Herz brach. Und dennoch …« Bernhardt hielt inne, und dann strömten die Worte aus ihm hervor wie bei einem Fluß, der seine Dämme bricht. »Selbst wenn Gerhardts schuldhafte Verstrickung in Ortliebs Missetaten bewiesen wird, wird der Kaiser vielleicht entscheiden, daß ich nicht würdig bin, mein Land als sein Lehnsmann zu behalten. Es bräuchte nur einige Worte über meine Vergangenheit in den Freischaren, um ihn gegen mich aufzubringen. Und ich weiß, daß du als vermählte Frau keine Verlobung eingehen kannst. Margerite …« Der Griff seiner Hand war fast schmerzlich, und er betrachtete sie mit sengender Glut, als wollte er sie mit den Augen verschlingen. »Ich liebe dich, und wenn es sich fügen sollte, daß du deines Ehegelöbnisses an Graf Heinrich ledig bist, sei es morgen oder in zwanzig Jahren, möchte ich dich heiraten und deinen Sohn wie den meinen erziehen … der er hätte sein können«, fügte er flüsternd hinzu.

»Bernhardt«, hauchte sie. »Ich liebe dich mehr als jeden anderen Mann und würde mich gern mit dir vermählen. Zwar muß ich, solange Heinrich lebt, mein Ehegelübde erfüllen, wenn aber dereinst eine Zeit kommt, in der ich dieses Eides ledig bin – und das wird, fürchte ich, nicht mehr lange dauern –, dann werde ich dich heiraten, gleich, welche Stellung du innehaben wirst.«

Bernhardt lächelte mit bebenden Lippen, und Margerite sah, wie ihm die Tränen in die Augen stiegen, während es aus den ihren naß auf Wolframs blondes Haupt tropfte. Langsam zog Bernhardt den goldenen Siegelring vom Finger, und die feinen Umrisse seines Familienwappens glänzten im Sonnenlicht.

»Wir können uns kein bindendes Ehrenwort geben, und nur Gott und Wolfram sind unsere Zeugen – aber ich möchte, daß du diesen Ring von mir annimmst, um ihn über dem Herzen zu tragen, bis du ihn offen zeigen kannst.«

Der goldene Reif war noch warm von Bernhardts Hand, als Margerite ihn sich auf den Finger schob. In Bernhardts Augen sah sie die Freude, die aufstieg wie ein warmer Quell, und ihr Herz folgte mit einem Strömen, so heftig, daß sie keines Wortes fähig war. Sein Ring war viel zu groß für ihren schlanken Finger, und sie nahm ihn ab. Sie hielt ihn fest umschlossen in der Hand und drückte ihn ans Herz. Dort im offenen Garten, wo sie für alle sichtbar waren, konnten sie sich nicht küssen, und so schauten sich Margerite und Bernhardt nur lange an, während über ihnen die weißen Tauben gurrten und flatterten.

Geschichtliche Anmerkungen

Die Geschichte dieses Buches spielt im Deutschland des Jahres 1365, vier Jahre nach der Rückkehr des Schwarzen Todes. Die Grafschaft (und das Bistum) von Niederwald sind wie die von Fürstensee und Falkenstein erfunden, nicht jedoch Bernhardts Nachbarn, der Markgraf von Meißen in Sachsen und Landgraf Friedrich von Thüringen, die beide existiert haben. In dieser Epoche war das Heilige Römische Reich stark zersplittert, und kleine Grafschaften wie die oben erwähnten hätte es durchaus geben können.

Der Orden der Lichtträger ist gleichfalls fiktional und vor dem Hintergrund des 14. Jahrhunderts zu sehen, das sowohl das Zeitalter der Häresie als auch des Beginns der Renaissance war. Der Orden beruht hauptsächlich auf einer Mischung aus Ideen der Zeit zu ketzerischen Glaubenshaltungen, wie sie zum Beispiel im Prozeß gegen die Tempelritter in der ersten Hälfte des Jahrhunderts, aber auch in Verschwörungen späteren Datums wie den bayerischen Illuminati zum Ausdruck kommen. Wären die Illuminaten aus früheren Organisationen hervorgegangen, wie es manche Geschichtsschreiber der Verschwörungstheorie behaupten, so könnten sie durchaus Ähnlichkeit mit dem Orden der Lichtträger gehabt haben, wie er in diesem Buch geschildert wird.

Auch die von den Figuren dieses Buches betriebene Magie fügt sich in den Rahmen des geschilderten Zeitalters. Der Satanismus des Ordens der Lichtträger hat mehr mit der Vorstellungswelt des späten Mittelalters und der beginnenden Renaissance als mit der Wirklichkeit zu tun. Seine Ursprünge liegen in den Templerprozessen, der häretischen Theologie der Katharer und ähnlichen Quellen. Konkrete Rituale wurden aus Büchern zweifelhafter Herkunft (vor allem dem »Schlüssel des Salomon« und den »Goetia«) übernommen und auf die Verhältnisse von Satanisten übertragen, bei denen es sich genaugenommen um Gnostiker handelt, die Luzifer als Quelle der Erkenntnis verehren. Pater Etienne und Margerite repräsentieren die traditionelle Praxis mittelalterlicher Magie, in der Dämonen durch die Kraft Gottes und der Engel beherrscht und gebannt werden; die Rituale der Lichtträger stellen Improvisationen über dieses Thema dar und empfehlen sich nicht zur Nachahmung. Manche Riten, Zauber und Beschwörungen, die im Buch erscheinen oder angesprochen werden, stammen unmittelbar aus der *Münchener Handschrift der Schwarzen Magie*, einem Werk des 15. Jahrhunderts, das in der Bayerischen Staatsbibliothek aufbewahrt wird und mit ausführlichen Kommentaren zu den einzelnen Spielformen der Magie in Richard Kieckhefers Buch *Magie im Mittelalter* (München 1995) abgedruckt ist.

Die kunstvollen Festspeisen und Delikatessen, die in unserem Buch beschrieben werden, entsprechen relativ genau der Höhe der zeitgenössischen Kochkunst. Mittelalterliche Köche in adeligen Haushalten hatten eine besondere Neigung zu Gerichten, die den Betrachter täuschen (die Gans im Pfauenkleid und der Fisch aus Mandelteig sind typische Beispiele) oder in Erstaunen versetzen sollten. Das lebensecht dargestellte Tier und der feuerspeiende Schwan (dazu wurde eine Kerze mit zwei Dochten in ein mit Kampfer und Öl getränktes Baumwolltuch gewickelt) sind beide authentisch. Auch die Farbe spielte eine bedeutende Rolle für mittelalterliche Köche, und mitunter wurden sogar ziemlich ungesunde Zutaten wie gemahlener Lapislazuli verwendet, um ein helles Blau zu erhalten. Wenn man bedenkt, wie schwierig die Zubereitung solch kunstvoller Gerichte ohne zuverlässige temperaturgeregelte Öfen war und daß ihr Gelingen allein von der Erfahrung und dem Instinkt der Köche abhing, wird es kaum verwundern, daß wir die Köchinnen adeliger Haushalte als überaus reizbare und launische Menschen darstellen. Wer mehr über die faszinierende Welt der mittelalterlichen Küche erfahren will, sei auf Terence Scullys Werk *The Art of Cookery in the Middle Ages* (Woodbridge 1995) verwiesen.

Die mittelalterliche Medizin war eine Kunst, die zu einem großen Teil auf die Lehre von den Temperamenten zurückging (Blut/Sanguiniker, Schleim/Phlegmatiker, gelbe Galle/Choleriker, schwarze Galle/Melancholiker). Therapien wie der Aderlaß oder das Ätzen leiteten sich von dieser Doktrin her und sollten ein ungesundes Ungleichgewicht der Temperamente (Körpersäfte) regulieren und das gesunde Gleichgewicht wiederherstellen. Die Klassifizierung von Lebensmitteln nach ihrem Grad der Wärme und Feuchtigkeit und die auf diesem System fußende Verschreibung von Diäten stellte ebenfalls ein wichtiges Element der Heilkunde dar und beruhte auf der Auffassung der Krankheit als einem Ungleichgewicht der Temperamente (Körpersäfte), das aus dem Charakter und der äußeren Erscheinung sowie der jeweiligen Krankheit des Patienten zu ersehen war.

Der Totentanz wird zum ersten Mal 1376 in einem Gedicht von Jean le Fèvre, dem Kanzler von Anjou, erwähnt, war aber wahrscheinlich schon vorher bekannt. Ortliebs Aufführung ist also auf der Höhe der Zeit. Der allgemeine Tenor entspricht weitgehend unserer Beschreibung – der Tod sucht sich seine Opfer in allen Sphären des Lebens. Freilich wird in normaleren Darstellungen wie etwa in dem Wandgemälde der Kirche der Unschuldigen Kindlein in Paris immer wieder darauf verwiesen, daß die Menschen durch das Nachdenken über das eigene schreckliche Ende dazu angehalten werden sollen, gute Werke zu tun und zur Messe zu gehen, um ihre unsterbliche Seele zu retten.

Wallfahrten galten im Mittelalter als Möglichkeit, Buße zu tun und spirituelle Gnade zu erlangen, aber sie dienten respektablen und gesetzten Menschen auch als Vorwand für ausgedehnte Reisen, wie dies Chaucer in seinen zeitgenössischen *Canterbury Tales* festgehalten hat, die eine bezaubernde Darstellung solch einer englischen Touristengruppe bieten. Bei regelmäßigen Touristen können die Touristenfallen nicht fehlen. So ist die Figur von Meister Merlin, dem fahrenden Händler für Reliquien und Arzneien auf Pilgerstraßen, zu einem nicht unerheblichen Teil Chaucers Ablaßkrämer verpflichtet.

Pater Etiennes »ungewöhnliche Mittel« zur Rettung Margerites und ihrer Gefährten erscheinen vielleicht als das phantastischste Element dieses Buches, basieren aber auf einem historisch belegten Vorfall aus dem 14. Jahrhundert. Die betreffenden Verbrecher wurden vor den Altar der Kirche gebracht, und der Priester predigte über ihre Missetaten. Auf dem Höhepunkt der Predigt gab es einen großen Blitz, und als sich die Gemeinde von ihrem Schreck erholt hatte, waren von den Übeltätern nur noch verkohlte Knochen übrig. Daß in diesem Zusammenhang Schießpulver verwendet wurde, um eine Flucht zu bemänteln, ist unsere Interpretation der Ereignisse.

Das Zeitgefühl im Mittelalter beruhte auf den kirchlichen Stunden: Frühmette (zwischen Mitternacht und 2.00 Uhr morgens), Laudes (Morgendämmerung), Prim (ungefähr 6.00 Uhr), Terz (ungefähr 9.00 Uhr), Sext (Mittag), None (ungefähr 15.00 Uhr), Vesper (ungefähr 17.00 Uhr) und Komplet (zwischen 18.00 und 20.00 Uhr). Die genauen Zeiten hingen naturgemäß von der Jahreszeit ab. Das 14. Jahrhundert kannte allerdings auch bereits zahnradbetriebene Uhren, vor allem in Form von Turmuhren in Städten.

Danksagung

Unser besonderer Dank gilt Patrick Niemeyer, der alles dafür getan hat, damit wir für die Jahre 1364-1365 von einem korrekten Kalender mit vollständigen Kirchenfeiertagen, Mondphasen und anderen Himmelsereignissen ausgehen konnten.

Martin Hocke

Wie schon *Krieg der Käuze* ist auch *Zeit der Eulen* eine wundervolle magische Saga über das Schicksal der Eulen und zugleich eine unaufdringliche Parabel auf den Werdegang der Menschheit.

Der Krieg der Käuze
01/10995

Zeit der Eulen
01/13137

Die verlorenen Wälder
01/13251

01/10995

HEYNE-TASCHENBÜCHER